천일의 앤 불린

THE OTHER BOLEYN GIRL

천일의 앤 불린

필리파 그레고리 지음 _허윤 옮김

THE OTHER BOLEYN GIRL

1529년 크리스마스

궁정 사람들은 그리니치에서 만나기로 되어 있었고, 왕비도 함께 하기로 되었다. 왕비는 모든 영광을 받고, 앤 언니는 모습을 비추지도 못하게 되었다.

"이젠 또 뭐야?"

나는 조지 오빠에게 물었다. 오빠가 창가 벤치에서 빈둥거리고 있는 동안 나는 오빠의 침대에 앉았다. 오빠의 하인들이 로마로 떠나는 오빠의 여행 가방을 꾸리고 있었다. 이따금 오빠는 위를 올려다보며 무표정한 하인에게 "그 파란색 망토는 말고, 좀먹었거든." 이라던가 "그 모자는 싫네, 어린 헨리한테 주게 메리한테나 줘버리게." 라고 소리쳤다.

"이젠 또 뭐라니?"

오빠가 내 질문을 되풀이했다.

"나, 왕비마마의 처소로 불렸어. 궁전의 마마 부속 건물에 있는 내 옛날 방에서 살게 됐어. 언니는 마상 창 시합장에 있는 처소에서 완전히 홀로 지내게 됐구. 어머니가 함께 지내기로 한 것 같긴 하지만, 나나 모든 시녀들은 언니가 아니라 마마를 시중들게 됐다구."

"나쁜 징조라 볼 순 없어. 폐하께서는 많은 사람들이 크리스마스 기간 동안 식사하는 걸 런던 시내에서 보러 올 것을 예상하고 계셔.

가장 감당하지 못할 일은 상인들과 도회의 무역업자들이 폐하가 자제력이 없다고 떠들어대는 거야. 폐하는 모든 사람들이, 자신이 앤을 선택한 건 정욕 때문이 아니라 잉글랜드의 이익을 위한 거라고 생각하길 원하시는 거지."

나는 다소 불안하게 하인을 힐끗 쳐다보았다.

"조스는 괜찮아. 좀 귀가 먹었어, 다행히도. 안 그런가, 조스?"

오빠가 물었다.

하인은 고개를 돌리지 않았다.

"아무튼 뭐, 이만 나가보게."

하인은 여전히 계속 무신경하게 짐을 꾸리고 있었다.

"그래도 역시 조심해야지."

조지 오빠가 언성을 높였다.

"나가보게, 조스. 나중에 끝내도 되네."

하인은 움찔하더니 뒤를 돌아 조지 오빠와 내게 인사를 하고 나갔다.

오빠는 창가 벤치를 떠나 침대 위 내 옆에 몸을 대자로 뻗고 누웠다. 나는 오빠의 머리를 아래로 끌어당겨 내 무릎을 베도록 한 다음 침대 머리판에 편안하게 기댔다.

"언젠가 정말 일이 일어날 것 같아?"

나는 느긋하게 물었다.

"한 백 년 동안이나 우리가 이 결혼을 꾀하고 있었던 것같이 느껴져."

오빠는 감고 있던 눈을 뜨고 나를 올려다보았다.

"누가 알겠니. 정말 일이 일어났을 때 그 때문에 무슨 대가를 치를지 누가 알겠어. 한 왕비의 행복, 왕위의 안전, 사람들의 존경, 교회의 거룩함. 때로 난 너와 내가 앤을 위해 일하느라 평생을 보낸 것같은데, 우리가 그렇게 해서 뭘 얻었는지조차 모르겠어."

"백작 지위의 상속인인 오빠가? 그것도 두 개씩이나?"

"난 십자군에 참전해 믿지 않는 자들을 죽이고 싶었어. 내 용기에 나를 존경하는 아름다운 여인이 있는 성 안의 집으로 돌아가고 싶었다구."

"난 홉(삼과에 속하며 맥주의 향미제(香味劑)로 쓰임.)밭이랑 사과 과수원이랑 목양지(牧羊地)를 갖고 싶었어."

"바보들이군."

오빠가 그렇게 말하고, 눈을 감았다.

곧 오빠는 잠들었다. 나는 오빠를 부드럽게 감싸고, 가슴이 오르락내리락하는 것을 보다가, 침대 머리판을 싼 능라직에 머리를 뒤로 기대어 눈을 감고, 나 역시 잠에 서서히 빠져들었다.

여전히 꿈을 꾸면서, 나는 문이 열리는 소리를 듣고 천천히 눈을 떴다. 조지 오빠의 하인이 돌아온 것도, 앤 언니가 우리를 찾으러 온 것도 아니었다. 손잡이가 살그머니 돌려지더니, 문이 살짝 열렸다. 그런 다음, 이제는 제인 로치퍼드 영부인이 된 조지 오빠의 아내 제인이 방 안으로 머리를 쑥 집어넣고는 우리를 찾아 이리저리 둘러보았다.

침대에 함께 누워 있는 우리를 보고 그녀는 소스라치지 않았다. 나역시―여전히 반쯤 잠들어 있고, 그녀의 수상쩍은 행동에 두려움 비슷한 감정으로 가만히 얼어붙은 채―움직이지 않았다. 나는 눈까풀을 반쯤 감고, 속눈썹 사이로 제인을 지켜보았다.

제인은 매우 침착하게 가만히 있었다. 들어오지도 나가지도 않았지만, 우리를 구석구석 살펴보았다. 조지 오빠의 머리는 내 무릎 위에서 돌려져 있었고, 가운 밑에 벌려져 있는 내 두 다리. 내 머리는 뒤로 기울여져 있고, 두건은 창가 벤치에 아무렇게나 던져져 있으며, 잠든 얼굴 주위로 헝클어져 있는 내 머리칼. 미세화를 그리려 유심히 응시하듯, 증거를 대조(對照)하듯, 제인은 우리를 낱낱이 뜯어보았다. 그리고 나서, 들어왔을 때처럼 조용히, 그녀는 다시 슬쩍 빠저나갔다.

즉시 나는 조지 오빠를 흔들고는, 깨어 일어나는 오빠의 입을 손으로 막았다.

"쉬이잇, 제인이 여기 왔었어. 아직 문밖에 있을지도 몰라."

"제인?"

"세상에, 제인 말이야! 오빠 아내, 제인!"

"뭐 때문에 왔지?"

"아무 말도 안 했어. 그냥 들어와서 우리가 침대에서 같이 자고 있는 걸 보고, 사방을 살펴본 다음 살금살금 물러났어."

"날 깨우고 싶지 않았겠지."

"어쩌면."

내가 확실치 않게 말했다.

"왜 그래?"

"좀…… 이상해보였어."

"제인은 항상 이상해보이잖아."

오빠가 무관심하게 말하며 말을 이었다.

"냄새를 맡고 다니지."

"응, 바로 그거야. 제인이 우리를 바라봤을 때, 난 좀……."

나는 말을 멈췄다. 끝낼 수가 없었다.

"내가 좀 불결하게 느껴졌어."

나는 결국 말했다.

"마치 우리가 무슨 잘못을 저지르고 있는 것처럼. 마치 우리가……."

"뭐?"

"너무 가까운 것처럼."

"우린 남매잖아. 당연히 가깝지."

조지 오빠가 소리쳤다.

"침대에서 같이 자고 있었잖아."

"당연히 자고 있었지! 달리 우리가 침대에서 같이 뭘 해야 하는 건데? 사랑을 나눠?"

오빠가 소리쳤다.

내가 킬킬 웃었다.

"제인은 내가 오빠 방에 있는 것조차 안 되는 것처럼 느끼게 만들어."

"뭐, 어쨌든 있어야 해. 제인뿐 아니라 궁정 사람들 반쯤이나 어슬렁거리고 다니면서 귀 기울여 듣는 걸 피해 우리가 달리 어디서 얘기하겠어? 제인은 그저 질투하는 것뿐이야. 낮에 나랑 침대에 함께 있기 위해서라면 왕의 몸값이라도 내놓을걸. 제인의 무릎에 얼굴을 놓느니, 난 차라리 머리를 덫에 놓겠다."

오빠가 단호하게 말했다.

나는 웃었다.

"오빠한테 제인은 전혀 중요한 것 같지 않아?"

"전혀, 제인은 내 아내야. 난 제인을 다룰 수 있어. 게다가 요즘 결혼 추세를 보아하니, 그냥 팽개쳐버리고 대신 예쁜 애랑 결혼할지도 모르겠다."

오빠가 느릿하게 말했다.

앤 언니는 자기가 관심의 중심이 되는 것이 아니라면 크리스마스 축제를 그리니치에서 보내지 않겠다고 단호하게 거절했다. 헨리 왕이 다 그들의 명분을 살리기 위한 것이라고 거듭거듭 설명하려 했지만, 앤 언니는 그가 왕비를 곁에 두기를 더 원하는 거라면서 노발대발하며 불평했다.

"가겠어요! 여기 있으면서 무시당하고 모욕당하지 않겠어요. 헤버로 가겠어요. 거기서 크리스마스 축제일을 보내겠어요. 아니면 어쩜 프랑스 왕실로 돌아가겠어요. 아버지도 거기 계시고, 거기서 행복한 시간을 보낼 수 있을 것 같네요. 난 프랑스에서 항상 많은 공경을 받았으니까요."

언니가 왕에게 마구 대들었다.

언니가 칼로 찌른 것처럼 왕의 얼굴이 창백해졌다.

"앤, 나만의 사랑, 그런 말은 하지 마."

언니가 덤벼들었다.

"당신만의 사랑이라구요? 크리스마스 날에 날 곁에 두고 싶어하지도 않잖아요!"

"두고 싶어, 그날에도, 다른 모든 날에도. 하지만 캠페지오 추기경이 지금이라도 교황께 보고하고 있다면, 내가 왕비를 아들을 낳지 못한다는 가장 기본적인 이유 때문에, 바로 그 가장 기본적인 이유 때문에 제쳐놓는 거란 걸 모두가 알았으면 해."

"그럼 난 불순하다는 건가요?"

언니가 그 말을 낚아채 힐문했다.

시시덕거릴 때 언니가 보였던 민첩한 재치가 이제 헨리 왕에게 무기로 사용되고 있었다. 그리고 헨리 왕은 그때처럼 여전히 속수무책이었다.

"나만의 진실한 사랑, 당신은 내게 천사야. 난 나머지 세상 사람들도 그걸 알았으면 해. 난 왕비한테, 당신이 잉글랜드가 줄 수 있는 가장 훌륭한 여자이기에 내 아내가 될 거라고 했어. 그렇게 말했다고."

"당신은 마마와 내 얘기를 하나요? 어머나 세상에! 모욕에 모욕을 더하는 꼴이네. 어쩌면 마마께선 내가 그렇지 않다고 당신께 말씀하시겠죠. 마마께선 내가 마마의 시녀였을 때 전혀 천사 같지 않았다고 말씀하시겠죠. 어쩌면 마마께선 난 당신의 셔츠를 만들 만한 재주도 없다고 말씀하시겠죠!"

언니가 숨이 새는 듯한 작은 소리를 내질렀다.

헨리 왕은 머리를 두 손에 떨어뜨렸다.

"앤!"

언니가 휙 돌아서서 창문 쪽으로 향했다. 나는 읽고 있었어야 할 책 위로 머리를 숙인 채 단어들로 가득한 행을 따라 손가락을 훑었지만, 아무것도 보이지 않았다. 은연중에 우리 둘, 왕과 옛 정부는 양쪽 다 언니를 지켜보았다. 언니의 긴장된 어깨는 몇 번의 흐느낌으로 떨리다가 풀리더니, 다시 왕에게로 돌아섰다. 두 눈은 눈물로 반짝거리고 있었고, 노여움으로 뺨이 홍조를 띠고 있었다. 몹시 흥분하고 있는 듯 보였다. 언니는 왕에게 다가가 그의 손을 잡았다.

"용서해줘요. 용서해줘요, 내 사랑."

언니가 달콤하게 속삭였다.

왕은 마치 이런 행운을 못 믿겠다는 듯 언니를 올려다보았다. 왕이 두 팔을 벌리자 언니는 그의 무릎 위에 미끄러지듯이 앉아 목에 팔을 둘렀다.

"용서해요."

언니가 속삭였다.

나는 될 수 있는 대로 조용히 자리에서 일어나 문으로 향했다. 언니가 내게 나가라고 고갯짓했다. 문을 닫으면서 나는 언니가 "하지만 난 더럼 하우스로 갈 거니까, 당신은 내가 거기서 크리스마스를 보낼 수 있도록 비용을 치러줘야 해요." 하고 말하는 것을 들었다.

왕비는 의기양양한 미소를 짓고 내가 그녀의 처소로 돌아온 것을 환영했다. 아아, 불쌍한 여인. 그녀는 앤 언니의 부재가 언니의 영향력이 약해지는 것을 뜻한다고 생각했다. 언니가 궁정에서 떠나 있는 동안 연인에게 주문했던 참회의 목록에 대해 나는 들었지만, 그녀는 듣지 못했던 것이다. 크리스마스 축제 동안 정중했던 헨리 왕의 태도가 지극히 형식적이라는 것을, 나머지 궁정 사람들은 너무나도 뻔히 잘 알았지만, 그녀는 알지 못했다.

얼마 지나지 않아 왕비도 알게 되었다. 왕은 왕비의 처소에서 그녀와 단둘이 식사를 한 적이 없었다. 누가 지켜보지 않는 이상 그녀에게 한 마디도 하지 않았다. 그는 그녀와 아예 춤도 춘 적이 없었다. 실로 왕은 대개의 무도회에서 양해를 구하고 물러나 그저 춤추는 사람들을 구경할 뿐이었다. 궁정에 새로 들어온 여자들이 그의 눈앞에서 상대들과 춤을 췄다. 하나는 새로운 퍼시 가의 상속녀, 하나는 시모어 가 여자였다. 궁정에 자리를 얻을 수 있는 모든 지방 명문가들에서, 왕을 매혹하고, 혹시나 왕위를 넘볼 수 있는 기회를 잡으려 새로운 여자가 들어왔다. 그러나 왕은 주의를 다른 데로 돌리지 않으려 했다. 그는 아내 옆에 파리한 모습으로 앉아 애인을 생각했다.

그날 밤 왕비는 기도대 앞에 오랫동안 무릎을 꿇고 있었다. 다른 시녀들은 각자의 자리에서 왕비가 해산을 허락해 침대로 보내주기를 기다리며 잠들어 있었다. 왕비가 일어나 뒤로 돌았을 때 여전히 깨어 있는 사람은 나밖에 없었다.

"대여섯 명의 베드로들이군."

시녀들의 소홀함을 보며, 왕비가 말했다.

"유감입니다."

"그녀가 여기 있든 떠나 있든 차이가 없어."

왕비가 지혜롭고 쓸쓸하게 말했다. 그녀는 두건의 무게에 눌린 머리를 숙였다. 나는 앞으로 걸음을 옮겨 핀을 쏙쏙 빼내 두건을 왕비의 머리에서 들어올렸다. 왕비의 머리칼은 이제 무척 희끗희끗했다. 나는 그녀가 지난 5년보다 이 한 해 동안 더욱 급격히 늙었다고 생각했다.

"그이가 이겨낼 수 있는 건 그저 열정일 뿐이야. 싫증날 거야, 모두를 싫증냈던 것처럼. 베시 브라운트, 자네, 앤은 그저 같은 선상에 있는 사람들일 뿐이야."

왕비가 나에게보다는 자기 자신에게 말하는 듯싶어 나는 대답하지 않았다.

"앤이 홀려놓은 동안 그이가 신성한 교권에 대항해서 죄악에 떨어지지만 않는다면, 내가 기도하는 단 한 가지가 그거야. 그이가 죄짓지 않는 것. 난 그이가 내게 돌아올 것을 알고 있어."

"마마, 폐하께서 돌아오시지 않는다면요? 결혼이 취소되고 폐하께서 언니와 결혼하시면요? 어딘가 갈 데가 있으세요? 모든 게 잘못될 때를 대비해, 마마의 안전을 확실히 하셨나요?"

나는 조용히 입을 뗐다.

캐서린 왕비는 마치 나를 처음 본 것처럼 지친 그녀의 파란 눈동자를 내게로 돌렸다. 내가 가운 윗부분을 풀 수 있도록 그녀는 양팔을 내민 다음, 어깨에서 벗겨낼 수 있도록 돌아섰다. 그녀의 피부는 마모직 내의로 인한 염증으로 살갗이 긁혀 벗겨져 있었다. 나는 아무 말도 하지 않았다. 왕비는 우리 시녀들이 그것을 보는 것조차 싫어했다.

"난 패배에 대비하지 않네. 그건 나 자신을 배신하는 행위야. 하느님께서 헨리 폐하의 마음을 다시 내게 돌려놓을 거고, 우린 다시 함께 행복할 거란 걸 난 알고 있어. 내 딸이 잉글랜드 여왕이 될 거고, 그 아이가 여태껏 나라를 통치한 가장 훌륭했던 여왕들 중 하나가 될 거란 걸 알고 있네. 그 아이의 할머니가 카스티야의 이자벨라였어—여자가 왕국을 통치할 수 있다는 걸 누구도 의심할 수 없지. 그 아이는 모두가 기억하는 공주가 될 것이고, 처녀 시절에 일찍이 내게 그랬듯 폐하는 내가 죽을 때 충실한 마음의 연인으로 남아 있을 거야."

왕비가 내전으로 가자, 난로 앞에서 졸고 있던 하녀가 벌떡 일어나 내 품에서 왕비의 가운과 두건을 받았다.

"자네에게 하느님의 축복이 있기를. 다른 이들에게 이제 자러 가라고 말해도 되네. 아침에 모두들 나와 함께 미사를 드리러 가길 기대하겠어. 자네도 마찬가지야, 메리. 난 내 시녀들이 미사에 오길 원하네."

1530년 여름

말을 타고 터벅터벅 나아가는 병사들 무리에 둘러싸여, 나는 헤버로 내려가는 길을 갔다. 하워드 가 깃발이 내 앞쪽과 뒤쪽에 있고, 길을 가던 다른 여행자들은 모두 우리가 지나가는 동안 도랑 아래로 우글우글 길을 비켰다. 길가의 산울타리와 풀밭은 벌써 먼지투성이였다. 이번 봄은 건조했다. 모든 것이 페스트가 있을 듯한 나쁜 한 해가 될 징조였다. 그러나 도로에서 조금 떨어진 곳은 건초가 싱싱했고, 몇몇 들판에는 벌써 건초가 베여 쌓아올려져 있었으며, 밀과 보리는 무릎까지 오는 높이에 포동포동해지기 시작하고 있었다. 홉 밭은 푸르렀고, 사과 과수원의 풀밭은 바람에 날린 꽃잎이 눈처럼 소복이 쌓여 있었다.

병사들과 함께 나아가면서 나는 노래를 불렀다. 잉글랜드의 마을들을 거쳐 궁정을 등진 채 아이들에게로 향하고 있는 길은 내게 너무나도 큰 기쁨이었다. 하인들은 외삼촌 휘하의 측근인 윌리엄 스태퍼드가 지휘하고 있었고, 가는 길에 그는 얼마간 내 옆에서 함께 말을 몰고 갔다.

"먼지가 끔찍하군요. 읍을 벗어나자마자 부하들에게 당신 뒤에서 가라고 할게요."

나는 곁눈으로 그를 살짝 훔쳐보았다. 그는 어깨가 떡 벌어지고,

정직하고 솔직한 얼굴을 한 잘생긴 남자였다. 나는 그가 불명예를 입은 버킹엄 공작의 사형으로 몰락한 스태퍼드가 사람이라고 짐작했다. 윌리엄 스태퍼드는 확실히 보다 중요한 무언가가 되기 위해 태어나고 길러진 것 같아 보였다.

"바래다주셔서 감사해요. 아이들을 보러 가는 건 내게 무척 중요하거든요."

"그것보다 더 중요한 일도 없다고 생각하는데요. 내겐 아내도 아이도 없지만, 만약 있었다면 그들을 떠나지 않았을 겁니다."

"왜 여태껏 결혼하지 않으셨어요?"

그가 내게 웃어보였다.

"정말 좋아할 만한 여자를 아직 못 만났기 때문이죠."

그 말에는 아무 뜻도 없으면서 그러나 무언가가 있기도 했다. 그의 마음에 들기 위해서는 여자가 어떻게 해야 하는지 묻고 싶어졌다. 여자한테 그리 까다롭다니, 그는 어리석었다. 대부분의 남자들은 부나 좋은 연줄을 가져다줄 여자와 결혼하는 것이다. 그런데도 윌리엄 스태퍼드는 어리석어 보이지 않았다.

식사를 하기 위해 멈춰 섰을 때, 스태퍼드는 나를 들어 내려주려 내 말 곁으로 와 있었다. 땅에 내려섰을 때 그는 내가 비틀거리지 않게 잠시 나를 잡아주었다.

"괜찮으세요? 안장에 오랫동안 앉아 계셨잖아요."

그가 부드럽게 물었다.

"괜찮아요. 식사하러 그리 오래 머물지 않을 거라고 부하들에게 전해주세요. 해지기 전에 헤버에 도착하고 싶으니까."

스태퍼드는 나를 여관으로 인도했다.

"식사로 뭔가 좋은 걸 내놓을 수 있었으면 좋겠네요. 닭고기를 약속하긴 했지만, 아무래도 뼈만 앙상한 늙은 거위일 것 같은데요."

내가 웃었다.

"아무거나 좋아요! 아무거나 먹을 수 있을 것 같아요, 배가 너무

고프네요. 나랑 함께 식사하시겠어요?"

순간 나는 그가 '예.'라고 대답할 줄 알았지만, 그는 살짝 절을 한 후 "부하들과 함께 먹겠습니다." 하고 거절했다.

나는 그가 내 초대를 거절하자 마음이 조금 상했다. 나는 "원하시는 대로." 라고 냉담하게 말하고, 천장이 낮은 실내로 들어갔다. 난로에 손을 덥히고, 납창틀로 된 조그만 유리 창문을 내다보았다. 마구간 뜰에서 스태퍼드는 부하들이 말에서 마구를 벗겨내고 식사하기 전에 말들을 솔질하는 모습을 지켜보고 있었다. 나는 그가 참 잘생긴 남자라고 생각했다. 하지만 저리 예절바르지 않다니, 참으로 유감이었다.

이번 여름에 나는, 헨리의 금빛 곱슬머리를 자르고, 캐서린은 아동복을 벗기고 제대로 된 가운을 입혀야겠다고 결심했었다. 헨리 역시 더블릿과 긴 바지를 입어야 했다. 만약 이 일이 전적으로 내게 맡겨졌더라면, 나는 한 해 더 아이들에게 아동복을 입혔을 터였지만, 두 아이는 유년 시절을 끝내야 한다고 친할머니가 강요하고, 또 할머니는 내가 앤 언니의 피후견인을 제대로 기르지 않는다고 언니에게 편지를 쓸 가능성이 상당했기 때문에 어쩔 수 없었다.

헨리의 머리칼은 모자 깃털보다도 더 부드러웠다. 헨리는 어깨까지 곱슬곱슬 내려오고, 눈부신 조그만 얼굴을 감싸는 금빛 곱슬머리를 하고 있었다. 세상 어떤 엄마도 눈물 없이는 그런 머리칼이 잘리는 것을 볼 수 없을 것이다. 헨리는 내 아기였다. 내가 가장 원치 않는 것이 헨리가 곱슬머리와 아기의 포동포동함을 뒤로 하는 것이다. 가장 원치 않는 것이, 헨리가 뚱뚱하고 조그만 발로 뒤뚱거리며 와, 안아 올려달라고 팔을 내미는 모습이 바뀌는 것을 보는 것이다.

헨리 자신은, 물론 대환영이었다. 헨리는 검과 자기 조랑말을 갖고 싶어했다. 조지 오빠처럼 프랑스 궁정에 가고, 싸움하는 것도 배우고 싶어했다. 십자군에 참전하고, 마상 창 시합을 배우고 싶어했다.

나는 영원히 내 아기로 품안에 안고 싶어하는데, 헨리는 가능한 한 빨리 자라고 싶어했다.

우리가 가장 좋아하는 장소인 해자와 성에 면해 있는 석조 벤치에, 윌리엄 스태퍼드가 다가왔다. 헨리는 아침 내내 뛰어다녔기에 이제는 정말로 졸려서, 내 품에 꼭 안겨들어 엄지를 슬그머니 입으로 가져갔다. 캐서린은 해자에서 맨발로 물을 철벅철벅 튀기고 있었다.

스태퍼드는 내 눈에 눈물이 고여 있는 것을 바로 보았지만, 단지 조금 망설이더니 내 아들을 깨우지 않으려고 조용조용히 말했다.

"방해해서 죄송합니다. 우리는 이제 런던으로 돌아가야겠기에 말씀드리러 왔어요. 보내고 싶으신 전갈이라도 있으신지 물어도 보구요."

"어머니께 드릴 과일과 채소가 부엌에 좀 있어요."

그는 고개를 끄덕이더니, 결정을 못 하고 잠시 우물쭈물했다.

"실례지만, 뭔가 당신을 울게 만든 것 같군요. 내가 뭔가 할 수 있는 게 있을까요? 당신 외삼촌께서 당신을 내 보호 아래 맡기셨습니다. 누군가 당신의 마음을 상하게 했다면, 그걸 아는 게 내 임무죠."

그가 어색하게 입을 열었다.

그 말에 나는 쿡쿡 웃었다.

"아니에요. 헨리에게 바지를 입혀야 하는데, 난 헨리가 조그만 아기였던 걸 너무 좋아해서 그런 것뿐이에요. 헨리나 내 귀염둥이 캐서린이나 둘 다 자라지 않았으면 좋겠어요. 내게 만약 남편이 있었다면, 그이가 헨리를 데리고 내 허락도 없이 그 아이의 곱슬머리를 잘랐겠죠. 하지만 실상이 이러니, 내가 직접 잘라야 해요."

"남편이 그리우세요?"

그가 호기심 있게 물었다.

"조금요."

거의 결혼이라 할 수도 없는 내 결혼에 대해, 나는 스태퍼드가 얼마만큼 알고 있을지 궁금했다.

"우린 별로 함께 하지 못했어요."

가능한 한 정직하고 약삭빠르게 내가 해낼 수 있는 대답이었다. 그가 판단을 하고는 고개를 조금 끄덕였지만, 그것으로 나는 그가 나를 이해했는지 못했는지 알 수 없었다.

"내 말은 지금 말입니다."

스태퍼드가 대답하며, 내가 생각했던 것보다 더욱 지혜롭다는 것을 보여주었다.

"당신은 이제 더 이상 폐하의 총애를 받고 있지 않으시니 말이에요. 지금이 바로 남편과 또 다른 아이를 가져야 할 때 아닌가요? 다시 시작도 하구요?"

나는 머뭇거렸다.

"그렇겠죠."

겨우 외삼촌 휘하의 측근과, 아니, 사실대로 말하자면 지극히 평범하고, 몰인정하게 말해 평범한 모험가보다 별로 나을 것도 없는 남자와 내 미래를 얘기하는 것이 내키지 않았다.

"하지만 당신 같은 여인에게 지금은 그다지 편안한 상황이 아니겠군요. 어린 아이 둘을 가진 스물두 살의 젊은 여인에게 말이죠. 앞길이 창창한데, 그런데도 당신의 미래는 당신 언니에 묶여 있죠. 당신은 언니의 그림자 아래에 있어요. 한때 모든 사람들에게 가장 사랑받았던 당신이 말이에요."

내 인생에 대한 너무나 처량하면서도 정확한 요약에, 나는 다소 숨이 막혔다.

"여자한테는 다 그런 거예요."

마음이 뜨끔해 솔직하게 말해버렸다.

"선택할 수 있는 게 아니에요―그건 인정해요. 하지만 여자는 재산을 벌 수 있는 바로 그 도구예요. 남편이 살아 있었다면 그이는 대단한 명예를 하사받았을 거예요. 우리 오빠는 조지 경이고, 우리 아버지는 백작이세요. 그리고 나는 내 남편의 번영을 함께 누렸겠죠.

하지만 실상 난 여전히 불린 가이자 하워드 가 여자예요. 땡전 한 푼도 없는 건 아니라구요. 내겐 장래성이 있어요."

"당신은 모험가예요. 나처럼요. 아니면 좌우간 그렇게 될 수도 있어요. 당신 가족이 앤 양에게 무척 집중하고 있고, 앤 양의 미래 역시 무척 불확실한 지금, 당신은 자신의 미래를 개척할 수 있어요. 당신 스스로가 선택하는 거예요. 집안 식구들은 지금 잠시 당신을 다루는 걸 잊었어요. 바로 이 순간에 당신은 자유로워질 수 있는 거예요."

나는 그 자신에게로 주의를 돌렸다.

"그게 당신이 결혼하지 않은 이유인가요? 자유로워지기 위해서요?"

스태퍼드가 나를 보며 웃었다. 볕에 타 가무잡잡한 그의 얼굴에서 하얀 이가 빛났다.

"아, 그럼요. 난 어느 남자도 먹여 살릴 의무가 없고, 어느 여자도 책임질 의무가 없죠. 난 당신 외삼촌의 부하이고 그의 제복을 입고 있지만, 난 내 자신을 당신 외삼촌의 농노라고 생각하진 않아요. 난 자유의 몸으로 태어난 잉글랜드 사람이에요. 내가 알아서 내 갈길 가는 거죠."

"당신은 남자잖아요. 여자는 달라요."

"그렇죠. 그 여자가 나와 결혼한 경우라면 얘기가 달라지지만요. 그렇다면 우리는 함께 우리의 길을 개척할 수 있을 거예요."

그가 인정했다.

나는 조용히 웃으며 어린 헨리를 가까이 끌어안았다.

"당신은 당신의 길을 정말로 돈 없이 개척해나가겠군요. 당신 윗사람의 뜻을 거스르고, 부모님의 축복도 받지 못하고 결혼한다면 말이죠."

스태퍼드는 전혀 기분 상해하지 않았다.

"그것보다 더 나쁜 시작도 있는걸요. 난 상대자의 아버지가 지참

금과 서약으로 나를 결박하는 것보다, 그녀를 돌봐줄 수 있는 나의 능력에 그녀의 인생을 거는 내 자신을 사랑해주는 여자를 선택하겠어요."

"그럼 그 여자는 뭘 얻는 거죠?"

그가 나를 정면으로 응시했다.

"내 사랑이오."

"그 사랑이 가족과의 불화도 감수할 가치가 있나요? 당신의 윗사람과도요? 그 여자 가족의 친족과도요?"

제비들이 성의 작은 탑 아래 조그만 진흙 컵 같은 둥지를 짓고 있는 데로 그는 눈길을 돌렸다.

"난 새처럼 자유로운 여자를 얻고 싶어요. 사랑 때문에 내게 오고, 사랑 때문에 나를 원하고, 그 무엇보다 나를 사랑해주는 그런 여자요."

"바보를 아내로 맞이하겠군요."

내가 날카롭게 말했다.

스태퍼드는 다시 내 쪽을 보더니 미소 지었다.

"원하는 여자를 여태껏 만나지 못했으니 차라리 잘된 거네요. 바보 두 명 대신 한 명도 안 생겼으니."

나는 고개를 끄덕였다. 이 말싸움에서 내가 승리한 것 같았지만, 어쩐지 해결이 안 된 것 같기도 했다.

"난 한동안 결혼 안 한 상태로 지내고 싶어요."

내가 듣기에도 의심스러웠다.

"나도 그러길 바랍니다. 안녕히 계세요, 캐리 영부인."

그가 묘하게 말하고는 막 떠나려 했다.

"바지를 입든 아동복을 입든, 당신의 아들은 여전히 당신의 어린 아들일 거란 걸 아시게 될 겁니다. 난 우리 어머니를 돌아가시는 날까지 사랑했는걸요. 하느님의 가호가 어머니께 있길. 그리고 난 언제나 어머니의 어린 아들이었어요. 내가 아무리 크고 마음에 안 들게 되었을지라도요."

스태퍼드가 부드럽게 말했다.

* * *

헨리의 곱슬머리를 잃는 것에 대해 걱정하지 말았어야 했다. 머리
칼을 깎았을 때, 나는 다시 한 번 헨리의 무척 아름다운 둥근 머리와
부드럽고 연약한 목을 볼 수 있었다. 더 이상 아기처럼 보이지는 않
았지만, 헨리는 아주 조그맣고 무척 매력적인 어린아이처럼 보였다.
나는 헨리의 머리에 손바닥을 오목하게 얹고, 아이의 체온을 느끼기
를 좋아했다. 성인 옷을 입은 헨리는 모든 면에서 왕자처럼 보였고,
내 의지와는 상관없이 헨리가 언젠가 잉글랜드 왕좌에 앉게 될지도
모른다고 생각하기 시작했다. 헨리는 왕의 아들이자 언젠가 잉글랜
드 왕비 지위를 손에 넣게 될 여자에게 입양되어 있었다—그러나 이
런 이유보다, 헨리는 내가 여태껏 본 중 가장 훌륭하고 왕자다운 사
내아이였다. 마치 세상을 소유하고 있는 듯 아이는 자기 아버지처럼
엉덩이에 손을 얹고 서 있곤 했다. 헨리는 어느 엄마도 본 적이 없
을, 엄마가 부르는 소리에 마치 매가 휘파람 소리를 따르듯 엄마를
믿고 초지를 질러 달려오는 모습을 보이는 상냥한 심성의 아이였다.
올여름 헨리는 멋진 아이로 성장해 있었다. 듬직한 사내아이다운 모
습을 보고, 또 앞으로 자라 청년이 될 것을 생각하며, 아기였던 헨리
때문에 나는 더 이상 슬퍼하지 않았다.

그러나 나는 내가 아이를 또 한 명 갖고 싶어한다는 것을 깨달았
다. 사내아이로서의 헨리의 아름다움은 내가 내 아기를 잃었다는 것
을 뜻했고, 왕위를 향한 거대한 게임의 또 다른 앞잡이가 아닌, 그 자
체로써 사랑받는 아이를 갖는 것은 어떠할지 생각해보았다. 나를 사
랑해주고, 우리가 함께 기를 아이를 기다리는 남자의 아이를 갖는
것은 어떠할지. 그 생각이, 무척 조용하고 침울한 기분으로, 나를 궁

정으로 되돌아가게 했다.

윌리엄 스태퍼드는 나를 리치몬드 궁전으로 호위하기 위해 도착했다. 그는 말들이 정오에 쉴 수 있도록 아침 일찍이 떠나자고 요청했다. 나는 아이들에게 작별의 입맞춤을 해주고 마구간 뜰로 나왔다. 스태퍼드가 나를 안장으로 들어올려 주었다. 아이들을 떠나게 되어 울고 있었는데, 창피스럽게도, 위로 쳐든 그의 얼굴에 내 눈물 한 방울이 떨어졌다. 그는 손가락 끝으로 눈물을 훔쳤지만, 손을 바지에 닦는 대신 손가락을 입술에 갖다 대더니 그것을 핥았다.

"뭐 하시는 거예요?"

단번에 그는 죄진 듯이 보였다.

"나한테 눈물을 떨어뜨리지 마셨어야죠."

"핥지도 마셨어야죠."

나는 소리쳐 대답했다.

스태퍼드는 대답하지도 즉각 떠나가지도 않고 있었다. 그러더니 그는 "승마."라고 구령하고 내게서 돌아서서 자기 안장 위에 휙 올라탔다. 작은 기마행렬이 성의 안뜰로 나왔다. 내가 떠나는 모습을 보기 위해 침실 창문에서 무릎을 꿇고 서 있는 내 아들과 딸에게 나는 손을 흔들었다.

우리는 도개교를 건넜다. 속이 빈 나무판자 위로 말굽이 번개소리처럼 울렸다. 우리는 굴곡지고 길게 늘어진 길을 내려 정원 끝으로 말을 몰고 갔다. 윌리엄 스태퍼드는 자기 말을 앞쪽으로 조심스레 몰아 내 말 옆으로 왔다.

"울지 마세요."

그가 불쑥 말했다.

나는 곁눈으로 그를 힐금 보며, 제발 나를 두고 부하들과 함께 가기를 바랐다.

"안 울어요."

"울고 있잖아요. 게다가 난 질질 짜는 여자를 런던까지 내내 에스코트할 수 없어요."

스태퍼드가 반박하며 이어 말했다.

"난 질질 짜는 여자가 아니에요. 하지만 아이들을 떠나는 건 정말 싫어요. 또 1년 동안 볼 수 없다는 걸 알고 있단 말이에요. 1년 동안이나요! 그러니 아이들을 떠나는 데 좀 슬퍼해도 괜찮다고 생각하는데요."

나는 다소 짜증을 부리며 말했다.

"아뇨. 왜 아닌지 말씀드리죠. 당신은 나에게, 여자는 가족이 시키는 대로 해야 한다고 분명하게 말하셨죠. 당신 가족은 당신을 아이들과 떨어져 살도록 명했고, 심지어는 언니의 슬하로 당신 아들을 주게끔 했어요. 그런 그들과 맞서 싸우고, 아이들을 되찾으려 하는 게 질질 짜는 것보다 더 현명한 겁니다. 불린 가 사람이자 하워드 가 사람으로 사는 걸 택하신다면, 차라리 기쁜 마음으로 복종하는 편이 나을 겁니다."

그가 단호히 말했다.

"혼자 가고 싶어요."

내가 차갑게 말했다.

스태퍼드는 즉시 말에 박차를 가해 앞으로 나아가더니, 앞쪽에서 호위하고 있는 부하들에게 뒤로 물러나라고 지시했다. 그들은 모두 내게서 여섯 걸음 뒤로 물러났고, 나는 내내 침묵과 고독 속에서 런던까지의 기나긴 여정 길에 올랐다. 정확히 내가 지시한 대로.

1530년 가을

　궁정은 리치몬드로 이동해 있었다. 앤 언니는 시골에서 헨리 왕과 함께 행복한 여름을 보내며 종일 싱글벙글했다. 그들은 매일 같이 사냥을 하고, 왕은 언니에게 선물에 선물을 잇달아 주었다. 사냥말을 위한 새 안장과 새 활과 화살 한 세트였다. 왕은 마구장이에게 아름다운 뒤안장을 만들라고 명했다. 그리하여 언니가 왕의 뒤에 앉아 그의 허리에 팔을 두르고 어깨에 머리를 기댄 채 말을 타며 함께 속삭일 수 있었다. 어디를 가든지 그들은, 국민들에게 존경받고 있으며, 국민들은 그들의 계획을 찬성하고 있다는 말을 들었다. 어디를 가든지 그들은 충성스런 연설과 시와 가면극과 활인화로 환영받았다. 모든 저택들이 꽃잎을 흩뿌리고 발밑에 허브를 새로 뿌려 그들을 반겼다. 앤 언니와 헨리 왕은 확실한 미래를 가진 환상의 한 쌍이라고 거듭거듭 확신되었다. 도저히 아무것도 잘못될 수 없었다.

　프랑스에서 돌아온 아버지는 이 상황에 훼방 놓을 말은 하지 않기로 결심했다.

　"그 둘이 행복하다면, 그것 참 다행이지요."

　아버지가 외삼촌에게 말했다. 우리는 강 위쪽의 언덕 사적장에 있는 앤 언니를 지켜보고 있었다. 언니는 솜씨 좋은 사수였다. 언니가 우승 상품을 탈 것 같아 보였다. 오직 단 한 명의 여인인 엘리자베스

페러즈 영부인만 언니를 이길 듯이 보였다.

"좋은 변화야. 자네 딸 말이야, 마구간 고양이 같은 성깔을 갖고 있지 않은가."

외삼촌이 심술궂게 말했다.

아버지가 편한 마음으로 쿡쿡 웃었다.

"제 엄마를 닮았지요. 하워드 가 여자들은 쳐다보기만 해도 모두 곧장 이쪽이나 저쪽으로 덤벼들죠. 어리셨을 적 누이와 꽤나 싸웠겠어요."

외삼촌은 냉담한 표정이었다. 그는 그 친밀한 어조를 북돋지 않았다.

"여자는 제 본분을 알아야지."

그가 차디차게 말했다.

아버지는 재빨리 나와 시선을 주고받았다. 하워드 집안의 일상적인 소란은 잘 알려져 있었다. 별로 놀랍지도 않았다. 외삼촌은 아내가 아들들을 낳아주자마자 내놓고 정부를 두었다. 외숙모는 자기가 육아실의 세탁부일 뿐이었으며, 이날까지 그 둘은 더러운 시트 위에 누워야만 겨우 잠자리를 가질 수 있었다고 단언했다. 외숙모와 외삼촌 사이의 증오는 궁정에서 꾸준히 입방아에 오르는 인기 있는 관심거리였다. 겉모양새로 화합을 유지하며 공공장소에 함께 나타나야 할 때나, 외삼촌이 공식 행사에 외숙모를 데리고 다니는 것은 연극이나 마찬가지였다. 외삼촌은 외숙모의 손가락 끝에서도 아주 끝장을 내려는 것 같았고, 외숙모는 외삼촌에게서 빨지 않은 바지와 더러운 주름 깃 냄새라도 나는 듯 고개를 돌렸다.

"우리는 모두 형님처럼 여자 복이 있진 않으니까요."

아버지가 말했다.

외삼촌이 깜짝 놀라 아버지를 쏘아보았다. 너무도 오랫동안 가문의 수장으로 있어, 외삼촌은 복종 받는 것에 익숙해 있었던 것이다. 그러나 아버지는 이제 자기 자신이 백작이 되었고, 그 순간 활을 쏘아 과녁 한복판에 명중시킨 그의 딸은, 왕비가 될 수도 있었다.

앤 언니는 웃으면서 돌아섰고, 헨리 왕은 언니에게서 떨어져 있지 못하고 의자에서 벌떡 일어서더니 황급히 사적장을 내려가 궁정 사람들 모두가 보는 앞에서 언니의 입에 키스했다. 모두 웃으며 박수 쳤고, 엘리자베스 영부인은 가장 총애받는 이에게 진 분한 감정을 가능한 한 감추며, 앤 언니가 금빛 왕관처럼 생긴 조그만 머리장식을 따낼 때, 왕에게서 조그만 보석을 받았다.

"왕관이라."

왕이 언니에게 왕관을 내미는 모습을 지켜보며 아버지가 말했다.

은밀하고 자신만만한 몸짓으로, 앤 언니는 두건을 벗고, 검은 머리칼이 이마에서 뒤쪽으로 풍성하고 윤기 있게 곱슬곱슬 떨어져 내린 모습으로 우리 모두 앞에 섰다. 헨리 왕은 한걸음 나아가 언니의 머리 위에 왕관을 씌웠다. 모든 것이 완전히 침묵하며 멈추었다.

그 팽팽한 긴장감을 깬 사람은 왕의 광대였다. 그는 왕의 뒤에서 춤을 추며 얼굴을 비죽 내밀고는 앤 언니를 쳐다보았다.

"아, 앤 양! 당신은 황소의 눈(bull' s eye: 과녁의 복판)을 겨냥하셨지만, 다른 곳에 바로 명중하셨네요. 바로 황소의 불······."

광대가 소리쳤다.

헨리 왕은 껄껄 웃으며 그에게 달려들어 소맷부리를 잡아채려 했으나 광대는 잽싸게 몸을 피했다. 궁정 사람들은 한바탕 크게 웃음을 터뜨렸고, 앤 언니는 아름다운 얼굴을 붉혔다. 검은 머리 위에 조그만 궁술 왕관이 반짝반짝 빛났다. 언니는 광대를 보고 고개를 젓고 손가락을 흔들고는, 어리둥절해하며 헨리 왕의 어깨로 얼굴을 돌렸다.

리치몬드 궁전이 줄 수 있는 두 번째로 가장 좋은 처소에서 나는 앤 언니와 함께 침실을 썼다. 왕비의 처소만큼은 아니었지만, 다음으로 가장 좋은 방들이었다. 앤 언니는 마음대로 몇 개의 방들을 차지하고는 왕비만큼, 거의 왕만큼이나 호화찬란하게 꾸밀 수 있었지만, 왕비가 결코 그곳에 있지 않아도 왕비의 처소에서 사는 것은 아직 허락되지 않는다는 명문화되지 않은 규칙이 있는 것 같았다. 이전 어떤 궁정과도 달리 이 궁정에서는 새로운 의례조서들이 늘 만들어져야 했다.

앤 언니는 화려하게 꾸민 침대 위에 가운이 구겨지는 것도 상관 않은 채 벌러덩 누워 있었다.

"여름 잘 보냈어? 아이들은 건강해?"

언니가 느긋하게 물었다.

"응."

나는 무뚝뚝하게 대답했다. 두 번 다시 나는 언니에게 내 아들에 대해 쾌히 말해주지 않을 것이다. 언니가 그 아이의 엄마 자격을 주장했을 때 이모가 될 권리는 박탈당한 것이었다.

"너, 외삼촌이랑 같이 활 쏘는 거 보고 있었지."

언니가 말했다.

"외삼촌께서 무슨 말을 하셨어?"

나는 돌이켜 생각해보았다.

"별말 안 하셨는데. 그냥 언니랑 폐하가 행복해 보인다고."

"나, 외삼촌께 울지 추기경을 끝장냈으면 좋겠다고 말씀드렸어. 추기경이 내게 등을 돌렸거든. 마마를 지지하고 있어."

"언니, 추기경께선 자신의 지위도 잃으셨어. 확실히 그 정도면 됐잖아."

"마마와 내통하고 있었어. 난 그 작자가 죽었으면 좋겠어."

"하지만 언니의 친구셨잖아."

언니는 고개를 저었다.

"폐하를 만족시키려고 우리 둘 다 각자의 역할을 한 것뿐이야. 울지 추기경은 자기 송어 연못에서 내게 물고기를 보내줬고, 난 그 작자에게 조그만 선물들을 보냈어. 하지만 난 단 한 번도 그 인간이 헨리 퍼시에 대해 내게 어떻게 얘기했는지 잊지 않았고, 그도 내가 불린 가 사람이자 자기처럼 벼락출세했다는 걸 결코 잊지 않았지. 그 인간은 나를 질투했고, 나도 질투했어. 내가 프랑스에서 집으로 돌아오자마자 우린 원수지간이었어. 그는 날 보려고도 하지 않았어. 추기경은 내가 어떤 힘을 갖고 있는지 이해하지조차 못했어. 아직도 날 이해하지 못하고 있다구. 하지만 죽는 순간에는, 알게 될 거야. 난 그 인간의 집을 가졌어. 목숨도 가질 거야."

"추기경은 늙으신 분이야. 크나큰 자존심이자 기쁨이었던 부와 직위 모두 잃으셨다구. 요크의 주교관구로 물러나시는 거야. 복수하고 싶으면, 그냥 거기서 썩게 내버려둬. 그 정도면 충분히 복수하는 거잖아."

앤 언니는 고개를 흔들었다.

"아직은 안 돼. 폐하께서 여전히 그 인간을 사랑하시는 동안은 안 돼."

"폐하께선 언니만 사랑하셔야 된다는 거야? 오랜 세월 동안 아버지처럼 자신을 보호하고 인도해준 남자조차 사랑하면 안 된다는 거야?"

"그래, 폐하는 나만 사랑하셔야 돼."

나는 깜짝 놀랐다.

"폐하를 원하게 된 거야?"

언니가 맞대놓고 비웃었다.

"아니, 그렇지만 나와, 내가 믿을 수 있는 사람들 외에 누구도 보지도 대화하지도 못하게 하겠어. 내가 누굴 믿을 수 있지?"

나는 고개를 저었다.

"너―어쩌면. 조지 오빠―언제나. 아버지―보통은. 어머니―가끔. 외삼촌―자기 입맛에 맞는다면. 외숙모는 아니야, 캐서린 왕비에게로 넘어갔잖아. 어쩌면 서퍽 공작. 그렇지만 아내 메리 튜더는 안 돼. 내가 그렇게 높이 출세하는 꼴을 못 견딜 테니까. 그 밖에 누가 있지? 아니다. 그게 다야. 어쩌면 나한테 다정다감한 남자들. 우리 사촌 프랜시스 브라이언, 어쩌면 프랜시스 웨스튼, 조지 오빠와의 우정 때문이지. 토머스 와이엇 경은 아직도 날 마음에 두고 있어."

언니는 침묵하며 다른 손가락 하나를 들어올렸다. 우리는 둘 다 너무나도 먼 노섬벌랜드에서, 결연하게 절대 궁정에 오지 않으면서, 행복하지 않아 끙끙 앓고 있고, 외딴 곳에서 마지못해 결혼한 아내와 함께 사는, 헨리 퍼시를 생각하고 있다는 것을 알고 있었다.

"열! 내가 무너지는 꼴을 보면 기뻐할 세상 전부 중에서 내가 잘되길 바라는 사람은 딱 열 명이야."

언니가 조용히 말했다.

"하지만 추기경께선 이제 언니에게 해가 될 아무것도 하실 수 없어. 모든 권력을 잃으셨잖아."

"그렇다면 지금이 바로 파멸하기에 무르익은 때네. 지금이야말로 모든 힘을 잃고, 그저 패배한 늙은이일 뿐이니까."

서퍽 공작과 외삼촌 사이에서 꾸민 어떤 음모였지만, 앤 언니의 각인이 찍혀 있었다. 외삼촌은 울지 추기경이 교황에게 보낸 편지의 증거를 갖고 있었고, 옛 친구를 고관 직위로 되부를 마음이 있었던 헨리 왕은 다시 한 번 추기경을 등지게 되고 체포 명령을 내렸다.

추기경을 체포하러 보낼 귀족은 앤 언니가 선택했다. 언니를 어리석고 오만불손한 여자라고 부른 남자를 향한 언니의 마지막 몸짓이었다. 노섬벌랜드의 헨리 퍼시가 요크에 있는 울지 추기경을 찾아가 반역죄로 구속하였고, 기나긴 길을 지나 런던으로 돌아가서도 이제는 왕의 소유가 된 그의 멋진 궁전인 햄프턴 궁정에도, 이제는 화이트홀로 개명되어 앤 언니의 소유가 된 아름다운 런던 저택 요크 플레이스에서도 지내지 못하며, 대신 반역자로서 런던탑으로 가 재판을 기다릴 것을 전했다. 그전에도 다른 사람들이 탑으로 끌려가 단두대로 향하는 짧은 길을 걸었던 것처럼.

헨리 퍼시는 그들을 갈라놓고, 이제는 피로와 절망으로 앓고 있는 남자를 앤 언니에게 보내는 데 잔인한 기쁨을 느꼈을 것이다. 그러나 울지 추기경이 길에서 죽음으로써 그들 모두에게서 도피한 것은 헨리 퍼시의 잘못이 아니었다. 앤 언니가 얻을 수 있는 유일한 만족감은, 언니가 사랑했던 사람으로 하여금 그들을 갈라놓은 남자에게 언니의 복수가 마침내 찾아왔다고 말한 것이었다.

1530년 크리스마스

크리스마스를 위해 왕비는 그리니치에서 궁정 사람들과 만났고, 앤 언니는 죽은 추기경의 오래된 저택에서 경쟁할 만한 크리스마스 축제를 열었다. 왕이 왕비와 함께 공식으로 식사를 하고 난 후, 조용히 빠져나와 왕실 바지선을 불러 화이트홀의 층계까지 노를 저어 가서 앤 언니와 함께 또 다른 만찬을 먹는다는 것은 공공연한 비밀이었다. 이따금 왕은 신하들을 골라―나를 포함해서―데리고 갔고, 우리는 강에서 유쾌한 밤을 보냈다. 살을 에는 듯한 차디찬 바람을 막으려 몸을 따뜻하게 감싸고 집으로 돌아오는 배 안에서 별들은 우리의 머리 위에서 반짝반짝 빛났고, 가끔은 커다랗고 하얀 달이 우리의 길을 밝혀주기도 했다.

나는 다시 왕비의 시녀들 중 하나가 되었고, 그녀에게서 커다란 변화를 보게 되어 무척 충격이었다. 고개를 들고 헨리 왕을 위해 미소지을 때, 왕비는 더 이상 어떤 기쁨도 눈가로 불러오지 못했다. 헨리 왕이 그녀에게서 기쁨을 쫓아낸 것이다. 어쩌면 평생. 여전히 왕비는 이전과 같이 조용하고 위엄 있었으며, 여전히 이전과 같이 스페인의 공주이자 잉글랜드의 왕비로서 자신만만했으나, 남편이 자신을 사랑하는 것을 아는 여자만의 홍조는 두 번 다시 되찾을 수 없었다.

어느 날 우리는 그녀의 처소 난롯가에 제단보를 난로의 한쪽에서

부터 다른 쪽까지 펼쳐놓고 함께 앉아 있었다. 나는 아직도 끝내지 못한 파란 하늘을 작업하고 있었고, 왕비는 그녀답지 않게, 파란색을 미뤄두고 다른 색으로 옮아갔다. 해야 할 일을 끝마치지 않고 내버려두는 것을 보고, 그녀가 실로 지친 거라고 생각했다. 보통 왕비는 무슨 대가를 치르더라도 끝까지 해내는 여자였다.

"이번 여름에 아이들을 보았나?"

왕비가 물었다.

"예, 마마. 캐서린은 이제 어른 옷을 입고, 프랑스어와 라틴어를 배우고 있답니다. 헨리의 곱슬머리도 잘랐구요."

"아이들을 프랑스 궁정으로 보낼 건가?"

불안감으로 가슴이 뜨끔했다. 나는 그것을 감출 수 없었다.

"적어도 아직은 아닙니다. 아직도 너무 어리니까요."

그녀가 나를 보며 웃었다.

"캐리 영부인, 너무 어려서도, 너무 사랑스러워서도 아니라는 걸 알지 않는가. 아이들은 자기 의무를 배워야 해. 자네도 나도 그랬던 것처럼."

나는 머리를 숙였다.

"마마께서 옳으시다는 건 알고 있습니다."

내가 조용히 말했다.

"여자는 자기 의무를 알아야 해. 그 의무를 행하고, 하느님께서 자신을 기꺼이 부르신 곳에서 살기 위해서는."

왕비가 말했다. 그녀가 언니를 생각하고 있음을 알고 있었다. 하느님이 기꺼이 부른 곳에 있지는 않아도, 대신 미모와 기지로 얻은, 상당히 영광된 새로운 신분으로 그리고 이제는 끊임없는 철두철미한 활동으로 그것을 계속 유지하는 언니를.

노크 소리가 들리더니, 외삼촌의 부하 한 명이 문간에 나타났다.

"노퍽 공작부인께서 오렌지를 선물로 보내셨습니다. 쪽지도요."

나는 자리에서 일어나, 짙은 초록색 잎사귀 속에 오렌지가 가지런히 담긴 예쁜 바구니를 받아들었다. 외삼촌의 문장이 위쪽에 눌러져 표시된 편지가 있었다.

"쪽지를 읽어보게."

왕비가 말했다. 나는 과일을 탁자 위에 내려놓고 편지를 열었다. 그리고는 소리 내어 읽었다.

"왕비마마, 마마께서 태어나신 나라에서 신선한 오렌지 한 통을 받았으므로, 오렌지를 골라 저의 안부와 함께 감히 먼저 양해도 구하지 않고 보내드립니다."

"참으로 친절하시구나. 내 침실에 놓아두겠나, 메리? 그리고 선물 감사하다고 내 이름으로 자네 외숙모께 답장을 써주게."

왕비가 차분하게 말했다.

나는 일어서서 바구니를 방으로 가져갔다. 문간에 양탄자가 깔려 있었다. 양탄자에 구두 굽이 걸렸다. 몸을 가누려고 비틀거리다가 오렌지가 사방으로 굴러 떨어졌다. 오렌지는 남학생들이 가지고 노는 구슬처럼 바닥을 데굴데굴 굴렀다. 나는 중얼거리듯이 작은 소리로 욕을 내뱉고는, 왕비가 들어와 겨우 간단한 심부름인데 내가 무슨 난장판을 만들었는지 보기 전에 서둘러 오렌지를 바구니에 담기 시작했다.

다음 순간 나는, 나를 얼어붙게 만드는 무언가를 발견했다. 바구니 밑바닥에, 비비 꼬인 조그만 종이가 있었다. 나는 종이를 펼쳤다. 종이는 조그만 숫자들로 빼곡히 차 있었다. 글자는 아예 없었다. 암호였다.

오렌지가 사방으로 흩어져 있는 채 무릎을 꿇고, 나는 오랫동안 그대로 가만히 있었다. 그런 다음, 나는 천천히 떨어진 오렌지를 원래대로 주워 담아 낮은 수납함 위에 올려두었다. 심지어는 한걸음 뒤로 물러나 감상하며 위치를 바꾸기도 했다. 그러고 나서 주머니에 쪽지를 넣고, 내가 세상에서 누구보다 사랑하는 여자와 함께 앉아 있기 위해 방으로 돌아왔다. 나는 왕비 옆에 앉아 제단보를 수놓으면서, 언제 터질지 모를 얼마나 꽉 억눌린 재앙이 내 주머니 속에 들어 있는지, 그리고 나는 그것을 갖고 무얼 해야 할지 궁리했다.

선택의 여지가 없었다. 처음부터 끝까지 내게는 선택의 여지가 없었다. 나는 불린 가 사람이었다. 나는 하워드 가 사람이었다. 나의 가족에 매달리지 않으면, 나는 아이들을 부양할 재산도 없고, 미래도 없으며, 보호받지도 못하는 보잘것없는 사람이 되는 것이다. 나는 외삼촌의 처소로 쪽지를 가지고 가서 외삼촌 책상 위에 내려놓았다.

외삼촌은 반나절 만에 암호를 풀었다. 그리 복잡한 음모는 아니었다. 스페인 대사가 외숙모에게 은밀히 말해서 외숙모가 왕비에게 전한, 단지 희망을 주는 메시지일 뿐이었다. 그다지 효과적인 음모는 아니었다. 그것은 사막에서 편 음모였다. 왕비에게 약간의 위안을 주려던 것뿐 다른 아무 뜻은 없었다. 그리고 이제 내가 그 위안을 왕비에게서 빼앗는 도구가 되었던 것이다.

외삼촌의 처소에서 외삼촌이 아내에게, 그녀가 왕과 자기에 반대하는 배반자라고 소리치며 크게 싸운 다음, 왕이 직접 외숙모에게 왕실 충고를 함으로써 모든 소문들이 터져 나오게 되었을 때, 나는 왕비를 찾아갔다. 왕비는 자기 방에서 창밖으로 보이는 꽁꽁 얼어붙은 정원을 내다보고 있었다.

모피로 따뜻하게 몸을 감싼 몇몇 사람들이 왕비와 경쟁되는 궁정에 있는 언니를 방문하러 바지선이 기다리고 있는 강가를 내려갔다. 방에서 혼자 침묵 속에 서서, 왕비는 그들이 떠나는 것을 지켜보았다. 광대가 그들 주위를 깡충깡충 뛰어다니고 있었고, 가는 길에 악사 한 명은 류트를 켜며 노래를 불러주었다.

나는 왕비 앞에 무릎을 꿇었다.

"제가 공작부인의 쪽지를 외삼촌께 드렸습니다. 오렌지 속에서 발견했습니다. 절로 제 손에 들어오지 않았더라면, 절대 일부러 찾진 않았을 겁니다. 저는 항상 마마를 배신하는 것 같지만, 그건 결코 제 의지가 아닙니다."

내가 직설적으로 말했다.

왕비는 그런 건 별로 중요하지 않다는 듯 숙이고 있는 나의 머리를 힐끗 쳐다보았다.

"누구도 조금이라도 다르게 행동했을 거라고 생각지 않네. 자네는 내가 아니라 하느님께 무릎을 꿇어야 해, 캐리 영부인."

그녀가 말했다.

나는 일어서지 않았다.

"용서를 빌고 싶습니다. 마마의 이익에 상반되는 가문에 속해 있는 것이 제 운명입니다. 다른 시기에 제가 마마의 시녀였더라면, 마마께선 결코 저를 의심하지 않으셨어도 됐을 겁니다."

"유혹에 빠지지 않았더라면, 타락하지도 않았겠지. 나를 배반하는 것이 자네에게 이익이 되지 않았더라면, 자네는 내게 충실했겠지. 썩 물러가게, 캐리 영부인. 자네는 족제비처럼 자기 목적만 달성하려 애쓰면서 어느 쪽도 절대 쳐다보지 않는 자네 언니보다 나을 게 없어. 원하는 걸 손에 넣으려는 불린 가 사람들을 막을 수 있는 건 아무것도 없지. 나도 그건 아네. 이따금 난 앤 양이 어떤 수단도 가리지 않을 거라고 생각하네. 내 죽음조차도. 그리고 난 자네가 그런 자네 언니를 도울 거란 걸 알고 있어. 자네가 아무리 나를 사랑할지라도, 자네가 내 어린 시녀였을 적에 내가 아무리 자네를 사랑했을지라도─자네는 자네 언니의 걸음걸이 뒤에 늘 있겠지."

"제 언니니까요."

내가 격렬하게 대답했다.

"난 자네의 왕비야."

그녀가 얼음처럼 차갑게 말했다.

마루청 위에서 무릎이 아팠지만 움직이고 싶지 않았다.

"언니는 제 아들을 맡고 있습니다. 국왕 폐하를 마음대로 하고 있구요."

"물러가게. 곧 있으면 크리스마스 축제가 끝날 것이고, 우리는 부활절까지 다시 만나지 않겠지. 곧 교황께서 결정을 내리시고, 폐하께 나와의 결혼을 지켜야 한다고 말씀드리고 나면, 자네 언니는 다음 수단을 취하겠지. 내가 뭘 기대해야 한다고 생각하나? 반역죄? 아니면 내 식사에 독을?"

"그러진 않을 겁니다."

"그럴 게야. 그리고 자네가 도와주겠지. 썩 물러가게나, 캐리 영부인. 부활절까지 다시 자네를 보고 싶지 않아."

왕비가 단호하게 말했다.

나는 일어서서 뒤로 물러났다. 문간에서 나는 황제에게 바치는 것만큼 낮게 무릎을 굽혀 정중히 절했다. 왕비에게 눈물 젖은 내 얼굴을 보이지는 않았다. 나는 부끄러워하며 절했다. 방에서 나와 문을 닫았다. 자신의 원수를 예우하러 강을 내려가기 시작하며 웃고 떠드는 궁정 사람들을 꽁꽁 얼어붙은 정원 너머로 내려다보고 있는 왕비를 홀로 두고 나왔다.

궁정의 사람들 대부분이 외출하여 정원은 조용했다. 나는 차디찬 두 손을 소매 속 모피 안으로 깊숙이 찔러 넣고, 머리를 숙이고 양 뺨은 눈물로 얼어붙은 채 강 쪽으로 걸어 내려갔다. 별안간 내 앞에 초라한 장화 한 쌍이 멈춰 섰다.

나는 천천히 위를 올려다보았다. 주의를 갖고 유심히 보면 멋진 다리 한 쌍, 따뜻한 더블릿, 갈색 퍼스티언 망토, 생글거리는 얼굴. 윌리엄 스태퍼드.

"궁정 사람들과 언니를 만나려 함께 안 갔어요?"

그가 인사말 한마디도 없이 물었다.

"네."

나는 무뚝뚝하게 대답했다.

숙이고 있는 내 얼굴을 그가 유심히 들여다보았다.

"아이들은 잘 지내나요?"

"네."

"그럼 무슨 일이에요?"

"나쁜 짓을 했어요."

내가 대답했다. 수면에 비쳐 눈부시게 반짝이는 겨울 햇빛에 눈을 가늘게 뜨고, 강 위쪽으로 궁정 사람들이 명랑하게 노를 저어 떠나가는 모습을 보았다.

스태퍼드는 기다렸다.

"왕비마마에 대한 무언가를 발견해 외삼촌께 전해드렸어요."

"외삼촌께선 그게 나쁜 짓이라고 생각하셨나요?"

나는 무뚝뚝하게 웃었다.

"물론 아니죠. 외삼촌에 관한 한 난 공을 세웠죠."

"공작부인의 비밀 쪽지로군요."

그가 단번에 알아맞혔다.

"그 소문은 궁전 전체에 떠돌고 있어요. 공작부인께선 궁정에서 추방당하셨구요. 하지만 부인께서 어떻게 꼬리를 잡히게 됐는지는 아무도 몰라요."

"나는……. 누구도 나에게서 진실을 알게 되진 않을 거예요."

내가 어색하게 입을 뗐다.

그는 친숙하게 내 차가운 손을 잡아 그의 팔오금 사이에 끼우고는 강 옆을 따라 걷도록 이끌었다. 햇빛은 우리의 얼굴에 눈부시게 닿았고, 그의 팔과 몸 사이에 끼어 있는 내 손은 점점 따뜻해졌다.

"당신은 어떻게 했겠어요? 당신은 남의 조언을 받지 않고, 자신을 스스로 다스리는 것에 대단히 자부심을 느끼니까 말이에요."

스태퍼드가 곁눈으로 대단히 기뻐하는 빛을 나타냈다.

"우리의 대화를 기억할 것이라는 희망이라곤 감히 품지 못했어요."

"별거 아니에요. 아무 뜻도 없어요."

조금 당황하며 내가 말했다.

"물론 그렇겠죠. 나도 당신과 똑같이 행동했을 거라고 생각해요. 만약 왕비마마의 조카 분께서 침략을 계획하는 내용이었더라면, 읽는 게 정말 중요했을 테니까요."

그는 잠시 생각을 했다.

우리는 궁전 정원의 경계선에서 멈추었다.

"문을 열고 계속 가지 않을래요? 마을에 가서 에일 한 잔이랑 호주머니 가득 채워서 군밤을 먹구요."

스태퍼드가 유혹적으로 물었다.

"아뇨, 마마께서 부활절까지 나를 내보내긴 하셨지만, 저녁에 식사에 참석해야 해요."

그는 돌아서서 아무 말도 하지 않고 내 옆에서 걸었다. 그러나 내 손은 여전히 그의 옆구리에 따뜻하게 끼어 있었다. 정원 문에서 그가 멈추었다.

"그럼 여기서 헤어져야겠군요. 당신을 봤을 때 마구간으로 가던 중이었어요. 제 말이 절름발이가 돼서 마부들이 발굽을 제대로 찜질하는지 보고 싶거든요."

"정말이지, 왜 나 때문에 일을 지체시키셨는지 정말 모르겠네요."

약간 도발적인 목소리로 내가 말했다.

스태퍼드가 나를 똑바로 처다보았다. 조금 숨이 차는 것을 느꼈다.

"아, 아신다고 생각하는데요. 내가 왜 당신을 보러 멈춰 섰는지 아주 잘 아신다고 생각하는데요."

그가 천천히 말했다.

"스태퍼드 씨……."

"발굽에 바르는 연고 냄새가 너무 싫어서 말이죠."

스태퍼드가 재빨리 말했다. 그가 인사를 하더니, 심지어 내가 웃거나 항변하거나, 그를 함정에 빠뜨리는 게 내 희망이었는데 그와 시시덕거리게 하도록 내가 함정에 빠진 사실을 인정하기도 전에 가버렸다.

1531년 봄

추기경의 죽음과 함께, 교회는 가장 커다란 부정 축재자를 잃은 것뿐만 아니라, 가장 위대한 보호자 역시 잃었다는 것을 빠른 시간에 알게 됐다. 헨리 왕은 어마어마한 세금으로 교회에 벌금을 물려 금고들을 비우고, 교황이 여전히 영적 지도자일지는 몰라도 이 땅의 지도자가 훨씬 절실하고 훨씬 강하다는 것을 성직자로 하여금 깨닫게 했다.

왕조차도 혼자서는 해낼 수 없는 일이었다. 교회를 향한 헨리 왕의 공격은 이 시대의 가장 똑똑한 사고 집단들이 뒷받침했다. 그들은 앤 언니가 믿는 책들의 저자였고, 교회가 초기의 순수함으로 돌아갈 것을 요구했다. 신학에 무지한 바로 그 잉글랜드 국민들은 헨리 왕이 잉글랜드 교회에 대한 국민들의 권리를 말하였을 때 그에 반대하여 그들의 신부들이나 수도원들을 지지할 준비가 되어 있지 않았다. 로마에 있는 교회는 사실상 로마의 교회일 뿐이었다. 외국 기관이었고, 현재 외국 황제에 의해 지배되고 있었다. 교회는 첫째로 하느님에 응답하고, 나라의 다른 모든 것이 그렇듯 잉글랜드 국왕에 의해 지배되는 것이 보다 월등히 좋은 것이다. 그 밖에 달리 어떻게 그가 왕이겠는가?

교회 밖의 누구도 이 논리에 맞서 논쟁하지 않았다. 교회 안에서는 오직 왕비의 오랜 친구인, 고집스럽고 충실한 고해 신부 피셔 주교만이 헨리 왕이 자기 자신을 잉글랜드 교회의 최고 수장으로 임명했을 때 항의했을 뿐이다.

"그분을 궁정에 들이는 걸 거절하셔야 해요."

앤 언니가 헨리 왕에게 말했다. 그들은 그리니치 궁전의 알현실에 있는 총안에 앉아 있었다. 왕을 보기 위해 기다리고 있는 청원자들과 그들을 사방으로 둘러싸고 있는 궁정 사람들을 존중하여 언니는 단지 조금 목소리를 낮추었다.

"그분은 항상 왕비마마의 처소로 슬그머니 들어가셔서 몇 시간이고 계속 소곤대신다니까요. 마마께서 고해하시고 그분은 기도하신다고 누가 말할 수 있겠어요? 그분이 마마께 무슨 조언을 주시는지 누가 알겠어요? 두 분께서 무슨 비밀을 짜고 계신지 누가 알겠느냐구요?"

"난 왕비에게 교회의 관례를 들어주지 않을 수 없어. 왕비가 고해하면서 음모를 꾸밀 리는 없지."

왕이 합리적으로 말했다.

"그분은 마마의 스파이에요."

앤 언니가 단호히 말했다.

왕은 언니의 손을 두드렸다.

"안심해, 자기. 난 잉글랜드 교회의 수장이야. 내 결혼은 내가 알아서 할 수 있어. 거의 치러진 거나 마찬가지야."

"피셔 주교께서 우리에 반대하여 말씀하실 거예요. 모두들 그분에게 귀 기울일 거구요."

언니는 초조해했다.

"피셔 주교는 교회의 최고 수장이 아니야. 바로 나지."

헨리 왕이 단어들을 음미하며 되풀이했다.

그는 청원자들 중 한 명을 건너보았다.

"무얼 원하는가? 다가와도 되네."

남자는 종이 한 장을 들고 앞으로 나아왔다. 피후견인 법정이 해결하지 못한 유언에 대한 어떤 싸움 문제였다. 남자를 궁정으로 데려온 아버지는 뒤에 서서 그가 청원하게 두었다. 앤 언니는 헨리 왕 곁에서 아버지에게로 슬쩍 빠져나와 아버지의 옷소매에 손을 대고 속삭였다. 그들은 곧 떨어졌고, 언니는 생글생글 웃으며 왕에게 돌아왔다.

나는 게임을 하려고 카드를 배치하고 있었다. 나는 네 번째 패를 잡을 왕의 측근을 찾아 주위를 둘러보았다. 프랜시스 웨스턴 경이 앞으로 나와 내게 허리 숙여 인사했다.

"제 마음을 걸어도 되겠습니까?"

그가 물었다.

조지 오빠는 우리 둘을 지켜보면서, 시시덕거리는 프랜시스 경의 모습에 미소 짓고 있었다. 오빠의 두 눈은 매우 따뜻했다.

"당신은 걸 수 있는 게 아무것도 없어요. 제가 파란색 가운을 입고 있는 걸 봤을 때 마음을 잃어버렸다고 제게 맹세하셨으니까요."

나는 그에게 상기시켰다.

"하지만 당신이 폐하와 춤추셨을 때 되찾았습니다. 찢어지긴 했지만 되돌아왔죠."

"마음이 아니라 닳아빠진 오래된 화살이지."

헨리 왕이 말했다.

"항상 쏘고 나서 다시 되찾으러 가니 말이야."

"당최 표적을 찾지 못하니까요. 폐하에 대면 저는 형편없는 사수입죠."

프랜시스 경이 말했다.

"자네는 형편없는 카드 놀이꾼이기도 하지. 한 점당 1실링으로 합시다."

헨리 왕이 희망을 가지고 말했다.

* * *

　며칠 밤이 지난 후, 피셔 주교는 병이 나 거의 죽을 뻔했다. 그의 식사 자리에 있던 남자 셋은 독살되었고, 집안의 다른 사람들도 역시 아팠다. 누군가 주교의 요리사를 매수하여 수프에 독을 넣은 것이다. 그날 저녁 피셔 주교가 수프를 원하지 않았던 것은 단지 그의 행운이었다.

　문간에서 아버지에게 무슨 말을 했는지, 아버지는 뭐라고 대답했는지 나는 앤 언니에게 묻지 않았다. 병이 난 주교와 그의 식탁에서 죽은 무고한 세 남자에 어떤 관여라도 했는지 역시 묻지 않았다. 언니와 아버지가 살인자들이라 생각하는 것은 사소한 일이 아니었다. 그러나 울지 추기경을 증오했던 것만큼이나 피셔 주교를 증오한다고 맹세하면서 어두웠던 언니의 얼굴을 나는 기억했다. 이제 추기경은 치욕스럽게 죽었고, 피셔 주교의 식사에는 독이 넣어졌다. 여름 동안의 시시덕거림으로 시작했던 이 모든 일이 이제 내게는 너무도 어둡고 너무도 거대하게 자라나, 나는 어떤 비밀도 알고 싶지 않아졌다. 앤 언니의 어두운 성질에서 나온 좌우명인 "그러므로 이것이 도다—원한을 품는 자에게 원한을"이 마치 언니가 불린 가 사람들과, 하워드 가 사람들과, 나라 자체에 거는 저주처럼 느껴졌다.

　왕비는, 그녀가 예상했던 것처럼, 부활절 축제 동안 궁의 중심에 있었다. 왕은 매일 저녁 그녀와 식사를 하며, 왕과 왕비가 식사하는 것을 보러 런던에서 나왔던 사람들이 집으로 돌아가, 인생의 황금기에 있는 남자가 훨씬 나이가 많고 무척이나 엄숙해 보이는 여자에게 잡혀 있는 것은 안타까운 일이라고 말하도록 온통 싱글벙글 웃었다. 이따금 왕비는 만찬에서 일찍 물러났고, 시녀들은 그녀를 따르든지 대회당에 머무르든지 선택해야 했다. 왕비가 물러날 때 나는 항상 그녀를 따라 자리를 떠났다. 궁정의 끊임없는 소문과 추문, 여자들의 심술과 내 언니의 단단해 보이지만 실은 부서지기 쉬운 마력에 나는 지쳐 있었다. 게다가 계속 머물러 있으면 무엇을 보게 될지 두려웠다. 내가 잉글랜드의 유일한 불린 가 여자였을 때, 내 남편과 함께 할 내 인생에 대해 커다란 희망을 품었던 신혼의 아내였을 적에, 무척이나 높은 기대를 갖고 합류했던 그 궁보다 더 믿을 수 없는 곳이 되어 있었다.

왕비는 이런저런 말없이 내 시중을 받았다. 그녀는 이전의 내 배신에 대해 단 한 번도 언급하지 않았다. 딱 한 번 왕비는 내게 차라리 대회당에 머무르면서 오락과 무도를 보기를 원치 않느냐고 물었다.

"아뇨."

내가 대답했다. 나는 책을 집어 들고, 자리에 앉아 제단보를 바느질하는 왕비에게 책을 읽어주겠다고 말하려던 참이었다. 파란 하늘은 거의 다 완성되었다. 왕비가 얼마나 빠르고 정확히 일했는지 놀라웠다. 제단보는 가운처럼 그녀의 무릎 위로 펼쳐져 호화로운 파란색으로 소용돌이치며 바닥으로 내려져 있었다. 왕비는 이제 단지 하늘의 마지막 모서리만 바느질하면 되었다.

"자네는 춤추는 데 관심 없나? 젊은 과부인 자네가? 구혼자가 없나?"

왕비가 내게 물었다.

나는 고개를 흔들었다.

"없습니다, 마마."

"자네 아버지가 또 다른 짝을 찾아주겠지."

그녀가 당연한 얘기를 꼬집어 말했다.

"아버지께서 말씀이 있으셨나?"

"아뇨, 지금 상황이……. 저희에겐 지금 상황이 무척 불안정하니까요."

제대로 된 신하답게 말을 끝마칠 도리가 없었다.

캐서린 왕비는 콧방귀를 약간 끼며 솔직하게 웃었다.

"내 그 생각은 못 했네. 젊은 남자에게 얼마나 엄청난 도박일까! 그 남자가 자네와 함께 얼마나 출세할지 누가 알겠는가? 얼마나 내려갈지 누가 알겠는가?"

그녀가 인정했다.

나는 다소 힘없이 미소 짓고는 왕비에게 책등을 보여주었다.

"읽어드릴까요, 마마?"

"내가 안전하다고 생각하나? 내 목숨이 위험에 처하게 되면 자네가 내게 경고해주겠지?"

왕비가 내게 불쑥 물었다.

"무엇으로부터 안전하냐는 겁니까?"

"독 말이네."

갑자기 봄날 저녁이 축축하고 으스스해진 듯 나는 몸을 떨었다.

"어두운 시기입니다. 참으로 어두운 시기이죠."

"나도 아네. 무척 좋게 시작했는데 말이야."

왕비는 독에 대한 두려움을 내게만 털어놓았지만, 시녀들은 그녀가 아침을 먹기 전에 그레이하운드 플로에게 먼저 조금 먹이는 것을 보았다. 그 중 한 명, 시모어 가 여자인 제인은 플로가 뚱뚱해질 것이라며 식탁에서 밥을 먹이는 것은 개에게 나쁜 교육이라고 말했다. 다른 누군가는 왕비에게 남은 전부라곤 어린 플로를 사랑하는 마음뿐이라며 웃었다. 나는 아무 말도 하지 않았다. 내가 왕비라면 기꺼이 그들 중 아무에게나 음식을 시험해보게 했을 것이다. 우리는 제인 시모어를 잃어도 별로 그리워하지 않을 것이다.

그리하여 메리 공주가 아프다는 소식이 전해왔을 때, 내 첫 생각은, 왕비와 마찬가지로, 그녀의 예쁘고 똑똑한 딸이 음독되었다는 것이었다. 아마도 내 언니에 의해서.

"무척 아프다고 하는구나. 세상에, 여드레째 아프다고, 아무것도 못 넘긴다고 하는군."

왕비가 의사의 편지를 읽으면서 말했다.

나는 왕실 의례도 잊고, 너무나 심하게 떨려 편지가 팔락거리는 그녀의 손을 잡아주었다.

"독일 리는 없습니다. 공주마마를 음독케 해서는 누구도 이익을 보지 못하니까요."

내가 다급하게 속삭였다.

"공주는 내 계승자야. 나를 겁먹게 해 수녀원으로 보내버리려고 앤이 공주를 음독케 했을까?"

왕비가 말했다. 그녀의 얼굴은 편지만큼이나 하얬다.

나는 고개를 저었다. 앤 언니가 이제 무슨 짓을 할지 나는 확실히 말할 수 없었다.

"어느 쪽이든 난 공주에게 가봐야 해. 폐하는 어디 계실까?"

왕비는 성큼성큼 걸어 가 문을 활짝 열어젖혔다.

"제가 알아보겠습니다. 제가 가게 해주십시오. 마마께서 궁전을 뛰어다닐 수는 없잖습니까."

"아니, 난 폐하를 찾아가서 우리 딸을 보게 해달라고 물어볼 수도 없어. 그 여자가 안 된다고 하면 난 어떡하지?"

왕비가 고통으로 신음하며 말했다.

잠시 나는 아무 대답도 찾지 못했다. 나의 벼락출세한 언니에게 자기 자식을, 게다가 제일왕녀인 그 아이를, 보러 가게 해줄지를 잉글랜드의 왕비가 필사적으로 묻고 있다는 생각은 너무나도 버거웠다. 이런 뒤죽박죽 엉망인 세상에서조차.

"그건 언니가 명령할 수 있는 게 아닙니다, 마마. 폐하께선 메리 공주마마를 사랑하시고, 돌봐줄 어머니도 없이 아프게 내버려두는 것은 원치 않으실 겁니다."

앤 언니는 공주가 아프다는 것을 벌써 알고 있었다. 언니는 이제 모든 것을 알았다. 언제나 뛰어난 조직인 외삼촌의 스파이망은 잉글랜드의 모든 집안에서 하인을 한 명씩 매수하였고, 습득된 정보는 언니를 위한 일들을 도모하는 데 바쳐졌다. 언니는 메리 공주가 크나큰 고뇌로 아프다는 것을 알고 있었다. 어린 소녀는 하인들과 고해 신부 이외에는 말벗도 없이 혼자서 살았다. 그녀는 무릎을 꿇고 아버지의 사랑이 그의 아내인 어머니에게로 돌아오게 해달라고 하느님에게 기도하느라 몇 시간씩 보냈다. 공주는 커다란 슬픔으로 아팠다.

그날 밤, 왕이 왕비의 처소에 들렀을 때 그는 해야 할 대답을 미리 귀띔받고 있었다.

"가서 원한다면 공주를 봐도 됩니다. 그리고 계속 거기 있어요."

왕이 말했다.

"내 축복과 함께. 내 고마움과 함께. 그러니 잘 가시오."

왕비의 혈색이 뺨에서 빠져나가 그녀를 아프고 수척하게 보이게 했다.

"결단코 당신을 떠나지는 않겠어요, 여보. 난 우리 아이를 생각하고 있었어요. 그 아이가 잘 돌봐지고 있는지 당신도 알고 싶으실 거라 생각하고 있었어요."

그녀가 속삭였다.

"여자아이일 뿐이오. 당신은 우리 아들을 돌보는 데는 그다지 재빠르게 않았어요. 우리 아들에겐 그다지 효험 있는 간병인이 아니었어, 내 기억하기로?"

왕의 목소리에는 무한한 악의가 담겨 있었다.

왕비는 고통스러운 나머지 숨을 조금 들이마셨지만 그는 계속했다.

"아무튼, 나와 함께 식사하러 가는 겁니까, 부인? 아니면 당신 딸한테로 가는 겁니까?"

그녀는 애써 자신을 되찾았다. 왕비는 자신의 조그만 키 높이로 몸을 일으켜 왕이 내미는 팔을 잡았고, 그는 왕비로서의 그녀를 식탁으로 인도했다. 그러나 왕비는 왕처럼 연기하지 못했다. 그녀는 대회당의 중심부를 내려다보고는 내 언니가 자기 식탁에서 궁정사람들에 둘러싸여 있는 모습을 보았다. 앤 언니는 왕비의 어두운 시선이 닿는 것을 느끼고는 올려다보았다. 언니는 눈부시고 자신만만한 미소를 보였고, 왕비는 언니가 숨김없이 기뻐하는 것을 보고 왕의 잔인함에 대해 누구에게 감사해야 할지 알게 되었다. 왕비는 머리를 떨어뜨리고 전혀 먹지 않으면서 빵 조각을 부스러뜨렸다.

그날 밤 많은 사람들은 젊고 잘생긴 왕이 그의 어머니가 될 수 있을 만큼 늙어 보이고, 게다가 죄악처럼 파렴치한 여자와 짝이 돼서는 안 된다고 말했다.

캐서린 왕비는 완전히 지쳐버릴 때까지 이제는 궁이 된 마상 창 시합장을 떠나지 않았다. 왕비가 자기 남편에 맞설 용기를 얻으려 애쓰는 모습을 지켜보는 것은 언니를 제외한 어떤 여자라도 부끄럽게 만들었을 것이다. 왕비가 메리 공주가 아프다는 소식을 처음 들은 날로부터 겨우 며칠이 지난 후, 그녀 처소의 시녀들과 왕의 측근들, 대사 두어 명과 요즈음 어디든지 나타나는 토머스 크롬웰과 함께, 왕비는 왕과 비공식으로 식사하고 있었다. 토머스 모어 경도 무척이나 머물기 싫어하는 듯한 모습으로 그곳에 있었다.

고기가 치워지고 과일과 디저트용 포도주로 된 형식적인 코스가 차려졌다. 왕비는 왕에게 돌아서서—마치 간단한 요청인 듯이—앤 언니를 궁정에서 내보내달라고 부탁했다. 왕비는 언니를 "부끄러움도 모르는 인간"이라고 불렀다.

토머스 모어 경의 얼굴을 보고는 나도 똑같이 얼빠진 표정을 하고 있다는 것을 알았다. 왕비가 공적인 장소에서 국왕 폐하에게 도전장을 내미는 것을 믿을 수가 없었다. 자신의 사건이 로마의 교황 앞에 아직까지도 놓여 있다는 걸 알고 있는 그녀가 남편의 방에서 그에게 맞대놓고 정부를 쫓아내라고 공손하게 요청할 용기가 있다니. 왕비가 왜 이러는지 나는 생각해낼 수가 없었다. 그런 다음 나는 깨달았다. 이것은 메리 공주를 위한 것이었다. 왕에게 창피를 주어 공주에게 보내주게끔 만들려는 것이다. 왕비는 딸아이를 보기 위해 모든 것을 걸고 있었다.

헨리 왕의 얼굴은 노여움으로 인해 주홍빛으로 물들었다. 나는 식탁으로 시선을 떨어뜨리고 그의 분노가 내게 향하지 않기를 하느님께 기도했다. 머리를 낮게 숙인 채로 나는 슬쩍 곁눈질을 했다. 차퍼이 대사도 똑같은 자세였다. 오직 왕비만이 손이 떨리지 않도록 의자 팔걸이를 움켜쥔 채 머리를 꼿꼿이 들고 붉게 달아오른 왕의 얼굴에 시선을 두면서 공손한 표정으로 단련시킨 얼굴을 유지했다.

"세상에! 절대 난 앤 영부인을 궁정에서 내보내지 않을 겁니다. 부인은 제대로 생각하는 남자의 감정을 해칠 짓은 아무것도 안 했어요."

헨리 왕이 그녀에게 격분했다.

"그 여자는 당신의 정부예요. 하느님을 두려워하는 집안에서 그건 치욕입니다."

왕비가 조용히 의견을 말했다.

"절대! 절대 안 돼! 그녀는 정말로 정숙한 여인입니다!"

헨리 왕의 소리는 괴성이 되었다. 나는 움찔했다. 왕은 괴롭힘을 당하는 곰처럼 무시무시했다.

"아뇨. 행동이 아니라면, 생각이나 말이나, 그 여자는 수치를 모르고 뻔뻔스러워요. 선량한 여자나 기독교인 왕자가 상대할 만한 사람이 못 됩니다."

왕비가 침착하게 대답했다.

왕은 자리에서 벌떡 일어났으나, 왕비는 여전히 무르춤하지 않았다.

"도대체 내게 무얼 원하는 겁니까?"

그가 왕비의 얼굴에다 대고 냅다 소리를 질렀다. 침이 그녀의 뺨에 쏟아졌다. 왕비는 눈도 깜빡하지 않고 고개를 돌리지도 않았다. 왕이 해안으로 맹렬히 몰아치는 무시무시한, 커다란 파도가 되어 있는 동안에도 그녀는 돌로 만들어진 것처럼 자리에 앉아 있었다.

"메리 공주를 보고 싶습니다. 그게 다예요."

왕비가 조용히 말했다.

"가요! 가요! 정말이지 제발! 가버리라구요! 우리 모두를 가만 내버려두란 말입니다! 가서 거기에 있어요!'

왕이 고함질렀다.

천천히, 캐서린 왕비는 고개를 저었다.

"당신을 떠나지는 않겠어요. 아무리 내 딸 때문이라도. 당신이 내 가슴을 찢어놓고 말겠지만."

그녀가 조용히 말했다.

길고 긴 고통스러운 침묵이 흘렀다. 나는 위를 올려다보았다. 왕비의 얼굴에는 눈물이 있었지만 표정에는 전혀 흔들림이 없었다. 그녀가 방금 전 아이를 볼 수 있는 기회를 포기했다는 것을 알 수 있었다. 아이가 죽어가고 있다고 해도.

헨리 왕은 완전히 증오의 눈길로 왕비를 노려보았다. 왕비는 고개를 돌리고 뒤에 있는 하인에게 고갯짓했다.

"폐하께 포도주를 좀더 드리게."

그녀가 냉담하게 말했다.

왕은 으르렁대며 자리에서 벌떡 일어나 의자를 뒤로 밀었다. 의자는 나무 바닥 위에서 비명처럼 끼익 소리를 냈다. 대사와 대법관과 나머지 우리들은 왕을 따라 어정쩡한 동작으로 일어났다. 헨리 왕은 지칠 대로 지친 것처럼 도로 의자에 풀썩 주저앉았다. 우리는 어찌할지 몰라 일어났다가 다시 앉았다. 캐서린 왕비가 왕을 바라보았다. 이 싸움으로 인해 그녀는 왕만큼이나 힘이 빠진 것 같았지만 패배하진 않았다.

"부탁입니다."

왕비가 매우 조용히 말했다.

"안 돼요."

일주일이 지나고 왕비는 왕에게 다시 물어보았다. 그 장면이 벌어졌을 때 나는 왕비와 함께 있진 않았지만, 제인 시모어가 공포로 휘둥그레진 두 눈으로, 왕이 격분했을 때에도 왕비는 자기주장을 고수했다고 내게 말해주었다.

"어떻게 감히 그러실 수가 있죠?"

제인이 물었다.

"자식을 위해서죠."

내가 씁쓸하게 대답했다. 나는 제인의 어린 얼굴을 바라보면서, 나도 아들을 갖기 전에는 이 바보 같은 아가씨처럼 엄청난 멍청이였음을 생각했다.

"마마께선 따님과 함께 있고 싶으신 거예요. 당신은 이해하지 못할 거예요."

내가 말했다.

의사들의 말에 의하면 공주가 죽음에 가까웠고, 어머니가 언제 오냐고 매일같이 물었을 때에야 비로소 헨리 왕은 왕비를 보내주었다. 왕은 메리 공주를 가마에 태워 리치몬드 궁전으로 데려오고 왕비는 그곳에서 공주를 만날 것을 명했다. 나는 왕비를 배웅하러 마구간 뜰로 내려갔다.

"왕비마마와 공주마마께 하느님의 가호가 있길 빕니다."

"적어도 공주와 함께 있을 수 있을 테니."

왕비는 간단히 대답할 뿐이었다.

나는 고개를 끄덕이고 뒤로 물러났다. 기마대가 나를 지나쳤다. 왕비의 깃발이 선두에 있었고, 대여섯 명의 기마병이 깃발을 따랐으며, 그 다음으로 왕비와 시녀 두어 명이, 그 다음은 기마 수행원들이 따랐다. 그런 다음 왕비는 사라졌다.

윌리엄 스태퍼드는 마구간 뜰의 반대편에서 손을 흔들어 작별하는 나를 지켜보고 있었다.

"이렇게 해서, 드디어 마마께선 따님을 보실 수 있겠군요."

그는 내가 진흙을 피해 드레스 자락을 추어올리고 서 있는 쪽으로 한가로이 건너왔다.

"당신 언니가 왕비마마께서 두 번 다시는 궁정으로 돌아오지 못할 거라고 단언했다고들 하던데요. 마마께서 너무나도 어리석게 따님을 사랑하셔서 단 한 번의 움직임으로 따님에게 가시면서 왕국의 왕위도 잃으셨다구요."

"난 그것도, 그 밖에 다른 것들도 모르겠어요."

내가 고집스럽게 말했다.

스태퍼드는 하하 웃었다. 그의 갈색 눈동자가 나를 향해 빛났다.

"오늘은 무척 무지하신 것 같군요. 언니가 대단한 자리로 출세해서 기쁘지 않아요?"

"이런 대가를 치르고서는 아니에요."

무뚝뚝하게 대답하고, 나는 돌아서서 걸어가 버렸다.

간신히 대여섯 걸음을 옮겼을 때 스태퍼드가 내 옆에 나타났다.

"그럼 당신은요, 캐리 영부인? 며칠 동안이나 당신을 보지 못했어요. 나를 찾은 적 있나요?"

나는 머뭇거렸다.

"당연히 난 당신을 찾지 않죠."

그가 나와 발을 맞춰 걷기 시작했다.

"기대하진 않아요."

스태퍼드가 갑자기 진지하게 말했다.

"나는 당신과 농담하는 것인지도 모르죠, 부인. 하지만 당신이 나보다 훨씬 높으신 분이라는 건 아주 잘 알고 있어요."

"사실이 그렇죠."

내가 무례하게 말했다.

"아, 알아요. 하지만 난 우리가 서로를 꽤 좋아한다고 생각했는데요.”

그가 다시 나를 확신시켰다.

“난 당신과 이런 장난을 할 수 없어요. 당연히 난 당신을 찾지 않아요. 당신은 우리 외삼촌 밑에서 일하고, 나는 월트셔 백작의 딸이자…….”

내가 부드럽게 말했다.

“다소 최근에 받은 영예죠.”

스태퍼드가 조용히 토를 달았다.

“오늘 받은 영예든 백 년을 거슬러 올라가든 달라지는 건 없어요.”

내가 말했다.

“난 백작의 딸이고, 당신은 별 볼일 없는 사람이죠.”

“그렇지만 당신은요, 메리? 직위는 차치하고 말이에요. 메리, 예쁜 메리 불린, 당신은 나를 단 한 번이라도 찾지 않았나요? 나를 한 번도 생각해본 적 없어요?”

“단 한 번도요.”

나는 단호하게 대답하고서 마구간 뜰과 이어진 아치 통로에 그를 두고 떠나왔다.

1531년 여름

 궁정은 윈저로 옮아갔고, 왕비는 여전히 무척 창백하고 마른 메리 공주를 함께 성으로 데려왔다. 왕은 자신의 유일한 적자를 부드럽게 대하지 않을 수가 없었다. 아내를 향한 그의 태도 역시 언니와 함께 있을 때나 딸의 머리맡에 있을 때 상황에 따라 부드럽게 풀어졌다가 다시 딱딱하게 굳어지곤 했다. 기도하고 공주를 간호하느라 잠을 못 이루는 왕비는, 미소와 절로 왕을 맞이하는 데 한 번도 너무 지쳐 있은 적이 없었고, 궁정의 창공에 늘 꾸준히 떠 있는 별이었다. 여름 동안 그녀와 공주는 윈저에서 쉬기로 되어 있었다.
 철 이른 장미 꽃다발을 들고 안으로 들어서자 왕비는 내게 미소를 지었다.
 "이걸 침대 곁에 두면 메리 공주마마께서 좋아하실 것 같아서요. 향기가 매우 달콤해요."
 캐서린 왕비는 꽃다발을 내게서 받아들고는 냄새를 맡았다.
 "자네는 시골 여자군. 다른 시녀들 중 누구도 꽃을 꺾어 집 안에 갖고 들어올 생각은 하지 못했을 게야."
 "아이들이 자기네 방으로 꽃을 가져오는 걸 무척 좋아하거든요. 데이지를 갖고 왕관도 만들고 목걸이도 만들고 그래요. 캐서린에게 잘 자라고 입맞춰 줄 때면 머리칼에서 떨어진 미나리아재비를 베개에서 자주 발견하곤 합니다."

"궁정이 이동하는 동안 폐하께서 자네는 헤버로 가도 된다고 하셨다고?"

"예, 여름 내내 그곳에서 지내구요."

나의 만족감을 그녀가 정확히 읽어내 나는 미소 지었다.

"그럼 우린 서로 아이들과 함께 있겠군, 자네와 나 말이야. 가을에 궁정으로 돌아올 테지?"

"예, 그리고 마마께서 저를 원하신다면 돌아와서도 마마의 시중을 들겠습니다."

나는 약속했다.

"그런 다음 우린 또다시 시작하는 거군. 크리스마스 때는 난 도전받지 않는 왕비이고, 여름에는 버려지고."

나는 고개를 끄덕였다.

"앤은 폐하를 꽤 붙잡고 있어, 안 그런가?"

왕비는 정원과 강 쪽으로 면한 창문을 내다보았다. 멀리서 우리는 왕과 앤 언니가 말을 몰고 여름 이동을 가기 전에 강변길을 걷고 있는 모습을 볼 수 있었다.

"예."

내가 무뚝뚝하게 대답했다.

"그녀의 비밀이 뭐라고 생각하나?"

"두 분은 무척 닮았다고 생각합니다."

둘을 향한 나의 혐오감이 어투에 슬며시 어렸다.

"두 분은 양쪽 다 원하는 게 무엇인지 정확히 알고 있고, 양쪽 다 그걸 손에 넣기 위해서는 물불을 안 가리죠. 양쪽 다 완벽하게 한 가지 목적에만 전념할 수 있는 능력이 있어요. 그게 바로 폐하께서 그리 뛰어난 운동가이신 이유입니다. 수사슴을 쫓으셨을 때 폐하께선 온 마음으로 수사슴밖에 보지 못하셨죠. 앤 언니도 마찬가지입니다. 언니는 오로지 자기 이익만을 따르도록 자신을 단련했어요. 그리고 지금 두 분의 욕망은 동일합니다. 그것이 두 분을……."

나는 적절한 말을 생각해보며 잠시 멈추었다.

"무시무시하게 만드는 거죠."

"나도 무시무시해질 수 있어."

왕비가 말했다.

나는 곁눈으로 그녀를 보았다. 그녀가 왕비가 아니었더라면, 나는 그녀의 어깨에 팔을 감고 껴안아줬을 것이다.

"저보다 그걸 더 잘 알 사람이 어디 있겠습니까? 전 폐하께서 격분하실 때 마마가 대항하시는 모습을 보았습니다. 추기경 두 분과 추밀원에 맞서 싸우시는 것도 보았구요. 하지만 마마께선 하느님을 섬기시고, 폐하를 사랑하시고, 자식을 사랑하십니다. 마마께선 '내가 원하는 게 뭐지?' 하고 철저히 하나만 생각하지는 않으시죠."

왕비는 고개를 저었다.

"그건 이기적인 죄악이야."

나는 강가에 있는 두 모습을 보았다. 내가 아는 가장 이기적인 두 사람을.

"그렇죠."

나는 하인들이 여행 가방을 제대로 실었는지, 내 말이 내일 아침 출발할 준비가 확실히 되어 있는지 확인하려 마구간 뜰로 내려갔다가 윌리엄 스태퍼드가 짐마차의 바퀴를 점검하고 있는 모습을 발견했다.

"고마워요."

그곳에서 그를 발견하게 되자 다소 놀라며 내가 말했다.

스태퍼드가 몸을 똑바로 일으키자 그의 밝은 미소가 내게로 향했다.

"내가 당신을 모시고 가게 되었습니다. 외삼촌께서 말씀 안 하시던가요?"

"분명 다른 사람을 얘기하셨는데요."

그의 미소가 얼굴로 번지며 싱글벙글했다.

"그랬었죠. 하지만 그 사람은 내일 말을 타기에 컨디션이 좋지 않거든요."

"왜죠?"

"술을 엄청 마셔 앓고 있어요."

"지금 술 취했는데, 내일 말을 타기에 컨디션이 좋지 않다구요?"

"술을 엄청 마셔 앓게 될 거라 했어야 하네요."

나는 기다렸다.

"술 때문에 내일 앓을 거예요. 왜냐하면 오늘밤 그 사람은 나가떨어지도록 마실 거거든요."

"당신은 미래를 내다볼 수 있구요?"

"내가 포도주를 따를 거란 건 내다볼 수 있습니다. 내가 모셔다 드리면 안 될까요, 캐리 영부인? 당신이 안전하게 도착하도록 확실히 하리라는 건 아시잖아요."

그가 쿡쿡 웃었다.

"물론 그러셔도 되죠. 하지만 그냥……."

나는 조금 동요하며 말했다.

스태퍼드는 무척이나 조용했다. 귀로만 듣고 있는 것이 아닌, 모든 감각으로 내게 귀 기울이고 있는 듯한 인상을 받았다.

"그냥 뭐죠?"

그가 재촉했다.

"당신이 상처받는 건 원치 않아요. 당신은 내게 우리 외삼촌을 모시고 있는 남자 이상이 될 순 없어요."

내가 대답했다.

"하지만 우리가 서로를 좋아하는 걸 무엇이 막을 수 있죠?"

"우리 가족과의 엄청 심각한 분쟁이오."

"그게 그리도 중요한가요? 친구를, 아무리 미천할지라도 진정한

친구를 얻는 게 자신의 언니가 마음대로 부리는―호화롭지만 외로운 여자가 되는―것보다 낫지 않나요?'

나는 스태퍼드에게서 돌아섰다. 앤 언니의 시중을 들고 있다는 생각은 항상 그렇듯이 나를 불쾌하게 했다.

"어쨌든 내가 내일 헤버로 모셔다 드릴까요?'

그가 고의적으로 분위기를 깨뜨리며 물었다.

"원하신다면. 이 남자나 저 남자나 별로 다를 게 없으니까요."

내가 무례하게 대답했다.

그 말에 스태퍼드는 웃음이 목에 걸렸지만, 나와 논쟁하지는 않았다. 그는 나를 보내주었고, 나는 마구간 뜰을 떠나면서 그가 나를 쫓아 달려와 자기는 아무 남자와는 다르다고, 확신해도 된다고 말해주기를 얼마간은 원했다.

내 방으로 올라가자 앤 언니가 거울 앞에서 승마용 모자를 바루며 흥분으로 반짝이는 모습을 발견했다.

"우리, 떠나. 나와서 작별 인사해줘."

언니가 말했다.

나는 언니의 호화롭고 붉은 벨벳 가운의 기다란 자락을 밟지 않으려 조심하며 언니를 따라 계단을 내려갔다.

우리는 두 개의 거대한 이중문을 나왔다. 그곳에는 이미 말에 올라탄 헨리 왕이 있었고, 앤 언니의 검은 사냥말은 그 옆에서 한시도 가만히 있지 못하고 재촉하고 있었다. 나의 언니가 모자를 만지작거리는 동안 왕을 기다리게 했다는 사실을 나는 두려운 마음으로 알아차렸다.

왕은 미소 지었다. 언니는 어떤 것이든 할 수 있었다. 두 명의 젊은 이가 언니가 안장에 오르는 것을 도와주려 앞으로 튀어나왔고, 어느 쪽이 언니의 장화 아래 오목하게 모은 손을 받치게 될 특권을 누릴지 고르며 언니는 잠시 교태를 부렸다.

왕이 출발하자는 신호를 보내자, 모두들 떠나기 시작했다. 앤 언니가 어깨 너머로 돌아보며 내게 손을 흔들었다.

"우린 떠났다고 마마께 전해드려."

언니가 소리쳤다.

"뭐? 작별 인사는 틀림없이 드렸겠지?"

내가 물었다.

언니는 하하 웃었다.

"아니, 그냥 떠나는 거야. 우린 떠났고 마마는 완전히 홀로 남겨졌다고 말씀드려."

나는 당장 언니를 쫓아 달려가 말에서 끌어내려 그런 심술을 부린 대가로 따귀를 때려주고 싶었다. 그러나 나는 그대로 문간에 서서 왕에게 미소 지으며 언니에게는 손을 흔들었고, 그리고 나서 기병들과 짐마차, 기마 수행원들과 군인, 그리고 왕실 전체가 덜거덕거리며 나를 지나치는 동안, 돌아서서 성 안으로 천천히 들어갔다.

나는 문이 쾅 닫히게 내버려두었다. 무척, 무척이나 조용했다. 벽걸이 융단들은 사라져버렸고, 얼마간의 식탁도 대회당에서 치워져 있었으며, 그곳에는 침묵만이 가득 채워져 있었다. 벽난로에는 불이 꺼져 있었고, 여분의 통나무를 던져 넣어주거나 에일을 더 달라고 소리칠 무장한 남자들도 없었다. 햇빛은 창문으로 쏟아져 들어와 바닥에 노란 빛의 넓적한 조각을 던졌고, 빛 속에서 먼지들이 춤추고 있었다. 왕실 궁전에 있으면서 이렇게 조용한 모습은 처음이었다. 언제나 그곳은 시끌벅적한 소리와 일과 거래와 놀이로 살아 숨쉬었다. 언제나 야단치고 있는 하인들이 있었고, 명령들이 계단 아래로 소리쳐대며 내려왔고, 들어가게 해달라거나 부탁을 들어달라고 사람들이 사정했고, 악단은 연주를 하고, 개는 왕왕 짖고, 신하들은 시시덕거렸다.

나는 계단을 올라 왕비의 처소로 향했다. 구두굽이 판석을 또깍또깍 가볍게 두드렸다. 문을 두드리자 나무에 닿는 내 손끝에서조차

부자연스럽게 큰소리가 나는 것 같았다. 나는 문을 열었다. 잠깐 동안 방이 텅 비어 있다고 생각했다. 그런 다음 왕비를 보았다. 그녀는 창가에서 궁정으로부터 구불구불 멀어지는 길을 지켜보고 있었다. 자신의 남편이었던 왕이 이끌고 가는, 한때는 자신의 것이었던 궁을, 그녀의 모든 측근 신하들과 하인들, 물건들, 가구와 그리고 심지어는 왕실의 리넨까지, 성에서 뻗어나가는 길을 구불구불 내려가며, 커다랗고 검은 사냥말 위에 올라탄 앤 불린을 따라 자신을 홀로 내버려두고 떠나는 모습을 볼 수 있었다.

"그이가 떠났어. 내게 작별 인사도 않고."

왕비가 의아스럽다는 듯 말했다.

나는 고개를 끄덕였다.

"전에는 한 번도 이런 짓을 한 적 없었어. 아무리 상황이 나쁠지라도 그이는 항상 떠나기 전에 내게 와서 내 축복을 받았어. 이따금 나는 그이가 소년 같다고, 나의 소년 같다고, 아무리 멀리 떠날지라도 내게 돌아올 수 있다는 걸 항상 염두에 두고 있다고 생각했어. 어떤 여행을 떠나든 그이는 항상 내 축복을 원했다고."

기병대가 수화물 행렬 옆에서 덜거덕거리며 마부들에게 가까이 모여 보다 잘 정렬해서 가라고 재촉했다. 왕비의 창가에서 우리는 시끄러운 바퀴 소리를 들을 수 있었다. 왕비에게는 아무것도 남겨지지 않았다.

타닥타닥 장화가 계단을 울리더니 반쯤 열린 문에 날카로운 노크 소리가 들려왔다. 나는 대답하려 그쪽으로 향했다. 왕의 측근들 중 하나가 왕실문장이 찍힌 편지를 들고 있었다.

왕비는 단번에 돌아섰다. 기쁨으로 얼굴이 환해지며, 그녀는 방을 뛰어서 가로질러 남자의 손에서 편지를 받았다.

"그것 봐! 한 마디도 없이 떠난 게 아니었어. 편지를 썼잖아."

그녀가 말하고는, 빛이 있는 쪽으로 가져와 문장을 뜯었다.

나는 편지를 읽으면서 왕비가 늙어가는 모습을 지켜보았다. 뺨에서는 혈색이 빠져나갔고, 눈에서는 빛이 꺼졌으며, 입가에는 미소가 사라졌다. 왕비는 창가 벤치에 주저앉았고, 나는 남자를 방에서 밀어내 뚫어지게 쳐다보는 그의 면전에서 문을 닫아버렸다. 나는 왕비에게로 뛰어가 그녀 앞에 무릎을 꿇었다.

왕비는 나를 내려다보았으나 보지는 못했다. 그녀의 두 눈은 눈물로 가득 차 있었다.

"성을 떠나야 하게 되었어. 그이가 나를 내보낸대. 추기경이 허락하든 말든, 교황께서 허락하든 말든, 나를 추방한대. 이달 안에 떠나야 하고, 우리 딸도 함께 가게 됐어."

그녀가 속삭였다.

전달자가 문간에서 노크하더니 조심스레 문안으로 머리를 밀어 넣었다. 나는 벌떡 일어나 그런 건방진 태도에 그의 면전에서 문을 쾅 닫아버리려 했지만, 왕비가 내 옷소매에 손을 얹었다.

"답변이 있으신지요?"

남자가 물었다. 그는 "왕비마마"라고 부르지도 않았다.

"어디를 가든, 난 그이의 아내로 남을 것이고, 그이를 위해 기도할 것이야."

왕비가 차분하게 말했다. 그녀는 일어섰다.

"폐하께 전해드리게. 몸 건강히 여행 잘 떠나시길 빌고, 작별 인사를 못해 죄송하다고 말일세. 그리 일찍 떠나신다고 말씀해주셨더라면, 아내의 축복도 없이 떠나시게 해드리진 않았을 거라고. 그리고 몸 건강하신지 내게 연락을 달라고도."

전달자는 고개를 끄덕이고, 내게 사과하는 시선을 던지더니 재빨리 방에서 나갔다. 우리는 기다렸다.

왕비와 나는 창가로 향했다. 우리는 남자가 말 위에 올라타 아직도 구불구불 강 길을 내려가는 수화물 행렬을 지나는 것을 볼 수 있었다. 그는 시야에서 사라졌다. 앤 언니와 헨리 왕은, 어쩌면 손을 꼭 잡은 채로, 어쩌면 함께 노래를 부르면서, 우드스톡으로 향하는 길의 앞쪽 저 멀리에 있을 것이다.

"이렇게 끝나리라곤 단 한 번도 생각하지 못했어. 내게 작별 인사도 안 하고 그이가 나를 떠날 수 있으리라곤 단 한 번도 생각하지 못했어."

왕비가 조그만 목소리로 말했다.

아이들과 내게는 더없이 좋은 여름이었다. 헨리는 다섯 살이었고 그의 누이는 일곱 살이었다. 나는 아이들이 각자 자기 조랑말을 가질 때가 됐다고 결정했다. 하지만 이 지역 어디에서도 우리에게 알맞은 조건의, 조그맣고 다루기 쉬우면서 튼튼한 조랑말 한 쌍을 구하기란 쉽지 않았다. 헤버로 오면서 이 계획을 나는 윌리엄 스태퍼드에게 언급했으므로, 그가 초대받지도 않았는데, 일주일 후에 다리가 길고 가는 그의 사냥말 양옆에 조그맣고 투실투실한 조랑말을 끼고 좁다란 길을 올라오는 것을 보았을 때 그리 놀라지는 않았다.

아이들과 나는 해자 앞의 초지에서 걷고 있었다. 내가 그에게 손을 흔들자, 그는 좁다란 길에서 벗어나 해자 옆을 따라서 말을 몰고 우리에게로 왔다. 헨리와 캐서린은 조랑말들을 보자마자 흥분해서 팔짝팔짝 뛰었다.

"기다리렴. 기다려서 잘 보려무나. 쓸모가 있을지 없을지도 모르잖니. 사고 싶지 않을지도 모르잖아."

내가 아이들에게 주의를 주었다.

"신중하신 건 옳으신 겁니다. 난 완전히 장사꾼이거든요."

윌리엄 스태퍼드가 안장에서 미끄러져 땅 위로 풀썩 뛰어내렸다. 그는 내 손을 잡아 입가로 가져갔다.

"대체 어디서 찾으신 거예요?"

캐서린은 조그만 회색 조랑말의 밧줄을 쥐고 말의 코를 어루만지고 있었다. 헨리는 내 치마 뒤에 숨어 극도의 흥분과 두려움이 섞인 감정으로 밤색 말을 눈여겨보고 있었다.

"아, 뭐 그냥, 문 앞 층계에서요. 마음에 안 드시면 돌려보낼 수도 있어요."

그가 느긋하게 말했다.

여전히 내 치마 뒤에 숨어 있는 헨리가 즉각 부르짖으며 항변했다.

"돌려보내지 마세요!"

윌리엄 스태퍼드는 한쪽 무릎을 꿇어 헨리의 환한 얼굴과 눈높이를 맞추었다.

"이리 나오게, 젊은이. 엄마 뒤에 숨어 있으면 평생 기수가 되지 못할 거야."

그가 친절하게 말했다.

"깨무나요?"

"손바닥을 평평하게 펴고 먹이를 줘야 한단다. 그럼 깨물지 못해."

윌리엄이 설명했다. 그는 헨리의 손을 펴고 말이 어떻게 먹이를 먹는지 보여주었다.

"갤럽(gallop: 말 따위의 네발짐승이 단속적으로 네 발을 땅에서 떼고 전속력으로 달리기.)도 하나요? 어머니 말처럼 갤럽하나요?"

캐서린이 물었다.

"그렇게 빨리 달리진 못하지만, 갤럽을 하긴 하지. 뛸 수도 있구."

윌리엄이 대답했다.

"타고 뛰어 봐도 될까요?"

헨리의 두 눈은 나무접시만했다.

윌리엄은 몸을 바로 일으키고 나를 보며 싱긋 웃었다.

"먼저 올라타는 법을 배워야 하고, 그 다음은 걷고, 빠른 걸음으로 가고, 천천히 달리는 거란다. 그런 다음 마상 창 시합도 하고 뛰어오를 수도 있는 거지."

"가르쳐주시겠어요?"

캐서린이 요구했다.

"가르쳐주실 거죠? 여름 내내 저희와 함께 지내면서 말 타는 법을 가르쳐주실 거죠?"

윌리엄의 미소는 부끄러움 한 점 없이 의기양양했다.

"그야 뭐, 나는 물론 그러고 싶다만. 너희 어머니께서 허락하신다면."

즉각 두 아이의 눈은 내게로 모아졌다.

"된다고 말해주세요!"

캐서린이 빌었다.

"제발요!"

헨리가 나를 재촉했다.

"그렇지만 내가 너희를 가르쳐줄 수 있잖니."

내가 항변했다.

"마상 창 시합은 못 가르쳐주시잖아요!"

헨리가 외쳤다.

"그리고 어머니는 옆으로 말을 타시잖아요. 전 똑바로 타야 한단 말이에요. 안 그런가요, 나리? 전 똑바로 타야 해요, 왜냐하면 전 소년이고 남자가 될 거니까요."

윌리엄이 내 아들의 단발머리 너머로 나를 쳐다보았다.

"어떠세요, 캐리 영부인? 여름 동안 머물면서 당신 아들에게 말을 똑바로 타는 법을 가르쳐줘도 될까요?"

고개를 돌려서 내가 즐거워하는 것을 그가 보지 못하게 했다.

"아, 알았어요. 집에 들어가서서 방을 준비해달라고 하세요, 원하신다면."

매일 아침 윌리엄 스태퍼드와 나는 조그만 조랑말 위에 올라탄 아이들을 옆에 데리고 몇 시간씩 걸었다. 정찬 후에 우리는 조랑말들을 기다란 조마(調馬) 고삐에 묶어 원을 그리며 걷고, 빨리 걷고, 그런 다음 천천히 달리게 하곤 했다. 그동안 두 아이는 한 쌍의 조그만 가시처럼 말 위에 찰싹 달라붙어 있었다.

윌리엄은 아이들에게 끝없는 인내심을 발휘했다. 그는 아이들이 매일 조금씩 배우게 하면서도, 내 생각에는 그가 아이들이 너무 빨리 배우지 않도록 절제하는 게 아닌가 싶었다. 윌리엄은 아이들이 여름이 끝날 무렵엔 스스로 말을 타게 되길 원했지만, 그전은 아니었다.

"가봐야 할 집이 없나요?"

어느 날 저녁, 각자 조랑말을 하나씩 끌고 성으로 걸어 돌아가면서 내가 퉁명스럽게 물었다. 해는 작은 탑 뒤로 지고 있었고, 성의 창문은 장밋빛으로 깜빡거리고, 성 뒤로 하늘은 온통 어슴푸레하고 구름으로 줄무늬 쳐 있어 마치 동화에 나오는 조그만 성같이 보였다.

"우리 아버지는 노샘프턴에 사세요."

"외아들이에요?"

그가 그 결정적인 질문에 싱긋 웃었다.

"아뇨, 차남입니다. 아무 짝에도 쓸모없죠, 부인. 그렇지만 가능하다면 조그만 농장 하나를 살 거예요. 에식스에요. 조그만 농장 지주가 될까 합니다."

"돈은 어디서 구하실 거죠? 우리 외삼촌의 시중을 들어선 그다지 넉넉하지 않으실 텐데요."

내가 호기심으로 물었다.

"몇 년 전에 배에서 일해 조그만 포획 상금을 받았거든요. 시작할 만한 돈은 충분히 있어요. 그런 다음 자기 농지에 둘러싸인 예쁜 집에 살면서 어떤 것도—왕자의 힘이나 왕비의 악의도—자신에 손 댈 수 없다는 걸 알고자 하는 여자를 찾아야겠죠."

"왕비나 왕자는 항상 손을 댈 수 있어요. 그렇지 않으면 왕비나 왕자가 아니겠죠."

"그렇죠, 하지만 그들이 관심을 안 가질 만큼 낮아지면 되겠죠. 우리의 위험은 당신 아들이에요. 그들이 그 아이를 왕위 계승자로 보는 동안 우린 절대 그들의 시야에서 벗어나지 못하겠죠."

"언니가 자기 아들을 낳으면 내 아들은 놓아줄 거예요."

자각하지도 못한 채, 윌리엄 옆에서 발을 맞춰 걸었던 바로 그것처럼, 나는 윌리엄의 일련의 생각을 따른 것이다.

교활하게도 그는 내가 알아차릴 말은 하지 않았다.

"그것보다 더욱 좋은 건, 언니 분께서 당신 아들을 궁정에서 멀리 떨어뜨리고 싶어할 거란 거죠. 헨리는 우리와 함께 살면서 조그만 시골 신사로 키우는 거예요. 남자에게 그다지 나쁜 인생이 아니에요. 어쩌면 가장 좋은 인생일지도 모르죠. 난 궁정이 싫어요. 게다가 지난 몇 년 동안은 자신이 어디에 있는지 결코 알 수도 없구요."

도개교에 닿았다. 우리는 함께 아이들을 안장에서 내려주었다. 캐서린과 헨리가 집으로 먼저 뛰어 들어가는 동안 윌리엄과 나는 조랑말들을 이끌고 길을 돌아 마구간으로 향했다. 젊은이 두어 명이 말고삐를 받기 위해 나왔다.

"식사에 오시죠?"

내가 자연스럽게 물었다.

"물론이죠."

그가 대답하고, 내게 살짝 인사하고는 사라졌다.

그날 밤 내 방에서, 무릎을 꿇고 기도하는 동안 항상 그렇듯이 마음이 정처 없이 떠돌아다니는 것을 깨달았을 때, 비로소 나는 마치 내가 내 소유의 농지에 둘러싸인 예쁜 집에 살면서 윌리엄 스태퍼드가 나의 신혼 침대에 있기를 원하는 여자처럼 그가 내게 말하게 내버려두었다는 것을 깨달았다.

메리에게,
우리는 가을에 리치몬드로 가고, 겨울에는 그리니치로 가게 되었어.

왕비는 이제 폐하와 한 지붕 아래서 살지 못하게 될 거야, 두 번 다시는.

왕비는 울지 추기경의 옛 저택으로 가게 됐어. 하트퍼드셔에 있는 모어 저택 말이야. 폐하께서는 그곳에 따로 왕비의 궁정을 주실 거야.

푸대접 받는다고 불평하지 않게 말이지.

너는 더 이상 왕비를 모시지 않게 됐어. 오로지 나만 시중드는 거야.

폐하와 나는 폐하가 잉글랜드의 교회에 무슨 일을 할지 교황께서 겁에 질려 있다고 확신하고 있어. 가을에 궁정이 재소집되자마자 교황께서 우리에게 승소판결을 내리실 거라고, 우린 멀어 의심치 않아.

난 가을 결혼식과 바로 뒤이어 대관식을 준비하고 있어.

거의 끝난 거나 마찬가지야—원한을 품는 자에게 원한을!

외삼촌께선 요즘 내게 무척 차갑게 대하시고, 서퍽 공작은 확실히 내게 등을 돌렸어. 헨리 폐하께서 이번 여름에 공작을 내쳐 보내셨어.

톡톡히 교훈을 주게 돼서 기뻤지. 나를 시기하고 지켜보는 사람이 너무 많아.

내가 도착했을 때 네가 리치몬드에 있었으면 해, 메리.

*거기(que)*는 가면 안 돼—모어 저택에 있는 아라곤의 캐서린한테는.

헤버에서도 지내면 안 돼. 나 자신에게 하는 만큼 네 아들을 위해서도 이 일을 하는 거야. 그리고 넌 나를 돕는 거야.

앤.

1531년 가을

그해 가을 내가 궁정으로 돌아왔을 때, 나는 드디어 왕비가 쫓겨났음을 깨달았다. 앤 언니는 헨리 왕에게 더 이상 계속 좋은 남편인 척하는 것에는 아무런 의미가 없다고 확신시켰다. 차라리 놋쇠로 만든 그들의 얼굴을 세상에 보여주고 대항하는 사람에게는 그가 누구든지 맞서는 편이 나을 것이다.

헨리 왕은 너그러웠다. 아라곤의 캐서린 왕비는 모어 저택에서 부족한 것 없이 살았고, 여전히 사랑받고 공경받는 왕비처럼 방문하는 대사들을 접대했다. 집안에는 2백 명이 넘는 사람들이 있었고, 그 중 오십 명은 시녀들이었다. 그들은 가장 훌륭한 젊은 여자들은 아니었다—그런 여자들은 모두 왕의 궁정으로 떼 지어 가버려 앤 언니의 처소에 철썩 달라붙었다. 앤 언니와 나는 우리가 싫어하는 젊은 여자들을 왕비의 궁으로 배치하면서 유쾌한 하루를 보냈다. 그 방법으로 우리는 대여섯 명의 시모어 가 여자들을 제거했고, 이 사실을 알게 되었을 때의 존 시모어 경의 얼굴을 생각하며 통쾌하게 웃었다.

"조지 오빠의 아내도 왕비마마를 시중들라고 보내버릴 수 있으면 좋을 텐데. 집에 돌아왔는데 그 여자가 가버린 걸 알면 오빠도 더 행복해할 거야."

내가 말했다.

"더욱 문제를 만들지도 모르는 곳에 보내는 것보다 차라리 내가 볼 수 있는 여기에 두는 편이 더 나아. 왕비 주위에 보잘것없는 사람들만 있었으면 하거든."

"아직도 마마를 두려워할 건 없는 거잖아. 언니는 마마를 거의 끝장냈어."

앤 언니는 고개를 저었다.

"왕비가 죽을 때까지 난 안전하지 않을 거야. 내가 죽을 때까지 왕비가 안전하지 않을 것처럼. 이젠 남자나 왕위나 단지 그런 문제가 아니야. 마치 나는 왕비의 그림자고 왕비는 내 그림자처럼 느껴져. 죽을 때까지 우리는 단단히 얽혀 있는 거야. 우리 중 한 명이 완전히 이겨야 하는데, 한쪽이 죽어 땅속에 묻힐 때까진 양쪽 모두 자기가 이겼는지 졌는지 확실히 알 수 없는 거라구."

"마마께서 어떻게 이기시겠어? 폐하께선 마마를 보시지도 않잖아."

내가 캐물었다.

"사람들이 날 얼마나 싫어하는지 넌 모를 거야."

언니가 속삭여 나는 몸을 가까이 기울여야 했다.

"이동할 때 이제 우린 저택에서 저택으로만 가고(신하들의 저택) 마을에는 절대 머물지 않아. 사람들이 런던에서 온 소문을 듣고 더 이상 나를 폐하 옆에서 말을 타는 예쁜 여자로만 보지 않거든. 날 왕비의 행복을 파괴한 여자로 본다니까. 마을에서 꾸물거리면 사람들이 나에게 대고 소리쳐."

"설마!"

언니가 고개를 끄덕였다.

"왕비가 런던 시내에 와서 연회를 열었을 때 폭도들이 엘리 궁전 밖으로 모여와서 모두 소리쳐 왕비를 축복하고 내게는 절대 무릎 꿇지 않겠다고 맹세했어."

"소수의 골이 난 하인들일 뿐이야."

"그 이상이면? 나라 전체가 날 증오하면? 사람들이 내게 야유하고 욕하는 걸 들으면 폐하가 어떤 기분이실 거라 생각해? 헨리 폐하 같은 남자가 말을 타고 나갈 때 욕 얻어먹는 걸 견뎌낼 수 있을 것 같아? 어릴 때부터 칭찬받는 것에만 익숙해 있던 헨리 폐하 같은 남자가?"

앤 언니가 음울하게 물었다.

"사람들도 익숙해질 거야. 성당에서 신부들이 언니가 폐하의 아내라고 설교할 거고, 언니가 아들을 낳아주기만 하면 사람들은 순식간에 돌아설 거야. 이 나라의 구세주가 될 거라구."

"그래. 다 그것에 달렸지, 안 그래? 아들 말이야."

앤 언니가 폭도를 두려워할 만했다. 크리스마스 바로 전, 우리는 그리니치에서 보트를 타고 강을 거슬러 올라 트리벨리언 가문 사람들과 식사를 하러 갔다. 궁정 소풍이 아니었다. 우리가 떠나는 것을 아무도 알지 못했다. 왕은 프랑스에서 온 대사들 두어 명과 사적인 공간에서 식사를 하고 있었고, 앤 언니는 런던 시내로 가고 싶어했다. 왕의 측근들 두어 명과 다른 시녀들 두어 명과 함께, 나는 언니와 같이 갔다. 강물 위는 추웠고, 우리는 모피로 따뜻하게 몸을 감싸고 있었다. 트리벨리언 가(家)의 층계에 보트가 멈춰 섰을 때, 강둑 위의 누구도 우리의 얼굴조차 보지 못했을 것이다. 그리고 우리는 상륙했다.

그러나 누군가가 우리를 보았고, 누군가가 앤 언니를 알아보았다. 그리고 식사를 하기도 전에 하인 하나가 홀로 뛰어 들어와 저택으로 폭도가 오고 있다고 트리벨리언 경에게 귓속말로 말했다. 앤 언니를 재빨리 쳐다보는 그의 시선이, 폭도가 누구를 노리고 오는지 우리 모두에게 말해주었다. 언니는 즉각 식탁에서 일어났다. 얼굴이 언니가 장식한 진주만큼이나 하였다.

"가시는 게 좋겠어요. 여기서 전 당신의 안전을 보장하지 못합니다.”

트리벨리언 경이 사뭇 겁을 먹은 듯 말했다.

“왜죠? 문을 닫으시면 되잖아요.”

“이런 세상에, 수천 명이나 몰려온단 말입니다!”

그의 목소리는 두려움으로 날카로웠다. 우리 모두 즉시 일어섰다.

“이건 도제(徒弟) 무리가 아닙니다, 폭도가 오고 있어요. 다들 당신을 서까래에 목매달게 만든다고 맹세하고 있습니다. 어서 보트를 타고 그리니치로 돌아가는 게 좋겠어요, 앤 영부인.”

언니를 집에서 내보내고자 하는 트리벨리언 경의 굳은 결심을 듣고 언니는 잠시 망설였다.

“보트는 준비됐나요?”

누군가가 소리쳐 뱃사공을 부르면서 홀에서 뛰어나갔다.

“우린 당연히 그들을 물리칠 수 있어요!”

프랜시스 웨스턴이 말했다.

“여기 남자들이 몇 명 있나요, 트리벨리언 경? 우린 그들과 맞서 싸우고, 톡톡히 교훈을 가르친 다음 식사를 하는 겁니다.”

“3백 명 있어요.”

트리벨리언 경이 입을 열었다.

“그럼 좋아요…… 그들을 무장시켜서…….”

“폭도는 8천 명입니다. 거리마다 지나면서 점점 늘어나고 있구요.”

얼빠진 침묵이 흘렀다.

“8천 명이라구요? 8천 명의 사람들이 런던의 거리에서 나에 반대해 행군해오고 있다구요?”

앤 언니가 물었다.

“서둘러요. 정말이지 제발, 어서 보트로 가세요.”

트리벨리언 영부인이 말했다.

앤 언니는 그녀에게서 망토를 잡아챘고, 나는 다른 망토를 집어 들었다. 내 것조차 아니었다. 우리와 함께 온 시녀들은 겁에 질려 울고 있었다. 그 중 한 명은 위층으로 뛰어 올라가버렸다. 만일의 경우 폭도가 어두운 물 위로까지 우리를 쫓아올까 봐 강 위로 오르기가 무서웠던 것이다. 앤 언니는 전력질주해서 저택을 나와 어두컴컴한 정원을 통과했다. 언니는 보트 위로 몸을 던졌고, 나는 언니의 바로 뒤에 있었다. 프랜시스 웨스턴과 윌리엄 브레레톤은 우리와 함께였다. 나머지 사람들은 계류선을 보트 안으로 던져 보트를 밀었다. 그들은 우리와 함께 오지도 않았다.

"다들 머리를 숙이고 망토로 얼굴을 가리고 계세요."

그 중 한 명이 소리쳤다.

"왕실 깃발도 떼시구요."

창피스러운 순간이었다. 뱃사공 한 명이 칼을 홱 꺼내 잉글랜드 국민들이 자기네 왕의 깃발을 볼까 두려워 왕실 깃발이 매어져 있는 줄을 끊었다. 그가 깃발을 서투른 솜씨로 만지작거리다가, 깃발이 손에서 미끄러져 배 밖으로 떨어졌다. 나는 깃발이 물 위에서 뒤치락대다 가라앉는 것을 지켜보았다.

"그건 신경 쓰지 말아요! 노를 저으라구요!"

앤 언니가 소리쳤다. 언니의 얼굴은 모피로 감춰져 있었다.

나는 언니 옆에 몸을 숙이고, 우리는 서로에게 꼭 달라붙었다. 언니가 바들바들 떨고 있음을 느낄 수 있었다. 소용돌이치는 물결 속으로 나가면서, 우리는 폭도를 보았다. 그들은 횃불을 밝히고 있었고, 우리는 검은 강물 위에 반사되어 출렁거리는 불꽃을 볼 수 있었다. 빛의 행렬은 영원히 계속되는 것 같았다. 우리는 사람들이 고함쳐 언니를 욕하는 소리를 물 위에서 들을 수 있었다. 성난 외침마다 그에 동조하는 고함소리가, 적나라한 증오의 고함소리가 울려 퍼졌다. 앤 언니는 보트 안에서 몸을 더욱 아래로 움츠리며 나를 더 꼭 붙잡고는 두려움으로 바들바들 떨었다.

뱃사공들은 홀린 사람처럼 노를 저었다. 이런 날씨에 보트에서 공격을 받으면 우리 중 누구도 살아남지 못하리란 것을 그들은 알고 있었다. 심지어 우리가 캄캄한 강물 위에 나와 있다는 것을 알게 되면, 그들은 돌들을 들어올려 우리에게 던질 것이다. 우리를 잡으러 강둑을 추적해 내려오고, 보트를 찾아 빼앗아서 우리를 쫓아올 것이다.

"더 빨리 저어요!"

앤 언니가 거칠게 소리쳤다.

우리는 들쭉날쭉하게 나아갔다. 너무도 무서워서 북을 치거나 박자를 소리 내어 맞출 수도 없었다. 우리는 어둠에 보호되어 폭도를 슬쩍 지나치고 싶었다. 나는 보트 모서리 너머를 유심히 응시했다. 불빛이 멈추고, 머뭇거리는 것을 보았다. 마치 어둠 속을 내다보고, 마치 사나운 맹수들의 초자연적인 자각으로 자기들이 원하는 먹잇감이 겨우 몇 미터 거리에서 공포의 흐느낌을 모피 속에 감추고 있는 것을 감지할 수 있다는 듯이.

그런 다음 행렬은 트리벨리안 가의 저택으로 이어졌다. 행렬은 강의 굴곡을 따라 휘어지며 나아갔다. 죽 뻗어 있는 횃불은 몇 마일이나 되는 것 같았다. 앤 언니는 바로 앉아 두건을 뒤로 넘겼다. 얼굴은 얼이 빠져 있었다.

"폐하께서 저것에 맞서 나를 보호해주실 것 같아? 교황께 맞서서는—그래—특히나 그게 폐하께서 교회의 십일조를 보관하게 되는 것을 뜻한다면. 왕비에 맞서서는—그래—특히나 그게 폐하께서 아들과 계승자를 얻는다는 것을 뜻한다면. 하지만 자기 국민들에 맞서서는, 그들이 밤에 횃불과 밧줄을 가지고 나를 잡으러 온다면? 그때도 폐하께서 내 편이 되어주실까?"

언니가 사납게 물었다.

그해 그리니치의 크리스마스는 조용했다. 왕비는 왕에게 아름다운 금잔을 보내왔지만 왕은 무정한 메시지와 함께 그것을 돌려보냈다. 우리는 항상 왕비의 빈자리를 느꼈다. 사랑하는 어머니가 없을 때의 집 같았다. 그렇다고 그녀는 앤 언니가 지칠 정도로 늘 그런 것같이 발랄하거나 재기가 뛰어나거나 도발적이었던 것은 아니었다—그저 그녀는 항상 그곳에 있었기 때문이었다. 왕비의 치세가 너무나도 오래 지속되어 그녀가 없는 잉글랜드 궁정을 기억할 수 있는 사람은 극히 드물었다.

앤 언니는 언제나 명랑하고 매혹적이며 활동적이었다. 언니는 춤추고 노래 부르고 왕에게 비스케이(Biscay)풍의 다트(dart) 세트를 선물했고, 왕은 언니에게 가운을 만들라고 방을 한가득 채울 만큼 가장 비싼 천들을 주었다. 왕은 언니에게 방 열쇠를 선물했고, 방에 들어서자 이쪽의 금빛 장대에서부터 저쪽까지 축 늘어져 있는 호화로운 색깔의 천으로 된 장식에 기쁨으로 소리치는 모습을 지켜보았다. 왕은 언니에게, 우리 하워드 가 사람들 모두에게 선물을 아낌없이 퍼부어주었다. 그는 내게 블랙워크(blackwork: 16세기 잉글랜드에서 유행한 흰색이나 크림색 바탕에 검은 실로 수놓인 기하학무늬 자수.) 옷깃이 달린 아름다운 셔츠를 주었다. 하지만 여전히, 크리스마스라기보다는 장례식 전야의 철야제 같았다. 모두들 왕비의 한결 같았던 존재를 그리워했고, 왕비가 옳다는 것을 인정할 용기를 마침내 깨달았던 그 마지막 순간까지 그녀의 적이었던 추기경이 소유한 아름다운 저택에서 왕비가 무얼 하고 있을지 궁금해 했다.

앤 언니는 명랑하려 애쓰느라 앙상하게 여위었지만, 아무것도 궁정 사람들의 기분을 돋을 수는 없었다. 밤에 언니는 침대 위 내 옆에 누웠고, 자면서조차도 상당히 정신 나간 여자처럼 중얼대는 소리를 나는 듣곤 했다.

어느 날 밤, 나는 촛불을 밝혀 언니를 보려고 들어올렸다. 언니의 두 눈은 감겨져 있었고, 짙은 속눈썹은 하얀 뺨을 쓸어내리고 있었다. 머리칼은 언니의 피부만큼이나 표백된 나이트캡 아래 뒤로 묶어져 있었다. 눈 밑의 그림자는 팬지처럼 보랏빛으로 물들었고, 언니는 연약해보였다. 그리고 줄곧 언니의 핏기 없는 입술은 미소를 띠고 벌어져서 인사, 농담, 빠르고 재치 있는 말들을 중얼거렸다. 때때로 언니는 베개에서 쉴 새 없이, 언니가 그리도 잘하는 매혹적인 움직임으로 머리를 돌려대며 웃곤 했다. 지나치게 혹사되어 심지어는 깊고 깊은 잠 속에서도 축제를 활기차게 만들려 끝없이 애쓰는 여자에게서 나오는 끔찍한 숨소리였다.

언니는 아침에도 포도주를 마시기 시작했다. 포도주는 언니의 얼굴에 혈색이 돌게 했고, 눈에는 생기를 불어넣어 주었다. 또한 언니를 극도의 피로와 불안에서 끌어올렸다. 한 번은 외삼촌이 나를 뒤따른 채 언니의 처소에 들어섰을 때 언니는 내게 술병을 떠넘겼다. "숨겨."라고 필사적으로 쉿 소리 내어 말하고는 숨결에서 술 냄새를 맡지 못하도록 손등으로 입을 가린 채 외삼촌에게로 돌아섰다.

"언니, 그만둬야 해."

외삼촌이 가고 난 후 내가 말했다.

"모든 사람들이 시종일관 언니를 지켜보고 있어. 사람들은 분명 보게 될 거구, 폐하께 말씀드릴 거야."

"그만둘 수가 없어. 아무것도 그만둘 수가 없어. 한순간도. 계속하고 또 계속해야 해, 마치 내가 이 세상에서 가장 행복한 여자인 것처럼. 난 내가 사랑하는 남자랑 결혼할 거야. 난 잉글랜드 왕비가 될 거야. 당연히 행복하지. 당연히 난 엄청 행복해. 잉글랜드에서 나보다 행복한 여자는 있을 수 없어."

언니가 음울하게 말했다.

신년에 조지 오빠가 돌아오기로 되어 있어, 앤 언니와 나는 오빠를 환영하는 의미로 언니의 호화로운 처소에서 사적으로 식사를 하기로 결정했다. 우리는 요리사들과 의논하고 가장 좋은 재료를 쓸 것을 명하며 오전을 보낸 다음, 오후에는 창가 벤치에서 꾸물거리면서 조지 오빠의 보트가 하워드 가 깃발을 휘날리며 강을 올라오기를 기다렸다. 내가 먼저 발견했다. 어둑어둑한 사위에서 검게 떠오른 물체를. 나는 앤 언니에게 한 마디도 안 하고 방을 슬쩍 나가 계단을 뛰어내렸다. 조지 오빠가 상륙해 선착장 부교로 올라왔을 때 나 혼자서 오빠의 품에 안겼고, 오빠가 입맞추고 "세상에, 동생아, 이렇게 돌아와 너무 기쁘다."라고 속삭인 대상도 나였다.

　일등을 차지할 기회를 놓쳤음을 알고 나서, 앤 언니는 나를 쫓아 뛰어오지 않고 자기 처소에서 오빠를 반기려 기다렸다. 거대한 궁형 벽난로 선반 앞에서 오빠는 언니에게 절하고 손에 입을 맞추었으며, 그런 다음에야 비로소 언니를 품에 껴안았다. 그러고 나서 시녀들을 물리치고, 우리는 다시 함께 뭉친, 세 명의 불린 가 사람이 되었다. 늘 그래왔듯이.

　조지 오빠는 식사하는 동안 우리에게 모든 소식을 전해주었고, 오빠가 궁정을 떠난 이래 일어난 일들을 모두 알고 싶어했다. 나는 앤 언니가 오빠에게 조심해서 말하는 것을 알아차렸다. 언니는 오빠에게 무장한 경호원 없이는 런던 시내에 갈 수 없다는 것을 말하지 않았다. 시골에서 평화로운 조그만 마을들 사이를 재빨리 지나가야 한다는 것도 말하지 않았다. 울지 추기경이 죽은 다음날 언니가 "추기경 지옥으로 보내기"라고 명명한 가면극을 기획하고 극에서 춤을 추어, 왕의 죽은 친구에 대한 천격스럽게 의기양양한 태도와 노골적인 음탕함으로 이를 본 모두를 충격받게 했다는 사실을 말하지 않았다. 피셔 주교가 여전히 언니를 적대시하며 그가 독살되어 죽을 뻔했다는 것 또한 말하지 않았다. 이런 사실들을 언니가 오빠에게 애기하지 않았을 때 나는, 실은 전부터 알고 있었던 것처럼, 언니가 자신이 되어가고 있는 여자의 모습에 부끄러워하고 있음을 알았다. 언니는 이런 야망이 얼마나 깊이 자신 안에서 좀먹으며 퍼져 나가고 있는지 조지 오빠가 알기를 원치 않았다. 더 이상 사랑스런 어린 동생이 아닌, 왕비가 되기 위한 이 싸움에서 모든 것을, 심지어는 불멸의 영혼까지 던지는 것을 배워버린 여자임을 알기를 원치 않았다.

　"그럼 너는? 그 남자 이름이 뭐야?"

조지 오빠가 내게 물었다.

앤 언니가 멍해졌다.

"무슨 얘길 하는 거야?"

"누구나 알아차릴 수 있어—설마 내가 잘못 안 건 아니겠지?—메리앤은 봄날 젖 짜는 처녀처럼 활짝 피고 있잖아. 나라면 사랑에 빠졌다는 것에 한 재산을 걸겠다."

나는 진한 주홍빛으로 얼굴을 붉혔다.

"그럴 줄 알았어. 누구야?"

오빠가 깊이 만족해하며 말했다.

"메리한테 연인은 없어."

앤 언니가 대답했다.

"메리가 네 허락 없이 누군가를 눈독 들인 거라 생각하는데. 당신께 물어보지도 않고 누군가가 메리를 점찍은 것 같은데요, 왕비 아가씨."

조지 오빠가 넌지시 말을 꺼냈다.

"그러지 않는 게 좋을 거야. 내겐 메리를 위한 계획이 있어."

언니가 일말의 미소도 없이 말했다.

조지 오빠가 소리 나지 않게 휘파람을 불었다.

"세상에, 애나마리아, 누가 보면 네가 벌써 성유를 바른 줄 알겠다."

언니가 오빠에게 달려들었다.

"그렇게 됐을 때, 누가 내 친구들인지 알게 될 거야. 메리는 내 시녀고, 난 집안의 질서를 잘 유지할 거야."

"메리도 이제 스스로 선택할 수 있잖아."

앤 언니가 고개를 저었다.

"내 총애를 원한다면 아니야."

"제발, 앤! 우린 가족이야. 네가 지금 그 자리에 있는 것도 다 메리가 널 위해 물러났기 때문이잖아. 이렇게 등 돌리고 피의 공주처럼 굴면 안 되는 거야. 우리가 너를 지금 그 자리에 올려놓았어. 넌 우리를 신하처럼 대하면 안 되는 거라구."

"신하들이야. 오빠도, 메리도, 외삼촌조차도. 난 내 외숙모를 궁정에서 내보냈어. 폐하의 매제도 내보냈어. 왕비도 궁정에서 내보냈다구. 내가 원한다면 유형 보낼 수 있다는 걸 의심하는 사람 있어? 없어. 지금 이 자리에 오를 수 있도록 나를 도와줬을지는 모르겠지만……."

언니가 간단하게 말했다.

"도와줬다구! 우린 정말로 널 떠밀어 올렸어!"

"그렇지만 이제 난 이 자리에 있으니 왕비가 될 거야. 다들 내 신하고 내 시중을 들어야 해. 난 왕비가 될 거고, 다음 잉글랜드 국왕의 어머니가 될 거야. 그러니까 기억해두는 게 좋을 거야, 오빠, 두 번 말하지 않을 테니."

앤 언니는 바닥에서 일어나 문 쪽으로 당당하게 걸어갔다. 언니는 문 앞에 서서 누군가가 열어줄 것을 기다렸다. 우리 둘 중 어느 쪽도 벌떡 일어서지 않자, 언니는 손수 문을 확 열어젖혔다. 언니가 문간에서 돌아섰다.

"그리고 더 이상 날 애나마리아라고 부르지 마. 쟤도 메리앤이라고 부르지 말구. 쟨 메리야, 또 다른 불린 가 여자일 뿐이지. 그리고 난 앤이야, 미래의 앤 왕비. 우리 둘은 천지 차이야. 우린 이름을 나눠 쓰지 않아. 쟨 보잘것없는 사람이나 다름없고, 난 왕비가 될 거니까."

언니는 문을 닫으려 하지도 않고 세차게 나갔다. 발자국 소리가 침실로 향하는 것을 알 수 있었다. 우리는 잠자코 앉아 방문이 쾅 닫히는 소리를 들었다.

"세상에, 완전 마귀할멈이잖아. 얼마나 오래 이런 식이었어?"

조지 오빠가 마음속 깊이 무엇을 꿰뚫어보듯 말했다. 오빠는 일어나 찬바람을 막으며 문을 닫았다.

"언니의 힘은 꾸준히 자라났어. 아무도 자기한테 손댈 수 없다고 생각해."

"정말 그래?"

"폐하는 사랑에 깊이 빠지셨어. 언니는 안전하다고 봐, 그래."

"여전히 앤을 갖지 못하셨구?"

"응."

"세상에, 둘이 대체 뭐 하는 거지?"

"그것만 빼고 전부 다. 언니가 감히 허락 안 하지."

"완전히 미치게 만들겠군."

조지 오빠가 만족해하며 말했다.

"언니도 마찬가지야. 거의 매일 밤 폐하께서 키스하시고 만지시고, 언니는 머리칼이랑 입을 가지고 폐하의 온몸 위를 기어 다니잖아."

"모두한테 이런 식으로 말하니? 나한테 말했던 식으로?"

"훨씬 더하지. 친구들을 잃고 있어. 찰스 브랜든 공작은 이제 언니를 적대시하고, 외삼촌은 아주 넌더리나셨어. 둘이 내놓고 싸웠거든. 크리스마스 때부터 적어도 두어 번은. 언니는 폐하의 사랑 안에서 너무 안전하니 다른 아무런 보호도 필요 없다고 생각하고 있어."

"난 참지 않을 거야. 앤한테 얘기하겠어."

조지 오빠가 말했다.

나는 누이답게 걱정하는 듯한 표정을 유지하고 있었지만, 앤 언니와 조지 오빠 사이에 틈이 벌어진다는 생각에 가슴이 뛰었다. 조지 오빠를 내 편으로 이끌 수 있다면, 내 아들의 소유권을 되찾는 일에 있을지 모를 어떤 싸움에서도 많은 이점을 얻는 것이었다.

"근데 진짜, 네 눈길을 사로잡은 사람은 아무도 없는 거야?"

오빠가 물었다.

"별 볼일 없는 사람이야. 오빠한테만 말하는 거야, 그러니까 비밀로 간직해둬."

"맹세할게. 비밀로 할게. 내 명예를 걸고. 너, 사랑에 빠졌어?"

오빠가 내 손을 붙잡고 가까이 이끌면서 물었다.

"아, 아니."

대답하며 바로 그 생각에 나는 뒷걸음질쳤다.

"당연히 아니지. 하지만 그 사람은 나한테 관심을 좀 갖고 있고, 남자가 자기한테 안달복달하는 건 기분 좋은 거잖아."

"너한테 안달복달하는 남자들이 궁정에 꽉 찼다고 생각하는데."

"아, 그 사람들은 시를 써주고 사랑 때문에 죽겠다고 맹세하지. 하지만 그 남자는…… 그 남자는 좀더…… 현실적이야."

"누군데?"

"별 볼일 없는 사람. 그래서 그 남자 생각은 안 해."

내가 되풀이했다.

"그냥 가질 수 없다니, 애석하구나."

조지 오빠가 그답게 솔직 담백하게 말했다.

나는 대답하지 않았다. 윌리엄 스태퍼드의 매력적이고 친밀한 미소를 생각하고 있었다.

"응."

내가 매우 조용히 말했다.

"애석하지만, 어쩔 수 없어."

1532년 봄

사람들의 심경 변화에 대해 무지한 조지 오빠는, 앤 언니와 나에게 함께 말을 타고 강을 내려가 조그만 맥줏집에서 식사하고 다시 집으로 돌아오자고 초대했다. 나는 앤 언니가 홀로 말을 타고 나가는 것은 더 이상 안전하지 않다고 오빠에게 말해 거절하기를 기다렸지만, 언니는 아무 말도 하지 않았다. 언니는 유별나게 검은 가운을 입고, 승마용 모자를 얼굴에 푹 눌러쓴 채, 금빛 "B" 장식이 매달려 있는 눈에 띄는 목걸이를 벗어두었다.

잉글랜드에 돌아와 누이들과 말을 타러 나가게 되어 기쁜 조지 오빠는, 앤 언니의 신중한 태도와 옷차림을 알아차리지 못했다. 그러나 맥줏집에 들렀을 때 우리의 주문을 받아야 했던, 차림새가 단정치 못한 늙은 여자가 앤 언니를 곁눈으로 힐금 보더니 돌아가 버렸다. 얼마 후, 맥줏집 주인이 삼베 앞치마에 손을 쓱쓱 닦으며 나와 우리에게 가져다주려던 빵과 치즈가 상했다고, 우리가 먹을 수 있는 것은 이 집에 아무것도 없다고 알렸다.

조지 오빠가 불끈 화내려 했지만, 앤 언니가 오빠의 옷소매에 손을 얹으며 상관없다고, 가까운 수도원에 가서 먹자고 말했다. 오빠는 언니를 따랐고, 우리는 꽤 잘 먹었다. 이 땅의 모든 대수도원과 수도원에서 이제 왕은 공포의 대상이었다. 수도사들보다 정치적으로 덜

오활한(사정에 어두움, 주의가 부족함) 하인들만이 앤 언니와 나를 미심쩍은 눈초리로 흘겨보며 누가 옛날 창녀이고 누가 새로운 창녀인지 수군거리며 추측했다.

차가운 햇빛을 등지고 집으로 돌아가면서, 조지 오빠가 말에 박차를 가해 내 옆으로 왔다.

"그러니까 모두들 아는구나."

오빠가 단조롭게 말했다.

"런던에서부터 저 멀리 시골구석까지. 소식이 얼마나 멀리 퍼져 나갔는지 모르겠어."

내가 말했다.

"모자를 던지면서 만세를 부르는 사람은 보지 못하는 거야?"

"응, 그런 건 보지 못할 거야."

"예쁜 잉글랜드 여자가 사람들을 기쁘게 할 줄 알았는데? 앤은 충분히 예쁘잖아, 안 그래? 지나가면서 손을 흔들고, 자선품도 나눠주고, 그 밖에 여러 가지 다 하구?"

"그런 건 다 해. 하지만 여자들은 옛 왕비를 고집스레 좋아해. 잉글랜드 국왕이 변화에 혹해서 성실하고 정직한 아내를 쫓아낸다면 어떤 여자도 안전하지 못하다고들 해."

조지 오빠는 잠시 침묵했다.

"투덜거리는 것 말고 더 심한 짓도 하니?"

"런던에서 폭동에 붙잡혔었어. 폐하께서도 언니가 아예 런던 시내에 가는 게 안전하지 않다고 하시구. 언니는 증오받고 있어, 오빠. 사람들이 언니에 대해 온갖 얘기를 다 한다니까."

"온갖 얘기?"

"언니가 마녀라구, 마법으로 폐하를 홀렸다고들 해. 살인자에다가 할 수만 있다면 왕비마마를 독살할 거라구. 폐하께서 언니랑 결혼할 수밖에 없게 다른 모든 여자들과는 못 하게 만들었다구. 언니가 마마의 자궁 안에 있던 아이들을 말라죽게 만들어 잉글랜드 왕위를 불모지로 만들어버렸다고들 해.”

조지 오빠가 잠시 창백해지더니 고삐를 잡고 있던 손이 마술에 대항하는 듯한 손짓으로 꼭 쥐어졌다―첫 두 손가락 사이에 엄지를 넣어 십자가 모양을 만드는 것이었다.

“그런 말을 공공연하게 해? 폐하께서 듣지 않으실까?”

“가장 나쁜 얘기들은 비밀로 하고 있지만, 조만간 누군가가 폐하께 분명 말씀드리겠지.”

“한 마디도 안 믿으시겠지?”

“폐하 스스로 그런 말씀을 좀 하셔. 완전히 홀렸다구. 언니가 자신을 매혹해서 다른 여자는 생각할 수가 없다구. 폐하께서 말씀하실 때 그것은 애정 표현이지만, 밖으로 새어나가면―위험하다구.”

조지 오빠가 고개를 끄덕였다.

“앤은 좀더 좋은 일들을 해야 해. 너무 그리 지독하게…….”

오빠가 말을 멈추고 단어를 찾았다.

“관능적이지 않구.”

나는 앞을 내다보았다. 말 위에 올라타 있으면서도, 다른 사람도 아닌 가족과 말을 타고 있으면서도, 앤 언니는 허리를 안고 싶게 만드는 몸짓으로 안장 위에서 몸을 흔들었다.

“언니는 불린 가 여자이자 하워드 가 여자야. 그런 대단한 이름 뒤에, 우린 모두 발정 난 암캐들이지.”

내가 솔직하게 말했다.

우리가 말을 몰고 들어섰을 때, 그리니치 궁전의 출입구에서 기다리고 있던 윌리엄 스태퍼드가 내게 모자를 조금 들어올리며 내 비밀스런 미소를 알아차렸다. 우리가 말에서 내리고 앤 언니가 안쪽으로 길을 나아갔을 때, 그가 문간에 서 있다 나를 한쪽으로 끌어당겼다.

“기다리고 있었어요.”

그가 그 이상의 인사는 없이 말했다.

"봤어요."

"나 없이 말 타고 나가는 건 싫어요. 불린 가 여자들한테 이 나라는 안전하지 않다구요."

"오빠가 저희를 돌봐줬어요. 대단한 수행원들 없이 나가니까 좋았어요."

"아, 그건 내가 해드릴 수 있어요. 간소히 하는 건 내가 얼마든지 해드릴 수 있죠."

내가 웃었다.

"고마워요."

윌리엄은 나를 곁에 두기 위해 내 옷소매를 계속 잡고 있었다.

"국왕 폐하와 당신 언니가 결혼하면, 당신은 어른들이 골라주는 남자와 결혼하게 될 거예요."

나는 그의 정직하고 볕에 그을린 얼굴을 들여다보았다.

"그래서요?"

"그래서 만약 당신이 주위가 몇 개의 밭으로 둘러싸인 예쁘고 조그만 장원을 갖고 있는 남자와 결혼하고 싶다면, 서둘러 언니의 결혼 전에 해야 할 거예요. 뒤로 미룰수록 어려워져요."

나는 머뭇거렸다. 윌리엄의 손길에서 물러나 돌아섰다. 나는 눈을 내리깐 채 비스듬히 그에게 웃어보였다.

"하지만 아무도 내게 물어보지 않았는데요."

내가 부드러운 목소리로 설명했다.

"평생 과부로 사는 걸 감수해야죠. 아무도 내게 한 번도 결혼해야 하지 않느냐고 묻지 않았거든요."

이번만은 그도 할 말을 잃었다.

"하지만 내가 생각하기론……."

윌리엄이 입을 열었다. 즐거운 웃음이 내게서 새어나갔다. 나는 무릎을 깊이 굽혀 그에게 정중히 절한 후 궁전으로 돌아섰다. 계단을 오르면서 뒤를 힐끔 돌아보자, 윌리엄은 모자를 땅에 내팽개치고는 발로 차고 있었다. 그리고 나는, 잘생긴 남자를 안달복달하게 만들 때 느끼는, 모든 여자가 아는 그 기쁨을 만끽했다.

나는 다시 한 주 동안 윌리엄을 보지 못했다. 그가 나를 찾을지도 모르는 마구간 뜰에서, 정원에서, 강가에서도 꾸물거렸지만. 어느 날 외삼촌의 시종 행렬이 지나갈 때 나는 그들을 지켜보았지만, 똑같은 하워드 가 제복을 입은 2백 명의 남자들 중에서 윌리엄을 꼽아낼 수가 없었다. 바보짓을 하고 있다는 것은 나도 알았다. 하지만 잘생긴 남자를 찾아 그를 놀려먹는 데 해가 될 것은 없다고 생각했다.

나는 윌리엄을 한 주 동안 보지 못하고, 또 다른 한 주 동안도 보지 못했다. 외삼촌과 나는 왕과 앤 언니가 따뜻한 4월의 어느 아침 볼링을 하는 것을 지켜보고 있었다. 나는 자연스레 외삼촌에게 물었다.

"여전히 그 남자—윌리엄 스태퍼드—가 외삼촌의 휘하에 있나요?"

"그렇고 말고. 하지만 한 달 동안 휴가를 줬다."

"궁정에서 떠났나요?"

"결혼을 하고 싶단다, 그가 내게 말하기론. 아버지께 말씀드리고 새 아내를 위해 집을 장만하러 갔단다."

땅이 흔들리는 것 같았다.

"이미 결혼한 줄 알았는데요."

가장 안전한 말을 골라 했다.

"원 천만에, 지독한 바람둥이지."

시선은 왕과 앤 언니에게 반쯤 둔 채로 외삼촌이 말했다.

"궁정의 숙녀 하나가 스태퍼드에 빠져, 그와 결혼하고, 그와 암탉 떼와 함께 살려고 궁정 생활을 포기할 생각이었던 모양이더라. 상상이나 할 수 있겠니!"

"어리석군요."

입안이 바싹 말라 있었다. 나는 침을 꼴깍 삼켰다.

"하지만 그동안 줄곧 무슨 시골 처녀랑 약혼한 사이였던 거야. 의심할 여지도 없어. 그 여자가 성년이 될 때까지 기다린 거겠지, 내 생각으론. 이번 달에 결혼하려고 떠났단다. 그런 다음 다시 내게 돌아올 거야. 좋은 남자지. 굉장히 믿을 만하고. 스태퍼드가 널 헤버로 데려다줬지?"

"두 번이오. 아이들의 조랑말도 구해다줬구요."

"그런 일을 잘하지. 더 높은 자리로 올라야 마땅해. 내 마구간을 관리하도록 승진시켜줄지도 모르겠다. 내 사마관으로."

외삼촌이 말을 멈추었다. 돌연 그의 어두운 시선이 눈부신 랜턴처럼 내게 향했다.

"스태퍼드가 너랑 시시덕거리지는 않았겠지?"

나는 외삼촌에게 절대적으로 무관심한 표정을 지었다.

"외삼촌의 휘하에 있는 남자가요? 당연히 아니죠."

"그래야지. 그는 틈만 나면 망나니처럼 굴어."

탐탁지 않은 듯 외삼촌이 말했다.

"저랑은 가망이 없을 거예요."

앤 언니와 내가 잠옷을 입고, 하녀들이 물러나가고, 잠자리에 들 준비가 되어 있었을 때, 익숙한 노크 소리가 들려왔다.

"조지 오빠일 수밖에 없지."

앤 언니가 말했다.

"들어오세요."

우리의 잘생긴 오빠가 한손에는 포도주가 담긴 주전자를 들고, 다른 손에는 술잔 세 개를 든 채 문에서 어슬렁거렸다.

"미의 전당에 숭배하러 왔습니다."

오빠는 상당히 취해 있었다.

"들어와도 돼. 우린 훌륭하게 아름다우니까."

내가 말했다.

오빠가 문을 발로 차 닫았다.

"촛불 곁에서 보니 더욱 좋군."

오빠가 우리 둘을 유심히 바라보며 말했다.

"세상에, 헨리 폐하께선 너희 중 한 명을 가졌고 다른 한 명도 원하는데, 둘 다 가질 순 없다는 생각을 하면 정말 미치시겠군."

앤 언니는 왕이 내 연인이었다는 사실이 상기되는 것을 절대 좋아하지 않았다.

"폐하께선 언제나 내게 관심을 쏟으셔."

조지 오빠가 나를 보며 눈을 굴렸다.

"마실래?"

우리는 모두 잔을 들었고, 조지 오빠가 난로에 통나무 하나를 던져 넣었다. 문 바깥쪽에서 속삭이는 소리가 들려왔다. 갑자기 유연하고 민첩해진 조지 오빠가 문으로 향하더니 벌컥 열어젖혔다. 제인 파커가 그곳에 서 있었다. 열쇠 구멍에 눈을 들이밀기 위해 구부리고 있던 몸을 막 바로 펴는 중이었다.

"나의 사랑스런 아내! 내가 당신 침대에 있길 원하면 나의 누이들의 처소를 살금살금 돌아다니지 않아도 돼요. 그냥 물어보면 된다구요."

조지 오빠가 꿀 같은 목소리로 말했다.

제인은 머리끝까지 새빨개졌다. 그녀는 오빠를 너머 벌거벗은 어깨에서 가운이 흘러내린 채 침대에 앉아 있는 앤 언니와, 잠옷을 입고 난롯가에 있는 나를 유심히 쳐다보았다. 우리 셋을 바라보는 제인의 시선에는 나를 움찔하게 만드는 무언가가 있었다. 그녀는 항상 내게 부끄러운 기분이 들게 했다. 내가 무슨 그릇된 일을 하고 있었던 것처럼. 그러나 그것은 마치 제인이 우리와 은밀히 결탁하려 하는 것 같았다. 그녀는 음란한 비밀을 알고 싶고, 그것을 나누고 싶어 하는 것처럼 보였다.

"지나가고 있었는데 목소리를 들었어요. 누군가 앤 영부인을 귀찮게 하고 있을까 봐 걱정이 됐어요. 영부인께서 괜찮으신지 확인하려 막 노크하려던 참이었어요."

제인이 어색하게 말했다.

"귀로 노크하려 했어요? 아니면 코로?"

조지 오빠가 어리둥절해하며 물었다.

"참, 그만둬, 오빠. 아무 문제없어요, 제인 영부인. 조지 오빠는 우리랑 한잔할 겸 취침 인사를 하러 온 거예요. 곧 당신 방으로 갈 겁니다."

내가 불쑥 말했다.

내가 끼어든 것에 제인은 고마워하는 것과는 거리가 한참 멀어보였다.

"오든지 말든지 마음대로 하세요. 원하신다면 여기 밤새도록 계셔도 되구요."

"나가요."

앤 언니가 간단하게 말했다. 언니는 제인과 말다툼할 만큼 낮아지지 않겠다는 투로 말했다.

조지 오빠는 복종의 뜻으로 절하고는 제인의 면전에서 문을 재빨리 닫아버렸다. 오빠는 돌아서서 등을 문에 대고, 제인이 당연히 들으리란 것도 상관하지 않고 큰소리로 웃었다.

"완전히 뱀이잖아! 아, 메리, 넌 제인한테 맞서지 마. 앤이 이끄는 대로 따라. '나가요.'라, 세상에! 정말 엄청 멋있었어. '나가요.'라니."

오빠가 소리쳤다.

오빠가 난롯가로 돌아와 우리에게 포도주를 따라주었다. 오빠는 첫 잔을 내게 건네고 다음 잔을 앤 언니에게 건넨 뒤 우리 둘에게 건배하려 자기 잔을 들었다.

앤 언니는 잔을 들지도 오빠에게 웃어보이지도 않았다.

"다음번에는. 나한테 먼저 주는 거야."

언니가 의견을 말했다.

"뭐?"

조지 오빠가 어리둥절해하며 물었다.

"포도주를 따를 때, 나한테 맨 먼저 주는 거라구. 내 침실 문을 열 때도, 내가 방문객을 들이고 싶은지 나한테 먼저 묻는 거야. 난 왕비가 될 거야, 오빠. 오빠는 나를 왕비처럼 모시는 걸 배워야 해."

오빠는 유럽에서 막 돌아왔을 때처럼 발끈 화를 내지 않았다. 그런 짧은 시간 동안에도 오빠는 앤 언니가 어마어마한 힘을 가지고 있다는 것을 본 것이다.

언니는 외삼촌과 다투든, 아니면 자기의 동맹자가 될 수도 있었던 궁정의 다른 아무 남자들과 다투든 상관하지 않았다. 왕을 마음대로 부릴 수 있는 한, 누가 언니를 증오하든 상관하지 않았다. 게다가 언니는 원하는 남자는 누구든 파멸시킬 수 있었다.

조지 오빠는 난롯가에 잔을 내려놓고 침대로 기어 올라갔다. 오빠는 손과 무릎을 구부리고, 얼굴이 언니의 얼굴에 닿을락말락하게 다가갔다.

"나의 귀여운 예비 왕비."

오빠가 관능적으로 부드럽게 말했다.

오빠의 친밀한 행동에 앤 언니의 얼굴이 누그러졌다.

"나의 귀여운 공주."

오빠가 속삭였다. 부드럽게, 오빠는 언니의 코와 그 다음은 입술에 키스했다.

"나한테 잔소리 말아줘. 우린 모두 네가 왕국의 첫째부인이란 걸 알고 있어. 하지만 내게는 상냥하게 대해줘, 앤. 네가 날 상냥하게 대해주면 우린 모두 훨씬 더 행복해질 거야."

오빠가 부탁했다.

마지못해 언니는 미소 지었다.

"내게 전적으로 존경심을 보여야 해."

언니가 오빠에게 경고했다.

"네 말굽 아래 누울게."

"함부로 제멋대로 굴지도 말구."

"차라리 죽겠어."

"그럼 이리 와. 상냥하게 대해 줄 테니까."

오빠가 앞으로 몸을 기울여 언니에게 다시 키스했다. 언니의 눈이 감겼고 입술이 미소를 그리다가 벌어졌다. 오빠가 언니를 더 깊이 내리누르고, 오빠의 손이 언니의 벌거벗은 어깨 쪽으로 가 목을 어루만지는 것을 나는 지켜보았다. 나는, 상당히 황홀하고 상당히 오싹하게, 오빠의 손가락이 언니의 매끄러운 검은 머리칼 속으로 파고들며 깊은 키스로 언니의 머리를 뒤로 젖히는 모습을 지켜보았다. 그러더니 언니가 눈을 뜨고 작게 한숨을 내쉬었다. "이제 그만."이라고 말한 뒤 언니는 오빠를 부드럽게 침대에서 밀어냈다. 조지 오빠는 난롯가 자기 자리로 돌아왔고, 우리 모두는 오빠로서의 키스였을 뿐인 척했다.

다음날 제인 파커는 변함없이 자신만만했다. 그녀는 나를 보며 싱긋 웃고는, 앤 언니에게 절하고 나서, 왕과 함께 강가를 산책하러 나가려는 참인 언니에게 망토를 건네주었다.

"오늘은 영부인께서 기분이 상하셨을 거라 생각했습니다."

앤 언니가 망토를 받았다.

"왜죠?"

"그 소식 말입니다."

"무슨 소식이오?"

언니가 궁금해하는 것을 들키지 않도록 내가 물었다.

제인은 내게 대답했지만, 앤 언니를 쳐다보았다.

"노섬벌랜드 백작부인께서 헨리 퍼시 경과 이혼하신답니다."

앤 언니는 잠시 휘청하더니 얼굴이 하얗게 질렸다.

"어머!"

언니에게서 나로 시선을 돌리기 위해 내가 소리쳤다.

"너무나 수치스러운 얘기네요! 백작부인께서 왜 퍼시 경과 이혼하실까요? 놀라운 생각이군요! 백작부인께서 정말 잘못된 결심을 하셨네요."

앤 언니가 정신을 되찾았지만, 제인은 이미 모든 것을 보았다.

"왜요?"

제인이 실크 같은 부드러운 목소리로 말했다.

"백작부인께서 그 결혼이 아예 유효한 적이 없었다고 하시던데요. 결혼 예약이 있었다고 해요. 백작부인께서는 퍼시 경께서 지금껏 영부인과 결혼하고 있었던 걸로 알고 계시던데요, 앤 영부인."

앤 언니의 고개가 치켜들어지고, 언니가 제인에게 싱긋 웃어주었다.

"로치퍼드 영부인, 당신은 정말 내게 가장 희한한 소식을 전해주는군요. 게다가 당신은 정말 가장 이상한 때를 골라서 내게 소식을 전해주네요. 어젯밤에는 몰래 얼쩡대면서 내 방문에 귀 기울이더니, 이제는 구더기로 가득 찬 죽은 개처럼 나쁜 소식으로 가득 차 있군요. 만일 노섬벌랜드 백작부인께서 결혼 생활이 불행하시다면 우리 모두는 그녀를 위해 깊이 슬퍼해야겠지요."

시녀들이 조금 술렁거렸다. 동정보다는 열렬한 호기심이었다.

"그러나 백작부인께서 헨리 퍼시 경이 나와 결혼을 예약한 사이라고 주장하신다면, 그건 절대 사실이 아니에요. 좌우간 폐하께서 지금 날 기다리고 계시는데, 당신이 나를 지체시키고 있어요."

앤 언니는 망토를 직접 둘러매고 방에서 위엄 있게 나갔다. 두세 명의 시녀들이, 실은 모두 그래야 하지만, 언니를 따랐다. 나머지 시녀들은 추문을 더 듣기 위해 제인 파커를 둘러싼 채 꾸물거렸다.

"제인 영부인, 폐하께서 당신이 앤 영부인 곁에서 시중드는 걸 보고 싶어하시리라 생각하는데요."

내가 심술궂게 말했다.

제인은 바로 가야 했다. 그녀는 앤 언니를 따라 방을 나섰고, 다른 시녀들도 그녀를 뒤쫓았다.

나는 치마를 치켜들고 여학생처럼 외삼촌의 처소로 뛰어갔다.

이른 오후임에도 불구하고, 외삼촌은 책상 앞에 앉아 있었다. 서기 한 명이 외삼촌 가까이에 서서 그가 구술하는 비망록을 받아쓰고 있었다. 내가 문 사이로 머리를 밀어 넣자 외삼촌이 얼굴을 찌푸리다가 들어오라고 한 후 기다려야 한다고 몸짓했다.

"무슨 일이지? 난 지금 바쁘다. 방금 토머스 모어 경이 왕비마마에 반하는 폐하의 처리에 불만을 갖고 있다는 소식을 들었단다. 모어 경이 좋아하리라 기대하진 않았지만, 그의 양심이 그걸 받아들일 수 있길 바랐어. 토머스 모어 경이 우리를 내놓고 적대시하지 않게 하기 위해선 난 천 크라운이라도 내놓겠어."

"이건 다른 일입니다. 하지만 중요해요."

내가 간명하게 말했다.

외삼촌이 서기에게 방에서 물러가라고 손을 흔들었다.

"앤에 대한 일이냐?"

나는 고개를 끄덕였다. 이제 우리의 가업이었고, 앤 언니는 우리가 팔려고 내놓은 상품이었다. 굳이 말하지 않아도, 내가 오후에 맨 먼저 외삼촌의 처소로 달려왔다면, 그건 우리의 장사가 위기에 처한 것이라는 것을 외삼촌은 알고 있었다.

"노섬벌랜드 백작부인께서 헨리 퍼시 경과의 이혼 탄원서를 제출할 거라고 제인이 방금 말했습니다. 퍼시 경이 앤 언니와 결혼을 예약한 사이라고 백작부인이 주장하고 있다고도 했구요."

내가 서둘러 말했다.

"빌어먹을."

외삼촌이 욕했다.

"알고 계셨어요?"

"백작부인이 그걸 염두에 두고 있다는 건 물론 알고 있었다. 부인이 아내 유기나 학대나 비역이나 뭐 그런 걸로 탄원할 거라 생각했어. 우리가 부인을 결혼 예약 문제에서 떼어놓은 거로 생각했어."

"우리요?"

외삼촌이 얼굴을 찌푸렸다.

"그래, 우리. 누군지는 중요하지 않아, 안 그러냐?"

"예."

"그리고 제인은 어떻게 알지?"

외삼촌이 조바심 내며 힐문했다.

"아, 제인은 뭐든지 알아요. 어젯밤에는 앤 언니의 방문에서 엿듣고 있던걸요."

"대체 무슨 얘기를 들었지?"

외삼촌이 물었다. 그 자신 안에 스파이 두목의 근성은 언제나 깨어 있었다.

"아무것도요. 조지 오빠가 거기 있었고, 저희는 그저 얘기하고 포도주를 한잔씩 마시고 있었을 뿐인걸요."

내가 성실하게 대답했다.

"조지밖에 없었냐?"

외삼촌이 날카롭게 물었다.

"달리 누가 있었겠어요?"

"그걸 물어보는 게다."

"언니의 정조를 의심하시는 건 아니겠죠."

"앤은 남자들 주위에 올가미를 치며 일생을 보내지 않느냐."

심지어 나조차도 이런 부당한 말은 그냥 넘길 수가 없었다.

"언니는 폐하 주위에만 올가미를 치는 거죠. 외삼촌께서 명하신 대로요."

"그래서 앤은 지금 어디 있는 게냐?"

"폐하와 함께 정원에 있습니다."

"지금 즉시 앤한테 가서 헨리 퍼시에 대한 모든 걸 부정하라고 일러라. 어떤 종류의 약혼도 없었고, 결혼 예약도 없었다고. 그저 청춘 남녀가 만난 거고, 어리고 순수한 애정이었다고 말이야. 시동 하나가 시녀한테 추파를 던진 것일 뿐이라고. 단지 그뿐이라고, 앤은 절대 반응하지 않았다고 말이야. 그저 퍼시만 그런 것일 뿐이라고. 알아들었냐?"

"다르게 아는 사람들도 있어요."

내가 경고했다.

"그 사람들은 다 매수됐어. 울지 추기경만 빼고. 하지만 그는 죽었어."

"추기경께서 폐하께 말씀드렸을지도 모르잖습니까. 그 당시에, 폐하께서 앤 언니와 사랑에 빠지실지 아무도 알지 못했던 그전에 말입니다."

"추기경은 죽었어. 그는 다시 말할 수 없어. 게다가 그 밖에 모든 사람들은 앤이 성모 마리아만큼이나 정숙하다고 폐하께 확신시켜드리고자 기를 쓸 거야. 헨리 퍼시는 그 누구보다 빠르겠지. 오로지 빌어먹을 그의 아내만이 모든 걸 걸어서라도 그 결혼에서 풀려나려고 아주 필사적이야."

외삼촌이 음미하면서 말했다.

"백작부인은 왜 그렇게 퍼시 경을 싫어하는 거죠?"

나는 의아해했다.

외삼촌이 날카롭게 소리치며 웃었다.

"세상에, 메리, 넌 정말이지 웃기는 바보로구나. 왜냐하면 퍼시는 앤과 정말 **결혼**했었고, 백작부인은 그걸 알고 있기 때문이지. 퍼시 경은 앤과 사랑에 빠졌었고, 부인은 그걸 알고 있기 때문이야. 그리고 앤을 잃은 게 퍼시를 우울증에 빠뜨렸고, 그 후 내내 그는 망가져 있기 때문이지. 부인으로선 퍼시의 아내가 되기 싫어할 만하지. 이제 가서 네 언니를 찾아 실컷 거짓말을 하려무나. 그 아름다운 두 눈을 뜨고, 우리를 위해 거짓말을 하렴."

강가 산책로에서 나는 왕과 앤 언니를 발견했다. 언니는 왕에게 진지하게 이야기하고 있었고, 왕은 단 한 마디라도 놓쳐서는 안 된다는 듯 언니 쪽으로 머리가 기울어 있었다. 내가 오는 것을 보고 언니가 올려다보았다.

"메리가 말씀드릴 거예요. 메리는 제가 새로 입궁한 처녀일 뿐이었을 그 당시에 제 침실친구였으니까요."

헨리 왕은 나를 올려다보았다. 얼굴에서 나는 그가 상처받은 것을 볼 수 있었다.

"노섬벌랜드 백작부인에 대한 일이야. 부인께서 싫증난 결혼에서 자신을 구하려고 나에 대한 중상을 퍼뜨리고 계셔."

앤 언니가 설명했다.

"무슨 말씀을 하시는 거지?"

"그 옛날 추문 말이야. 헨리 퍼시 경이 나와 사랑에 빠졌었다는."

나는 끌어 모을 수 있는 모든 따뜻함과 자신감을 가지고 왕을 향해 미소 지었다.

"물론 퍼시 경은 그랬었죠, 폐하. 앤 언니가 궁정에 처음 들어왔을 때 어땠는지 기억 못 하세요? 모두들 언니한테 빠져 있었죠. 헨리 퍼시 경도 그 중 하나였구요."

"약혼했었다는 말이 있네."

헨리 왕이 말했다.

"오르몬드 백작과 말인가요?"

내가 재빨리 물었다.

"지참금과 토지소유권에 합의하지 못했죠."

앤 언니가 말했다.

"내가 말한 건 당신과 헨리 퍼시 경 말이야."

왕이 고집했다.

"아무것도 없었어요. 궁정에서 남녀가 만나 시 한편에, 그저 몇 마디 했을 뿐. 전혀 아무것도 아니었어요."

"퍼시 경께선 제게도 시를 세 편이나 지어주셨는걸요. 추기경께서 데리고 있던 가장 게으른 시동이셨죠. 언제나 모두에게 시를 써주고 계셨어요. 유머 감각이 없는 숙녀 분과 결혼하게 되셔서 참으로 애석하죠. 하지만 부인께서 시에 대한 사랑이 없으셔서 얼마나 다행인지. 안 그랬으면 심지어 더 일찍 도망치셨을걸요!"

내가 말했다.

앤 언니가 웃었지만 우리는 헨리 왕을 딴 길로 새게 만들 수 없었다.

"백작부인이 결혼 예약이 있었다고 하던데. 당신과 퍼시 경이 약혼했다고 말이야."

그가 계속 고집했다.

"아니라고 말씀드렸잖아요."

언니가 약간 날 선 목소리로 반박했다.

"그렇지만 만약 그런 게 아니라면 왜 부인이 그런 말을 하겠나?"

헨리 왕이 힐문했다.

"자기 남편에게서 벗어나려고 그러는 거죠!"

앤 언니가 딱딱거렸다.

"하지만 왜 다른 거짓말도 아니고 하필 그 거짓말을 택한 거지? 왜 여기 있는 메리와 결혼했다고 말하진 않는 거지? 메리도 퍼시 경에게서 시를 받았다면?"

"곧 그러실 거예요."

앤 언니가 폭발하는 것을 늦추기 위해 내가 무턱대고 말했다. 그러나 언니의 성깔은 안에서 끓어오르고 있었고, 언니는 그것을 막을 수 없었다. 언니는 왕의 팔오금 사이에서 손을 빼냈다.

"무얼 의미하시는 거죠? 저에 대해 무슨 말씀을 하시는 거죠? 제가 정숙치 않다고 하시는 건가요? 제가 이렇게 여기 서서 다른 남자는 절대, 단 한 번도 쳐다보지 않았다고 맹세하는데도? 이젠 폐하께서―세상에서 다른 사람도 아닌 폐하께서―나를 결혼 예약한 몸이라고 비난하다니! 폐하가! 아내가 시퍼렇게 살아 있는데 나를 찾아내 구애한 사람이? 우리 중 누가 더 중혼자일 것 같다고 생각하세요? 자기 궁정 사람들한테 아첨받고, 모든 사람들의 방문을 받으면서 귀양살이하는 왕비, 그런 아내를 하트퍼드셔의 아름다운 저택에 감춰둔 남자일까요, 아니면 시 한편 선물받은 처녀일까요?"

언니가 힐문했다.

"내 결혼은 무효였어! 로마의 모든 추기경이 알고 있는 것처럼!"

헨리 왕이 언니에게 소리쳤다.

"하지만 치러졌잖아요! 런던의 모든 남자와 여자와 아이들이 알고 있는 것처럼. 당신은 결혼에 충분한 돈을 썼죠, 세상에. 그때 당신은 충분히 즐거워했었죠! 하지만 내게는 아무것도 치러지지 않았어요. 약속도 하지 않았고, 반지도 주고받지 않았고, 아무것도, 아무것도 아무것도! 그런데도 당신은 이런 아무것도 아닌 걸로 날 고통받게 하고 있어요."

"세상에! 내 말 좀 들어보겠어?"

"싫어요! 당신은 바보고 난 바보랑 사랑에 빠졌고 그래서 난 더 바보니까요. 난 당신 말을 듣지 않겠지만 당신은 당신 귀에 독을 내뱉는 모든 앙심품은 벌레들에게 귀를 기울이겠죠!"

언니가 완전히 넋을 잃고 비명을 질렀다.

"앤!"

"싫어요!"

언니가 소리치고는 왕에게서 떨어져 뛰어가 버렸다.

성큼성큼 재빠른 두 걸음으로 왕은 언니를 뒤쫓아 붙잡았다. 언니는 그에게 격렬하게 덤벼들어 패드를 댄 재킷의 어깨 부분을 때렸다. 잉글랜드 군주가 폭행당하는 것을 보며 반이나 되는 궁정 사람이 움찔했다. 누구도 어떻게 할지 몰랐다. 헨리 왕은 언니의 손을 붙잡아 등 뒤로 확 꺾었다. 마치 서로 사랑을 나누는 것처럼 언니의 얼굴에 가깝게 그는 언니의 손을 붙잡고 있었다. 언니의 몸이 왕의 몸에 밀착되어 있었고, 그의 입은 물거나 키스할 수 있을 만큼 가까웠다. 언니를 가까이 끌어당긴 순간 그에게 퍼져나간 격렬하고도 욕정에 가득 찬 표정을 나는 볼 수 있었다.

"앤."

그가 상당히 다른 목소리로 다시 말했다.

"싫어요."

되풀이했지만, 언니는 웃고 있었다.

"앤."

언니는 눈을 감고 고개를 뒤로 젖혀 왕이 눈과 입술에 키스하게 했다.

"좋아요."

언니가 속삭였다.

"세상에. 이게 앤이 폐하를 부리는 방법이니?"

조지 오빠가 내 귀에 대고 물었다.

나는 고개를 끄덕였다. 언니가 왕의 품안에서 돌아서서 그들은 엉덩이를 바짝 붙이고, 왕의 팔은 언니의 어깨를 감싸고 언니는 팔을 왕의 허리에 두른 채, 함께 걸어갔다. 그들은 강가를 걷고자 하는 것이 아니라 침실로 가고 싶어하는 것처럼 보였다. 그들의 얼굴은 욕망과 만족감으로 빛나고 있었다. 마치 말다툼이 사랑을 나눌 때의 폭풍우 같은 폭풍우였던 듯이.

"항상 저렇게 격분한 다음 수습하는 거야?"

"응. 사랑을 나눌 때의 격분 대신이야, 안 그렇게 생각해? 둘 다 소리치고 울부짖고, 그런 다음 결국 서로의 품에 조용히 안기게 되잖아."

내가 말했다.

"폐하께선 앤을 정말 예뻐하시겠다. 앤은 폐하께 달려든 다음 포근하게 자리 잡잖아. 세상에, 이렇게 분명하게 본 적은 없었어. 앤은 열정적인 창녀야, 안 그래? 난 오빠인데도 지금 당장 앤을 가질 것 같다. 앤은 남자를 미치게 만들 수 있어."

조지 오빠가 말했다.

나는 고개를 끄덕였다.

"언니는 항상 굴복해. 하지만 언제나 적어도 2분 정도는 늦게. 언니는 항상 바로 그 한계선 너머로 떠밀어버려."

"절대적인 힘을 갖고 있는 왕과 하기엔 지독히 위험한 게임이지."

"달리 어떡하겠어? 언니는 어떻게 해서든 폐하를 붙잡아야 해. 언니는 폐하가 거듭거듭 포위 공격하는 성이 되어야 해. 어떻게 해서든 흥분을 계속 유지해야 한다구."

조지 오빠가 내 손을 자기 팔 안으로 슬쩍 밀어 넣고, 우리는 길을 따라서 국왕 커플을 뒤따라갔다.

"노섬벌랜드 백작부인 일은? 헨리 퍼시 경이 앤과 결혼을 예약했었다는 이유로는 절대 무효 선언을 받지 못하는 거야?"

오빠가 물었다.

"차라리 과부가 되길 기다리는 편이 나을 거야. 우린 언니에게 어떤 오명도 달라붙게 할 수 없어. 백작부인은 다른 사람과 평생 사랑에 빠져 있는 남자와 언제까지나 부부로 살 거야. 부인은 처음부터 아예 백작부인이 될 게 아니라 자신을 사랑해주는 남자와 결혼하는 편이 나았을 거야."

내가 노골적으로 말했다.

"넌 요즘 오로지 사랑뿐이니? 이거 별 볼일 없는 사람의 조언이야?"

조지 오빠가 물었다.

나는 상관하지 않는다는 듯 웃었다.

"별 볼일 없는 사람은 떠났어. 속 시원하게 없어져 버렸지. 별 볼일 없는 사람은 아무것도 아니었어. 진작 예상했어야 하듯이."

1532년 여름

별 볼일 없는 사람, 윌리엄 스태퍼드는 6월에 외삼촌의 휘하로 돌아왔다. 그는 궁정에 돌아왔다고, 내가 떠날 준비가 됐을 때 헤버로 호위해주겠다고 말하러 나를 찾아왔다.

"리처드 브렌트 경께 함께 가달라고 이미 부탁드렸어요."

내가 차갑게 말했다.

나는 그가 깜짝 놀라는 모습을 보며 쾌감을 느꼈다.

"함께 지내면서 아이들을 데리고 말 타러 나가는 걸 허락해주실 줄 알았는데요."

"정말 친절하시군요. 어쩌면 내년 여름에."

내가 얼음같이 차갑게 말했다. 나는 돌아서서 그가 나를 붙잡고 있을 말을 생각해내기 전에 얼른 벗어났다. 윌리엄의 시선이 내 등에 닿는 것을 느끼면서, 내내 다른 사람과 결혼할 계획을 하고 있었으면서도, 나와 시시덕거리고 나를 바보처럼 대한 대가를 다소 되갚았다고 느꼈다.

리처드 경은 고작 며칠 동안만 머물렀고, 그것은 우리 두 사람 모두에게 구원이 되었다. 그는 아이들 때문에 마음 산란하고 소작인들에게 관심을 갖는, 시골에 있는 나를 좋아하지 않았다. 그는 시시덕거리는 것 외에는 할 일이 없는, 궁정에 있는 나를 좋아했다. 리처드 경은 프랑스로의 왕실 여행을 계획하는 것을 도우라고 왕에게서 돌아올 것을 호출받아, 속으로는 한시름을 놓고 있었다.

"당신을 두고 떠나게 되어 마음이 울적합니다."

리처드 경이 말했다. 우리가 해자 곁 햇볕 아래 서 있는 동안 하인들이 마구간에서 말을 이끌고 돌아나올 것을 그는 기다리고 있었다. 아이들은 도개교의 한편에서 물속으로 작은 나뭇가지를 떨어뜨리면서 둥실 떠오르기를 기다리고 있었다. 아이들을 지켜보면서 나는 소리 내어 웃었다.

"그건 평생 걸릴 거야. 급류하는 개천이 아니잖니."

"윌리엄 아저씨는 우리한테 돛단배를 만들어주셨어요."

캐서린이 작은 가지에서 눈을 떼지 않으며 내게 말했다.

"그 배들은 바람이 어느 쪽으로 불든 따라갔어요."

나는 다시 리처드 경에게 시선을 돌렸다.

"우린 당신을 그리워할 거예요, 리처드 경. 저의 언니에게 안부 전해주세요."

"푸른 벨벳이 다이아몬드를 감싸고 있는 것처럼 시골이 당신에게 잘 어울린다고 언니 분께 전해드리겠습니다."

"고마워요. 궁정 전체가 프랑스로 가게 되는지 혹시 아세요?"

"귀족들과 국왕 폐하와 앤 영부인과 영부인의 시녀들만요. 그런 대단한 이동에 채비가 갖춰지려면 제가 잉글랜드의 모든 중간 정마지(停馬地)를 준비해야 합니다."

"믿고 맡기기에 당신보다 더 유능한 신사 분이 분명 없었을 것이라 생각합니다. 당신은 저를 이곳에 정말 편히 데려다 주셨으니까요."

내가 말했다.

"도로 모셔다 드릴 수도 있습니다."

리처드 경이 권했다.

나는 손을 내려 헨리의 짧게 깎인 따뜻한 머리를 만졌다.

"전 여기서 좀더 오래 있겠어요. 여름에는 시골에 있는 걸 좋아하거든요."

궁정으로 어떻게 돌아갈지 생각하지 못했다. 아이들과 함께 있는 게 너무나도 행복했고, 헤버의 햇볕이 너무나도 따뜻했으며, 내 집 하늘 아래, 나의 조그만 성에서 무척이나 평화로웠다. 그러나 8월말에, 조지 오빠가 다음날 나를 데리러온다는, 아버지가 보낸 간명한 쪽지를 받았다.

우리는 고통스러운 저녁 식사를 했다. 헤어진다는 생각에 아이들은 얼굴이 창백했고 눈은 휘둥그레져 있었다. 나는 아이들에게 잘 자라고 키스해준 다음 캐서린의 침대 곁에 앉아 아이가 잠들기를 기다렸다. 오랜 시간이 걸렸다. 한번 잠들면 밤이 오고 다음날이면 내가 사라져 있으리란 것을 알고, 캐서린은 억지로 눈을 뜨려고 안간힘을 썼지만, 1시간 후에는 캐서린조차도 더 이상 깨어 있지 못했다.

나는 가운과 내 물건들을 꾸리고, 커다란 짐마차에 싣는 것을 확인하라고 하녀들에게 지시했다. 집사에게는 아버지가 기꺼이 받아들일 사과주와 맥주를, 왕에게는 우아한 선물이 될 사과와 다른 과일들을 싸라고 지시했다. 앤 언니가 책 몇 권을 원해 나는 책들을 뽑으러 서재로 갔다. 한 권은 라틴어로 되어 있어서 확실히 맞는 책인지 확인하려 제목을 풀이하느라 오랜 시간이 걸렸다. 다른 권은 프랑스어로 되어 있는 신학서적이었다. 나는 책들을 내 조그만 보석함과 함께 조심스레 놓았다. 그러고 나서 나는 잠자리에 들어, 아이들과 함께 하는 나의 여름이 짧아지게 된 것 때문에 베개에 얼굴을 묻고 울었다.

마차에 짐을 싣고 모든 준비를 끝낸 다음 말에 올라타 조지 오빠를 기다리고 있을 때, 남자들이 종대(縱隊)로 좁다란 길을 내려 도개교

쪽으로 오는 것을 보았다. 그런 거리에서도 나는 조지 오빠가 아닌 그 사람이란 것을 알았다.

"윌리엄 스태퍼드 씨, 오라버니를 기다리고 있었는데요."

내가 웃지 않고 말했다.

"당신을 따냈어요."

윌리엄이 말했다. 그는 머리에서 모자를 휙 벗겨내며 내게 환히 웃어보였다.

"당신 오라버니와 카드놀이를 해서 여기로 와 당신을 윈저 성으로 모셔다 드릴 권리를 따냈죠."

"그렇다면 오라버니는 약속을 어긴 거로군요. 게다가 난 흔해빠진 여인숙 도박판에나 걸 노예가 아니에요."

내가 탐탁지 않다는 듯 말했다.

"굉장히 희귀한 여인숙이었어요. 오라버니께서는 당신을 잃고 난 후 상당히 멋진 다이아몬드랑 예쁜 아가씨와 춤출 기회를 잃었죠."

윌리엄이 불필요하게 도발적으로 말했다.

"지금 떠나고 싶어요."

내가 무례하게 말했다.

그는 절을 하고 모자를 눌러쓴 뒤 부하들에게 돌아서라고 신호를 보냈다.

"어젯밤 에덴브리지에서 묵었기 때문에 여행하기에 기운차답니다."

윌리엄이 말했다.

나의 말이 그의 말 옆에서 발맞추어 걷기 시작했다.

"왜 여기로 오지 않으셨어요?"

"너무 추워서요."

그가 짧게 대답했다.

"왜요, 여기서 묵으실 때마다 가장 좋은 방들 중 하나를 쓰셨잖아요!"

"성 말구요. 성에는 아무 문제도 없어요."

나는 머뭇거렸다.

"날 뜻하는 거군요."

"얼음 같아요."

윌리엄이 확언했다.

"근데 난 내가 당신의 마음을 상하게 할 무슨 짓을 했는지 도무지 모르겠어요. 한순간 우리는 시골에서 사는 기쁨에 대해 얘기하고 있다가, 다음 순간 당신은 눈발같이 돼버렸어요."

"무슨 말씀을 하는 건지 전혀 알 수가 없네요."

"으으으."

그가 말하고, 종대를 빠른 걸음으로 앞으로 보냈다.

윌리엄은 지칠 정도의 속도를 유지하다가 정오가 되어서 정지를 명했다. 그가 나를 말에서 내려주고, 강가 들판으로 이어지는 문을 열었다.

"먹을 걸 갖고 왔어요. 부하들이 준비할 동안 이리 와서 나랑 함께 걸어요."

"너무 피곤해서 못 걷겠어요."

"그럼 이리 와서 앉아요."

그가 나무 그늘 아래 바닥에 자기 망토를 깔았다.

더 이상 말싸움을 할 수 없었다. 나는 망토를 깔고 앉아 친숙하고 거칠거칠한 감촉의 나무껍질에 등을 기대고 반짝반짝 빛나는 강을 바라보았다. 우리 가까이에서 오리 몇 마리가 물을 쪼고 있었고, 건너편 갈대밭에서는 쇠물닭 한 쌍이 몸을 잽싸게 피하고 있었다. 윌리엄이 잠시 나를 떠났다 돌아왔을 때 그는 약한 에일을 담은 백랍 머그잔 두 개를 들고 있었다. 그는 내게 한 잔을 건넨 뒤 자기 잔을 한 모금 마셨다.

"자, 캐리 영부인. 내가 당신의 마음을 상하게 할 무슨 짓을 했는지 제발 말해주세요."

윌리엄이 대화를 시작하려는 남자의 그런 모습으로 말했다.

그는 나를 전혀 마음 상하게 하지 않았다고, 처음부터 끝까지 우리 사이에는 아무것도 없었으니 어떤 것도 잃을 게 없다고 말하려던 참이었다.

"하지 말아요. 내가 당신을 놀린다는 건 알아요, 부인. 하지만 결코 당신을 괴롭히려던 게 아니에요. 우린 반쯤 서로를 이해해가는 중이라고 생각했어요."

이 모든 것을 내 얼굴에서 읽어낼 수 있다는 듯 윌리엄이 서둘러 말했다.

"당신은 나와 내놓고 시시덕거렸어요."

내가 토라져서 말했다.

"시시덕거린 게 아니죠, 구애한 거예요."

그가 내 말을 바로 고쳤다.

"그걸 반대하신다면 안 그러도록 최선을 다할 순 있겠지만, 왜 그러시는지 이유를 알아야겠어요."

"왜 궁정을 떠나셨죠?"

내가 불쑥 물었다.

"아버지를 뵈러 갔어요. 아버지께서 내 결혼에 약속하신 돈을 받고 싶었거든요. 농장을 사고 싶었어요, 에식스에요. 다 말씀드렸잖아요."

"결혼을 계획하는 중이시구요?"

잠시 윌리엄은 얼굴을 찡그리다가 별안간 얼굴이 펴졌다.

"다른 사람이랑 말구요! 무슨 생각을 하신 거예요? 당신과 말이에요! 이런 둔감한 아가씨! 당신과 말이에요! 당신을 처음 본 순간부터 난 당신과 사랑에 빠졌어요. 당신에게 알맞은 곳을 어떻게 찾을지, 당신에게 만족스러울 만한 가정을 어떻게 꾸릴지 골머리 썩였다구요. 그러다가 당신이 헤버를 정말 좋아하는 걸 보고, 만약 내가 당신에게 장원 저택에 예쁜 농장을 제시하면 당신이 고려해볼지 모른다고 생각했어요. 나를 고려해볼지도 모른다구요."

그가 소리쳤다.

"외삼촌께선 당신이 어떤 처녀와 결혼하기 위해 집을 사러 갔다고 하셨어요."

나는 숨을 헐떡였다.

"당신이에요! 당신이 그 여자예요. 항상 당신이었어요. 단 한 번도 다른 누구도 아닌 당신이었어요."

윌리엄이 다시 소리쳤다.

그는 내 쪽으로 몸을 돌렸다. 순간 나는 윌리엄이 나를 확 잡아끌리라 생각했다. 나는 그를 막아내려 손을 뻗었다. 그 조그만 몸짓에 그는 즉각 멈칫했다.

"안 돼요?"

"안 돼요."

내가 떨면서 말했다.

"키스하면 안 돼요?"

"단 한 번도 안 돼요."

내가 웃으려 애쓰며 말했다.

"조그만 농가도 안 된다는 거예요? 남향에다 언덕 옆 자락에 안락하게 자리 잡고 있어요. 사방엔 비옥한 토지로 둘러싸여 있어요. 예쁜 가옥이에요. 반은 목조이고 초가지붕에, 뒤쪽으로 둘러 가면 안 뜰엔 마구간이 있구요. 허브 정원도 있고 과수원도 있고 과수원 아래쪽엔 개천이 있어요. 당신 사냥말을 위한 목장도 있고 암소들을 위한 들판도 있어요."

"안 돼요."

내가 대답했으나 점점 불확실하게 들렸다.

"왜 안 되죠?"

"난 하워드 가이자 불린 가 사람이고, 당신은 별 볼일 없는 사람이기 때문이에요."

나의 직설적인 말에도 윌리엄 스태퍼드는 움찔하지 않았다.

"당신도 별 볼일 없는 사람이 되는 거예요, 나랑 결혼하면요. 아주 편안할 거예요. 당신 언니는 왕비가 되기로 되어 있죠. 언니가 당신보다 행복할 거라 생각해요?"

나는 고개를 흔들었다.

"나는 나 자신을 벗어날 수 없어요."

"그럼 당신은 언제 가장 행복해요?"

윌리엄이 내게 물었다. 이미 대답은 알고 있었다.

"겨울에 궁정에 있을 때? 아니면 여름에 헤버에서 아이들과 함께 있을 때?"

"우린 당신 농장에서 아이들과 함께 지낼 수 없어요. 앤 언니가 데려갈 거예요. 외딴 곳에서 별 볼일 없는 두 사람이 왕의 아들을 기르게 하진 않을 거라구요."

"자기 아들을 낳기 전까지죠. 낳는 순간 언니는 두 번 다시 당신 아들을 보고 싶어하지 않을 거예요. 당신 언니는 다른 시녀들을 구할 거고, 당신 가족은 다른 하워드 가 여자들을 찾겠죠. 그들의 세상에서 떨어져 나와요. 3개월 안에 잊힐 거예요. 당신은 선택할 수 있어요, 내 사랑. 평생 동안 또 다른 불린 가 여자이지 않아도 돼요. 당신은 절대적으로 오직 하나뿐인 스태퍼드 부인이 될 수 있어요."

그가 예리하게 말했다.

"난 그런 것들 할 줄 몰라요."

내가 작게 말했다.

"무슨 것들이오?"

"치즈를 만든다든지. 닭 껍질을 벗긴다든지."

천천히, 나를 놀라게 하기 싫다는 듯이, 윌리엄은 내 옆에 무릎을 꿇었다. 그는 저항하지 않는 내 손을 잡아 입가로 가져갔다. 그는 손을 뒤집어 손가락을 벌려 손바닥에, 손목에, 손끝 하나하나에 키스했다.

"닭 껍질 벗기는 건 내가 가르쳐줄게요. 우린 행복할 거예요."

윌리엄이 부드럽게 말했다.

"예라고 대답하진 않아요."

내가 속삭이며, 내 피부에 닿는 키스의 감촉과 그의 따뜻한 숨결에 나도 모르게 눈을 감았다.

"아니라고도 대답하지 않겠죠."

그가 동의했다.

윈저 성에서 앤 언니는 재단사들과 잡화 상인들과 침모들에 둘러싸여 알현실에 있었다. 호화로운 천들이 어마어마하게 의자 위에 던져져 있고 창가 벤치에도 펼쳐져 있었다. 그곳은 왕비의 처소라기보다는 축제날의 직조(織造) 홀같이 보였다. 잠시 나는 이런 낭비적이고 호화로운 실크와 벨벳과 금실로 짠 천을 보았더라면 영혼까지도 충격받았을 캐서린 왕비의 알뜰한 살림살이를 생각했다.

"10월에 우린 칼레로 떠나."

앤 언니가 말했다. 침모 두 명이 언니를 둘러 접혀진 옷감을 핀으로 꽂고 있었다.

"너도 새로운 가운들을 주문하는 게 좋을 거야."

나는 머뭇거렸다.

"왜?"

상인들과 시녀들 앞에서 말하고 싶지 않았다. 하지만 선택의 여지가 없는 것 같았다.

"난 새 가운들을 살 형편이 안 돼. 내 남편이 날 어떻게 두고 떠났는지 알잖아, 언니. 나한텐 겨우 작은 연금이랑 아버지께서 주시는 돈밖에 없어."

"아버지께서 지불하실 거야. 붙박이장에 가서 내 오래된 붉은 벨벳이랑 그 은색 페티코드 달린 거랑 꺼내와. 너한테 맞게 고치면 되잖아."

언니가 자신만만하게 말했다.

천천히, 나는 언니의 사저로 가 무수한 옷상자들 중 하나의 무거운 뚜껑을 들어올렸다.

언니는 침모들 중 한 명 쪽으로 내게 손을 흔들었다.

"클로벨리 부인이 다시 재단해서 너한테 맞게 새로 만들어줄 수 있어. 그렇지만 세련되게 해야 해. 프랑스 왕실에 우리 모두 무척 감각 있는 사람들로 보이길 원하니까. 내 시녀들한테 촌스럽거나 스페인풍인 건 어떤 것도 싫어."

여자가 내 치수를 재는 동안 나는 그녀 앞에 가만히 서 있었다.

앤 언니는 주위를 둘러보았다.

"모두들 가도 돼요. 클로벨리 부인과 심프터 부인만 빼고 모두."

언니가 불쑥 말했다.

모두가 방을 나갈 때까지 언니는 잠자코 기다렸다.

"더 나빠지고 있어. 그래서 일찍 집으로 돌아온 거야. 아예 돌아다닐 수가 없었어. 어딜 가든 문제가 일어났어."

언니가 매우 낮은 목소리로 말했다.

"문제?"

"사람들이 큰소리로 욕을 해댔어. 어느 한 마을에서는 대여섯 명의 젊은 남자들이 나한테 돌을 던졌어. 더군다나 폐하가 내 옆에 계셨는데도!"

"폐하께 돌을 던졌어?"

언니가 고개를 끄덕였다.

"또 다른 작은 마을에선, 아예 들어갈 수조차 없었어. 광장에 커다란 화톳불을 피워놓고 내 형상을 불태우고 있었어."

"폐하께선 뭐라고 하셨어?"

"처음에는 엄청 격분하셨지. 병사들을 보내 톡톡히 교훈을 주려고 하셨어. 하지만 모든 마을이 똑같았어. 너무 많았어. 게다가 만약 사람들이 폐하의 병사들에 맞서 싸움을 시작하면 어떡하겠어? 그땐 무슨 일이 벌어지는 거지?"

침모가 내 엉덩이에 부드럽게 손을 대 나를 빙그르 돌려세웠다. 그녀가 시키는 대로 움직였지만, 나는 대체 내가 무얼 하고 있는지 알지 못했다. 나는 헨리 왕의 통치 하에 안정된 평화 속에서 자라났다. 잉글랜드 국민들이 왕에 항거하여 일어선다는 생각을 도무지 받아들일 수가 없었다.

"외삼촌께선 뭐라 하셔?"

"외삼촌은 적으로 두려워할 사람은 서픽 공작밖에 없으니 다행으로 여기라고 하셨어. 국왕이 자기 왕국에서 돌을 맞고 모욕당하면 내란이 즉각 뒤따를 거라고."

"서픽 공작이 우리의 적이야?"

"확실히 선언했어."

언니가 무뚝뚝하게 대답했다.

"나 때문에 폐하가 교회를 잃게 됐고, 이제는 나라까지 잃으실 거라고 공작이 말했어."

나는 다시 한 번 돌았고, 침모가 무릎을 꿇고 몸을 뒤로 젖힌 채 고개를 끄덕였다.

"이 가운들을 가져가서 고쳐 만들까요?"

그녀가 속삭이며 물었다.

"가져가세요."

내가 대답했다.

침모는 옷감과 바느질 가방을 집어 올리고는 방을 나갔다. 앤 언니의 가운을 대고 있던 침모는 마지막 한 바늘을 집어넣고 실을 싹둑 잘랐다.

"세상에, 언니. 정말 어디든지 그랬어?"

"어디든지. 한 마을에선 사람들이 내게 등을 돌렸고, 다른 마을에선 나를 야유했어. 시골길을 내려갈 때면 까마귀 쫓던 사내아이들이 내게 반대하는 소리를 질렀어. 거위 보는 여자아이들은 내 앞 길바닥에 침을 뱉었구. 어느 마을이든 장이 서는 곳을 지날 때는 노점 여자들이 우리가 가는 길에 악취 나는 생선이랑 썩은 채소를 던졌어. 저택이나 성에 묵으러 갈 때면 폭도가 우리를 뒤따르고 욕하고 해서 그들을 막기 위해 문을 닫아야 했어."

언니가 무척 어둡게 대답하며 고개를 저었다.

"악몽보다 더 심했어. 집주인들이 우리를 반기러 나올 때면, 자기네 소작인들 반쯤이 길에서 합법적인 국왕에 반대하여 소리치는 모습을 보고 침울해지곤 했지. 우린 집집마다 불행의 행렬을 끌고 들어갔어. 그동안 런던 시내에 들어갈 수 없는데, 이젠 시골에도 갈 수 없게 됐어. 궁전에 숨어 있는 거야. 사람들이 우리를 잡으러 올 수 없는 곳에. 사람들은 왕비를 '경애하는 캐서린 왕비마마'라고 불러."

"폐하께선 뭐라고 하셔?"

"로마에서의 판결을 기다리지 않을 거라고 하셨어. 워햄 대주교가 죽는 즉시 폐하께선 우리를 결혼시켜줄 새로운 대주교를 임명하고 우린 그냥 해버리는 거야. 로마가 우리에게 승소판결을 내리든 말든."

"워햄 대주교께서 시간을 끌면?"

내가 초조하게 물었다.

앤 언니가 거칠게 웃었다.

"어머, 그런 표정 짓지 마! 대주교께 수프를 보내드리진 않을 테니까! 그는 늙은이야. 이번 여름 거의 내내 침대에 계셨어. 곧 죽을 거야. 그런 다음 헨리 폐하가 크랜머 주교를 임명하고 나랑 결혼하시는 거지."

나는 믿을 수 없다는 듯 고개를 흔들었다.

"그렇게 쉽게? 이렇게 오랜 시간을 끌었는데 결국은 그렇게?"

"그래. 폐하가 더 남자답고 덜 남학생 같지만 않았으면 5년 전에 나랑 결혼하실 수 있었을 거고, 우린 지금쯤 벌써 아들을 다섯 명은 낳을 수 있었을 거야. 하지만 폐하는 자기가 옳다는 걸 왕비가 알게 만들어야 했고, 자기가 옳다는 걸 나라가 알게 만들어야 했어. 사건의 진상이 어떻든 간에, 자기가 옳은 일을 하는 것으로 보여야 하는 거야. 얼간이지."

"나 이외에 다른 누구한테도 그런 말은 하지 않는 게 좋을 거야."

내가 언니에게 주의를 주었다.

"모두들 아는 사실이야."

언니가 고집스럽게 말했다.

"언니, 입 조심하고 그 성깔 조심해. 언니는 여전히 무너질 수 있어, 심지어 지금도."

언니는 고개를 저었다.

"폐하께선 내게 내 명의의 작위랑 누구도 뺏어갈 수 없는 재산을 주실 거야."

"무슨 작위?"

"펨브로크 후작."

"후작부인?"

제대로 듣지 못한 줄 알았다.

"아니."

자만심으로 언니의 얼굴이 빛났다.

"후작과 결혼한 여자한테 주는 작위 말구. 자기 명의로 차지하는 작위 말이야. 후작. 난 후작으로 되었고, 그건 아무도 내게서 빼앗지 못해. 폐하 본인도."

순수한 질투심이 복받쳐 나는 눈을 감았다.

"그리고 재산은?"

"미들섹스에 있는 콜드킨튼과 한워스의 장원이랑 웨일즈에 토지들을 갖게 되었어. 연간 대략 천 파운드를 가져다줄 거야."

"천 파운드?"

나의 연금인 백 파운드를 생각하며 내가 되풀이했다.

앤 언니가 얼굴을 빛냈다.

"난 잉글랜드에서 가장 부유하고 가장 신분 높은 여자가 될 거야. 내 명의로 부유하고, 내 명의로 신분이 높고. 그런 다음 난 왕비가 되는 거지."

언니의 성공이 내게 얼마나 씁쓸한지 알아차리고 언니가 하하 웃었다.

"너도 나 때문에 기쁘겠구나."

"아, 그럼."

다음날 아침, 마구간 뜰은 야단법석을 떨며 소란스러웠다. 왕이 사냥을 가는데, 모두들 함께 가야 했기 때문이었다. 사냥말들이 마구간에서 끌려나오고 있었고, 사냥개들은 개 관리자들에 의해 채찍으로 불려 들어져 커다란 뜰 구석에서 기다리고 있었다. 사냥개들은 흥분으로 킁킁거리고 짖으면서 끊임없이 이 구석 저 구석으로 뛰어다녔다. 마부들은 끈과 조임쇠를 가지고 이리저리 돌아다니면서 자기 주인들이 안장에 오르는 것을 도와주었다. 젊은 마구간지기들은 천조각을 들고 나와 빛나는 둔부와 윤기가 흐르는 목을 마지막으로 한 번 더 닦았다. 헨리 왕의 검은 사냥말은 목을 활모양으로 구부리고 땅을 앞발로 긁으면서 디딤대 옆에서 왕을 기다리고 있었다.

나는 윌리엄 스태퍼드를 찾아 사방을 둘러보았다. 그때, 내 허리에 아주 살짝 손이 닿는 것을 느꼈고, 따뜻한 목소리가 내 귀에 들렸다.

"심부름을 갔었어요. 여기까지 줄곧 달려왔죠."

내가 뒤를 돌아 그를 보았다. 나는 거의 그의 품에 안겨 있었다. 우리는 너무나도 가까이 있어, 만약 그가 아주 조금이라도 앞으로 움직이면 서로 몸이 머리부터 발끝까지 맞닿았을 것이다. 나는 윌리엄의 체취를 느끼고 욕망에 사로잡혀 잠시 눈을 감았다. 다시 눈을 떴을 때 그의 짙은 눈동자가 나를 향한 갈망으로 차 있는 것을 보았다.

"제발 좀, 뒤로 물러나요."

내가 떨면서 말했다.

마지못해 그는 한손을 놓고 내게서 반 발짝 뒤로 물러섰다.

"맹세코, 난 당신과 결혼해야 돼요. 메리, 난 정말 내정신이 아니에요. 내 평생 이런 적은 처음이에요. 당신을 안지 않고선 한순간도 더 버틸 수가 없어요."

"쉬이이. 안장 위로 올려줘요."

내가 속삭였다.

안장 위로 올라가 그에게서 벗어나면 후들거리는 다리와 어지러운 머리가 좀 진정되리라 생각했다. 간신히 안장 위로 올라온 나는 안장머리 주위로 다리를 구부리고 승마복이 제대로 흘러내리도록 손질했다. 윌리엄이 자락을 똑바로 잡아당겨 주었고, 손을 오목하게 해 내 발을 받쳤다.

"당신, 나랑 결혼해야 돼."

그가 간단하게 말했다.

나는 주위를 둘러보았다. 궁정의 부유함, 모자에 달려 까딱까딱 움직이는 깃털, 벨벳과 실크—안장에서 보내는 하루임에도 불구하고, 모두들 왕자처럼 차려입고 있었다.

"이게 내 인생이에요. 어린아이였을 적부터 이게 내 집이었어요. 처음엔 프랑스 왕실이었고 지금은 여기예요. 난 평범한 집에서 살아본 적도 없고, 1년 동안 같은 방에서 죽 머물러본 적도 없어요. 난 신하 집안에서 태어난 신하예요. 당신이 손가락 한번 팅기자마자 시골 아낙네가 될 순 없다구요."

설명을 해보려 내가 입을 열었다.

나팔 부는 소리가 들려왔다. 커다란 몸집이었지만 미소를 짓고는 왕이 앤 언니를 곁에 끼고 성문을 나왔다. 언니의 재빠른 시선이 안뜰을 획 훑어보았고, 나는 윌리엄이 붙잡고 있던 내 발을 잡아채고 차분하고 순진한 미소로 언니의 시선을 맞았다. 왕이 도움을 받아 말에 올라탔다. 그는 잠시 무겁게 안장 위에 앉아 있다가 고삐를 모아 떠날 채비를 갖췄다. 아직 땅에 서 있던 모든 사람들은 안장 위로 허둥지둥 기어올라 기마행렬에서 다른 사람들을 제치고 가장 좋은 자리를 차지하려 했다. 신사들은 앤 언니에게 가까이 가려고 했고, 시녀들은 마치 우연인 듯 왕 옆에서 말을 몰고 갔다.

"안 와요?"

내가 다급히 물었다.

"가길 원해요?"

기병대가 아치형의 통로에서 밀치고 기다리기도 하면서 천천히 안 뜰을 떠나고 있었다.

"안 오는 게 좋겠어요. 오늘 외삼촌께서 함께 나가시거든요. 외삼 촌은 모든 걸 꿰뚫어보세요."

윌리엄이 뒤로 물러났다. 그의 눈동자에서 빛이 꺼지는 것을 보았다.

"바라시는 대로."

나는 말에서 뛰어내려 그에게 키스해주고, 그의 얼굴에 미소가 살 아나도록 발랄한 생기를 다시 불어넣어 주고 싶었다. 그러나 윌리엄 은 절을 하고 뒤로 물러나 벽에 기대어 사냥대와 내가 밖으로 나가 는 것을, 그에게서 멀어지는 것을 지켜보았다. 나를 불러 언제 다시 보자고 말해주지도 않았다. 그는 내가 떠나게 내버려두었다.

1532년 가을

윈저 성의 왕의 알현실에서 대관식 같은 의식으로, 앤 언니는 펨브로크 후작 자리에 책봉되었다. 외삼촌과 최근에 용서를 받고 앤 언니의 성공을 목격할 때를 맞춰 궁정으로 돌아온 서퍽 공작, 찰스 브랜든을 양옆으로 두고 왕은 왕좌에 앉아 있었다. 서퍽 공작은 레몬을 씹고 있는 듯이 보였고, 미소는 너무나도 씁쓸했다. 외삼촌은 부와 조카의 위신에 대한 기쁨과 그녀의 거만한 태도로 인해 점점 커져가는 증오 사이에서 갈팡질팡했다.

앤 언니는 하얗고 복슬복슬한 담비털이 달린 붉은 벨벳 가운을 입고 있었다. 경주마의 갈기처럼 짙고 윤기가 흐르는 머리칼은 결혼식 날의 신부처럼 어깨 위로 늘어뜨려져 있었다. 메리 영부인은 공식 예복을 들고 있었고, 앤 언니의 시녀들인 제인 파커, 나, 그리고 나머지 열두어 명 정도의 여자들은 모두 한껏 차려입은 채 언니를 따라 줄 지어가, 왕이 언니의 어깨에 공식 예복을 매어주고 머리 위에 금관을 씌어주는 동안 뒤에 서서 아첨하듯 침묵하고 있었다.

축연 때 조지 오빠와 나는 나란히 앉아 왕 옆에 앉아 있는 언니를 올려다보았다.

오빠는 내게 부러운지 묻지 않았다. 대답은 너무나도 명백해서 물어볼 가치가 없었다.

"다른 어떤 여자도 해내지 못했을 거야. 앤은 왕비의 자리에 오르려는 비장한 결의가 있어."

오빠가 말했다.

"내게는 한 번도 그런 게 없었어. 어릴 적부터 내가 쭉 원했던 단 한 가지는 무시당하지 않는 거였어."

"뭐, 그건 이제 잊는 게 좋을 거야. 넌 앞으로 평생 무시될 테니까. 우린 둘 다 보잘것없는 인간들이 될 거야. 내가 무얼 이루든 다 앤의 선물로 보일 거야. 넌 앤에 절대 필적할 수 없을 거구. 앤이 모두가 기억하는 유일한 불린 가 여자가 될 거야. 넌 평생 별 볼일 없는 사람이 되는 거지."

조지 오빠가 오빠답게 솔직히 말했다.

'별 볼일 없는 사람' 이란 단어였다. 바로 그 단어 때문에 씁쓸함이 내게서 슬며시 빠져나가고, 나는 싱긋 웃었다.

"있잖아, 별 볼일 없는 사람이 되는 것에도 조금은 기쁨이 있을지 몰라."

우리가 늦게까지 춤을 춘 다음 앤 언니는 나를 제외하고는 모든 시녀들에게 잠을 자도록 내보냈다.

"폐하께 갈 거야."

언니가 말했다.

그게 무슨 뜻인지 설명해줄 필요는 없었다.

"정말 괜찮겠어? 언니는 여전히 결혼 안 했잖아."

"언제든 크랜머 주교가 임명될 거야. 난 폐하의 배우자로서 프랑스에 가는 거고, 헨리 폐하께서도 나를 왕비로 대우하라고 강조하셨어. 내게 후작 작위도 토지도 주셨는데, 계속 안 된다고 말 순 없잖아."

"세상에 언니, 하고 싶은 거구나!"

별안간 나는 언니의 조바심을 깨달았다.

"드디어 폐하를 사랑하게 된 거야?"

"천만에! 하지만 너무 오랫동안 폐하와 거리를 둬서 폐하는 거의 미칠 지경이고 나도 그래. 이따금 폐하의 욕망과, 폐하께서 나를 끌어당기고 희롱하시는 것 때문에 너무 흥분돼서 어쩌면 마구간 청년이랑도 할 수 있었을 거야. 게다가 난 폐하의 약속을 쥐고 있어. 왕비의 자리에 오르는 내 길이 보여. 지금 하고 싶어. 오늘밤 하고 싶어."

언니가 엉뚱한 말이라는 듯 조바심 내며 소리쳤다.

나는 물항아리에 물을 붓고 언니가 씻는 동안 몸 닦는 수건을 따뜻하게 덥혔다.

"무슨 옷 입을 거야?"

"무도회 때 입었던 가운."

언니가 대답했다.

"그리고 보관(寶冠)도. 폐하께 왕비처럼 하고 갈 거야."

"조지 오빠가 데려다 주는 게 좋을 텐데."

"오고 있어. 벌써 말해놨어."

언니는 다 씻고 내게서 수건을 받아 몸을 두드려 닦았다. 난로의 불빛과 촛불 빛 속에서 언니의 몸은 야생동물처럼 아름다웠다. 노크 소리가 들렸다.

"들어오게 해."

언니가 말했다.

나는 망설였다. 언니는 허리에 치마를 둘러매고 있었지만 그걸 제외하면 벌거벗은 상태였다.

"어서."

나는 어깨를 으쓱하고는 문을 열었다. 누이의 모습에 조지 오빠가 뒤로 주춤했다. 언니의 짙은 머리칼이 벌거벗은 젖가슴 위로 흘러내렸다.

"들어와도 돼. 거의 준비 다 됐어."

언니가 무관심하게 말했다.

오빠가 깜짝 놀라 미심쩍은 시선을 내게 한번 던지더니 방 안으로 들어와 난롯가 의자에 털썩 주저앉았다.

드러난 젖가슴과 배를 가로질러 스토마커를 들고 있는 앤 언니는, 끈을 졸라매 달라고 조지 오빠에게 드러난 등을 돌렸다. 오빠는 자리에서 일어나 엇갈리는 모양으로 구멍에 끈을 꿰었다. 끈을 꿰어 넣을 때마다 오빠의 손이 언니의 살갗을 스쳤고, 잇따른 애무에 언니가 쾌감으로 눈을 감는 모습을 보았다. 조지 오빠의 얼굴은 어두웠다. 오빠는 언니가 시키는 대로 하며 인상을 쓰고 있었다.

"다른 거 더 없어? 구두끈 묶어줄까? 장화 닦아줄까?"

오빠가 물었다.

"날 만지고 싶지 않아? 난 폐하께도 족할 만큼 훌륭해."

언니가 조소했다.

"넌 매음굴에도 족할 만큼 훌륭하지."

오빠가 가차 없이 말했다.

"갈 거면 빨리 망토나 가져와."

"하지만 난 정말 탐나도록 매력적이잖아."

언니가 오빠에게 들이대며 말했다.

조지 오빠는 머뭇거렸다.

"도대체 왜 나한테 물어보는 거야? 오늘 저녁에 궁정 사람들 반쯤이 제대로 일어서 있지 못할 정도였어. 그 이상 뭘 더 원하는 거야?"

"난 모두를 원해. 내가 최고라고 말해줬으면 좋겠어, 오빠. 오빠가 여기서 말해줬으면 좋겠어, 메리 앞에서."

언니가 웃지 않고 말했다.

오빠가 낮게 쿡쿡 웃었다.

"아, 그 옛날 옛적 경쟁이로구나. 앤, 펨브로크 후작, 당신은 이 집안에서 가장 훌륭하고 가장 부유한 여자입니다. 당신은 성공에 관한 한 우리 둘 다 가려지게 했어요. 당신은 자긍과 지위에 관해서는 당신의 존경받는 아버지와 외삼촌을 곧 가려지게 할 겁니다. 그 이상 무엇을 바라십니까?"

오빠가 천천히 말했다.

언니는 그 칭찬에 홍조를 띠고 있다가 그 질문에 갑자기 생선 장수 아낙네들의 저주와 시장 상인들이 "창녀!"라고 소리치던 것을 기억해냈는지 두려움이 스쳐갔다.

"모두가 알았으면 해."

언니가 말했다.

"폐하께 모셔다 드릴까요?"

조지 오빠가 물었다.

앤 언니가 오빠의 팔에 손을 얹었다. 언니가 머리를 돌려 옆으로 비껴 웃는 모습에 오빠가 긴장하는 것을 보았다.

"차라리 오빠 방으로 날 데려가고 싶지 않아?"

"근친상간 죄로 목 잘리고 싶다면……. 그래."

언니가 섹시하게 웃었다.

"그럼 됐어. 폐하한테로 가자. 기억해, 오빠. 오빠는 내 신하야, 다른 모든 사람들과 마찬가지로."

오빠는 절한 후 언니를 방에서 이끌고 나갔다. 나는 그들이 알현실을 가로지른 다음 계단을 내려가는 소리에 귀 기울이면서 계단 맨 아래에 있는 문이 쾅 닫히는 소리가 들릴 때까지 기다렸다. 왕과 잠자리를 갖는 바로 그 밤에 잠시 멈춰 자기 오빠를 괴롭히다니, 모든 사람들에게 있어 첫째가 되고픈 언니의 욕망은 실로 엄청난 것일 터라고 나는 생각했다.

내가 예전에 그랬듯이 언니는 동틀 녘에 옷을 아무렇게나 급히 입고 돌아왔다. 조지 오빠가 언니를 데리고 왔고, 우리는 함께 언니의 옷을 벗기고 침대 속으로 밀어 넣었다. 언니는 너무 지쳐 말을 하지 못했다.

"이렇게 해서 치러졌구나."

언니의 눈이 감기려는 순간 내가 말했다.

"여러 번 한 것 같아. 방 밖에서 기다리며 의자에서 잤는데, 소리 지르고 헐떡거려서 밤에 두어 번이나 깼어. 이걸로 제발 계승자를 얻길 하느님께 빌어보자."

오빠가 말했다.

"폐하께서 언니랑 결혼하시는 것은 의심 없는 거야? 이제 언니를 가지셨으니 싫증내시진 않는 거야?"

"6개월 안에는 아니야. 게다가 이제 앤 자신도 좀 즐기고 항상 폐하를 물리치지 않아도 되니 폐하께 상냥해질지도 모르고, 아무쪼록 제발, 우리에게도 상냥해질지 모르지."

"오빠한테 더 상냥해지면 언니는 폐하 침대는 물론이고 오빠 침대에도 있을걸."

조지 오빠가 기지개를 켜며 하품을 하고는 몸을 죽 펴 나를 내려다보며 나른하게 웃었다.

"앤은 정말 격정적이었어. 다른 누구한테도 그렇게 쏟아 붓진 못했을 거야. 정말 격정적이었지만 그게 사그라지기 시작하면 아기를 배고 손에는 반지를 끼고 머리에는 왕관을 쓰길 하느님께 빌어보자. *애나 만세(Vivat Anna)!* 원한을 품는 자에게 원한을—이제 치러졌어."

나는 자고 있는 앤 언니를 두고 나왔다. 아침 이 시간에 외삼촌의 처소로 가면 윌리엄 스태퍼드를 볼지도 모른다고 생각했다. 성은 움직이기 시작했고, 부엌으로 이어진 좁다란 길은 끈으로 동인 장작과 나무 숯, 장에서 온 과일과 채소와 고기, 농장에서 온 우유와 치즈를 가져오는 짐마차들로 붐비고 있었다. 외삼촌의 처소는 하루를 시작하는 거대한 집안 특유의 북적거림이 일고 있었다. 하녀들은 알현실을 쓸고 말끔히 치웠고, 허드렛일꾼은 벽난로에 통나무를 쌓고 불길이 타오르도록 잿불을 불고 있었다.

외삼촌의 측근들은 대회당과 떨어져 있는 대여섯 개의 작은 방들에서 거주하고 있고, 무장한 남자들은 경비실에서 자고 있었다. 윌리엄은 어디에나 있을 수 있었다. 나는 알현실을 지나면서 아는 신사 두어 명에게 고개를 끄덕여 인사하고 외삼촌이나 어머니를 만나려 기다리는 것처럼 보이도록 했다.

외삼촌의 시저 문이 열리더니 조지 오빠가 횡급히 나왔다.

"아, 잘됐다. 앤은 아직도 자니?"

오빠가 나를 보자마자 물었다.

"내가 나올 때까진 그랬어."

"그럼 가서 깨워. 성직자들이 폐하께 굴복했다고 전해. 뭐, 적어도 우리가 이겼다고 할 만큼은. 하지만 토머스 모어 경이 관직을 사임하겠다고 선언했다고도. 폐하께선 오늘 미사 때 모어 경의 편지를 받으면 아시게 될 테지만, 앤은 미리 주의하고 있어야 하니까. 폐하께선 분명 힘들게 받아들이실 거야."

"토머스 모어 경이? 하지만 난 모어 경은 우리 편이라고 생각했는데?"

내 무지에 오빠가 혀를 쯧쯧 찼다.

"모어 경은 결혼 생활을 청산하는 것에 대해 공적으로 절대 이러쿵저러쿵 말하지 않기로 폐하께 약속드렸어. 하지만 모어 경이 무슨 생각을 하는지는 뻔하지 않아? 그 사람은 변호사야, 논리적인 남자라구. 유럽의 천개나 되는 대학에서 계속되고 있는 왜곡된 진실에 의해 설득될 것 같지는 않잖아."

"하지만 모어 경은 교회가 개혁되길 바라는 줄 알았는데?"

내가 물었다. 우리 가문의 타고난 성분인 정치의 바다에 내가 표류하는 것은 처음이 아니었다.

"개혁을 원하지. 그렇지만 해체되어 폐하께서 통솔하길 원하는 건 아니야."

오빠가 재빨리 말했다.

"폐하께서 교황 역할을 하기에 적합하지 않다는 걸 토머스 모어 경보다 누가 더 잘 알겠어? 모어 경은 폐하를 어릴 적부터 아셨어. 헨리 폐하를 성 베드로의 후계자로 절대 받아들이지 않으실 거야."

오빠가 짧게 웃었다.

"완전 우스운 생각이지."

"우습다고? 우린 그걸 지지하는 줄 알았는데."

"당연히 지지하지. 헨리 폐하 스스로 결혼을 결정하고 앤과 결혼하실 수 있다는 걸 뜻하니까. 하지만 바보가 아니라면 누구나 법이나 윤리나 상식에 조금이라도 그걸 정당화시킬 수는 없다고 생각할거야. 자, 봐, 메리. 걱정하지 마. 앤은 이 모든 걸 이해하고 있어. 그냥 가서 깨운 다음에 모어 경께서 사임하고 폐하는 오늘 아침 이 일을 알게 되실 테니까 침착하라고 전해. 외삼촌이 그렇게 말하셨어. 앤은 침착해야 한다구."

나는 오빠가 지시한 대로 하려고 돌아섰다. 바로 그 순간, 윌리엄 스태퍼드가 어깨를 으쓱여 더블릿을 걸쳐 입으면서 홀로 들어왔다. 나를 보고 멈춰서더니 머리를 깊이 숙여 공손히 인사했다.

"캐리 영부인."

그가 말하고는 오빠에게 인사했다.

"로치퍼드 각하."

"어서 가."

오빠가 말하고, 내 등을 살짝 떠밀었다. 오빠는 윌리엄을 무시했다.

"어서 가서 전해."

내가 할 수 있는 일은 없었다. 윌리엄의 손을 만지며 "좋은 아침"이라고 인사도 하지 못하고, 나는 서둘러 방을 나왔다.

앤 언니와 왕은 토머스 모어 경의 사임이 무엇을 뜻하는지 곰곰이 생각해보느라 아침의 대부분을 밀담을 나누며 보냈다. 아버지와 외삼촌, 크랜머 주교와 크롬웰 대신이 그들과 함께 했다. 그들은 모두 앤 언니의 목적에 결부된 남자들이었고, 모두들 왕이 잉글랜드 교회의 권한과 이익을 잡아야 한다고 결의했다. 앤 언니와 왕은 훌륭한 조화를 이루어 만찬 자리로 나왔고, 언니는 이미 왕비나 된 듯 왕의 오른편에 앉았다.

만찬 후 그 둘은 왕의 사저로 가고, 모두들 해산되었다. 조지 오빠는 내게 한쪽 눈썹을 치켜 올리고 작게 웃으며 "어린 왕자가 태어나기만 한다면야, 안 그래, 메리?"라고 속삭이더니 프랜시스 웨스턴과 다른 두어 명의 남자들과 카드놀이를 하러 어슬렁거리며 떠나갔다. 나는 정원으로 나가 햇빛 속에 앉아 강을 바라보았다. 그러면서 내내 나는 윌리엄 스태퍼드를 그리워하고 있다는 것을 알았다.

마치 내가 그를 부른 것처럼, 윌리엄이 불쑥 내 앞에 나타났다.

"오늘 아침에 날 찾고 있었어요?"

그가 물었다.

"아뇨, 오라버니를 찾고 있었어요."

나는 신하답게(신하들은 원래 거짓말을 잘하고 잘 둘러대는 뜻.) 재빨리 거짓말했다.

"어찌되었든, 난 당신을 찾으러 왔어요. 그리고 이렇게 찾게 돼서 기뻐요. 너무 기뻐요, 부인."

그가 감정을 드러냈다.

나는 자리에서 조금 움직여 그에게 앉으라고 몸짓했다. 윌리엄이 만질 수 있는 거리만큼 가까이 다가오자마자 가슴이 방망이질했다. 그에게는 특유의 향기가 있었다. 머리칼과 부드러운 갈색 턱수염에 감도는 따뜻하고 달콤한 남성적인 향기. 그한테로 기우는 자신을 발견하고, 나는 물러앉았다.

"당신 외삼촌과 함께 칼레로 가게 되었어요. 여행 중에 어쩌면 당신에게 도움이 될 수도 있겠네요."

"고마워요."

잠시 침묵이 흘렀다.

"마구간에서는 미안했어요. 우리가 함께 있는 걸 언니가 볼까 봐 두려웠거든요. 내 아들을 슬하에 두고 있는 이상 난 감히 언니의 감정을 해칠 수 없어요."

"이해해요. 그냥 그 순간에—내가 당신의 조그만 승마용 장화를 잡고 있었을 때요. 놓고 싶지 않았어요."

월리엄이 재빨리 말했다.

"당신의 연인이 될 순 없어요. 그건 분명히 안 돼요."

내가 매우 낮은 목소리로 말했다.

그는 고개를 끄덕였다.

"하지만 오늘 아침에 날 찾고 있었어요?"

"그래요."

끝내 정직하게 내가 대답했다.

"당신을 보지 않고선 한순간도 더 버틸 수가 없었어요."

"난 혹시나 당신을 볼까 해서 하루종일 정원이랑 후작 각하의 처소 밖에서 서성거렸어요. 여기에 너무 오래 있게 될 것 같아 기다리는 동안 삽이라도 가져와 뭔가 유익한 걸 할까 했죠."

"정원손질이오?"

정원의 땅을 파는 남자와 사랑에 빠졌다고 알렸을 때의 언니의 표정을 생각해보며 내가 까르르 웃었다.

"그건 도움 될 리 없어요."

"그렇죠. 하지만 난 뚜쟁이처럼 숙녀 분들의 처소에 어슬렁거렸으니, 둘 중 차라리 정원손질이 낫겠죠. 메리, 우리 어떡할까요? 당신의 소망은 뭐죠?"

월리엄이 내가 재미있어 하는 기분에 동조하며 말했다.

"모르겠어요. 그냥 내가 일종의 미친 짓을 하고 있는 것 같고, 내게 만일 진정한 친구가 있었다면 그냥 지나갈 때까지 꼼짝 못 하게 묶어두었을 것 같아요."

나는 진실 그대로를 얘기했다.

"그냥 지나갈 것 같아요?"

한 번도 고려해보지 않은 흥미로운 관점이라는 듯 윌리엄이 물었다.

"아, 그럼요. 일시적인 기분이잖아요? 그저 우리 둘한테 동시에 일어나서 그런 것뿐이에요. 만약 내가 당신에게 관심을 가졌을 때 당신이 나를 좋아하지 않았다면, 난 당신 곁에서 좀 서성거리고 한동안 추파를 던지다가 결국 그걸 극복했겠죠."

그 말에 그가 싱긋 웃었다.

"좋았을 것 같네요. 어찌됐든 그렇게 해줄 수 없나요?"

"우린 나중에 이 일로 웃을 거예요."

나는 윌리엄이 따지리라 생각했다. 이것은 진짜 사랑이라고, 불멸의 사랑이라고 따지면서 어떤 대가를 치르더라도 내 마음을 따르라고 설득하기를 사실 나는 기대하고 있었다.

그러나 그는 고개를 끄덕였다.

"그럼 일시적인 기분이라구요? 그 이상은 아니고?"

"아."

내가 놀라 말했다.

윌리엄은 자리에서 일어섰다.

"언제쯤이면 원래대로 될 것 같아요?"

그가 스스럼없이 물었다.

나는 윌리엄 옆에 가까이 섰다. 내 입이 뭐라고 얘기하든 내 몸속 뼈 마디마디는 그의 손길을 필요로 하듯 나는 윌리엄에게 이끌렸다.

"그냥 좀 생각해봐요."

윌리엄이 부드럽게 말했다. 그의 입이 내 귀에 너무도 가까워 그의 숨결이 두건에서 빠져나온 내 곱슬곱슬한 머리칼을 살랑 흔들었다.

"당신은 내 사랑이 될 수 있어요, 내 아내가 될 수 있어. 우린 캐서린을 데리고 살 수 있잖아요? 당신 집안사람들이 그 아이는 빼앗지 않을 거잖아요? 게다가 앤 영부인은 자기 아들을 낳자마자 헨리를 돌려줄 거예요, 우리 아들을."

"헨리는 우리 아들이 아니에요."

낮은 목소리로 속삭이며 쏟아 붓는 설득에 나는 힘겨워하며 상식에 매달리듯 대답했다.

"누가 헨리에게 첫 조랑말을 사줬죠? 누가 그 아이에게 첫 돛단배를 만들어줬죠? 누가 해로 시각을 아는 걸 가르쳐줬죠?"

"당신이오. 하지만 오로지 나랑 당신만 그걸 고려할 거예요."

내가 인정했다.

"헨리도 고려할지 모르죠."

"헨리는 겨우 어린아이에요. 어느 것에도 의견을 낼 수 없어요. 그리고 캐서린도 절대 어떤 것에도 의견을 낼 수 없을 거예요. 그 아이는 집안이 원하는 곳으로 보내질 그저 또 다른 불린 가 여자가 될 거라구요."

"그럼 당신이 그 틀을 깨는 거예요. 그리고 우린 아이들도 구하는 겁니다. 그저 또 다른 불린 가 여자로 더 이상 하루도 보내지 마세요. 내게 와서 스태퍼드 부인이 되는 거예요. 자기 밭을 완전히 소유하고 조그만 농가도 갖고 있고, 치즈도 만들고 닭 껍질 벗기는 것도 배우는, 오직 하나뿐인, 사랑받는 스태퍼드 부인이오."

나는 웃었다. 대번에 윌리엄이 내 손을 붙잡았고 엄지로 내 손바닥을 꾹 눌렀다. 의지와는 상관없이 내 손가락은 그의 손에 감겼다. 우리는 잠시 따뜻한 햇볕 속에서 손을 맞붙잡은 채 서 있었다. 나는 상사병에 걸린 소녀처럼 생각했다. '이건 천국이야.' 라고.

뒤에서 발자국 소리가 들려왔다. 나는 데이기라도 한 듯 윌리엄의 손을 내려뜨리고 홱 돌아섰다. 다행히도 염탐하는 올케가 아닌 조지 오빠였다. 오빠는 내 붉게 물든 얼굴과 윌리엄의 감정 없는 표정을 둘러보더니 눈썹을 치켜 올렸다.

"누이?"

"여기 윌리엄 씨가 내 사냥말의 구절(球節, 발목 바로 위쪽의 관절)이 무리했다고 방금 말해주고 있었어."

내가 닥치는 대로 말했다.

"습포(濕布)했습니다."

윌리엄이 재빨리 덧붙였다.

"제즈몬드가 회복할 동안 캐리 영부인께선 폐하의 말들 중 하나를 빌리실 수 있구요. 하루 이틀 이상은 걸리지 않을 겁니다."

"잘됐군 그래."

조지 오빠가 말했다. 윌리엄이 절을 하고 자리를 떠났다.

나는 그가 가도록 방치했다. 다른 어떤 비밀도 안심하고 털어놓는 조지 오빠 앞에서도, 나는 그를 다시 부를 용기가 없었다. 윌리엄은 화가 나 어깨를 조금 뻣뻣이 하고 떠나갔다.

조지 오빠가 그를 뒤쫓는 내 시선을 따라갔다.

"아름다운 캐리 영부인한테 욕망이 살짝 일고 있는 건가?"

오빠가 느긋하게 물었다.

"조금."

내가 시인했다.

"저 사람이 아무 뜻도 없다던 별 볼일 없는 남자?"

내가 애처롭게 웃었다.

"응."

"그러지 마. 앤은 지금부터 결혼하는 날까지 티 하나 없어야 해. 특히나 이제 폐하와 잠자리를 하고 있으니까. 우린 모두 연극 중이야. 저 남자에게 욕망이 좀 있다면 덮어둬, 동생아. 앤이 결혼할 때까지 우린 천사처럼 정숙해야 하고, 앤은 천사장이어야 하니까."

오빠가 무뚝뚝하게 말했다.

"내가 저 사람이랑 건초 위에서 뒹굴기라도 하겠어. 내 평판은 다른 누구 못지않아. 오빠보다 좋은 건 분명해."

내가 항변했다.

"그럼 저 남자한테 널 산 채로 잡아먹고 싶은 듯이 쳐다보지 좀 말라고 해. 완전히 제정신이 아닌 것 같아."

"그래 보여? 아, 오빠. 정말 그래 보여?"

내가 간절히 물었다.

"신이시여. 그는 불에 달궈진 석탄 같아. 그래, 유감스럽지만 그래 보여. 앤이 결혼하고 잉글랜드 왕비가 될 때까지 혼자만 담아두라고 해. 그런 다음 넌 스스로 선택하면 되니까."

앤 언니의 사저에서 폭발할 듯한 말다툼이 한바탕 벌어지고 있었다. 말 타러 나갔다 들어온 조지 오빠와 나는, 알현실에서 얼어붙은 채로 헨리 왕의 측근들과 앤 언니의 시녀들을 둘러보았다. 모두들 두꺼운 문을 뚫고 새어나오는 말 마디마디를 들으려 애쓰면서도, 한 마디도 듣지 않는 체 훌륭하게 가장을 유지하고 있었다. 불만으로 구시렁대는 헨리 왕의 목소리 위로, 앤 언니가 노발대발하며 빽 소리 지르는 소리가 들려왔다.

"그것들이 그분한테 무슨 쓸모가 있나요? 무슨 쓸모가? 아니면 크리스마스에 다시 궁정으로 돌아오시게 되었나요? 그분이 내 자리에 앉고, 이제 난 당신이 가졌으니 내던져 버려지는 건가요?"

"앤, 제발!"

"싫어요! 당신이 날 사랑하기나 했으면 난 물어볼 필요도 없었을 거예요! 왕비의 보석 말고 프랑스에 내가 다른 무얼 하고 갈 수 있겠어요? 다이아몬드 한 줌뿐인 후작으로 당신이 나를 프랑스에 데려가면 그게 뭘 뜻하겠어요?"

"한 줌뿐이 아니잖아······."

"왕비의 보석이 아니잖아요!"

"앤, 그 보석 중 몇 개는 우리 아버지께서 캐서린의 첫 결혼 때 사주신 거야. 나랑은 아무 관계 없다구······."

"당신이랑 전부 관계가 있어요! 그것들은 왕비에게 주어진 잉글랜드의 보석이에요. 내가 왕비가 될 거라면 난 그 보석들을 가져야겠어요. 그분이 왕비라면 그분이 계속 갖고 계실 수 있구요. 선택하세요!"

우리 모두는 결국 열 받아 고함지르는 헨리 왕의 목소리를 들었다.

"세상에, 이 여자야. 내가 뭘 해야 당신을 만족시킬 수 있는 거지? 당신은 여자로서 꿈꿀 수 있는 모든 영광을 누렸어! 이제 뭘 더 원하는 거야? 캐서린의 등에서 가운을 벗겨낼까? 머리에서 두건을 벗겨내?"

"그런 것 모두에다 더요!"

언니가 맞서 소리쳤다.

헨리 왕이 문을 홱 열어젖히자, 우리 모두는 활기차게 이야기를 하다가 왕을 보고 놀란 듯 절했다.

"만찬 때 보지."

왕이 어깨 너머로 앤 언니에게 냉담하게 말했다.

"보지 못할 거예요. 난 떠난 지 오래됐을 테니까요. 정찬은 가는 길에 먹고 아침은 헤버에서 먹을 거예요. 당신은 날 업신여기면 안 돼요."

언니가 매우 큰소리로 말했다.

즉각 왕은 다시 언니에게로 돌아서서 문을 홱 열었다. 우리 모두는 볼 수 없는 것을 듣기라도 하려고 몸을 앞으로 끌어당겼다.

"날 떠나진 않겠지."

"난 반쪽 왕비는 되지 않을 거예요. 당신은 날 갖든지 아예 갖지 못하는 거예요. 날 사랑하든지 아예 못 하든지. 내가 전부 당신 것이 되든지 아니면 누구의 것도 안 되든지. 어중간하게 하진 않을 거예요, 헨리 폐하."

언니가 격노하여 말했다.

왕이 언니를 꽉 끌어안자 언니의 가운이 바스락대고, 언니가 기쁨으로 작게 한숨짓는 소리를 우리는 들었다.

"런던탑에 있는 모든 다이아몬드를 갖고, 캐서린의 다이아몬드와 바지선도 가져."

왕이 쉰 목소리로 약속했다.

"당신 가슴속 욕망도 채워. 당신이 내 욕망을 채워줬으니."

조지 오빠가 앞으로 나가더니 문을 닫았다.

"카드놀이하실 분? 좀 기다려야 할지도 모를 것 같은데요."

오빠가 쾌활하게 물었다.

반쯤 억눌린 웃음소리가 퍼졌고, 누군가가 카드 한 벌을, 또 다른 누군가는 주사위 한 쌍을 마련했다. 앤 언니의 사저에서 어떤 경솔한 한숨소리가 새어나오든 간에 어느 정도 들리지 않게 하기 위해 나는 악단을 불러오라고 시동을 뛰어 보냈다. 내 언니와 왕이 사랑을 나누는 동안 궁정 사람들이 그쪽에 주의를 기울이지 않도록 확실하게 하기 위해 나는 될 수 있는 대로 분주히 돌아다녔다. 나는 할 수 있는 모든 것을 했다. 그렇게 함으로써 편치 않은 집으로 새로이 이사하고, 내 언니가 프랑스에 차고 가고 싶다는 이유로 바로 자신의 반지와 팔찌와 목걸이와, 그리고 왕이 준 작은 사랑의 징표들까지 하나도 빠짐없이 그녀의 왕실보석을 건네주어야 한다는 소식을, 왕이 보낸 전달자에게서 듣게 될 왕비를 생각하지 않아도 되었다.

* * *

거대한 원정대였다. 황금벌판이라 명명된 곳으로 여행을 떠난 이후 헨리 왕의 궁이 나선 가장 대단한 원정대였다. 그리고 모든 면에서 그 전설적인 행사만큼 사치스럽고 허식으로 가득 차 있었다. 그럴 수밖에 없었다. 앤 언니는 캐서린 왕비가 보고 행한 것은 무엇이든지 그것보다 더 뛰어나게 할 것을 굳게 결심하고 있었다. 그리하여 우리는 말을 타고 황제들처럼 핸베리에서 도버로 잉글랜드를 거쳐 갔다. 불평분자들을 길 밖으로 밀어내려 기병부대가 우리 앞에서 가고 있었으나, 원정대의 대단한 짐들과 말, 마차, 짐마차, 병사, 무장병, 하인, 숙영 수행원 그리고 말을 탄 시녀들의 아름다움과 그녀들과 동행하는 신사들로 하여금 대부분의 시골 사람들을 어리벙벙하게 만들며 놀라움으로 입을 다물게 했다.

우리는 잉글랜드 해협을 매끄럽게 가로질렀다.

시녀들은 아래로 내려갔고, 앤 언니는 선실로 가 항해하는 대부분 동안 잠을 잤다. 신사들은 갑판 위에서 승마용 코트로 몸을 감싼 채 다른 배들의 앞길을 지켜주며 주전자에 담긴 뜨거운 포도주를 나누어 마시고 있었다. 나는 갑판 위로 올라가 난간에 기대어 뱃머리 아래서 너울거리는 파도를 지켜보면서 선재(船材)가 삐걱거리는 소리에 귀 기울였다.

내 차가운 손을 따뜻한 손이 덮어왔다.

"몸은 괜찮아요? 멀미하진 않아요?"

윌리엄 스태퍼드가 내 귓가에 속삭였다.

나는 그에게로 돌아서며 싱긋 웃었다.

"다행히도 전혀요. 하지만 선원들이 모두 매우 잔잔하게 횡단하는 거라고 하던데요."

"아무쪼록 계속 그러길 빌지요."

윌리엄이 강조하며 말했다.

"어머! 수도 기사님! 설마 멀미하시는 건 아니겠죠?"

"별로요."

그가 방어적으로 대답했다.

나는 윌리엄을 품에 안고 싶었다. 사랑하는 사람이 완벽함과는 거리가 멀 때 그것이 얼마나 사랑을 시험하는지 나는 잠시 생각했다. 내가 뱃멀미에 시달리는 남자에게 끌리리라고는 전혀 상상도 못 했었는데, 그래도 지금 여기 있는 나는, 간절히도 그에게 향료를 넣은 포도주를 가져다주고 따뜻하게 감싸주고 싶었다.

"이리 와서 앉아요."

나는 주위를 둘러보았다. 소문과 추문의 지뢰밭 그 자체인 이 궁정에서 우리는 더할 나위 없이 안전하게 사람들의 눈을 피해 있었다. 나는 돛을 둘둘 말아 쌓아올린 곳으로 윌리엄을 이끌고 가, 그가 뒤로 기댈 수 있도록 돛대에 등을 대고 앉혔다. 마치 내 아들 헨리인 듯 조심스럽게 그를 자기 망토로 둘러싸주었다.

　"날 두고 가지 마요."

　윌리엄이 너무나도 애처로운 어조로 말해 잠시 그가 나를 놀리는 줄 알았다. 그러나 무척이나 맑고 순수한 표정을 보고, 나는 내 차가운 손가락으로 그의 뺨을 만졌다.

　"잠깐 가서 뜨거운 향료 포도주만 가지고 올게요."

　요리사들이 포도주와 에일을 데우고 빵 덩어리들을 내주는 주방으로 갔다. 돌아왔을 때 윌리엄은 내가 그 옆에 앉을 수 있도록 둘둘 말린 돛 위로 올라가 있었다. 그가 빵을 먹는 동안 나는 잔을 들고 있었고, 그런 다음 우리는 포도주를 한 모금씩 나눠마셨다.

　"좀 나아졌어요?"

　"물론이에요. 뭐 해드릴 일 없나요?"

　"아뇨, 아뇨. 난 그냥 당신이 좀 나아보여서 기쁠 뿐이에요. 데운 포도주를 좀더 갖다 줄까요?"

　내가 서둘러서 대답했다.

　"아뇨, 고마워요. 그냥 자고 싶네요."

　윌리엄이 대답했다.

　"돛대에 등을 기대고 잘 수 있을 것 같아요?"

　"아뇨, 안 될 것 같은데요."

　"돛 위에 누우면요?"

　"굴러 떨어질 것 같아요."

　나는 주위를 둘러보았다. 대부분의 사람들은 바람이 부는 쪽으로 가 졸거나 도박을 하고 있었다. 우리 둘은 거의 외따로 있는 거나 마찬가지였다.

"안아줄까요?"

"그게 좋을 것 같네요."

거의 말도 못 할 정도로 아픈 것처럼 윌리엄이 부드럽게 대답했다.

우리는 자리를 바꿨다. 내가 등을 돛대에 기대자, 윌리엄은 그 사랑스런 곱슬머리를 내 무릎에 내려놓고 내 허리에 팔을 두른 다음 눈을 감았다.

나는 앉아서 윌리엄의 머리칼을 쓰다듬으면서, 그의 갈색 턱수염의 부드러움과 뺨을 쓸어내리는 속눈썹의 떨림에 감탄하며 바라보았다. 내 무릎 위에서 그의 머리는 따뜻하고 무거웠으며, 두 팔은 내 허리에 꼭 감겨 있었다. 우리가 함께 있을 때 항상 체험했던 완전한 만족감을 느꼈다. 내 마음이 무슨 생각을 하고 있었던 간에 내 몸은 여태껏 평생 그를 갈망하고 있었고 드디어 그를 가진 듯한 기분이었다.

나는 머리를 뒤로 기울이고 차가운 바닷바람이 뺨에 닿는 것을 느꼈다. 배는 잠이 오도록 적당히 흔들거렸다. 아딧줄과 돛 속에서 소리를 죽인 바람의 삐걱거림과 쉬쉬 소리. 잠이 들면서 소리는 점점 엷어져갔다.

윌리엄의 따뜻한 손길에 나는 잠에서 깼다. 그는 내 가랑이 사이, 넓적다리에 머리를 비비고 문지르면서 두 손으로는 망토 안을 탐험했다. 그는 내 팔을, 허리를, 목을, 가슴을 쓰다듬었다. 밀려오는 이런 환희에 차서 나는 졸린 눈을 떴다. 윌리엄은 머리를 들고 내 드러난 목에, 뺨에, 눈까풀에, 그리고 마침내 정열적으로 내 입에 키스했다. 그의 입술은 따뜻하고 달콤했지만 서두르지 않았다. 마침내 그의 혀가 내 입술 사이로 미끄러져 들어와 나를 흥분시켰다. 나는 그를 먹고 싶었다, 마시고 싶었다, 그가 내게 키스하고 마석(磨石)의 갑판 위에 내리눌러 지금 이 자리에서 당장 나를 갖고 절대 놓아주지 않았으면 싶었다.

윌리엄이 나를 붙잡고 있던 힘을 풀고 놓아주려 했을 때 머리 뒤에 손을 대고 입술을 다시 끌어당긴 사람은 나였다. 우리를 더 앞으로 나아가게 한 것은 그가 아닌 나의 욕망이었다.

"어디 선실이 있나요? 침대라도? 갈 수 있는 곳 아무 데나 있어요?"

그가 숨을 헐떡이며 내게 물었다.

"시녀들에겐 모든 숙박시설이 있지만, 난 침대를 줘버렸어요."

윌리엄이 좌절된 욕망으로 조금 끙 하고 신음하다 손으로 머리칼을 쓸며 자조했다.

"세상에, 나, 정말 여자 때문에 정신 나간 시동 같잖아! 욕망으로 바들바들 떨고 있어요."

"나도 그래요. 맙소사, 나도 그래요."

윌리엄이 일어섰다.

"여기서 기다려요."

그가 말하고는 선체 속 아래로 사라졌다. 그는 약한 에일이 담긴 잔을 들고 돌아와 먼저 내게 권한 다음 길게 쭉 한 번에 마셨다.

"메리, 우린 결혼해야 돼요. 아니면 당신은 내가 미쳐버리는 데 전적으로 책임져야 돼요."

나는 가냘프게 웃었다.

"아, 내 사랑."

"그래, 맞아요."

"뭐가 맞아요?"

"난 당신의 사랑이에요. 다시 말해줘요."

순간 나는 거절할 생각을 했지만, 진실을 부정하는 것에 지쳐 있음을 깨달았다.

"내 사랑."

그 말에 윌리엄은 웃었다. 당장에는 그 정도로 충분하다는 듯이.

"이리 와요."

그가 날개처럼 망토를 펼치고 난간으로 나를 불렀다. 고분고분하게, 나는 그쪽으로 가 윌리엄 옆에 섰고, 그는 내 어깨에 팔을 얹고는 따뜻한 승마용 망토를 두르며 꼭 끌어안았다. 망토 안에 숨어서 나는 윌리엄의 허리에 손을 감았고, 갈매기 외에는 누구에게도 보이지 않은 채, 그의 어깨에 머리를 기댔다. 우리는 그곳에서 배의 움직임에 따라 엉덩이와 엉덩이가 흔들리는 채로 오랫동안 평화로이 서 있었다.

"저기 프랑스가 보이네요."

윌리엄이 마침내 입을 열었다.

나는 앞을 내다보았다. 거무스름한 땅 모양이 보이다 점차 부두와 돛대들과 성벽과 칼레의 잉글랜드 요새인 성을 볼 수 있었다.

윌리엄은 마지못해 나를 놓아주었다.

"정리되자마자 찾아갈게요."

"나도 당신을 찾을게요."

우리는 떨어져 섰다. 사람들이 갑판 위로 올라오며 부드럽게 항해한 것에 경탄하면서 좁아지는 해협을 건너 칼레를 바라보았다.

"이제 몸은 좀 괜찮아요?"

내가 물었다. 멀찍이 떨어진 거리였다. 그토록 격렬한 친밀감을 나누었던 자리에 내 인생의 어느 때와 같은 냉기가 대신 차고 드는 것을 느꼈다.

일순간 윌리엄은 대견하게도 어리둥절해했다.

"아, 뱃멀미. 잊고 있었네요."

별안간 나는 속았다는 것을 깨달았다.

"여태껏 아프기나 했던 거예요? 아니죠! 당신 아픈 적 없었어! 자는 동안 내가 옆에 앉아서 감싸주고 안아주게 만들려고 전부 다 꾸민 계획이었어."

그는 부끄러워하며 야단맞은 사내아이처럼 고개를 떨어뜨렸지만 즐거운 표정이었고 순간 나는 그의 미소가 빛나는 것을 보았다.

"그렇지만 말해주세요, 나의 캐리 영부인. 방금 전 당신은 생애 가장 행복한 여섯 시간을 보냈어요? 아니면 그렇지 않나요?"

윌리엄이 내게 대답을 강요했다.

나는 혀를 깨물었다. 멈추고 생각해보았다. 내 생애 행복한 순간들은 분명 십수 개쯤은 있을 것이다. 나는 왕이 사랑했던 사람이었고, 다정한 남편이 나를 되찾았고, 수년 동안은 보다 더 성공한 동생이었다. 하지만 가장 행복했던 여섯 시간은?

"그래요. 내 생애 가장 행복한 여섯 시간이었어요."

윌리엄에게 모든 것을 시인하며 내가 대답했다.

시끌벅적하게 배가 부두에 대어지고, 항구책임자와 선원들과 부두 노동자들은 모두 부두로 내려와 왕과 앤 언니가 상륙하는 것을 지켜보며 프랑스 안의 잉글랜드 땅을 밟는 그들을 환호했다. 그런 다음 우리 모두는 미사를 드리기 위해 칼레의 장관의 안내를 받으며 성 니콜라스 예배당으로 올라갔다. 그는 무척 호들갑을 떨며 왕관을 쓴 왕비인 양 공손하게 앤 언니를 대했다. 그러나 안도감을 얻으려 조바심 내는 언니를 달래려고 장관이 무슨 말과 행동을 하든, 프랑스 국왕은 그리 호락호락하지 않았고, 헨리 왕은 언니를 칼레에 남겨두고 프랑시스 왕을 만나러 말을 타고 나가야 했다.

"폐하는 정말 바보야."

칼레 성 창문 밖을 내다보며 앤 언니가 혼자 중얼거렸다. 무장병들 선두에서 헨리 왕이 말을 타고 나가 군중에게 인사하는 뜻으로 모자를 벗은 다음, 언니가 지켜볼 것이라는 희망으로 안장 위에서 몸을 돌려 성을 향해 위로 손을 흔들었다.

"왜?"

"프랑스 왕비가 날 만나지 않으리란 걸 알았어야지. 왕비는 캐서린과 같은 스페인 공주잖아. 그리고는 또 나바르 왕비도 날 만나는 걸 거절하게 내버려뒀어. 처음부터 아예 그런 질문을 받지 말았어야 하는 건데, 날 만나지 않겠다고 발할 기회를 줘버렸잖아."

"왜 안 만나겠다는 건지 그 이유는 말씀하셨어? 우리 어렸을 적엔 무척 친절하셨었잖아."

"내 행동이 스캔들이라고 하셨어. 세상에, 이런 여자들은 말이야, 결혼하고 안전해지면 얼마나 잘난 체하는지. 아주 자기들 중 누구도 신랑감 잡으려고 애쓴 적 없는 줄 알겠다."

언니가 퉁명스럽게 말했다.

"그래서 우린 프랑시스 왕을 아예 못 보는 거야?"

"공식적으로 만날 순 없어. 날 만나려는 여자도 없어."

앤 언니가 말했다. 언니는 손가락으로 창턱을 두드렸다.

"캐서린은 프랑스 왕비가 직접 환영을 했었어. 지금 모두들 그 둘이 얼마나 사이가 좋았는지 얘기하고 있다구."

"뭐, 알다시피 언니는 아직 왕비가 아니잖아."

내가 분별없이 말했다.

나를 향한 언니의 표정은 얼음 같았다.

"그래, 그건 나도 알아. 지난 6년 동안 잘 봐왔어. 고맙지만 나도 그걸 알아차릴 만한 시간은 좀 있었거든. 하지만 난 왕비가 될 거야. 그리고 다음번에 내가 왕비로서 프랑스에 왔을 때 프랑스 왕비가 날 이렇게 모욕한 걸 후회하게 만들 거고, 나바르의 마거릿 왕비가 자기 아이들을 내 아들들과 결혼시키려고 할 때 날 스캔들이라고 부른 걸 잊지 않을 거야."

언니가 나를 잔뜩 노려보았다.

"그리고 너는 항상 내가 아직 왕비가 아니라고 재빠르게 지적했다는 걸 잊지 않을 거야."

"언니, 난 그저……."

"그럼 입 다물고 말하기 전에 한 번이라도 생각을 좀 해."

언니가 날카롭게 말했다.

헨리 왕은 답례로 프랑스의 프랑시스 국왕을 칼레의 잉글랜드 성채로 초대했다. 이틀 동안 우리 시녀들은, 앤 언니를 선두로 해서,

성의 창문에서 프랑스 국왕을 훔쳐보는 것으로, 그의 잘생긴 외모는 커녕 머리끝만 보는 것으로 만족해야 했다. 나는 앤 언니가 참석 못한 것에 엄청나게 격분했으리라 예상했는데, 언니는 생글생글 웃고 있었고 뭔가를 숨기는 듯해보였으며, 만찬 후 매일 밤 헨리 왕이 언니 방으로 들어왔을 때 그는 대단히 유쾌한 유머로 환영을 받아, 나는 언니가 무언가를 계획하고 있다는 것을 확신했다.

언니는 우리 시녀들에게 특별한 춤을 연습시켰다. 언니 스스로가 우리를 이끌고 등장한 다음, 앉아서 식사하던 사람들을 우리와 함께 춤추도록 불러 포함시키는 것이었다. 프랑스 국왕과 함께 하는 왕의 연회에 들어가 그와 춤추려 계획하고 있는 것이 뻔했다.

보다 어린 몇몇 시녀들은 언니가 어찌 감히 관례에 어긋나게 할 수 있는지 의아해했으나, 나는 언니가 헨리 왕으로부터 그 계획을 허락받아 내리라는 것을 알고 있었다. 언니가 등장했을 때 헨리 왕이 보일 놀람은, 캐서린 왕비가 남편이 변장을 하고 수없이 자기 처소에 들어왔을 때 온갖 놀란 척한 것만큼이나 거짓일 것이다. 수년 동안 우리는 왕을 못 알아보는 체했고, 이제는 앤 언니가 똑같은 놀이를 하는데 궁정 사람들은 여전히 감탄해야 한다는 생각이 나를 늙게 하고 세상이 싫증나도록 느껴지게 만들었다.

아침에는 앤 언니와 함께 말을 타러 나가고, 오후에는 언니와 시녀들과 함께 춤 연습을 해야 하는 강행군에도 불구하고, 매일 정오에 칼레의 거리를 한가로이 거닐 약간의 짬이 있었다. 그곳의 조그만 맥줏집에서 나를 기다리고 있는 윌리엄 스태퍼드를 항상 발견하곤 했다. 그는 거리의 엿보는 눈들을 피해 나를 안으로 이끌고 들어와 내 앞에 약한 에일이 담긴 머그잔을 놓곤 했다.

"별일 없어요, 내 사랑?"

윌리엄은 내게 묻곤 했다. 그러면 나는 싱긋 웃어보였다.

"네, 당신은요?"

그는 고개를 끄덕였다.

"내일 당신 외삼촌과 함께 나갈 거예요. 외삼촌께서 좋아하실 만한 말들에 대한 정보를 입수했거든요. 그런데 가격이 터무니없어요. 프랑스 농부들은 다들 이번 철에 잉글랜드 귀족에게서 돈을 뜯어낼 작정을 하고 있어요. 우리가 두 번 다시는 돌아오지 않을까 봐서요."

"외삼촌께서 어쩌면 당신을 사마관으로 임명하실지도 모른다고 하셨어요. 우리에겐 좋은 일이겠죠? 당신이 내 말을 관리하면 우린 서로를 좀더 쉽게 볼 수 있잖아요. 함께 말 타러 나갈 수도 있구."

내가 생각에 잠기며 슬프게 말했다.

"그런 다음 결혼도 하구요. 사마관이 조카랑 결혼하면 당신 외삼촌께선 기뻐하시겠죠. 아뇨, 내 사랑, 그건 우리에게 전혀 좋은 일이 아니라고 생각해요. 궁정에서 우리에겐 어떤 길도 없을 것 같아요."

윌리엄이 놀리듯 말하며 내 뺨을 어루만졌다.

"하루하루 운에 따라서 당신을 보게 되길 원하는 게 아녜요. 결혼을 하고 같은 집에서 함께 살면서 매일 밤낮으로 당신을 보고 싶은 거예요."

나는 침묵했다.

"기다릴게요. 지금은 준비가 안 됐다는 거 알고 있어요."

윌리엄이 부드럽게 말했다.

나는 그를 올려다보았다.

"당신을 사랑하지 않아서가 아니에요. 아이들 때문에, 가족 때문에, 앤 언니 때문이에요. 다른 무엇보다도—앤 언니 때문이에요. 언니를 어떻게 떠날 수 있을지 모르겠어요."

"언니가 당신을 필요로 해서요?"

윌리엄이 놀라며 묻자 나는 까르르 웃었다.

"세상에! 천만에요! 언니가 날 놓아주지 않기 때문이에요. 언니는 눈앞에 있는 날 필요로 해요. 그래야 자기가 안전하다는 걸 아니까."

나는 말을 멈추었다. 우리 둘 사이의 단단히 얽힌 오랜 경쟁을 설명할 수가 없었다.

"언니가 이룬 어떤 성취도 내가 보지 않으면 반감되는 거예요. 나한테 뭐가 잘못되든, 어떤 경멸이나 치욕을 입든, 언니는 재빨리 알아채고 심지어 재빨리 복수하기도 하지만…… 아! 언니의 마음속은 내가 타격을 입었다는 걸 알고 노래를 부르는 거죠."

"악마 같다고 들리는데요."

나는 또다시 킬킬 웃었다.

"동의할 수 있었으면 좋겠네요. 하지만 사실을 말하자면, 나도 마찬가지예요. 언니가 나를 시샘하는 것만큼 나도 언니를 시샘해요. 그리고 난 언니가 위로 오르고 오르는 걸 봤어요. 이제 난 절대 언니보다 잘할 수 없죠. 그냥 받아들이게 됐어요. 난 그럴 수 없었는데, 언니는 폐하를 잡고 붙들었다는 걸 알고 있거든요. 하지만 난 사실 정말 그렇게 하고 싶지 않았다는 것도 역시 알고 있어요. 아들을 낳고 난 후에 난 그저 아이들과 함께 있고 싶고 궁정에서 멀리 떨어져 있고 싶을 뿐이었죠. 게다가 폐하는 너무……."

"너무?"

윌리엄이 재촉했다.

"너무 욕심이 많아요. 사랑뿐만이 아니라 모든 것에요. 폐하 자신이 아이 같아서 내가 아이를, 진짜 아이를 낳고 나서는 아이처럼 재미있게 같이 놀아주길 바라는 남자는 견딜 수가 없다는 걸 알게 됐죠. 헨리 폐하께서 자신의 어린 아들만큼이나 이기적인 걸 한번 보고 나선, 더 이상 정말 사랑할 수가 없었어요. 짜증이 나지 않고는 폐하를 볼 수가 없었죠."

"하지만 당신은 폐하를 떠나지 않았어요."

"폐하를 떠날 수 있는 사람은 아무도 없어요. 폐하께서 떠나시는 거죠."

내가 간단히 말했다.

윌리엄은 사실을 인정하고 고개를 끄덕였다.

"하지만 폐하께서 앤 언니 때문에 날 떠나셨을 때 난 후회 없이 보내드렸어요. 이제 폐하와 함께 춤추거나 식사하거나 산책하고 얘기할 때, 난 그저 신하로서의 내 임무를 하는 거예요. 난 폐하 자신이 이 세상에서 가장 유쾌한 남자라고 생각하게끔 하고, 폐하를 올려다보고 미소 지으면서 여전히 내가 폐하와 사랑에 빠져 있다고 생각하실 만한 모든 이유를 드리는 거죠."

윌리엄의 팔이 내 허리를 감아 허리가 부러질 지경으로 세게 붙들었다.

"하지만 사랑하지는 않죠."

그가 명확히 말했다.

"놔요. 너무 세게 잡고 있잖아요."

내가 속삭였지만 그가 힘을 좀더 꽉 주었다.

"아, 알았어요. 그래요, 당연히 사랑하지는 않죠. 난 불린 가 여자로서, 하워드 가 신하로서의 임무를 하는 거예요. 당연히 사랑하지 않아요."

"그럼 누군가 사랑하는 사람 있나요?"

윌리엄이 스스럼없이 물었다. 내 허리를 감고 있는 손아귀에 더욱 힘이 가해졌다.

"아무도요."

손가락 하나가 내 턱 밑에 닿아 얼굴을 위로 끌어올렸다. 그의 눈부신 갈색 눈동자가 내 영혼을 들여다볼 듯이 나를 뚫어지게 훑어보았다.

"아무것도 아닌 사람이오."

내가 명확히 말했다.

그의 입술이 다가왔을 때, 그것은 따뜻한 깃털이 살짝 닿는 것만큼이나 가볍게 내 입술에 닿았다.

그날 밤, 헨리 왕과 프랑시스 왕은 스테이플 홀에서 개인적으로 식사를 했다. 앤 언니가 앞장선 채로 우리 시녀들은 훌륭한 가운에 망토를 두르고 머리쓰개 위에 두건을 뒤집어쓰고는 성을 빠져나왔다. 우리는 방 밖 홀에 모여서 망토를 벗고 서로 금빛 도미노 가면과 금빛 가면, 금빛 두건을 쓰는 것을 도와주었다. 복도에는 거울이 없어 내가 어떤지는 볼 수 없었지만, 내 주위의 다른 시녀들이 금빛으로 번쩍번쩍 빛났기에 나 역시 그들 사이에서 반짝이고 있다는 것을 알았다. 특히 매의 얼굴 모양으로 된 금빛 가면의 눈구멍 사이로 짙은 눈동자를 반짝이는 앤 언니는 화려하고 야생적으로 보였다. 두건의 금빛 면사포 아래로 언니의 짙은 머리칼이 어깨로 흘러내려 있었다.

우리는 신호를 기다리다 뛰어 들어가 춤을 추었다. 헨리 왕과 프랑시스 왕은 언니에게서 눈을 떼지 못했다. 나는 프랜시스 웨스턴 경과 춤을 췄는데, 그가 내 귓가에 프랑스어로 충격적인 제안을 속삭였다. 내가 그런 초대를 환영할 프랑스 여인이라고 생각하고 있다는 듯 뻔히 보이는 그럴싸한 핑계 하에. 그리고 조지 오빠가 아내와 춤추는 것을 피하기 위해 서둘러서 다른 여자를 이끌어내는 것이 보였다.

춤이 끝나고 헨리 왕이 한 여인에게 돌아서더니 가면을 벗겼다. 그런 다음 그는 의식적으로 방 안을 돌아다니며 모든 여자들에게서 가면을 벗겨내고 마지막으로 앤 언니에게 다가왔다.

"아, 펨브로크 후작."

프랑시스 왕이 정말 깜짝 놀란 모습으로 말했다.

"전에 내가 자네를 알았을 때 자네는 앤 불린 양이자 당시 우리 궁정에서 가장 예쁜 소녀였지. 지금 바로 이렇게 내 친구 헨리의 궁정에서 가장 아름다운 여인이듯 말이야."

앤 언니가 미소를 짓고는 헨리 왕 쪽으로 고개를 돌려 싱긋 웃었다.

"자네와 필적할 만한 유일한 소녀가 딱 한 명 있었는데, 그건 바로 또 다른 불린 가 아가씨였지."

프랑시스 왕이 말하고, 나를 찾아 주위를 둘러보았다. 앤 언니의 승리의 순간이 돌연 사라지고, 언니는 나를 단두대로 안내하고 싶은 마음으로 내게 앞으로 나오라 손짓했다.

"제 동생입니다, 폐하. 캐리 영부인입니다."

언니가 퉁명스럽게 말했다.

프랑시스 왕이 내 손에 입맞췄다.

"*황홀하군요(Enchante).*"

그가 유혹적으로 속삭였다.

"다시 춤춥시다!"

앤 언니가 갑자기 외쳤다. 그러리라 예상했듯 내게 쏠린 관심에 무조건 짜증이 난 것이다. 즉시 악단이 음악을 연주하자, 나머지 궁정 사람들은 그날 밤 흥겹게 놀았고 그리고 모두들 앤 언니가 즐겁도록 하기 위해 무척 수고했다.

그날 저녁으로 프랑스 공식 방문은 끝났고, 우리는 귀국길에 가져갈 물건들을 꾸리며 다음날을 보냈다. 바람이 우리를 거슬러 불어왔기 때문에, 우리는 매일 아침 선장에게 사람을 보내 오늘, 아니면 다음날 출항할 수 있는지 물어보며 칼레에서 지체해야 했다. 앤 언니와 헨리 왕은 사냥을 하기도 하면서 잉글랜드에 있는 것과 마찬가지로 즐겼다. 아니 사실, 프랑스에는 앤 언니가 말을 타고 거리를 내려갈 때 야유하거나 말발굽 바로 뒤에서 "창녀"라고 소리칠 사람은 아무도 없었으니, 더욱 즐길 수 있었다. 그리고 지체하는 동안 윌리엄과 나는 자유로이 만났다.

우리는 매일 오후 단단한 모래사장 위에서 말을 타고 거의 육안으로 내다 볼 수 있는 곳까지, 아득히 펼쳐져 있는 도시의 서쪽으로 갔다. 이따금 물가의 단단한 모래밭 위에서 말들이 달리려고 해서, 우리는 말들이 멋대로 하게 내버려두었고, 말들은 날 듯이 달렸다. 그리고 나서 우리는 모래 언덕으로 올라가곤 했다. 윌리엄은 나를 안장에서 내려준 다음 땅바닥에 망토를 깔고, 우리 둘은 서로 팔을 두른 채 함께 바닥에 누워 내가 욕망으로 거의 울 지경이 될 때까지 키스하고 소곤거리곤 했다.

윌리엄의 바지 끈을 풀고 나를 갖게 할 유혹에 이끌렸던 오후들이 많이 있었다. 예식도 치르지 않고, 우리를 방해할 거라고는 갈매기의 울음소리밖에 없는 유혹적인 햇볕 아래서 마치 시골 처녀처럼……. 입술이 아플 때까지 윌리엄은 내게 키스했다. 내 입술은 부풀어 올랐고 갈라졌다. 윌리엄 없이 시녀들과 함께 식사해야 하는 기나긴 저녁 내내, 음료를 마시려고 차가운 잔에 입술을 갖다 댈 때마다 그가 정열적으로 깨물어 생긴 멍들을 여전히 느낄 수 있었다. 그는 부끄러워하지도 않고 내 온몸을 구석구석 만졌다. 그는 두 손으로 내 스토마커 뒤쪽을 풀어 엉덩이까지 슥 끌어내리고는 드러난 젖가슴을 애무했다. 윌리엄은 갈색 곱슬머리를 숙이고 내가 쾌감으로 소리치며 쾌감 속에서 더욱더 흥분되어 한순간도 더 이상 견딜 수 없다고 생각할 때까지 내 젖가슴을 빨았다. 그러고 나서 윌리엄이 내 배에 머리를 털썩 파묻고는 배꼽을 세게 깨물어, 나는 고통으로 움찔하다 그를 밀어내면서, 신음 대신 소리를 지르고 발버둥치는 내 자신을 발견하곤 했다.

윌리엄은 나를 따뜻하게 감싸고 그를 향한 나의 갈망이 조금 가라앉을 때까지 움직이지 않고 내 옆에 오래 누워 있곤 했다. 그러고 나서 그는 나를 돌아 눕히고, 내 뒤에 그의 길고 늘씬한 몸을 밀착시킨 채로 내 모자를 벗기고 머리칼 한줌을 들어올려 목덜미를 조금씩 깨물었다. 윌리엄은 자기 몸을 내 몸에 밀어붙여, 나는 심지어 가운과 속치마를 뚫고도 그의 단단한 그것을 느꼈다. 그리고 내 스스로가 창녀처럼 맞밀고 있는 것을 알았다. 마치 그에게 제발 해달라고, "좋아요."라고 말할 수는 없으니 허락 없이도 해달라고 빌 듯이. 또 "싫어요."라고도 역시 말할 수 없는 것을 하느님은 알 것이다.

윌리엄은 내 뒤에서 밀어붙이고, 멈췄다가 다시 밀어붙이곤 했다.

그러면 나도 다음에 일어날 일을 알고 또 갈망하며 뒤로 밀어붙였다. 그는 점점 속도를 붙였고 나는 어느덧 절정을 향해 올라가, 해야 할지 안 할지 멈출 수도 없는 지점까지 이르곤 했다―그리고 나서, 내가 절정에 도달하기 전에, 살과 살이 맞닿을 만큼 나를 만지기 전에, 윌리엄은 움직임을 멈추고 작게 한숨짓고는 다시 내 옆에 드러누워 나를 끌어안고 내 눈까풀에 입맞추고는 떨리는 내 몸이 가라앉을 때까지 나를 안아주곤 했다.

바람이 육지를 향해 불어 배가 항구에 붙잡혀 있을 동안 매일 우리는 모래 언덕으로 말을 타고 나가 사랑을 나누었다. 아니, 그것은 사랑을 나누는 것이 아닌 가장 정열적인 구애였다. 그리고 매일같이 나는 의지에 반대되게 오늘은 내가 "좋아요."라고 말할 수 있거나 윌리엄이 강제로 하게 만들 날이기를 바랐다.

그러나 매일 윌리엄은 내가 승낙하기 바로 전에 움직임을 멈추고는 나를 품에 감싸 안고 마치 내가 욕망 대신 고통으로 괴로워하는 듯 나를 달래주었다. 그리고 정말 욕망인지 고통인지 분간할 수 없었던 날들이 많이 있었다.

열두째 날 모래 언덕에서 말들을 끌어내 해변으로 걸어가고 있을 때 윌리엄이 돌연 멈춰 서서 하늘을 올려다보았다.

"바람이 바뀌었어요."

"네?"

내가 멍청하게 물었다. 나는 쾌락으로 여전히 멍한 상태였다. 바람이 불고 있는지도 알지 못했다. 내 승마용 장화 아래의 모래도, 해변에 부서지는 파도도, 왼뺨에 닿는 저녁 햇살의 따스함도, 나는 전혀 느끼지 못하고 있었다.

"앞바다로 부는데요. 떠날 수 있겠어요."

나는 말의 목에 팔을 기댔다.

"떠나요?"

내가 되풀이했다.

윌리엄이 나를 돌아보더니 내 멍한 표정을 보고는 하하 웃었다.

"아, 자기, 다른 생각하고 있군요, 그렇죠? 좋은 바람을 기다리느라 우리가 잉글랜드로 떠날 수 없는 거 기억하죠? 바로 이거예요. 바람이 바뀌었어요. 내일 떠날 거예요."

마침내 그 말들이 이해되었다.

"그럼 우린 어떡하죠?"

윌리엄이 팔에 말고삐를 둘둘 감고, 나를 안장으로 들어올려 주기 위해 내 말 쪽으로 둘러왔다.

"떠나는 거겠죠."

그가 내 장화 밑에 손을 오목하게 모아 안장 위로 쑥 올려주었다. 내 몸의 통증은 충족되지 않은 욕망, 또 다른 하루의 욕망, 열두째 날의 충족되지 않은 욕망이라는 것을 나는 알았다.

"그 다음은요? 그리니치에서는 이렇게 만날 수 없잖아요."

"그렇죠."

윌리엄이 사근사근한 말투로 동의했다.

"그럼 어떻게 만나죠?"

"당신이 나를 마구간에서 볼 수도 있고, 아니면 내가 당신을 정원에서 볼 수도 있구요. 우린 항상 잘해왔잖아요?"

그가 말 위로 가볍게 올라탔다. 그는 나처럼 떨고 있지 않았다.

나는 할 말을 잃었다.

"그런 식으로 당신을 만나고 싶진 않아요."

윌리엄은 살짝 얼굴을 찡그린 채 등자 가죽을 조절한 다음 바로 앉아 내게 예절바르지만 다소 거리감이 있는 듯한 미소를 보였다.

"여름에 헤버로 호위해드릴 수 있어요."

"그건 앞으로 7개월이나 남았잖아요!"

내가 소리 질렀다.

"그렇죠."

나는 윌리엄에게 좀더 가까이 가서 말을 몰았다. 그가 아무렇지도 않다는 것을 믿을 수가 없었다.

"당신은 이렇게 매일 오후에 날 만나고 싶지 않아요?"

"만나고 싶어하는 거 아시잖아요."

"그럼 어떻게 만나죠?"

그가 반쯤 놀리는 듯한 조그만 미소를 내게 보였다.

"만날 수 없을 것 같아요. 몸가짐이 가볍다고 당신에 대해 즉각 보고할 하워드 가의 적들이 너무 많아요. 당신 외삼촌의 휘하에 스파이들이 너무 많아서 난 오랫동안 들키지 않을 수가 없어요. 우린 운이 좋았어요. 함께 열두 날을 보냈고, 굉장히 달콤한 시간이었어요. 하지만 잉글랜드에서는 다시 그런 시간을 보낼 수 없을 것 같네요."

그가 부드럽게 말했다.

"아."

나는 내 말의 머리를 돌리고, 햇살이 따스하게 등에 닿는 것을 느꼈다. 파도는 부드럽게 밀려왔고, 내 말은 조금 초조해하면서 물이 구절과 무릎에 튀기자 뒷걸음질쳤다. 나는 말을 바로 잡을 수가 없었다, 조정할 수가 없었다. 아니 나는 내 자신을 조정할 수가 없었다.

"당신 외삼촌의 휘하에 계속 머물지 않을 것 같아요."

윌리엄이 자기 말을 내 말 옆에 나란히 이끌고 왔다.

"뭐라구요?"

"내 농장으로 가서 농부로서 살아보려구요. 모든 게 준비되어 기다리고 있거든요. 난 궁정이 지겨워요. 그런 삶은 내게 맞지 않아요. 주인을 모시기에 나는 너무 독립적인 남자인가 봐요. 당신 집안처럼 대단한 집안을 모시기에도."

나는 조금 몸을 곧바르게 폈다. 하워드 가문의 자존심에 도움이 되었다. 나는 어깨를 뒤로 펴고 턱을 들었다.

"바라시는 대로."

윌리엄만큼 차갑게 말했다.

그가 고개를 끄덕이고는 조금 뒤처지게 말을 몰았다. 우리는 귀부인과 그녀의 호위병처럼 도시의 성벽 쪽으로 말을 몰았다. 모래 언덕의 황홀했던 연인은 멀리 우리 뒤에 남겨져 있었다. 우리는 궁정으로 돌아오는 불린 가 여자와 하워드 가 부하였다.

비상문은 여전히 열려 있었다. 아직 어스름 때는 아니었다. 우리는 나란히 자갈이 깔린 거리를 지나 성으로 올라갔다. 성문은 열려 있고, 도개교는 내려져 있었다. 우리는 마구간 뜰로 곧장 말을 몰고 갔다. 남자들이 말에 물을 먹이고 짚 다발로 몸통을 내려문지르고 있었다. 왕과 앤 언니는 30분 전에 돌아와 있었고, 그 말들은 먹이와 물을 먹기 전에 몸이 식는 것을 방지하기 위해 걷도록 했다. 사적인 대화는 아예 불가능했다.

윌리엄은 나를 안장에서 내려주었다. 허리에 닿은 그의 손길에, 몸에 맞닿은 그의 몸에, 나는 갑자기 그를 향한 격렬한 갈망으로 가득 찼고, 너무나도 격심해서 고통으로 작게 소리 질렀다.

"괜찮아요?"

윌리엄이 나를 땅으로 내려주며 물었다.

"아뇨! 안 괜찮아요. 내가 괜찮지 않다는 거 알잖아요."

내가 격렬하게 대답했다.

잠깐 동안 그 역시도 침착성을 잃었다. 그는 내 손을 잡아 거칠게 그에게로 다시 잡아당겼다.

"당신이 지금 느끼는 감정이 내가 몇 달 동안 느꼈던 감정이오. 당신이 지금 느끼는 감정이 내가 당신을 처음 본 순간부터 밤낮으로 느꼈던 감정이라고요. 그리고 앞으로 평생 이런 감정을 느끼며 살아가겠지. 잘 생각해봐요, 메리. 그런 다음 당신이 날 불러요. 나 없이는 살 수 없다는 걸 깨달았을 때 날 불러요."

그가 격정적으로 낮게 뇌까렸다.

나는 윌리엄의 손아귀에서 손을 비틀어 빼내고 몸을 떼어냈다. 그가 쫓아오기를 반쯤 기대했지만 그는 그리지 않았다. 너무나도 천천히 걸어, 그가 내 이름을 속삭이기라고 했다면 나는 그의 목소리를 듣고 돌아섰을 것이다. 나는 아치통로를 지나 성문으로 걸어갔다. 비록 내 몸 구석구석은 계속 그와 함께 있으라고 소리쳤지만.

내 방으로 가서 울고 싶었지만 대회당을 거쳐 가자 조지 오빠가 의자에서 일어나며 말했다.

"기다리고 있었어. 어디 있었던 거야?"

"말 타러."

내가 무뚝뚝하게 대답했다.

"윌리엄 스태퍼드랑."

오빠가 나를 비난했다.

나는 오빠가 내 빨간 두 눈과 떨리는 입술을 보게 내버려두었다.

"응, 그래서?"

"세상에, 안 돼, 이 바보 같은 창녀야. 가서 씻고 얼굴에서 그 표정 지워. 네가 무슨 짓을 하고 있었는지 누구든 짐작할 수 있겠다."

조지 오빠가 오빠답게 말했다.

"아무 짓도 안 했어!"

내가 돌연 격렬한 감정으로 소리쳤다.

"아무 짓도! 게다가 나한텐 정말 좋은 시간이었어!"

오빠가 주저했다.

"마찬가지야. 어서 가."

나는 내 방으로 가 눈에 물을 첨벙첨벙 끼얹고 수건으로 얼굴을 문질렀다. 앤 언니의 알현실로 들어왔을 때 대여섯 명의 시녀들은 카드놀이를 하고 있었고, 조지 오빠는 무척 엄숙한 모습으로 총안에서 기다리고 있었다.

오빠는 재빠르고 신중하게 방을 둘러본 다음 내 손을 팔 밑에 끼고 이 시간에는 비어 있는 대회당만큼 길게 뻗은 화랑으로 나를 이끌었다.

"너, 들켰어. 그냥 지나갈 수 있으리라 생각하진 않았겠지."

"어떤걸?"

오빠가 갑자기 말을 멈추고는 여태껏 한 번도 본 적 없는 진지함으로 나를 바라보았다.

"까불지 마. 그 남자 어깨에 머리를 기대고 그 남자는 네 허리에 팔을 두르고, 머리칼은 풀어헤쳐져 온통 바람에 휘날리는 채로 모래 언덕에서 나오는 모습을 들켰어. 외삼촌한테는 어디든지 스파이가 있다는 거 몰라? 당연히 걸릴 거란 생각 안 했어?"

오빠가 나를 몰아댔다.

"무슨 일이 벌어지는 거지?"

내가 두려움에 떨며 물었다.

"아무 일도. 여기서 멈춘다면. 그게 바로 외삼촌이나 아버지가 아닌 내가 너한테 이런 얘기를 하는 이유야. 어른들은 알고 싶지도 않아 하셔. 너에 관한 한, 어른들은 몰라서. 이건 그저 너랑 나 사이의 일이고, 더 커질 필요는 없어."

"난 그 사람을 사랑해, 오빠."

내가 매우 조용하게 말했다.

오빠는 고개를 숙이고 팔에 내 손을 끼운 채로 나를 끌고 계속해서 화랑을 힘겹게 걸었다.

"우리 같은 사람들한텐 그런 걸로 달라질 건 없어. 잘 알잖아."

"잘 수가 없어, 먹을 수도 없고, 그저 그 사람 생각밖에 아무것도 할 수가 없어. 밤에는 그 사람 꿈을 꾸고, 낮에는 내내 그 사람을 보려고 기다리고, 정말 보게 되면 심장이 뒤집히고 욕망으로 기절할 것만 같아."

"그 남자는?"

의지에도 불구하고 오빠는 이 이야기에 이끌려 내게 물었다.

내 얼굴에 나타난 갑작스런 고통을 오빠가 보지 못하도록 나는 고개를 돌렸다.

"그 사람도 똑같이 느끼는 줄 알았어. 하지만 오늘 바람이 바뀌었을 때, 우린 잉글랜드로 떠나게 되고 프랑스에서처럼 서로를 볼 수 있진 못할 거라고 그 사람이 말했어."

"뭐, 맞는 말이야. 게다가 앤이 자기 할 일을 똑바로 했으면 너나 대여섯 명의 다른 시녀들이 프랑스를 빈둥빈둥 돌아다니면서 휘하에 있는 남자들이랑 시시덕거리지 않았겠지."

"그런 게 아니야. 그 사람은 내 휘하에 있는 남자가 아니야. 내가 사랑하는 남자라구."

"너, 헨리 퍼시 경 기억해?"

조지 오빠가 불쑥 물었다.

"당연하지."

"퍼시 경도 사랑에 빠졌었어. 그보다 더, 그는 약혼했었어. 그보다 더, 그는 결혼했었다고. 그게 퍼시 경을 지켜줬니? 아니지. 그는 노섬벌랜드에 처박혀 있고, 자기를 경멸하는 여자랑 결혼했고, 여전히 사랑에 빠져 있어. 여전히 슬픔에 잠겨 있고, 여전히 절망적이야. 선택할 수 있어. 사랑에 빠지고 슬픔에 잠겨 있거나, 아니면 가능한 한 그걸 잘 견뎌내는 거야."

"오빠처럼?"

"그래, 나처럼."

오빠의 대답은 진지했지만 어두운 표정이었다. 의지에도 불구하고, 오빠는 프랜시스 웨스턴 경이 앤 언니의 어깨 위로 몸을 구부린 채 악보를 따라가고 있는 쪽을 바라보았다. 프랜시스 경이 우리의 시선을 느끼고는 올려다보았다. 이번만은 그도 내게 웃어주는 것을 잊고 나를 지나 오빠를 바라보았다. 그 시선에는 깊은 친밀감이 있었다.

"난 절대 내 욕망을 따르지 않아, 절대 상의하지도 않아. 난 우리 집안을 최우선하기로 했고, 그걸로 내 인생에서 매일 심장박동을 하나씩 잃고 있어. 난 앤에게 창피 줄 행동은 아무것도 하지 않아. 우리 하워드 가 사람들에게 사랑은 계산에 들어오지 않아. 우린 무엇보다 먼저 신하들이야. 우리의 인생은 바로 궁정에 있어. 그리고 궁정엔 진정한 사랑이 들어설 여지가 없어."

오빠가 엄숙하게 말했다.

조지 오빠가 아는 척하지 않자 프랜시스 경은 살짝 미소를 짓고는 다시 악보로 시선을 돌렸다.

조지 오빠가 자기 팔에 놓여 있는 내 차가운 손가락을 꼬집었다.

"그 남자, 더 이상 만나면 안 돼. 네 명예를 걸고 약속해야 돼."

"명예를 걸고 약속할 순 없어. 나한텐 명예 따윈 없으니까. 난 한 남자랑 결혼해서 폐하 때문에 오쟁이 지게 했어. 그이한테 돌아갔지만, 사랑할지도 모른다고 말할 기회도 갖기 전에 죽어버렸어. 그런데 이제 내가 온몸과 마음을 다해서 사랑할 수 있는 남자를 찾고 나니, 오빠는 나한테 내 명예를 걸고 그 사람을 만나지 않겠다고 약속하라네―그럼 그리하기로 약속하지. 내 명예를 걸고. 우리 불린 가사람 셋에겐 아예 명예라고는 남아 있지도 않아."

내가 싸늘하게 말했다.

"브라보."

오빠는 나를 품에 껴안고 입술에 키스했다.

"비탄에 잠긴 모습은 너랑 썩 어울린다야. 매력적으로 보여."

우리는 다음날 출범했다. 나는 갑판 위에서 윌리엄을 찾았고, 조심스레 나를 보지 않으려 하는 윌리엄을 보고 나서, 다른 시녀들과 함께 아래로 내려가 쿠션으로 포근히 둘러싸고 몸을 웅크린 채 잠을 잤다. 무엇보다도 나는 헤버에 가서 다시 아이들을 볼 때까지 다음 육 개월을 잠으로 보내고 싶었다.

1532년 겨울

　궁정은 웨스트민스터에서 크리스마스를 지냈고, 앤 언니는 모든 활동의 중심이었다. 연회의 총책임자는 연달아 가면극을 열었고, 언니는 평화의 왕비, 겨울의 왕비, 크리스마스의 왕비라 불리며 환호를 받았다. 언니는 잉글랜드의 왕비를 제외한 모든 것으로 불렸으나, 모두들 그 직함도 머지않아 따라오리란 것을 알고 있었다. 헨리 왕이 언니를 런던탑으로 데려가, 그곳에서 언니는 마치 공주로 태어난 듯 잉글랜드의 보물을 골라가졌다.

　언니와 헨리 왕의 사저는 이제 붙어 있었다. 뻔뻔스럽게도, 그 둘은 밤에 왕의 사저나 언니의 사저로 함께 물러갔고, 아침에 함께 나타났다. 왕은 언니에게 그의 침실 방문객들을 맞이할 때 입으라고 모피 안감을 댄 검은 새틴(satin) 예복을 사주었다. 나는 샤프롱이자 침실친구 자리에서 풀려나 소녀시절 이후 처음으로 밤에 혼자 있는 나를 발견했다. 조그만 난로 옆에 앉아 앤 언니가 성깔을 부리며 방으로 쳐들어오지 않으리란 것을 아는 건 기쁨 비슷한 것이었다. 그러나 나는 외롭다는 것을 깨달았다. 나는 오랜 밤들을 난로 앞에서 공상에 잠겨, 수없이 추운 오후들을 창밖의 회색빛 겨울비를 내다보면서 보냈다. 칼레의 햇살과 모래 언덕은 수백만 년 전 일인 것 같았다. 타일로 된 지붕 위의 진눈깨비처럼, 나는 자신이 얼음으로 변하고 있는 것을 느꼈다.

외삼촌의 부하들 사이에서, 나는 윌리엄 스태퍼드를 찾았다. 누군가가 내게 그가 순무를 뽑고 늙은 짐승들을 죽이는 것을 감독하기 위해 농장으로 갔다고 말해줬다. 내가 궁정에서 꾸물대면서 소문과 추문에 말려든 채 빈둥빈둥 노는 두 이기적인 사람이 즐거운지 또 어떻게 그들을 즐겁게 해줄지 오로지 그것들만 생각할 동안, 조그만 농장을 돌아다니면서 여러 일들을 바로 잡고 현실적인 일들을 다루고 있을 윌리엄을 생각했다.

12일간의 크리스마스 축제 중간 날에, 앤 언니가 나를 찾아와서 여자가 임신을 하면 어떤 증세를 보이는지 물어보았다. 우리는 함께 언니가 생리한 날을 세어보았다. 이번 주 안에 할 예정이었다. 벌써부터 언니는 입덧을 하고 고기에 붙은 비계를 먹지 못하겠다고 틀림없이 임신일 것이라고 단정했으나, 아직 확신을 갖기에는 너무 이르다고 내가 일러주었다.

언니는 날짜를 셌다. 이따금 나는 언니가 아주 침착하게 몸을 가누는 것을 보고, 언니는 자기가 아이를 가졌다고 기꺼이 생각한다는 것을 알았다.

생리를 해야 하는 날이 왔다. 그날 밤 언니는 내 방문에 머리를 밀어 넣고 의기양양하게 물었다.

"깨끗해. 그럼 아기를 가졌다는 뜻이니?"

"하루로는 아무것도 몰라. 적어도 한 달은 기다려야 해."

내가 무뚝뚝하게 대답했다.

다음날이 지나고, 그 다음날도 지났다. 언니는 헨리 왕에게 자신의 희망에 대해 얘기하지 않았으나, 나는 왕 역시 다른 남자들과 마찬가지로 날짜를 셀 줄 안다고 생각했다. 그들은 둘 다 마을 축제에서 한 쌍의 줄타기 곡예사들처럼 공중 위에서 균형을 잡고 있는 듯한 모습을 보이기 시작했다. 왕은 감히 언니에게 묻지 못했으나, 그는 나를 찾아와 언니가 생리를 빠뜨렸냐고 물었다.

"단지 한두 주 되었습니다, 폐하."

내가 공손하게 말했다.

"조산사를 부를까?"

"아직은요. 두 번째 달을 기다리는 편이 좋습니다."

내가 조언했다.

그는 초조해보였다.

"앤이랑 잠자리를 가지면 안 되겠지."

"그냥 아주 조심스럽게 하시든지요."

왕은 초조해서 인상을 찌푸렸다. 이 아기를 향한 그들의 욕망이 결혼하기도 전 관계를 갖는 모든 즐거움을 빼앗아 가리라 생각했다.

확실하게 앤 언니가 한 달을 빼먹었다는 것이 1월에 분명해졌다. 언니는 왕에게 아이를 가졌을지도 모른다고 말했다.

왕의 모습이 가슴에 와 닿았다. 그는 너무도 오랫동안 아이를 낳지 못하는 여자와 결혼하고 있었기에, 생산력 있는 아내 생각은 그에게는 메마른 8월에 쟁기질할, 축축한 밭이었다. 그들은 함께 했지만 조용히 있었고, 서로에게 무척 낯선 듯싶었다. 그들은 정열적인 싸움꾼이었고, 정열적인 연인이었으나, 이제는 친구가 되고 싶어했다. 앤 언니는 조용히 쉬고 싶어했다. 자기 몸속에서 은밀히 진행되고 있는 것을 방해할 어떤 일이든 할까 봐 겁에 질려 있었다. 헨리 왕은 언니 곁에 앉아 있고 싶어했다. 마치 그의 존재가 자신이 시작한 일을 계속해 나갈 듯이. 왕은 언니를 붙들어주고 옆에서 걸어주며, 어떤 힘도 전혀 들이지 않게 해주고 싶어했다.

왕은 너무도 많은 임신이 여자들의 울음과 실망으로 뒤죽박죽되어 끝나는 것을 보아왔다. 정상적인 출산들에 환호했다가 설명할 수 없는 죽음으로 그는 기쁨을 잃곤 했다. 이제 앤 언니의 재빠른 생산력이 자신의 정당성을 완전히 입증했다고 생각했다. 하느님은 형의 아내와 결혼한 것으로 그를 저주했으나, 이제 하느님은 자기 아내 될 사람에게 왕성한 생산력을 주어 잠자리를 가진 지 몇 개월 안에 임신하게 함으로써 저주를 거둬들이는 것이었다. 왕은 아주 부드럽게 언니를 대했고, 그는 새로운 잉글랜드 법아래, 새로운 잉글랜드 교회에서 합법적으로 결혼하도록 새로운 법안을 부랴부랴 통과시켰다.

그 일은 앤 언니의 런던 저택이자 언니의 적이었던, 죽은 추기경의 집이었던 화이트홀에서 완전히 비밀스럽게 벌어졌다. 왕의 측근들, 헨리 노리스와 토머스 히니지가 두 증인들이었고, 윌리엄 브레레톤이 왕을 수행했다. 조지 오빠와 나는 앤 언니와 왕이 왕의 사저에서 식사하는 것처럼 보이게 만들라는 지시를 받았다. 우리는 이 일을 경우에 가장 맞게 처리하는 방법은 4인분의 최고급 만찬을 주문해서 왕의 방에 앉아 음식을 받는 것이라고 생각했다. 대단한 요리들이 들어가고 나오는 것을 지켜보면서, 궁정 사람들은 불린 가 사람들과 왕만의 사적인 식사라는 결론에 이르렀다. 언니가 잉글랜드 국왕과 결혼하는 동안 언니의 의자에 앉아 언니의 접시로 식사하는 것은 내게 있어 조그만 복수였다. 그러나 재미있기도 했다. 사실대로 말하자면, 언니가 무사히 비켜나 있을 동안, 나는 언니의 검은 새틴 잠옷을 입어보았고, 조지 오빠는 내게 무척 잘 어울린다고 단언했다.

1533년 봄

몇 달 후 일이 치러졌다. 언제나 항상 불러 오른 배를 붙잡고 다니는 앤 언니는, 캐서린 왕비와 헨리 왕의 결혼에 대해 최대한 간단히 조사하여 그 결혼이 처음부터 무효였음을 알아낸, 다름 아닌 크랜머 대주교로부터 왕의 정식 부인이라고 공개적으로 공포되었다. 캐서린 왕비는 자신의 이름을 더럽히고 명예를 잃게 한 법정에 참석하지도 않았다. 그녀는 로마에 한 항소에 매달리며 잉글랜드의 결정은 무시했다. 잠시 어리석게도 나는 공포가 있었을 때 왕비를 찾았다. 그곳에 그녀가 붉은 가운을 입고 전처럼 반항적인 태도를 취하고 있을지도 모른다고 생각했다. 그러나 왕비는 먼 곳에서 교황에게, 조카에게, 동맹자들에게 편지를 쓰며 로마의 고결한 재판관들 앞에서 문제를 공정하게 재판하도록 강요해달라고 빌었다.

헨리 왕은 잉글랜드의 분쟁은 오직 잉글랜드 법정에서만 재판할 수 있다는 법안을, 또 다른 새로운 법안을 통과시켰다. 갑작스럽게, 로마에 합법적인 항소를 할 수가 없었다. 나는 내가 헨리 왕에게 잉글랜드 사람들은 잉글랜드 법정에서 정의가 집행되는 것을 원한다고 얘기했던 것을 기억했다. 하지만 잉글랜드의 정의가 헨리 왕의 변덕을 뜻하게 되리라고는 절대 상상도 못 했었다. 교회가 헨리 왕의 금고가 되고, 추밀원이 헨리 왕과 앤 언니에게 총애받는 사람들을 뜻하게 되리라곤 상상도 못 했듯이.

누구도 부활절 축제 때 캐서린 왕비를 언급하지 않았다. 마치 처음부터 존재하지 않았던 것 같았다. 너무도 오래 자리 잡고 있어서 그곳에 언제나 있었던 산처럼 풍화된 스페인의 석류(캐서린 왕비를 비유함)를 석공들이 깎아내기 시작했을 때 누구도 그것을 지적하지 않았다. 이제 잉글랜드에 새로운 왕비가 생겼으니, 캐서린 왕비의 새 직함은 무엇이 될지 누구도 묻지 않았다. 누구도 전혀 그녀에 대해 이야기하지 않았다. 마치 캐서린 왕비가 너무나도 치욕적으로 죽어 우리는 모두 그녀를 잊으려 하고 있는 것 같았다.

공식 예복과 머리칼에, 옷자락에, 가운 밑단에, 목과 팔에 온통 주렁주렁 매단 다이아몬드와 보석의 무게에 눌려 언니는 거의 비틀거릴 지경이었다. 궁정 사람들은 절대적으로 언니를 시중들었으나, 분명히 냉담했다. 왕은 올해에는 6월인 성령 강림절에 언니에게 왕관을 씌울 계획을 하고 있다고 조지 오빠가 내게 말해줬다.

"런던 시내에서?"

"캐서린 왕비의 대관식을 무색케 하려는 연극이 될 거야. 그럴 수밖에 없어."

오빠가 말했다.

윌리엄 스태퍼드는 궁정으로 돌아오지 않았다. 왕이 볼링하는 것을 지켜보며, 나는 매우 조심스레 목소리에 신경을 써서, 이번 철에 새로운 사냥말을 정말 갖고 싶은데 윌리엄 스태퍼드를 사마관으로 임명했느냐고 외삼촌에게 물었다.

"아니, 아니란다. 그는 떠났단다. 칼레에서 돌아온 후에 몇 마디 좀 나눴지. 다시는 보지 못할 거다."

내 입에서 질문이 나오자마자 외삼촌이 대답했다.

나는 매우 침착한 표정을 유지했다. 숨을 힉 들이마시거나 움찔하지는 않았다. 외삼촌과 마찬가지로 나 역시 신하였고, 타격을 입고도 계속 앞으로 나아갈 수 있었다.

"농장으로 갔나요?"

이렇든 저렇든 별로 상관 안 한다는 듯 내가 물었다.

"그렇거나, 아니면 십자군에게로 가버렸겠지. 속 시원하게 사라졌어."

외삼촌이 말했다.

나는 시합으로 시선을 돌렸고, 헨리 왕이 공을 잘 던졌을 때 크게 박수치면서 "만세!"라고 소리쳤다. 누군가가 내게 내기를 권했지만, 나는 왕의 반대쪽에 돈을 걸기를 거부했고, 그 재치 있는 아첨에 왕이 살짝 웃는 것을 보았다. 나는 시합이 끝날 때까지 기다렸다가 헨리 왕이 함께 걷자고 부르지 않을 것이 분명해졌을 때, 그를 둘러싼 무리에서 슬쩍 벗어나 내 방으로 갔다.

조그만 벽난로의 불은 꺼져 있었다. 방은 서향이어서 아침에도 어둑어둑했다. 나는 침대 위에 바로 앉아 발 위로 침대보를 마구 끌어모은 다음 들판 위의 가난한 여자처럼 어깨 위에 이불을 둘렀다. 처량하고 추웠다. 이불을 좀더 단단히 여몄으나 따뜻해지지 않았다. 나는 칼레의 해변에서 보낸 나날과, 윌리엄이 나를 만지고 키스하는 동안 느꼈던 바다 냄새와 내 등 밑의, 리넨 속의 까끌까끌했던 모래 알들을 기억했다. 프랑스에서의 그 밤에 나는 윌리엄의 꿈을 꾸었고, 매일 아침 보고 싶은 마음으로 힘이 빠져, 베개 위에는 머리칼에서 떨어진 모래알들이 흩어진 채, 나는 자리에서 일어났다. 심지어 지금도, 내 입술은 여전히 그의 키스를 갈망했다.

조지 오빠에게 한 약속은 진심이었다. 나는 무엇보다 맨 먼저, 철저히 불린 가이자 하워드 가 사람이라고 말했었다. 그러나 지금, 이렇게 그늘진 방에 앉아서, 도시의 회색 슬레이트 지붕들을 내다보고, 그 위 웨스트민스터 궁전의 지붕 위에 기대고 있는 어둑어둑한 구름을 올려다보고 있자, 별안간 나는 조지 오빠가 틀렸다는 것을, 우리 가족이 틀렸다는 것을, 내가—평생 동안—틀렸다는 것을 깨달았다. 나는 무엇보다 맨 먼저 하워드 가 사람이 아니었다. 무엇보다도 먼저 나는 격정적일 수 있고, 사랑을 대단히 필요로 하고 대단히 원하는 여자였다. 나는 앤 언니가 청춘을 바쳐 얻어낸 보상을 원하지 않았다. 조지 오빠 인생의 메마른 황홀함을 원하지 않았다. 내가 사랑하고 믿을 수 있는 남자의 열기와 땀과 정열을 원했다. 그리고 나는 그에게 내 자신을 주고 싶었다—이익 때문이 아닌, 욕망으로.

무얼 하는 건지 알지도 못한 채, 나는 침대에서 일어나 침대보를 한쪽으로 걷어찼다.

"윌리엄."

텅 빈 방에다 대고 불러보았다.

"윌리엄."

나는 마구간으로 내려가 내 말을 칸막이에서 데려오라 지시하고, 아이들을 보러 헤버로 갈 거라고 말했다. 외삼촌에게는 마구간 뜰에서 듣고 지켜볼 한 쌍의 눈과 귀가 있으리란 것은 틀림없는 사실이었지만, 외삼촌에게 전갈이 닿기 전에 나는 떠나기를 바랐다. 궁정 사람들은 볼링 녹지에서 식사를 하러 가 있었다. 운이 좋으면, 스파이가 외삼촌이 한가로울 때 그를 찾아 조카가 호위병도 없이 집을 떠났다고 보고하기 전에 떠날 수 있겠다고 생각했다.

두어 시간 안에 사위는 어둠에 잠겼다. 처음에는 차차 회색빛이 되었다가 재빨리 겨울날만큼이나 깜깜하게 되어버리는, 그 특유의 쌀쌀한 봄날의 어둠이었다. 나는 도시경계조차 벗어나지 못하고, 수도원의 높은 벽과 문지기의 문이 보이는, 캐닝이라 불리는 조그만 마을에 들어갔다. 내가 문을 두드리자, 내 말의 종자를 살펴본 그들은 나를 안으로 들여 주고 회칠한 조그만 독방으로 안내해준 다음 저녁으로 고기 한 점과 빵 한 조각, 치즈 한 덩이와 약한 에일 한 잔을 주었다.

아침에 그들은 아침식사로 내게 꼭 같은 음식을 권해주었다. 나는 꼬르륵 소리가 나는 배로 미사를 드리면서, 교회의 부패와 부에 대한 헨리 왕의 질책은 이런 조그만 공동 사회들도 참작해야 한다고 생각했다.

나는 로치퍼드로 가는 길을 물어야 했다. 수년 동안 하워드 가문이 주택과 토지를 소유하고 있었지만, 우리는 좀처럼 그곳을 찾아가는 일이 없었다. 나는 딱 한 번 그곳에 가보았지만, 그것도 강 근처에서였다. 길에 대해서는 전혀 몰랐다. 하지만 틸베리까지 가는 길을 안다는 마구간 소년이 있어, 승마용 노새와 밭을 갈 때 쓰는 짐수레용 말의 사마관으로 일하는 수도사가 그 소년이 늙은 콥(cob) 말을 타고 나와 함께 가면서 길을 가르쳐줄 수 있다고 말했다.

그는 지미라고 하는 친절한 소년이었다. 그는 안장도 없이 올라탄 채 늙은 말의 먼지투성이 옆구리를 맨발 뒤꿈치로 차면서 목청껏 노래를 불렀다. 말을 몰고 강가 길을 가면서, 우리는 기묘한 한 쌍이 되었다―장난꾸러기와 귀부인, 고된 승마길이었다. 어떤 곳에는 흙 먼지와 자갈이 가득했고, 다른 데에는 진흙이 잔뜩 있었다. 템스 강으로 흘러드는 개울과 교차하는 곳에는 얕은 여울과 이따금 속기 쉬운 수렁이 있어서 내 말은 발밑의 흐르는 모래와 빨아 감기는 진흙에 뒷걸음질치며 초조해했다. 오직 지미의 늙고 지친 말의 침착함으로 해서 내 말이 계속 나아갈 수 있었다. 우리는 레인햄이라 불리는 마을의 한 농장에서 저녁을 먹었다. 안주인은 그 집에서 내놓을 수 있는 전부로, 내게 삶은 달걀과 흑빵을 내줬다. 지미는 다른 것 없이 빵만 먹었지만, 충분히 만족스러워 보였다. 후식으로는 말린 사과 두어 개가 나와, 나는 웨스트민스터 궁전에서 내가 놓치고 있는 대여섯 개의 곁 요리들과 수십 가지의 고기들이 커다란 금 접시에 담겨 나오는 저녁식사를 생각하며 웃음이 터져 나올 것 같았다.

두렵지 않았다. 내 평생 처음으로, 스스로 인생을 다루고 운명을 지배할 수 있을 것 같은 느낌이었다. 이번만큼은 외삼촌이나 아버지나 왕에게 복종하지 않고, 내 욕망을 따랐다. 그리고 그 욕망은 변함없이, 내가 사랑하는 남자에게로 나를 이끌리란 것을 알고 있었다.

나는 그를 의심하지 않았다. 한순간도 그가 나를 잊었을지도 모른다고, 아니면 마을의 화냥년을 데리고 살거나, 정해준 상속녀와 결혼했으리라고는 생각지 않았다. 그건 아니다. 나는 바퀴가 없는 짐마차의 후미 판자 위에 앉아 지미가 사과 씨를 허공에 내뱉는 모습을 지켜보았다. 이번만큼은 믿을 만한 정도의 지각이 있었다.

우리는 정찬 후 두어 시간 더 말을 몰아 어둑어둑해지기 시작할 때쯤 그레이스라는 조그만 장이 서는 읍에 들어섰다. 틸베리는 길을 따라 더 아래로 내려가야 한다고 지미가 확언했으나, 내가 만약 사우스엔드 너머 로치퍼드로 가길 원한다면, 강에서 벗어나 정동(正東)으로 갈 수도 있으리라 생각한다고 했다.

그레이스는 조그만 맥줏집도 크고 작은 농가도 없었으나 길가 뒤로 물러나 있는 훌륭한 장원 저택을 자랑했다. 나는 장원 저택으로 가, 갈 길이 저문 나그네로서 친절한 대접을 받을 권리를 주장해볼까 하고 장난삼아 생각해보았다. 그러나 왕국 온 곳에 뻗쳐 있는 외삼촌의 영향력이 두려웠다. 그리고 머리칼에 찌든 먼지와 얼굴과 옷에 낀 땟국이 신경 쓰이기 시작했다. 지미는 거리의 개구쟁이처럼 꼬질꼬질했다. 어떤 부류의 집도 그 소년을 마구간 이외의 곳에는 두지 않을 것이다.

"맥줏집으로 가자."

내가 결정했다.

그곳은 처음 보았던 것보다는 나은 곳이었다. 그곳은 조수나 바지선들이 자기들의 배를 런던의 정박지로 끌고 가기를 기다리기보다는 차라리 자주 승선하게 되는, 틸베리로 오가는 수도에서 온 여행자들로부터 수입을 올렸다. 그들은 내게 같이 쓰는 방에 커튼이 쳐진 침대를 내주었고, 지미에겐 부엌에 짚으로 된 침대 요를 주었다. 저녁식사로 그들은 닭을 잡아 요리해 밀 빵과 포도주 한 잔을 함께 내주었다. 나는 차가운 물이 담긴 대야에서 씻기까지 했다. 따라서 머리는 더럽더라도 얼굴은 깨끗해졌다. 나는 옷을 입고 잠을 잤고,

도둑이 들까 봐 두려워 승마용 장화는 베개 밑에 두었다. 아침에 나는 나에게서 냄새가 나고, 스토마커 밑 배를 가로질러 벼룩에 줄줄이 물린 자국이 시간이 지날수록 근질근질해지고 있어 불쾌한 기분이 들었다.

아침에 나는 지미를 놓아줘야 했다. 그는 오직 틸베리까지만 나를 인도해준다고 약속했고, 어린 소년이 혼자서 돌아가기에는 먼 거리였다. 지미는 조금도 겁먹지 않았다. 그는 디딤대에서 빌린 말의 구부러진 등 위로 깡충 뛰어오르더니, 나에게서 동전 한 닢과, 가는 길에 저녁으로 먹을 빵과 치즈 덩어리를 받았다. 우리는 길이 갈라질 때까지 함께 가다가, 지미가 내게 사우스엔드로 향하는 길을 가리켜준 다음 자신은 다시 런던을 향해 서쪽으로 갔다.

내가 혼자 말을 몰고 지난 곳은 텅 빈 시골이었다. 텅 비어 있고 단조롭고 황량했다. 이런 토지를 경작하는 일은 켄트의 비옥한 삼림지대에 둘러싸여 있는 것과는 무척 다르리라고 생각했다. 나는 활기차게 말을 몰면서 주위를 잘 살폈다. 늪 사이를 지나가는 이 황량한 도로에 도둑이 출몰할까 봐 불안했다. 사실 시골의 완전한 적막함은 오히려 내 편이었다. 도둑질을 할 만한 여행자가 없으니 노상강도도 없을 것 아닌가. 새벽부터 정오까지의 시간 내내 나는 겨우 새로 씨 뿌린 채소밭에서 까마귀를 쫓는 어린 소년과, 저 멀리 늪 모퉁이에서 진흙을 세게 휘젓고 있는 농부와, 그 뒤로 연기처럼 떠오르는 구름 같은 갈매기떼밖에 보지 못했다.

길이 늪으로 이어져 물에 잠기고 질척질척해지면서 가는 속도가 느려졌다. 강에서 바람이 소금 냄새를 싣고 불어왔다. 나는 진흙보다 별로 나을 것 없는 두어 마을을 지났다. 진흙 벽과 진흙 지붕으로, 집으로써의 형태를 갖추고 있었다. 아이들 두어 명이 빤히 쳐다보다가 내가 지나가자 흥분해서 소리치며 나를 뒤쫓았다. 아이들도 마찬가지로 진흙 색이었다. 사우스엔드로 가면서 해가 저물어가기 시작했다. 나는 밤을 보낼 수 있는 곳을 찾아 주위를 둘러보았다.

집 몇 채가 있었고, 작은 성당과, 그 옆에는 신부의 집이 있었다. 내가 문을 두드리자 가정부가 얼굴을 찌푸리면서 답했다. 여행 중이라고 말하고 머물 수 있게 해달라고 부탁했더니, 여자는 아주 내키지 않는 태도로 부엌과 연결되어 있는 조그만 방을 보여주었다. 내가 불린 가이자 하워드 가 사람이었다면 그런 무례한 태도를 욕했겠지만, 반면에 지금 나는 동전 한 줌과 분명한 다짐밖에는 아무것도 없는 가난한 여자였다.

"고맙습니다. 씻을 수 있는 물 좀 주실 수 있으세요? 그리고 먹을 것도요."

마치 적당한 숙소인 듯 내가 말했다.

내 지갑에서 짤랑대는 동전 소리가 거절을 승낙으로 바꾸었다. 여자는 가서 물을 길어다 준 다음 고기 수프 한 그릇을 가져다주었다. 보기에도, 며칠 냄비 속에서 묵은 것 같았다. 나는 너무도 배가 고파 상관하지 않았고, 너무도 피곤해서 따지지도 않았다. 수프를 먹고 빵 조각으로 나무그릇을 깨끗이 싹싹 닦아 먹은 다음, 조그만 짚 요 위에 누워 새벽까지 잤다.

여자는 아침에 부엌에서 일어나 바닥을 쓸고 집주인의 아침을 짓기 위해 숯불을 골라내고 있었다. 나는 여자한테서 수건을 빌려 뜰로 나가 얼굴과 손을 씻었다. 내내 닭떼한테 혼나면서 양수기 아래서 나는 발도 씻었다. 옷을 벗고 온몸을 씻은 다음 깨끗한 옷을 무척이나 입고 싶기도 했지만, 차라리 가마꾼과 짐꾼들이 남은 몇 마일을 바로 데려다 주었으면 했다. 윌리엄이 나를 사랑한다면, 그는 좀 더러운 것은 신경 쓰지 않을 것이다. 그가 나를 사랑하지 않는다면, 더러움은 내게 아무것도 아닐 것이다―그 재난에 비한다면.

아침식사 때 가정부는 내가 왜 혼자서 여행을 하는 것인지 궁금해했다. 그녀는 내 말과 가운을 보았고 그것들이 얼마큼의 값어치가 있는지 알고 있었다. 나는 아무 대답도 하지 않고, 빵 한 조각을 가운 주머니에 슬쩍 넣고는 밖에 나가 말에 안장을 얹었다. 말 위에 올라타고 떠날 준비가 되었을 때, 나는 뜰에 있는 여자에게 소리쳤다.

"로치퍼드로 가는 길을 가르쳐주시겠어요?"

"문밖으로 나가서 왼쪽으로 돈 다음 내려가면 돼요. 그냥 쭉 동쪽으로 가세요. 1시간쯤 지나면 도착할 거예요. 누굴 만나시려는 건데요? 불린 일가는 항상 궁정에 있는데요."

나는 얼버무려버렸다. 내가, 나 불린 가 사람이, 나를 초대하지도 않은 남자 때문에 이렇게 먼 길을 왔음을 그녀가 아는 것은 원치 않았다. 그의 집에 가까워지면서 점점 더 두려워졌고, 이런 내 대담함을 목격할 사람은 없었다. 나는 말에게 혀를 차면서 뜰을 나와 여자가 가르쳐준 대로 왼쪽으로 돈 다음, 떠오르는 태양을 향해 직진했다.

로치퍼드는 대여섯 가구가 교차로에 있는 맥줏집 주위로 모여 있는 조그만 촌락이었다. 우리 집안의 거대한 저택은 높다란 벽돌담 뒤쪽에 위치해 있었고, 주위로는 상당히 넓은 정원이 있었다. 심지어 도로에서는 보이지도 않았다. 집안 하인이 나를 볼 걱정은 없었다. 그런다 해도, 아무도 나를 알아보지 못할 것이다.

스무 살쯤 되어 보이는 게으른 청년이 시골집 벽에 빈둥빈둥 기대고 서서 텅 빈 좁은 길을 지켜보고 있었다. 길은 매우 평평하고 꼬불꼬불했다. 무척 추웠다. 수도 기사 시험이라 했더라도 이보다 더 기를 꺾지는 않았을 것이다. 나는 턱 끝을 들어올리고 청년에게 소리쳤다.

"윌리엄 스태퍼드 씨의 농장이?"

청년은 입에 물고 있던 짚을 빼내더니 내 말 쪽으로 한가로이 걸어왔다. 그가 고삐를 잡지 못하도록 나는 말을 조금 틀었다. 말의 힘센 뒷다리가 옆으로 돌자 청년이 뒤로 물러나더니 자기 머리를 끌어당겼다.

"윌리엄 스태퍼드 씨라구요?"

그가 어리둥절해하며 되풀이했다.

나는 주머니에서 페니 한 닢을 꺼내 장갑 낀 손가락과 엄지 사이에 들고 있었다.

"그래요."

내가 말했다.

"새로 오신 신사 분요? 런던에서 오신? 사과나무 농장이에요."

청년이 말하고는, 도로 위쪽을 가리켰다.

"오른쪽으로 도세요, 강 쪽으로. 마구간 뜰이 딸린 초가집이에요. 길가에 사과나무가 있구요."

나는 그에게 동전을 튀겨줬다. 그는 한손으로 받았다.

"당신도 런던에서 오신 건가요?"

그가 호기심으로 물었다.

"아뇨, 켄트에서요."

나는 대답과 동시에 돌아서서 강과, 사과나무와, 마구간 뜰이 딸린 초가집을 찾으면서 도로 위로 올라갔다.

강 쪽으로 다가갈수록 도로에서 땅은 사라져갔다. 강가에는 갈대밭이 있었다. 오리떼는 깜짝 놀라서 불쑥 꽥꽥거렸고, 온통 다리가 길고 활모양 가슴을 한 왜가리는 위로 뛰어 올라 거대한 날개를 펄럭이다가 조금 멀리 강 아래쪽에 자리 잡았다. 들판은 키가 낮은 산울타리와 산사나무로 둘러져 있었다. 물가 쪽 깔쭉깔쭉한 초지는 노란빛을 띠고 있었다. 아마도 소금 때문에 상했으리라고, 나는 생각했다. 도로 가까이는 겨울에 쌓인 피로로 우중충하고 녹색이었으나, 봄에 윌리엄은 초지에서 좋은 먹이풀을 얻을지도 모른다고 생각했을 것이다.

도로 저편에는 토지가 보다 높고 갈아져 있었다. 고랑마다 물이 반짝였다. 항상 촉촉한 토지일 것이다. 북쪽 저 멀리, 사과나무가 심어져 있는 들판이 보였다. 혼자뿐인 커다랗고 늙은 사과나무가 도로 위로 기울어 가지들을 낮게 늘어뜨리고 있었다. 나무껍질은 은빛 회색이었고, 잔가지들은 나이가 들어 땅딸막했다. 갈래 가지 하나에 녹색 겨우살이 덤불이 빽빽하게 달라붙어 있었다. 충동적으로 나는 그쪽으로 말을 몰고 가 잔가지를 꺾었다. 그리하여 나는 한손에 그 가장 이교도적인 식물을 들고 조그만 길을 내려 윌리엄의 농가로 갔다.

아이가 그릴 수 있을 만한, 조그만 농가였다. 위층에는 네 개의 창문이 늘어서 있고, 아래층에는 두 개의 창문에 중앙 문간이 있는 길고 낮은 집이었다. 문간은 마치 마구간 문같이 위 문 아래 문으로 되어 있었다. 그다지 오래지 않은 옛날에는 농부의 가족과 동물들이 모두 안에서 함께 잤으리라 상상했다. 집 옆면에는 자갈로 포장되어 깨끗한, 충분한 크기의 마구간 뜰이 있었고, 옆에는 대여섯 마리의 암소가 들판에 있었다. 말 한 마리가 문 너머로 고개를 끄덕거리고 있었다. 칼레의 모래 해변에서, 내 옆에서 질주했던 윌리엄 스태퍼드의 말을 나는 알아보았다. 우리를 보고 말이 히힝 울었고, 내 말도 마치 가을이 끝날 무렵의 그 화창했던 날들을 기억하는 듯 되받아 울었다.

그 소리에 앞문이 열리고 어둑어둑한 내부에서 어떤 형상이 나와 엉덩이에 손을 얹고 내가 길을 내려오는 것을 지켜보았다. 내가 정원 문으로 말을 몰고 오는 동안, 윌리엄은 움직이지도 말하지도 않았다. 나는 도움 없이 홀로 안장에서 미끄러져 내렸다. 환영의 인사한 마디도 받지 못한 채, 나는 문을 열었다. 나는 문 옆쪽에 고삐를 매어두고, 손에는 여전히 겨우살이를 쥔 채, 그에게 다가갔다.

이런 기나긴 여행 끝에 결국, 나는 할 말이 없다는 것을 깨달았다. 그를 본 순간 목적과 결심에 대한 나의 온정신이 흩어져버렸다.

"윌리엄." 이 내가 겨우 말할 수 있는 전부였다. 나는 마치 기념품처럼 하얀 봉오리가 달린 작은 겨우살이 가지를 내밀었다.

"뭐죠?"

그가 무심히 물었다. 그는 여전히 내 쪽으로 다가오지 않았다.

나는 두건을 벗어 머리칼을 흔들어 풀었다. 돌연, 윌리엄은 내가 깨끗이 씻고 향수를 뿌린 모습밖에는 본 적이 없다는 것이 압도되듯 느껴졌다. 그런데 지금 여기 있는 나는, 사흘 동안 입었던 똑같은 가운을 입고, 벼룩에 물린 채, 이투성이에 먼지투성이에, 말 냄새와 땀 냄새가 나고, 그리고 절망적으로, 무력하게도, 똑똑히 말을 할 수가 없었다.

"뭐죠?"

윌리엄이 되풀이했다.

"당신과 결혼하려고 왔어요. 당신이 여전히 날 원한다면."

이런 노골적인 말을 순화할 방법은 없는 것 같았다.

그의 표정은 아무것도 알려주지 않았다. 그는 내 뒤쪽 길을 쳐다보았다.

"누가 데려다줬어요?"

나는 고개를 흔들었다.

"혼자 왔어요."

"궁정엔 뭐가 잘못됐죠?"

"아무것도요. 이보다 더 좋은 적은 없었어요. 폐하와 언니는 결혼했고, 언니는 아이를 가졌어요. 하워드 가문에게 이보다 더 유망한 앞날은 없었어요. 난 잉글랜드 국왕의 이모가 될 거예요."

내가 말했다.

그 말에 윌리엄은 짧게 껄껄 웃었다. 내 더러운 장화와 승마복에 찌든 먼지를 내려다보고, 나 역시 웃었다. 다시 올려다봤을 때, 윌리엄의 두 눈은 무척 따뜻해져 있었다.

"내게는 아무것도 없어요. 난 별 볼일 없는 사람이에요, 당신이 정확히 말한 대로."

그가 경고했다.

"나한텐 연간 백 파운드밖에 없어요. 내가 어디로 떠났는지 어른들이 알게 되면 그것마저 잃을 거예요. 게다가 난 당신 없이는 아무것도 아니에요."

윌리엄이 나를 잡아 끌어당기려는 듯 빠르게 움직이던 손을 멈추고 여전히 주저했다.

"당신을 망치진 않을 거예요. 나를 사랑해서 더 가난해지게 하진 않을 거예요."

그가 가까이 있고, 나를 안아줬으면 하는 욕망 때문에, 나는 내 자신이 덜덜 떠는 것을 느꼈다.

"상관없어요. 맹세코 그런 건 더 이상 내겐 상관없어요."

내가 다급히 말했다.

그 말에 윌리엄이 두 팔을 활짝 펼쳤다. 나는 한 걸음 나가다가 앞으로 반쯤 쓰러졌다. 그는 나를 잡아채 올려 품에 꼭 껴안았다. 그의 입술이 내 입술에 닿았고, 요구하는 듯한 입맞춤이 내 더러운 얼굴 온 곳에, 내 눈까풀과 뺨과 입술에 쏟아지다가 마침내 나의 갈망하는 벌어진 입술에 빠졌다. 그런 다음 윌리엄은 나를 품안으로 안아 올려 그의 집 문지방을 건너지르고 계단을 올라 침실로 들어가서, 오리털 침대 위의 깨끗한 리넨 침대보 속으로, 환희 속으로 나를 데려갔다.

한참 후 윌리엄은 벼룩에 물린 자국들을 보고 웃었다. 거대한 나무 목간통에 물을 가득 채워 부엌에 있는 커다란 난로 앞에 놓고, 내가 머리를 뒤로 축 늘어뜨린 채 달콤한 냄새를 풍기는 뜨거운 물에 몸을 담그고 있을 동안 그는 이를 잡으려 머리칼을 빗어주었다. 그는 내 스토마커와 치마와 리넨을 세탁하기 위해 한쪽에 치워두고, 자기 셔츠와 바지를 입으라고 강요했다. 바지는 내 허리로 끌어올려 안으로 접어 넣고 다리는 갑판 위의 선원처럼 말아 올렸다. 윌리엄은 내 말을 초지로 풀어 내보냈다. 말은 안장이 내려지자 좋아하면서 빙글빙글 돌았고, 암망아지처럼 껑충 뛰고 발을 차면서 윌리엄의 사냥말과 함께 이리저리 천천히 달렸다. 그런 다음 윌리엄은 내게 노란 꿀을 넣은 포리지(porridge: 오트밀에 우유 또는 물을 넣어 만든 죽)를 만들어주었고, 밀빵 한 조각을 잘라 크림 같은 버터를 바르고, 두껍고 부드러운 엑시스 치즈 조각을 주었다. 그는 지미와의 여행 이야기를 듣고 웃었고, 호위병도 없이 떠나온 것을 나무랐다. 그런 다음 그는 나를 다시 침대로 데려가, 우리는 하늘이 어둑어둑해지고 다시 배가 고파질 때까지 오후 내내 사랑을 나누었다.

부엌에서 촛불을 켜놓고 저녁을 먹었다. 나를 위해 윌리엄은 늙은 닭을 잡아 꼬챙이에 꿰어 구웠다. 나는 그의 갑옷으로 만든 장갑으로 무장하고, 꼬챙이 돌리는 일을 지시받았다. 그동안 윌리엄은 빵을 자르고 약한 에일을 퍼 올리고, 시원한 식품 저장고로 버터와 치즈를 가지러 갔다.

다 먹고 나서 우리는 난롯가로 스툴을 끌고 가 건배한 다음 다소 놀라워하며 침묵 속에 앉아 있었다.

"믿을 수가 없어요. 당신한테 오는 것 말고는 더 생각해보지 않았어요. 당신의 집은 생각하지 않았어요. 우리가 다음에 뭘 할지도 생각하지 않았어요."

잠시 후 내가 말했다.

"그럼 지금은 어떻게 생각해요?"

"여전히 무슨 생각을 해야 할지 모르겠어요."

"익숙해지겠죠. 농부의 아내가 되는 거예요."

윌리엄은 앞으로 몸을 기울여 난로에 토탄 덩어리를 던져 넣었다. 덩어리는 다른 것들 사이에 자리 잡고 점점 벌겋게 되기 시작했다.

"그럼 당신 가족은요?"

나는 어깨를 으쓱했다.

"쪽지는 남겼어요?"

나는 고개를 저었다.

"아무것도요."

그가 웃음을 터뜨렸다.

"아, 내 사랑. 무슨 생각을 했던 거예요?"

"당신 생각만 했어요."

내가 간단히 대답했다.

"내가 당신을 얼마나 사랑하는지 그냥 별안간 깨달은 거예요. 당신한테 가야겠다는 생각밖에 할 수 없었어요."

윌리엄은 손을 뻗어 내 머리를 쓰다듬었다.

"당신은 착한 아이야."

나는 까르르 웃었다.

"착한 아이요?"

"그래요, 아주 착한."

그가 부끄러워하지 않고 말했다.

윌리엄의 애무에 나는 뒤로 기댔고, 그의 손은 내 머리에서 목덜미로 옮겨갔다. 어미 고양이가 새끼를 들 듯 목덜미를 꽉 쥔 채 부드럽게 흔들었다. 나는 눈을 감고 그의 손길에 녹아내렸다.

"여기서 머물면 안 돼요."

윌리엄이 부드럽게 말했다.

나는 깜짝 놀라 눈을 떴다.

"안 돼요?"

"안 돼요."

그가 손을 들어 나를 미리 막았다.

"당신을 사랑하지 않아서가 아니라, 사랑하기 때문이에요. 게다가 우린 결혼도 해야 해요. 하지만 이 일에서 얻어낼 수 있을 만큼 얻어내야 해요."

"돈을 말하는 거예요?"

내가 조금 낙담하며 물었다.

그는 고개를 흔들었다.

"당신 아이들을 말하는 거예요. 한 마디의 통고도 없이, 누군가의 지지도 없이 내게 오면, 당신은 절대 아이들을 돌려받지 못할 거예요. 심지어 두 번 다시 볼 수도 없을 거예요."

고통에 나는 입술을 꽉 맞붙였다.

"어차피 언니는 언제라도 어떻게 해서든 아이들을 빼앗을 수 있어요."

"아니면 돌려주거나."

윌리엄이 나를 상기시켰다.

"언니가 임신 중이라고 했죠?"

"그래요. 하지만……."

"언니가 아들을 낳으면 당신 아들은 필요 없어질 거예요. 언니가 아이를 놓아줄 때 우린 되받을 준비가 돼 있어야 해요."

"되찾을 수 있을 것 같아요?"

"모르겠어요. 하지만 아이를 손에 넣으려면 당신은 궁정에 있어야 해요."

리넨 셔츠를 통해 느껴지는 내 어깨에 얹은 그의 손은 따뜻했다.

"함께 돌아갈게요. 농장은 사람을 둬서 한두 계절 동안 관리하면 돼요. 폐하께서 내게 자리를 주실 거예요. 그리고 바람이 어느 쪽으로 부는지 파악할 때까지 우린 함께 있을 수 있어요. 가능한 한 우린 아이들을 돌려받은 다음 거길 벗어나서 여기로 돌아오는 거예요."

윌리엄이 잠시 머뭇거렸다. 얼굴에 그늘이 스치는 것을 보았다. 불편해보였다.

"여기가 아이들한테 괜찮을까요?"

그가 수줍게 물었다.

"아이들은 헤버에 익숙해 있잖아요. 게다가 당신 가족의 거대한 저택이 바로 길 위쪽에 있구요. 아이들은 신사 계급으로 태어나고 자라났잖아요. 여긴 너무 협소한 곳인데."

"우리와 함께 있을 거잖아요. 그리고 우린 아이들을 사랑해줄 거구요. 아이들은 새로운 가족을 얻는 거예요. 지금껏 어떤 귀족도 얻지 못했던 그런 가족을. 부와 지위에 얽매이지 않고 서로를 선택한,

사랑으로 결혼한 아버지와 어머니요. 더 나으면 나았지 나쁘진 않을 거예요."

"당신은요? 여긴 켄트가 아니잖아요."

"웨스트민스터 궁전도 아니잖아요. 어떤 것으로도 당신과 같이 있지 못하는 걸 보상받지 못한다고 깨달았을 때 난 이미 결심했어요. 당신이 필요하다는 걸 난 그때 절실히 깨달았어요. 다른 어떤 대가를 치르더라도, 당신과 함께 있고 싶어요."

내 어깨를 쥔 손아귀가 더 꽉 죄어지더니, 그가 나를 스툴에서 끌어내려 무릎에 앉혔다.

"다시 말해 봐요. 꿈을 꾸고 있는 것 같아."

그가 속삭였다.

"당신이 필요해요. 다른 어떤 대가를 치르더라도, 당신과 함께 있고 싶어요."

내가 속삭였다. 나의 두 눈은 골똘한 그의 얼굴을 살펴보았다.

"결혼해줄래요?"

윌리엄이 물었다.

나는 눈을 감고 그의 따뜻한 목덜미에 이마를 기댔다.

"그럼요, 그러고말고요."

그의 바지를 입고 교회에 가는 것은 내가 한사코 거절했기에, 가운과 리넨을 빨아 말려지자마자 우리는 결혼을 했다. 신부는 윌리엄을 알고 있어 바로 다음날 예배당을 열어 넋이 나갈 만한 속도로 예식을 치렀다. 나는 신경 쓰지 않았다. 나는 그리니치 궁전의 왕실 예배당에서 왕의 임석 하에 처음 결혼했었으나, 그 결혼은 몇 년 안에 벌어진 연애 사건의 겉포장일 뿐이었고 그리고 죽음으로 끝났었다. 이 결혼은, 무척 간단하고 평이하지만, 나를 완전히 다른 미래로 데려갈 것이다―내 소유의 집과 내가 사랑하는 남자에게로.

우리는 손을 잡고 농가로 돌아가 새로 구운 빵과 윌리엄이 굴뚝에서 훈제한 햄으로 피로연을 가졌다.

"이런 것들, 다 어떻게 하는지 배워야겠어요."

윌리엄의 마지막 돼지의 남아 있는 다리 세 개가 매달린 서까래를 올려다보면서, 내가 걱정스럽게 말했다.

윌리엄이 웃었다.

"정말 쉬워요. 그리고 당신을 도와줄 하녀를 한 명 들여놓을 거예요. 아기들이 오면 여기서 일할 아주머니들도 두어 명 필요할 거구요."

"아기들이오?"

캐서린과 헨리를 생각하며 내가 물었다.

그는 빙긋 웃었다.

"우리 아기들이오. 난 우리 집이 어린 스태퍼드 가 아이들로 가득했으면 해요. 당신은 안 그런가요?"

다음날 우리는 웨스트민스터로 떠났다. 나는 이미 조지 오빠에게 쪽지를 보내, 앤 언니와 외삼촌에게 내가 아팠다고 말해달라고 애원했다. 스웨트일까 봐 너무나도 두려워서 그들에게 들르지도 않고 궁정을 떠나 회복할 때까지 헤버에 가 있었다고 말했다. 너무 늦은 거짓말이었고, 생각을 해본 사람이라면 납득시킬 수 있을 것 같지도 않았지만, 나는 앤 언니와 왕이 결혼해서 언니가 왕의 아이를 가진 상황에 내가 무얼 하든 누구도 그다지 생각하거나 상관하지 않으리라는 사실에 모험을 걸었다.

우리는 두 말을 함께 실은 채, 바지선을 타고 런던으로 돌아갔다. 나는 돌아가기를 꺼려했다. 나는 궁정을 떠나 시골에서 윌리엄과 함께 살려고 했던 것이지, 그의 계획을 방해하고 농장에서 떠나오게 하려던 것이 아니었다. 그러나 윌리엄은 굳게 결심하고 있었다.

"아이들 없이는 당신은 절대 자리 잡지 못할 거예요. 게다가 당신의 불행으로 양심의 가책을 받고 싶진 않아요."

"그러니까 결국 너그러움에서 우러난 배려가 전혀 아니군요."

내가 활기차게 말했다.

"내가 가장 원치 않는 게 우울해하는 아내예요. 당신과 같이 헤버에서 런던까지 가보려 했었잖아요, 기억해 봐요. 당신이 정말 슬프고 가여운 촌여자가 될 수 있다는 걸 안다구요."

윌리엄이 명랑하게 말했다.

밀물과 육지를 향해 불어오는 바람을 타고 빠르게 강을 거슬러 올라갔다. 우리는 웨스트민스터 층계 앞에 도착했다. 윌리엄이 말들을 내리려고 방파제를 둘러갈 때 나는 계단을 올라갔다. 얼마 정도 지나 대회당의 층계에서 만나기로 그와 약속했다. 그때쯤이면 사태가 어떠한지 알아낼 수 있을 것이다.

나는 곧장 조지 오빠의 처소로 갔다. 이상하게도 방문이 잠겨 있어 나는 불린 가 사람 특유의 노크를 하고는 응답을 기다렸다. 부스럭 거리더니 문이 홱 열렸다.

"아, 너구나."

조지 오빠가 말했다.

프랜시스 웨스턴 경이 함께 있었다. 방으로 들어가자 그는 더블릿을 바로 고치고 있었다.

"아."

나는 뒤로 물러났다.

"프랜시스가 말에서 떨어졌어. 이제 제대로 걸을 수 있겠어요, 프랜시스?"

조지 오빠가 말했다.

"네, 그렇지만 가서 좀 쉬겠어요."

프랜시스 경이 대답했다. 그는 내 손 위로 낮게 절을 했다. 뻣뻣하고 집에서 빤 표시가 뻔히 드러나는 내 가운과 망토의 상태에 대해 이러쿵저러쿵하지는 않았다.

문이 닫히자마자 나는 조지 오빠에게로 돌아섰다.

"오빠, 미안해, 그렇지만 가야 했어. 내 대신 거짓말 잘해냈어?"

"윌리엄 스태퍼드야?"

나는 고개를 끄덕였다.

"그렇게 생각했어. 세상에, 우리 둘 다 완전히 바보들이잖아."

"우리 둘 다?"

내가 주의 깊게 물었다.

"다른 식으로 말이야. 그 남자한테 가서 그를 가졌구나?"

"응."

내가 무뚝뚝하게 대답했다. 심지어 조지 오빠에게도 우리가 결혼했다는 그런 폭탄 같은 소식을 감히 믿고 털어놓지 못했다.

"그리고 그 사람도 나랑 같이 궁정으로 돌아왔어. 그 사람한테 폐하를 모시는 자리를 잡아줄 수 있어? 다시 외삼촌을 시중들 순 없잖아."

"뭔가 잡아줄 순 있어. 현재 하워드 가문의 주가는 굉장히 높으니까. 그렇지만 그 남자를 궁정에 둬서 뭐 하게? 분명 들킬 거야."

조지 오빠가 미심쩍게 말했다.

"오빠, 제발. 난 아무것도 부탁하지 않았잖아. 언니가 출세해서 다들 직위나 토지나 돈을 얻었지만, 난 아이들 외엔 아무것도 부탁하지 않았다구. 게다가 언니는 내 아들을 뺏어갔잖아. 내가 태어나 처음 부탁한 일이야."

"잡힐 거야. 그런 다음 불명예를 당할 거라구."

조지 오빠가 경고했다.

"우리 모두에겐 비밀이 있잖아. 심지어 언니 자신에게도. 난 언니의 비밀을 지켜줬고, 오빠도 지켜줄 거고, 오빠도 내게 똑같이 해줬으면 해."

"아, 알았어. 그렇지만 신중히 행동해야 해. 더 이상 단둘이서 말 타러 나가지도 말구. 제발 부탁이니까 아이는 갖지 마. 그리고 외삼촌께서 네게 남편감을 구해주시면 넌 결혼해야 돼. 사랑을 하든 하지 않든."

오빠가 마지못해 말했다.

"그건 벌어지면 그때 가서 처리할게. 그럼 자리는 잡아주는 거야?"

"폐하의 의전관이 될 수 있어. 하지만 그런 자리를 주는 건 내 호의라는 걸 그가 알도록 확실히 해. 그리고 내 이익에 눈과 귀를 항상 열어두라고. 그는 이제 내 사람이야."

"아니, 그렇지 않아. 그 사람의 모든 건 다 내 거야."

내가 엉큼하게 웃으며 말했다.

"세상에, 완전히 창녀잖아."

오빠가 소리 내어 웃더니 나를 품안으로 끌어당겼다.

"나, 안전한 거야? 다들 내가 헤버로 갔다는 걸 믿었어?"

"응. 하루 동안은 아무도 아예 네가 사라진지도 알아채지 못했어. 허락 없이 널 헤버로 데려다줬냐고 어른들이 물으셨는데, 그렇다고 대답하는 게 가장 안전할 것 같았지. 네가 도대체 무슨 짓을 하고 있는지 알기 전까지 말이야. 아이들이 아픈 게 아닌가 걱정돼서 갔다고 말했어. 네 쪽지를 받았을 때는 이미 거짓말을 해놓은 상태라서 그냥 그대로 밀고 나갔지. 모두들 넌 헤버로 황급히 떠났고, 내가 데려다준 걸로 알고 있어. 나쁜 거짓말은 아니니까, 들키지 않을 거야."

"고마워. 이런 꼴을 누군가가 보기 전에 가서 가운을 바꿔 입는 게 좋겠어."

"버리는 게 좋을 거야. 넌 있지, 정신 나간 말괄량이야, 메리앤. 너한테 그런 면이 있는 줄은 전혀 몰랐어. 알아서 제 갈길 간다고 주장하는 건 항상 앤이었지. 넌 시키는 대로만 한다고 생각했는데."

"이번엔 아니야."

나는 가볍게 키스를 하고는 오빠를 떠났다.

약속한 대로 윌리엄을 만났다. 그러나 그가 내게 팔을 두르고 내 머리칼에 키스해주기를 바라는 지금, 거리를 두고 서서 낯선 사이처럼 대화하는 것은 묘하고 불편했다.

"조지 오빠가 알고 거짓말을 해줘서, 난 안전해요. 그리고 오빠가 폐하의 의전관 자리를 잡아줄 수도 있다고 해요."

"나, 엄청 출세하는군요! 당신과 결혼하는 게 이득이 될 줄 알았다니까요. 하루아침에 농부에서 의전관이 되다니."

윌리엄이 냉소적으로 말했다.

"입 조심하지 않으면 다음날은 단두대로 직행이에요."

내가 경고했다.

그가 하하 웃더니 내 손을 잡아 입을 맞췄다.

"나가서 성 바로 밖에 숙소를 찾아볼게요. 낮에는 이렇게 떨어져서 보내더라도 밤은 매일 함께 보낼 수 있잖아요."

"좋아요, 그러고 싶어요."

그는 내게 싱긋 웃어보였다.

"당신은 내 아내예요. 이제 내 허락 없이 가게 놓아두지 않을 거야."

그가 부드럽게 말했다.

나는 왕비의 처소에서 앤 언니를 발견했다. 언니는 시녀들과 함께 어마어마한 제단보 작업을 시작하고 있었다. 그 광경이 캐서린 왕비를 몹시 연상케 해 나는 잠깐 눈을 깜빡이다 이내 결정적인 차이점을 발견했다. 앤 언니의 시녀들은 모두 하워드 가문의 일원이거나 우리가 고른, 마음에 드는 여자들이었다. 시녀들 중 가장 예쁜 여자는 의심할 여지없이 새로 궁에 들어온 하워드 가의 여자인 우리 사촌, 매지 셸턴이었고, 가장 부유하고 영향력 있는 여자는 조지 오빠의 아내, 제인 파커였다. 방 안의 공기 자체가 또한 달랐다—캐서린 왕비는 자주 우리 중 한 사람에게 성경이나 설교를 담은 책을 읽게 했다. 앤 언니에게는 음악이 있었다. 방에 들어섰을 때 악사들 네 명이 연주를 하고 있었고, 시녀들 중 한 명은 고개를 들고 작업을 하면서 노래를 부르고 있었다.

그리고 방 안에는 신사들이 있었다. 스페인 황실의 엄격하게 격리된 환경에서 자라난 캐서린 왕비는 언제나 격식을 차렸다―잉글랜드에서 수년을 보내고 나서도. 신사들은 왕과 함께 왕비를 방문했었다. 그들은 늘 환영받고 훌륭하고 즐겁게 대접을 받았으나―대체로 신하들은 왕비의 처소에서 꾸물거리지 않았다. 어떠한 시시덕거림이 오가든, 그것은 정원이나 사냥을 나갔을 때의 감시받지 않는 자유 속에서 벌어졌다.

앤 언니가 하고 있는 상태가 훨씬 더 명랑했다. 처소에는 남자들 대여섯 명이 있었다. 윌리엄 브레레톤 경이 그곳에서 매지가 자수용 명주실을 색깔별로 분류하는 것을 도와주었고, 토머스 와이엇 경은 창가 벤치에서 음악을 듣고 있었으며, 프랜시스 웨스턴 경은 언니의 어깨 너머를 들여다보며 바느질 솜씨를 칭찬했고, 제인 파커는 구석에서 제임스 와이빌과 소곤거리고 있었다.

내가 깨끗한 녹색 가운을 입고 들어섰을 때 앤 언니는 올려다보지도 않다시피 했다.

"아, 돌아왔구나. 아이들은 다시 괜찮아졌니?"

언니가 무관심하게 물었다.

"네, 코감기일 뿐이었어요."

"헤버는 참으로 아름답겠군요."

토머스 와이엇 경이 창가 벤치에서 말했다.

"강가에 나팔수선화는 폈나요?"

"네."

내가 재빨리 거짓말했다.

"봉오리 상태예요."

내가 고쳐 말했다.

"하지만 헤버에서 가장 아름다운 꽃은 여기 있죠."

토머스 경이 앤 언니를 건너다보며 말했다.

언니가 바느질에서 눈을 들어 쳐다보았다.

"역시 봉오리 상태로요."

언니가 도발적으로 말했고, 시녀들은 언니와 함께 웃었다.

나는 토머스 경에게서 시선을 돌려 앤 언니를 보았다. 언니가 자신이 임신한 것을 암시까지 할 줄은, 그것도 신사들 앞에서 그럴 줄은 생각지도 못했었다.

"원컨대 제가 꽃잎에서 노는 조그만 벌이었으면 합니다."

토머스 경이 음란한 농담을 이어가며 말했다.

"꽃이 상당히 굳게 닫혀 있음을 알게 되실 거예요."

앤 언니가 말했다.

제인 파커의 빛나는 두 눈이 테니스를 구경하듯 이 선수 저 선수에게로 움직였다. 별안간 이 게임 전부가 윌리엄과 함께 보냈을 수도 있는 시간을 낭비하는 것같이 느껴졌다. 여전히 궁정의 끊임없는 가식의 또 다른 가면극이었다. 이제 나는 진정한 사랑이 고팠다.

"언제 떠나나요?"

내가 시시덕거림에 끼어들며 물었다.

"언제 이동하죠?"

"다음주."

앤 언니가 실을 싹둑 자르며, 무관심하게 대답했다.

"내가 알기론 그리니치로 가는 것 같아. 왜?"

"런던 시내가 지겨워서요."

"넌 참 한시도 가만히 있지를 못하는구나. 이제 겨우 막 헤버에서 돌아왔는데 다시 떠나고 싶어하다니. 넌 널 잡아둘 남자가 필요한 것 같구나, 동생아. 너무 오래 과부로 지냈어."

즉각 나는 토머스 경 옆 창가 벤치에 파묻히듯 앉았다.

"아뇨, 정말 아니에요. 봐보세요, 전 잠자는 고양이만큼이나 조용하잖아요."

앤 언니가 무뚝뚝하게 웃었다.

"누가 보면 네가 남자를 혐오하는 줄 알겠어."

악의가 담긴 어조에 시녀들이 웃었다.

"그냥 마음이 내키지 않을 뿐이에요."

"마음내키지 않아 한다는 평은 단 한 번도 없었잖니."

언니가 심술궂게 말했다.

나는 되받아 싱긋 웃어보였다.

"언니는 내켜한다는 평이 단 한 번도 없었잖아요. 하지만 보세요, 이제 우린 둘 다 행복하잖아요."

반격에 언니는 입술을 깨물었고, 나는 언니가 대답으로 톡 쏘아댈 수 있는 말들을 생각하다가, 너무 음란하거나 아니면 나보다 더 나을 것 없는 왕실의 정부인 진정한 자기 신분에 너무 가까운 발언이라 반은 포기하는 것을 보았다.

"하느님께 감사하자꾸나."

언니가 독실한 체하며 말하고는 고개를 숙이고 작업을 했다.

"아멘."

나는 언니만큼이나 감미롭게 대꾸했다.

웨스트민스터에 있는 앤 언니 궁정에서의 나날들은 내게는 기나긴 날이었다. 나는 낮에 오직 우연이나마 윌리엄을 볼 수 있었다. 그는 의전관으로서 왕을 가까이서 모셔야 했다. 헨리 왕은 윌리엄을 마음에 들어 해서 말에 대해 그와 상의하고 자주 그를 옆에 두고 말을 몰았다. 나의 윌리엄이, 궁정 생활은 체질에 맞지 않는 남자가 그리 총애받고 있다니, 모순이라고 생각했다. 하지만 헨리 왕은 자기 의견에 동의하는 한 직설적인 어법을 좋아했다.

밤이 되어야만 윌리엄과 나는 단둘이서 함께 있을 수 있었다. 그는 거대한 웨스트민스터 궁전 바로 길 건너에 방을 빌렸다. 낡은 건물의 서까래 바로 아래에 있는 다락방이었다. 사랑을 나눈 후 깨어 누워 있을 때 졸린 새들이 초가지붕 위의 둥지에 자리 잡는 소리를 들을 수 있었다. 우리 방에는 조그만 짚 요, 탁자와 스툴 두 개, 그리고 궁전에서 가져온 식사를 데우는 벽난로가 다였다. 우리는 그 이상 바라지도 않았다.

매일 아침 동틀 녘에 나는 윌리엄의 손길과, 그의 따뜻함에서 피어난 환희와, 그의 피부에서 나는 자극적인 냄새로 깼다. 나는 전에 한 번도 나를 완전히 사랑해준, 나 자체를 사랑해준 남자와 잠자리를 가진 적이 없었다. 어질어질한 경험이었다. 열렬한 애정을 숨기거나, 과장하거나, 조금이라도 맞출 필요 없이 단지 그의 손길만을 사랑할 수 있는 남자와 잠자리를 가진 적은 없었다. 나는 윌리엄이 내 오직 하나뿐인 연인인 듯 그저 그를 사랑했고, 그도 역시 똑같이 단순한 갈망과 욕망으로 나를 사랑해주어, 가짜 동전 같은 허영과 정욕을 다루어왔던 이 모든 세월 동안 내가 무엇을 해왔을까 하고 되돌아보게끔 했다. 순금으로 된 다른 종류의 돈이 있었는지 그 당시 나는 알지 못했었다.

앤 언니의 대관식은 외삼촌과의 난폭한 말다툼으로 그늘졌다. 내가 언니 방에 있었을 때 외삼촌은 언니에게 노발대발하면서 언니가 스스로 대단하게 되기라도 한 듯, 누가 그 자리에 자신을 올려놓았는지 잊었다고 단언했다. 격분하게 할 만큼 잘난 체하는 앤 언니는, 불러 오른 배에 손을 얹고 자신은 몸속에 있는 것만큼이나 대단하며 누가 그것을 거기 두었는지 너무나도 잘 알고 있다고 외삼촌에게 말했다.

"앤, 틀림없이 가족을 기억하겠지."

외삼촌이 단언했다.

"어떻게 잊겠어요? 꿀단지에 모여드는 말벌처럼 다들 나를 둘러싸고 있는데. 한 걸음 나아갈 때마다 늘 또 다른 부탁을 하는 집안사람한테 걸려 넘어져요."

"난 부탁하는 게 아니야. 내게는 그럴 권리가 있어."

외삼촌이 날카롭게 말했다.

그 말에 언니는 고개를 돌렸다.

"나한텐 그러실 수 없어요! 지금 외삼촌은 왕비와 대화하는 겁니다."

"난 지금 내가 아니었으면 헨리 퍼시와 잠자리를 가진 일로 불명예를 입고 궁정에서 추방당할 뻔했던 내 조카한테 말하는 거야."

외삼촌이 내뱉듯이 말했다.

언니는 그에게 달려들 듯 자리에서 벌떡 일어섰다.

"언니!"

내가 소리쳤다.

"앉아! 가만히 있어!"

나는 외삼촌을 쳐다보았다.

"언니는 화를 내면 절대 안 돼요! 아기요!"

외삼촌은 언니를 죽일 듯이 노려보다가, 성질을 가라앉혔다.

"그렇지. 앉아라, 앤. 침착해."

외삼촌이 과장된 공손함으로 말했다.

언니는 자리에 다시 털썩 앉았다.

"두 번 다시는 그런 말씀 마세요. 이건 맹세해요. 외삼촌이든 뭐든 간에, 그 옛날 나에 대한 중상모략을 다시 꺼낸다면 궁정에서 쫓아내 버리겠어요."

언니가 외삼촌에게 쉿 소리를 내며 말했다.

"난 마셜 백작이야. 네가 아직 육아실에 있었을 적에 난 잉글랜드의 위대한 남자들 중 하나였어."

외삼촌이 잇새로 말했다.

"그리고 보즈워스 전투 전에 외삼촌 아버지는 런던탑에 반역자로 간혀 계셨죠. 기억해두세요. 우린 둘 다 하워드 가 사람이란 걸 말이죠. 외삼촌이 내 편을 들지 않으면 나도 외삼촌 편을 들지 않을 거예요. 내 한 마디에 외삼촌은 다시 런던탑 안을 구경하실 수도 있어요."

언니가 의기양양하게 말했다.

"그렇게 말해라."

외삼촌이 내뱉고는 인사도 안 하고 성난 걸음으로 방을 나갔다. 언니는 외삼촌을 빤히 노려보았다.

"저 인간 정말 싫어. 보잘것없는 인간으로 몰락하는 꼴을 보고 말겠어."

언니가 조용히 뇌까렸다.

"그런 생각은 마. 언니는 외삼촌이 필요해."

내가 서둘러서 말했다.

"나한텐 아무도 필요 없어. 폐하는 완전히 내 거야. 난 폐하의 마음을 갖고 있어, 욕망을 쥐고 있고, 아들을 갖고 있다구. 나한텐 아무도 필요 없어."

언니가 단호하게 말했다.

외삼촌과의 말다툼은 그가 런던 시내에서 거행되는 대관식에 앤 언니를 호위하러 도착했을 때도 여전히 회복되지 않았다. 조지 오빠가 예언했듯이 전에 없는 가장 훌륭한 대관식이 될 것 같았다. 마치 캐서린 왕비가 정통 왕비가 아닌 찬탈자였던 것처럼 앤 언니는 캐서린 왕비의 바지선에 달린 석류 문장을 태우도록 지시했다. 그 자리에 앤 언니 자신의 문장과 헨리 왕의 이니셜과 얽힌 자기 이니셜을 달았다. 사람들은 심지어 그것도 조롱했다― 'HA HA!' 라고 읽히며 마지막 웃음소리는 불쌍한 잉글랜드를 향한 거라고 말하면서. 앤 언니의 새로운 표어는 온 곳에 퍼져나갔다. "가장 행복한 자"였다. 조지 오빠조차도 처음 그 표어를 듣고 콧방귀를 꼈었다.

"앤이, 행복하다고? 천국의 왕비가 되고 성모 마리아를 끌어내리고 나서야 그렇겠지."

우리는 금색과 흰색과 은색의 깃발들을 펄럭이면서 바지선을 타고 런던탑으로 갔다. 왕이 거대한 수문에서 우리를 기다리고 있었다. 앤 언니가 뭍으로 올라오고 있는 동안 사람들이 바지선을 흔들리지 않게 잡고 있었고, 나는 마치 언니가 낯선 사람인 듯 지켜보았다. 언니는 왕좌에서 태어나고 길러진 왕비인 듯이 건널판을 미끄러지듯 내려왔다. 언니는 은색과 금색의 훌륭한 가운을 차려입고, 모피 망토를 어깨에 두르고 있었다. 언니는 내 친언니 같아 보이지 않았다. 아예 이 세상 사람 같아 보이지가 않았다. 언니는 여태껏 태어난 중 가장 위대한 왕비인 듯 몸가짐을 했다.

우리는 런던탑에서 이틀 밤을 보냈다. 첫째 날에 열린 대단한 만찬과 오락에서 헨리 왕은 그날을 축하하기 위해 서훈을 나눠주었다. 왕은 열여덟 명의 남자들을 배스(Bath)의 기사로 임명하고, 또 열두 명에게 기사 작위를 하사했는데, 그 중 세 명은 내 남편을 포함한 그가 총애하는 의전관들이었다. 왕이 검으로 어깨를 가볍게 두드리고 왕에게 충성의 입맞춤을 한 후 윌리엄이 나를 찾아왔다. 그는 나를 춤 상대로 이끌어냈고, 그곳에서 우리는 궁정 사람들과 섞이며 왕비의 동생이 의전관과 춤을 추는 것을 아무도 알아채지 못하길 바랐다.

"자, 지금 어떠십니까, 스태퍼드 영부인. 참 야심 있죠?"

윌리엄이 부드럽게 물었다.

"야심이 솟구치는군요. 당신은 하워드 가 사람만큼이나 높이 올라갈 거예요, 난 알아요."

"사실 좀 기뻐요."

원의 중심에서 춤을 추는 한 쌍을 지켜보면서, 그가 낮고 비밀스런 속삭임이로 되돌아가며 말했다.

"나랑 결혼해서 당신이 낮아지는 건 원치 않았거든요."

"당신이 가난한 농민이라고 했어도 난 당신과 결혼했을 거예요."

내가 단호히 말했다.

그 말에 윌리엄은 쿡쿡 웃었다.

"내 사랑, 벼룩에 물려서 당신이 얼마나 속상해하는지 난 봤다구요. 내가 아예 가난한 농민이었더라면 당신은 나랑 결혼하지 않았을 거라 생각하는데요."

나는 웃어주려고 고개를 돌리다가 매지 셸턴과 한 쌍이 된 조지 오빠가 힐끗 쳐다보는 격노한 시선을 보았다. 즉시 나는 침착하게 행동했다.

"조지 오빠가 우리를 지켜보고 있어요."

윌리엄이 고개를 끄덕였다.

"오빠 분은 몸조심해야 할 거예요."

"아니 왜요?"

우리가 춤출 차례였다. 윌리엄이 나를 원의 중심으로 데려가 우리는 한쪽으로 세 걸음, 다른 쪽으로 세 걸음 움직이면서 춤을 췄다. 그것은 구애의 춤이었다. 가까이 달라붙고 시선을 단단히 얽지 않고서는 추기가 힘들었다. 윌리엄을 향한 나의 기쁨을 얼굴에 드러나지 않도록 나는 거듭 나 자신을 일깨웠다. 윌리엄은 나보다 조심성이 덜했다. 그를 힐금 쳐다볼 때마다 그의 눈동자가 나를 잡아먹을 듯이 내게 닿아 있었다. 춤을 추면서 원의 둘레를 돌아 아치 모양으로 연결된 팔 밑으로 빠져나오고 나서야 나는 마음을 놓았다. 춤은 다시 평범해졌다.

"오빠가 어때서요?"

"나쁜 동료들과 어울려요."

윌리엄이 무뚝뚝하게 대답했다.

나는 소리 내어 웃었다.

"오빠는 하워드 가 사람이에요. 폐하의 친구이구요. 나쁜 동료들과 어울리는 건 당연해요."

그가 주제를 바꾸는 것을 보았다.

"아, 뭐, 아무것도 아니겠죠."

악단은 끝에 이르렀고, 마지막으로 합주했다. 나는 윌리엄을 대회당 옆으로 이끌고 갔다.

"자, 이제 무슨 뜻인지 사실대로 말해 봐요."

"프랜시스 웨스턴 경은 언제나 항상 오빠 분과 함께 있어요. 그분은 평판이 나쁘다구요."

궁지에 몰린 윌리엄이 털어놓았다.

"젊은 남자의 방탕함에 대한 얘기만 들었겠죠."

"더 들었어요."

윌리엄이 무뚝뚝하게 말했다.

"더 뭘요?"

이 심문으로부터 벗어나고 싶은 듯 윌리엄은 주위를 둘러보았다.

"두 분이 연인이라고 들었어요."

나는 숨을 조금 들이마셨다.

"알고 있었어요?"

나는 아무 대답도 하지 않고 고개만 끄덕였다.

"세상에, 메리."

윌리엄이 내게서 한걸음 뒤로 물러났다가 다시 내 옆으로 왔다.

"나한테 말 안 해준 거예요? 당신 오빠가 죄악에 깊이 빠져 있는데 나한테 말 안 해준 거예요?"

"물론 안 하죠. 난 오빠를 창피거리로 만들고 싶지 않아요. 우리 오빠라구요. 게다가 오빠는 변할지도 몰라요."

내가 큰소리로 말했다.

"나보다 오빠한테 더 충실하다는 건가요?"

"당신과 마찬가지로 그러는 거죠. 윌리엄, 이건 우리 오빠 문제예요. 우린 세 명의 불린 가 사람들이에요, 우리 셋은 모두 서로를 필요로 해요. 우리 셋은 모두 열 몇 가지의, 수십 가지의 엄청나고도 엄청난 비밀들을 알고 있어요. 난 아직 완전히 스태퍼드 영부인도 아니잖아요."

내가 재빨리 말했다.

"당신 오빠는 동성애자예요!"

그가 쉿 소리를 내며 말했다.

"그래도 여전히 우리 오빠예요!"

나는 누가 보든지 상관하지 않고 그의 팔을 잡아 구석진 벽으로 끌고 갔다.

"오빠는 동성애자고, 우리 언니는 창녀인데다 어쩌면 독살자일지도 모르고, 나도 창녀예요. 우리 외삼촌은 세상에서 가장 믿지 못할 친구고, 우리 아버지는 기회주의자에다가, 우리 어머니는—누가 아는지—심지어 어떤 사람들은 어머니가 우리 둘 전에 폐하와 관계를 가졌다고 하더군요! 당신은 이 모든 것을 알고 있었거나 추론할 수 있었겠죠. 자, 이제 말해 봐요. 나, 당신한테 족한가요? 난 당신이 별 볼일 없는 사람이란 걸 알고 있었지만 그래도 역시 당신을 찾아갔으니까. 이 궁정에서 어엿한 인물로 출세하고 싶다면 손에 피든 똥이든 묻혀야 해요. 난 어린아이였을 적부터 고된 도제살이를 통해 이걸 터득해야 했어요. 당신도 그럴 배짱이 있다면 지금이라도 배울 수 있어요."

나의 맹렬한 기세에 윌리엄은 숨을 힉 들이마시고는 나를 품에 안으려고 뒤로 한 걸음 물러났다.

"당신을 괴롭히려한 게 아니에요."

"오빠는 내 오빠예요. 언니는 내 언니구요. 무슨 일이 닥치든 간에, 그들은 내 친족이에요."

"둘 다 우리의 적이 될 수도 있어요."

그가 경고했다.

"둘 다 죽을 때까지 내 적이 될 수도 있지만, 여전히 내 오빠와 언니일 거예요."

우리는 잠시 말을 멈췄다.

"친족과 적, 전부 동시에 된다구요?"

"어쩌면요. 이 거대한 게임이 어떻게 진행되는지에 달려 있죠."

윌리엄이 고개를 끄덕였다.

"그래서, 사람들이 오빠에 대해 뭐라고들 하나요? 무슨 얘기를 들었어요?"

내가 좀더 침착하게 물었다.

"널리 알려져 있진 않아요, 다행히도. 하지만 사람들은 궁정 내에 또 다른 비밀 궁정이 있다고들 해요. 당신 언니를 둘러싸고 있고, 언니의 가장 친한 친구들이지만 동시에 그들 사이에서도 연인들이 있다구요. 프랜시스 경이 그 중 하나고, 윌리엄 브레레톤도 다른 하나예요. 다들 겁 없는 도박꾼들에, 대단한 기수들에다가, 도전이라면 무슨 짓이라도 하고, 즐거움과 흥분을 돋우는 것은 무엇이든 하죠? 그리고 조지 경도 그 중 하나구요. 그분들은 항상 왕비마마 곁에 계시죠. 마마의 처소에서 만나 시시덕거리고 노는 거예요. 그러니까 당신 언니도 의혹을 받고 있는 거라구요."

나는 대회당을 건너 오빠를 바라보았다. 오빠는 언니의 왕좌 뒤에서 몸을 앞으로 기울여 언니의 귓가에 뭔가를 속삭이고 있었다. 나는 언니가 오빠의 친밀한 속삭임에 머리를 기울이고 키득키득 웃는 모습을 보았다.

"이런 삶은, 젊은 남자는 말할 것도 없고 성인도 타락시키고 말거예요."

"오빠는 군인이 되고 싶어했어요. 위대한 십자군의 용사, 하얀 방패를 들고 이교도들에 맞서 말을 몰고 전진하는 기사 말이에요."

윌리엄은 고개를 저었다.

"우린 가능한 한 헨리를 이런 것들로부터 구하는 거예요."

"내 아들 말이에요?"

그가 고개를 끄덕였다.

"우리 아들이오. 우린 그 아이에게 빈둥빈둥 놀면서 쾌락만을 추구하는 삶이 아니라, 어떤 목적이 있는 삶을 주도록 해야 해요. 그리고 당신은 당신 오빠와 언니한테 그들의 친구 떼거리가 소문의 주체라고 경고하는 게 좋을 거예요. 게다가 당신 오빠의 소문이 가장 나쁘다고."

앤 언니는 다음날 런던 시내에 들어갔다. 나는 언니가 흰색의 짧은 겉옷과 흰 담비로 만든 망토가 달린 흰 가운을 입는 것을 도와주었다. 언니는 짙은 머리칼을 어깨 주위에 풀어헤치고 금빛 면사포와 금으로 된 장식 고리를 썼다. 링크 포츠의 남작들이 금실로 짠 닫집을 언니의 머리 위로 들고, 언니는 하얀 조랑말 두 마리가 끄는 가마를 타고 갔다. 가장 훌륭한 옷을 차려입은 궁정 사람들 전체가 걸어서 언니를 뒤따랐다. 개선문들이 있었고, 포도주를 뿜어내는 분수들이 있었으며, 서는 곳마다 충성을 바치는 시들이 있었으나, 전체적인 이동은 지독히도 침묵하고 있는 도시 사이를 구불거리며 나아갔다.

대성당으로 향하는 좁다란 거리를 내려가며 점점 더 조짐이 나빠지는 침묵 속에서, 매지 셸턴은 언니의 가마 뒤 내 옆에서 걸어갔다.

"세상에, 정말 끔찍하네요."

그녀가 중얼거렸다.

런던은 골을 내고 있었다. 수천 명의 사람들이 나와 있었으나, 그들은 깃발을 흔들거나 축복을 소리치거나 앤 언니의 이름을 외치지 않았다. 잉글랜드에 그런 엄청난 변화를, 왕에게 그런 엄청난 변화를 만들고 결국 왕비용 망토를 자기 가운에 맞게 재단한 여자가 누군지 보려는 듯이 잔뜩 굶주린 호기심으로 언니를 빤히 쳐다보았다.

런던 시내로의 입장이 황량했다면, 둘째 날 조용한 축전의 대관식도 더 나을 게 없었다. 언니는 이번에는 보라색 망토에 무척 부드럽고 하얀 담비 털이 달린 진홍색 벨벳을 입고 천둥번개가 치는 것 같은 얼굴을 하고 있었다.

"이제 행복하지 않아, 언니?"

내가 언니의 옷자락을 바로 펴려 조금씩 잡아당기며 물었다.

언니는 우거지상 같은 웃음을 보였다.

"가장 행복한 자. 그래야 하겠지? 내가 줄곧 원했던 모든 걸 얻었고, 처음부터 끝까지 내가 그걸 손에 넣을 수 있다고 믿은 사람은 나밖에 없었어. 난 왕비고, 잉글랜드 국왕의 아내야. 난 캐서린 그 여자를 내쳐버렸고, 그 여자의 자리를 차지했어. 내가 이 세상에서 가장 행복한 여자여야겠지."

언니가 자신이 한 말을 되뇌이며 씁쓸히 말했다.

"게다가 폐하께서 언니를 사랑하시구."

좋은 남자에게서 사랑을 받아 내 인생이 어떻게 바뀌었는지 생각하면서, 내가 말했다.

언니는 어깨를 으쓱했다.

"물론 그렇지. 아들인지 알 수만 있다면. 육아실에 이미 왕자를 둔 채 왕위에 오를 수만 있다면."

언니가 무관심하게 말하고, 배를 만졌다.

부드럽게, 나는 언니의 어깨를 두드렸다. 이런 친밀함이 어색했다. 침대를 나눠 쓰지 않고서부터 우리는 좀처럼 서로 손대는 일이 없었다. 언니에겐 집안 한 가득 하녀들이 있었으므로, 나는 더 이상 언니의 머리칼을 빗어주거나 가운 끈을 졸라매주지 않았다. 언니는 여전히 조지 오빠와는 친했으나 나와는 사이가 점점 멀어졌다. 게다가 언니가 내 아들을 도둑질한 것이 우리 사이에 무언의 증오를 남겼다. 언니가 내게 약점을 털어놓다니, 기분이 묘했다. 반짝반짝 닦인 겉치장의 왕비라는 자리가 작은 입상(立像)에 유약을 바르듯 언니를 뒤덮었다.

"얼마 남지 않았잖아."

내가 부드럽게 말했다.

"3개월."

문밖에서 노크소리가 들려오더니 제인 파커가 안으로 들어왔다.

그녀의 얼굴은 흥분으로 빛났다.

"다들 당신을 기다리고 있어요. 갈 시간이에요. 준비됐어요?"

제인이 숨을 헐떡이며 말했다.

"실례지만 뭐라구?"

언니가 얼음처럼 차갑게 말했다. 단번에 언니는 왕비라는 지위의 가면 뒤로 사라져버렸다. 제인이 절을 했다.

"마마! 죄송합니다! 다들 마마를 기다리고 있다고 말씀드려야 했습니다."

"준비됐네."

언니가 말하고는, 자리에서 일어났다. 나머지 언니의 궁정 사람들이 방으로 들어오고, 시녀들은 언니의 긴 망토자락을 정리했다. 나는 머리쓰개를 바로 해주고, 길고 짙은 머리칼을 어깨 위로 펼쳐주었다.

그런 다음 불린 가의 여자인 언니는, 잉글랜드 왕비로 즉위하기 위해 밖으로 나갔다.

앤 언니의 대관식 밤을 나는 런던탑의 내 침실에서 윌리엄과 함께 보냈다. 원래 매지 셸턴과 침대를 나눠 써야 했지만, 매지가 밤새도록 들어오지 않을 거라고 내게 속삭여, 궁정의 축제가 계속 될 동안 윌리엄과 나는 살금살금 빠져 방으로 와, 문을 잠그고, 난로에 통나무 하나를 던져 넣고는, 천천히, 관능적으로, 옷을 벗고 사랑을 나누었다.

흥분과 만족이 반복되는 졸린 상태로 우리는 사랑을 나누기도 하고 다시 졸기도 하면서 밤새도록 깨어 있었다. 아침 5시쯤, 날이 밝아오기 시작할 때, 우리는 둘 다 몹시 즐겁게 지쳐 있었고, 허기가 져 무척 배가 고팠다.

"이리 와요. 나가서 먹을 것 좀 찾아봅시다."

윌리엄이 내게 말했다.

우리는 옷을 입었다. 나는 얼굴을 가리기 위해 모자가 달린 망토를 입었고, 우리는 잠들어 있는 런던탑에서 슬그머니 빠져나와 런던 시내의 거리로 나왔다. 런던 사람들의 반이 앤 언니의 승리를 축하하기 위해 분수에서 쏟아져 나왔던 공짜 포도주를 마시고 술에 취해 도랑에 빠져 있는 것 같았다. 우리는 언덕을 오르는 내내 축 늘어진 몸들을 넘어 미노리스로 갔다.

술에 절어 앓고 있는 이 도시에서, 들키는 것을 상관하지 않고 우리는 손을 잡고 걸었다. 윌리엄이 빵집으로 길을 인도했고, 구부러진 굴뚝에서 연기가 피어오르는지 보기 위해 뒤로 물러섰다.

"빵 냄새가 나는데요."

공기 냄새를 쿵쿵 맡고 자신의 굶주림에 소리 내어 웃으며, 내가 말했다.

"문을 두들겨서 깨워볼게요."

윌리엄이 말하고는 옆문을 쾅쾅 두드렸다.

안에서 웅얼대는 소리로 대답했고, 붉은 얼굴에 하얀 밀가루를 묻힌 남자가 문을 홱 열어젖혔다.

"빵 한 덩어리 살 수 있을까요? 아침식사도 좀?"

윌리엄이 물었다.

남자는 거리의 눈부신 빛에 눈을 깜박였다.

"돈이 있으시다면요. 왜냐하면 내가 돈을 마구 낭비했다는 걸 하느님은 아시거든요."

남자가 부루퉁하게 말했다.

윌리엄이 나를 빵집 안으로 이끌었다. 빵집 안은 따뜻하고 달콤한 냄새가 났다. 사방은 하얀 밀가루의 고운 입자로 덮여 있었다. 심지어 탁자와 스툴까지. 윌리엄은 자기 망토로 자리를 털어 그곳에 나를 앉혔다.

"빵 좀 주시구요, 약한 에일 두 잔두요. 숙녀 분을 위해, 있으시다면 과일 좀 주세요. 달걀 두 개랑요, 삶아서 주시구요, 어쩌면 햄 조금? 치즈는요? 괜찮은 거 아무거나 주세요."

"오늘의 첫 빵을 굽는 겁니다. 나도 아침을 먹지 못했다구요. 신사분들을 위해 부지런히 다니면서 햄을 잘라드리는 건 말할 것도 없고."

조금 짤랑대며 반짝거리는 은화가 모든 것을 바꾸었다.

"식품 저장고에 끝내주는 햄이 있고, 제 사촌이 만들어 시골에서 막 올라온 치즈가 있습죠. 제 아내도 일어나서 직접 약한 에일을 따라드릴 겁니다. 탁월한 양조자거든요. 런던 전체에 더 맛 좋은 데가 없다니까요."

"고맙습니다."

윌리엄이 친절하게 말하면서 내 옆에 앉아 윙크를 하고는, 내 허리에 편안하게 팔을 둘렀다.

"신혼부부세요?"

남자가 빵 덩어리들을 오븐에서 삽으로 끄집어내며 내 얼굴에 닿은 윌리엄의 시선을 보고는 물었다.

"네."

내가 대답했다.

"오래 가길 빕니다."

그가 미심쩍게 말하고는, 돌아서서 빵 덩어리들을 나무 판매대 위에 올려놓았다.

"아멘 합시다."

윌리엄이 조용히 말하고는, 나를 끌어당겨 입술에 키스하고 귓가에 은밀하게 속삭였다.

"난 당신을 영원히 이렇게 사랑할 거야."

윌리엄은 강으로 내려가 강의 뱃사공을 고용해서 수문으로 들어가기 전에, 나를 런던탑의 조그만 쪽문으로 바래다주었다. 방에 들어갔을 때 매지 셸턴이 그곳에 있었으나, 머리칼을 빗고 가운을 갈아

입는 것에 완전히 빠져 있어, 이렇게 아침 일찍 내가 어디를 다녀왔는지 의아해하지 않았다. 궁정 사람들 반이 남의 침대에서 일어나고 있는 것 같았다. 앤 언니의 승리가, 아내가 된 정부가, 이 나라의 모든 부도덕한 여자들을 고무시켰다.

나는 얼굴과 손을 씻고, 옷을 차려입어 앤 언니와 다른 시녀들과 함께 아침 기도를 갈 준비를 마쳤다. 왕비로서의 첫날인 앤 언니는, 짙은 가운을 입고 보석이 박힌 두건을 쓰고 기다란 진주목걸이를 목에 두 번 비틀어 두른 채 무척 호화롭게 차려입고 있었다. 언니는 여전히 금으로 된 불린의 "B" 펜던트를 차고, 금박으로 싼 기도서를 들고 있었다. 나를 보고 언니가 내게 고갯짓을 하자, 나는 정중히 절하고는 언니의 가운 끝자락을 영광스러운 듯이 뒤따랐다.

왕과 함께 미사를 드리고 아침식사를 한 후, 앤 언니는 자기 집안을 재편성하기 시작했다. 많은 캐서린 왕비의 시녀들이 별 불편함 없이 충성심을 옮겼다. 나머지 우리들과 마찬가지로, 그들도 패배한 왕비보다는 차라리 떠오르는 별에게 달라붙기로 했다. 내 눈은 시모어라는 이름에 머물렀다.

"시녀로 시모어 가의 여자를 둘 거야?"

내가 호기심으로 물었다.

"누구?"

오빠가 명부를 자기 쪽으로 당기면서 느긋하게 물었다.

"그 아그네스라는 애는 대단한 창녀라던데."

"제인, 그렇지만 엘리자베스 고모랑 우리 사촌 메리를 둘 거야. 시모어 가 한 사람의 영향력 정도는 능가하도록 하워드 가 사람들이 충분히 있다고 생각해."

"누가 제인의 자리를 부탁했지?"

조지 오빠가 물었다.

"모두들 다 자리를 부탁해. 모두 다, 언제나. 다른 가문의 여자들을 한두 명 넣는 게 그 사람들을 달래줄 조그만 선물이라고 생각했어. 하워드 가문 사람들이 모든 걸 가질 순 없으니까."

언니가 지친다는 듯이 말했다.

오빠가 웃었다.

"아니, 왜 안 되지?"

앤 언니가 탁자에서 의자를 뒤로 밀더니 손을 배 위에 얹고 한숨지었다. 조지 오빠가 즉각 신경을 곤두세웠다.

"피곤해?"

오빠가 물었다.

"복통이 좀."

언니가 나를 바라보았다.

"별 상관없지? 조금 꼬집는 듯한 통증 말이야. 아무 일 아닌 거지?"

"캐서린 때 나도 상당히 심각한 통증이 있었다가 산달을 채우더니 쉽게 나왔어."

"여자아이라는 뜻은 아니겠지?"

조지 오빠가 걱정스럽게 물었다.

나는 둘을 바라보았다. 똑같은 불린 가 특유의 기다란 코와 기다란 얼굴과 저 갈망에 찬 두 눈. 평생토록 내가 거울을 들여다볼 때마다 나를 바라보았던 모습과 똑같은 생김새였다. 다만 이제 나는 그 굶주린 표정을 잃었다는 것뿐이다.

"마음 편안히 가져. 언니가 세상에서 가장 아름다운 아들을 못 낳으리란 이유가 전혀 없잖아. 게다가 걱정하는 건 언니한테 가장 해로운 일이잖아."

조지 오빠에게 부드럽게 말했다.

"나한테 숨 쉬지 말라는 것과 마찬가지야. 이건 마치 잉글랜드의 모든 미래를 내 배에 배고 있는 것 같아. 게다가 왕비는 몇 번이고 계속 유산했잖아."

앤 언니가 날카롭게 말했다.

"그건 왕비가 폐하의 진정한 아내가 아니었기 때문이구. 그 결혼은 처음부터 무효였잖아. 당연히 하느님께서 네게는 아들을 주실 거야."

오빠가 달래듯이 말했다.

말없이, 언니는 탁자를 가로질러 손을 뻗었다. 조지 오빠가 언니의 손을 꼭 잡아주었다. 나는 그 둘을, 떠오르고 있던 낮은 신분의 귀족 자식들이었을 적에 그랬던 것처럼 여전히 힘차게 그들을 몰고 가는 절대적이고 필사적인 야심을 바라보았다. 나는 그들을 바라보면서 도망친 것에 대해 안심했다.

나는 잠시 기다렸다가 말했다.

"오빠, 나, 오빠한테 좋지 않은 소문을 좀 들었어."

오빠가 명랑하고, 까불대는 미소를 짓고 올려다보았다.

"설마 그럴 리가!"

"심각하다구."

"누구한테 들었는데?"

"궁정 소문이야. 프랜시스 웨스턴이 광적인 집단에 있고, 오빠도 그 중 하나라고들 해."

언니가 무엇을 알고 있는지 보려는 듯, 오빠가 재빨리 언니를 힐금 쳐다보았다.

언니가 더 알고 싶은 듯 나를 바라보았다. 무슨 이야기가 도는지 확실히 언니는 알지 못했다.

"프랜시스 경은 성실한 친구야."

"마마께서 말씀하셨다."

조지 오빠가 농담을 하려고 했다.

"그건 언니가 반도 모르기 때문이지. 하지만 오빠는 알고 있잖아."

내가 날카롭게 되받았다.

그 말에 앤 언니가 즉각 신경을 곤두세웠다.

"난 거의 완전히 완벽해야 돼. 사람들이 나에 대해 폐하께 숙덕거릴 건 아무것도 없게 해야 해."

조지 오빠가 언니의 손을 두드렸다.

"아무것도 아니야. 속 태우지 마. 그냥 광적인 며칠 밤들을 보내고, 술을 너무 많이 마신 것뿐이야. 질 안 좋은 여자들 몇 명이랑 놀고, 좀 센 도박을 했을 뿐이라구. 절대 네 평판을 떨어뜨리진 않을 거야, 앤, 약속해."

오빠가 또다시 언니를 달랬다.

"그것 말고 더 있어. 사람들이 프랜시스 경이 오빠의 연인이라고들 해."

내가 단호하게 말했다.

앤 언니의 눈이 휘둥그레졌다. 즉각 언니가 조지 오빠에게로 손을 뻗었다.

"오빠, 아니겠지?"

"절대 아니지."

오빠가 안심시키듯 언니의 손을 꽉 잡았다.

언니가 차가운 얼굴을 내게 돌렸다.

"제발 그런 추잡한 이야기들을 갖고 오지 마, 메리. 넌 제인 파커만큼이나 나빠."

"조심하는 게 좋을 거야. 오빠의 얼굴에 흙칠하는 건 우리 모두에게 튀겨 붙으니까."

내가 경고했다.

"흙 같은 건 없어."

오빠가 대답했지만, 눈동자는 앤 언니에게 닿아 있었다.

"전혀 아무것도 없어."

"확실하겠지."

"전혀 아무것도 없어."

오빠가 되풀이했다.

우리는 언니를 쉬도록 두고, 왕과 고리 던지기 놀이를 하고 있는 나머지 궁정 사람들을 찾아 밖으로 나갔다.

"누가 나에 대해 말했어?"

조지 오빠가 힐문했다.

"윌리엄. 그 사람은 그런 추문을 퍼뜨리고 다니진 않아. 내가 오빠를 걱정하는 걸 알고 있어."

내가 솔직히 대답했다.

오빠가 무관심하게 소리 내어 웃었지만, 나는 오빠의 목소리에서 긴장감을 들었다.

"난 프랜시스를 사랑해. 세상에서 그 사람보다 더 훌륭한 남자는 본 적이 없어. 더 용감하고 감미롭고 나은 남자는 존재한 적이 없어? 난 그 사람을 갈망하지 않을 수가 없어."

오빠가 고백했다.

"여자처럼 사랑하는 거야?"

내가 어색하게 물었다.

"남자처럼 사랑하는 거지. 훨씬 더 격정적인 거야."

오빠가 재빨리 내 말을 고쳤다.

"오빠, 그건 끔찍한 죄악이야. 프랜시스 경은 오빠의 가슴을 찢어 놓을 거야. 처참한 길이라구. 게다가 외삼촌께서 알게 되시면……."

"누구라도 알게 된다면, 난 완전히 망하는 거야."

"그 사람을 그만 만나면 안 돼?"

오빠가 비뚤어진 미소를 머금은 채 나를 돌아보았다.

"너, 윌리엄 스태퍼드를 그만 만날 수 있어?"

"같은 게 아니잖아! 오빠가 지금 말하는 건 같은 게 아니야! 비슷하지도 않아. 윌리엄은 나를 고결하고 진실하게 사랑해. 나도 그를 사랑하구. 하지만 이건……."

"넌 죄가 없는 게 아니라, 그저 운이 좋을 뿐이야. 사랑에 보답해 줄 수 있는 사람을 사랑하는 건 운이야. 하지만 난 그렇게 하지 않

아. 난 그저 그 사람을 갈망하고, 갈망하고, 또 갈망하면서 다 타버
릴 때까지 기다리는 거야."

조지 오빠가 가차 없이 말했다.

"다 타버릴 것 같아?"

"분명 그리 되겠지. 내가 여태껏 얻은 모든 건 항상 얼마 안 있어
재가 되어버렸으니까. 왜 이것만 다르겠어?"

오빠가 씁쓸하게 말했다.

"조지 오빠."

나는 오빠에게 손을 뻗었다.

"아, 우리 오빠……."

오빠는 불린 가 특유의 냉혹하고 굶주린 두 눈으로 나를 바라보
았다.

"뭐?"

"이게 오빠의 파멸이 될 거야."

내가 속삭였다.

"아, 뭐, 아마도 그렇겠지. 그렇지만 앤이 나를 구해줄 거야. 앤하
고 국왕이 될 내 조카가."

오빠가 무심히 말했다.

1533년 여름

앤 언니는 8월에 출산 예정이었음에도 불구하고, 여름에 헤버에 가도록 나를 놓아주지 않았다. 궁정은 잉글랜드의 장원 저택들을 돌아다니면서 이동하지도 않았다. 어떤 것도 본래 하던 대로 일어나지 않았다. 실망감에 나는 너무나도 격렬히 분개해서 언니와 같은 방에 있는 것조차 견딜 수 없을 지경이었다. 그러나 나는 매일 언니와 같은 방에 있으면서, 자기 아기가 어떤 왕이 될지에 대한 언니의 끝없고 끝없는 추측을 들어야 했다. 모두들 앤 언니를 시중들어야 했다. 모두들 언니에게 복종해야 했다. 앤 언니와 언니의 배보다 더 중요한 것은 아무것도 없었다. 언니는 모든 것의 초점이었고, 아무것도 계획하지 않았다. 이런 대단한 혼란 속에서, 궁정은 아무것도 결정할 수 없었고, 아무 데도 갈 수 없었다. 헨리 왕은 언니와 떨어져 있는 것을 견딜 수 없어했다. 심지어 사냥을 나가는 것조차도.

7월의 시작 무렵, 조지 오빠와 외삼촌은 사절로서, 잉글랜드 왕위의 계승자가 막 태어나려고 하니, 스페인 황제가 자기 고모에 대한 이런 새로운 모욕에 잉글랜드에 대항해 움직일 경우를 대비하여 계승자에게 서약과 약속을 해달라고 프랑스 왕에게 전하러 프랑스로 보내졌다. 그들은 교황을 만나러 가려 했고, 그 만남으로 인해 잉글랜드를 묶고 있던 교착 상태가 타개될지도 몰랐다. 나는 다시 앤 언니에게 가서, 언니가 해산 자리에 눕자마자 나 또한 풀어줄 수 있냐고 물어보았다.

"헤버에 가고 싶어. 아이들을 봐야 해."

내가 조용히 말했다.

언니는 고개를 저었다. 언니는 자기 방 창문의 교각 사이, 하인들이 총안 안으로 밀어 넣은 침대소파에 누워 있었다. 모든 창문들은 열려 있고, 강 위를 올라오는 산들바람을 안으로 들여보냈지만, 언니는 여전히 땀을 흘리고 있었다. 언니의 가운은 단단히 조여 매져 있고, 스토마커에 짓눌린 젖가슴은 부풀어 있었으며 불편해보였다. 작은 진주알이 수놓인 쿠션이 받치고 있는데도, 언니는 등을 아파했다.

"안 돼."

언니가 무뚝뚝하게 대답했다.

내가 따지고 들려는 것을 보고 언니가 짜증을 부리며 말했다.

"아, 그만 좀 해. 난 왕비로서 네게 명령할 수 있어. 언니로서 부탁하지 않았어도 되는 것 말이야. 넌 나와 함께 있고 싶어해야 하는 게 당연해. 네가 해산 자리에 누워 있을 때 나도 찾아갔었잖아."

"언니는 내가 아들을 낳는 동안 내 연인을 빼앗았어!"

내가 단호하게 말했다.

"지시를 받았던 것뿐이야. 게다가 입장이 바뀌었으면 너도 똑같이 했을 거야. 네가 필요해, 메리. 내가 이렇게 널 필요로 하는데, 이리저리 다니지 마."

"대체 내가 왜 필요한데?"

내가 힐문했다.

언니는 홍조를 잃더니 밀랍같이 창백해졌다.

"아이를 낳다가 죽으면 어떡해? 나오다가 껴서 내가 죽으면 어떡하지?"

언니가 속삭였다.

"언니……."

"어르지 마."

언니가 짜증을 부리며 말했다.

"네 동정 따위 원하지 않아. 그냥 여기서 날 보호해줬으면 해."

나는 머뭇거렸다.

"무슨 뜻이야?"

"나를 죽여서 아기를 꺼낼 수 있다면, 내 목숨은 한 푼의 가치도 없어지는 거야. 살아 있는 왕비보다는 차라리 살아 있는 웨일스의 왕자를 원하겠지. 또 다른 왕비는 구할 수 있으니까. 하지만 이 시장에서 왕자는 드물어."

언니가 가차 없이 말했다.

"내가 그들을 막진 못할 거야."

내가 연약하게 말했다.

눈까풀 밑에서 언니가 내게 눈을 반짝였다.

"네가 상한 갈대라는 건 나도 알고 있어. 하지만 적어도 넌 조지 오빠한테 말할 수 있고, 그럼 오빠는 나를 구하도록 폐하를 설득해보겠지."

세상을 바라보는 언니의 음울한 관점이 나를 잠시 머뭇거리게 했다. 그러나 또 한편 나는 아이들을 생각했다.

"아기가 태어나고 언니가 건강해지고 나면—그 다음에 나는 헤버에 가는 거야."

내가 똑똑히 밝혔다.

"아기가 태어나고 나면, 원한다면 지옥에라도 가든지."

언니가 흔들림 없이 말했다.

그리고는 기다리는 것밖에 할 일이 없었다. 그러나 아무것도 일어나지 않을 듯했던 무더운 나날에, 로마에서 소식이 도착했다. 교황이 마침내 헨리 왕에게 패소 판결을 내린 것이다. 놀랍게도 왕은 교회에서 파문당하게 되었다.

"뭐라구?"

앤 언니가 힐문했다.

로치퍼드 영부인, 새로 귀족이 된 조지 오빠의 아내 제인 파커가 소식을 가져왔다. 썩은 고기에 달라붙는 말똥가리처럼, 제인은 언제나 첫 번째였다.

"파문이랍니다."

심지어 제인도 어리벙벙해보였다.

"교황께 충성하는 잉글랜드인들은 전부 폐하께 불복종해야 합니다. 스페인이 침략할 수도 있어요. 성전(聖戰)이 될 것입니다."

언니는 목에 차고 있는 진주보다 더 하얗게 질려 있었다.

"물러나세요. 감히 여기가 어디라고 들어와서 왕비마마의 마음을 상하게 하는 겁니까?"

내가 불쑥 말했다.

"어떤 이들은 마마가 왕비가 아니라고들 합니다."

제인이 문을 향해 갔다.

"이제 폐하께서 마마를 내치지 않으시겠어요?"

"나가세요!"

나는 사납게 소리치고는, 앤 언니에게 달려갔다. 언니는 마치 이런 재앙 같은 소식으로부터 아기를 보호하려는 듯 배에 손을 얹고 있었다. 나는 언니의 뺨을 꼬집고, 눈까풀이 떨리는 것을 지켜보았다.

"폐하께선 내 편이 되어주실 거야. 크랜머 대주교가 직접 우리를 결혼시켰어. 내게 왕관을 씌웠다고. 이제 와서 모든 걸 다 걷어치우자고 말할 순 없어."

언니가 속삭였다.

"그렇지."

가능한 한 단호하고 성실하게 대답했으나, 속으로는 그렇지 않다고, 어쩌면 모두 없었던 일이 될지도 모른다고 생각했다. 왜냐하면 천국의 열쇠를 손에 쥐고 있는 교황을 누가 거부할 수 있겠는가? 왕은 항복해야 한다. 그리고 왕이 첫 번째로 항복해야 하는 것은 앤 언니일 것이다.

"아, 하느님, 조지 오빠가 여기 있었으면 좋겠어. 오빠가 궁에 있었으면 좋겠어."

언니가 절망한 나머지 작게 울부짖었다.

이틀 후, 갑자기 재앙이 된 위기를 해결하기 위해 협상에서 다음 단계로 무엇을 해야 하는지 알고자 요청하는, 당황하여 쩔쩔매는 외삼촌의 간단한 편지를 들고, 조지 오빠가 프랑스에서 집으로 돌아왔다. 왕은 외삼촌에게 협상을 파기하고 귀국하라는 명령과 함께, 조지 오빠를 곧장 다시 프랑스로 보냈다. 우리 모두는 기다리면서 무슨 일이 벌어질지 상황을 지켜보았다.

나날이 더워졌다. 스페인의 침략에 대항하여 잉글랜드를 방어하는 방안들이 만들어졌다. 신부들은 설교단에서 침착하게 설교를 했으나, 어느 편에 서야 하는지 어리둥절해했다. 이런 위기에 많은 교회들이 간단하게 빗장을 질러 문을 잠가버려서, 누구도 고해하거나 기도하거나, 죽은 사람을 묻거나 아기들을 세례받게 할 수 없었다. 외삼촌은 파문을 거두게 교황을 설득해달라고, 프랑시스 왕에게 간청하도록 부디 프랑스로 돌아가게 허락해달라고 왕에게 간청했다. 외삼촌이 그렇게 겁에 질린 모습은 여태껏 단 한 번도 본 적이 없었다. 그러나 우리 중 가장 침착한 조지 오빠는 앤 언니에게 모든 관심을 쏟았다.

마치 왕의 불멸의 영혼과 잉글랜드의 미래가 오빠에겐 너무나도 버겁다고 생각한 것 같았다. 오빠가 효과를 낼 수 있는 유일한 자리는 앤 언니의 뱃속에서 아기가 계속 무럭무럭 자라나게 하는 것이었다.

"이게 우리의 보증이야. 남자아기보다 우리의 안전을 확실히 지키는 건 없어."

오빠가 내게 조용히 말했다. 오빠는 매일 아침을 언니와 함께 총안 (전쟁 시에는 총안으로 쓰이는 흉벽)에 놓인 침대소파에 앉아서 보냈다.

헨리 왕이 방 안으로 들어오면 오빠는 어슬렁어슬렁 사라졌으나, 다시 헨리 왕이 떠나면 앤 언니는 베개에 등을 기대고 우리의 오빠를 찾곤 했다. 언니는 헨리 왕에게 자신이 고통받고 있는 긴장감을 절대 내보이지 않았다. 헨리 왕에게 언니는 언제나처럼 매혹적인 여자로 남아 있었다. 그가 언니의 심기를 건드리면 언니는, 꽤나 재빠르게, 성깔을 보이곤 했다. 그러나 절대 두려움을 보이진 않았다. 조지 오빠나 나 외에는 어느 누구에게도 두려움을 내보이지 않았다. 언니는 헨리 왕에게 감미롭고 매력적으로 보이도록 행동했고 또 자주 시시덕거렸다. 심지어 임신 8개월인 상태에도 언니는 남자를 숨죽이게 만들 정도로 두 눈을 비스듬히 깜박일 수 있었다. 나는 언니가 헨리 왕과 대화하는 것을 지켜보면서, 모든 몸짓이, 언니의 모든 구석구석이 왕을 즐겁게 하는 데 바쳐진 것을 보곤 했다.

그러니 왕이 사냥을 가기 위해 방을 나섰을 때 언니가 베개에 뒤로 기대고는 나를 불러, 두건을 벗겨내고 이마를 쓰다듬어달라고 한 것도 무리가 아니었다.

"너무 더워."

물론 헨리 왕은 홀로 사냥을 가지는 않았다. 앤 언니가 매혹적일지는 몰라도, 임신 8개월인데다 왕의 잠자리에 들지 못하는 상황에서는 언니조차도 그를 붙들지 못했다. 헨리 왕은 마거릿 스테인 영부인과 내놓고 시시덕거렸고, 앤 언니는 오래잖아 이 일을 알게 되었다.

어느 오후 왕이 언니를 방문했을 때 그는 신랄한 환영을 받았다.

"감히 어떻게 제게 얼굴을 내미시는지 모르겠군요."

옆에 앉는 왕을 언니는 쉿 소리를 내며 반겼다. 헨리 왕이 방 안을 힐끗 둘러보자 궁정의 신사들은 즉각 조금 멀리 물러나면서 못 들은 체했고, 시녀들은 고개를 돌려 왕실 부부에게 단둘이 있다는 착각이 들게 했다.

"부인?"

"어떤 창녀랑 잠자리를 가지셨다고 들었어요."

앤 언니가 말했다.

헨리 왕이 주위를 둘러보다가 마거릿 영부인을 보았다. 왕이 윌리엄 브레레톤을 힐금 보자, 그 눈짓은 가장 노련한 신하가 마거릿 영부인에게 재빨리 팔을 내밀도록 했다. 강가에서 산책하자며 그는 영부인을 방에서 잽싸게 데리고 나갔다. 앤 언니는 보다 못난 남자였으면 겁을 먹었을 만한 이글이글 타오르는 눈빛으로 떠나는 그들을 지켜보았다.

"부인?"

헨리 왕이 물었다.

"용납하지 않을 겁니다. 참고 넘기지 않을 거예요. 그 여자는 궁정을 떠나야 합니다."

언니가 경고했다.

헨리 왕이 고개를 절래절래 흔들며 자리에서 일어났다.

"지금 누구랑 대화하는지 잊으셨나 봅니다. 게다가 성질을 부리는 건 당신의 건강에 좋지 않아요. 좋은 하루 보내십시오, 부인."

그가 언명했다.

"당신도 지금 누구랑 대화하는지 잊으셨나 봅니다! 난 당신의 아내이자 왕비예요. 내 궁정에서 무시당하고 모욕당하진 않을 겁니다. 그 여자는 떠나는 거예요."

언니가 되받아쳤다.

"누구도 내게 명령할 순 없어요!"

"누구도 나를 모욕할 순 없어요!"

"대체 어떻게 모욕당했다고 하는 거요? 그 부인은 당신에게 대단한 관심을 기울이고 공손할 뿐인데다가, 난 여전히 당신의 무척이나 순종적인 남편 그대로입니다. 도대체 당신이란 사람은 뭐가 문제입니까?"

"그 여자를 궁정에 두지 않을 거예요! 그런 식으로 대우받진 않을 겁니다."

"부인. 당신보다 더 훌륭한 여인도 훨씬 더 나쁜 대우를 받았지만, 내게 한 번도 불평하지 않았어요. 당신도 잘 알다시피."

헨리 왕이 최대한으로 냉랭하게 말했다.

잠깐 동안 자기 성깔에 빠져 언니는 그 말뜻을 알아듣지 못하다가 알아채자마자 의자를 박차고 일어섰다.

"내 앞에서 그 여자를 예로 들다니! 당신의 아내도 아니었던 여자를 감히 나랑 비교하는 거예요?"

언니가 왕에게 소리 질렀다.

"그 여자는 공주였어요."

그가 되받아 소리쳤다.

"그리고 그녀는 절대, 절대 나를 비난하지 않았을 겁니다. 그녀는 아내의 모든 임무는 남편의 안락에 신경 쓰는 거란 걸 알고 있었죠."

앤 언니는 둥글게 굴곡진 배에 손을 찰싹 올렸다.

"그 여자가 아들을 낳아줬나요?"

언니가 힐문했다.

침묵이 흘렀다.

"아니오."

헨리 왕이 힘겹게 대답했다.

"그럼 공주든 아니든 간에, 그 여자는 아무짝에 쓸모없었던 거네요. 게다가 그 여자는 당신 아내가 아니었다구요."

그가 고개를 끄덕였다. 헨리 왕, 그리고 사실 우리 모두, 이따금 그런 가장 큰 논쟁의 여지가 남아 있는 사실을 기억하는 데 애를 먹었다.

"당신은 지금 자신을 괴롭히면 안 돼요."

"그럼 괴롭히지 마세요."

언니가 영리하게 대답했다.

마지못해하면서, 나는 언니에게 가까이 다가갔다.

"언니, 앉으셔야 해요."

나는 될 수 있는 대로 조용하게 말했다. 헨리 왕이 한숨을 돌리며 나를 돌아보았다.

"그래, 캐리 영부인, 왕비를 조용히 있게 하게. 난 그럼 가겠네."

그가 앤 언니에게 살짝 인사하더니 돌연 방을 나갔다. 신사들 반이 왕과 함께 휩쓸리듯 나갔고, 나머지 반 정도는 갑작스레 당하여 떠나지 못하고 머물렀다. 앤 언니는 나를 바라보았다.

"왜 끼어들었어?"

"아기를 위태롭게 할 순 없잖아."

"아! 아기! 다들 아기 생각뿐이야!"

조지 오빠가 내게 가까이 다가오더니 앤 언니의 손을 잡았다.

"당연하지. 우리의 모든 미래가 아기에 달려 있으니까. 네 미래도 마찬가지야, 앤. 이제 가만히 있어, 메리가 옳아."

"끝까지 싸웠어야 해. 궁정에서 내보낸다고 약속할 때까지 가게 내버려두지 말아야 했어. 네가 끼어들지 말아야 했다구."

언니가 분개하며 말했다.

"끝까지 싸울 순 없어."

오빠가 언니에게 지적해주었다.

"출산하고 감사 기도를 올릴 때까진 싸워도 결국엔 잠자리에 들 수 없잖아. 기다려야 해, 앤. 게다가 폐하께선 기다리시는 동안 다른 누군가를 가지실 거란 걸 알고 있잖아."

"하지만 만약 그 여자가 폐하를 붙든다면?"

울부짖으면서, 언니의 시선이 나를 슬쩍 스치고 지나갔다. 내가 분만 중일 동안 자신이 왕을 내게서 빼앗았던 것을 아주 잘 알고 있었다.

"그러진 못해. 넌 폐하의 아내야. 폐하께서 너랑 이혼하실 순 없어, 안 그래? 겨우 막 다른 아내에게서 벗어나셨잖아. 게다가 네가 아들을 갖고 있다면 그러실 이유가 없지. 네 승리의 카드는 네 뱃속에 있어, 앤. 바짝 붙들고 제대로 해."

조지 오빠가 간단하게 대답했다.

언니가 의자에 뒤로 기댔다.

"악단 좀 불러줘. 춤추라고 해."

오빠가 손가락을 튀기자 시동이 앞으로 뛰어나왔다.

앤 언니가 나를 돌아보았다.

"그리고 넌 마거릿 스테인 영부인한테 내 눈앞에 보이지 말라고
전해."

그해 여름 궁정은 강가로 갔다. 전에는 여름철 동안 템스 강 가까
이에 가본 적이 없었고, 연회 총책임자가 헨리 왕과 그의 새로운 왕
비를 위해 물 싸움과 물 가면극과 물에서 할 수 있는 오락들을 생각
해냈다. 어느 한밤에는 물 위에서 어스름할 때 불 싸움을 했고, 앤
언니는 강둑 위의 조그만 천막을 친 궁전에서(실제 궁전이 아니라 천막
을 친 임시궁전.) 지켜보았다. 왕비의 남자들이 이겼고, 그런 다음 강
위에 지어진 조그만 무대에서 무도회가 열렸다. 나는 대여섯의 남자
들과 춤을 춘 다음 내 남편을 찾아 주위를 둘러보았다.

그가 나를 지켜보고 있었다. 그는 함께 슬쩍 빠져나갈 순간을 위해
언제나 나를 지켜보고 있었다. 조심성 있게 한 번 갸웃거리거나, 은
밀한 미소 한 번이면, 우리는 그늘 속으로 들어가 키스하거나 몰래
만지거나 하고, 이따금 사위가 어둠에 잠기고 서로를 참지 못할 때
면 우리는 강가의 어둠 속에 숨어서 멀리서 들려오는 음악소리가 열
락으로 내는 내 신음소리를 감추어주기를 바라며 쾌락을 즐겼다.

나는 비밀의 연인이었고, 그것이 나로 하여금 조지 오빠를 주의하
도록 만들었다. 오빠도 역시 첫 대여섯 번의 춤에 참여하여 모든 일
들의 중심에 자신의 존재를 내세웠다. 그런 다음 오빠도 역시 빛의
범주에서 뒤로, 뒤로 물러나 정원의 알 수 없는 세계 속으로 들어가
버렸다. 곧바로 나는 프랜시스 경도 없다는 것을 발견하고, 그가 어
디론가, 어쩌면 그의 방이나, 어쩌면 무슨 광적인 짓을 하러 런던 시

내의 매음굴로, 어쩌면 도박장으로, 아니면 달빛 속에서 말을 타거나, 아니면 거친 포옹을 하러 오빠를 데려갔다는 것을 알았다. 조지 오빠는 5분 안에 다시 나타날지도 모르고, 밤새도록 나타나지 않을 수도 있었다. 언제나처럼 오빠가 법석을 떨고 있는 줄로만 아는 앤 언니는, 궁정을 돌아다니면서 하녀들과 시시덕거린다고 오빠를 비난했고, 조지 오빠는 언제나처럼 하하 웃으며 부인했다. 오직 나만이 더욱 강렬하고 더욱 위험한 욕망이 오빠를 움켜쥐고 있다는 사실을 알고 있었다.

8월에 앤 언니는 해산 자리로 물러나겠다고 선언했고, 아침에 미사를 드린 후 헨리 왕이 언니를 방문하러 왔을 때, 그는 가구들이 옮겨지느라 처소가 혼란스럽고, 시녀들은 모두 자기 일들을 하느라 분주하게 움직이고 있는 것을 보았다.

앤 언니는 이런 모든 뒤죽박죽 속에 둘러싸인 채 의자에 앉아 원하는 대로 지시했다. 헨리 왕이 들어오는 것을 보고 언니가 머리를 기울였으나 일어서서 절을 하지는 않았다. 왕은 신경 쓰지 않았다. 그는 임신한 왕비에게 빠져 제정신이 아니었다. 왕은 소년처럼 주저앉아 언니 앞에 무릎을 꿇고, 거대한 둥근 배에 손을 얹고는 언니의 얼굴을 올려다보았다.

"우리 아들을 위한 세례복이 필요해요. 그 여자는 갖고 있나요?"
언니가 단도직입적으로 말했다.

'그 여자' 란 왕실 단어에서는 단 한 가지를 뜻했다. '그 여자' 는 언제나 사라진 왕비, 아무도 입에 올리지 않는 왕비, 저 의자에 앉아, 저 방에서 해산을 준비하면서, 언제나 달콤하고 공손한 미소로 헨리 왕에게 향했던, 모두가 기억하지 않으려 하는 왕비였다.

"자기 겁니다. 스페인에서 가져온."
왕이 대답했다.

"메리도 그 옷을 입고 세례를 받았나요?"
앤 언니가 물었다. 대답은 이미 알고 있는 채.

헨리 왕이 기억을 더듬어보느라 얼굴을 찡그렸다.

"아, 물론. 호화롭게 수놓인, 대단히 긴 하얀 가운이었지. 하지만 그건 캐서린 자신의 것이었어요."

"아직도 갖고 있나요?"

"우린 새 예복을 주문할 수 있어요. 당신이 직접 그리고, 시녀들이 바느질해주면 되잖아요."

헨리 왕이 평온하게 말했다.

갑자기 쳐든 앤 언니의 고개가, 그것으로는 안 된다는 것을 나타냈다.

"내 아기는 왕실 예복을 입어야 해요. 다른 모든 왕자들이 입었던 예복을 입고 세례를 받게 하고 싶어요."

"우리에겐 왕실 예복이 없는데……."

왕이 머뭇거리며 말했다.

"틀림없이 있어요! 그 여자가 갖고 있으니까요."

언니가 날카롭게 소리쳤다.

헨리 왕은 자기가 졌을 때를 알았다. 그가 머리를 숙이고 언니의 손에 입을 맞추고는, 의자의 팔걸이를 움켜쥐었다.

"자신을 괴롭히지 말아요. 더욱이 이렇게 출산일이 가까워졌을 때는. 달라고 연락을 취하지요. 맹세해요. 우리 어린 에드워드 헨리는 당신이 원하는 모든 걸 갖게 할 겁니다."

그가 거듭 권유했다.

언니가 고개를 끄덕였다. 달콤한 미소를 되찾았다. 언니는 허리를 굽혀 인사를 하는 왕의 목덜미를 손끝으로 만졌다.

조산사가 다가와 품위 있게 절했다.

"이제 방이 준비되었습니다."

앤 언니가 헨리 왕을 돌아보았다.

"매일 들르시겠죠."

언니가 말했다. 부탁보다는 명령같이 들렸다.

"매일 두 번씩 들르겠어요. 시간은 지나갈 거예요, 자기. 그리고 당신은 우리 아들의 출산을 위해 쉬어야 해요."

그가 약속했다.

왕이 다시 손에 입을 맞추고는 언니를 떠나자, 나는 가까이 다가가 우리 둘은 침실 문지방 쪽으로 갔다. 거대한 침대가 안으로 옮겨져 있고, 소음이나 햇빛이나 맑은 공기를 차단하기 위해 벽에는 두꺼운 융단이 쳐져 있었다. 하인들이, 로즈마리는 향기를 위해, 그리고 라벤더는 안정을 위해 바닥에 골풀을 깔아놓았다. 조산사를 위한 의자 하나와 탁자를 제외한 나머지 모든 가구는 방 밖으로 옮겨놓았다. 언니는 꼬박 한 달 동안을 침대에서 보내리라 예상되었다. 한여름인데도 난로가 켜져 있었고 방은 숨이 막혔다. 언니가 책을 읽거나 바느질을 할 수 있도록 촛불이 켜져 있었고, 침대 발쪽에는 요람을 준비해놓았다.

어둡게 해놓아 더욱 숨이 막히는 듯한 방의 문지방에서, 앤 언니가 몸을 움츠렸다.

"못 들어가겠어. 감옥 같아."

"겨우 한 달이잖아. 어쩌면 덜 걸릴지도 모르구."

"질식할 거야."

"괜찮을 거야. 나도 했었어."

"하지만 난 왕비잖아."

"그러니까 더 감수해야지."

조산사가 내 뒤로 다가오더니 물었다.

"모두 마음에 드십니까, 마마?"

앤 언니의 얼굴이 하얗게 질려 있었다.

"감옥 같아."

조산사가 웃으며 언니를 방 안으로 안내했다.

"다들 그렇게 얘기합니다. 하지만 조용히 쉬실 수 있을 테니 좋으실 겁니다."

"이따 오빠한테 보고 싶다고 전해. 그리고 재미있는 사람을 데려오라고 전하구. 여기서 늘 혼자만 있진 않을 거야. 차라리 런던탑에 갇혀 있는 편이 낫겠어."

언니가 어깨 너머로 내게 말했다.

"우리가 같이 식사할게. 언니가 이제 좀 쉰다면 말이야."

내가 약속했다.

앤 언니가 궁에서 물러남과 함께 왕은 평상시의 일정으로 돌아가 매일 아침 6시부터 10시까지 사냥을 한 다음 정찬을 하러 들어왔다. 오후에 그는 앤 언니를 찾아갔고, 그런 다음 저녁에는 왕을 위한 오락이 벌어졌다.

"폐하께서 누구랑 춤추시니?"

어둑한 방에서 뜨겁고 피곤하고 무겁게 종일 누워 있으면서도 언제나처럼 날카롭게 앤 언니가 힐문했다.

"특별한 사람은 없어."

내가 대답했다. 매지 셸턴이 왕의 눈길을 끌었고, 시모어 가의 여자 제인이 있었다. 마거릿 스테인 영부인은 새로운 가운 대여섯 벌을 입고 한껏 뽐내면서 돌아다녔다. 그러나 언니가 아들을 낳는다면 이 모든 것은 중요치 않을 것이다.

"누가 폐하랑 사냥하니?"

"그냥 폐하의 측근들."

내가 거짓말했다. 존 시모어 경은 딸에게 굉장히 잘생긴 회색 사냥 말을 사주었다. 그녀는 승마할 때 짙은 푸른색 가운을 입었고, 안장 위에서 멋있게 보였다.

앤 언니가 나를 의심스럽다는 듯이 쳐다보았다.

"네가 직접 폐하를 쫓아다니는 건 아니겠지?"

언니가 불쾌하게 물었다.

나는 고개를 저었다.

"삶에서 내 위치를 바꾸고 싶은 마음은 없어."

내가 꽤 솔직하게 대답했다. 조심스럽게, 나는 윌리엄을 생각하지 않으려 했다. 만약 내가 지금 그의 벌어진 두 어깨나 그가 아침 햇살 속에서 벌거벗은 채 어떻게 기지개를 켜는지 생각하도록 자신을 내버려두었다면, 나의 욕망이 얼굴에 나타나리란 것을 알고 있었다. 그건 누구나 읽을 수 있었다. 나는 너무나도 그의 여자였다.

"나 대신 폐하를 지켜보고 있구? 정말 지켜보고 있는 거지, 메리?"

언니가 졸라댔다.

"폐하께선 나머지 궁정 사람들과 마찬가지로, 아들이 태어나길 기다리고 계셔. 아들만 낳으면 아무것도 언니를 건드릴 수 없어. 알잖아."

언니는 고개를 끄덕이고는 눈을 감고 베개에 기댔다.

"아, 하느님, 끝났으면 좋겠어."

언니가 성마르게 말했다.

"아멘."

내가 대답했다.

* * *

나를 좇는 앤 언니의 예리한 눈동자가 사라져, 나는 자유롭게 윌리엄과 시간을 보낼 수 있었다. 매지 셸턴은 자주 침실을 비웠고, 매지와 나는 언제나 문에다 노크를 하고, 안에서 잠겨 있으면 곧바로 문에서 돌아서는 비공식적인 합의를 만들어냈다. 매지는 아직 어린 처녀였지만 궁정에서 빠르게 성장해 있었다. 그녀는 훌륭한 결혼을 할 기회는, 남자의 욕망을 사로잡으면서도 자기 평판이 그늘지게 하지 않도록 조심스럽게 균형을 유지하는 데 달려 있다는 것을 알고 있었다. 게다가 지금은 내가 소녀 시절에 입궁했을 적보다 더욱 광적이고 더욱 살기 힘든 궁정이 되어 있었다.

조지 오빠의 속임수 역시 무리없이 잘 넘어가고 있었다. 왕비가 궁정에 없으니 오빠와 프랜시스 경과 더불어 윌리엄 브레레톤과 헨리 노리스는 별로 하는 일 없이 빈둥거렸다. 그들은 아침에 헨리 왕과 함께 사냥을 나가고, 이따금 오후에 회의로 불리곤 했지만 주로 빈둥거리는 편이었다. 그들은 왕비의 시녀들과 시시덕거렸고, 슬쩍 강을 올라 런던 시내로 갔으며, 설명되지 않는 밤들을 보내기 위해 사라졌다. 나는 한번 이른 아침에 오빠를 붙잡았다. 강물에 닿는 햇빛을 지켜보고 있을 때 보트 한 척이 궁정의 선착장 부교에 묶이고, 조지 오빠가 뱃사공에게 값을 치른 뒤 조용히 정원 길을 올라왔다.

"오빠."

장미에 둘러싸인 자리에서 나오며 내가 불렀다.

오빠가 움찔했다.

"메리!"

오빠의 생각은 즉시 앤 언니에게로 옮아갔다.

"앤은 괜찮아?"

"언니는 건강해. 어디 갔었어?"

오빠가 어깨를 으쓱했다.

"오락을 좀 즐기려고 나갔어. 헨리 노리스의 친구들한테. 무도회도 가고 식사도 하고, 도박도 좀 하구."

"프랜시스 경도 거기 있었어?"

오빠가 고개를 끄덕였다.

"오빠……."

"비난하지 마! 다른 사람들은 아무도 몰라. 충분히 쉬쉬하고 있다구."

오빠가 재빨리 말했다.

"폐하께서 아시게 되면 오빠는 추방당할 거야."

내가 단호히 말했다.

"아시게 되지 않을 거야. 네가 소문을 들었다는 걸 알지만, 그건 마부 하나가 나불대고 있었던 거야. 입 다물게 했어. 해고했다구. 그 일은 그걸로 끝이야."

나는 오빠의 손을 잡고, 짙은 불린 가 특유의 눈동자를 들여다보았다.

"오빠, 걱정돼."

오빠가 하하 웃었다. 신하 특유의 강해보이지만 부서지기 쉬운 웃음이었다.

"걱정 마. 난 아무 염려 없어. 걱정할 것도 없고, 기대할 것도 없고, 갈 곳도 없어."

앤 언니는 왕실 세례복을 손에 넣지 못했다. 궁정 사람들은 캐서린 왕비에게 왕과의 별거에 대한 제안서를 써 보냈다. 그들은 왕자 미망인이라고 그녀를 불러, 왕비는 그 직함이 눈에 스치자마자 화가 나 양피지에 쓴 그 선언서를 펜으로 그어 찢어버렸다. 그들은 왕비에게 두 번 다시는 메리 공주를 보지 못할 것이라고 협박했다. 그들은 그녀를 가장 황량한 링컨서의 벅덴 성으로 보내버렸다. 그러나 여전히 왕비는 주장을 철회하지 않았다. 여전히 그녀는 자신이 왕의 합법적인 아내가 아니었다는 가능성을 인정하지 않았다. 이런 난국에 세례복은 그다지 중요하게 느껴지지 않았고, 그것은 스페인에서 가져온 자기 소유물이라며 왕비가 넘겨주기를 거부하자 헨리 왕도 강요하지 않았다.

나는 펜스의 모퉁이에 놓인 싸늘한 저택에 있을 왕비를 생각했다. 같은 한 여자의 야심으로 인해 내가 아들과 헤어졌던 것처럼 딸과 떨어져 있는 그녀를 생각했다. 하느님이 보는 앞에서 올바르게 행동하려는 그녀의 흔들림 없는 결의를 생각했다. 왕비가 그리웠다. 내가 처음 궁정에 들어갔을 때 그녀는 내게 어머니 같았었다. 그러나 딸이 어머니를 배신하고도, 그래도 여전히 끊임없이 사랑하듯, 나는 그녀를 배신했다.

1533년 가을

동틀 녘에 앤 언니가 진통을 시작해, 조산사가 나를 분만실로 곧장 불렀다. 나는 알현실에 있는 궁정의 신하들과 법률가들과 서기들과 관리들을 반쯤 싸우듯이 뚫고 방을 나와야 했다. 문 가장 가까이에는 해산 자리에 누운 왕비를 거들기 위해 시녀들이 모여 있었다. 아니, 사실은 고된 분만에 대한 악몽 같은 이야기들을 하면서 서로를 겁주고 있을 뿐이었다. 메리 공주도 그 중에 있었다. 공주의 창백한 얼굴은 결의를 나타내느라 습관적으로 찡그려 움츠러져 있었다. 캐서린 왕비의 딸이 자신을 폐적할 아이의 탄생을 목격하게 만드는 앤 언니가 참으로 잔인하다고 생각했다. 공주를 지나치면서 그녀에게 작게 웃어보이자 공주는 내게 이제는 자신의 트레이드마크가 된 묘하고 열성 없는 절을 했다. 공주는 아무도 믿지 않았다. 앞으로 다시는 아무도 믿지 못할 것이다.

방 안은 마치 지옥의 한 장면 같았다. 침대 기둥에 밧줄이 묶어져 있고, 앤 언니는 물에 빠진 사람처럼 밧줄에 매달렸다. 침대보는 벌써 피로 물들어져 있고, 조산사들이 통나무를 넣고 땐 불에 미음술을 달이고 있었다. 앤 언니는 허리 아래쪽으로는 전부 벌거벗고 있었다. 언니는 땀을 주룩주룩 흘리며 두려움에 질려 소리 지르고 있었다. 다른 시녀 두 명이 불안에 떨며 짜증나게 만드는 단조로운 저음으로 기도문을 암송하고 있고, 때때로 앤 언니는 다시 시작된 진통에 더 날카로운 비명을 내지르곤 했다.

"마마께선 쉬셔야 합니다. 지금 마마는 싸우고 계셔요."

조산사들 중 한 명이 내게 말했다.

나는 침대로 걸어가 잠시 기다렸다.

"언니, 쉬어. 앞으로 몇 시간이고 계속 될 거야."

"너구나?"

언니가 머리칼을 뒤로 던지듯 넘기며 말했다.

"일어날 생각을 했구나?"

"부름을 받자마자 온 거야. 뭐 해줄 일 없어?"

"이거나 대신 해줬으면 좋겠다."

언니가 대답했다. 언니의 재치는 언제나처럼 날카로웠다.

내가 웃었다.

"난 싫어!"

언니가 내게 손을 뻗었다. 잡아주자, 언니는 내 손에 매달렸다.

"하느님, 도와주세요, 너무 무서워."

언니가 속삭였다.

"하느님께서 도와주실 거야. 언니는 기독교도 왕자를 낳는 거잖아? 잉글랜드 교회의 수장이 될 사내아이를 낳는 거잖아?"

"날 두고 가지 마. 무서워서 금방이라도 토할 것 같아."

"아, 토하고말고."

내가 명랑하게 말했다.

"괜찮아지기 전에 이것보다 엄청 더 나빠져."

앤 언니는 하루종일 진통 중이다가 통증이 점점 빨라지더니, 아기가 나오리란 것이 우리 모두에게 분명해졌다. 내가 언니를 안아 일으키자, 조산사가 아기를 받기 위해 포대기를 깔더니, 힘쓰고 있는 언니의 몸에서 아기의 머리가 나타나자 기쁨으로 탄성을 내질렀다.

그런 다음 미끄러지듯 쑥 힘차게 아기의 몸 전체가 태어났다.

"하느님, 감사합니다."

조산사가 말했다.

그녀가 머리를 숙이고 아기의 입술을 빨자, 우리는 가슴 벅찬 작은 울음소리를 들었다. 언니와 나는 둘 다 아기를 보려고 애썼다.

"왕자인가요? 그 아이는 에드워드 헨리 왕자가 될 거예요."

앤 언니가 숨을 헐떡이며 물었다. 비명을 질러 목이 쉬어 있었다.

"여자아이입니다."

조산사가 즐거워하며 명백히 말했다.

실망하여 쿵하고 뒤로 기대는 앤 언니의 온 무게를 느끼며, 나는 나도 모르게 "세상에, 안 돼." 하고 소리쳤다.

"여자아이입니다."

조산사가 다시 말했다.

"튼튼하고 건강한 여자아이에요."

실망감을 받아들이라는 듯 조산사가 되풀이했다.

잠시 나는 언니가 기절한 줄 알았다. 언니는 죽음 그 자체처럼 창백했다. 나는 베개에 기대고 있는 등을 낮춰주고 땀에 젖어 있는 얼굴에서 머리칼을 쓸어 넘겨주었다.

"여자아이야."

"아기가 살아 있다는 게 제일 중요한 거지."

나 자신의 절망감과 싸우려 애쓰며, 내가 말했다.

조산사가 아기를 포대기에 감아 토닥토닥 두드렸다. 울부짖는 찢어질 듯한 울음소리에, 앤 언니와 나는 둘 다 고개를 돌렸다.

"여자아이야. 여자아이. 여자아이가 우리에게 무슨 소용이지?"

언니가 공포에 떨며 말했다.

내가 얘기해줬을 때 조지 오빠도 똑같은 말을 했다. 소식을 전했을 때 외삼촌은 큰소리로 욕설을 퍼부으면서 나를 쓸모없고 닳고 닳은

년이라고 부르고, 언니는 바보 같은 창녀라고 했다. 출산이라는 이 작은 사건에 가문의 모든 운명이 걸려 있었던 것이다. 앤 언니가 아들을 낳았다면 영원히 왕위에 말뚝을 박은 채 우리는 잉글랜드에서 가장 힘 있는 집안이 되었을 것이다. 그러나 언니는 딸을 낳았다.

언제나 왕답게, 언제나 예측불허하게, 헨리 왕은 불평하지 않았다. 그는 아기를 무릎에 놓고는 푸른 눈동자와 튼튼하고 굳센 조그만 몸을 칭찬했다. 그는 아기의 작은 손의 세밀한 부분들과, 손가락 관절의 옴폭하게 들어간 마디마디와, 조그만 손가락들의 완벽함을 감탄하며 바라보았다. 왕은 앤 언니에게 다음에는 아들을 낳자고, 집안에 또 다른 공주를, 너무나도 완벽한 어린 공주를 두게 되어 행복하다고 말했다. 왕은 왕자의 탄생을 공표하며 보내졌어야 했을 편지들에 "s" 한 쌍을 덧붙여 프랑스 왕과 스페인 황제에게 잉글랜드 왕이 새로운 딸을 얻었음을 전하라고 지시했다. 그는 이를 갈면서 유럽의 궁정들에서 무슨 얘기들이 오갈지 생각하지 않으려 했다. 그들은 왕이 서민에게서 딸을 얻으려고 그런 엄청난 격변을 겪었다며 잉글랜드의 모든 사람들을 비웃을 것이다. 그러나 그날 저녁, 왕이 언니를 품에 안고 머리칼에 입을 맞추면서 언니를 "자기"라고 불렀을 때, 나는 그에게 감탄하지 않을 수 없었다. 나는 왕을 이해했다—그는 자신이 실망했다는 것을 누구라도 알게 하기엔 너무나도 자존심이 강했다. 나는 그가 극심한 허영심과 위험한 변덕을 가진 남자지만, 이 모든 것에도 불구하고—혹은 어쩌면 이 모든 것 때문에—그가 위대한 왕이라고 생각했다.

서른여섯 시간 동안 잠을 자지 못한 채 나는 침실로 돌아왔다. 아버지, 외삼촌, 그리고 오빠의 노여움과 절망감이 내 귀에서 윙윙댔다. 그곳에서 나는 난롯가 탁자에 조그만 고기 파이와 약한 에일이 담긴 주전자를 놓은 채 기다리고 있는 윌리엄을 발견했다.

"피곤하고 배고플 거라고 생각했어요."

그가 인사 대신으로 말했다.

나는 그의 품안으로 쓰러져 위안이 되는 그의 리넨 냄새에 얼굴을 묻었다.

"아, 윌리엄!"

"문제 있어요?"

"모두들 너무 화가 나 있고, 언니는 절망에 빠져 있고, 폐하를 빼곤 아무도 아기를 보려 하지 않는데다가 폐하께서도 아기를 겨우 몇 분밖에 안지 않으셨어요. 모든 게 너무나도 끔찍하게만 느껴져요. 아, 하느님, 그 아이가 아들이기만 했다면!"

윌리엄이 내 등을 토닥여주었다.

"쉬쉬, 내 사랑. 모두들 괜찮아질 거예요. 게다가 두 분은 또 아이를 낳으실 거구요. 어쩌면 다음번엔 아들을요."

"또 다른 1년이에요. 언니가 두려움에서 벗어나기까지, 내가 언니에게서 벗어나기까지 또 다른 1년이라구요."

그가 나를 탁자로 이끌어 앞에 앉히고선 손에 숟가락을 쥐어주었다.

"먹어요. 먹고 푹 자고 나면 모든 게 한결 나아질 거예요."

"매지는 어디 있죠?"

내가 문을 쳐다보며 불안하게 물었다.

"주정뱅이처럼 대회당에서 법석을 떨고 있어요. 궁정 사람들이 왕자를 환영하기 위해 축제를 준비했고, 무슨 일이 일어나도 다들 먹기로 했거든요. 매지는 앞으로 몇 시간 동안은 돌아오지 않을 거예요. 설사 돌아오더라도 말이죠."

나는 고개를 끄덕이고는, 그가 시키는 대로 저녁을 먹었다. 다 먹고 나자 윌리엄은 나를 침대로 이끌고 가 내 귀와 목과 눈까풀에 입을 맞췄다. 내가 앤 언니와 아무도 원하지 않는 여자 아기에 대한 모든 일을 잊고 그의 품안으로 돌아누워 그가 나를 안아주게 할 때까지. 나는 그렇게 잠들었다. 옷을 전부 입은 채로, 침대보 위에 누워, 잠과 욕망 사이에 분열된 채로. 나는 잠이 들었고 자면서 윌리엄이 나랑 사랑을 나누는 꿈을 꾸었다. 밤새도록 그가 나를 안고 얼굴을 어루만져주기만 했었는데도.

앤 언니는 산후조리를 마치자마자 우리 이모이자 매지의 조심성 있는 어머니인 앤 셸턴 영부인의 책임 아래 왕실 육아실이 설립될 햇필드 궁전에 어린 엘리자베스 공주를 돌보기 위한 것들을 준비하는 데 열중해 있었다. 여자아이를 낳아 좌절하는 앤 언니를 보며 손으로 입을 가린 채 웃은 것이 들킨 메리 공주 역시 자기 아버지와 궁정 본래의 자리에서 멀리 떨어져 함께 가게 되었다.

"그 애는 엘리자베스의 시중을 들면 돼. 엘리자베스의 시녀가 되면 된다구."

앤 언니가 무관심하게 말했다.

"언니, 그 애는 당연히 공주야. 언니 딸을 시중들 순 없다구. 그건 옳지 않아."

언니가 나를 보며 얼굴을 빛냈다.

"바보. 모두 다 같은 일의 한 부분이야. 그 애는 내가 명령한 곳으로 가게끔 되어야 하고, 내 딸을 시중들어야 해. 그렇게 함으로써 나는 내가 정말로 왕비이고 캐서린 그 여자는 잊혔다는 걸 알게 되는 거지."

언니가 간단히 말했다.

"좀 쉴 순 없어? 설마 언제나 항상 음모를 꾸며야 하는 건 아니겠지?"

내가 물었다.

언니가 내게 씁쓸하고 엷은 미소를 보였다.

"크롬웰이 쉰다고 생각하진 않겠지? 시모어 가 사람들이 쉰다고 생각하진 않겠지? 스페인 대사랑 그의 스파이 조직과 그 저주받을 여자가 모두 쉬면서, '뭐, 그 여자가 폐하랑 결혼해서 쓸모없는 여자아이를 낳았으니 이제 우리가 노릴 수 있는 모든 게 손에 들어왔기는 하나 좀 쉬자.'라고 자신들에게 말한다고 생각하진 않겠지?"

"그래."

내가 마지못해 대답했다.

언니가 잠시 나를 바라보았다.

"이치에 따라선 쪼끄마한 연금으로 고투하면서 궁상스러워야 할 네가 어떻게 그렇게 풍만하고 만족스러운 듯한 모습을 하고 있는지 도리어 물어봐야겠구나."

나를 보는 언니의 음울한 시각에 나는 숨이 막힐 듯한 웃음을 참아 넘길 수가 없었다.

"이럭저럭 해나가고 있어. 하지만 이제 헤버에 가서 아이들을 봤으면 해. 언니가 가게 해준다면."

내가 짧게 대답했다.

"아, 가라 가. 그렇지만 크리스마스에 맞춰 그리니치로 돌아와."

간청에 지쳐 언니가 승낙했다.

언니가 마음을 바꾸기 전에 나는 재빨리 문으로 향했다.

"그리고 헨리한테 이제 가정교사에게 가야 한다고, 제대로 교육받아야 한다고 전해. 올해 후반기쯤에 가면 돼."

언니가 말했다.

문틀에 손을 얹은 채 나는 멈춰 섰다.

"우리 아들?"

내가 속삭였다.

"우리 아들."

언니가 내 말을 고쳤다.

"유년기 내내 놀 순 없잖아, 알다시피."

"내가 생각하기론……."

"프랜시스 웨스턴 경의 아들이랑 윌리엄 브레레톤의 아들과 함께 공부하도록 준비했어. 듣기로는 둘 다 잘 교육받고 있대. 이제 헨리도 자기 또래의 아이들과 함께 생활할 때가 됐어."

"그 아이들과 함께 지내는 건 싫어. 그 두 사람의 아들들이랑은."

내가 즉각 말했다.

언니가 짙은 눈썹 한쪽을 치켜 올렸다.

"그 사람들은 내 궁정의 신사들이서. 그 사람들의 아들들도 역시 신하가 될 거야. 언젠가 헨리의 신하들이 될지 모른다구. 헨리는 그 아이들과 함께 지내야 해. 내 결정이야."

언니가 내게 상기시켰다.

언니에게 소리를 지르고 싶었지만, 나는 손끝을 꼬집으며 목소리를 부드럽고 감미롭게 유지했다.

"언니, 헨리는 아직 겨우 어린아이야. 헤버에서 제 누이랑 함께 행복하게 지내고 있어. 교육받게 하고 싶다면 내가 거기서 머물게, 내가 가르칠게……."

"네가! 차라리 해자 위의 오리들한테 꽥꽥 우는 걸 가르치라고 부탁하겠다. 안 돼, 메리. 난 이미 결정 봤어. 게다가 폐하도 내 의견에 동의하시구."

언니가 소리 내어 웃었다.

"언니……."

언니는 뒤로 기대더니 가늘고 길게 째진 눈으로 나를 바라보았다.

"올해 헨리를 조금이라도 더 보고 싶어한다고 생각하는데? 그 아이를 당장 가정교사한테 보내길 원하진 않겠지?"

"그건 싫어!"

"그럼 가보렴, 동생아. 난 이미 결정을 내렸고, 넌 날 지치게 하니 말이야."

너무도 화가 나서 좁은 하숙집 방을 안절부절못하여 돌아다니는 나를 윌리엄이 지켜보고 있었다.

"죽여 버릴 거야."

내가 맹세했다.

그는 문을 등지고 있었고, 아무도 엿듣지 못하게 여닫이창이 닫혀 있는지 확인했다.

"죽여 버릴 거야! 우리 아들을, 내 소중한 아들을, 그런 동성애자들의 아들들이랑 함께 둔다니! 궁정에서의 인생을 준비하게 한다니! 메리 공주한테 엘리자베스를 시중들게 명하고선 금방 또 우리 아들을 추방시켜버린다니! 이런 짓을 하다니 언니는 정말 미쳤어! 야망 때문에 제정신이 아니야. 게다가 우리 아들…… 우리 아들……."

목이 너무나도 꽉 메어와 말을 할 수가 없었다. 두 무릎이 꺾이고, 나는 침대보에 얼굴을 묻고 목놓아 엉엉 울었다.

윌리엄은 문 앞에서 움직이지 않고 내가 울게 내버려두었다. 그는 내가 머리를 들고 손가락으로 젖은 뺨을 훔칠 때까지 기다리다가, 그제야 앞으로 나아와 내 옆에 무릎을 꿇었고, 괴로움으로 무너진 나는 손과 무릎으로 기어 그의 품에 안겼다. 그는 나를 부드럽게 안아 아기처럼 살살 흔들어 달랬다.

"우린 헨리를 되찾을 거예요. 헨리와 함께 멋진 시간을 보내고, 가정교사들한테 보낸 다음에, 되찾는 거예요. 약속해요. 우린 헨리를 다시 데리고 올 거예요, 자기."

윌리엄이 속삭였다.

1533년 겨울

왕에게 주는 새해 선물로 앤 언니는 엄청나게 사치스러운 선물을 주문했다. 금 세공사들이 그것을 대회당으로 가져와 설치하면서 아침을 보냈다. 그들이 왕비의 처소로 찾아와, 와서 보라고 하자 앤 언니가 조지 오빠와 내게도 따라 오라고 손짓했다.

앤 언니가 앞장서고 우리는 계단을 뛰어내려 대회당으로 갔다. 드디어 문을 활짝 열어젖힌 언니가 우리의 얼굴을 쳐다보았다. 대단히 놀라운 광경이었다―다이아몬드와 루비를 겉에 박아 넣은, 금으로 만든 분수대였다. 분수대의 맨 아래쪽에는 역시 금으로 세공한 세 명의 벌거벗은 여인들이 있었고, 여인들의 젖꼭지에선 샘물이 솟구쳤다.

"세상에."

조지 오빠가 진심으로 위압되어 말했다.

"돈, 얼마나 들었어?"

"묻지 마. 굉장히 웅장하지?"

"웅장해."

나는 '그렇지만 몹서리나게 보기 흉해.'라고 덧붙이진 않았다. 조지 오빠의 얼빠진 표정으로 보아 오빠도 같은 생각을 하고 있음을 알 수 있었지만.

"잔물결이 찰랑찰랑 흐르는 게 마음을 달래줄 거라 생각했어. 헨리 폐하께선 알현실에 두시면 돼."

앤 언니가 말하며 그 대조각물에 가까이 다가가 그것을 만졌다.

"굉장히 정교하게 세공했어."

"생산력 있는 여인들이 물을 뿜어내네."

내가 빛나는 세 조각상을 보며 말했다.

언니가 나를 보며 싱긋 웃었다.

"징조지. 암시. 소망."

"제발 예시도 있길 빈다."

조지 오빠가 엄숙하게 말했다.

"아직 아무 소식 없어?"

"아직은, 하지만 분명 곧 일어날 거야."

"아멘."

조지 오빠와 나는 함께 루터파의 신도들만큼이나 독실한 척 대답했다.

"아멘."

* * *

우리의 기도가 응답되었다. 앤 언니는 1월에 생리를 빠뜨렸고, 2월에 또다시 빠뜨렸다. 봄에 아스파라거스 새싹이 돋아났을 때 언니는 끼니마다 그것을 챙겨먹었다. 아스파라거스가 아들을 만든다고 알려져 있었기에. 사람들은 의아해하기 시작했다. 아무도 확실히 알지는 못했다. 앤 언니는 얼굴에 약간의 미소를 띤 채 돌아다녔고, 다시한 번 관심의 바로 중심이 된 것을 크게 즐겼다.

1534년 봄

   소문의 소용돌이 바로 중심에 놓인 앤 언니가 기쁜 마음으로 배에 손을 얹고 차분하게 앉아 모두를 의아케 하는 동안, 여름 이동을 위한 궁의 계획은 또다시 지연되었다. 이곳은 소문으로 웅성거렸다. 언니가 정말로 아이를 가졌는지, 언제 해산 자리에 누울지 알고 싶어하는 신하들이 소식을 부탁하며 조지 오빠, 어머니, 그리고 나를 성가시게 굴었다. 이 더운 날씨에 페스트에 시달리는 거리에 남아 있는 것은 모두가 꺼려하는 일이었지만, 해산 자리에 누울 왕비와 홀로 남은 왕이 줄지 모르는 출세의 호기가 그들을 강하게 유인하고 있었다.

   사람들이 알고 있는 한, 우리는 여름에 햄프턴 궁전에서 지낼 예정이었고, 프랑시스 왕과의 조약을 공고히 하기 위해 계획한 프랑스로의 여행은 뒤로 미뤄졌다.

   5월에 우리 외삼촌은 가족회의를 소집했으나 앤 언니는 부르지 않았다. 이제 언니는 외삼촌이 명령할 수 있는 영역에서 한참 벗어나 있었다. 그러나 호기심에 이끌려, 언니가 외삼촌의 처소로 도착하는 시간을 마지막 순간까지 재어, 방에 들어섰을 때 우리는 모두 앉아 기다리고 있는 것이 되었다. 완벽한 몸가짐을 한 채, 언니가 문간에서 머뭇거렸다. 외삼촌이 언니에게 의자를 가져다주려 자신의 자리인 상석에서 일어섰으나, 그 자리가 비자마자 언니는 위엄 있게 천천히 상석으로 걸어가 고맙다는 말 한 마디도 없이 자리에 앉았다. 나는 웃음소리를 내지 않기 위해 애를 쓰며 키득키득 웃었다. 앤 언니가 내게 미소를 번득여보였다. 엄청난 대가를 치러 손에 넣은 권력을 행사하는 것보다 언니가 좋아하는 건 없었다.

"마마의 계획이 무엇인지 알아보기 위해 가족에게 회합을 하자고 한 겁니다, 마마."

외삼촌이 매끄럽게 말했다.

"마마께서 정말로 아이를 가지신 건지, 언제 해산 자리에 누울 예정이신지 알면 제게 도움이 될 것입니다."

질문이 무례하다는 듯 앤 언니가 짙은 눈썹을 치켜 올렸다.

"그걸 나한테 물어보는 겁니까?"

"네 동생이나 엄마한테 물어볼 생각이었지만, 내가 여기 있으니 직접 물어보는 편이 낫겠구나."

외삼촌이 말했다. 그는 언니에게 조금도 위축되지 않았다. 외삼촌은 더 무시무시한 군주들도 시중들었었다—헨리 왕의 아버지와 헨리 왕 본인을. 외삼촌은 돌격하는 기병대에도 맞섰다. 최대한 왕비답게 행동하는 앤 언니도 그를 겁먹게 하진 못했다.

"9월이에요."

언니가 무뚝뚝하게 대답했다.

"또 여자아이이면 이번엔 폐하께서도 실망감을 나타내실 거다. 폐하께선 메리를 제치고 엘리자베스를 계승자로 만들기 위해 많은 고생을 하셨어. 런던탑에는 메리 공주를 폐위하길 거부하는 사람들로 가득 차 있어. 게다가 토머스 모어 경과 피셔 주교도 합류할 게 분명하고. 네가 사내아이를 낳으면, 아무도 그 애의 권리를 부정하지 못할 거야."

외삼촌이 의견을 말했다.

"사내아이일 거예요."

앤 언니가 확신을 가지고 대답했다.

외삼촌이 언니에게 웃어보였다.

"우리 모두도 그걸 바라지. 네가 마지막 산달에 들어가면 폐하께선 여자를 취하실 거다."

언니가 말을 하려고 고개를 들었으나 외삼촌은 방해받지 않으려 했다.

"폐하께선 늘 그러신다, 앤. 넌 이런 문제에 노발대발 불평할 게 아니라 좀더 침착해야 해."

"용납하지 않겠어요."

언니가 단호히 말했다.

"해야 할 게야."

외삼촌이 언니만큼 완고하게 말했다.

"연애하던 수년 내내 폐하께선 절대 내게서 눈을 돌리지 않으셨어요. 단 한 번도요."

조지 오빠가 나를 보며 눈썹을 치켜 올렸다. 나는 아무 말도 하지 않았다. 분명히 나는 포함되지 않는 듯싶었다.

외삼촌이 짧게 웃었고, 아버지 역시 미소 짓는 것을 보았다.

"연애는 다른 거야. 뭐 어쨌거나, 난 폐하의 주의를 돌릴 여자를 골랐다. 하워드 가 여자다."

진땀이 났다. 내 얼굴이 하얗게 질린 것을 느낄 수 있었다. 그때 조지 오빠가 불쑥 "바로 앉아!" 하고 작은 소리로 말했다.

"누구죠?"

앤 언니가 날카롭게 물었다.

"매지 셸턴이다."

"아, 매지구나."

내가 말했다. 여전히 심장이 쿵쿵 뛰었고, 안도감에 혈색이 다시 돌아오면서 두 뺨이 타올랐다.

"그 하워드 가 여자구나."

"매지가 폐하를 한눈팔지 못하게 할 거고, 그 애는 자기 본분을 알고 있어."

아버지가 또 다른 조카를 간통과 죄악이 난무하는 곳으로 넘겨주고 있는 것 같지 않게, 설득력 있게 말했다.

"그리고 외삼촌의 영향력은 약해지지 않구요."

앤 언니가 내뱉듯이 말했다.

외삼촌은 빙긋 웃었다.

"물론 그건 사실이지. 하지만 넌 누굴 택하겠느냐? 시모어 가 여자? 그렇게 될 게 확실하다면, 우리의 지시를 따를 여자가 가장 좋지 않겠느냐?"

"무얼 지시하는지에 달렸죠."

앤 언니가 무뚝뚝하게 대답했다.

"네가 해산 자리에 누워 있을 동안 주의를 돌리게 하는 거지. 다른 건 없다."

외삼촌이 부드럽게 말했다.

"그 애가 폐하의 정부가 되는 건 용납하지 않을 겁니다. 가장 좋은 처소에서, 보석을 차고, 새로운 가운을 입고, 보란 듯이 내 주위에 얼쩡거리는 건 용납하지 않을 거예요."

언니가 경고했다.

"그래, 성실한 아내에게 그게 얼마나 고통스러운 일인지 다른 어떤 여자보다 네가 제일 잘 알겠지."

외삼촌이 동의했다.

언니의 짙은 두 눈이 외삼촌을 향해 번득였다. 그가 웃었다.

"그 애는 네가 해산 자리에 누워 있을 동안만 폐하의 주의를 돌릴 거고, 네가 궁정에 돌아오면 사라질 게야. 그 애가 좋은 결혼을 하도록 내가 조치를 취할 거고, 헨리 폐하께서는 그 애를 취한 것만큼이나 쉽게 잊을 거다."

외삼촌이 약속했다.

앤 언니가 손가락으로 탁자를 두드렸다. 자신과 싸우는 중이라는 것을 우리 모두는 알 수 있었다.

"외삼촌을 믿을 수 있었으면 좋겠네요."

"그랬으면 좋겠구나."

마음 내키지 않아 하는 언니의 모습에 외삼촌이 빙긋 웃었다. 그리고 외삼촌이 나를 돌아보았다. 그의 주목에 나는 두려움으로 몸이 떨리는 익숙한 느낌을 받았다.

"매지 셸턴이 너와 한 침대를 쓰지?"

"네, 외삼촌."

"어떻게 해나가야 하는지, 어떻게 자신을 다뤄야 하는지 일러주렴."

외삼촌이 조지 오빠를 돌아보았다.

"그리고 넌 폐하가 앤과 매지에게 집중하시도록 해."

"예, 각하."

조지 오빠는 한 마리의 수컷을 따르는 왕실 암짐승떼의 뚜쟁이 외의 다른 직업은 조금도 바란 적 없다는 듯 쉬이 대답했다.

"좋아."

외삼촌이 말하고, 회의가 끝났다는 것을 알리며 자리에서 일어났다.

"아, 그리고 한 가지 더……."

우리 모두는 순종적으로 외삼촌의 말을 기다렸다. 창밖으로 햇빛 속의 정원과, 늘 그렇듯이 왕의 모든 관심의 중심에 있으며, 볼링을 하고 있는 궁정 사람들을 내다보고 있는 앤 언니만 제외하고.

"메리."

외삼촌이 불렀다.

내 이름에 나는 움찔했다.

"메리를 결혼시켜야 하지 않겠는가?"

"제 언니가 해산 자리에 눕기 전에 약혼했으면 좋겠습니다. 그렇게 하면, 앤이 실패한다고 해도 불확실해지지 않을 테니까요."

아버지가 말했다.

여자아이를 임신해, 결혼 시장에서 우리의 물물 교환 능력을 감소시킬지도 모를 앤 언니를, 어른들은 쳐다보지 않았다. 그들은 농부의 암소처럼 거래될 나도 보지 않았다. 그들은 맺어야 할 거래가 있는 상인들처럼 서로를 바라보았다.

"그래, 알겠네. 내가 크롬웰 대신한테 말하지. 메리도 이제 결혼할 때가 됐어."

우리의 외삼촌이 말했다.

앤 언니와 조지 오빠에게서 벗어나, 나는 왕의 처소로 찾아갔다. 윌리엄이 알현실에 없었지만, 감히 사저에 들어가 그를 찾을 수는 없었다. 젊은 남자 하나가 류트를 들고 내 곁을 한가로이 지나쳤다. 프랜시스 웨스턴 경의 악사, 마크 스미턴이었다.

"윌리엄 스태퍼드 경을 보셨나요?"

내가 물었다.

그가 내게 공손히 절했다.

"네, 캐리 영부인. 여전히 볼링을 치고 계신답니다."

나는 고개를 끄덕이고, 대회당 쪽으로 갔다. 스미턴의 시야에서 벗어나자마자 나는 조그만 문 하나를 택해 궁정 앞의 널찍한 언덕을 지나 석조 계단을 내려 정원으로 갔다. 윌리엄은 공을 줍고 있었다. 게임이 끝난 것이다. 그는 돌아서서 나를 보며 싱긋 웃었다. 다른 사람들이 나를 환호하여 맞이하면서 게임을 하자고 도전해왔다.

"아, 알았어요. 내기가 뭐죠?"

"한 게임당 1실링입니다. 필사적인 도박꾼들에게 걸려드셨네요, 캐리 영부인."

윌리엄이 말했다.

나는 지갑 속을 더듬어 실링을 내려놓은 다음 공을 들어 잔디에 조심스레 굴렸다. 전혀 아깝지 않았다. 다른 선수에게 자리를 만들어 주려고 나는 뒤로 물러났고, 바로 곁에서 윌리엄을 발견했다.

"다 괜찮아요?"

그가 조용히 물었다.

"꽤 좋아요. 하지만 될 수 있는 대로 빨리 당신과 단둘이 있어야 해요."

"아, 나 역시 느낄 수 있어요."

윌리엄이 목소리에 웃음기를 머금은 채 말했다.

"하지만 당신이 이렇게 부끄럼이 없는지 몰랐는데요."

"그거 말구요!"

분개하여 소리치다가, 누군가 내가 웃으면서 얼굴을 붉히는 모습을 보기 전에 멈추고 다른 곳을 돌아봐야 했다. 나는 간절히 윌리엄을 만지고 싶었다. 그에게로 손을 뻗지 않고는 옆에 서 있지도 못할 지경이었다. 게임을 더 잘 보려는 듯이, 나는 조심스레 그에게서 한 걸음 멀어졌다.

나는 일찌감치 밀려났고, 윌리엄은 약간의 시간을 두고 일부러 졌다. 우리는 최종 승자를 위해 녹지에 실링을 놓아두고, 바람을 쐬려는 듯 한가로이 긴 자갈길을 내려 강 쪽으로 갔다. 궁전의 창들은 정원을 내려다보고 있었다. 나는 감히 윌리엄을 만지거나 그가 내 팔을 잡게 내버려두지 않았다. 우리는 격식을 차려야 할 만큼 낯선 사이처럼 거리를 두고 나란히 걸었다. 내가 선착장 부교에 올라섰을 때야 윌리엄은, 마치 내가 휘청거리지 않게 잡아주려는 듯, 내 팔꿈치를 잡을 수 있었고, 그러고 나서 그는 계속 나를 붙잡고 있었다. 손으로 팔을 잡는 그런 단순한 접촉에도 내 온몸은 구석구석 따뜻해졌다.

"무슨 일이에요?"

"외삼촌에 대한 거예요. 외삼촌께서 내 결혼을 계획하고 계세요."

단번에 그의 얼굴이 어두워졌다.

"바로요? 염두에 두신 신랑감이 있나요?"

"아뇨, 어른들께서 숙고하고 계세요."

"그럼 우린 어르신들께서 누군가 찾았을 때를 대비해야겠네요. 그리고 찾아내시면 우린 그냥 고백하고 뱃심 좋게 밀고 나갈 수밖에 없어요."

"그래요."

나는 잠시 말을 멈추었다가, 윌리엄의 옆얼굴을 힐금 보고, 다시 강을 바라보았다.

"외삼촌은 정말 날 겁에 질리게 해요. 외삼촌께서 내가 결혼하길 바란다고 말씀하셨을 때, 그 순간 난 외삼촌을 따라야만 한다고 생각했어요. 있죠, 난 지금껏 늘 외삼촌을 따랐어요. 모든 사람들이 언제나 외삼촌을 따라요. 심지어 앤 언니도요."

"그런 표정, 짓지 말아요, 내 사랑. 안 그럼 궁전 전체가 훤히 보이는 곳에서 확 껴안아버릴 테니까요. 당신은 내 것이란 걸 맹세하고, 누구도 당신을 내게서 뺏어가지 못하게 할 거예요. 당신은 내 거예요. 난 당신 거구요. 누구도 그걸 부정할 순 없어요."

"어른들은 언니를 헨리 퍼시 경에게서 떼어놓았어요. 언니도 우리처럼 퍼시 경과 결혼한 사이였는데도요."

"퍼시 경은 어린 청년이었어요. 나와 내 사람 사이엔 어떤 이도 끼어들지 못해요."

윌리엄이 잠시 말을 멈추었다.

"하지만 우린 대가를 치러야 할지 몰라요. 앤 마마께서 당신 편이 되어주실까요? 마마의 지지를 얻는다면 우린 안전해요."

"별로 좋아하진 않을 거예요."

내가 대답했다. 나는 언니의 극심하고도 한 곳으로 집중된 이기심을 누구보다도 잘 알고 있었다.

"하지만 언니에게 해가 될 건 없죠."

"그럼 우린 궁지에 몰릴 때까지 기다렸다가 고백하는 거예요. 그리고 그동안 우린 할 수 있는 한 매력적이게 행동하는 거죠."

그가 말했다.

나는 소리 내어 웃으며, 그가 신하로서의 기교를 내보이자는 뜻인 줄 알고 물었다.

"폐하께요?"

"서로에게요. 온 세상에서 누가 나한테 제일 중요하죠?"

윌리엄이 물었다.

"나요."

내가 조용히 기뻐하며 대답했다.

"그리고 나한텐 당신이오."

우리는 조그만 여인숙에서 서로의 품에 안겨 밤을 보냈다. 잠에서 깨어 윌리엄을 돌아보았을 때 그는 벌써 내 쪽으로 움직이고 있었다. 우리는 헤어지는 건 견딜 수 없다는 듯, 심지어 잠자는 동안에도 서로 떨어지는 건 견딜 수 없다는 듯 꼭 껴안은 채 잠이 들었다. 아침에 잠에서 깨어났을 때 윌리엄은 여전히 내 위에 있었고, 여전히 내 안에 있었고, 내가 그의 밑으로 움직였을 때 나는 그가 나를 향한 욕망으로 다시 흥분하는 것을 느꼈다. 윌리엄이 나를 사랑해줄 동안 나는 눈을 감고 흐름에 몸을 맡겼다. 이른 아침 눈부신 햇살이 덧문을 통해 들어오고, 아래층 안뜰에서 들려오는 시끌벅적한 소리가 우리에게 궁전으로 돌아가야 한다고 경고할 때까지.

윌리엄은 조그만 거룻배를 타고 나와 함께 강을 올라와, 나를 선착장 부교에 내려주고 자신은 강 아래쪽으로 더 멀리 떨어져서 내려 나보다 30분 늦게 자신의 숙소로 한가로이 걸어갔다. 아침 미사에 때맞춰 참석하도록 정원 문을 통해 안으로 들어가 내 방으로 살금살금 올라갈 생각이었으나, 방문에 도달했을 때 조지 오빠가 어딘가에서 나타났다.

"돌아와서 정말 다행이다. 한두 시간 더 늦었으면 모두가 알 뻔했어."

"무슨 일이야?"

내가 재빨리 물었다.

오빠의 얼굴이 어두웠다.

"앤이 침실로 들어갔어."

"가볼게."

나는 재빨리 복도를 뛰어 내려갔다. 앤 언니의 침실 문을 두드리고, 머리를 안으로 집어넣었다. 언니는 방 안에 홀로, 하얗게 질려서 파리한 상태로 침대에 누워 있었다.

"아, 너구나. 들어오든지."

언니는 불쾌한 표정이었다.

내가 안으로 들어가자, 조지 오빠가 문을 굳게 닫았다.

"무슨 일이야?"

"하혈하고 있어."

언니가 무뚝뚝하게 대답했다.

"산통 같은 콱콱 조이는 통증이 있구. 유산하는 것 같아."

너무 공포스러운 언니의 말을 받아들이기엔 아주 버거웠다. 나는 헝클어진 머리칼과 내 피부 구석구석에 남아 있는 윌리엄의 향기를 강하게 느끼고 있었다. 어젯밤의 달콤한 사랑과 새로이 시작되는 이 재난과의 현저한 차이는 내가 감당하기에 너무나도 버거운 일이었다. 나는 조지 오빠를 돌아보았다.

"조산사를 데려와야 해."

"안 돼! 모르겠어? 그런 무리를 끌어들이면 세상에 알리는 게 돼. 지금 당장엔 내가 아이를 뱄는지 안 뱄는지 아무도 정확히는 몰라. 모두 소문일 뿐이라구. 유산했다는 사실을 그들이 알게 되는 위험을 질 순 없어."

언니가 쉿 하고 뱀이 내는 소리를 냈다.

"그건 옳지 않아. 지금 여기서 우리가 애기하고 있는 건 아기라구. 추문이 무서워서 아기를 죽게 내버려둘 순 없잖아. 언니를 안쪽 방으로, 조그만 방으로 옮기자. 좋은 데 말구. 그리고 얼굴을 가리고, 커튼을 치는 거야. 내가 조산사를 구해 와서, 그냥 하녀라고 말할게. 중요한 사람 아니라구."

내가 조지 오빠에게 단호히 말했다.

오빠는 망설였다.

"만약 여자아이라면 그런 위험을 부담할 가치가 없어. 또 다른 여자아이라면, 차라리 죽는 게 나아."

"정말이지 제발, 오빠! 아기야. 생명이라구. 우리의 조카잖아. 할 수만 있다면 당연히 구해내야지."

오빠의 얼굴은 무표정했다. 잠깐 동안 오빠는 전혀 나의 사랑스런 오빠같이 보이지 않았다. 자기가 확실히 안전하기만 하다면, 누구에게든 사형 집행 영장을 서명할 궁정의 냉혹한 모습의 남자들 중 하나같이 보였다.

"오빠! 만약 이 아이가 또 다른 불린 가 여자아이라면, 이 애는 언니나 나만큼이나 살 권리가 있어."

내가 소리쳤다.

"알았어, 내가 앤을 옮길게. 넌 조산사를 구하고, 확실하게 조심성 있게 행동해. 누굴 보낼 거야?"

"윌리엄."

"세상에, 윌리엄이라니! 그 사람은 우리에 대한 모든 걸 알아야 하니? 아는 조산사는 있대? 어떻게 찾을 거래?"

오빠가 짜증을 부리며 말했다.

"유곽으로 갈 거야. 그곳에서는 조산사들을 급하게 필요로 할 테니까. 그리고 윌리엄은 나를 사랑하기 때문에 입 다물고 있을 거구."

내가 직설적으로 말했다.

오빠가 고개를 끄덕이고 침대로 갔다. 나는 오빠가 부드럽고 낮은 목소리로 앤 언니에게 설명하기 시작하고, 언니가 중얼중얼 대답하는 것을 듣고는, 방에서 나와 언제라도 윌리엄이 어슬렁어슬렁 걸어 들어올지 모르는 궁전의 뒷문으로 달려갔다.

나는 입구에서 윌리엄을 발견하고 급히 조산사를 찾아오라고 일렀다. 그는 1시간 안에, 병들과 허브가 담긴 조그만 자루를 든, 놀랍게도 청결한 젊은 여자를 데리고 왔다.

조지 오빠의 시동이 자고 있는 조그만 방으로 나는 여자를 데려갔다. 여자는 어두운 방을 둘러보고는 주춤했다. 어떤 괴기한 공상의 순간에, 조지 오빠와 앤 언니는 궁전의 의상 상자를 수색해 언니의 잘 알려진 얼굴을 가리려 가면을 찾아냈다. 단순한 변장 대신 그들은 언니가 프랑스에서 왕과 춤을 추기 위해 썼던 금빛의 새 얼굴 가면을 찾아낸 것이다. 고통으로 헐떡거리며, 불안정하게 타오르는 촛불에 반쯤 모습이 드러난 채, 언니는 좁은 침대 위에 누워 있었다. 커다란 배는 침대보 아래에서 들썩거렸고 그 위로 금도금한 커다란 부리와 번쩍이는 눈썹을 한 매의 얼굴 같은 금가면이 반짝반짝 빛나고 있었다. 앤 언니의 얼굴은 탐욕과 허영심을 표현한 것 같은, 끔찍한 그림의 한 장면 같았다. 침대 머리맡의 거만한 금빛 얼굴의 구멍 사이로 언니의 짙은 두 눈이 반짝이고, 아래는 약하고 흰 두 넓적다리가 침대보 위에 엉망진창으로 흘러나온 피 범벅 위로 벌어져 있었다.

조산사가 언니의 몸을 아주 조심스럽게 만지며 유심히 쳐다보았다. 여자는 바로 서더니 진통이 어떻게 오는지, 얼마나 빨리 오는지, 얼마나 아픈지, 그리고 얼마나 오래 지속되는지 질문을 줄줄이 물어 댔다. 그러더니 여자가 앤 언니를 재울 우유술을 만들 수 있다고, 그 술이 아이를 구할지도 모른다고 했다. 언니의 몸이 편해질 것이고, 어쩌면 아이도 덩달아 편안해질 수 있을 것이다. 그러나 여자의 말은 희망적으로 들리지는 않았다. 무표정한 금빛 가면 부리가 여자에게서 조지 오빠의 파리한 얼굴로 옮겨갔으나, 언니 자신은 아무 말도 하지 않았다.

조산사가 불 위에서 우유술을 끓여, 언니는 백랍 머그잔으로 그것을 마셨다. 조지 오빠는 언니가 오빠의 어깨에 뒤로 기댈 때까지 언니를 안고 있었다. 빛나는 끔찍한 가면은 심지어 조산사가 언니에게 이불을 조심스레 덮어줄 때도 광적으로 의기양양해 보였다. 여자가 문으로 향하자, 오빠는 조심스레 언니를 내려놓고 우리를 따라나섰다.

"저 애를 잃을 순 없어요, 우린 차마 저 애를 잃을 수 없어요."

조지 오빠가 말하는 순간 나는 그 목소리에서 격정을 들었다.

"그럼 그녀를 위해 기도해주세요. 그녀는 하느님의 손에 달렸답니다."

여자가 무뚝뚝하게 대답했다.

오빠는 알아들을 수 없는 무슨 말을 뇌까리더니 다시 침실로 돌아섰다. 나는 여자가 문을 나서게 두었고, 윌리엄이 길고 어두운 복도를 지나 궁전 문으로 여자를 바래다주었다. 방으로 돌아온 오빠와 나는, 언니가 자면서도 끙끙거리는 동안 각각 침대 양옆에 앉아 있었다.

우리는 언니를 다시 자기 방으로 데려온 다음, 그녀가 몸이 좋지 않다는 소식을 알려야 했다. 조지 오빠는 세상 아무 걱정 없다는 듯이 언니의 알현실에서 카드놀이를 하고, 시녀들은 모든 게 평소와 똑같은 듯 시시덕거리며 도박을 하고 주사위 놀이를 했다. 나는 침실에서 앤 언니와 함께 앉아 있었고, 언니의 이름으로 왕에게 피곤해서 저녁 전에나 보자는 전갈을 보냈다. 소란스럽고 무사태평한 조지 오빠와 사라진 나로 인해 정신이 번쩍 든 어머니가 앤 언니를 찾아왔다. 약에 취해 잠들어 있는 언니와 침대보에 묻은 피를 단 한 번 보자마자 어머니의 입가가 굳어지고 얼굴은 사색이 되었다.

"저희는 최선을 다했어요."

내가 절망적으로 말했다.

"달리 아는 사람 있니?"

"아무도 몰라요. 심지어 폐하도 모르세요."

어머니는 고개를 끄덕였다.

"그대로 유지해."

시간이 흘러갔다. 언니가 땀을 흘리기 시작하자, 나는 조산사의 우유술을 의심하기 시작했다. 나는 언니의 이마에 손을 얹었다. 손바닥에 열기가 타올랐다. 내가 어머니를 보았다.

"너무 뜨거워요."

어머니는 어깨를 으쓱했다.

나는 다시 언니를 돌아보았다. 언니는 베개 위에서 이리저리 머리를 돌리고 있었다. 그러다가 아무런 경고도 없이, 언니가 몸을 일으켜 안쪽으로 구부리더니 커다랗게 신음소리를 내질렀다. 어머니가 침대보를 뒤로 홱 걷어 젖히자, 우리는 갑자기 쏟아져 나오는 피와 무슨 덩어리를 보았다. 언니는 베개 위로 나가떨어져서 고함을, 비탄에 젖은 가련한 고함을 질러대다가 잠시 눈까풀이 부르르 떨리더니 곧 조용해졌다.

나는 다시 언니의 이마를 만져보고, 가슴에 귀를 대보았다. 심장은 고르고 힘차게 뛰고 있었으나 두 눈은 감겨 있었다. 돌같이 굳어진 얼굴로, 어머니는 피와 덩어리로 얼룩져 엉망진창인 침대보를 둘둘 말아 뭉쳤다. 그녀는 조그만 여름철 난로가 타오르고 있는 쪽으로 돌아섰다.

"불을 지피렴."

어머니가 무뚝뚝하게 말했다.

나는 앤 언니를 힐금 보며 주저했다.

"언니가 너무 뜨거워요."

"이게 더 중요해. 이게 뭔지 누군가 조금이라도 눈치 채기 전에 없애야 한다."

나는 난로에 부지깽이를 넣고 뜨거운 잿불을 뒤집었다. 어머니는 난롯가에 무릎을 꿇더니 침대보를 가늘고 길게 찢어 불길에 놓았다.

찢어진 조각은 뒤틀리더니 쉿 소리를 내며 탔다. 침착하게, 어머니는 침대보의 뭉치 가운데, 앤 언니의 아기였던 끔찍한 검은 덩어리에 닿을 때까지 찢고 또 찢었다.

"불쏘시개를 넣어라."

어머니가 말했다.

나는 겁에 질려 어머니를 바라보았다.

"묻어야 하지……?"

"불쏘시개를 넣어. 앤이 아기를 못 밸 거라는 걸 모두가 알게 되면 우리 중 누구라도 얼마나 오래 살아남을 수 있을 거라 생각하니?"

어머니가 내뱉듯이 말했다.

나는 어머니의 얼굴을 들여다보고는 확고한 의지를 짐작했다. 나는 좋은 냄새가 나는 조그만 전나무 솔방울로 불길을 쌓았고, 솔방울들이 눈부시게 타올랐을 때 우리는 그 떳떳치 못한 뭉치를 불길에 채워 넣고서 한 쌍의 늙은 마녀처럼 뒤꿈치에 기대고 뒤로 앉아 앤 언니의 아기의, 그나마 남은 모든 것이 마치 무슨 끔찍한 저주처럼 굴뚝을 타고 올라가는 것을 지켜보았다.

침대보가 다 타고, 지글거리며 끓던 덩어리도 사라지고 나서, 어머니는 전나무 솔방울을 좀더 던져 넣고는 허브를 바닥에 뿌렸다. 방 냄새를 정화했다. 그때야 어머니는 다시 자기 딸에게로 돌아섰다.

앤 언니가 깨어나 한쪽 팔꿈치를 세우고 우리를 지켜보고 있었다. 언니의 두 눈은 흐리멍덩했다.

"앤?"

어머니가 말했다.

언니는 애를 써서 어머니 쪽으로 시선을 끌어올렸다.

"아기는 죽었다. 죽었고 사라졌어. 넌 자고, 다시 건강해져야 해. 오늘 안에 일어나길 기대하겠어. 내 말 알아듣겠니? 누군가 네게 아이에 대해 물으면, 잘못 알았다고, 아기는 없었다고 대답하는 거야. 아기는 있었던 적도 없었고, 넌 있다고 발표한 적도 없었다고. 하지만 틀림없이 곧 생길 거라고."

어머니가 단호하게 말했다.

언니가 멍한 표정으로 어머니를 돌아보았다. 나는 잠시 우유술과 통증과 열기가 언니를 미치게 만들었다고, 언니는 앞으로 평생 보지 못하면서도 쳐다보고, 알아듣지 못하면서도 들을 수 있을 것이라는 끔찍한 두려움에 사로잡혔다.

"폐하께도 마찬가지야. 그냥 잘못 알았다고, 아이를 갖지 않았다고 말씀드려. 그래도 실수는 결백하지만, 유산은 죄악의 증거야."

어머니의 목소리가 차가웠다.

언니의 얼굴은 한순간도 변하지 않았다. 심지어 자기는 결백하다고 항변하지도 않았다. 나는 언니가 귀먹은 줄만 알았다.

"언니?"

내가 부드럽게 입을 열었다.

언니가 나를 돌아보았다. 충격받은 내 두 눈과, 얼굴에 묻은 검댕에, 나는 언니의 표정이 변하는 것을 보았다. 굉장히 끔찍한 무언가가 일어났다는 것을 언니는 이해했다.

"왜 그렇게 꼴이 엉망이야? 너한테 무슨 일이 일어난 것도 아니잖아?"

언니가 차갑게 말했다.

"너희 외삼촌께는 내가 말씀드리마."

어머니가 말했다. 어머니는 문지방에 멈춰서더니 나를 바라보았다.

"앤이 무슨 짓을 했기에 이런 일이 일어난 거지? 이런 식으로 아이를 잃을 만한 뭔가를 분명히 했겠지. 뭐였는지 아니?"

어머니는 깨어진 도자기에 대해 묻듯 차갑게 물었다.

왕을 유혹하고 그의 아내의 마음을 갈가리 찢어놓던 낮과 밤들, 세 명의 남자를 독살하고 울지 추기경을 파멸시켰던 일들이 주마등처럼 눈앞을 스쳤다.

"특별한 건 없는데요."

어머니는 고개를 끄덕이고는, 딸을 만져보지도 않고, 우리에게 다른 말을 더 하지도 않은 채, 방을 나섰다. 앤 언니의 텅 빈 시선이 다시 내게 닿았다. 언니의 얼굴은 금빛 매 가면처럼 공허했다. 나는 침대 머리맡에 무릎을 꿇고, 팔을 뻗었다. 언니의 표정은 한순간도 바뀌지 않았지만, 언니는 내 쪽으로 천천히 기대더니 내 어깨에 무거운 머리를 얹었다.

앤 언니를 다시 일어서게 하는 데는 그날 밤 내내와 다음날이 걸렸다. 언니가 감기에 걸렸다는 소식을 알리자 왕은 가까이 오지 않았다. 그러나 우리 외삼촌은 그러지 않았다. 외삼촌은 언니가 아직도 여전히 그저 불린 가 여자일 뿐인 듯이 침실 문간으로 왔다. 그의 무례함에 나는 언니의 두 눈이 분노로 어두워지는 것을 보았다.

"너희 어머니가 내게 말해주었다. 어떻게 그런 일이 일어날 수 있지?"

외삼촌이 퉁명스럽게 말했다.

앤 언니가 고개를 돌렸다.

"내가 어떻게 알겠어요?"

"아이를 배려고 조산사에게 조언을 구하지 않았느냐? 마법약이나 허브나 뭐 그런 아무거나 시도해보지 않았느냐? 주문을 외어 신령을 부르거나 주문을 걸지도 않았고?"

언니는 고개를 저었다.

"그런 짓은 손도 대지 않아요. 아무한테나 물어보세요. 내 고해신부에게 물어보거나, 토머스 크랜머한테 물어보세요. 난 외삼촌만큼이나 내 영혼에 신경 써요."

"난 내 모가지에 더 신경 쓴단다. 맹세하니? 언젠가 내가 널 위해 맹세해야 할 날이 올지도 모르니까 말이다."

외삼촌이 엄하게 말했다.

"맹세해요."

언니가 부루퉁하게 대꾸했다.

"될 수 있는 대로 빨리 일어나서 또다시 아기를 갖고, 이번엔 사내아이를 가져야 할 것이다."

언니가 외삼촌에게 돌아 보인 표정은 너무나도 분노에 가득 차 있어 외삼촌마저도 주춤했다.

"충고 감사하네요. 근데 그건 이미 전에 떠오른 생각이에요. 되도록 재빨리 아기를 가져야 하고, 산달을 채워야 하고, 사내아이여야 하죠. 고마워요, 외삼촌. 그래요. 잘 알고 있어요."

언니가 으르렁거렸다.

언니는 외삼촌에게서 얼굴을 돌려 침대에 늘어진 호화로운 커튼을 바라보았다. 외삼촌은 잠시 기다렸다가 내게 엄하고 냉정한 미소를 보이더니 방을 나섰다. 나는 문을 닫았다. 언니와 나 둘만이 남았다.

나를 돌아보았을 때, 언니의 눈은 두려움으로 가득 차 있었다.

"하지만 만약 폐하께서 적자를 얻지 못하시면 어떡하지? 그 여자랑 한 번도 갖지 못하셨잖아. 모든 원망은 내가 받을 테고, 그때 난 어떻게 되는 거지?"

언니가 속삭였다.

1534년 여름

7월의 첫날들에 나는 입덧을 했고 젖가슴을 만지면 부드러웠다. 어느 오후 어둠이 깔린 방에서, 윌리엄은 내 배에 입을 맞추고 손으로 나를 토닥거리며 조용히 물었다.

"어떻게 생각해요, 내 사랑?"

"뭘요?"

"이 둥글고 귀여운 배 말이에요."

내가 웃는 걸 그가 보지 못하게 나는 고개를 돌렸다.

"알아차리지 못했어요."

"뭐, 난 알아차렸어요."

그가 직설적으로 말했다.

"이제 말해 봐요. 얼마나 오래 알고 있었던 거예요."

"두 달이오. 기쁘기도 하고 두렵기도 했어요. 이게 우리의 파멸이 될 테니까."

내가 고백했다.

윌리엄이 나를 품안으로 꼭 끌어안았다.

"절대 그렇지 않아요. 이 아이는 우리의 첫 번째 스태퍼드가 아이이고, 가장 큰 기쁨의 원천이에요. 난 이보다 더 기쁠 순 없는걸요. 암소들을 안으로 데리고 들어올 아들이나, 젖을 짤 딸이나. 당신은 정말 총명한 여자예요."

"아들을 원해요?"

불린 가 사람들의 지속적인 주제를 생각하며, 내가 호기심에서 물었다.

"당신이 낳는다면, 당신 뱃속에 있는 아이가 아들이든 딸이든 다 좋아요, 내 사랑."

7월과 8월에, 앤 언니와 왕이 떠나 있는 동안 나는 궁정에서 풀려나 헤버에서 아이들을 만났다. 윌리엄과 나는 여태껏 아이들과 함께 보낸 중 최고로 행복한 여름을 보냈으나, 궁정으로 돌아갈 시간이 돌아왔을 때 내 배는 너무나도 높고 당당하게 불러올라, 나는 앤 언니에게 소식을 전하고, 내가 왕에게서 유산 사실을 보호해주었던 것처럼 내 임신으로 분노할 외삼촌에게서 언니가 나를 보호해주길 바라는 수밖에 없었다.

그리니치에 도착했을 때 나는 운이 좋았다. 왕은 사냥을 나갔고, 대부분의 궁정 사람들이 그와 함께 가 있었다. 앤 언니는 정원의 잔디 벤치에 앉아 있었다. 언니의 머리 위로는 차일이 쳐져 있고, 악단이 언니에게 연주를 해주고 있었다. 누군가는 연시(戀詩)를 읽고 있었다. 나는 잠시 멈춰 서서 다시 한 번 그들을 바라보았다. 내가 기억하는 것보다 모두들 나이가 들어 있었다. 이제 더 이상 젊은 남자들의 궁정이 아니었다. 그들은 모두 캐서린 왕비가 왕위에 있었을 때와는 달리 세련되어 보였다. 모두에게서 사치와 신비로운 매력이 어렴풋이 드러났고, 아름다운 말들을 쉽없이 했고, 모든 게 늦여름의 햇빛과 포도주 때문이 아닌 어떤 열기가 이 그룹에 있었다. 닳고 닳은 궁정이, 나이를 먹은 궁정이 되어 있었다. 거의, 부패했다고도 말할 수 있었다. 무슨 일이든 벌어질 수 있을 것만 같았다.

"아니, 여기 내 동생이 오셨군."

앤 언니가 손으로 눈을 가리며 말했다.

"어서 와, 메리. 시골은 만끽했니?"

나는 승마용 망토로 몸을 헐렁하게 했다.

"네, 언니 궁정의 햇살을 찾아왔어요."

언니가 키득키득 웃었다.

"무척 아름답게 말하는구나. 내가 널 진정한 신하로 가르치게 하겠어. 우리 아들 헨리는 어떻게 지내니?"

그 말에 나는 이를 바드득 갈았다. 언니는 내가 그러리란 것을 알고 있었다.

"헨리가 언니에게 사랑과 경의를 보냅니다. 언니께 라틴어로 쓴 편지의 사본을 가져왔어요. 굉장히 총명한 아이예요. 선생님도 마음에 들어하시구요. 게다가 이번 여름엔 말을 굉장히 잘 타게 되었어요."

"잘됐구나."

분명하게도, 나를 괴롭힐 가치가 없었던 것 같았다. 언니가 나를 쳐다보다가 윌리엄 브레레톤을 돌아보았기 때문이다.

"'사랑(love)'을 '비둘기(dove)'로밖에 운을 못 맞추시겠다면, 난 상품을 토머스 경에게 줄 수밖에 없어요."

"떠밀기(shove)는 어떨까요?"

그가 제안했다.

앤 언니가 소리 내어 웃었다.

"뭐라구요? 나의 사랑스런 왕비여, 나의 유일한 사랑이여, 당신을 애정 어리게 떠밀기를 갈망하오, 라구요?"

"사랑은 도저히 어떻게 할 수가 없습니다."

토머스 경이 말했다.

"인생과 마찬가지로 시에서도, 아무것도 사랑과 함께 하지 못합니다."

"결혼이 있잖아요."

언니가 제안했다.

"명백히 사랑은 결혼과 함께 하지 않습니다. 결혼은 상당히 다른 얘기예요. 우선, 결혼은 사랑에 세 박자나 어긋나 있죠. 그리고 또, 결혼엔 음악이 없잖아요."

"우리 결혼엔 음악이 있어요."

앤 언니가 말했다.

토머스 경이 머리를 숙였다.

"마마께서 하시는 모든 일엔 음악이 흐르죠. 하지만 그래도 여전히 그 단어는 어떤 유용한 것과도 운이 맞지 않잖습니까."

그가 지적했다.

"상품은 당신께 드릴게요, 토머스 경. 시도 지으면서 나에게 아첨할 필요는 없어요."

"진실을 말하는 건 아첨하는 게 아닙니다."

그가 언니 앞에 무릎을 꿇으며 말했다. 앤 언니가 벨트에서 조그만 금줄을 주자, 토머스 경이 그것에 입을 맞추고는 더블릿 주머니 속으로 밀어 넣었다.

"자, 그럼 난 이만 가서 폐하께서 사냥에서 돌아오셔서 식사를 하고 싶어하시기 전에 가운을 갈아입어야겠어요."

언니는 자리에서 일어나 시녀들을 둘러보았다.

"매지 셸턴은 어디 있지?"

언니가 맞닥뜨린 침묵이 모든 것을 알려주었다.

"어디 있지?"

"폐하와 함께 사냥을 나갔습니다, 마마."

시녀들 중 한 명이 자진해서 대답했다.

앤 언니가 눈썹을 치켜 올리며 나를 힐금 쳐다보았다. 나는 매지가 외삼촌으로부터 왕의 정부로 지명받았으나, 그것은 단지 앤 언니가 해산 자리에 누워 있을 동안만이라는 것을 알고 있는 언니의 측근 신하들 중 유일한 사람이었다. 이제 보니, 매지는 자기가 알아서 진척시켜나가고 있는 것 같았다.

"오라버니는 어디 계시죠?"

내가 언니에게 물었다.

언니의 고개를 끄덕이게 할 가장 중요한 질문이었다.

"폐하와 함께 있어."

언니가 대답했다. 조지 오빠가 언니의 이익을 보호하리란 것을 우리는 믿고 있었다.

앤 언니가 고개를 끄덕이고는 궁전 쪽으로 돌아섰다. 왕이 다른 여자와 함께 있다는 첫 언급에 오후의 경쾌함이 희미하게 사라졌다. 언니의 어깨가 딱딱하게 굳어 있었고, 엄숙한 표정이었다. 나는 언니 곁에서 걸으며 처소로 올라갔다. 내가 바랐던 대로, 언니가 시녀들에게 알현실에서 기다리라고 몸짓하고, 언니와 나는 단둘이서 내전으로 들어갔다. 문이 닫히자마자 내가 언니에게 말했다.

"언니, 할 말이 있어. 언니의 도움이 필요해."

"이번엔 또 뭐야?"

언니가 물었다. 언니는 금빛 거울 앞에 앉아 머리에서 두건을 벗겨냈다. 언제나처럼 아름답고 윤기가 흐르는 짙은 머리칼이 어깨 위로 흘러내렸다.

"머리 빗어줘."

언니가 말했다.

나는 빗을 들고, 언니를 달래주길 바라면서, 짙은 머리칼 타래를 쓸어내렸다.

"나, 결혼했어."

내가 간단하게 말했다.

"그리고 아이도 가졌어."

언니가 너무도 꼼짝하지 않고 있어 잠시 나는 언니가 내 말을 듣지 못한 줄 알았고, 그 순간 언니가 듣지 못했길 하느님께 바랐다. 언니는 스툴 위에서 몸을 돌렸다. 얼굴에서 천둥번개가 치는 것 같았다.

"뭘 했다구?"

언니가 질문을 내뱉었다.

"결혼."

"내 허락도 없이?"

"응, 언니. 정말 미안해."

언니의 머리가 위로 올라왔다. 거울에서 언니의 두 눈이 내 것과 만났다.

"누구하고?"

"윌리엄 스태퍼드 경."

"윌리엄 스태퍼드? 폐하의 의전관?"

"응. 로치퍼드 근처에 조그만 농장을 갖고 있어."

"별 볼일 없는 인간이야."

언니가 말했다. 목소리에서 성깔이 돋치는 것을 들을 수 있었다.

"폐하께서 기사 작위를 수여하셨어. 윌리엄 경이야."

"윌리엄, 별 볼일 없는 경!"

언니가 다시 말했다.

"그리고 애를 뱄다구?"

가장 증오하는 게 그것이란 걸 나는 알고 있었다.

"응."

내가 겸손하게 대답했다.

언니는 벌떡 일어나 넓게 펼쳐진 내 스토마커를 보려고 망토를 잡아끌어 벗겨냈다.

"이런 창녀!"

언니가 욕을 했다. 언니의 손이 다시 날아들었다. 나는, 얼어붙어서 맞을 준비를 했으나, 막상 맞았을 때 그 힘에 목이 뒤로 꺾이는 것을 느꼈다. 나는 침대에 나가떨어졌고, 언니는 싸움꾼처럼 내 위에 섰다.

"얼마나 오래된 거야? 언제 네 다음 사생아가 태어나지?"

"3월에, 그리고 사생아가 아니야."

"뚱뚱한 씨암말 같은 배를 하고 궁정에 오다니, 날 조롱할 생각이야? 뭘 할 작정이야? 너는 생산력 있는 불린 가 여자고, 난 거의 불임이나 마찬가지라고 세상에 말할 작정이야?"

"언니······."

어떤 것도 언니를 멈추게 할 수 없었다.

"또 새끼를 뺐다는 걸 세상에 나타내다니! 넌 여기 있는 것만으로도 날 모욕하는 거야. 우리 집안을 모욕하는 거라구."

"난 그이와 결혼했어."

내가 말했다. 언니의 분노에 내 목소리가 조금 떨리는 것을 들을 수 있었다.

"사랑하기 때문에 결혼했어, 언니. 제발, 제발 이러지 마. 난 그 사람을 사랑해. 궁정에서 나가도 좋아. 하지만 제발······."

언니는 내가 말을 끝내도록 내버려두지 않았다.

"그래, 궁정에서 나가게 될 거야! 네가 지옥에 가든 내 알 바 아니야. 넌 궁정에서 나가게 될 거고, 두 번 다시 돌아오지 못할 거야."

언니가 소리쳤다.

"아이들은 보게 해줘."

내가 숨을 헐떡이며 말을 끝맺었다.

"잘 있으라는 인사나 해. 난 내 조카가 자기 집안에 대한 긍지도 없고, 세상물정도 모르는 여자 손에 길러지게 하진 않을 거야. 육욕으로 삶에 질질 끌려다니는 바보 멍청이한텐 안 된다구. 왜 윌리엄 스태퍼드랑 결혼해? 마구간 잡놈이랑 결혼하지 않구? 헤버 방앗간 주인이랑 하지 않구? 네가 원하는 게 단지 솜씨 좋은 그 짓거리라면, 왜 폐하의 측근한테 멈춰? 졸병도 마찬가지로 잘할 텐데."

"언니, 경고해. 이런 모욕은 감수하지 않을 거야. 난 사랑하기에 좋은 남자와 결혼했어. 메리 튜더 공주마마께서 서퍽 공작과 결혼하셨을 때보다 난 더한 거 없어. 집안에 도움이 되려고 한 번 결혼했어. 폐하께서 내 쪽을 보셨을 때도 난 시키는 대로 했었다구. 이제

나도 내 자신을 행복하게 하고 싶어. 언니? 외삼촌과 아버지로부터 오직 언니만이 날 지켜줄 수 있어."

언니한테 맞아 아직도 뺨에 열이 나며 욱신거리고 있었지만, 내 목소리에도 분노가 슬그머니 기어오르고 있었다.

"조지 오빠도 알아?"

언니가 힐문했다.

"아니, 모른다고 말했잖아. 언니한테만 온 거야. 언니만이 날 도와줄 수 있어."

"절대 그렇게는 안 해. 사랑으로 가난한 남자와 결혼했으면 사랑을 먹어, 사랑을 마시라구. 사랑으로 살아. 로치퍼드에 있다는 조그만 농장에 가서, 거기서 썩어. 아버지나 오빠나 내가 로치퍼드 저택으로 내려가면, 우리 눈에 아예 띄지 않도록 확실하나 해. 넌 궁정에서 추방당한 거야, 메리. 넌 네 자신을 망쳤고, 내가 그걸 완전히 끝내게 해주지. 넌 떠난 거야. 나한테 동생은 없어."

언니가 단언했다.

"언니!"

나는 완전히 넋이 나가 소리쳤다.

언니는 격노한 얼굴로 나를 돌아보았다.

"경비원을 불러 문밖으로 내던져버릴까? 정말 그렇게 할 거라고 난 맹세할 수 있거든."

나는 무릎을 털썩 꿇었다. "우리 아들." 이 내가 말할 수 있는 전부였다.

"우리 아들."

언니가 앙심 깊게 말했다.

"그 애한테 어머니는 죽었다고, 이제 나를 어머니라 불러야 한다고 말할게. 넌 사랑 때문에 모든 걸 잃었어, 메리. 사랑이 네게 기쁨을 가져다줬으면 좋겠구나."

할 말이 없었다. 나는 어색한 몸짓으로 일어섰다. 무거운 배 때문에 일어나기가 힘들었다. 언니는 나를 돕기 전에 먼저 밀어 넘어뜨려 버릴 듯이 내가 아등바등하는 모습을 지켜보았다. 나는 문으로 돌아서서 손잡이에 손을 얹고, 혹시 언니가 마음을 바꿀지 몰라 망설였다.

"우리 아들……."

"가, 나한테 넌 죽은 거야. 그리고 폐하한테 접근하지 마. 안 그럼 네가 얼마나 대단한 창녀였는지 말해버릴 테니까."

나는 문밖으로 빠져나가 내 침실로 갔다.

매지 셸턴이 거울 앞에서 드레스를 바꿔 입고 있었다. 내가 들어오는 소리를 듣고, 매지는 젊은 얼굴에 눈부신 미소를 머금은 채 돌아섰다. 그녀가 내 굳은 표정을 한번 보고는 눈이 휘둥그레지고 있었다. 그 하나의 표정이 우리의 나이, 우리의 위치, 하워드 가문에서의 우리의 다른 모든 점을 정확하게 일깨워주었다. 매지는 내놓을 수 있는 것이 무한한 젊은 여자였고, 나는 두 번 결혼해 스물일곱이 되면 세 아이를 둘, 가족에게 내쫓기고, 조그만 농장을 가진 한 남자밖에 기댈 사람이 없는 여자였다. 나도 매지 같은 기회가 있던 여자였지만 내가 망쳐버렸다.

"어디 아프세요?"

"망했어."

내가 무뚝뚝하게 대답했다.

"아, 죄송해요."

나는 어둡고 조그만 미소를 지었다.

"괜찮아, 내가 저지른 일인걸."

내가 승마용 망토를 침대 위에 던지자, 매지는 느슨하게 묶인 내 스토마커를 보았다. 매지는 겁에 질려 숨을 조금 들이마셨다.

"그래. 나, 애 뱄고, 결혼했어. 뭐, 알고 싶다면 말이야."

"왕비마마는요?"

왕비가 가장 증오하는 하나가 바로, 우리 모두가 알고 있듯, 생산력 있는 여자라는 것을 매지는 알고, 반쯤 속삭이듯 물었다.

"그다지 기뻐하시지 않지."

"남편 분은요?"

"윌리엄 스태퍼드야."

매지는 자기가 말했던 것보다 더 많은 것을 알아차리고 있었다는 것을 반짝이는 짙은 두 눈동자가 말해주었다.

"너무 기뻐요. 그분은 잘생기시고 좋은 남자분이시죠. 좋아하시는 거라 짐작했었어요. 그럼 지금껏 모든 밤들을⋯⋯."

"응."

내가 뚝뚝하게 대답했다.

"이제 어떻게 되시는 거죠?"

"우리가 알아서 삶을 개척해나가야겠지. 로치퍼드로 갈 거야. 그이가 그곳에 조그만 농장을 갖고 있거든. 괜찮게 살지도 모르지."

"조그만 농장에서요?"

매지가 믿기지 않는다는 듯이 물었다.

"그래, 안 될 거 없잖아? 궁전과 성 말고도 살 수 있는 곳들이 있다구. 궁중 음악 말고도 따라 춤출 수 있는 다른 곡들이 있어. 언제나 왕과 왕비를 시중들어야 하는 건 아니야. 난 궁정에서 내 평생을 보냈고, 여기서 내 소녀시절과 처녀시절을 허비했어. 가난해지는 건 유감이지만, 절대 이곳 삶을 그리워할 리는 없어."

갑자기 기운을 내며 내가 대답했다.

"아이들은요?"

배에 타격을 입은 것처럼 그 질문이 숨을 콱 막히게 했다. 무릎이 구부려지고, 심장이 터져 나오기라도 할 듯 나는 자신을 꽉 잡고 바닥에 주저앉았다.

"아, 우리 아이들."

내가 속삭여 말했다.

"마마께서 아이들을 맡으시는 건가요?"

"응, 그래. 마마께서 우리 아들을 맡으시는 거야."

나는 더 말할 수도 있었다. 그것도 아주 신랄하게. 언니는 스스로 아들을 낳지 못해 내 아들을 맡는 거라고 말할 수도 있었다. 언니는 여태껏 빼앗을 수 있는 모든 것을 내게서 빼앗아갔고, 앞으로도 평생 모든 것을 빼앗아갈 것이라고. 우리는 자매였으나 지독한 경쟁자들이었고, 상대방의 그릇을 끊임없이 눈여겨보며 상대방이 제일 큰 몫을 갖고 있을까 봐 두려워하는 우리를 그 어떤 것도 멈추게 하지 못할 것이라고. 앤 언니는 내가 자기 그림자 속에서 시키는 대로 하길 거부한 것을 처벌하고 싶어했다. 그리고 언니는, 내가 도저히 갚을 수 없는 세상의 단 한 가지 벌금을 택했다는 것을 알고 있었다.

"적어도 난 언니를 벗어날 수 있어. 이 집안의 야망으로부터 벗어날 수도 있구."

매지가 어린 사슴처럼 눈을 동그랗게 뜨고 나를 쳐다보았다.

"하지만 어디로 벗어나요?"

앤 언니는 내가 떠난다는 것을 신속하게 알렸다. 아버지와 어머니는 내가 궁정을 떠나기 전에 나를 보려고 하지도 않았다. 오직 조지 오빠만이 마구간 뜰로 내려와 여행 가방들을 짐마차에 싣는 것을 지켜보았고, 윌리엄은 내가 안장 위에 오르는 것을 도와주고 나서 사냥말에 올라탔다.

"편지해. 그리 멀리 계속 여행할 만큼 몸은 괜찮아?"

오빠가 말했다. 오빠는 걱정이 되어 얼굴을 찌푸리고 있었다.

"응."

내가 대답했다.

"제가 잘 돌보겠습니다."

윌리엄이 오빠를 확신시켰다.

"지금까지는 그다지 잘하진 못했는데. 메리는 파산했고, 연금도 빼앗겼고, 궁정 출입도 금지되었네."

조지 오빠가 불쾌하게 말했다.

나는 윌리엄의 손이 고삐를 꽉 움켜쥐는 것을 보았다. 말이 옆걸음질 쳤다.

"제가 그런 게 아니죠. 그건 왕비마마와 불린 가문의 심술과 야망 때문이죠. 이 땅의 어느 곳이든 다른 집안에서 태어났더라면, 메리는 자기가 선택한 남자와 결혼할 수 있었을 겁니다."

윌리엄이 차분하게 말했다.

"그만들 해요."

오빠가 대꾸하기 전에 내가 재빨리 말했다.

오빠가 숨을 들이쉬더니 머리를 숙였다.

"메리는 그다지 잘 대우받지 못했지."

오빠가 인정했다. 오빠는 자기 위로, 말 위에 높이 앉아 있는 윌리엄을 올려다보면서 우울하고 매력적인 불린 가 특유의 미소를 보였다.

"우린 메리의 행복이 아닌 다른 목표에 신경을 기울였지."

"압니다. 하지만 저는 그렇지 않아요."

윌리엄이 대답했다.

조지 오빠의 표정은 동경하는 듯 슬퍼보였다.

"진정한 사랑의 비밀을 가르쳐줬으면 좋겠군. 여기 당신 두 사람은 궁정을 벗어나 세상 끝을 향해 달려나가는 것 같은데도 누군가가 방금 백작 작위를 준 것처럼 보이잖아."

내가 윌리엄에게 손을 내밀자, 그는 내 손을 꽉 잡았다.

"난 그저 내가 사랑하는 사람을 찾았을 뿐이야. 나를 보다 더 사랑해주거나, 보다 더 성실한 남자는 절대 만나지 못했을 거야."

내가 간단하게 대답했다.

"그럼 가!"

조지 오빠가 말했다. 짐마차가 기우뚱거리며 앞으로 나아가자, 오빠가 모자를 벗었다.

"가서 둘이 행복해. 네 자리랑 연금을 되찾을 수 있도록 나도 최선을 다할 테니까."

"그냥 우리 아이들만 부탁해. 내가 원하는 건 그것뿐이야."

"괜찮을 때 폐하께 말씀드려볼 테니까, 넌 편지를 드려봐. 크롬웰 경한테 편지해보든지. 앤하고는 내가 잘 얘기해볼게. 평생 이렇게 사는 건 아니야. 돌아올 거지, 그렇지? 돌아올 거지?"

오빠의 목소리엔 묘한 기운이 어려 있었다. 전혀 왕국의 중심으로 나를 무사히 돌아오게 하겠다고 약속하는 것처럼 들리는 게 아니라, 나 없이 지내는 것을 두려워하는 것 같았다. 대단한 궁정의 대단한 남자들 중 하나가 말하는 것같이 들리지 않았다. 위험한 곳에 버려진 소년이 말하는 것같이 들렸다.

"조심히 지내! 나쁜 사람들은 멀리하고, 언니를 잘 돌봐줘!"

내가 별안간 몸을 떨며 소리쳤다.

틀리지 않았다. 오빠의 얼굴에 나타난 표정은 어떤 두려움이었다.

"노력해볼게."

오빠의 목소리가 텅 빈 자신감으로 울렸다.

"노력해볼게!"

짐마차가 아치 통로 밑을 통해 나가자, 윌리엄과 나는 나란히 말을 몰고 뒤쫓았다. 나는 조지 오빠를 돌아보았다. 오빠는 아주 어리고, 멀게만 느껴졌다. 오빠가 손을 흔들고 뭐라 소리쳤지만, 바퀴가 자갈을 바드득 으깨고, 말발굽이 울려 퍼지는 소리에 묻혀 들리지 않았다.

우리가 도로로 나오자, 윌리엄이 말의 보폭을 넓혀, 우리는 천천히 움직이는 짐마차를 추월하여 바퀴에서 풀풀 흩날리는 먼지바람을 벗어났다. 나의 사냥말은 계속 달리려 했으나, 내가 잡아채어 걷도록 했다. 내가 장갑 낀 손으로 얼굴을 문지르자, 윌리엄이 곁눈으로 나를 쳐다보았다.

"후회 없어요?"

그가 조심스레 물었다.

"그냥 오빠가 걱정될 뿐이에요."

윌리엄이 고개를 끄덕였다. 입에 발린 말로 나를 안심시켜주기에는 그는 궁정에서 오빠의 사생활에 대해 너무도 많은 것을 알고 있었다. 프랜시스 경과 조지 오빠의 연애사건, 그들의 경솔한 친구 무리, 술 마시기, 도박하기, 매춘 등이 서서히 공공연한 비밀로 되어가고 있었다. 더욱더 많은 궁정 남자들이 더욱더 광적으로 쾌락을 즐기고 있었고, 조지 오빠도 그 중 하나였다.

"언니도 마찬가지구요."

나를 거지처럼 쫓아내어 이제 세상에 친구가 단 하나밖에 남지 않은 언니를 생각하며, 내가 말했다.

윌리엄이 몸을 기울여 내 손 위에 자기 손을 포갰다.

"가죠."

우리는 강 쪽으로 말들의 머리를 돌려 아래로 내려가, 기다리고 있는 보트를 만났다.

우리는 아침 일찍이 리(Leigh)에서 상륙했다. 강 위에서의 긴 여행 후 말들이 추워하고 초조해해서 우리는 로치퍼드를 향해 북쪽으로 난 좁다란 길을 말들이 걸어 오르게 했다. 윌리엄은 우리를 이끌고 들판을 질러 농장으로 가는 조그만 길을 내려갔다. 이른 아침 안개가 들판에 축축하고 싸늘하게 맴돌았다. 시골에 내려오기엔 일년 중 가장 안 좋은 시기였다. 어디에서나 멀리 떨어져 있는, 조그만 농가에서 물에 흠뻑 잠긴 길고 차디찬 겨울을 보내게 될 것이다. 지금 축축한 이 치마는 6개월간은 마르기 어려울 것이다.

윌리엄이 나를 힐금 돌아보며 싱긋 웃었다.

"바로 앉아요, 자기, 그리고 주위를 둘러봐요. 해가 뜨고 있어요. 우린 괜찮을 거예요."

나는 애써 미소를 짓고는 등을 바로 하고 말을 재촉해 앞으로 나아갔다. 내 앞쪽으로 윌리엄의 농가 초가지붕을 볼 수 있었고, 그러고 나서, 언덕의 오르막길을 넘으면서 우리 아래로 펼쳐진, 강물이 들판 아래쪽으로 찰싹찰싹 밀려오는 예쁘고 조그만 50에이커의 땅 전부와, 기억하고 있던 대로 단정하고 잘 손질된 마구간 뜰과 헛간을 보았다.

우리는 좁다란 길을 내려가서, 윌리엄이 말에서 내려 문을 열었다. 조그만 사내아이가 어딘가에서 나타나서 우리 둘을 의심스럽게 쳐다보았다.

"들어오실 수 없어요. 여긴 윌리엄 스태퍼드 경 댁예요. 궁정의 높은 분이세요."

꼬마가 단호하게 말했다.

"고마워."

윌리엄이 말했다.

"내가 윌리엄 스태퍼드 경이야. 어머니께 네가 훌륭한 문지기라고 말씀드리렴. 그리고 어머니께 내가 집에 돌아왔고, 아내도 데려왔다고, 그리고 빵하고 우유하고, 베이컨이랑 치즈가 좀 필요하다고 말씀드리려무나."

"정말로 윌리엄 스태퍼드 경이세요?"

꼬마가 확인했다.

"그래."

"그럼 아마도 어머니께서 닭도 잡으실 거예요."

꼬마는 뛰어서 들판을 가로질러 좁다란 길 위에 반 마일 정도 떨어져 있는 조그만 오두막집으로 갔다.

나는 제즈먼드를 몰고 문을 지나 마구간 뜰에 세웠다. 윌리엄이 안장에서 내리는 것을 도와주고는 나를 집 안으로 데려가면서 말뚝에 고삐를 던졌다. 부엌문이 열려 있었고, 우리는 함께 문지방을 넘었다.

"앉아요."

월리엄이 난롯가 의자에 나를 잡아 앉히며 말했다.

"곧 불을 지필게요."

"전혀 그럴 필요 없어요. 기억해요, 난 농부의 아내가 될 거라는 것을요. 내가 불을 지필 테니까 당신은 말들이나 가서 봐요."

그가 망설였다.

"불을 지필 줄 알아요, 내 귀여운 사랑?"

"가라구요! 내 부엌에서 나가요. 이제 여기를 바로 정돈해야 하니까."

내가 짐짓 화난 체하며 소리쳤다.

우리 아이들이 고사리넝쿨로 만든 비밀스런 공간에서 놀 듯 소꿉장난을 하는 것 같으면서도 동시에 이곳은 진짜 집이었고 정말 도전이 되었다. 벽난로와 부싯깃 통에 불쏘시개가 들어 있어서, 불을 붙이고 조그만 불길이 나무를 타오르게 하는 데는 15분 정도의 인내와 잔손질이 필요할 뿐이었다. 굴뚝은 싸늘했으나 바람이 바른 방향으로 불어 곧 연기가 빠지기 시작했다. 월리엄이 말들을 살펴보고 들어왔을 때 꼬마가 모슬린 천에 음식 꾸러미를 싸가지고 오두막집에서 막 돌아왔다. 우리는 꾸러미 전체를 나무식탁 위에 펼쳐놓고 작은 잔치를 벌였다. 월리엄이 계단 아래 지하 저장실에서 가져온 포도주 한 병을 땄고, 우리는 서로의 건강과 미래를 위해 건배했다.

월리엄이 궁정에 있을 동안 그를 위해 밭을 경작했던 그들 가족은, 맡은 일을 잘 해냈다. 산울타리는 잘 손질되어 있었고, 도랑은 깨끗했으며, 초지는 건초를 거두기 위해 깎여져 있었고, 잘린 건초는 안전하게 헛간에 쌓여 있었다. 암소와 양떼들 중 늙은 짐승들은 가을 동안 도살해 고기를 소금에 절이거나 훈제될 것이다. 뜰에는 닭이 있고, 우리에는 비둘기가 있으며, 개울에서는 물고기를 얼마든지 잡을 수 있었다. 몇 페니를 내면, 강으로 내려가 어부에게서 바닷고기를 살 수도 있었다. 부유한 농장이고, 살기 편한 곳이었다.

그 개구쟁이 소년의 어머니 메이건이 매일 농가로 건너와 집안일을 도와주고 알고 있어야 할 기술들을 가르쳐주었다. 그녀는 내게 우유를 휘저어 버터와 치즈를 만드는 법을 가르쳐주었다. 빵을 굽고 닭이나 비둘기나 잡은 새의 털을 뽑는 것도 가르쳐주었다. 그런 중요한 기술을 배우는 건 쉽고 즐거워야 했을 것이다. 그러나 나는 완전히 지쳐버렸다. 손의 살가죽이 마르고 딱딱해지는 것을 느꼈고, 조그맣고 길쭉하게 생긴 거울에서 나의 얼굴이 햇볕과 바람으로 천천히 그을리는 것을 보았다. 매일 밤 나는 침대에 쓰러져서 꿈도 꾸지 않고 잠을 잤다. 막 지쳐 나가떨어지려는 찰나의 잠이었다. 그러나 매일 밤 그렇게 피곤했지만, 아무리 작을지라도 무언가를 성취한 기분이 들었다. 우리 식탁 위에 음식을 차려 놓던가 저금통에 페니를 넣을 수 있어, 나는 일이 좋았다. 토지를 우리 것이라 하며, 함께 삶의 공간을 채워나가는 것이 좋았다. 가난한 여자가 어릴 적부터 가르침 받았던 그런 기술들을 배워나가는 것도 좋았다. 메이건이 내게 궁정의 멋진 옷과 화려한 가운이 그립지 않느냐고 물었을 때, 나는 남자들과 끊임없이 춤춰야 하는 고역과, 원하지도 않는 남자들과 시시덕거리고, 카드놀이를 하고, 돈을 조금 잃고, 언제나 내 주위의 모든 사람들을 만족시키려 애썼던 것을 기억했다. 여기에는 그저 윌리엄과 나밖에 없었고, 우리는 산울타리 속의 두 마리 새처럼 편안하고 즐겁게 살았다—그가 약속했던 그대로.

내 유일한 슬픔은 아이들을 잃은 것이었다. 나는 매주 아이들에게 편지를 썼고, 한 달에 한 번씩 조지 오빠나 앤 언니에게 잘 지내길 빈다고 편지를 했다. 토머스 크롬웰 대신에게도 언니와의 중재에 나서서, 우리가 궁정으로 돌아가도 되겠냐고 물어봐 달라고 부탁하며 편지를 했다. 그러나 나는 어떤 식으로도 내가 내린 선택에 대해 사과하지 않을 것이다. 사과하므로 내 부탁을 부드럽게 하진 않을 것이다. 그런 말들은 펜촉에서 얼어붙었다. 윌리엄을 사랑한 것을 후회

한다고 말할 수는 없었다. 날이 갈수록 그를 더욱 사랑했기에. 여자가 말처럼 사고 팔리는 세상에서, 나는 사랑하는 남자를 찾았고, 사랑 때문에 결혼했다. 이것이 실수였다고는 절대 넌지시도 나타내지 않을 것이다.

1534년 겨울

크리스마스에 조지 오빠에게서 편지를 받았다.

누이에게,

시후의 문안을 보내며, 나의 문안 인사로 내가 궁정에서 지내는 것처럼 네가 농가에서 잘 지내고 있기를 빈다. 어쩌면 나보다 더 잘 지내고 있기를.

이곳 일들은 우리 누이에게 조금 불쾌하게 돌아갔어.

폐하께서 시모어 가 여자와 말을 타러 나가시고 춤도 추시고 하지.

제인이라고 기억해? 무척 겸허롭게 내려다보고, 무척 놀란 듯이 올려다보는 여자 말이야. 폐하께서 우리 누이의 바로 코앞에서 그 여자한테 구애하고 계시고, 우리 누이는 그다지 좋아하지 않지. 폐하께서 머리가 지끈지끈해하실 정도로 앤이 몇 번 노발대발했지만, 예전처럼 폐하를 눈물짓게 하진 못해. 폐하께선 앤의 불만을 참아내실 순 있으셔. 그냥 가버리시거든.

그게 앤의 성깔을 어떻게 만드는지는 상상할 수 있겠지.

폐하께서 딴 길로 새시는 걸 보고 경각심을 느낀 우리 외삼촌께선 매지 셸턴을 폐하의 눈앞에 알짱거리게 만드시고, 폐하는 두 여자 사이에서 갈팡질팡하시지. 둘 다 시녀이기 때문에 왕비의 처소는 끊임없이 소란스러워서, 폐하께선 차라리 자주 사냥을 나가는 게 안전하다고 보시고는 여자들이 소리치고 비명 지르고 서로의 얼굴을 할퀴든 말든 아무 참견도 않고 내버려두셔.

앤은 겁에 질려 끙끙 앓고 있고, 결국에는 모든 게 어떻게 될지 장담할 수가 없어. 앤은 자기가 왕비를 폐했을 때 그 후 모든 왕비들이 불안정해지리라곤 조금도 생각 못 했겠지. 앤은 궁정에 나 말고는 친구가 없어.

아버지도, 어머니도, 외삼촌도 모두 폐하의 눈길을 시모어 가 여자에게서 떼기 위해 매지를 앞으로 내보내는 것에 찬성하고 계셔.

이걸로 앤은 굉장히 입맛 씁쓸해하고, 가족이 자기를 떨어내고 새로운 하워드 가 여자로 대신하려 한다고 비난하고 있어. 앤은 널 그리워하지만, 그렇다고는 말하지 않을 거야.

너에 대해 가끔 얘기하지만 앤이 네 결혼을 받아들일 만하게 해줄 말이 없어. 네가 어느 왕자와 결혼해서 불행해했다면 앤은 네 가장 친한 친구가 되어줬을 거야. 앤의 가슴을 찢어놓는 건, 자기는 유럽의 가장 위대한 궁정에서 겁에 질리고 불행하게 있는데, 넌 사랑을 찾았다는 사실이야.

나는 매일 더욱 부유해지고 있고, 아내는 내게 저주이며, 친구는 내 기쁨이자 고통이야. 이 궁정은 성인도 타락시킬 곳인데, 앤이나 난 처음부터 성인들도 아니었잖아. 앤은 극심하게 외로워하고 겁에 질려 있고, 나는 내가 가질 수 없는 것을 갈망하고 억지로 내 욕망을 숨기고 있어야 해.

정말 지치고 화나고, 이번 크리스마스 기간은 앤이 다시 아이를 갖지 않는 이상 우리 불린 가 사람들에게 별로 주는 게 없을 것 같구나.

답장 써서 네 소식 전해줘. 내가 상상하는 것처럼 행복했으면 좋겠구나.

오빠가.
조지.

월리엄과 나는 사슴의 커다란 갈빗살과 다리살로 크리스마스 축제를 자축했다. 나는 그 짐승을 어디서 잡았는지 묻지 않으려 조심했다. 로치퍼드 저택을 둘러싼 우리 가족의 정원은 잘 방목되어 있었지만 감시는 형편이 없어서, 나는 방금 우리 사슴을 샀다는 것에 거의 의심할 바가 없었다. 그러나 아버지도 어머니도 인사말을 보내오지 않았으니 그들의 재산으로 내 자신에게 선물을 준다고 생각하고서, 나는 아주 싼 가격에 사슴과 꿩 한 쌍도 샀다. 농장 일은 12일절 동안에도 멈추지 않았으나, 우리는 시간을 내어 크리스마스 미사를 드리러 갔고, 로치퍼드에서 무언극 배우들도 보았다. 이웃과 함께 잔칫술을 마셨고, 머리 위로 갈매기가 울고 차가운 바람이 강어귀 위로 불어올 때에 단둘이서 강가를 걷기도 했다.

2월의 가혹한 날들 동안 나는 해산을 준비했다. 이제 나는 궁정의 기품 있는 귀부인이 아니었다. 한 달 동안 내 방에 피해 있지 않아도 되었다. 내가 원하는 대로 할 수 있었다. 월리엄이 나보다 더 불안해했다. 눈 때문에 고립되어 있을 동안 아기가 나오더라도 아무런 위험이 없도록 확실히 하기 위해, 그는 조산사를 불러 이달 말부터 우리 집에서 머무르게 하자고 주장했다. 불안해하는 월리엄을 보며 나는 웃었지만, 그가 바라는 대로 하여, 조산사라기보다는 마녀 같은 노부인이 3월 초부터 우리와 함께 지내면서 나를 돌봐주었다.

어느 날 아침, 잠에서 깨어나 방이 눈부신 흰빛으로 가득 차 있는 것을 보고, 나는 월리엄이 그리도 조심스러워했던 것을 다행으로 여겼다. 밤새 눈이 내렸고, 여전히 내리고 있었다. 굵고 흰 눈발이 회색빛 하늘에서 소리 없이 떨어져 흩날리며 뜰에서 소용돌이쳤다. 세상은 완전한 침묵과 마법이 존재하는 곳으로 바뀌어 있었다. 암탉들은 우리 안에 숨어 있었다. 뜰에 난 세 발가락의 발자국만이 그들이 먹이를 찾아 위험을 무릅쓰고 나왔었다는 것을 보여주었다. 양들은 문에 떼 지어 모여 있었다. 보다 더 하얀 들판에 대면 그 갈색들이 칙칙해보였다. 암소들은 헛간 안으로 꽉 들어차 있었고, 암소들의 들판은 표백한 잔디밭이 되어 있었다.

나는 창가에 앉아 뱃속에서 아기가 움직일 때 배가 뒤척이는 것을 느끼면서, 산울타리를 따라 쌓인 눈 더미가 부풀어 오르더니 휘어지는 것을 지켜보았다. 눈송이는 땅에 내리는 것이 아니라, 그저 집 주위를 소용돌이치며 흩날리는 것같이 보였으나, 시간마다 눈 더미의 놀과 골이 높아지고 더욱 색다르게 조각되어갔다. 창밖을 내려다봤을 때 눈송이는 오리털처럼 새하얬지만, 목을 길게 빼고 위를 올려다봤을 때는 회색 레이스 자투리 같았고, 희뿌연 하늘에 대조를 이루어 칙칙해보였다.

"시작이군요."

윌리엄이 말했다. 그는 다리와 장화에 거친 삼베를 싸고 있었다. 문밖의 조그만 현관에 서서 윌리엄은 삼베를 풀고 눈을 발로 차서 털어냈다. 나는 천천히 계단을 내려와 그에게 웃어보였다. 그가 내 모습에 붙잡혔다.

"몸은 괜찮아요?"

"꿈을 꾸고 있는 것 같아요. 아침 내내 눈 내리는 걸 보고 있었어요."

윌리엄이 난로에서 포리지를 만들고 있는 산파와 재빠르고 의미 있는 눈빛을 주고받았다. 그러고 나서 그가 맨발로 부엌 바닥을 껑충 뛰어 가로질러 나를 난롯가 의자에 끌어 앉혔다.

"진통이 오고 있어요?"

나는 싱긋 웃었다.

"아직이오. 하지만 오늘일 것 같아요."

산파가 커다란 공기에 포리지를 떠 담아 숟가락과 함께 건네주었다.

"그럼 훌쩍 떠먹어요."

그녀가 기운을 북돋아주듯이 말했다.

"우리 모두 힘이 필요할 테니까."

끝내는 수월한 출산이었다. 우리 여자 아기는 거우 산고 네 시간 만에 태어났고, 산파는 아기를 따뜻한 흰색 포대기에 감싸 내 젖가슴에 대주었다. 그 네 시간 동안 한순간도 나를 떠나지 않고 곁에 있어주었던 윌리엄은, 아기의 피 묻은 조그만 머리에 손을 얹고 아기를 축복했다. 그의 입술은 복받치는 감정으로 떨리고 있었다. 그런 다음 그가 침대 위로 올라와 내 옆에 누웠다. 노부인은 우리 셋에게 이불을 덮어주고선, 따뜻하게 서로의 품에 안겨 잠에 떨어진 우리를 두고 나갔다.

두 시간 후 아기가 뒤척이며 깨어나 울었을 때, 우리는 그제야 일어났다. 그리고는 나는 아기를 젖가슴에 갖다 대고, 사랑스런, 아기 젖먹이의 그 익숙하고 황홀한 느낌을 만끽했다. 윌리엄이 내 어깨에 숄을 둘러싸주고, 따뜻하게 데운 에일을 가져다주려 아래층으로 내려갔다. 여전히 눈이 내리고 있었다. 침대 위에서, 나는 더 어둑어둑해진 하늘을 배경으로 내리는 하얀 눈송이를 볼 수 있었다. 따뜻한 이불 속에 뒹굴며 오리털 베개에 뒤로 기대고는, 나는 정말로 축복받은 여자라는 것을 느꼈다.

1535년 봄

누이에게,

우리 누이 왕비마마께서 다시 한 번 아기를 가지셨고, 그래서 넌 궁정으로 와서 도와줘야 하지만, 네 남편은 로치퍼드에 있어야 하고, 아기도 마찬가지라고 전하라 명하셨어. 둘 다 보지 않겠대.

네 연금은 되돌려줄 거고, 이번 여름에 헤버에서 아이들을 만나게 될지도 몰라.

이것이 네게 전하라고 명령받은 전갈이고, 나 또한 우리가 지금 햄프턴 궁정에서 네가 필요하다고 전한다. 앤은 올 가을에 해산 자리에 누우리라 예상하고 있어. 이번 여름에 우선 이동을 하겠지만, 그리 멀리 가진 않을 거야. 앤이 너를 몹시 곁에 두고 싶어하고 있어.

왜냐하면, 너도 상상할 수 있듯이, 앤은 이 아이를 지키려고 필사적이고, 궁정에 나 이외에도 친구를 두고 싶어해. 사실대로 말하자면, 지금 현재 앤은 세상에서 가장 외로운 여자야. 폐하께선 매지에게 상당히 호의적이시고, 매지는 일주일 내내 매일같이 새로운 가운을 입고 돌아다녀.

지난번에는 우리 외삼촌께서 가족회의를 여셨는데, 나나 아버지나 어머니는 초대받지 않았어. 셸턴 가 사람들이 갔지. 앤과 내가 그걸 어떻게 받아들였는지는 너의 상상에 맡겨두겠어. 앤은 여전히 왕비이지만, 더 이상 폐하께도 가족에게도 총애받는 이가 아니야.

네가 도착하기 전에 다른 한 가지를 더 경고할게.

도시는 지금 석연치 않은 분위기야. 국왕 계승권의 선서가 다섯 명의 훌륭한 남자들을 런던탑으로, 그리고 그들을 죽음으로 몰아갔고, 더 많은 이들을 몰아갈지도 몰라. 헨리 폐하께서 자신의 힘이 무한하다는 것을 깨달으셨는데, 이젠 폐하를 침착하게 붙들 울지 추기경도, 캐서린 왕비도, 토머스 모어 경도 없잖아. 네가 전에 알고 있던 때보다 궁정 자체도 한층 더 제멋대로가 되었어. 나는 그런 궁정의 가장 중요한 위치에 있었고, 그래서 정말 넌더리나. 고삐 풀린 망아지 같은데, 어떻게 깨끗이 뛰어넘어야 할지 모르겠어. 네게 찾아와달라고 초대하는, 아니— 찾아와달라고 애원하는 이곳은 행복한 곳이 아니야.

너를 유인하는 미끼로, 아이들과 함께 여름을 보낼 수 있게 해준다고 약속할게.

네가 떠나도 될 만큼 앤이 괜찮다면.

조지 오빠가.

묵직한 불린 가 문장이 찍힌 편지를 들고 남편에게로 갔다. 그는 뜰에서 암소의 따뜻한 옆구리살에 머리를 밀어붙인 채 젖을 짜고 있었다. 우유가 쉿 소리를 내며 들통 속으로 떨어졌다.

"좋은 소식이에요?"

그가 내 밝은 얼굴을 읽고 물었다.

"궁정에 돌아와도 된대요. 언니가 다시 임신을 해서 내가 거기 있었으면 한대요."

"아이들은요?"

"언니가 놓아준다면 이번 여름에 볼 수 있어요."

"정말 다행이에요."

월리엄이 간단히 말하고는, 암소의 배로 머리를 돌리고 잠시 눈을 감았다. 그리고 나는, 전에는 전혀 몰랐었는데, 잃어버린 아이들로 인해 월리엄이 나 때문에 고통받고 있었다는 것을 깨달았다.

"나한텐 아무런 용서 없어요?"

월리엄이 잠시 후 물었다.

내가 고개를 저었다.

"당신은 금지됐어요. 하지만 그냥 나랑 같이 가도 될 것 같아요."

"다시 오랫동안 농장을 비우게 돼 유감이네요."

내가 쿡쿡 웃었다.

"시골뜨기 다 된 거예요, 내 사랑?"

"그래유."

그가 대답했다. 월리엄이 젖 짜는 스툴에서 일어나 암소의 엉덩이를 툭툭 쳤다. 내가 문을 열어 잡고 있자, 암소는 봄 잔디가 푸르게 돋아나는 들판으로 나갔다.

"오라든 오지 말라든, 난 당신과 같이 궁정에 갈게요. 그리고 여름이 오면, 우린 다시 여기로 돌아오는 거구요."

"헤버에 들른 다음에요."

내가 분명히 밝혔다.

월리엄이 나를 보고 웃으며, 그의 따뜻한 손이 문 위에 얹어져 있는 내 손을 잡았다.

"당연히 헤버 다음이죠. 왕비마마의 아기는 언제가 예정이에요?"

"가을이오. 하지만 아무도 몰라요."

"이번엔 부디 아무 탈 없이 아기를 낳으시길 바라네요."

그는 잠시 머뭇거리다가 따뜻한 우유에 국자를 담갔다.

"맛 좀 봐요."

나는 시키는 대로 따뜻하고 거품이 이는 우유를 한 모금 마셨다.

"맛있어요?"

"네."

"착유장에 가져가서 휘저어 버터를 만들까요?"

"네, 내가 직접 할 생각이었는데요."

"당신이 너무 피곤해지는 건 싫어요."

윌리엄의 걱정에 내가 빙긋 웃었다.

"내가 할 수 있어요."

"그럼 안으로 들어다줄게요."

윌리엄이 부드럽게 말했다. 그러고 나서 그는, 이모의 마음을 풀어주려 앤이라고 이름 지은 우리 아기가 포대기에 꼭 싸인 채 자고 있는 요람에서 착유장 안으로 이끌었다.

나를 햄프턴 궁정으로 다시 데려가기 위해 왕실 바지선이 보내졌다. 윌리엄과 유모, 그리고 나는 궁정 옷을 차려입고 아주 기품 있게 리에서 배에 올라탔다. 우리의 말들은 나중에 뒤따라오기로 되어 있었다. 우리를 떠나보내는 인상적인 분위기는, 우리가 없을 동안 농장을 돌봐줄 메이건의 남편에게 막판 지시를 하려 자꾸만 소리쳐대는 나의 남편 때문에 다소 망쳐졌다.

"그 사람도 분명 양털을 깎아야 하는 걸 기억했으리라 생각하네요."

윌리엄이 난간에 매달려 뱃사람처럼 큰소리치기를 멈추고 마침내 자기 자리를 찾아 앉았을 때, 내가 온화하게 말했다.

"털이 굉장히 길게 자라면, 그 사람도 분명 알아차리겠죠."

그가 씩 웃었다.

"미안해요, 망신스럽게 했나요?"

"뭐, 이제 당신도 왕족의 일원이니까, 장날 술 취한 농부처럼 굴지 않을 방법을 찾는 게 분명히 좋겠다고 생각해요."

윌리엄은 전혀 뉘우치지 않았다.

"죄송합니다, 스태퍼드 영부인. 햄프턴 궁정에 도착하면 신중 그 자체로 행동한다고 맹세 드리죠. 예를 들면, 어디서 잘까요? 당신네 마구간에 있는 건초 넣는 다락이라면 충분히 겸손할까요?"

"시내에 조그만 집을 빌리려고 생각했어요. 매일 찾아가서 대부분은 거기서 보낼게요."

"그리고 밤에는 집에 와서 자는 게 좋을 거예요. 안 그럼 내가 궁정으로 올라가서 데려올 테니까. 당신은 이제 내 아내예요, 나의 인정된 아내라구요. 그에 맞게 행동하길 기대하고 있어요."

그가 힘주어 말했다.

나는 싱긋 웃으며 윌리엄이 내 얼굴에 어린 즐거움을 보지 못하도록 머리를 돌렸다. 내 전번 결혼은 궁중 결혼이었고, 나는 남편의 침대에서 잔 적이 거의 없다시피 했지만, 아무도 그에 조금도 놀라지 않았다는 것을 나의 정직하고 결연한 남편에게 상기시키는 것은 무의미했다.

"달라질 건 없어요. 당신의 첫 번째 결혼이 어땠는지에 따라 달라질 건 전혀 없어요. 이건 내 결혼이고, 난 내 아내가 내 침대에 있길 바라지요."

내 생각에 대해 그가 직관적인 인식을 가지고 말했다.

나는 큰소리로 웃고 그의 품으로 다시 파고들었다.

"거기가 내가 있고 싶은 곳이지요. 내가 대체 왜 다른 곳에 있고 싶어하겠어요?"

내가 고백했다.

왕실 바지선은 부드럽게 강을 올라갔다. 뱃사공들이 규칙적으로 울리는 북소리에 맞춰 가고, 조수가 안으로 밀려들며 보통 구보로 달리는 말처럼 빠르게 우리를 데려갔다. 익숙한 경계표가 시야에 들어왔다. 거대하고 네모진 하얀 탑과 런던탑 앞 수문의 쩍 벌린 입. 짙은 그림자처럼 강을 가로지르는 다리는 물가의 궁정과, 정원의 아름다움과, 거대한 도시의 중심 수로의 모든 시끌벅적함과 흥분을 향해 열려 있는 문간 같았다. 조그만 거룻배와 나룻배와 고기잡이배들이 우리 앞에서 강을 엇갈려 지나갔다. 램버스에선 말을 싣는 거대하고 무겁고 느릿한 나룻배가 우리가 재빠르게 지나치는 동안 우물쭈물하고 있었다. 윌리엄은 커다란 회색 왜가리가 물가의 나무들 사이에 어색하게 둥지를 틀고, 몸을 거꾸로 하고 물속으로 뛰어들어 물 밑에서 욕심 많아 보이는 짙은 그림자처럼 된 가마우리를 가리켰다.

많은 얼굴들이 왕실 바지선 쪽으로 고개를 돌렸으나, 미소 짓는 얼굴은 거의 없었다. 나는 캐서린 왕비와 함께 바지선을 탔을 적, 우리가 지나칠 때 어떻게 모든 사람들이 모자를 벗고, 여자들은 무릎을 굽혀 절하고, 아이들은 자기 손에 입을 맞추고 손을 흔들어주었는지를 기억했다. 그 당시에는 왕이 현명하면서 강하고, 왕비는 아름답고 선량했으며, 아무것도 잘못될 수 없으리란 믿음이 있었다. 그러나 앤 언니와 불린 가의 야망이 그런 조화에 커다란 금을 내어 갈랐고, 이제 모든 사람들은 갈라진 틈 속을 들여다볼 수 있었다. 이제 그들은 왕이 그저 자기 둥지에만 깃털을 덮는 것 외에는 원하는 것이 없는, 벌이는 좋더라도 별 볼일 없는 도시의 어떤 하찮고 보잘것없는 시장보다 나을 게 없으며, 그는 욕망과 야망과 탐욕을 알고 만족하기만을 갈망하는 여자와 결혼했다는 것을 알고 있었다.

앤 언니와 헨리 왕은, 국민들이 그들을 용서해주길 기대했다면 분명 지금쯤 실망하고 있을 것이다. 국민들은 절대 용서하지 않으려 했다. 캐서린 왕비는 헌팅던셔의 추운 늪에서 거의 죄수나 다름없이 살고 있을지는 몰라도, 잊히지는 않았다. 더군다나 잉글랜드의 새로운 계승자를 위한 세례식 없는 나날이 계속되고 있었으니, 그녀의 유배는 더욱더 무의미해졌다.

나는 윌리엄의 편안한 어깨에 기대고 졸았다. 얼마 안 되어 아기가 우는 소리를 들었다. 일어나보니 유모가 아기를 꼭 끌어안고 젖을 먹이고 있었다. 단단히 조여 묶은 내 젖이 갈망으로 쿡쿡 쑤셔왔다.

윌리엄이 내 허리를 더 꽉 끌어안으면서 머리끝에 입을 맞췄다.

"잘 돌보고 있어요. 아무도 절대 저 아이를 당신에게서 빼앗지 못할 거구요."

그가 부드럽게 말했다.

내가 고개를 끄덕였다. 낮이나 밤 동안, 어느 때라도 나는 저 아이를 데려오라고 명할 수 있었다. 저 아이는 나의 다른 두 아이가 한 번도 그런 적 없었던, 나의 아이였다. 저 아이의 푸르고 초롱초롱한 눈동자를 볼 때마다 내가 잃어버린 두 아이 때문에 더욱 슬퍼한다는 것을 윌리엄에게 말하는 건 무의미했다. 저 아이는 그들의 빈자리를 메울 수 없었다. 단지 내가 세 아이의 어머니이고, 품에 따뜻하고 조그만 꾸러미를 안고 있을지언정 이 세상 다른 어딘가에는 나의 두 아이가 있다는 것을 상기시켜주기만 했다. 나는 내 아들이 밤에 어디다 머리를 두고 자는지조차 몰랐다.

햄프턴 궁정의 커다란 부두와 그 뒤에 있는 큼지막한 철문을 보기 전에 이미 황혼이 깃들어 있었다. 고수가 북을 한 차례 더 치자, 우리는 사공들이 허둥지둥 부두를 따라 우리가 상륙할 수 있도록 준비하는 것을 보았다. 왕의 깃발에 존경을 표하기 위해 짧은 팡파르가 형식적으로 울려 퍼졌고, 그런 다음 바지선이 도크에 대어지고 우리가 내렸다. 윌리엄과 나는 다시 궁정에 돌아와 있었다.

조심성 있게, 윌리엄, 우리 아기, 그리고 유모는 예인선 뱃길을 따라 마을로 내려갔고, 나 홀로 궁전에 들어가도록 두고 떠났다. 윌리엄은 떠나기 전 내 손을 잠시 꽉 잡아주었다.

"용감하게 맞서요. 기억해요, 마마는 지금 당신을 필요로 한다는 것을. 당신의 도움을 너무 싸게 팔진 말아요."

그가 웃으며 말했다.

나는 고개를 끄덕이고 망토를 꼭 여민 다음, 돌아서서 거대한 궁전을 직면했다.

마치 낯선 사람처럼 나는 거대한 계단을 올라 왕비의 처소로 안내

되었다. 근위병들이 문을 열어주어 안으로 걸어 들어가자, 방 안이 죽은 듯이 고요하다가 갑자기 내 머리 주위로 여자들의 열광이 터져 나왔다. 방 안의 모든 여자들이 내 어깨를, 목을, 가운 소매를, 머리칼 위의 두건을 만지면서 내가 얼마나 건강해 보이는지, 얼마나 어머니로서의 모습이 잘 어울리는지, 얼마나 시골 공기가 내게 잘 맞고, 나를 궁정에서 다시 보게 되어 얼마나 기쁜지 말해댔다. 모든 여자 하나하나가 나의 가장 친한 친구였고, 가장 사랑스런 친척이었으며, 모두들 나와 방을 나눠 쓰고 싶어해 내가 직접 침실을 고를 수도 있을 것만 같았다. 나를 다시 궁정에서 보게 된 것에 다들 너무도 기뻐해, 다들 그리 오랫동안 나 없이도 잘 살아왔다는 사실에 놀랄 수밖에 없었다. 단 한 명도 편지 한 번 하지 않고, 단 한 명도 우리 언니에게 관대함을 베풀어달라고 한 번이라도 부탁하지 않고서.

그리고 내가 정말 윌리엄 스태퍼드와 결혼했는지? 그 사람은 정말 장원 농장을 갖고 있는지? 그저 농장? 그저 하나? 하지만 큰 곳? 아니라고요? 정말 희한하군요! 아기를 낳았는지? 아들인지 딸인지? 대부모와 후견인들은 누구인지? 아기 이름은 뭔지? 윌리엄과 아기는 지금 어디 있는지? 궁정에? 아니라고요? 어머, 정말 이상하군요!

나는 그러모을 수 있는 모든 기술을 총동원해 질문들을 받아넘기고선 조지 오빠를 찾아 주위를 둘러보았다. 오빠는 그곳에 없었다. 왕은 자신이 가장 총애하는 술고래에 사납게 말을 타는 측근 몇 명만 데리고서 말을 타러 늦게 나갔고, 그들은 아직 돌아오지 않았다. 여자들은 만찬을 위해 옷을 갈아입고 남자들이 돌아오기를 기다리고 있었다. 앤 언니는 홀로 내전에 있었다.

나는 용기를 내어 문으로 다가갔다. 문을 두드리고 손잡이를 돌리고서, 안으로 들어갔다.

방 안은 그늘져 있었다. 아직도 덧문이 열려 있는 창에서 들어오는 5월 황혼의 희끄무레한 빛과 작은 난로에서 깜빡거리는 조그만 불빛에서 유일한 빛이 나오고 있었다. 언니는 기도대 앞에 무릎을 꿇고 있었다. 나는 미신적인 두려움으로 터져 나오려는 외침을 억눌러야 했다. 나는 기도대 앞에 무릎을 꿇고 앉아, 남편을 위해 아들을 갖고, 남편이 불린 가 여자들에게서 떠나서 다시 자기에게 돌아오기를 온 마음을 다하여 기도하고 있는 캐서린 왕비를 보았다. 그러나 그 순간 왕비의 유령이 고개를 돌렸다. 창백하고 긴장된 얼굴에, 유혹적인 두 눈은 피로로 그늘져 있는, 앤 언니였다. 대번에 나는 언니를 가엾게 여겨 방을 가로질러, 무릎을 꿇고 있는 언니에게로 가 두 팔로 감싸 안았다.

"아, 언니."

언니가 일어서서 나를 껴안자, 무거운 머리가 내 어깨 위로 내려졌다. 내가 그리웠다고, 자신에게서 관심이 떠나가는 궁정에서 끔찍이도 외로웠다고 언니는 말하지는 않았지만, 그럴 필요가 없었다. 축 처진 어깨가, 요즘 앤 불린에게 왕비 자리가 큰 기쁨이 아니라는 것을 알려주기에 충분했다.

조심스럽게, 나는 언니를 의자에 앉히고 허락도 없이 맞은편에 앉았다.

"몸은 괜찮아?"

요점으로, 유일한 요점으로 들어가며 내가 물었다.

"응."

언니가 대답했다. 아랫입술이 살짝 떨렸다. 언니의 얼굴은 무척 창백했고, 양쪽 입가에는 새로운 주름이 져 있었다. 난생처음으로 나는 언니의 얼굴을 들여다보고선 언니가 어머니를 닮았다는 것을 깨달았다. 언니가 나이를 먹으면 어떤 모습일지 보였다.

"진통은 없구?"

"전혀."

"굉장히 창백해 보여."

"피곤해. 힘이 빠져나가고 있어."

언니가 고백했다.

"몇 달 됐어?"

"넉 달."

그것밖에 생각하고 있지 않은 여자답게, 순식간에 기억해내며 대답했다.

"그럼 나아질 거야. 항상 첫 세 달이 가장 힘들잖아."

나는 '그런 다음 마지막 세 달이.'라고 말할 뻔했으나, 아이를 마지막 세 달까지 수태하고 있었던 건 단 한 번뿐인 앤 언니에게는 농담으로 할 말이 아니었다.

"폐하는 궁내에 계시니?"

"사냥 나가셨다고 그러던데. 조지 오빠도 같이."

언니가 고개를 끄덕였다.

"매지는 시녀들이랑 같이 밖에 있니?"

"응."

"그 시모어 가의 얼굴 창백한 계집애도?"

"응."

내가 대답했다. 그 묘사로 제인 시모어를 생각해내는 데는 어려움이 없었다.

앤 언니는 고개를 끄덕였다.

"그럼 그런 대로 괜찮네. 둘 중 어느 쪽도 폐하와 함께 있지 않는이상, 난 만족해."

"어찌되든 만족하려고 노력해야지. 아기가 안에 있는데 뱃속이 분노로 가득 차는 건 원치 않을 거 아냐."

내가 부드럽게 말했다.

언니가 나를 재빨리 힐금 보더니 거칠게 웃었다.

"아 그래, 굉장히 만족하고 있어. 남편은 같이 왔니?"

"궁정으론 아니야. 언니가 오면 안 된다고 말했으니까."

"여전히 정신없이 빠져 있어? 아니면, 이제 그 사람이랑 또 한 줌밖에 안 되는 밭에 싫증난 거야?"

"여전히 사랑해."

언니가 약 올리는 데 응할 기분이 아니었다. 윌리엄에 대한 생각은 나를 엄청난 평화로 가득 채워 나는 아무와도 다투고 싶지 않았다. 이 왕비처럼 창백하고 지쳐 있는 여자와는 더욱이.

언니는 쓸쓸하게 미소를 지었다.

"조지 오빠는 네가 분별력 있는 유일한 불린 가 사람이라고 하더라. 우리 셋 중 네가 가장 현명한 선택을 했다고. 넌 평생 부유하게 살진 못하겠지만, 네겐 널 사랑해주는 남편이 있고, 요람엔 건강한 아기가 있다구. 오빠 아내는 오빠를 잡아먹을 듯이 쳐다봐. 그 여자의 욕망은 너무 증오스러워. 그리고 헨리 폐하께선 봄철의 나비처럼 내 방에 훨훨 날아 들어왔다 갔다 하시구. 저 두 여자애들은 그물을 들고 폐하를 뒤쫓아 오락가락하고 말이야."

점점 더 뚱뚱해져가는 헨리 왕을 봄철의 나비로 생각하고 나는 큰 소리로 웃었다. 나는 "커다란 그물"이라고 대답할 뿐이었다.

앤 언니가 잠시 눈을 빛내더니 자신도 웃었다. 익숙한 언니의 명랑한 웃음.

"세상에, 저 애들을 제거할 수만 있다면 뭐든지 바치겠어."

"이제 내가 여기 있잖아. 내가 저 애들을 언니에게서 떼어놓을 수 있어."

"그래, 그리고 내가 만약 잘못되면 도와줄 수 있지?"

"물론이지. 설사 다른 무슨 일이 일어난다 해도, 언니한텐 언제나 조지 오빠가 있고, 언제나 내가 있잖아."

바깥방에서 시끌벅적한 소리가 몰아쳤다. 틀릴 여지가 없는 우렁찬 웃음소리, 튜더 가 사람의 커다란 웃음소리. 앤 언니는 남편이 즐겁게 웃는 소리를 들었지만 웃지 않았다.

"이제 식사를 원하시겠지."

문을 향하는 언니를 내가 멈춰 세웠다.

"아이 가진 거 폐하도 아셔?"

내가 재빨리 물었다.

언니는 고개를 저었다.

"너랑 조지 오빠 외엔 아무도 몰라. 감히 말할 용기가 없어."

언니가 문을 열자 우리는, 문이 막 열리면서 헨리 왕이 붉어진 매지 셸턴의 목에 로켓(locket: 사진 따위를 넣어 목걸이에 다는 여성용 장신구)을 매주는 모습을 보았다. 아내의 모습에 그는 움찔했지만 일을 끝마쳤다.

"조그만 기념품입니다. 여기 있는 이 똑똑한 아가씨가 내기에서 이긴 작은 물건이죠. 안녕하세요, 부인."

왕이 앤 언니에게 말했다.

"여보, 당신도 안녕하신지요."

앤 언니가 잇새로 말했다.

왕이 언니를 지나쳐 나를 보았다.

"아니, 메리! 아름다운 캐리 영부인, 다시 돌아왔군."

그가 기쁨으로 밝게 웃으며 소리쳤다.

나는 절을 하고 그의 얼굴을 올려다보았다.

"괜찮으시다면, 이제 스태퍼드 영부인입니다, 폐하. 전 재혼했습니다."

재빨리 고개를 끄덕이는 모습이 그가 기억한다는 것을 보여주었다―그리고 자기 아내가 나를 궁정에서 추방하면서 머리가 지끈지끈할 정도로 소리쳤던 커다란 고함소리 또한 기억한다는 것을. 그의 미소가 사라지지 않고, 위로 향한 내 얼굴에 그의 눈동자가 따뜻하게 머물러 있는 것을 보며, 나는 언니가 정말 독살스러운 마녀라고 생각했다. 언니가 완전히 혼자서 나를 추방하려고 애쓰고 또 얻어냈던 것이다. 왕의 의지가 전혀 아니었다. 임신한 사실을 숨기는 데 내 도움이 필요하지 않았더라면, 언니는 나를 그 조그만 농가에 영원히 내버려두었을 것이다.

"아이를 낳았구?"

왕이 물었다. 불린 가의 생산력 있는 여자로부터 임신을 못 하는 여자를 보며, 그는 내 머리 너머 앤 언니를 재빨리 힐금 쳐다보지 않을 수 없었다.

"여자아이입니다, 폐하."

아들이 아닌 것을 하느님께 감사하며 대답했다.

"윌리엄은 운 좋은 남자야."

내가 그를 올려다보며 친밀하게 웃었다.

"저도 확실히 그렇게 말하긴 합니다."

헨리 왕이 소리 내어 웃더니, 손을 뻗어 나를 가까이 이끌었다.

"그는 여기 없는가?"

왕이 측근들을 둘러보며 물었다.

"초대받지 않았……."

단번에 그는 내 말뜻을 파악했다. 그가 다시 아내를 돌아보았다.

"윌리엄 경은 왜 부인과 함께 다시 궁정으로 초대받지 않았죠?"

왕이 물었다.

앤 언니는 한순간도 망설이지 않았다.

"당연히 오라고 불렀죠. 우리 사랑하는 동생이 감사 기도를 올리자마자 돌아오라고 둘 다 초대했어요."

이런 뻔뻔스러운 거짓말을 하는 언니를 보면서 나는 감탄할 수밖에 없었다. 내가 할 수 있는 건 거짓말을 받아들이고는 전력을 다해 잘 넘기는 것뿐이었다.

"폐하께서 바라신다면 그이는 내일 저와 함께 할 것입니다. 그리고 괜찮으시다면, 내일 저의 딸도 데려오겠습니다."

"궁정은 아기가 있을 만한 곳이 못 돼."

앤 언니가 단호하게 말했다.

헨리 왕이 곧장 언니에게 달려들었다.

"그러니 더욱 애석하군요. 게다가 아내한테서 그런 말을 들어야 하다니. 궁정은 아기가 있을 만한, 아기에게 딱 알맞은 곳입니다. 그것은 당신이 다른 누구보다도 잘 아리라 생각했는데요."

"난 아기의 건강을 생각하고 있었던 것입니다, 폐하. 시골에서 자라야 한다고 생각하고 있었던 겁니다."

언니가 차갑게 말했다.

"그건 아이의 어머니가 결정할 일이죠."

헨리 왕이 위엄 있게 말했다.

나는 꿀처럼 달콤하게 미소 짓고는 기회를 잡아챘다.

"실로, 폐하께서 허락해주신다면, 우리 아기를 이번 여름에 헤버로 데려가고 싶습니다. 아기가 우리 다른 아이들을 만나볼 수 있게요."

"우리 아들 헨리지."

앤 언니가 내게 상기시켰다.

내가 현혹시키는 시선으로 왕을 올려다보았다.

"왜 안 되겠나? 원하는 대로 하게, 스태퍼드 영부인."

그가 내게 팔을 내밀자, 나는 품위 있게 절하고 팔오금 사이로 손을 슬쩍 넣었다. 나는 그가 머리가 벗겨지기 시작하는 뚱뚱한 남자가 아니라 아직도 유럽에서 가장 잘생긴 왕자인 듯 그를 올려다보았다. 뚜렷했던 턱 선이 굵어졌다. 머리끝에 난 머리칼은 숱이 적고 듬성듬성했다. 젊은 얼굴에 그리도 키스하고 싶게 만들었던 장미꽃 봉오리 같은 입술은 이제 제멋대로인 조그맣고 부루퉁한 입술이 되었고, 춤추던 두 눈동자는 눈까풀 지방과 부푼 뺨에 묻혀 있었다. 그는 제멋대로 굴고 있으면서도 행복해 보이지는 않았다. 부루퉁한 아이 같았다.

나는 왕을 올려다보며 미소 짓고, 그 쪽으로 머리를 기울였다. 그의 이야기에 웃고, 버터를 만들고 치즈를 만들었던 이야기로 그를 웃게 만들다가 이윽고 그는 잉글랜드 국왕으로서 왕좌로 갔고, 나는 시녀들을 위한 식탁의 내 자리로 갔다.

우리는 오랫동안 앉아서 식사를 했다. 이곳 궁정 사람들은 폭식가가 되어 있었다. 스무 가지의 고기 요리들이 있었다—사냥한 고기, 도살한 고기, 새고기, 그리고 물고기. 열다섯 가지의 푸딩이 있었다. 나는 헨리 왕이 모든 요리를 조금씩 맛보면서 끊임없이 더 내올 것을 지시하는 모습을 지켜보았다. 앤 언니는 얼음 같은 얼굴로 왕 옆에 앉아 깨죽대며, 어디에 위험이 도사리고 있는지 보려는 듯 눈동자를 끊임없이 이쪽저쪽으로 휙휙 굴리고 있었다.

마침내 접시들이 치워지자 가면극이 열렸고, 그런 다음 본격적으로 춤을 추기 시작했다. 춤추는 사람들의 원에 자리를 잡으면서도, 궁정의 옛 친구들과 시시덕거리면서도, 나는 벽난로 왼쪽에 있는 옆 문을 주시했다. 자정 후, 끈질기게 주시한 것에 보답이 있었다. 문이 열리고, 나의 남편 윌리엄이 안으로 슬쩍 들어와 나를 찾아 둘러보았다.

초들은 녹아서 흘러내리고 있었고, 너무도 많은 사람들이 춤추고 또 이리저리 돌아다니고 있어 아무도 그를 보지 못했다. 나는 춤을 추다가 양해를 구해 빠져나와 그에게로 건너갔고, 윌리엄은 대번에 나를 커튼 뒤 벽감으로 이끌었다.

"내 사랑, 평생같이 느껴져요."

그가 말하고, 나를 끌어안았다.

"나도 그래요. 아기는 괜찮아요? 자리는 잡았어요?"

"아기와 유모는 곤히 잠든 채로 두고 왔어요. 당신이 얼른 궁정에서 나올 수 있기만 하면 그 둘이랑 우리에게도 적당한 좋은 숙소를 구해놨어요."

"난 그것보다 더 잘 해냈어요. 폐하께서 나를 보시고는 반가워하시고, 당신은 어디 있냐고 물어보셨어요. 내일 궁정에 오래요. 우린 여기서 함께 있을 수 있어요. 여름에 아기 앤을 헤버로 데려가도 된다고 하셨구요."

내가 기뻐하며 말했다.

"앤 마마께서 대신 부탁드린 거예요?"

나는 고개를 저었다.

"궁정에서 추방당한 건 언니에게 고마워해야 할 일이에요. 내가 폐하께 직접 물어보지 않았으면, 언니는 아이들을 보게 해주지도 않았을 거예요."

윌리엄이 낮게 휘파람을 불었다.

"언니께 대단히 고마워했겠네요."

나는 고개를 저었다.

"타고난 천성에 대해 불평하는 건 무의미해요."

"어떻게 지내시구요?"

"언짢아요. 앓고 있어요. 슬픔에 잠겨 있구요."

내가 아주 낮게 속삭였다.

1535년 여름

그날 밤 조지 오빠와 나는 앤 언니가 잠잘 준비를 하는 동안 언니의 방에 앉아 있었다. 왕은 그날 밤 언니와 잠자리를 갖겠다고 말했고, 언니가 목욕을 하고 내게 머리칼을 빗어달라고 부탁했다.

"조심스럽게 하시게 하지?"

내가 걱정스레 물었다.

"아예 잠자리를 갖는 것부터가 죄잖아."

훌륭한 침대보 위에 장화를 올린 채 언니의 침대에 쭉 뻗고 있는 조지 오빠가 짧게 소리 내어 웃었다.

머리빗 아래서 언니는 고개를 돌렸다.

"거칠게 구애하셔서 조금 위험해."

"무슨 뜻이야?"

"어떤 밤에는 하시질 못해. 어떤 밤에는 아예 딱딱해지지도 않으신다니까. 역겨워. 폐하께서 이리저리 움직이고 땀을 흘리면서 끙끙거리실 동안 난 밑에 누워 있어야 해. 그러고 나선 화를 내시는데, 나한테 화내신다니까! 그게 마치 내 잘못이라도 되는 양."

"술 때문인가?"

내가 물었다.

언니가 어깨를 으쓱했다.

"폐하를 알잖아. 밤이면 항상 반쯤 취해 계서."

"아이를 가졌다고 말씀드리면……."

"6월엔 말씀드려야겠지? 태동을 시작하면, 그때 바로 말씀드릴 거야. 궁정 이동을 취소하실 거고, 우린 모두 햄프턴 궁정에서 지내면 돼. 오빠는 폐하와 함께 말 타고 나가 사냥하면서 그 달덩이 같은 얼굴을 한 제인을 폐하의 목에서 떼어내야 할 거야."

"대천사 가브리엘도 폐하에게서 여자들을 떼어놓진 못할 거야. 네가 모범을 보였어, 앤. 넌 평생 후회하면서 살아갈 거야. 그 여자들 모두 폐하와 적당히 거리를 두면서 불가능한 약속을 하지. 다들 여기 있는 아리따운 메리 같았을 때가 만만했어—가볍게 놀고 장원 두엇으로 보답 받고."

조지 오빠가 무심하게 말했다.

"장원은 오빠가 받았다고 생각하는데. 그리고 아버지도. 윌리엄 캐리도. 내가 기억하기로, 난 수놓인 장갑 한 쌍이랑 진주 목걸이밖에 못 받았어."

내가 날카롭게 말했다.

"네 이름을 딴 배랑, 말도 있었지."

시샘 많은 앤 언니가 정확히 기억하며 말했다.

"무수한 가운들이랑, 새 침대도 있었고 말이야."

조지 오빠가 소리 내어 웃었다.

"집안 관리자였던 것처럼 재산 목록을 갖고 있구나, 앤."

오빠가 손을 뻗어 언니를 침대로 끌어당겨 오빠 옆 베개 위에 눕게 했다. 나는 그 둘을 바라보았다. 쌍둥이처럼 친밀하게, 커다란 잉글랜드 침대에 나란히 누워 있었다.

"물러날게."

내가 무뚝뚝하게 말했다.

"별 볼일 없는 경한테나 가버려라."

앤 언니가 어깨 너머로 소리치더니, 호화롭게 수놓인 침대 커튼을 확 잡아당겨 둘 다 내 시야에서 가려졌다.

윌리엄은 정원에서 강을 내다보며 나를 기다리고 있었다. 그의 얼굴이 어두웠다.

"무슨 일이에요?"

"폐하께서 피셔를 체포하셨어요. 감히 그러실 거라곤 한 번도 생각 못했는데."

"피셔 주교를요?"

"그분은 불사신이라고 생각했었어요. 헨리 폐하께선 언제나 그분을 사랑하셨고, 그분은 캐서린 왕비마마를 지키면서도 상처 하나 입지 않고 나올 수 있는 것 같았거든요. 그분은 한 번도 흔들리지 않고 마마께 충성을 다했어요. 마마께서 몹시 슬퍼하실 거예요."

"그렇지만 그냥 일주일쯤 런던탑에 계시는 거죠? 그런 다음 용서하거나 뭐 그러는 거구요?"

"그분께 무얼 심문하느냐에 달려 있어요. 왕위 계승률을 받아드리시진 않으실 거예요, 그건 확신해요. 메리 공주마마 대신에 엘리자베스 공주마마가 계승해야 한다고 말씀하시진 못해요. 그분은 두 분의 결혼을 변호하는 책을 십수 권이나 쓰셨고, 무수한 설교를 하셨어요. 마마의 따님을 폐적하시진 못해요."

"그럼 그냥 런던탑에서 계속 머무시겠죠."

"그러시겠죠."

윌리엄이 되풀이했다.

나는 조금 더 가까이 다가가 그의 팔에 손을 얹었다.

"왜 그렇게 걱정해요?"

"피셔 주교께선 책이랑 물건이랑 다 갖고 계실 테고, 친구 분들도 찾아가실 거예요. 여름이 끝날 무렵에 석방되실 거라구요."

윌리엄이 강에서 돌아보며 내 손을 잡았다.

"헨리 폐하께서 그분을 런던탑으로 보내라고 명령하셨을 때 난 그 자리에 있었어요. 폐하께서 업무를 보시는 동안 미사를 드리고 계셨어요. 잘 생각해봐요, 메리. 주교를 런던탑으로 보내라고 명령하셨을 때 미사를 드리고 계셨다구요."

"폐하께선 항상 미사를 드리시면서 일을 하셨어요."

나는 내 남편의 진지함을 인정하고 싶지 않았다.

"그건 아무 뜻 없어요."

"이건 헨리 폐하의 법령들이에요."

내 손을 잡고 놓아주지 않으며 남편이 말했다.

"왕위 계승률과 수장령에 반역법, 이건 이 나라의 법들이 아니에요. 적들을 잡으려고 덫을 놓은 헨리 폐하의 법령들이고, 피셔 주교와 모어 경께서 걸려든 거예요."

"폐하께서 그분들을 참수하실 리는 없잖아요……. 어머, 윌리엄, 말도 안 돼요! 한 분은 나라에서 가장 존경받는 성직자이시고, 또 한 분은 대법관이셨어요. 폐하께서 감히 그런 분들을 참수하시진 못할 거예요."

내가 합리적으로 말했다.

"폐하께서 감히 그분들을 반역죄로 심리하신다면, 우리 중 누구도 안전하지 않아요."

어느덧 나는 목소리를 낮추고 윌리엄과 겨루고 있었다.

"왜 그렇죠?"

"왜냐하면 폐하께선 교황 성하가 자기 충복들을 보호하지 않는다는 걸 깨닫게 되실 거기 때문이죠. 잉글랜드 남자들과 여자들이 폭정에 항거하여 들고 일어나지 않는다는 것을요. 자기가 고안해낸 새로운 법 아래에도 체포되지 않을 만큼 그리 평판이 좋고, 그리 연줄이 좋은 사람은 없다는 것을요. 자기 조언자가 투옥되고 나면 캐서린 왕비마마께선 얼마나 오래 자유로이 있으실 수 있을 것 같아요?"

내가 손을 뺐다.

"이런 얘기는 듣지 않을 거예요. 이건 그림자를 두려워하는 거나 마찬가지예요. 우리 외할아버지께선 반역죄로 런던탑에 갇혀 계셨는데도 결국 웃으면서 나오셨어요. 헨리 폐하께선 토머스 모어 경을 처형하진 않으실 거예요, 폐하는 그분을 사랑하세요. 지금 다투는 중일지는 몰라도, 모어 경은 폐하의 가장 오랜 친구이자 기쁨이셨어요."

"당신의 버킹엄 삼촌은요?"

"그건 달랐어요. 삼촌은 죄를 범하셨어요."

남편은 나를 놓아주고는 다시 강을 돌아보았다. "두고 보면 알게 되겠죠."라고만 말할 뿐이었다.

"당신이 옳고 내가 틀리길 빌어봅시다."

* * *

우리의 기도는 응답받지 못했다. 헨리 왕은 절대 꿈에도 상상하지 않으리라 생각했던 일을 감행했다. 캐서린 왕비가 그와 진정으로 결혼한 사이였다고 주장한 것으로 그는 피셔 주교와 토머스 모어 경을 재판에 회부했다. 왕은 그가 국교회의 수장, 잉글랜드 교황도 아니라고 선언한 것으로 그들의 목숨을 내려놓게 했다. 그리고 그 둘은, 양심에 흠 하나 없는 그 남자들은, 잉글랜드의 가장 훌륭한 남자들 중 하나인 그들은, 단두대로 걸어 나가 반역자들 중에서도 가장 하찮은 것같이 단두대에 머리를 내려놓았다.

피셔 주교가 죽고, 모어 경이 죽었던 6월의 날들은, 궁정에서 매우 조용한 날들이었다. 모두들 세상이 조금 더 위험해졌다는 것을 느꼈다. 피셔 주교가 참수당하고, 토머스 모어 경이 단두대로 걸어 나갈 수 있다면, 누가 자신은 안전하다고 말할 수 있겠는가?

조지 오빠와 나는 점점 더 조바심을 내며, 앤 언니의 아기가 자궁에서 태동을 시작해 언니가 왕에게 아이를 가졌다고 말할 수 있기를 기다렸다. 그러나 6월 중순이 되었는데도 여전히 아무 일도 일어나지 않았다.

"날짜를 잘못 계산했었을 수도 있을 것 같아?"

내가 언니에게 물었다.

"그랬을 것 같니? 내가 이것 말고 다른 생각을 하니?"

언니가 톡 쏘아붙였다.

"너무 살살 움직여서 느끼지 못하는 걸 수도 있을까?"

"내가 물어볼 말이다. 늘 새끼를 배고 있는 암퇘지는 너잖아. 그럴 수도 있을까?"

"모르겠어."

"아니, 넌 알고 있어."

언니의 오므라진 조그만 입술은 가늘고 씁쓸한 선이 되어 닫혀 있었다.

"우린 둘 다 알고 있어. 무슨 일이 일어났는지 우린 둘 다 알고 있다구. 안에서 죽은 거야. 이제 5개월쩬데 3개월 됐을 때보다 몸이 불어나지 않았어. 뱃속에서 죽은 거라구."

나는 겁에 질려 언니를 바라보았다.

"의사한테 진찰받아야 해."

언니가 내 면전에서 손가락을 튀겼다.

"차라리 바로 악마를 만나겠다. 헨리 폐하께서 내 뱃속에 죽은 아기가 있는 걸 아시면 두 번 다시 내 근처에 오지도 않으실 거야."

"병이 나게 될 거야."

내가 경고했다.

언니가 웃었다. 새되고 씁쓸한 웃음소리였다.

"이렇든 저렇든 날 죽게 만들 거야. 이게 내가 유산한 두 번째 아기라는 걸 한 마디라도 입 밖에 내면, 난 쫓겨나고 파멸될 거야. 어떻게 해야 하지?"

"내가 직접 조산사를 찾아가서, 먹어서 그걸 제거할 수 있는 뭔가

가 있냐고 물어볼게."

"나를 위한 거란 걸 모르게 분명히 하는 게 좋을 거야. 한 마디라
도 새어나가면, 난 파멸되는 거야, 메리."

앤 언니가 단호하게 말했다.

"알아, 오빠에게 도와달라고 할게."

내가 엄숙하게 말했다.

그날 저녁 식사 전, 우리 둘은 강을 따라 내려갔다. 개인 나룻배 사
공이 우리를 데려다 주었다. 우리 가문의 커다란 바지선은 원하지
않았다. 조지 오빠는 창녀들의 유곽을 알고 있었다. 바로 가까이에,
주문을 걸거나, 아기를 지우고, 들판 가득한 암소들에 저주를 걸거
나, 강에서 사는 송어를 낚싯줄에 걸려들게 만들 수 있다는 평이 나
있는 여자가 살고 있었다. 유곽은 강을 내려다보고 있었고, 밖으로
나온 창은 물가 위로 내밀어져 있었다. 창마다 초가 감춰져 있었고,
강에서 보이도록 여자들은 반쯤 벌거벗은 채로 불빛을 받으며 앉아
있었다. 조지 오빠는 모자를 푹 눌러 쓰고, 나는 망토에 달린 모자를
앞으로 잡아끌었다. 우리는 선착장 부교에 보트를 두었다. 나는 우
리 머리 위 창밖으로 몸을 내밀면서 조지 오빠에게 달콤하게 속삭이
는 여자들을 무시했다.

"여기서 기다리세요."

젖어 미끌미끌한 계단을 오르면서, 조지 오빠가 뱃사공에게 지시
했다. 오빠는 내 팔꿈치를 잡고 불결한 자갈 거리를 가로질러 구석
에 있는 집으로 안내했다. 오빠가 문을 두드리고는, 문이 조용히 열
리자 뒤로 물러나며 나 혼자서 들어가게 했다. 나는 어둠 속을 유심
히 들여다보며 문간에서 머뭇거렸다.

"어서 가."

오빠가 말했다. 갑자기 내 등허리를 밀어 꾸물거릴 때가 아니라고
경고했다.

"어서 가. 가져다줘야 하잖아."

나는 고개를 끄덕이고 안으로 들어갔다. 조그만 방이었다. 유목을 땐 불이 벽난로에서 힘없이 타고 있어 연기가 자욱했고, 그저 조그만 나무탁자와 스툴 한 쌍이 갖춰져 있을 뿐이었다. 여자는 탁자에 앉아 있었다. 허리가 구부러지고 백발에, 깊은 식견으로 주름진 얼굴과, 모든 것을 꿰뚫어보는 듯한 눈부신 파란 눈동자를 한 노파였다. 작게 미소 짓자 검게 썩은 이가 입안 한가득 드러났다.

"궁정의 숙녀 분이시로군."

내 망토와 앞에 열린 부분으로 살짝 드러난 호화로운 가운을 보고 노파가 말했다.

나는 탁자에 은화를 내려놓았다.

"입 다물고 계시라고 드리는 겁니다."

내가 단호하게 말했다.

노파가 웃었다.

"내가 입 다물고 있으면, 당신한테 별 도움이 못 될 텐데."

"도움이 필요해요."

"누군가 당신을 사랑하게 만들고 싶나? 누군가가 죽기를 원하나?"

내 모든 것을 꿰뚫어보려는 듯 노파가 빛나는 눈빛으로 나를 유심히 훑어보았다. 노파의 커다란 미소가 다시 빛을 발했다.

"둘 다 아니에요."

"그럼 아기 문제로군."

사랑, 죽음, 그리고 출산으로 너무나도 간단하게 나뉘어져 있는 세상일을 생각하며, 나는 스툴을 끌어당겨 앉았다.

"제가 아니라, 제 친구 일이에요."

노파가 즐거워하며 조금 킬킬댔다.

"늘 그렇듯이 말이지."

"아기를 가졌는데, 이제 5개월째에 들어섰는데도 아기가 자라지도 움직이지도 않는대요."

즉시 노파가 더 흥미를 가졌다.

"그 친구는 뭐라 하는데?"

"아기가 죽었다고 생각해요."

"여전히 살찌고 있나?"

"아뇨, 2개월 전보다 조금도 몸이 불어나지 않았어요."

"입덧도 하고, 젖가슴도 부드럽고?"

"이제 안 그래요."

노파가 고개를 끄덕였다.

"하혈은 있었나?"

"아뇨."

"죽은 것처럼 들리는구려. 확실히 알 수 있도록 나를 그 친구에게로 바래다주는 게 좋을 게야."

"그건 불가능해요. 그 애는 굉장히 빈틈없이 감시받고 있어요."

노파가 짧게 웃었다.

"당신은 내가 어떤 집들을 들어갔다 나왔는지 믿지 못할 게야."

"만나실 수 없어요."

"그럼 모험을 거는 수밖에. 마실 것을 줄 수 있네. 엄청 앓게 될 거고, 아기가 떨어져 나올 게야."

나는 세차게 고개를 끄덕였으나, 노파가 한손을 들었다.

"하지만 만약 그 친구가 잘못 안 거라면? 뱃속에 아기가 살아 있다면? 그저 잠시 쉬는 거라면? 그저 조용해진 거라면?"

나는 당황하며 노파를 쳐다보았다.

"그렇다면요?"

"아기를 죽인 거지. 그리고 그렇다면 당신도, 그 친구도, 나 역시도 살인자가 되는 거야. 그걸 감수할 배짱이 있나?"

노파가 간단하게 대답했다.

나는 천천히 고개를 저었다.

"세상에, 아뇨."

왕자를 유산하도록 내가 왕비에게 마법약을 주었다는 것을 누군가 알게 된다면 나와 우리 가족이 어떻게 될지 생각해보며 대답했다.

나는 자리에서 일어나 탁자에서 물러나며 창밖으로 차가운 회색빛 강을 내다보았다. 임신 초기 때 본 앤 언니의 모습을 기억 속에서 끄집어냈다. 혈색이 좋았던 얼굴과, 부풀어 오른 젖가슴을. 그리고 지금의 창백하고, 여위었고, 까칠해 보이는 모습을.

"마실 걸 주세요. 마시고 안 마시고는 그 애가 선택하면 돼요."

노파는 스툴에서 일어나 방 뒤쪽으로 어기적어기적 걸어갔다.

"3실링 되겠소."

어처구니없이 비싼 금액에도 나는 아무 말 않고 그저 침묵하며 기름기 낀 탁자에 은화를 내려놓았다. 노인은 재빠른 몸짓 한번으로 은화를 받아 챘다.

"두려워할 건 이게 아니야."

노파가 불쑥 말했다.

문에 반쯤 다가갔으나, 내가 돌아섰다.

"무슨 뜻이죠?"

"두려워할 건 그 마실 것이 아니라 날이야."

강에서 피어오른 회색 안개가 방금 내 등가죽을 소름 끼치게 한 듯 나는 싸늘한 한기를 느꼈다.

"무슨 뜻이죠?"

노파는 잠시 잠들어 있었던 듯 머리를 흔들었다.

"나? 아무 뜻도. 만약 이 말이 당신에게 뭔가를 뜻한다면, 마음에 잘 새겨두게. 아무것도 뜻하지 않는다면, 아무것도 아닌 거구. 그냥 무시하게."

혹시 무언가를 더 말할지 몰라 나는 잠시 멈춰서 있었다. 그러나 더 이상 아무 말이 없었고, 나는 문을 열고 슬쩍 나왔다.

조지 오빠가 팔짱 긴 채 기다리고 있었다. 내가 나오자 오빠는 아무 말도 하지 않고 내 팔꿈치 밑에 손을 끼우고 우리는 미끌미끌한 녹색 계단을 서둘러 내려 부드럽게 흔들리고 있는 보트로 갔다. 뱃사공이 조류를 거슬러 노를 저으며, 침묵 속에서 우리는 처소로 보다 긴 여행을 했다.(조류를 거슬러 올라가기 때문에, 조류를 타고 강을 내려왔을 때보다 오래 걸렸다는 뜻.) 궁전 선착장 부교에서 내려주었을 때 나는 조지 오빠에게 다급하게 말했다.

"알아야 할 두 가지가 있어. 첫째는, 만약 아기가 죽지 않았다면 이 마실 것이 아기를 죽일 거고, 우린 양심의 가책을 받게 될 거야."

"마시기 전에 아들인지 알아볼 수 있는 방법은 없니?"

외곬으로 생각한다고 오빠에게 욕할 뻔했다.

"그건 평생 아무도 알 수 없지."

오빠는 고개를 끄덕였다.

"다른 건?"

"다른 건, 그 노인이 말하기를, 우린 이 마실 것을 두려워할 게 아니라 날을 두려워해야 한다고 했어."

"무슨 날?"

"말하지 않았어."

"칼날? 면도날? 사형 집행인의 도끼날?"

나는 어깨를 으쓱했다.

"우린 불린 가 사람들이야. 왕좌의 그림자 속에서 인생을 보내다 보면, 항상 날을 두려워하게 돼 있어. 오늘밤을 잘 넘기자. 이걸 마시게 하고 어떻게 되는지 보자고."

오빠가 간단하게 말했다.

앤 언니의 얼굴은 창백하고 여위어 있었지만, 왕비답게 머리를 높이 쳐들고 입가에는 미소를 머금은 채로 식사를 하러 내려갔다. 언니는 헨리 왕 옆에 앉았다. 언니의 왕좌는 왕의 것보다 단지 조금 덜 으리으리했다. 언니는 왕에게 재잘재잘 이야기를 해댔고, 여전히 그럴 수 있듯 그에게 아첨하고 그를 매혹했다. 줄줄 계속되던 재치가 잠시라도 멈추기만 하면, 왕의 두 눈은 빛나가 방 안을 가로질러 식탁에 모여 앉아 있는 시녀들에게 닿았다. 어쩌면 매지 셸턴 쪽으로, 어쩌면 제인 시모어 쪽으로, 한 번은 심지어 내게도 생각에 잠긴 따뜻한 미소를 보였다. 앤 언니는 아무것도 보지 못한 체하면서 사냥에 대한 질문을 퍼부었고, 그의 건강을 칭찬했다. 언니는 상석 위에 놓인 요리에서 가장 좋은 조각을 골라 이미 수북이 쌓인 그의 접시에 얹었다. 언니는 여전히 언니다웠다. 고개를 돌릴 때도, 눈썹 아래로 유혹적인 시선을 깜빡일 때도 앤 언니다웠으나, 그 결연한 매력에는, 전에 저 의자에 앉아서 남편의 시선이 다른 곳으로 흘러가는 것을 보지 않으려 애썼던 여자를 상기시키는 무언가가 있었다.

식사 후 왕이 일을 좀 하겠다고 하여, 우리 모두는 그가 가장 친한 측근들과 흥청거리며 술을 마시리란 것을 알았다.

"난 폐하와 함께 가는 게 좋겠어. 네가 앤이 마시는지 보고, 함께 있어줄 거지?"

조지 오빠가 말했다.

"오늘밤엔 언니 방에서 잘게. 엄청 앓을 거라고 그 여자가 말했었거든."

입술을 꽉 당기면서, 오빠는 고개를 끄덕인 다음 돌아서서 왕을 따라갔다.

앤 언니는 두통이 있다고, 일찍 자겠다고 시녀들에게 말했다. 가난한 이들을 위해 셔츠를 바느질하고 있는 시녀들을 알현실에 두고 나왔다. 우리가 잘 자라고 인사했을 때 그들은 매우 부지런히 일하고 있었으나, 일단 문이 닫히고 나면 늘 그렇듯이 소문을 가지고 끊임없이 줄줄 잡담을 하리란 것을 알고 있었다.

앤 언니가 잠옷을 입고, 이를 잡는 빗을 건네주었다.

"기다리는 동안 뭔가 유용한 일을 하는 게 좋지 않겠니."

언니가 퉁명스럽게 말했다.

내가 병을 탁자 위에 내려놓았다.

"따라줘."

유리 마개를 끼운 이 검은 유리병에는 나를 밀어내는 무언가가 있었다.

"안 돼, 이건 언니가 해야 하는 거야. 언니 혼자서."

언니는 텅 빈 주머니를 가지고 돈을 더 거는 도박꾼처럼 어깨를 으쓱하고는, 금빛 잔에 마실 것을 따랐다. 건배하는 척하며 언니는 내게 잔을 들어 보이더니, 머리를 뒤로 젖혀 그것을 마셨다. 세 모금을 억지로 삼켜 넘기면서 언니의 목이 경련하는 것을 보았다. 그리고 나서 언니는 잔을 쾅 내려놓더니 내게 웃어보였다. 사납고 반항적인 미소였다.

"끝. 쉬이 되길 빌어보자."

언니가 말했다.

우리는 기다렸고, 내가 머리칼을 빗겨주었다. 그리고 나서 잠시 후 언니가 말했다.

"자는 게 낫겠다. 아무 반응 없어."

우리는 그 옛날 침실 친구로 지낼 때처럼 함께 침대에 몸을 웅크리고 누웠다. 그리고 동틀 무렵에 잠에서 깨어났으나, 언니에겐 아무런 통증이 없었다.

"듣지 않았어."

언니가 말했다.

아기가 매달린 것이라고, 살아 있는 아기라고, 어쩌면 몸집이 작고, 어쩌면 약할지는 몰라도, 독에도 불구하고 끝까지 매달려서 살아 있는 것이라는 작고 어리석은 희망이 내게는 있었다.

"나 필요 없으면 내 침대로 갈게."

"아아, 그래. 별 볼일 없는 경한테 달려가서 후끈하고 천한 그 짓거리나 하지 그래?"

나는 즉시 대답하지는 않았다. 나는 언니의 목소리에 어린 시샘의 음색을 알았고, 그건 내게 세상에서 가장 감미로운 소리였다.

"하지만 언니가 왕비잖아."

"그래, 넌 별 볼일 없는 영부인이구."

내가 싱긋 웃었다.

"그건 내 선택이었어."

내가 말하고는 언니가 마지막 말대꾸를 하기 전에 슬쩍 문을 빠져나갔다.

하루종일 아무 일도 일어나지 않았다. 조지 오빠와 나는 앤 언니가 우리 자식인 양 지켜보았지만, 얼굴이 창백하고 눈부신 6월 햇살의 열기에 불평하긴 했으나, 아무 일도 일어나지 않았다. 왕은 궁이 여행을 떠나기 전에 그를 붙잡으려 서둘던 청원자들을 만나보면서, 업무를 보며 아침을 보냈다.

"아무 일 없어?"

만찬 전에 옷을 차려입는 앤 언니를 지켜보며 내가 물었다.

"응, 내일 그 여자한테 다시 가봐야 할 거야."

자정쯤, 나는 언니가 잠자리에 드는 것을 보고 나서 내 처소로 돌아갔다. 방에 들어섰을 때 윌리엄이 졸고 있었으나, 나를 보고 침대에서 스르륵 빠져나와 성실한 하녀처럼 부드럽게 끈을 풀어주었다. 치마의 허리끈을 풀며 골똘해진 그의 얼굴을 보며 나는 웃었다. 그런 다음 윌리엄이 치마를 넓게 펼쳐 들어주고, 보디스의 가두리 테가 파고들어 부풀어 오른 피부를 문질러주어 나는 쾌감으로 한숨지었다.

"좋아졌어요?"

그가 물었다.

"당신과 함께 있으면 언제나 더 좋아져요."

윌리엄은 내 손을 잡고 침대로 이끌었다. 페트코트를 벗고 따뜻한 침대보 속으로 미끄러져 들어갔다. 바로 그의 따뜻하고 익숙한 몸이 나를 완전히 감쌌고, 그의 체취가 나를 현혹시켰다. 내 넓적다리 사이에 닿은 그의 맨다리가 나를 흥분시키고, 아치형으로 굴곡진 젖가슴에 닿은 그의 따뜻한 가슴이 나를 쾌감 속으로 몰아넣었고, 뜨거운 입맞춤이 내 입술을 열었다.

우리는 새벽 2시, 아직 어둑어둑할 때에, 아주 조심스럽게 문을 긁는 소리에 잠에서 깼다. 윌리엄이 즉각 일어나 한손에 단도를 쥔 채로 침대에서 나갔다.

"누구세요?"

"조지인데, 메리가 필요하네."

윌리엄이 낮게 욕을 내뱉고 망토를 걸치고선, 내게 시프트를 던져주고 문을 열었다.

"왕비마마 일입니까?"

조지 오빠가 고개를 흔들었다. 오빠는 우리 가족의 비밀을 다른 남자에게 말하는 것을 견디지 못해했다. 오빠가 윌리엄을 지나 나를 바라보았다.

"이리 와, 메리."

오빠가 나를 부부의 잠자리에서 나오라고 명령한다는 사실에 분노를 억제하며, 윌리엄이 문에서 물러났다. 나는 시프트를 머리 위로 뒤집어쓰고 아래로 끌어당기면서, 침대에서 뛰어나왔다. 내 스토마커와 치마에 손이 갔다.

"시간 없어. 당장 와."

오빠가 화를 내며 말했다.

"메리는 반쯤 벌거벗은 채로 이 방을 나가진 않을 겁니다."

윌리엄이 단호하게 말했다.

잠시 조지 오빠가 멈춰 서서 윌리엄의 공격적인 표정을 바라보았다. 그러고서 오빠는 매력적인 불린 가 특유의 미소를 지었다.

"메리는 일하러 가야 하네. 이건 가족 일이야. 가게 놓아주게, 윌리엄. 아무 탈 없도록 내가 잘 돌볼 테니까. 지금 가야 하네."

오빠가 부드럽게 말했다.

월리엄은 자신의 어깨에서 망토를 휙 벗어 내 어깨를 감싸주고서는, 서둘러 지나가는 내 이마에 재빨리 입을 맞추었다.

조지 오빠가 내 손을 잡아 끌어당겨 앤 언니의 침실로 뛰어갔다.

언니가 난로 앞바닥에 껴안듯이 두 팔로 자신을 감싼 채 앉아 있었다. 바닥 위 언니 옆에는 피 묻은 천 꾸러미가 있었다. 우리가 문을 열자 언니는 늘어진 짙은 머리칼 타래 사이로 우리를 올려다보다가, 아무 할 말이 없는 듯, 다시 시선을 돌렸다.

"언니?"

내가 속삭였다.

나는 방을 가로질러 언니 옆 바닥에 앉았다. 머뭇머뭇, 나는 언니의 딱딱하게 굳은 어깨에 팔을 둘렀다. 언니는 편안히 뒤로 기대지도 어깨를 으쓱해 나를 뿌리치지도 않았다. 언니는 나무토막처럼 경직되어 있었다. 나는 그 비통한 작은 꾸러미를 내려다보았다.

"아기였어?"

"거의 통증도 없었어."

언니가 말했다.

"게다가 너무 빨리 지나가서 모든 게 순식간에 끝났어. 배설하고 싶듯이 배가 뒤집혀서 침대에서 나와 요강을 썼는데, 그렇게 모든 게 끝났어. 죽어 있었어. 거의 피도 없었어. 벌써 수개월 동안 죽어 있었던 것 같아. 모두 다 시간 낭비였어. 모두 다. 시간 낭비."

내가 조지 오빠를 돌아보았다.

"오빠가 없애야 해."

오빠는 질겁했다.

"어떻게?"

"묻어, 어떻게 해서든 없애. 이런 일이 일어날 순 없어. 이 모든 일은 절대 일어나면 안 되는 거였어."

앤 언니가 반지를 낀 하얀 손가락을 머리칼 사이로 집어넣어 잡아당겼다.

"그래, 일어난 적 없는 거야. 지난번처럼. 아무 일도 평생 일어나지 않은 거야."

언니가 억양 없이 말했다.

조지 오빠가 그것을 집으려 걸음을 옮기다가 멈칫했다. 차마 만지지 못했다.

"망토를 가져올게."

나는 벽에 줄지어 세워져 있는 옷장 중 하나를 고갯짓했다. 오빠는 그것을 열었다. 라벤더와 쑥속의 달콤한 냄새가 방 안을 가득 채웠다. 오빠는 짙은 색 망토를 끄집어냈다.

"그것 말고. 그건 진짜 담비털이 달려 있단 말이야."

앤 언니가 신경질적으로 말했다.

이런 어리석음에 오빠는 멈칫했으나, 다른 망토를 끄집어내 바닥 위의 그 조그만 형체 위로 던졌다. 너무나도 조그마해 오빠가 그걸 망토에 싸서 팔 밑에 끼워 넣었을 때조차도 아무것도 없는 것 같았다.

"어디를 파야 하는지 모르겠어."

오빠가 주의 깊게 앤 언니를 바라보면서 내게 조용히 말했다. 언니는 고통을 원하는 듯 여전히 머리칼을 잡아당기고 있었다.

"가서 윌리엄한테 물어봐."

우리 모두를 위해 이 공포를 잘 해결해줄 내 남자를 주어 하느님께 감사하며, 내가 말했다.

"그이가 도와줄 거야."

앤 언니가 고통으로 작게 신음했다.

"아무도 알면 안 돼!'

나는 오빠에게 고갯짓했다.

"어서 가!"

오빠가 방을 나섰다. 팔 밑에 낀 그 조그만 것이 너무나도 작아서 물이 묻지 않게 하려고 망토에 싼 책이라 볼 수도 있었다.

문이 닫히마자 나는 앤 언니에게로 돌아섰다. 침대 리넨이 얼룩져 있어, 나는 그것을 벗겨내고 언니의 잠옷도 벗겼다. 나는 그것들을 찢어 불에 태우기 시작했다. 새 잠옷을 언니의 머리 위에 씌워 잡아당겨 입혀주고서, 침대로 돌아가라고, 이불 밑으로 들어가라고 격려해주었다. 호화롭게 수놓인 닫집과 거대한 사주식 침대의 커튼에 갇혀서 두꺼운 침대보 밑으로 오그라든 조그마한 몸을 눕히며, 언니는 죽음처럼 하얗게 질려 있었고 이빨은 딱딱거렸다.

"데운 포도주 좀 갖다 줄게."

알현실에 포도주 주전자가 있어, 나는 그것을 방으로 가지고 들어와 뜨거운 부지깽이를 안에 찔러 넣었다. 덤으로 브랜디도 조금 섞어서 금빛 잔에 모두 부었다. 나는 언니의 어깨를 받쳐 마시는 것을 도와주었다. 언니는 더 이상 덜덜 떨지는 않았지만 여전히 송장처럼 새파랬다.

"자. 오늘밤엔 같이 있어줄게."

나는 침대보를 들고 언니 옆으로 기어들어갔다. 따뜻하게 해주려고 언니를 감싸 안았다. 다시 배가 납작해진 언니의 가벼운 몸은 아이처럼 작았다. 어깨 부분의 잠옷 리넨이 점점 따뜻해지는 것을 느꼈다. 언니가 소리 없이 울고 있다는 것을 깨달았다. 닫힌 눈까풀 밑으로 눈물이 쏟아져 나왔다.

"자. 오늘밤엔 아무것도 더 할 수 없어. 자, 언니."

무력하게도, 나는 다시 말했다.

언니는 눈을 뜨지 않았다.

"잘 거야. 그리고 다시는 깨어날 수 없길 하느님께 빌 거야."

언니가 속삭였다.

당연히 언니는 아침에 깨어났다. 언니는 일어나서 목간통을 가져오라고 불러 참을 수 없을 만큼 뜨거운 물을 채우게 했다. 마치 고통을 끓여 몸과 마음에서 증발시켜버리고 싶은 듯이. 언니는 물속에서 온몸을 구석구석 문지르고 나서 비눗물에 잠겨 있다가 하녀들을 불러 뜨거운 물이 담긴 항아리를 또, 그리고 또 가져오라 했다. 왕이 아침 기도를 드리러 간다는 말을 전하자, 언니는 침실에서 미사를 드릴 것이니, 아침식사를 할 때 뵙겠다고 대답했다. 언니는 내게 비누와, 거칠고 네모진 리넨 조각을 가져와서 등이 빨개질 때까지 밀어달라고 부탁했다. 언니는 머리를 감고, 펄펄 끓는 물에 몸을 담그면서 머리칼을 머리끝에 핀으로 고정시켰다. 항아리에 담긴 뜨거운 물을 또 붓게 하여, 언니의 피부가 게딱지처럼 빨갛게 붉어졌다. 그리고 나서 따뜻하게 데운 리넨 수건을 가져오게 해 몸을 감쌌다.

언니는 난로 앞에 앉아 몸을 말렸고, 가장 훌륭한 가운들을 모두 펼쳐놓게 하고는 오늘 무엇을 입을지, 궁정이 여름 이동을 떠날 때 무엇을 가져갈지 골랐다. 나는 방 뒤쪽에 머물면서 언니를 지켜보았다. 펄펄 끓는 물로 거행한 이 지독한 세례가 무엇을 의미하는지, 이렇게 자기 부를 과시하는 것이 언니에게 무엇을 말하는지 생각해보았다. 하녀들이 언니에게 옷을 입혀주고 끈을 꽉 졸라매, 젖가슴이 가운의 목 부분에서 감질나게 하는 두 개의 크림색 곡선으로 압박되어 있었다. 윤기가 흐르는 검은 머리칼은 두건을 뒤로 밀어 드러나 있었고, 기다란 손가락은 반지로 꽉 차 있었으며, 목에는 언니가 가장 좋아하는 불린의 "B"가 달린 진주 초커를 차고 있었다. 방을 나서기 전에 언니는 멈춰 서서 거울을 들여다보고 반사된 자기 모습에, 비밀을 알고 있는 듯한 유혹적인 미소를 던졌다.

"이제 기분 좀 괜찮아졌어?"

마침내 앞으로 나오며 내가 물었다.

언니가 빙글빙글 돌자 호화로운 실크 가운이 밖으로 날리고 장식된 다이아몬드들이 눈부신 빛 속에서 반짝반짝 빛났다.

"물론이지(Bien Sur)! 대체 왜 안 그렇겠어?"

언니가 물었다.

"대체 왜 안 그렇겠어?"

"그냥, 아무 이유 없어."

내가 대답했다. 나는 방에서 뒷걸음질치고 있었다. 언니가 듣고 싶어하는 존경심 때문이 아니라, 모두 너무나도 버겁다는 느낌 때문이었다. 언니가 반짝반짝 빛나고 강할 때, 나는 언니와 함께 있고 싶지 않았다. 언니가 이럴 때마다, 나는 윌리엄의 소박함과 상냥함, 모든 것이 보이는 그대로인 세상을 갈망했다.

나는 예상했던 곳에서 윌리엄을 찾았다. 그는 우리 아기를 엉치에 업고 강가를 산책하고 있었다.

"아침 식사하라고 유모를 보냈어요."

아기를 내게 양보하며 윌리엄이 말했다. 나는 아기의 정수리에 얼굴을 대고 작은 맥박이 부드럽게 뛰어 내 뺨에 닿는 것을 느꼈다. 달콤한 아기 냄새를 들이마시고, 기쁨으로 눈을 감았다. 윌리엄의 손이 내 등허리로 내려와서, 그가 나를 가까이 붙들었다.

그의 손길을 사랑하면서, 내 몸에 닿은 아기의 체온을 사랑하면서, 갈매기 우는 소리와 얼굴에 닿는 따뜻한 햇볕을 사랑하면서, 나는 잠시 쉬었고, 그러고 나서 우리는 천천히, 나란히 서서, 강을 따라난 예인선 길을 걸었다.

"오늘 아침 마마는 어떠세요?"

"전혀 아무 일도 없었던 듯해요. 그리고 거기 그대로 있구요."

그가 고개를 끄덕였다.

"딱 한 가지 생각하던 게 있어요. 감정 상하게 하려는 건 아닌데……."

그가 주저하며 말했다.

"뭐지요?"

"도대체 마마께 뭐가 문제인 거죠? 무슨 이유로 유산이 되는 거죠?"

"엘리자베스는 낳았잖아요."

"그 후로는요?"

내가 눈을 가늘게 뜨고 윌리엄을 바라보았다.

"무슨 생각을 하고 있는 거예요?"

"그저 누구나 생각하는 거요. 내가 아는 걸 누구나 알고 있다면 말이죠."

"누구나 생각하는 게 뭔데요?"

목소리에 날이 조금 선 채, 내가 힐문했다.

"뭔지 알잖아요."

"당신이 말해줘요."

그가 애처롭게 쿡쿡 웃었다.

"그렇게 날 노려보고 있으면 말 못 해요. 당신, 당신 외삼촌 같아 보여요. 몸이 벌벌 떨리는데요."

그 말이 나를 웃게 만들었다. 나는 고개를 저었다.

"자, 됐죠! 노려보지 않잖아요. 하지만 계속해 봐요. 모두들 무슨 생각을 할 것 같죠? 생각하고 있긴 한데, 나한테 말 안 하려는 게 뭐죠?"

"사람들은 마마께서 분명 영혼에 무슨 죄를 지었거나, 악마와 어떤 거래를 했거나, 혹은 무슨 마법에 손댔을 거라고 말하겠죠. 나한테 화내면서 불평하지 말아요, 메리. 당신 역시도 그렇게 말할 거잖아요. 난 그저 어쩌면 마마께서 고백하거나, 순례의 길을 떠나거나, 양심을 깨끗이 씻어내면 될지 모른다고 생각하고 있었던 것뿐이에요. 모르겠어요. 내가 어떻게 알겠어요? 알고 싶지도 않아요. 하지만 마마께선 분명 뭔가 심각하게 그릇된 일을 하셨을 거예요, 그죠?"

윌리엄이 단호하게 말했다.

나는 홱 돌아서서 천천히 걸어가 버렸다. 윌리엄이 나를 따라잡았다.

"당신도 분명 의아해······."

나는 고개를 흔들었다.

"절대요. 언니가 왕비가 되려고 무슨 짓을 했는지 난 반도 알지 못해요. 아들을 얻으려고 언니가 무슨 짓을 했는지 난 전혀 모르겠어요. 난 모르고, 알고 싶지도 않아요."

나는 결연하게 말했다.

우리는 잠시 침묵 속에서 걸었다. 윌리엄이 내 옆얼굴을 힐금 쳐다보았다.

"마마께서 평생 아들을 얻지 못하시면, 당신 아들을 가지실 거예요."

내 생각이 어디에 미쳤을지 알고, 그가 말했다.

"그건 나도 알아요!"

조용히 비통해하며 내가 속삭였다. 나는 품에 안은 아기를 더욱 꽉 끌어안았다.

궁정이 이번 주 안에 여행을 떠나기로 되어 있었지만 나는 제외되어 모두 떠나고 난 후에 아이들과 함께 지낼 수 있었다. 해마다 있는 이동에 짐을 꾸리고 계획하는 흥분과 혼란 속에서, 나는 깨지지 않은 달걀 껍데기 위에서 춤추는 곡예사처럼 걸어 다녔다. 왕비의 성깔이 나를 향하게 될 무언가라도 하게 될까 봐 두려워하며.

나의 행운은 버텼고, 앤 언니의 성깔도 버텼다. 윌리엄과 나는 서식스, 햄프셔, 윌트셔, 그리고 도싯의 도시들과 대저택들이 제공할 수 있는 가장 좋은 것들이 있는 남쪽으로 가는 왕실 일행에게 잘 가라고 손을 흔들었다. 앤 언니는 금색과 흰색으로 눈부시게 차려입고 있었고, 언니 옆의 헨리 왕은, 특히나 뼈대가 굵은 사냥말 위에서는, 여전히 위엄 있는 왕이었다. 왕이 언니에게 빠져 제정신이 아니고, 언니가 손아귀 안에 포획물을 볼 수 있었던, 겨우 2, 3년 전 그 여름 나날에 언제나 그랬던 것처럼, 앤 언니는 왕 가까이에서 암말을 몰았다.

언니는 여전히 왕이 자신에게 귀 기울이도록 할 수 있었고, 여전히 그를 웃게 만들 수 있었다. 여름날에 재미로 말을 타는 소녀처럼 언니는 여전히 궁정을 이끌고 나갈 수 있었다. 언니가 말을 타고 나가 왕을 위해 생기 넘치게 반짝거리고, 길가에 서서 사랑은 없이 쓸쓸한 호기심으로 빤히 바라보는 사람들에게 손을 흔들어주기 위해 어떤 대가를 치렀는지 아무도 알지 못했다. 아무도 평생 알지 못할 것이다.

윌리엄과 나는 일행이 보이지 않을 때까지 손을 흔들며 서 있다가, 유모와 우리 아기를 찾아갔다. 마지막 짐마차와 짐수레 수백 대가 마구간 뜰에서 굴러나가 웨스트 로드를 내려가자마자 우리는 아이들과 함께 여름을 보내기 위해 남쪽으로, 켄트로, 헤버로 출발했다.

나는 이 순간을 계획했고, 이 순간을 위해 1년 동안 매일 밤 무릎을 꿇고 기도했었다. 다행히도 궁중 소문이 멀리 켄트까지는 미치지 않아 우리 아이들은 우리가 가족으로서 얼마나 엄청난 위험을 무릅썼는지 절대 알지 못했다. 윌리엄과 결혼했고 아기가 곧 태어날 것이라고 썼던 내 편지들을 아이들은 받아볼 수 있었다. 내가 딸을 낳았고 어린 여동생이 생겼다는 소식을 전해 들어, 두 아이는 나만큼 흥분되어 있었고, 내가 그들을 몹시 보고 싶어하는 것처럼 나를 몹시 보고 싶어했다.

우리가 넓은 정원을 가로질러 말을 몰고 갔을 때 아이들은 도개교에서 꾸물거리고 있었다. 캐서린이 헨리를 잡아끌어 세우더니 둘 다 우리를 향해 뛰어오기 시작하는 모습이 보였다. 캐서린은 쿵쿵 뛰는 발을 피해 긴 치마를 들어올렸고, 헨리는 더 힘 있는 보폭으로 캐서린을 추월했다. 내가 말에서 구르듯 내려 둘을 향해 양팔을 벌리자, 아이들은 내게 뛰어들어 내 허리를 잡고 꼭 끌어안았다.

둘 다 자라 있었다. 내가 없는 동안 얼마나 많이 자랐는지 눈물이 나올 뻔했다. 헨리는 내 어깨에 닿았다. 그 아이는 자기 아버지의 키와 몸무게를 갖게 될 것이다. 캐서린은 거의 어린 숙녀가 다 되어 있었다. 남동생만큼 키가 크고, 기품이 있었고, 불린 가문의 담갈색 눈과 장난기 넘치는 미소를 갖고 있었다. 나는 캐서린을 보려고 품에서 떼어냈다. 아이의 몸은 여자다운 곡선이 되어가고 있었고, 내 눈과 만났을 때 두 눈은 어른으로서 인생을 살기 직전의 그것이었다—낙관적이었고, 사람을 잘 믿었다.

"아아, 캐서린, 넌 또 다른 불린 가의 미인이 되겠구나."

내가 말하자 캐서린이 주홍색으로 얼굴을 붉히더니 내 품안에 포근히 안겼다.

윌리엄은 말에서 내려 헨리를 껴안고 나서 캐서린에게로 돌아섰다.

"손에 입을 맞춰야 할 것 같은데."

캐서린이 소리 내어 웃더니 폴짝 뛰어올라 그의 품에 안겼다.

"결혼하셨다고 들었을 때 너무 기뻤어요. 이제 아버지라고 부르는 건가요?"

"그래."

그 문제에는 지금까지 전혀 아무런 의심 없었다는 듯 그가 단호하게 대답했다.

"폐하를 부를 때만 빼고."

캐서린이 쿡쿡 웃었다.

"아기는요?"

내가 노새 위에 앉아 있는 유모의 품에서 아기를 받아왔다.

"여기 있다. 너희들의 새 여동생."

캐서린이 정답게 속삭이며 단번에 아기를 안아갔다. 헨리는 캐서린의 어깨 너머로 몸을 기울여 접혀져 있는 포대기를 뒤로 펼쳐 조그만 얼굴을 들여다보았다.

"너무 조그맣다."

헨리가 말했다.

"굉장히 많이 큰 거란다. 태어났을 때는 주먹 만했다구."

"많이 울어요?"

헨리가 물었다.

나는 빙긋 웃었다.

"그렇게 많이 울진 않아. 너와는 달리. 넌 진짜 엄청 소리쳐댔어."

즉시 헨리가 씩 웃었다. 소년다운 미소였다.

"정말 그랬어요?"

"끔찍했지."

"여전히 그래요."

캐서린이 누나로서 동생을 나무라는 듯 말했다.

"그러지 않아."

헨리가 반박했다.

"아무튼, 어머니, 그리고 으음, 아버지, 안으로 들어오시겠어요? 곧 저녁식사가 준비될 거예요. 몇 시에 도착하실지 몰랐거든요."

윌리엄은 저택 쪽으로 돌아서서 한 팔을 헨리의 어깨 위에 얹었다.

"학교 공부에 대해 말해주렴. 시토 수도회의 학자들과 함께 공부한다고 들었단다. 그분들이 라틴어뿐만 아니라 그리스어도 가르쳐주시니?"

윌리엄이 물었다.

캐서린이 어정어정 뒤따랐다.

"제가 안고 들어가도 돼요?"

"온종일 데리고 있어도 돼. 유모가 쉴 수 있을 테니 기뻐할 거야."

나는 빙긋 웃어보였다.

"곧 깨어날까요?"

캐서린이 조그만 꾸러미를 다시 유심히 들여다보며 물었다.

"응, 그러고 나면 아기의 눈을 보게 될 거야. 진한 파란색이란다. 정말 아름다워. 그리고 어쩌면 아기가 네게 웃어줄지도 몰라."

나는 캐서린을 안심시켰다.

1535년 가을

가을에 나는 언니에게서 딱 한 통의 편지를 받았다.

동생에게,
우리는 사냥과 매잡이를 하고 있고 사냥감은 훌륭해.
폐하께서는 말을 아주 잘 타시고 무척 싼 가격으로 새 사냥말을 구입하셨어.
우리는 울프홀에서 시모어 가 사람들과 함께 지내 대단히 즐거웠고, 제인은 그 집 딸로서 굉장히 눈에 띄었어. 제인의 빈틈없는 예절 때문에 이가 깨질 수도 있겠더라. 제인은 폐하와 함께 정원을 거닐면서 가난한 이들을 치료할 때 자기가 쓰는 허브들을 가리켜주고, 폐하께 자기 바느질감과 애완용 비둘기들을 보여드렸어. 해자에 먹이를 받아먹으려고 올라오는 물고기도 있었어.
제인은 아버지의 식사를 요리하는 걸 직접 감독하길 좋아하더라.
남자의 시녀가 되는 건 여자의 임무라고 멀으면서 말이야. 전체적으로 보아 멀기지 않을 만큼 매력적이었지. 폐하께선 남학생처럼 제인 주위에 서성거리셨어.

충분히 상상할 수 있겠듯이, 나는 매혹이 잘 안 되었지만, 그런에도 웃었어.

에이스 패를 지니고 있다는 걸 알고 있기 때문에 말이지—소매 속에 숨겨두고 있는 게 아니라 내 뱃속에.

이번에는 모든 게 순조롭기를 하느님께 빌어. 제발 하느님.

난 지금 윈체스터에서 너한테 편지 쓰고 있고, 우리는 원저로 나아갈 거야.

그곳에서 나와 만나길 기대한다. 임신 기간 동안 내내 내 곁에 있기를 원해.

아기는 내년 여름에 태어날 테고, 그럼 우리는 모두 다시 안전해질 거야.

아무한테도 말하지 마—윌리엄한테도. 불상사가 일어날 경우에 대비해서 되도록 늦게까지 비밀로 있어야 해. 조지 오빠밖에 모르고 있고, 이젠 너야.

셋째 달이 지날 때까지 폐하께 말씀드리지 않을 거야. 이번에는 아기가 튼튼할 거라는 충분한 이유가 있어. 날 위해 기도해줘.

언니가.

나는 주머니에 손을 넣고 묵주를 더듬어 찾아, 손가락 사이로 묵주알을 헤아리면서 내가 갖고 있는 모든 열정을 다해, 이번에는 언니가 산달을 채우고 아들을 낳기를 기도하고, 또 기도했다. 우리 중 누구도 또 다른 유산으로는 살아남을 수 있을 것 같지 않았다. 비밀은 서서히 새어나갈 것이고, 우리의 운은 또 다른 재앙으로는 살아남을 수 없을 것이며, 아니면 앤 언니 스스로가, 전적으로 결연하고 흔들림 없는 야심에서 광기로 떨어지는 작은 계단에서 쉽게 미끄러질지도 몰랐다.

원저에 있는 궁정으로 돌아가기 위해 하녀가 내 드레스를 여행 상자에 꾸리는 것을 지켜보고 있을 때, 캐서린이 노크를 하고 방으로 들어왔다.

내가 빙긋이 웃자, 캐서린이 내게 다가와 옆에 앉아서 구두에 달린 버클을 내려다보았다. 뭔가를 말하려고 애쓰고 있는 것이 분명했다.

"뭐지? 얘기해보렴, 캣, 말이 목에 걸릴 것 같아 보이는데."

즉각 고개가 들려졌다.

"묻고 싶은 게 있어요."

"물어보렴."

"왕비마마께서 궁정으로 부르실 때까지 헨리는 다른 남자아이들과 같이 시토 수도회의 수도사들이랑 지내야 한다는 건 알고 있어요."

"그래."

나는 이를 갈았다.(언니가 가로채 간 아들 생각에.)

"혹시 저는 어머니랑 같이 궁정에 갈 수 있을까요? 거의 열두 살이잖아요."

"넌 열한 살이야."

"그건 거의 열두 살이나 마찬가지잖아요. 어머니께서 이곳을 떠나셨을 때 몇 살이셨어요?"

나는 얼굴을 조금 찌푸렸다.

"네 살. 그게 항상 너는 면하게 해주고 싶었던 이유였어. 어머니는 다섯 살이 될 때까지 매일 밤 울었거든."

"하지만 전 이제 거의 열두 살이잖아요."

캐서린의 주장에 내가 미소 지었다.

"네 말이 맞구나. 궁정에 가야겠지. 내가 거기 있으면서 널 돌봐줄 테구. 앤 이모가 자기 시녀들 중 하나로 네게 자리를 마련해줄지도 모르고, 윌리엄도 널 돌봐줄 수 있을 테지."

나는 점점 더 심해지는 궁정의 음란함과, 새로운 불린 가의 여자가 얼마나 관심의 중심이 될지, 내게는 우리 딸의 섬세한 아름다움이 헨리 왕의 궁전보다는 시골에서 얼마나 더 안전하게 느껴지는지를 생각하고 있었다.

"입궁해야겠지. 하지만 엄마 외삼촌의 허락이 필요할 거야. 엄마의 외삼촌께서 그러라고 하시면, 넌 윌리엄이랑 나랑 같이 다음주에 궁정에 갈 수 있어."

아이의 얼굴이 밝아졌다. 캐서린은 손뼉을 쳤다.

"새로운 가운 몇 벌을 맞추게 될까요?"

"그러겠지."

"새 말을 가져도 될까요? 사냥을 나가야 하잖아요, 그죠?"

나는 손가락으로 필요한 것들을 체크했다.

"새로운 가운 네 벌, 새 말. 그 밖에 다른 건?"

"두건 몇 개랑 망토요. 옛날 건 너무 작아요. 몸이 커져서 안 맞아요."

"두건 몇 개. 망토."

"그게 다예요."

캐서린이 숨을 헐떡이며 말했다.

"그 정도는 살 수 있을 것 같은데. 하지만 기억해요, 캐서린 양. 궁정은 어린 아가씨한테 항상 좋은 곳만은 아니에요. 특히나 예쁜 어린 아가씨한테는. 시키는 대로 할 걸 기대하겠어. 누군가가 시시덕거리거나 편지를 주면 나한테 말해줘야 해. 궁정에 가서 가슴에 상처 입게 하진 않을 거야."

"절대 안 그럴게요!"

캐서린은 궁중 어릿광대처럼 춤을 추며 방 안을 돌아다니고 있었다.

"안 그럴게요. 어머니가 시키는 대로 뭐든지 다 할게요. 어머니께선 그냥 시키시기만 하면 전 그대로 할 거예요. 게다가 아무도 절 알아차리지도 못할 것 같은데요."

캐서린의 호리호리한 몸 주위로 치마가 소용돌이치면서 갈색 머리칼이 흔들리며 밖으로 퍼져나갔다. 나는 캐서린을 보며 빙긋 웃었다.

"아니, 알아차릴 거야. 알아차릴 거란다, 딸아."

내가 놀리듯이 말했다.

1535년 겨울

나는 이전 그 어느 때보다 크리스마스의 12일제를 즐겼다. 앤 언니는 아이를 가져 건강과 자신감으로 얼굴이 빛나고 있었고, 윌리엄은 나의 인정된 남편으로서 내 곁에 있었다. 요람에는 아기가 있었고, 궁중에는 아름다운 어린 딸이 있었다. 크리스마스 휴일에 앤 언니는 자기 피후견인인 헨리 역시 궁중에서 우리와 함께 지내도 된다고 했다. 12일절에 식사를 하러 자리에 앉았을 때 그것은 우리 언니가 잉글랜드 왕좌에 올라가 있고 우리 가족이 대회당을 둘러 가장 좋은 식탁에 앉아 있음을 보이기 위함이었다.

"즐거워 보이는데요."

춤추러 내 맞은편에 자리를 잡으면서 윌리엄이 말했다.

"정말 그래요. 드디어 불린 가 사람들이 원하는 곳에 자리 잡아서 이제 즐길 수 있을 것 같아요."

윌리엄은 앤 언니가 춤의 복잡한 배치에 맞춰 시녀들을 이끌고 나가기 시작하는 쪽을 힐금 올려다보았다.

"아이를 가지셨어요?"

그가 매우 조용히 물었다.

"네, 어떻게 알았어요?"

내가 속삭여서 대답했다.

"눈을 보구요. 게다가 그때가 제인 시모어에게 친절히 대하실 수 있는 유일한 때잖아요."

그 말에 나는 쿡쿡 웃었고, 춤추러 둥그렇게 모여 있는 사람들을 가로질러, 제인이 크림색이 섞인 노란색 가운을 입은 채 눈을 내리깔고 춤출 순서를 기다리고 있는 쪽을 보았다. 제인이 원의 중심으로 나왔을 때 왕은 마치 마치페인을 입힌 푸딩인 것처럼 그녀를 그 자리에서 먹어치울 듯이 지켜보았다.

"정말 천사 같은 여자죠."

윌리엄이 언급했다.

"하얗게 표백한 뱀이에요."

내가 완강하게 말했다.

"그리고 그런 표정 걷어요. 용납하지 않을 테니까."

"앤 마마께선 용납하시잖아요."

윌리엄이 도발적으로 말했다.

"폐하께 허락받진 않으셨어요, 정말이에요."

"언젠간 폐하께서 도를 지나치실 거예요. 언젠간 폐하께서도 짜증을 받아주는 것에 넌더리나서 제인 시모어 같은 여자가 쾌적한 휴식처같이 느껴지실 거예요."

윌리엄이 단언했다.

나는 고개를 저었다.

"제인은 폐하를 일주일 만에 지겨워서 견딜 수 없게 만들 거예요. 폐하는 국왕이세요. 사냥하고 마상 창 시합을 하고 오락을 즐기는 걸 좋아하세요. 하워드 가의 여자만이 그 모든 걸 할 수 있어요. 우리를 보라구요."

윌리엄은 앤 언니로부터, 매지 셸턴, 나, 그리고 마지막으로 앤 언니의 요염한 몸짓을 꼭 그대로 빼닮은 듯 머리를 돌려 춤추는 사람들을 지켜보고 있는 나의 예쁜 딸, 캐서린 캐리를 차례대로 보았다.

윌리엄이 싱긋 웃었다.

"무리 중에서 꽃을 땄으니 난 정말 현명한 남자였군요. 불린 가 여자들 중에서 최고를요."

다음날 아침 나는 캐서린과 앤 언니와 함께 왕비의 처소에 있었다. 앤 언니는 시녀들에게 거대한 제단보를 바느질하게 했고, 그것은 우리가 캐서린 왕비와 모두 함께 했었던 작업과, 왕비의 운명이 결정되는 동안 끝없이 펼쳐지는 것 같았던 푸른 하늘을 끊임없이 꿰맸던 것을 상기시켰다. 다른 시녀들이 바닥에 무릎을 꿇거나 스툴을 끌고 와서 무늬의 중심 부분을 작업할 동안 가장 신참에 가장 지위가 낮은 시녀로서 캐서린은 커다랗고 네모진 천의 가장자리만 빙 둘러 감칠 수 있었다. 시녀들의 잡담소리는 여름철 비둘기가 구구 우는 소리 같았다. 제인 파커의 목소리만이 그들 사이에서 불협화음으로 울렸다. 앤 언니는 손에 바늘을 들고 있었으나 몸을 뒤로 기대고 악단이 연주하는 것을 듣고 있었다. 나는 전혀 일할 마음이 없었다. 나는 창가 벤치에 앉아서 싸늘한 정원을 내다보았다.

커다란 노크소리가 들리더니 문이 활짝 열렸다. 외삼촌이 안으로 들어와 앤 언니를 찾아 주위를 둘러보았다. 언니가 자리에서 일어섰다.

"무슨 일이죠?"

언니가 격식을 차리지 않고 물었다.

"왕비가 죽었습니다."

외삼촌이 말했다. 왕비를 왕자 미망인으로 불러야 한다는 것을 잊었다는 것으로 외삼촌이 어느 정도 놀랐는지 짐작이 되었다.

"죽었나구요?"

외삼촌이 고개를 끄덕였다.

언니가 얼굴을 빨갛게 붉히더니 빛나는 미소가 천천히 얼굴에 퍼져나갔다.

"다행이네요. 그럼 이제 모두 끝난 거군요."

언니가 간단하게 말했다.

"하느님께서 그분을 축복하시고 하느님의 은총으로 품어주시길."

제인 시모어가 속삭였다.

앤 언니의 짙은 두 눈이 성깔이 돋아 번득였다.

"하느님께서 당신을 축복하시길 비네, 시모어 양, 이 왕자 미망인이 자기 시동생인 폐하께 공공연히 반항하고, 가짜 결혼에 걸려들게 해서 폐하께 큰 괴로움과 고통을 주었던 여자란 걸 잊었다면 말이네."

제인은 주춤하지 않고 언니를 바로 보았다.

"전 마마와 함께 그분을 모셨습니다. 그분은 몹시 친절한 여인이셨고 선량한 주인님이셨습니다. 제가 '하느님께서 그분을 축복하시길.' 이라 말하는 건 당연합니다. 허락해주신다면 가서 그분을 위해 기도를 드리고 싶습니다."

제인이 부드럽게 말했다.

앤 언니는 제인에게 가도록 허락해주기를 아예 거절하고 싶은 듯 보였지만, 조지 오빠 아내의 탐욕스런 시선을 보고선, 격한 싸움은 뭐든 보고되고 몇 시간 안에 궁정에 퍼져나가리란 것을 기억했다.

"물론이지. 내가 폐하와 함께 축하하러 갈 동안 제인과 함께 기도드리러 미사에 참석하고 싶은 사람이 또 있나?"

언니가 감미로운 목소리로 말했다.

어려운 선택이 아니었다. 제인 시모어는 혼자 갔고, 나머지 우리들은 대회당을 지나 왕의 처소로 올라갔다.

왕은 기쁨으로 크게 웃으면서 앤 언니를 반기고는, 홱 안아 올려 키스를 했다. 캐서린 왕비에게 충실한 마음의 남편이었던 적이 한순간도 없었다고 생각될 정도였다. 자신을 27년 동안 성실히 사랑하고 그를 축복하며 죽은 여자가 아니라 최대의 적이 죽었다고 생각될 정도였다. 왕은 연회의 총책임자를 불러 서둘러서 축제를 준비하라고 명령했다. 오락과 무도회가 열릴 것이다. 아무 잘못도 하지 않은 한 여자가 홀로, 딸로부터 멀리 떨어져, 남편에게 버림받은 채로 죽었기 때문에, 잉글랜드 궁정은 흥겹게 놀아야 했다. 앤 언니와 헨리 왕은 노란색을 입을 것이다―가장 기쁨이 넘치는 밝은 색. 노란색은 스페인에서 왕실 상복 색이었기에, 자신의 주인인 스페인 황제에게 이런 애매모호한 모욕을 보고해야 할 스페인 대사를 제대로 조롱하는 셈이었다.

헨리 왕과 앤 언니가 승리감으로 얼굴을 빛내는 모습을 보며, 나는 억지로라도 얼굴에 미소를 지을 수가 없었다. 나는 돌아서서 문을 향해 갔다. 손가락 하나가 내 팔꿈치에 미끄러지며 나를 멈춰 세웠다. 돌아보니 외삼촌이 내 옆에 있었다.

"있어라."

외삼촌이 조용히 속삭였다.

"이건 치욕이에요."

"그래, 어쩌면 그럴지도. 하지만 넌 여기 있어."

뿌리치려 해볼 수도 있었지만 외삼촌의 손아귀는 단단했다.

"그 여자는 네 언니의 적이었고 그러므로 우리의 적이었어. 우리 모두를 거의 몰락시킬 뻔했다. 거의 이길 뻔했어."

"그분이 옳았기 때문이죠. 우리 모두 그걸 알고 있구요."

내가 되받아 속삭였다.

외삼촌의 미소는 진심이었다. 외삼촌은 분개하는 나로 인해 진실로 재미있어 했다.

"옳든 아니든, 그 여자는 이제 죽었고, 네 언니는 누구도 부인할 수 없이 왕비야. 스페인은 침략하지 않을 거고, 교황 성하께서도 파문 선언을 거두실 게야. 그 여자의 것이 정당한 이유일지는 몰라도, 그건 그 여자와 함께 죽는 거야. 우리에게 필요한 건 앤이 아들을 낳는 것뿐이고, 그렇게 되면 우린 모든 걸 손에 넣게 되는 거지. 그러니까 너도 여기 있으면서 행복한 척해."

헨리 왕과 앤 언니가 창가 정간(井間)으로 걸음을 옮겨 함께 대화를 나눌 동안 나는 고분고분하게 외삼촌 옆에 서 있었다. 무척 가까이 맞댄 그들의 머리와, 빠르게 잔물결이 일 듯 소곤소곤 대화하는 모습에는, 그들이 이 나라의 가장 대단한 음모자들이란 것을 모두에게 신호하는 무언가가 있었다. 만약 지금 제인 시모어가 그들을 보았더라면 저런 화합에는 절대 파고들 수 없다는 걸 자신도 알았으리라고 생각했다. 헨리 왕이 자기처럼 재빠르고 비양심적인 머리를 원할 때는, 언제나 앤 언니일 것이다. 제인은 죽은 왕비를 위해 기도를 하러 갔지만, 앤 언니는 그녀의 무덤 위에서 춤출 것이다.

알아서 즐기게 내버려둔 궁정은, 삼삼오오 모이고 짝을 이뤄 왕비의 죽음에 대해 재잘재잘 떠들어댔다. 윌리엄은 방을 가로질러 내가 부루퉁한 얼굴로 외삼촌 옆에 서 있는 것을 보고, 내게 다가와서 나를 데려가겠다고 청했다.

"여기 있어야 하네. 돌아다니면 안 돼."

외삼촌이 말했다.

"메리는 자신이 원하는 대로 따라야 합니다. 명령대로 하게 하진 않을 겁니다."

윌리엄이 말했다.

외삼촌이 눈썹을 치켜 올렸다.

"별난 아내로군."

"제게 잘 맞는 사람이죠."

윌리엄이 말했다. 그가 나를 돌아보았다.

"계속 있고 싶어요, 아니면 나가고 싶어요?"

"지금은 여기 있을게요. 하지만 춤을 추지는 않을 거예요. 그건 돌아가신 그분을 모욕하는 거고, 그 편이 되지 않을 거예요."

내가 타협했다.

제인 파커가 윌리엄 바로 곁에 나타났다.

"그분이 독살되셨다고들 말하는데요. 왕자 미망인 말이에요. 그분께서 몹시 고통스러워하시면서 갑자기 죽었다고, 음식에 무언가

슬쩍 넣어졌다는데요. 그런 짓을 누가 했다고 생각들 하시나요?"

조심스럽게 우리 셋은 왕실 부부 쪽을 보지 않았다—만천하에서 캐서린 왕비의 죽음으로 가장 이익을 보았을 두 사람을.

"그건 추악한 거짓말이야. 내가 자네라면 그런 말을 되풀이하지 않을 게야."

외삼촌이 충고했다.

"벌써 궁정 전체에 퍼졌는걸요. 모두들 묻고 있어요. 그분이 독살되셨다면, 누가 그랬냐구요."

제인 파커가 항변했다.

"그럼 그분은 독살되지 않고 극심한 울화증으로 돌아가셨다고 모두에게 대답해주게. 여자가 극심한 통증 때문에 죽을 수 있는 것처럼, 내가 생각하기론 말이야. 특히나 유력한 집안을 중상모략하면 말이지."

외삼촌이 대답했다.

"우리 집안이에요."

제인이 외삼촌에게 상기시켰다.

"자꾸 잊게 되는군. 자네는 좀처럼 조지 곁에 있지 않아서 말이야. 좀처럼 우리의 이익을 위해 일하지 않아서 자네가 친족이란 걸 아예 잊는단 말이지."

외삼촌이 되받았다.

제인은 잠깐 동안만 그의 표정을 마주보고 있다가 눈길을 떨어뜨렸다.

"그이가 항상 누이동생과 함께 있지만 않았어도 그이와 더 자주 함께 했을 겁니다."

그녀가 조용히 말했다.

"메리 말이냐?"

외삼촌은 고의적으로 오해한 척했다.

제인의 고개가 들려졌다.

"왕비마마 말입니다. 두 분은 떨어지려 해도 떨어질 수 없어요."

"왜냐하면 조지는 왕비를 시중들어야 하고 집안을 시중들어야 한다는 걸 잘 알기 때문이지. 자네 역시도 언제나 왕비가 시키는 대로 할 준비가 되어 있어야 해. 언제나 조지가 시키는 대로 해야 하고 말이야."

"그이는 어떤 여자도 부리고 싶어하지 않는 것 같은데요."

제인이 반항적으로 말했다.

"그이는 왕비마마가 아니면, 아예 아무 여자도 받아들이지 않아요. 그이는 항상 마마와 함께 있거나 프랜시스 경과 함께 있죠."

나는 얼어붙었다. 감히 윌리엄을 볼 용기가 없었다.

"조지가 명령하든 안 하든, 그 애 곁에 있는 건 자네의 임무야."

외삼촌이 단호하게 말했다.

순간 나는 제인이 되받아치리라 생각했지만, 제인은 음흉하게 웃더니 슬며시 빠져나갔다.

만찬 전에 앤 언니가 나를 내전으로 불렀다. 언니는 내가 축제를 위해 노란색으로 옷을 입지 않았다는 것을 단번에 알아차렸다.

"서두르는 게 좋을 거야."

"나, 안 가."

순간 나는 언니가 내게 도전해올 줄 알았지만, 언니는 말다툼을 피하기로 작정한 듯했다.

"아, 알았어. 하지만 모두한테 아프다고 말해. 누구든 질문하는 건 싫으니까."

언니는 거울에 비친 모습을 힐끗 보았다.

"알 수 있겠어? 다른 아이들 때보다 이 아이를 배니까 더 살이 쪄. 아기가 더 잘 자라고 있다는 뜻이지? 튼튼하다는 거지?"

"응. 언니도 건강해보이구."

내가 대답해 언니를 안심시켰다.

언니는 거울 앞에 앉았다.

"머리 빗겨줘. 너만큼 잘 빗는 사람이 없어."

나는 노란 두건을 벗겨내고 숱이 많고 윤기가 흐르는 머리칼을 어깨에서 뒤로 넘겼다. 언니는 은으로 만든 빗 두 개를 갖고 있었고, 나는 마치 말을 손질하듯 두 개를 번갈아가면서 썼다. 앤 언니는 머리를 뒤로 젖히고는 느긋한 쾌감에 몸을 맡겼다.

"튼튼해야 해. 이 아기를 만들기 위해 뭐가 들어갔는지 아무도 몰라, 메리. 아무도 결코 모를 거야."

두 손이 갑자기 무겁고 서툴러지는 것을 느꼈다. 언니가 조언을 구했을지도 모를 마녀들과, 언니가 걸었을지도 모를 주문들을 생각하고 있었다.

"위대한 잉글랜드의 왕자가 돼야 해."

언니가 조용하게 말했다.

"내가 이 아이를 얻기 위해서 지옥 문 바로 앞까지 갔다 왔어. 넌 절대 모를 거야."

"그럼 얘기하지 마."

내가 겁쟁이처럼 말했다.

언니가 무뚝뚝하게 웃었다.

"그래그래. 내 진창으로부터 옷자락을 걷으려무나, 동생아. 그렇지만 난 내 나라를 위해 넌 단지 꿈꿀 수밖에 없는 일을 감히 해냈어."

나는 내 자신이 억지로라도 다시 머리를 빗도록 했다.

"물론 그랬겠지."

내가 달래듯이 말했다.

언니는 잠시 조용하다가, 갑자기 눈을 떴다.

"느꼈어."

조용히 경탄하는 어조로 언니가 말했다.

"메리, 나, 갑자기 느꼈어."

"뭘 느껴?"

"방금 전에, 느꼈어. 아기를 느꼈어. 아기가 움직였다구."

"어디?"

내가 물었다.

"보여줘 봐."

언니가 짜증을 부리면서 빳빳한 스토마커를 손으로 찰싹 때렸다.

"이 안에! 이 안에! 느꼈어……."

언니가 말을 멈추었다. 지금껏 본 적 없는 식으로 언니의 얼굴이 빛나는 것을 보았다.

"또 느꼈어. 작게 바동거렸어. 내 아이야, 태동을 시작했어. 아이를, 살아 있는 아이를 갖다니 하느님, 감사합니다."

언니가 의자에서 일어났다. 짙은 머리칼은 여전히 어깨 위에 흩어져 있는 채.

"달려가서 조지 오빠한테 전해."

둘의 친밀함을 알면서도 나는 놀랄 수밖에 없었다.

"오빠?"

"아니, 내 말은 폐하 말이야."

언니가 재빨리 말을 고쳤다.

"폐하를 데려와 줘."

나는 방에서 왕의 사저로 달려갔다. 만찬을 위해 왕에게 옷을 입히고 있었으나, 사저에는 측근들 대여섯 명이 그와 함께 있었다. 내가 문 앞에서 공손히 절하자, 왕이 돌아서 나를 보고는 기뻐하며 환히 웃었다.

"아니, 또 다른 불린 가 여인이잖아! 상냥한 쪽."

그 농담에 여러 남자들이 킬킬 웃었다.

"마마께서 즉시 폐하를 뵙길 간청하십니다, 폐하. 미뤄둘 수 없는 좋은 소식이 있으시답니다."

왕은 엷은 갈색 눈썹 한쪽을 치켜 올렸다. 요즘 그는 왕답게 근엄

해 보였다.

"그래서 왕비는 자네를 시동처럼 뛰어 보내, 나를 강아지처럼 데려오라는 건가?"

내가 다시 절했다.

"폐하, 제가 뛰어오는 게 행복했을 만한 소식입니다. 폐하께서도 뭔지 아셨다면, 휘파람 소리를 따라오셨을 겁니다."

누군가가 내 뒤에서 중얼거렸고, 왕이 금빛 코트를 걸쳐 입고는 담비 털 소맷부리를 매만졌다.

"그럼 가보지, 메리 영부인. 자네가 이 열성적인 강아지를 휘파람 소리로 인도해보게. 나를 어디든지 인도해도 좋아."

나는 왕의 쭉 뻗은 팔 위에 손을 가볍게 얹고, 나를 조금 더 가까이 끌어당기는 것에 저항하지 않았다.

"결혼생활이 자네한테 잘 맞는 것 같아, 메리."

방 안에 있던 반쯤의 측근들이 우리를 뒤따르는 채, 계단을 내려가면서 왕이 친밀하게 말했다.

"자네는 소녀였을 적만큼 아름다워, 내 귀여운 연인이었을 적 말이야."

헨리 왕이 친밀해질 때마다 나는 늘 신중해졌다.

"오래전 일이죠. 하지만 폐하께선 왕자이셨을 때보다 두 배가 되셨어요."

내가 조심성 있게 말했다.

말이 입 밖으로 떨어지자마자 나는 어리석은 내 자신을 저주했다. 더욱 강해지고, 더욱 잘생겨졌다고 말할 의향이었다. 그러나 바보 멍청이인 나는, 그가 그때보다 두 배로 뚱뚱해졌다고 말하는 것처럼 들리게 되었다—그것도 물론 소름끼칠 정도로 사실이었다.

왕은 마지막 세 번째 계단에서 우뚝 멈춰 섰다. 무릎을 꿇어버릴까 하는 충동이 일었다. 감히 그를 올려다볼 용기가 없었다. 아름다운 말을 멋지게 하고픈 욕망과, 그것을 제대로 해내지 못하는 절대적인 무능함에 관해서는, 이 세상 모든 신하들 중에서 나보다 더 무능력한 신하는 없었으리란 생각이 들었다.

우렁찬 소리가 울렸다. 내가 왕을 몰래 살짝 올려다보자, 정말 다행히도 왕은 큰소리 내어 웃고 있었다.

"메리 영부인, 자네 실성한 건가?"

그가 물었다.

나도 따라 웃기 시작했다. 순전히 안도감으로.

"그런 것 같습니다, 폐하. 전 그저 그 당시에 폐하는 청년이셨고 저는 소녀였지만, 이제 폐하께선 왕자들 중에서 왕이 되셨다고 말하려던 것뿐이었습니다. 하지만 말이 나오기를……."

또다시 우렁찬 웃음소리가 내 목소리를 삼켰고, 우리 뒤 계단에 서 있는 신하들은 목을 길게 빼고 아래로 구부리며, 무엇이 왕을 즐겁게 하고 또 나는 왜 창피해하면서 얼굴을 붉히기도 하고 웃기도 하는지 알고 싶어했다.

헨리 왕이 내 허리를 잡아채 나를 꼭 껴안았다.

"메리, 난 자네가 정말 좋아. 자네는 불린 가 사람들 중 최고야. 누구도 자네처럼 나를 웃게 만들지 못하거든. 자네가 너무나도 끔찍한 말을 해서 참수하도록 하기 전에 어서 나를 아내에게로 데려다 주게."

나는 그의 손아귀에서 슬쩍 빠져나와 왕비의 처소로 길을 인도해 안으로 들여보냈다. 신사들 모두가 뒤따랐다. 앤 언니는 알현실에 있지 않고 여전히 내실에 있었다. 내가 문을 두드리고 왕이 왔다고 알렸다. 언니는 여전히 머리를 풀고 두건을 손에 들고, 그 경이로운 빛에 둘러싸인 채로 서 있었다.

헨리 왕이 안으로 들어서자 나는 문을 닫고 엿들으려는 사람이 아무도 가까이 오지 못하게 문 앞에 섰다. 이건 앤 언니의 왕비로서의 생애 중 가장 가슴 벅찬 순간이었고, 나는 언니가 흡족하게 음미하기를 바랐다. 언니는 왕에게 아기를 가졌다고 말할 수 있었고, 엘리자베스 이후 처음으로 아기가 자궁에서 태동하는 것을 느낀 것이다.

윌리엄이 방 뒤쪽으로 들어와 문 앞에 서 있는 나를 보았다. 그는 어깨와 팔꿈치를 건드리면서 사람들을 헤쳐 나왔다.

"보초 서고 있는 거예요? 들통을 지키는 생선장수 여자같이 양손을 허리에 대고 버티고 서 있는데요."

그가 물었다.

"언니가 폐하께 아이를 가졌다고 말씀드리고 있어요. 언니에겐 어떤 빌어먹을 시모어 가의 여자가 갑자기 들이닥치는 일 없이 말할 권리가 있어요.

조지 오빠가 윌리엄 곁에 나타났다.

"폐하께 말씀을 드려?"

"아기가 태동했거든."

오빠의 얼굴을 올려다보고 웃으며, 나와 마찬가지로 기뻐할 것을 기대하면서, 내가 말했다.

"언니가 태동하는 걸 느꼈어. 즉각 나를 보내 폐하를 모셔오게 했지."

오빠가 기뻐하는 모습을 보길 기대했지만 나는 다른 것을 보았다. 오빠의 얼굴에 그늘이 스쳤다. 무슨 나쁜 짓을 했을 때 오빠는 저런 모습이었다. 죄책감을 느끼는 표정이었다. 눈동자를 너무나도 빨리 스치고 지나가서 봤는지도 확실치 않았으나, 잠깐 사이에 나는 절대 틀림없이 오빠는 떳떳하지 않다는 걸 알았고, 앤 언니가 잉글랜드를 위해 이 아이를 갖으려 지옥의 문으로 떠났을 때 오빠를 길동무로 데려갔다고 짐작했다.

"이런 세상에, 대체 뭐야? 둘이 무슨 짓을 한 거야?"

오빠는 즉시 엷은 신하의 미소를 지었다.

"아무 짓도 안 했어! 아무 짓도. 둘이 얼마나 행복할까! 요 며칠 동안 정말 대단했어! 캐서린은 죽고 새로운 왕자는 자궁 속에서 태동하고 말이야. 불린 가 만세(Vivat)!"

윌리엄이 오빠를 보며 싱긋 웃었다.

"형님 가족은 모든 걸 자기 이익에 비춰보는 능력으로 언제나 절경탄케 합니다."

"왕비가 죽었다고 기뻐하는 것 말인가?"

"왕자 미망인이죠."

윌리엄과 내가 함께 대답했다.

조지 오빠가 씩 웃었다.

"그래그래. 그 여자. 당연히 축하하지. 자네의 문제는 말이야, 윌리엄, 바로 야망이 없다는 거야. 삶에는 언제나 단 한 가지 목표밖에 없다는 걸 몰라."

"그게 뭡니까?"

"더 많이. 그저 아무거나 더 많이. 모든 걸 더 많이."

오빠가 간단하게 대답했다.

1월의 춥고 어두운 날들 내내, 앤 언니와 나는 함께 앉아 있었고, 함께 책을 읽었고, 함께 카드놀이를 하고 악단의 연주를 들었다. 조지 오빠는 헌신적인 남편처럼 세심하게 언제나 앤 언니와 함께 있으면서, 마실 것이나 등에 받칠 쿠션을 가져다주었고, 언니는 오빠의 관심 아래 활짝 피었다. 언니는 캐서린을 마음에 들어 해 우리와 함께 있게 했다. 나는 캐서린이 시녀들과 똑같이 카드 한 벌을 다루거나 류트를 집어들 수 있을 때까지 조심히 그녀들의 몸가짐을 따라하는 것을 지켜보았다.

"저 애는 진정한 불린 가 여자가 될 거야."

앤 언니가 캐서린을 보고 만족해하며 말했다.

"네 코가 아니라 내 코를 닮아서 정말 다행이야."

"나도 매일 밤 하느님께 감사드려."

비꼬는 말은 언제나 언니에게는 효과가 없지만, 나는 말했다.

"좋은 신랑감을 찾아볼까. 내 조카로서 아주 결혼을 잘할 수 있을 거야. 폐하 자신도 관심을 두실 테구."

"아직 결혼시키고 싶지 않아, 자기 선택에 거스르고 싶지도 않구."

언니가 소리 내어 웃었다.

"저 애는 불린 가 여자야, 집안에 도움 되게 결혼해야 해."

"내 딸이야. 최고 입찰자에게 팔아넘기진 않을 거라구. 엘리자베스를 요람에서 약혼시키든지, 그건 언니의 권리야. 그 애는 언젠가 공주가 될 테니까. 하지만 우리 아이들은 결혼하기 전까지 아이들로 지낼 수 있어."

앤 언니가 고개를 끄덕였다.

"하지만 네 아들은 여전히 내 거야."

언니가 점수를 비기게 하며 말했다.

"절대 잊지 않아."

내가 조용히 대답했다.

* * *

무척 쾌청한 날씨가 계속되었다. 매일 아침 지면에는 하얀 서리가 내려 있었고, 줄줄이 수렵장을 가로질러 시골로 나가는 사냥개들에게는 사슴 냄새가 강렬히 풍겨들었다. 말들이 길을 가기는 힘들었다. 헨리 왕은 두꺼운 겨울 코트의 열기에 땀을 푹푹 내며, 마부가 고삐 끝에 날뛰는 튼튼하고 큰 사냥말을 달고 뛰어올라오기를 조바심으로 기다리면서, 하루에 두세 번씩 말을 바꾸어 탔다. 왕은 다시 젊은 남자처럼 느끼고 젊은 남자처럼 말을 몰았다. 예쁜 아내에 아들을 만들 수 있는 남자. 캐서린 왕비는 죽었고 왕은 그녀가 지금껏 존재했다는 사실을 잊을 수 있었다. 앤 언니는 그의 아이를 갖고 있었고, 그것은 그 자신에 대한 믿음을 되찾아주었다. 하느님은 헨리 왕에게 미소 짓고 있었다, 그래야 한다고 그가 믿는 것처럼. 나라는 평화로웠고 이제 왕비가 죽었으니 스페인의 침략 위협도 없었다. 판결의 증거는 결과가 나와 있었다. 나라는 평화로우며 앤 언니가 아이를 가졌으니, 하느님은 헨리 왕에게 틀림없이 동의하고 교황과 스페인 황제에게는 반대되게 주사위를 던지신 것이다. 다른 모든 문제와 마찬가지로, 이 일에도 자신과 하느님은 한마음이란 인식에 안심하는 헨리 왕은 행복한 남자였다.

앤 언니는 만족해했다. 여태껏 한 번도 세상이 손가락 끝에 다가오는 것을 느낀 적은 없었다. 왕위로 오르는 계단을 언제나 어둡게 했던, 가려 있던 캐서린 왕비가 언니의 경쟁 상대였으나, 이제 캐서린 왕비는 죽었다. 캐서린 왕비의 딸이, 언니의 아이들이 통치할 권리를 위협했었으나, 이제 왕비의 딸은 강제로 제이왕녀가 될 것을 인정했고, 언니의 딸 엘리자베스가 나라의 모든 남자, 여자, 아이들의 충성을 약속받았다―약속하기를 거부하는 사람들은 런던탑에 갇히거나 단두대에서 죽었거나 둘 중 하나였다. 무엇보다도 특히, 앤 언니에게는 뱃속에 튼튼하고 잘 자라는 아기가 있었다.

헨리 왕은 마상 창 시합이 있을 것이며 자신을 남자라고 부르는 모든 남자는 갑옷과 말을 가지고 경기장에 입장해야 할 것을 발표했다. 헨리 왕 자신도 참여할 것이다. 되찾은 젊은 기분과 자신감이 다시 도전에 응하라고 그를 재촉했다. 윌리엄은 들어가는 비용에 강하게 투덜대며 또 다른 가난한 기사에게 갑옷을 빌려, 말을 매우 조심스레 다루면서 시합 첫날에 경기에 참여했다. 윌리엄은 자기 자리를 지켰으나 다른 남자가 쉽게 승리자로 선언되었다.

"하느님, 도와주세요, 난 겁쟁이와 결혼했어요."

윌리엄이 나를 찾아 시녀들의 차일로 오자 내가 말했다. 앤 언니는 차일 아래 맨 앞에 앉아 있었고 나머지 우리는 모피로 몸을 잘 감싼 채 언니 뒤에 서 있었다.

"하느님께서 축복하실 겁니다, 겁쟁이와 결혼해서. 난 생채기 하나 없이 내 사냥말을 데리고 나왔어요. 영웅적이라는 평판을 받기보다는 차라리 이게 좋아요."

"당신은 평범한 사람이죠."

내가 빙긋 웃으며 말했다.

그가 내 허리에 팔을 쓰윽 두르더니 끌어당겨서 재빨리 살짝 입을 맞추었다.

"난 가장 서민적인 취향을 갖고 있어요. 왜냐하면 난 내 아내를 사랑하고, 약간의 평화와 고요함을 사랑하고, 우리 농장을 사랑하고, 내게는 베이컨 한 조각과 빵 한 입보다 나은 식사가 없으니 말이죠."

그가 내게 속삭였다.

나는 좀더 가까이 포근하게 달라붙었다.

"집에 가고 싶어요?"

"당신도 올 수 있을 때요. 아기가 태어나고, 마마께서 우리를 놓아주시면요."

윌리엄이 온화하게 말했다.

헨리 왕은 시합 첫날 경기에 참여하고 둘째 날까지 내내 이겼다. 앤 언니는 그곳에서 왕을 지켜보려 했지만 아침에 몸이 좋지 않아 정오에 내려가겠다고 했다. 언니는 자신과 많은 시녀들과 함께 나를 앉아 있게 했다. 다른 사람들은 모두 가장 밝은 색 옷을 차려입고 경기장으로 말을 몰고 나갔고, 신사들은, 몇몇은 벌써 갑옷을 입은 채로, 그들과 함께 갔다.

"오빠가 그 시모어 가 계집애를 처리할 거야. 폐하께서도 시합 생각만 하실 거구."

언니가 창가에서 지켜보며 말했다.

내가 안심이 되도록 말했다.

"폐하께선 다른 어떤 것보다 이기는 걸 좋아하시잖아."

우리는 언니의 사저에서 평화롭게 아침을 보냈다. 언니는 제단보를 펼쳐 다시 바느질했고, 언니가 저쪽 끝에서 성모 마리아의 망토를 하고 있을 동안 나는 지루한 커다란 풀밭 하나를 아등바등하고 있었다. 우리 사이에는 천계(天啓)가 길게 펼쳐져 있었다―성인들은 천국으로 가고, 악인들은 지옥에 떨어지고. 그때 창밖에서 갑자기 시끄러운 소리가 들렸다. 기수 한 명이 질주해서 재빠르게 궁정으로 들어왔다.

"무슨 일이야?"

앤 언니가 바느질을 하다 고개를 들었다.

나는 창가 벤치에 무릎을 대고 일어서서 아래를 내려다보았다.

"누군가 미치광이처럼 마구간 뜰로 달려오는데. 대체 무슨 일인……."

나는 다음 말이 입 밖으로 나오는 것을 깨물어 삼켰다.

마구간 뜰을 질주하여 오는 것은 튼튼한 말 두 마리에 끌려오는 왕실 가마였다.

"무슨 일이야?"

앤 언니가 내 뒤에서 물었다.

"아무것도 아냐. 아무것도."

아기를 생각해서 내가 대답했다.

언니가 의자에서 일어서더니 내 어깨 너머를 내다보았다. 그러나 벌써 왕실 가마는 사라져 있었다.

"누군가가 마구간으로 간 거였어. 폐하의 말이 편자를 빠뜨렸는지도 모르지. 폐하께서 낙마하시는 걸 얼마나 싫어하시는지 알잖아. 잠시라도."

언니는 고개를 끄덕였으나 내 어깨에 기대어 길을 내다보고 있었다.

"저기 외삼촌이 계신다."

앞에 깃발을 두고, 조그만 시종 무리와 함께, 외삼촌은 궁전으로 길을 따라 올라와 마구간 뜰로 말을 몰고 갔다.

앤 언니는 다시 자리에 앉았다. 잠시 후 우리는 궁정 문이 쾅하고 열리고 외삼촌과 시종들의 발걸음이 시끄럽게 계단을 울리는 것을 들었다. 언니가 고개를 들고, 방으로 들어오는 외삼촌을 무슨 일이냐는 듯 쳐다보았다. 외삼촌이 허리를 굽혀 절을 했다. 평소 외삼촌이 언니에게 하는 것보다 더 깊게 숙인 그 절에서, 나에게 경고하는 무언가가 있었다. 앤 언니가 자리에서 일어섰다. 바느질감이 무릎에서 바닥으로 굴러 떨어졌다. 언니는 입에 손을 대고, 다른 손은 헐렁하게 끈이 묶인 스토마커 위에 댔다.

"외삼촌?"

"유감스럽게도, 폐하께서 말에서 떨어지셨다는 것을 알려드립니다."

"다치셨어요?"

"심각하게 다치셨다."

언니의 얼굴이 하얗게 바래지더니, 곧 휘청거렸다.

"준비를 해야 한다."

외삼촌이 단호하게 말했다.

나는 언니를 의자에 밀어 앉히고 외삼촌을 올려다보았다.

"뭘 준비해요?"

"폐하께서 돌아가신다면 우린 런던과 북부를 지켜야 해. 앤이 편지를 써야 한다. 평의회를 세울 수 있을 때까지 앤이 섭정이 되어야 할 거야. 내가 앤을 대표하겠어."

"돌아가신다구요?"

앤 언니가 되풀이했다.

"폐하께서 돌아가신다면 우리가 나라를 하나로 지켜야 해. 네 뱃속에 있는 아기가 성인이 될 때까진 오랜 시간이 걸려. 계획을 세워야 해. 나라를 지킬 준비가 되어 있어야 해. 헨리 폐하가 돌아가신다면……."

외삼촌이 되풀이했다.

"돌아가신다구요?"

언니가 또다시 물었다.

외삼촌이 나를 바라보았다.

"네 동생이 얘기해줄 거야. 꾸물거리고 있을 시간이 없어. 우린 왕국을 지켜야 해."

앤 언니의 얼굴은 충격으로 어리벙벙했다. 자신의 남편처럼 무감각했다. 언니는 그가 없는 세상을 상상할 수 없었다. 통치할 왕이 없이는 언니는 절대 외삼촌의 지시를 따를 수도, 왕국을 지킬 수도 없었다.

"제가 할게요. 제가 작성하고 서명할게요. 언니를 시키시면 안 돼요, 외삼촌. 언니는 걱정하면 안 된다구요, 안전하게 지켜야 할 아기가 있잖아요. 우리는 필체가 비슷하고, 전에도 서로 통과한 적도 있구요. 제가 대신 쓰고 서명도 할 수 있어요."

내가 재빨리 말했다.

그 말에 외삼촌이 밝아졌다. 하나의 불린 가 여자는 언제나 그에겐 또 다른 불린 가 여자와 별 다를 바 없었다. 외삼촌은 책상으로 스툴을 끌어당겼다.

"시작해라. 재신들이여, 분명히 알기를……."

외삼촌이 무뚝뚝하게 말했다.

한손은 배에 얹고, 다른 손은 입을 가린 채, 창밖을 빤히 내다보며 앤 언니는 의자에 뒤로 기대앉아 있었다. 언니가 더 오래 기다려야 할수록, 왕의 상태는 더 좋지 않은 것이 분명했다. 낙마해서 급격한 충격을 받은 사람은 재빨리 집으로 데려온다. 그러나 죽음에 가까운 사람은 더욱 조심스럽게 옮겨진다. 앤 언니가 마구간 뜰 입구를 내려다보며 기다리고 있는 동안, 나는 우리의 모든 무사함이, 모든 안전함이 산산이 조각나고 있다는 것을 깨달았다. 왕이 죽으면 우리는 모두 몰락하는 것이다. 나라는 자기 이익을 위해 싸우는 각각의 귀족들로 인해 찢겨질 수 있었다. 헨리 왕의 아버지가 모두를 하나로 합치기 전과 같이 될 것이다—요크 가는 랭커스터 가에 적대하고, 모든 귀족들은 자기 이익을 챙기기 위해 나서는. 주마다 각자의 주인이 있고, 누구도 실제 왕에게 무릎 꿇을 수 없는 제멋대로인 나라가 될 것이다.

앤 언니가 다시 방 안을 돌아보더니, 자기 딸 엘리자베스가 자라날 때까지 섭정의 지위를 요구한다고 쓴 편지 위로, 몸을 굽히고 있는 내 아연한 얼굴을 쳐다보았다.

"돌아가신다구?"

언니가 내게 물었다.

나는 탁자에서 일어나 언니의 차가운 손을 잡았다.

"하느님 제발, 안 돼요."

내가 말했다.

왕은 들것에 실려 들어왔다. 너무나도 천천히 걸어 들것을 관이라고 착각할 정도였다. 조지 오빠가 앞장 서 있었고, 윌리엄과 나머지 화려하게 차려입은 마상 창 시합 일행이 겁에 질린 침묵 속에서 뿔뿔이 뒤따라 들어왔다.

앤 언니가 신음을 토해내며 바닥으로 미끄러졌다. 가운이 언니 주위로 부풀어 올랐다. 하녀 한 명이 언니를 붙잡았고, 우리는 언니를 침실로 데려가 침대에 눕히고 시동을 달려 보내 향료를 넣은 포도주와 의사를 데려오도록 했다. 나는 스토마커 끈을 풀고 아이가 뱃속에서 여전히 무사하길 기도하면서 언니의 배를 만져보았다.

어머니가 포도주를 들고 찾아와서 얼굴이 하얗게 질린 채 바로 앉으려고 애쓰는 앤 언니를 한번 쳐다보았다.

"조용히 누워 있어. 다 망쳐버리고 싶어?"

어머니가 날카롭게 말했다.

"헨리 폐하는요?"

언니가 물었다.

"깨어나셨어. 심하게 떨어지셨지만 괜찮으셔."

어머니가 거짓말했다.

곁눈으로, 나는 외삼촌이 성호를 그으며 기도하는 모습을 보았다. 저 엄격한 남자가 자신 외에 누군가의 도움을 청하는 모습을 보기는 처음이었다. 내 딸 캐서린은 문 뒤에 숨어 몰래 들여다보다가 안으로 들어오라는 손짓을 받아, 포도주 잔을 받아들고 앤 언니의 입술에 갖다 대었다.

"이리 와서 섭정 편지를 끝내라. 그게 다른 어떤 것보다 중요해."

외삼촌이 나지막이 말했다.

나는 꾸물거리며 앤 언니를 바라보다가 알현실로 돌아가서 다시 펜을 집어 들었다. 우리는 세 장의 편지를 썼다. 런던으로, 북부로, 그리고 의회로. 나는 셋 모두를 '앤, 잉글랜드 왕비'로 서명했다. 그동안 의사가 도착했고 그런 다음 약제사 두어 명이 왔다. 머리를 숙인 채, 산산이 조각나는 세상에서, 나는 나 자신을 잉글랜드 왕비로 서명하며 운명을 시험하고 있었다.

문이 열리더니 조지 오빠가 들어왔다. 어리벙벙해보였다.

"앤은 어때?"

오빠가 물었다.

"어질어질해해. 폐하는?"

"헤매고 계셔. 자신이 어디 계시는지 분간을 못 하신다니까. 캐서린 왕비를 찾으셔."

오빠가 속삭였다.

"캐서린? 그 여자를 찾으신다고?"

검객이 검을 빼내는 것만큼 빠르게 외삼촌이 되풀이했다.

"어디 계시는지 분간을 못 하세요. 수년 전 마상 창 시합에서 방금 낙마한 거라고 생각하고 계세요."

"둘 다 폐하께 가봐라. 그리고 폐하를 잠자코 있게 만들어. 폐하께 선 그 여자 이름을 언급하시면 안 돼. 임종 자리에서 그 여자를 찾게 내버려둘 순 없어. 이런 말을 입 밖에 내신다면 폐하께선 엘리자베스를 폐하고 메리 공주를 앉히실 거야."

외삼촌이 내게 말했다.

조지 오빠가 고개를 끄덕이고 나를 대회당으로 인도했다. 왕은 위층으로 옮겨지지 못했다. 왕을 든 채 비틀거릴까 봐 두려웠던 것이다. 왕의 몸무게는 대단했고, 또한 가만히 누워 있지도 않을 것이었다. 밀어붙인 두 개의 식탁 위에 들것을 내려놓고 있었고, 왕은 그 위에서 몸을 뒤치락거리며 쉴 새 없이 이리저리 움직였다. 조지 오빠는 빙 둘러싼 겁에 질린 남자들 무리 사이로 나를 이끌고 갔다. 왕이 나를 보았다. 파란 눈이 천천히 가늘어지며, 내 얼굴을 알아보았다.

"나, 떨어졌어, 메리."

그의 목소리는 어린 소년처럼 측은했다.

"가엾어라."

나는 가까이 다가가서 그의 손을 잡아 내 가슴에 댔다.

"아파요?"

"온몸이 다."

눈을 감으며 왕이 대답했다.

의사가 뒤에 다가오더니 속삭였다.

"발과 손가락을 움직이실 수 있는지 물어보세요, 모든 부위를 느끼실 수 있는지요."

"발을 움직일 수 있으세요, 헨리 폐하?"

우리 모두는 그의 장화가 씰룩거리는 것을 보았다.

"응."

"손가락 모두도요?"

그의 손이 내 손을 더욱 세게 쥐는 것을 느꼈다.

"그래그래."

"속안이 아프진 않으세요, 내 사랑? 배는 안 아프세요?"

왕은 고개를 저었다.

"온몸이 다 아파."

나는 의사를 보았다.

"거머리로 피를 빨아내야 합니다."

"어디가 아프신지도 모르는데요?"

"내출혈일 수도 있습니다."

"자게 해줘. 내 곁에 있어줘, 메리."

헨리 왕이 조용히 말했다.

나는 의사에게서 시선을 돌려 왕의 얼굴을 내려다보았다. 조용히 졸린 듯이 누워 있는 그는 훨씬 젊어 보여서 내가 무척 좋아했던 그 젊은 왕자였다는 것을 믿을 수 있을 것 같았다. 바로 누워 있어 뺨의 지방이 없어졌다. 아름다운 눈썹 선도 바뀌지 않았다. 이 남자가 나라를 하나로 지킬 수 있는 유일한 사람이었다. 그 없이는 우리 모두 몰락하는 것이다—하워드 가문뿐만 아니라, 불린 가문뿐만 아니라, 나라의 모든 교구의 모든 남자, 여자, 아이들도 마찬가지였다. 다른 누구도 왕관에 달려드는 귀족들을 막지 못할 것이다. 왕위를 정당히 주장할 수 있는 네 명의 계승자들이 있었다—메리 공주, 내 조카 엘리자베스, 내 아들 헨리, 그리고 서자 헨리 피츠로이. 벌써 교회는 떠들썩했다. 스페인 황제나 프랑스 국왕이 교황에게서 위임통치령을 받아와 질서를 회복할 것이고, 그렇게 된다면 우리는 절대 그들을 물리치지 못할 것이다.

"주무시면 나아질 것 같아요?"

내가 왕에게 물었다.

그는 파란 눈동자를 뜨더니 내게 미소 지었다.

"아, 그럼."

그가 조그만 목소리로 말했다.

"위층 침대로 모셔다 드리면 가만히 누워 계실 건가요?"

왕이 고개를 끄덕였다.

"내 손을 잡고 있어."

나는 의사를 돌아보았다.

"그렇게 할까요? 침대로 옮겨드려서 쉬시게요?"

의사는 겁에 질려 보였다. 잉글랜드의 미래가 그의 손에 달린 것이다.

"그래도 될 것 같습니다."

그가 불분명하게 대답했다.

"뭐, 여기서 주무실 순 없잖아요."

내가 꼬집어 말했다.

조지 오빠가 앞으로 나와 가장 힘 세 보이는 남자 대여섯 명을 뽑아 들것 주위로 정렬시켰다.

"넌 폐하의 손을 계속 잡고 있어, 메리. 그리고 가만히 움직이시지 못하게 해. 나머지 자네들은 내가 말할 때 들어올려서 계단으로 가게. 첫 층계참에서 쉰 다음 다시 가는 거야. 하나, 둘, 셋, 지금―들어."

그들은 왕을 들어올리고 수평을 유지하려 애썼다. 손이 왕에게 꽉 붙들린 채, 나는 나란히 따라갔다. 남자들은 잰걸음으로 걸어 모두 하나로 붙어가서, 우리는 계단을 올라 왕의 처소에 도달했다. 누군가가 앞서 달려가 이중문을 휙 열어젖히고 알현실로 들어가서 그 너머에 있는 처소 문을 열었다. 침대 위에 들것을 내려놓았다. 놓으면서 거칠게 흔들려서, 왕이 깜짝 놀라며 고통으로 신음했다. 아직도 왕을 들것에서 내려 침대에 눕히는 임무가 남아 있었다. 남자들이 침대 위에 올라가 어깨와 발을 잡아 왕을 붙들어 들어올리는 동안 다른 남자들은 밑에서 들것을 끌어내는 수밖에 없었다.

이런 거친 처치를 바라보는 의사의 표정을 보고, 만약 왕이 내출혈을 일으켰다면, 우리는 아마도 방금 그를 죽였으리란 것을 깨달았다. 왕은 고통으로 끙끙거렸다. 잠시 나는 그것이 임종 때의 가래 끓는 소리라고, 우리는 모두 책망받으리라고 생각했다. 그러나 그때 왕이 눈을 뜨고 나를 바라보았다.

"캐서린?"

그가 물었다.

주위의 모든 남자들이 미신적으로 쉿쉿 소리를 냈다. 나는 조지 오빠를 바라보았다.

"나가게. 모두 나가게."

오빠가 무뚝뚝하게 말했다.

프랜시스 웨스턴 경이 오빠에게 다가오더니 귀에 대고 조용히 속삭였다. 조지 오빠는 주의 깊게 귀 기울이고는 고맙다고 프랜시스 경의 팔을 건드렸다.

"폐하께서는 의사들과, 친애하는 처제인 메리, 그리고 나와 함께 계시게 하라는 게 왕비마마의 명령이다. 나머지 사람들은 밖에서 기다려도 좋다."

조지 오빠가 소리쳤다.

마지못해 그들은 방을 나갔다. 나는 밖에서 우리 외삼촌이 큰소리로, 만약 왕이 무력하게 된다면 왕비가 엘리자베스 공주를 위해 섭정이 될 것이고, 모두가, 개개인마다, 왕이 선택하고 합법적인 유일한 계승자인 엘리자베스 공주에게 충성할 것을 맹세했다는 사실을 다시금 상기시켜야 할 필요가 있는 사람은 없을 것이라고 말하는 소리를 들었다.

"캐서린?"

헨리 왕이 나를 올려다보며 또다시 물었다.

"아닙니다, 저예요, 메리. 메리 불린이었죠. 이제는 메리 스태퍼드구요."

내가 부드럽게 말했다.

부들부들 떨며, 왕이 내 손을 잡아 입술로 들어올렸다.

"내 사랑."

그가 부드럽게 말했다. 많은 연인들 중 누구를 부르는 건지 아무도 알지 못했다. 끝까지 그를 사랑한 채 죽은 왕비인지, 같은 궁정에서 겁에 질려 죽을 듯한 왕비인지, 아니면 예전에 사랑했던 소녀인 나인지.

"주무시고 싶으세요?"

내가 걱정스럽게 물었다.

푸른 눈동자는 흐리멍덩했다. 술꾼처럼 보였다.

"자고 싶어. 응."

그가 중얼거렸다.

"곁에 앉아 있을게요."

조지 오빠가 나를 위해 의자를 끌어당겨 와, 나는 왕에게서 손을 빼지 않은 채 자리에 앉았다.

"깨어나시길 하느님께 빌어보자."

오빠가 말하고, 헨리 왕의 밀랍 같은 얼굴과 떨리는 눈까풀을 내려다보았다.

"아멘."

내가 대답했다.

"아멘."

우리는 오후 한중간까지 왕과 함께 있었다. 의사들은 침대 발쪽에, 조지 오빠와 나는 머리맡에, 어머니와 아버지는 끊임없이 들락날락거리고, 외삼촌은 어딘가로 나가 음모를 꾸미고 있었다.

헨리 왕은 땀을 흘리고 있었다. 의사들 중 한 명이 이불을 걷어주려고 다가갔다가, 멈칫했다. 오래전 그가 마상 창 시합을 나가 다쳤던 뚱뚱한 장딴지는 흉한 피와 고름으로 거뭇거뭇하고 보기 흉하게 더럽혀져 있었다. 제대로 낫지 않았던 상처가 다시 터진 것이었다.

"거머리로 피를 빨아내야 합니다. 상처 위에 거머리를 얹고 독을 빨아내게 해야 합니다."

의사가 말했다.

"난 못 보겠어."

내가 바들바들 떨며 조지 오빠에게 털어놓았다.

"가서 창가에 앉아 있어. 쓰러질 생각은 하지도 마. 다 얹어놓으면

부를 테니까, 그때 침대 곁으로 돌아와."

오빠가 거칠게 말했다.

나는 창가 벤치에 머물면서, 절대로 뒤돌아보지 않고, 찢어진 상처를 빨게 하려고 검은 민달팽이를 왕의 다리 위에 얹어놓으려 할 때 항아리가 쨍강쨍강 울리는 소리를 듣지 않으려 했다. 얼마 후에 조지 오빠가 "와서 폐하 곁에 앉아 있어. 넌 아무것도 볼 필요 없어." 하고 불렀다. 실컷 빨아먹어, 작은 검은 공같이 말린 거머리들을 상처에서 떼어낼 수 있을 때서야, 나는 비로소 침대 머리맡의 내 자리로 돌아갔다.

오후 중반에 내가 왕의 손을 잡고 아픈 개를 어루만져주듯 쓰다듬고 있을 때, 왕이 돌연 나를 꽉 움켜잡았다. 눈이 번쩍 열리고 초점이 또렷했다.

"이런 제기랄, 온몸이 아프잖아."

그가 말했다.

"말에서 떨어지셨어요."

어디 있는가를 아는지 판단하려고 내가 말했다.

"기억하네. 하지만 궁전으로 돌아온 건 기억이 안 나."

"저희가 폐하를 모시고 들어왔습니다. 위층으로 모시고 왔죠. 폐하께선 메리가 곁에 있길 원하셨습니다."

조지 오빠가 창가 벤치에서 앞으로 나왔다.

헨리 왕은 약간 놀란 듯한 미소를 내게 보였다.

"내가 그랬나?"

"제정신이 아니셨어요. 헤매고 계셨죠. 다시 괜찮아지셔서 정말 다행입니다."

"왕비마마께 전갈을 드리죠."

조지 오빠는 친위병 중 한 명에게 왕이 깨어났고 괜찮다고 왕비에게 전하라 명했다.

헨리 왕은 쿡쿡 웃었다.

"다들 땀났겠군."

그가 침대에서 움직이려 했으나, 갑작스런 통증으로 얼굴을 찡그렸다.

"제기랄! 내 다리."

"옛 상처가 다시 터졌습니다. 거머리를 얹어두었죠."

내가 말했다.

"거머리라니. 습포를 붙여야 해. 캐서린이 어떻게 만드는지 알아, 그녀한테 물어……."

왕이 입술을 깨물었다.

"누군가 어떻게 치료하는지 분명 알겠지. 정말이지, 누군가 처방을 분명 알 거야."

그가 잠시 침묵했다.

"포도주 좀 주게."

시동이 잔을 들고 달려오자 조지 오빠가 왕의 입술에 잔을 갖다 대었다. 헨리 왕은 쭉 들이켰다. 혈색이 돌아오더니, 그의 시선이 다시 내게로 돌아왔다.

"그래서, 누가 제일 먼저 움직였나?"

그가 호기심으로 물었다.

"시모어 가, 하워드 가, 아니면 퍼시 가? 누가 내 딸을 위해 왕위를 유지하며 그 아이의 미성년 기간 내내 자신을 섭정이라 부르려 했지?"

웃으면서 고백을 유도당하기에는 조지 오빠는 헨리 왕을 너무나도 잘 알았다.

"궁정 전체가 무릎을 꿇고 기도하고 있었습니다. 그 누구도 폐하의 건강 외엔 아무것도 생각하지 않았습니다."

헨리 왕은 아무것도 믿지 않으며, 고개를 끄덕였다.

"가서 궁정에 알리겠습니다. 감사 미사를 드릴 겁니다. 저희들 모두 대단히 걱정하고 있었으니까요."

"포도주를 좀더 갖다 주게나. 몸속의 뼈가 모두 부러진 듯이 아프네."

헨리 왕이 부루퉁하게 말했다.

"저도 물러갈까요?"

"있게."

그가 무관심하게 대답했다.

"하지만 내 등에서 이 베개들 좀 들어올려 주게. 여기 이렇게 누워 있으니까 등을 움직일 수가 없어. 어떤 멍청이가 나를 이렇게 편평하게 눕혀놓은 거야?"

나는 왕을 들것에서 침대로 옮기던 순간을 생각했다.

"폐하를 움직이기가 걱정되었습니다."

"농가 뜰의 닭들 같았군. 수탉이 잡혀갔을 때 말이야."

그가 약간 만족해하며 말했다.

"잡혀가지 않으셔서 정말 다행입니다."

"그래. 내가 오늘 죽었다면 하워드 가와 불린 가 사람들에게 일이 힘들게 되겠지. 위로 오르면서, 자네들이 다시 굴러 떨어지는 모습을 보며 행복해할 적들을 많이 만들었으니 말이야."

그가 옹졸한 기색으로 말했다.

"폐하 생각만 했을 뿐입니다."

내가 조심스럽게 말했다.

"그들은 내 바람에 따라 엘리자베스를 왕위에 올렸을까?"

그가 돌연 날카롭게 물었다.

"자네 하워드 가 사람들은 자기네 사람 뒤에 붙었겠지? 하지만 다른 이들은?"

나는 그의 시선을 받았다.

"잘 모르겠습니다."

"내 뒤를 이를 왕자도 없이 만약 내가 여기 없다면 그 선서들은 남아 있지 않을지도 몰라. 그들이 공주에게 충직했을 것 같나?"

나는 고개를 저었다.

"모르겠습니다. 뭐라 말씀드릴 수가 없습니다. 전 궁정 사람들과 함께 있지도 않았어요. 전 폐하를 돌봐드리면서 줄곧 여기서 시간을 보냈습니다."

"자네는 엘리자베스 편이었겠지. 앤을 섭정 자리에 앉히고 자네 외삼촌이 배후에 있고 말이야. 하워드 가 사람이 이름만 제외하고는 잉글랜드를 전부 통치하는 거지. 그런 다음 여자가 여자를 뒤따르고, 또다시 하워드 가 사람이 통치하고 말이야."

왕은 고개를 저었다. 얼굴이 어두워졌다.

"아들을 낳아줘야 해."

그의 관자놀이의 핏줄이 꿈틀거렸다. 그는 손끝으로 통증을 눌러 없애려는 듯 손을 머리에 댔다.

"다시 눕겠네. 이 빌어먹을 베개들 좀 치우게. 눈 뒤의 통증 때문에 거의 볼 수가 없을 지경이야. 하워드 가 여자가 섭정이 되고, 하워드 가 여자가 뒤따른다. 재난밖에 약속하는 게 없어. 이번에는 꼭 아들을 낳아줘야 해."

문이 열리더니 앤 언니가 들어왔다. 언니는 여전히 매우 창백했다. 언니는 천천히 헨리 왕의 침대로 가서 그의 손을 잡았다. 고통으로 찌푸린 두 눈이 언니의 창백한 얼굴을 찬찬히 살폈다.

"당신이 돌아가시는 줄 알았어요."

언니가 담담하게 말했다.

"그럼 당신은 어떻게 했을 건데요?"

"잉글랜드 왕비로서 최선을 다했겠죠."

언니가 대답했다. 말하면서 언니는 배에 손을 얹고 있었다.

왕은 더 큰 자기 손으로 언니의 손을 덮었다.

"그 속에 아들을 갖고 있는 게 좋을 겁니다, 부인. 잉글랜드 왕비로서 당신이 최선을 다하는 걸로는 모자를 것 같거든요. 난 이 나라를 하나로 유지할 아들이 필요해요. 엘리자베스 공주와 음모나 꾸미는 당신 외삼촌을 남기고 죽고 싶진 않아요."

그가 차갑게 말했다.

"다시는 마상 창 시합에 나가시지 않을 거라고 맹세해주셨으면 해요."

언니가 열정적으로 말했다.

왕이 언니에게서 고개를 돌렸다.

"쉽게 해주시오. 당신의 그 맹세에 약속 타령이란. 세상에, 왕비를 쫓아냈을 때 이보다는 더 나은 걸 얻게 되리라 생각했었는데."

내가 지금껏 그들 사이에서 본 가장 냉랭한 순간이었다. 앤 언니는 따지지도 않았다. 언니의 얼굴은 왕의 얼굴처럼 창백했다. 둘은 각자의 두려움으로 반쯤 죽어 있는 유령처럼 보였다. 사랑이 깃든 재회였을 수도 있던 이 만남은 단지 나라를 지탱하고 있는 그들의 힘이 얼마나 보잘것없는지를 상기시켜주었을 뿐이었다. 앤 언니는 침대 위의 무거운 몸뚱이에 인사하고 방을 나섰다. 언니는 무거운 짐을 움직이기라도 하듯 천천히 걷다가 문 앞에서 잠시 멈춰 섰다.

지켜보고 있자니, 언니가 스스로를 싹 변하게 했다. 머리가 뒤로 젖혀지고, 입술이 위로 구부러지면서 미소를 지었다. 어깨가 곧아지고, 음악이 시작할 때 무희가 그렇듯, 아주 조금 몸을 곧추세웠다. 그러고 나서 언니는 문을 지키고 선 친위병에게 고갯짓했다. 그가 문을 열어젖히자, 언니는 궁정의 웅성거리는 시끌벅적함 속으로 나가 감사로 가득한 얼굴로 궁정사람들에게 왕은 괜찮다고, 말에서 떨어진 것에 대해 자신과 농담을 했으며, 가능한 한 빨리 다시 마상 창 시합에 참가할 것이라고, 그리고 그들은 기쁘다고 말했다.

낙마에서 회복되면서 헨리 왕은 조용하고 생각이 깊어졌다. 육체의 통증이 그에게 노년을 예고해준 것이었다. 다리의 상처에서는 피와 누런 고름이 섞인 액체가 흘러내렸다. 그는 항상 두꺼운 붕대를 감고 있어야 했고, 앉을 때는 다리를 발판 위에 받쳤다. 그 모습에 왕은 창피스러워했다. 튼튼한 두 다리와 완고히 버티고 선 자세를 언제나 무척 자랑으로 여겼던 그였으므로. 이제 그는 걸을 때 절뚝거렸고, 부피가 커다란 붕대로 인해 장딴지 윤곽이 일그러져 있었다. 더 나쁜 것은, 그에게서 더러운 암탉 우리 같은 냄새가 나는 것이다. 뛰어난 잉글랜드 왕자였고, 유럽에서 가장 잘생긴 남자로 인정받았었던 헨리 왕이, 절름발이에 늘 아프고 더러운 수도사처럼 악취를 풍기게 될 노년이 다가오는 것을 볼 수 있었다.

앤 언니는 전혀 왕을 이해할 수 없어했다.

"정말이지 제발, 여보, 행복하게 생각하세요! 목숨을 건지셨잖아요. 그것보다 중요한 게 뭐가 있어요?"

언니가 왕에게 날카롭게 말했다.

"우리 둘 다 목숨을 건졌지. 내가 여기 없다면 당신은 어떻게 됐겠어요?"

"전 충분히 잘 해나갔을 거예요."

"당신네 모두들 충분히 잘 해나갔으리라 생각하는데. 내가 죽었으면, 당신과 당신네들이 아직 채 식지도 않은 내 자리에 앉았겠지."

언니는 잠자코 있을 수도 있었으나, 왕에게 발끈 화를 내는 데 습관이 되어 있었다.

"나를 모욕하려는 겁니까? 완전한 충성심밖에 없는 우리 가족을 비난하는 겁니까?"

언니가 힐문했다.

대회당에서 만찬을 기다리고 있는 궁정 사람들은 대화 소리를 좀 더 낮추며 귀 기울여 들으려 애썼다.

"하워드 가 사람들은 자신들에게 첫째로 충성하고, 왕은 둘째지."

헨리 왕이 되받았다.

존 시모어 경의 머리가 들려지고, 나는 그의 은밀한 미소를 보았다.

"우리 가족은 당신을 받드는데 전부 목숨을 내놓았어요."

앤 언니가 날카롭게 말했다.

"마마와 마마의 동생 분은 확실히 내놓으셨죠."

헨리 왕의 광대가 채찍질만큼 재빠르게 끼어들자, 왁자지껄한 커다란 웃음이 터졌다. 나는 주홍색으로 얼굴을 붉혔다. 윌리엄의 눈과 마주쳤다. 검이 있을 곳으로 그의 손이 움직이는 것을 보았지만, 광대를 상대로 노발대발 화내는 것은 무의미했다. 특히나 왕이 웃고 있다면.

헨리 왕은 손을 뻗어 앤 언니의 배를 유쾌하게 토닥였다.

"다 좋으라고 하는 얘깁니다."

그가 말했다. 언니는 왕의 손을 짜증스럽게 밀쳐냈다. 왕이 얼어붙었다. 좋던 기분이 순간 싹 가셨다.

"난 말이 아니에요. 말처럼 토닥이는 건 싫어요."

언니가 날카롭게 말했다.

"아니지. 내게 당신같이 성미 까다로운 말이 있었으면 개들한테 먹이로 줬을 겁니다."

왕이 차갑게 말했다.

"그런 암말은 올라타시고 길들이시는 게 더 좋을 텐데요."

언니가 도전적으로 말을 건넸다.

우리는 평소와 같은 격렬한 대답을 기다렸다. 침묵이 흘렀다. 침묵은 1분 정도로 늘어났다. 앤 언니의 미소도 점차 사라져갔다.

"어떤 암말들은 길들일 가치조차 없지."

왕이 조용히 대답했다.

상석에서 가장 가까이 앉아 있던 단지 몇 사람들만 왕의 말을 들을 수 있었을 것이다. 앤 언니가 하얗게 질리다가 눈 깜짝할 사이에 고개를 돌리고 웃었다. 마치 왕이 참을 수 없이 우스운 말을 했기라도 한 듯, 높고 잔물결처럼 이는 웃음소리였다. 대부분의 사람들은 고개를 숙이고 옆 사람들과 대화를 나누는 체했다. 언니의 눈동자가 나를 휙 지나 조지 오빠에게로 갔고, 오빠도 언니를 마주보았다. 단단히 잡아주는 손처럼 힘 있게, 잠시 언니의 시선을 붙들었다.

"포도주를 좀더 드시겠어요, 여보?"

앤 언니가 흔들림 하나 없는 목소리로 물었다. 한 측근이 앞으로 나와 왕과 왕비에게 포도주를 따라주고는, 만찬이 시작되었다.

헨리 왕은 식사 내내 못마땅해 있었다. 평소 때보다도 더 많이 마시고 먹긴 했지만, 심지어 무도회도 음악도 그의 기운을 돋우지 못했다. 왕은 자리에서 일어나 아파서 절뚝거리며 궁정 사람들 사이를 지나갔다. 그에게 인사하며 청을 부탁하는 측근의 말에 귀 기울이거나 간혹 한마디씩 하면서. 왕은 왕비의 시녀들이 함께 모여 앉아 있는 우리 식탁으로 와, 나와 제인 시모어 사이에 멈춰 섰다. 우리가 둘 다 자리에서 나란히 일어서자, 왕은 제인이 절을 하며 내리 짓는 미소를 바라보았다.

"너무 피곤하네, 시모어 양. 울프홀에 함께 하며, 자네의 허브 정원에서 날 위해 우유술을 끓여줬으면 좋겠어."

제인은 매우 달콤한 미소를 머금은 채 굽힌 무릎을 펴고 일어섰다.

"저도 그러고 싶습니다. 폐하께서 푹 쉬시고, 고통이 덜하신 모습을 볼 수 있다면 무엇이든 할 거랍니다."

내가 알던 헨리 왕은 음란한 농담을 즐기면서 "무엇이든?" 하고 물었을 것이다. 그러나 이 새로운 헨리 왕은 식탁에서 자기가 앉을 스툴을 끌어내더니 우리에게 양옆에 앉으라고 몸짓했다.

"멍과 혹은 치유할 수 있겠지만 늙는 건 못 해. 난 마흔다섯인데 전에는 한 번도 내 나이를 느껴본 적이 없어."

"떨어지셔서 그런 것뿐이에요."

제인이 말했다. 그녀의 목소리는 양동이에 똑똑 떨어지는 우유만큼이나 달콤하고 안심되게, 마음을 놓이게 하는 것이었다.

"아프시고 피곤하신 건 당연하죠. 게다가 왕국의 안전을 위해 일하시느라 분명 기진맥진하시겠죠. 밤낮으로 폐하께선 그걸 생각하신다는 걸 잘 압니다."

"훌륭한 유산이지, 물려줄 아들이 있다면 말이야."

왕이 슬픔에 잠긴 채 말했다. 둘 다 왕비 쪽을 바라보았다. 짜증이 나서 눈에 불꽃을 튀기며, 앤 언니는 그들을 마주보았다.

"마마께서 이번엔 아들을 낳으시길 하느님께 기도드립니다."

제인이 달콤하게 말했다.

"진정 나를 위해 기도하나, 제인?"

왕이 매우 낮은 목소리로 물었다.

제인이 빙긋 웃었다.

"저의 왕을 위해 기도하는 건 제 임무입니다."

"오늘밤 나를 위해 기도해주겠는가?"

그가 보다 더 낮게 물었다.

"잠 못 이루고, 몸속 뼈 마디마디가 아파오고, 두려울 때, 자네가 나를 위해 기도하고 있다는 걸 생각하면 좋을 것 같네."

"그러겠습니다. 제가 폐하와 같은 방에서, 폐하의 머리에 제 손을 얹고, 폐하께서 주무시게 도와드리는 것 같을 것입니다."

제인이 대답했다.

나는 입술을 깨물었다. 옆 식탁에서 내 딸 캐서린이 눈을 동그랗게 뜬 채 입에 발린 경건한 어투로 시시덕거리는 이 새로운 방식을 이해하려 애쓰는 모습을 보았다. 왕은 고통으로 조금 끙끙거리며 자리에서 일어섰다.

"팔."

그가 어깨 너머로 말했다. 대여섯 명의 남자들이 왕을 단 위의 왕좌로 다시 모시는 영광을 누리려 앞으로 나왔다. 왕은 우리 오빠를 무시하고 지나쳐 대신 제인의 오빠를 선택했다. 앤 언니, 조지 오빠, 그리고 나는 시모어 가 사람이 왕을 다시 왕좌로 부축해 데려가는 모습을 침묵하며 지켜보았다.

"그 계집애를 죽여 버릴 거야."

앤 언니가 단호히 말했다.

나는 한 팔을 느긋이 기대고 언니의 침대에 몸을 쭉 뻗고 누워 있었다. 조지 오빠는 난롯가에 대자로 누워 있었고, 앤 언니는 거울 앞에 앉아 하녀가 머리칼을 빗어주고 있었다.

"내가 해줄게. 성인인 체하다니."

내가 말했다.

"아주 잘하더라."

조지 오빠가 전문 무희를 칭찬하듯 비평하며 의견을 말했다.

"너희 둘과는 아주 많이 달라. 언제나 폐하를 가여워해. 내 생각엔 그게 엄청나게 유혹적인 것 같아."

"보잘것없는 정부일 뿐이지."

언니가 말했다. 언니는 하녀에게서 머리빗을 빼앗았다.

"자네는 가도 되네."

조지 오빠가 우리에게 포도주를 또 한 잔 따라주었다.

"나도 가야겠어. 윌리엄이 기다릴 거야."

"넌 있어."

"예, 마마."

내가 고분고분하게 대답했다.

언니는 내게 엄격하고, 경고하는 듯한 표정을 지어보였다.

"그 시모어가 계집애를 궁정에서 보내버릴까?"

언니가 조지 오빠에게 물었다.

"하루종일 폐하 주위에서 히쭉히쭉 웃게 두진 않을 거야. 정말 엄청 열 받게 만들어."

"그냥 내버려둬. 다시 건강을 되찾으시면 좀더 화끈한 걸 원하실 거야. 그렇지만 그만 걸어 잡아당겨. 오늘 저녁에 폐하는 너한테 화나 있으셨는데도 넌 달려들었잖아."

오빠가 말했다.

"그렇게 불쌍한 척하는 거, 견딜 수가 없어. 죽지 않았잖아? 아무것도 아닌 일로 왜 그렇게 궁상을 떨어야 해?"

"두려우신 거야. 게다가 더 이상 젊지도 않으시잖아."

"다시 한 번 그 계집애가 폐하 앞에서 히쭉대면 귀싸대기를 갈겨놓을 거야. 네가 대신 경고해줘, 메리. 그딴 성모 마리아 같은 미소를 짓고 폐하를 바라보는 게 걸리기만 하면, 그런 표정을 거두게 따귀를 갈겨버리겠다고."

나는 침대에서 슬슬 미끄러져 내려갔다.

"뭔가 말할게. 딱히 그렇게는 아니겠지만. 이제 가도 돼, 언니? 나, 피곤해."

"아, 알았어."

언니가 짜증을 부리며 말했다.

"오빠는 나랑 같이 있을 거지?"

"오빠 아내가 떠들어댈 거야. 벌써부터 오빠가 항상 여기 있다고 뭐라 그러던걸."

내가 오빠에게 경고했다.

나는 앤 언니가 어깨를 으쓱하며 무시할 줄 알았지만, 언니와 조지 오빠가 재빠른 눈빛을 주고받더니, 오빠는 가려고 자리에서 일어났다.

"난 항상 혼자 있어야 해? 혼자 걷고, 혼자 기도하고, 혼자 자야해?"

앤 언니가 힐문했다.

그런 처량한 애원에 조지 오빠가 머뭇거렸다.

"응. 스스로 왕비가 되길 선택했잖아. 그게 기쁨을 주진 않을 거라고 내가 경고했었어."

내가 완고하게 대답했다.

* * *

아침, 제인 시모어와 나는 나란히 미사를 드리러 가고 있었다. 우리는 왕의 열려 있는 문을 지나쳐 걸어가면서 부상당한 다리를 앞의 의자 위에 얹어놓고 그가 책상에 앉아 있는 모습을 보았다. 옆에서 서기가 편지들을 소리 내어 읽고는 서명을 받으러 그의 앞에 놓고 있었다. 문을 지나면서 제인이 걷는 속도를 줄이고 왕에게 미소 짓자, 왕이 동작을 멈추고 그녀를 지켜보았다. 손에는 펜을 쥐고, 잉크는 펜촉에서 말라붙고 있었다.

제인과 나는 왕비의 교회당에 나란히 무릎을 꿇고 우리 아래 교회의 제단 앞에서 미사가 거행되는 것을 들었다.

"제인."

내가 조용히 말했다.

제인이 눈을 떴다. 기도에 아득히 빠져 있었던 것이다.

"네, 메리? 미안해요, 기도하고 있었어요."

"그런 욕지기나는 천한 미소를 띠고 폐하와 계속 시시덕거리면, 우리 불린 가 사람 하나가 눈알을 뽑아낼 줄 알아요."

앤 언니는 임신 기간 동안 매일 강을 따라, 볼링 녹지를 올라, 주목이 늘어선 가로수길을 거쳐, 테니스장을 지나서, 다시 궁전으로 돌아오는 습관을 가졌다. 나는 언제나 언니와 함께 걸었고, 조지 오빠도 언제나 언니 곁에 있었다. 언니의 시녀들도 대부분 따라왔고, 왕이 오후에는 사냥을 안 나가므로 왕의 측근들 중 몇몇도 함께 했다. 조지 오빠와 프랜시스 웨스턴 경은 앤 언니의 양옆에 걸으면서 언니를 웃게 만들고 팔을 붙잡아 볼링 녹지의 계단을 오를 때 도와주곤 했다. 우리의 특별한 무리, 헨리 노리스, 토머스 와이엇 경, 혹은 윌리엄이 나와 함께 걷곤 했다.

어느 날 앤 언니가 피곤해서 산책을 짧게 끝냈다. 우리는 궁전에 다시 들어갔다. 앤 언니는 조지 오빠의 팔짱을 끼고 있었고, 나는 몇 걸음 뒤에서 헨리 노리스와 함께 걷고 있었다. 우리가 다가오는 것을 본 친위병들이 언니 처소의 문을 열어젖히자, 우리는 제인 시모어가 왕의 무릎에서 벌떡 일어나고, 왕 역시도 자리에서 벌떡 일어나 코트를 쓸어내리며 태연한 척하려 했으나 낙마로 인해 여전히 발을 절뚝거려 비틀거리며 우스꽝스럽게 보이는 한 폭의 활인화를 잡을 수 있었다. 앤 언니가 회오리바람처럼 안으로 들어갔다.

"썩 나가, 이 창녀야."

언니가 제인 시모어에게 날카롭게 말했다. 제인 시모어는 절을 하고 허둥지둥 방을 나갔다. 조지 오빠가 앤 언니를 내실로 휙 끌고 들어가려 했으나, 언니는 왕에게 대들었다.

"저걸 무릎에 두고 뭐 하고 계셨나요? 무슨 습포라도 되나요?"

"우린 얘기를 나누고……."

왕이 어색하게 대답했다.

"그 여자가 너무 낮게 속삭여서 당신 귀에 혀를 집어넣어야 할 정도인가요?"

"그건…… 그건……."

"그게 뭐였는지 알아요! 궁정 전체가 그게 뭐였는지 알고 있어요. 우리 모두가 그게 뭐였는지 보는 특권을 가졌네요. 산책을 나가기에 너무 피곤하다고 말한 남자가, 몸을 편히 쭉 펴고 앉아서, 어떤 영리하고 미천한 얼간이가 무릎 위로 슬그머니 올라오게 둔 거죠."

앤 언니가 소리쳤다.

"앤……."

왕이 말했다. 앤 언니를 제외한 모두가 그의 목소리에서 경고하는 음색을 들었다.

"용납하지 않겠어요. 그 여자는 궁정을 나가야 합니다!"

언니가 날카롭게 말했다.

"시모어 가는 왕권에 충성스런 친구들이고 우리의 성실한 신하들이에요. 그들은 있어야 합니다."

왕이 점잔을 빼며 말했다.

"그 여자는 유곽의 창녀보다 나을 게 없어요. 게다가 그 여자는 내게 친구가 아니에요. 내 시녀들 사이에 두지 않겠어요."

앤 언니가 노발대발했다.

"그녀는 온화하고 순수한 젊은 아가씨이고……."

"순수? 그 여자가 당신 무릎에서 뭘 하고 있었던 거죠? 기도드리고 있었나요?"

"그만하시오! 그녀는 당신 시녀들 사이에 있는 겁니다. 그녀의 가족도 궁정에 있구요. 도가 지나치십니다, 부인."

그가 격분하여 우렁우렁 소리쳤다.

"그렇지 않아요! 누가 내 시중을 드느냐는 결정권은 내게 있어요. 나는 왕비고 이건 내 처소예요. 내가 좋아하지 않는 여자를 여기 두지는 않을 겁니다."

언니가 단언했다.

"당신은 내가 골라주는 시종들을 두는 겁니다. 내가 왕이에요."

"당신은 내게 명령하지 못해요."

언니가 가슴에 손을 얹고 숨을 헐떡이며 말했다.

"언니, 침착해."

내가 말했으나 언니는 내 말을 듣지도 못했다.

"난 모두에게 명령해요. 당신은 내가 시키는 대로 하는 겁니다. 난 당신의 남편이자 왕이니까."

"절대 그리하진 않을 거예요!"

언니는 소리를 빽 지르고는 홱 돌아서서 내전으로 달려갔다. 언니가 문을 열고 문지방에서 그에게 소리쳤다.

"날 지배하진 못해요, 헨리 폐하!"

그러나 왕은 언니를 뒤쫓아 갈 수 없었다. 그것이 언니의 치명적인 실수였다. 그가 언니를 뒤쫓아 달려갈 수 있었다면, 그는 언니를 붙잡고 전에도 수없이 그랬던 것처럼 둘은 침대로 쓰러질 수 있었을 것이다. 그러나 왕은 다리가 아팠고, 언니는 젊었다. 그럼에도 그녀는 왕을 조롱했으며, 왕은 흥분되는 대신 이런 것들이 그를 괴롭혔다. 왕은 언니의 젊음과 미모를 증오했다. 더 이상은 그것을 즐기지 않았다.

"창녀는 그녀가 아니라 당신이야! 왕의 무릎에 오르기 위해서라면 당신이 무슨 짓을 했는지 내가 잊었다고 생각지 마시오. 제인 시모어는 당신이 내게 쓴 수법의 절반도 결코 모를 겁니다, 부인! 프랑스식 수법! 창녀의 수법! 그것들은 더 이상 날 매혹하진 못하지만, 잊진 않아요."

왕이 소리쳤다.

궁정 사람들은 충격을 받아 숨을 들이마셨고, 조지 오빠와 나는 완전히 겁에 질린 눈빛으로 서로를 한 번 쳐다보았다. 앤 언니가 문을 쾅 닫자 왕이 궁정 사람들에게로 돌아섰다. 조지 오빠와 나는 완전히 공포에 질린 공허한 눈으로, 왕의 번갯불처럼 번쩍이며 이글거리는 눈빛과 마주쳤다.

왕이 자신을 일으켜 세워 "팔." 하고 외쳤다. 존 시모어 경이 조지 오빠를 옆으로 밀어내고서, 왕은 그에게 기대 천천히 자기 처소로 돌아갔다. 측근들도 뒤따랐다. 나는 왕이 떠나는 것을 지켜보고 있었고, 마른 목구멍으로 고통스럽게 침을 삼키고 있는 자신을 깨달았다.

조지 오빠의 아내 제인 파커가 내 곁에 있었다.

"마마께서 무슨 수법을 쓰신 거죠?"

왕에게 머리칼을, 입을, 손을 쓰라고 가르쳤던 기억이 돌연 생생하게 살아났다. 조지 오빠와 나는 오빠가 프랑스 창녀들, 스페인 마담들, 잉글랜드 매춘부들과 유럽의 유곽에서 보냈던 시간과, 한 남자와 결혼하고 잠자리를 갖고 또 다른 남자를 유혹하면서 내가 터득했던 모든 것에서 끌어낸, 우리가 아는 모든 것을 언니에게 가르쳤었다. 우리는 앤 언니를 데리고 헨리 왕이 좋아하는, 모든 남자가 좋아하는, 교회에서 명확히 금지한 것들을 하라고 가르쳤었다. 우리는 언니에게 왕 앞에서 벌거벗을 것을, 시프트를 조금씩 들어올려 음부를 보여줄 것을 가르쳤었다. 우리는 언니에게 왕의 그것을 밑에서부터 끝까지 길고 나른하게 핥을 것을 가르쳤었다. 우리는 언니에게 왕이 좋아하는 말들과 머릿속에 그리고 싶은 장면들을 가르쳤다. 우리는 언니에게 창녀의 기술들을 알려주었었고, 이제 언니는 그것으로 비난받는 것이다. 조지 오빠의 눈과 마주치자, 오빠도 같은 것을 기억하고 있음을 알았다.

"아, 맙소사! 제인."

오빠가 지친 듯이 말했다.

"폐하께선 화나시면 아무 말씀이나 하시는 거 몰라요? 마마가 하신 건 아무것도 없어요. 키스와 애무 정도일 뿐이었죠. 어느 남편과 아내나 좋은 날들에 하는 그런 것이오."

오빠가 말을 멈추고, 정정했다.

"우린 그러지 않았죠, 물론. 당신과 나는 아니었죠. 하지만 한편으론, 당신은 사실 무척 키스하고 싶어지는 여자가 아니잖아요?"

오빠가 꼬집기라도 한 듯 제인 파커는 잠시 눈길을 돌렸다.

"하지만 당연하죠. 당신은 사실 누이들이 아니면 아예 여자한테 키스하는 걸 좋아하지 않잖아요."

고사리 덤불 사이를 헤치고 가는 뱀처럼 조용하게 제인이 말했다.

나는 30분 동안 앤 언니를 내버려두었다가 문을 두드리고 방 안으로 슬며시 들어갔다. 궁금해 하는 시녀들의 얼굴 위로 문을 닫고는 언니를 찾아 주위를 둘러보았다. 방 안은 이른 겨울 오후의 어둠 속에 잠겨 있었다. 언니는 초를 켜지 않았고, 벽난로의 불빛만이 벽과 천장에 가물거렸다. 언니는 얼굴을 아래로 한 채 침대에 누워 있었다. 순간 나는 언니가 자고 있는 줄 알았다. 그때 언니가 몸을 일으켰다. 나는 언니의 창백한 얼굴과 짙은 두 눈을 보았다.

"세상에, 폐하께서 정말 격분하셨지."

언니의 목소리는 울어서 허스키했다.

"언니가 화나게 했어. 달려들었다구, 언니."

"내가 뭘 해야 했는데? 궁정 전체 앞에서 날 모욕하는데?"

"못 본 체하는 거야. 눈길을 돌리는 거야. 캐서린 왕비는 그렇게 하셨잖아."

"캐서린 왕비는 졌어. 눈길을 돌려버렸으니까, 내가 폐하를 빼앗았어. 폐하를 붙잡으려면 내가 뭘 해야 하는 거지?"

우리는 둘 다 아무 말도 하지 않았다. 단 한 가지 답밖에 없었다. 언제나 단 한 가지 답밖에 없었고 언제나 똑같은 답이었다.

"화가 나서 죽을 것 같았어. 마치 내장을 토해낼 것 같았다구."

"침착해야 해."

"내가 돌아보는 곳마다 제인 시모어가 있는데 어떻게 침착할 수 있겠어?"

나는 침대로 가 언니의 머리에서 두건을 벗겼다.

"저녁식사하게 준비해야 돼. 아름답게 하고 식사하러 내려가면 모든 게 유야무야해지고 잊힐 거야."

"나한텐 아니야. 난 잊지 못할 거야."

언니가 씁쓸하게 말했다.

"그럼 잊은 것처럼 굴어. 아니면 모두들 폐하께서 언니를 욕했다는 걸 기억할 테니까. 말하지도 듣지도 못한 듯이 행동하는 게 좋을 거야."

"그이가 날 창녀라고 불렀어. 아무도 그건 잊지 못할 거야."

언니가 분개하며 말했다.

"제인에 비하면 우리 모두가 다 창녀지."

내가 쾌활하게 말했다.

"그래서 무슨 상관이야? 이제 언니가 폐하의 아내야, 안 그래? 뱃속에 적자를 갖고 있구? 성질이 났을 땐 폐하께서 언니를 부르고 싶은 대로 부르시고, 조용해지시면 언니가 다시 사로잡는 거야. 오늘밤 다시 사로잡아, 언니."

내가 하녀를 부르고, 앤 언니는 가운을 골랐다. 창녀 같은 수법들로 비난받은 것을 궁정 사람들이 들었음에도 불구하고 순수함을 주장하려는 듯, 언니는 은색과 흰색으로 된 가운을 골랐다. 스토마커는 진주와 다이아몬드로 수놓아져 있고, 은백색 천 치마의 가장자리는 은실로 바느질되어 있었다. 검은 머리칼에 두건을 씌웠을 때, 언니는 빈틈없이 완벽한 왕비, 백설의 왕비, 흠잡을 데 없는 미모의 왕비 같아 보였다.

"아주 좋아."

내가 말했다.

언니는 내게 지친 미소를 보였다.

"난 이 짓을 해야 하고 영원토록 계속해야겠지. 헨리 폐하가 계속 관심 갖게 하기 위한 이 춤 말이야. 늙어서 더 이상 춤출 수 없을 땐 어떻게 되는 거지? 내 처소에 있는 여자들은 여전히 젊고 아름다울 텐데 말이야. 그땐 어떻게 되는 거지?"

위로해줄 것이 없었다.

"오늘 저녁을 잘 넘기자. 장래에 대한 건 신경 쓰지 말구. 게다가 아들을 낳고 그런 다음 더 많은 아들을 낳으면, 늙는 것에 대해 상관하지 않을걸."

언니는 외피로 덮은 스토마커에 손을 얹었다.

"우리 아들."

언니가 부드럽게 말했다.

"준비됐어?"

언니는 고개를 끄덕이고 닫혀 있는 문으로 갔다. 새로운 몸짓으로, 어깨를 뒤로 젖히고 턱을 치켜들었다. 언니는 눈부시게 자신만만한 미소를 짓고 하녀에게 문을 열라고 고갯짓하고는 천사처럼 빛을 내며 자기 처소의 소문 공장을(소문의 진원지를 뜻함.) 대면하러 나갔다.

가족이 한 편이 되어주려고 모인 것을 보고, 외삼촌도 두려움을 느낄 만큼 충분히 이야기를 들었다는 것을 알았다. 어머니도 있었고,

아버지도 마찬가지였다. 외삼촌이 방 뒤쪽에서 제인 시모어와 사이좋게 대화를 나누고 있는 것이 나를 잠시 멈추게 했다. 조지 오빠는 문간에 있었다. 나는 오빠가 빙긋 웃는 것을 알아차리고, 그리고 나서 오빠는 앞으로 나와 앤 언니 쪽으로 가서 언니의 손을 잡았다. 언니의 훌륭한 가운과, 반항적인 미소에 관심을 가지며 조금 술렁거리다가, 방 안은 수다 떠는 사람들의 무리가 자리를 이리저리 옮기고 다시 모이면서 소용돌이쳤다. 윌리엄 브레레톤 경이 다가와 언니의 손에 입을 맞추고 천사가 지구에 떨어졌다는 것에 대한 무언가를 속삭였고, 앤 언니는 웃으면서 떨어진 게 아니라 그저 방문하러 온 것이라 말함으로써, 암시적인 이미지는 깔끔하게 바뀌어졌다. 그때 문쪽에서 버적버적 소리가 나더니 헨리 왕이 발을 쿵쿵거리며 나머지 궁정 사람들과 함께 방 안으로 들어섰다. 절름거리는 다리가 걸음걸이를 어색하게 했고, 둥그런 얼굴은 고통으로 인해 새로운 주름들이 그어져 있었다. 그가 앤 언니에게 뚱하게 고갯짓했다.

"안녕하신지요, 부인. 식사를 하러 갈 준비가 다 됐나요?"

"물론이죠, 여보. 폐하께서 무척 건강해보여서 기쁩니다."

언니가 꿀처럼 달콤하게 말했다.

기분을 획획 바꾸는 언니의 능력은 그에게는 늘 당황스러웠다. 왕은 기분이 좋아 보이는 언니의 모습에 멈칫하더니 궁정 사람들의 열성적인 얼굴을 둘러보았다.

"존 시모어 경에게 인사하셨나요?"

언니가 공경을 나타내고 싶지 않아 할 유일한 남자를 고르며 왕이 물었다.

앤 언니의 미소는 절대 흔들리지 않았다.

"안녕하신지요, 존 경."

언니는 그의 딸처럼 온순하게 말했다.

"조그만 선물을 받아주셨으면 좋겠네요."

그는 조금 어색하게 허리를 굽혀 절했다.

"영광입니다, 마마."

"제 내전에 있는 조각된 작은 스툴을 드리고 싶어요. 프랑스제의 예쁘고 조그만 작품이죠. 마음에 드셨으면 좋겠네요."

그는 다시 절했다.

"감사합니다."

앤 언니가 남편에게 비스듬히 슬쩍 웃어보였다.

"따님을 위한 거예요. 제인을 위한 거요. 앉으라구요. 앉을 자리가 없어서 제 자리를 빌려야 하는 것 같아서요."

잠시 어리벙벙한 침묵이 흐르더니 헨리 왕의 커다란 웃음소리가 왕왕 울렸다. 궁정 사람들은 즉시 자신들도 웃을 수 있다는 것을 알아챘고 왕비의 처소는 제인에 대한 언니의 농담으로 세차게 흔들렸다. 헨리 왕은 여전히 웃으면서 앤 언니에게 팔을 내밀었고, 언니는 익살맞게 그를 훔쳐보았다. 왕이 방에서 언니를 인도하여 나가려 하자, 궁정 사람들은 그들 뒤에 평소와 같이 자리를 잡다가, 숨을 휙 들이마시고는, 누군가가 조용하게 "세상에! 왕비마마!"라고 말하는 것을 들었다.

조지 오빠는 풀을 베는 낫처럼 사람들 무리를 헤치고 나아가 앤 언니의 손을 붙잡고 헨리 왕에게서 떼어냈다.

"죄송합니다, 폐하, 왕비마마께서 편찮으십니다."

오빠가 재빨리 말하는 것을 들었다. 그러고 나서 오빠는 앤 언니의 귀에 입을 대고 다급하게 속삭였다. 열심히 고개를 돌려대는 사람들 사이로 나는 언니의 옆얼굴을 보았다. 언니의 얼굴에서 혈색이 빠져나가는 것을 보았다. 언니는 사람들을 모두 밀치고 지나갔고, 조지 오빠가 앞서서 내전 문을 홱 열어젖히고 언니를 안으로 잡아끌었다. 뒤쪽에 있는 사람들이 앞으로 목을 길게 뺐다. 나는 언니의 드레스 뒷부분을 보았다. 주홍빛 얼룩이 져 있었다. 은백색 가운에, 핏빛이었다. 언니는 하혈하고 있었다. 아기를 잃고 있었다.

나는 언니를 뒤따라 방으로 들어가려고 밀치락달치락하는 사람들을 헤치고 뛰어들었다. 어머니가 나를 뒤쫓아 와서 안쪽을 빤히 들여다보려 열심인 얼굴들과, 언니와 우리 가족이 갑자기 부리나케 숨는 모습을 당황한 채 여전히 바라보고 있는 왕의 면전에서 문을 쾅 닫아버렸다.

앤 언니는 조지 오빠 쪽으로 향한 채 홀로 서서 얼룩을 보려고 가운 뒤쪽을 잡아당기고 있었다.

"아무것도 느끼지 못했어."

"의사를 데려올게."

오빠가 문으로 돌아서며 말했다.

"아무 말도 하지 마라."

어머니가 오빠에게 주의를 주었다.

"말해요! 모두들 봤어요! 폐하께서 직접 보셨다구요!"

내가 소리쳤다.

"아직 괜찮을지도 몰라. 누워라, 앤."

앤 언니는 천천히 침대로 걸어갔다. 얼굴이 두건만큼 하얗게 질려 있었다.

"아무것도 못 느끼겠어."

언니가 되풀이했다.

"그렇다면 어쩜 아무 일도 일어나지 않는 걸지도 몰라. 그저 조그만 얼룩일지도."

어머니가 말했다.

어머니는 하녀들에게 고갯짓을 해, 앤 언니의 구두를 벗기고 스타킹을 벗기게 했다. 하녀들은 언니를 옆으로 굴려 스토마커를 풀었다. 그들은 커다란 주홍빛 얼룩이 묻어 있는 아름다운 흰색 가운을 벗겨냈다. 페티코드도 피에 흠뻑 젖어 있었다. 나는 어머니를 바라보았다.

"괜찮을지도 몰라."

어머니가 불확실하게 말했다.

어머니가 앤 언니에게 손가락 하나 대기 전에 언니는 임종 자리에 눕게 될지도 몰랐으므로 나는 언니에게 다가가 손을 잡았다.

"두려워하지 마."

내가 속삭였다.

"이번에는 숨길 수 없어. 모두가 봤어."

언니가 속삭여 대답했다.

우리는 모든 것을 했다. 워밍 팬(warming pan: 옛날의 잠자리를 덥히는 기구로 석탄을 태워 잠자리를 덥혔다.)을 발에 갖다 댔고, 의사들은 강장제 한 잔과 습포와 성자가 축성한 특별한 이불을 가져왔다. 우리는 거머리로 피를 빨아냈고 더욱 뜨거운 팬을 발에 갖다 댔다. 그러나 모두 소용없었다. 자정에 언니는 분만을 시작했다. 정상적인 산고와 똑같은 분투와 고통이었다. 한쪽 침대기둥에서 반대쪽까지 맨 천을 세게 끌어당기면서, 아기가 몸속에서 스스로를 뜯어내는 듯한 고통에 신음하다가, 새벽 2시쯤, 언니는 돌연 비명을 지르더니 아기가 떨어져 나왔다. 누구도, 안에 붙들어놓게 할 수 있는 방법은 아무것도 없었다.

아기를 손으로 받던 조산사가 갑자기 소리쳤다.

"뭐예요?"

앤 언니가 숨을 헐떡거렸다. 몸을 무리하게 쓰느라 얼굴은 빨갰고, 땀이 목을 타고 줄줄 흐르고 있었다.

"괴물이에요! 괴물입니다."

여자가 말했다.

언니는 두려움으로 쉿 소리를 냈고, 나는 미신적 공포로 침대에서 뒷걸음질치고 있었다. 조산사의 피투성이인 손에는 소름끼치게 기형인 아기가 있었다. 척추는 살가죽이 벗겨져 열려 있고, 거대한 머리는 가늘고 긴 조그만 몸의 두 배였다.

앤 언니는 쉰 비명을 지르더니 손발로 기면서 피했다. 겁에 질린 고양이처럼 침대 머리맡으로 허둥지둥 기어오르면서, 침대보와 베개에 핏자국을 줄줄 남겼다. 언니는 침대 기둥에 기대어 뒤로 몸을 움츠리고, 공기 자체를 밀쳐내려는 듯 두 손을 쭉 뻗고 있었다.

"싸요! 가져가 버려요!"

내가 소리쳤다.

조산사는 앤 언니를 바라보았다. 아주 엄숙한 표정이었다.

"무슨 짓을 하셨기에 이런 걸 낳으신 거죠?"

"아무 짓도 안 했어! 아무 짓도!"

"이건 사람에게서 나온 자식이 아닙니다. 악마에게서 나온 자식이에요."

"난 아무 짓도 안 했어!"

나는 '터무니없는 말 하지 마.' 하고 말하고 싶었지만 두려움으로 목구멍이 너무도 꽉 멨다.

"싸버려요!"

나는 내 목소리에서 당황하여 쩔쩔매는 음색을 들었다.

어머니는 침대에서 돌아서더니 런던탑 녹지의 단두대에서 달아나듯이 험악한 얼굴로 급히 문으로 향했다.

"어머니!"

앤 언니가 조금 목쉰 소리로 소리쳤다.

어머니는 돌아보지도 멈칫하지도 않았다. 그녀는 한 마디도 없이 방을 나갔다. 문이 딸깍 닫혔을 때 나는 끝이다라고 생각했다. 앤 언니에겐 끝이다.

"난 아무 짓도 안 했어."

언니가 되풀이했다. 언니는 나를 돌아보았고, 나는 마녀에게서 받아온 물약과 언니가 새 부리처럼 생긴 금으로 된 가면을 얼굴에 뒤집어쓰고 비밀의 방에 누웠던 밤을 생각했다. 잉글랜드를 위한 이 아이를 얻기 위해서 언니가 지옥의 문을 오간 것을 생각했다.

조산사가 돌아섰다.

"폐하께 말씀드려야겠어요."

즉시 나는 그녀와 문 사이에 끼어들어 길을 가로막았다.

"폐하를 근심케 하면 안 됩니다. 알고 싶지 않으실 거예요. 이건 여자들의 비밀이에요, 여자들 사이에서 끝내야 해요. 우리끼리 이 일을 간직하고 은밀히 처리할 수 있게 해줘요. 그럼 당신은 왕비마마의 총애를 받을 것이고, 내 총애를 받을 겁니다. 오늘밤 일과 당신의 신중함에 대해 충분히 보상받도록 조치를 취하겠어요. 충분히 보상받도록 하겠어요, 부인. 약속해요."

여자는 나를 힐금 올려다보지도 않았다. 그녀는 품에 꾸러미를 안고 있었다. 포대기에 그 소름끼치는 것이 숨겨져 있었다. 끔찍한 한 순간 나는 그것이 움직이는 것을 보았다고 생각했다. 살가죽이 벗겨진 조그만 손이 포대기를 젖히는 것을 상상했다. 여자가 그것을 내 얼굴 쪽으로 들어올리자, 나는 뒤로 움츠렸다. 여자는 기회를 잡아 문을 열었다.

"폐하께 가면 안 돼요!"

내가 그녀의 팔에 매달리며 주장했다.

"모르셨어요?"

여자가 내게 물었다. 목소리가 거의 동정하는 듯했다.

"제가 폐하의 하녀란 걸 아직 모르셨어요? 폐하께서 절 이곳으로 보내서 대신 지켜보고 듣도록 하신걸요? 왕비마마께서 처음 생리를 빠뜨리시자마자 전 이 일에 지명되었어요."

"왜죠?"

내가 숨을 헐떡였다.

"마마를 의심하시니까요."

나는 벽에 손을 대고 몸을 지탱했다. 머리가 빙글빙글 돌았다.

"의심하신다구요?"

여자는 어깨를 으쓱했다.

"폐하께선 마마가 무슨 문제가 있어서 아이를 갖지 못하시는지 알고 싶어하셨어요."

여자는 아무렇게나 둘둘 만 흐늘흐늘한 포대기에 고갯짓했다.

"이제 아시겠죠."

나는 마른 입술을 핥았다.

"얼마를 요구하시든 지불하겠어요. 그걸 내려놓고 폐하께 가서 마마께서 사산하셨지만 또 아이를 가지실 수 있다고 말씀드려주시면요. 폐하께서 얼마를 주시든 그 두 배를 드릴게요. 난 불린 가 사람이에요. 우리에겐 권력과 부가 없지 않다구요. 앞으로 평생 동안 하워드 가의 하녀로 지내실 수 있어요."

"이건 제 의무예요. 어린 소녀였을 적부터 이 일을 했어요. 절대 제 소임을 그르치지 않겠다고 성모 마리아께 굳게 맹세했어요."

"무슨 소임이오? 무슨 의무? 이젠 또 무슨 얘길 하고 있는 거죠?"

나는 걷잡을 수 없는 혼란에 빠져 거칠게 물었다.

"마녀 잡기요."

그녀가 간단하게 대답했다. 그리고는 악마의 아기를 품에 안고 문을 슬쩍 빠져나가 사라졌다.

나는 문을 닫고 빗장을 질렀다. 뒤죽박죽인 것이 깨끗이 정리되고, 앤 언니가 죽을힘을 다해 싸울 수 있을 만큼 건강해질 때까지 아무도 방 안에 들어오지 않았으면 했다.

"뭐라고 했어?"

언니가 물었다.

언니의 피부는 하얗고 밀랍 같았다. 짙은 두 눈동자는 유리조각 같았다. 언니는 이 뜨거운 작은 방과 위험에 대한 감각으로부터 멀리 떨어져 있었다.

"별로 중요한 말 없었어."

"뭐라고 했어?"

"아무 말도 안 했어. 이제 자지 그래?"

언니는 나를 노려보았다.

"절대 안 믿을 거야."

나한테 말하는 것이 아니라, 어떤 심문에 응하듯 언니가 단호하게 말했다.

"절대 날 믿게 만들지 못해. 난 나무 조각에 돼지 피인 성유물을 갖고 울어대는 무식한 시골 사람이 아니야. 바보 같은 두려움으로 내 길에서 물러서지 않겠어. 생각하고, 행동할 거야. 세상을 내가 원하는 대로 만들 거야."

"언니?"

"그 무엇에도 겁먹지 않을 거야."

언니가 완고하게 말했다.

"언니?"

언니는 내게서 얼굴을 돌리고, 벽을 바라보았다.

언니가 잠들자마자 나는 문을 열고 하워드 가 사람—매지 셸턴—을 방 안으로 불러 언니와 함께 있게 했다. 하녀들이 피 묻은 침대보를 휩쓸어가고 바닥에 깔 깨끗한 골풀을 가져왔다. 알현실 밖에선 궁정 사람들이 소식을 기다리고 있었다. 시녀들은 손으로 머리를 받치고 반쯤 졸고 있었고, 몇몇 사람들은 카드놀이를 하며 시간을 죽였다. 조지 오빠는 벽에 기대어 서서 프랜시스 경과 낮은 목소리로 이야기를 나누고 있었다. 연인들처럼 머리를 가까이 맞대고서.

윌리엄이 내게 다가와 내 손을 잡았다. 나는 잠시 멈춰 서서 그의 손길에서 힘을 얻었다.

"상황이 나빠요. 지금 말할 순 없어요. 외삼촌께 뭘 좀 말씀드려야 해요. 같이 가요."

내가 간단하게 말했다.

조지 오빠가 즉각 내 옆에 나타났다.

"앤은 어때?"

"아기가 죽었어."

내가 무뚝뚝하게 대답했다.

나는 오빠가 처녀처럼 하얗게 질리는 것을 보았다. 오빠는 성호를 그었다.

"외삼촌은 어디 계셔?"

내가 주위를 둘러보며 물었다.

"나머지 사람들과 마찬가지로 처소에서 소식을 기다리고 계시지."

"마마는 어떠신가요?"

누군가가 내게 물었다.

"사산하셨나요?"

다른 누군가가 물었다.

조지 오빠가 앞으로 나아갔다.

"마마께선 주무시고 계십니다. 쉬고 계세요. 마마께서 모두들 침대로 돌아갈 것을 명하십니다. 아침에 마마의 건강 상태에 대한 소식이 있을 겁니다."

"사산하셨나요?"

누군가가 나를 바라보고 있는 조지 오빠를 재촉했다.

"내가 어떻게 알겠어요?"

조지 오빠가 냉담하게 대답했고, 사람들은 믿을 수 없다는 듯 짜증을 부리며 웅성거렸다.

"그럼 죽은 거군요."

누군가가 말했다.

"뭐가 문제기에 폐하께 아들을 낳아주지 못하시는 거죠?"

"가죠."

윌리엄이 오빠에게 말했다.

"여기서 나갑시다. 자꾸 말씀하시면, 상황은 더 악화될 거예요."

남편과 오빠를 양옆에 두고 우리는 궁정 사람들을 밀치고 나와 계단을 내려 외삼촌의 처소로 갔다. 짙은 제복을 입은 하인이 아무 말

없이 우리를 들여보내 주었다. 외삼촌은 커다란 책상에 앉아 있었다. 그 앞에는 서류들이 펼쳐져 있었고, 촛불이 노란 빛을 온방에 던지고 있었다.

우리가 들어서자 외삼촌은 하인에게 고갯짓을 하여 난롯불을 휘저어서 가지모양으로 되어 있는 또 다른 초에 불을 밝히게 했다.

"그래서?"

외삼촌이 물었다.

"언니는 해산을 했고, 죽은 아기를 낳았어요."

내가 단호하게 말했다.

외삼촌은 고개를 끄덕였다. 엄숙한 얼굴은 아무 감정도 내비치지 않았다.

"아기에게 잘못된 것들이 있었어요."

"무슨 잘못된 것들?"

"등은 살가죽이 벗겨져 열려 있었고, 머리는 거대했어요."

내가 말했다. 역겨워서 목구멍이 꽉 조이는 것을 느낄 수 있었다. 나는 윌리엄의 손을 조금 더 꽉 잡았다.

"괴물이었어요."

대단히 평범하고 먼 곳에 있는 소식을 전하기라도 한 듯 또다시 외삼촌은 고개를 끄덕였다. 그러나 조지 오빠는 목이 졸리는 듯 작게 소리치더니 의자 뒤쪽을 더듬더듬 찾아 몸을 지탱했다. 외삼촌은 신경 쓰지 않는 것 같아 보였으나 모든 것을 꿰뚫어보았다.

"조산사가 아기를 데리고 나가는 걸 막아보려 했어요."

"음?"

"그 여자는 이미 폐하께 고용되었다고 말했어요."

"아."

"그리고 제가 돈을 줄 테니 있으라고, 아니면 아기를 두고 가라고 했을 때 그 여자는 아기를 데리고 가는 건 성모 마리아께의 의무라고 했어요. 왜냐하면 그 여자는 그……."

"그……?"

"마녀 잡이라고 했어요."

내가 속삭였다.

바닥이 내 발밑에서 둥둥 뜨는 듯한 묘한 느낌을 받았고, 방에서 들리는 모든 소리가 멀리서 들려오는 듯했다. 그때 윌리엄이 나를 의자에 눌러 앉히고 입술에 포도주 한잔을 갖다 대주었다. 조지 오빠는 나에게 다가오지 않았다. 오빠는 의자 뒤를 붙들고 있었고 얼굴은 나만큼이나 하얗게 질려 있었다.

외삼촌은 동요하지 않았다.

"폐하께서 마녀 잡이를 데려다 앤을 감시하게 했다고?"

나는 포도주를 또 한 모금 마시고 고개를 끄덕였다.

"그럼 앤은 매우 위험에 처해 있구나."

또다시 길고긴 침묵이 흘렀다.

"위험이오?"

조지 오빠가 몸을 똑바로 일으키며 속삭였다.

외삼촌은 고개를 끄덕였다.

"의심하는 남편은 언제나 위험하지. 의심하는 왕은 심지어 더 그렇고."

"앤은 아무 짓도 하지 않았어요."

조지 오빠가 완고하게 말했다. 앤 언니가 자기 몸이 만든 괴물을 보았을 때 주장했던 지겨운 설명을 오빠가 되풀이하는 것을 듣고, 나는 호기심어린 눈길로 오빠를 슬쩍 곁눈질했다.

"어쩌면 그럴지도. 하지만 폐하께선 앤이 무슨 짓을 했다고 생각하시고, 그건 앤을 파멸시키기에 충분해."

외삼촌이 인정했다.

"그럼 외삼촌께선 어떻게 앤을 지키실 거죠?"

조지 오빠가 조심스럽게 물었다.

"있지, 조지. 지난번에 기쁘게도 앤과 사적으로 대화를 나누었을 때, 앤은 나에게 궁정을 나가게 될 거라고 했고 저주받을 거라 했어. 자기 노력으로 지금의 자리에 올라왔다고 하면서, 나한텐 아무것도 빚진 게 없다고 했고, 날 감옥에 처넣겠다고 위협까지 했단다."

외삼촌이 천천히 입을 열었다.

"언니는 하워드 가 사람이에요."

내가 포도주를 한쪽으로 치우며 말했다.

외삼촌은 머리를 숙였다.

"하워드 가 사람이었지."

"앤 언니예요! 우리 모두는 언니를 여기까지 올려놓으려고 일생을 보냈어요."

내가 소리쳤다.

외삼촌은 고개를 끄덕였다.

"그래서 앤이 우리에게 커다란 고마움으로 보답했니? 내가 기억하기론 넌 궁정에서 추방당했었지. 앤이 네 시중을 필요로 하지 않았다면 넌 여전히 그대로 있었을 거다. 앤은 폐하께서 내게 호감을 사실 만한 아무것도 하지 않았어, 그와 정반대였지. 그리고 조지, 앤은 널 총애하지만, 앤이 왕위에 올랐을 때보다 1실링이라도 더 돈이 많아졌느냐? 앤이 폐하의 정부였을 때도 마찬가지로 잘 해나가지 않았느냐?"

"이건 총애에 대한 문제가 아니라 생사가 걸린 문제입니다."

조지 오빠가 격렬하게 말했다.

"아들을 가지면 바로 앤의 위치는 안전해지는 거야."

"하지만 폐하께선 아들을 못 만드세요! 캐서린 왕비한테도 아들을 못 만드셨고, 앤한테도 못 만드세요. 거의 고자나 다름없다구요! 그것 때문에 앤이 두려워서 미쳐가고 있었던 건데……."

오빠가 소리쳤다.

죽음 같은 적막이 흘렀다.

"네가 우리 모두를 그런 위험에 빠뜨린 걸 하느님께서 용서하시길 빈다. 그런 말을 하는 건 반역이야. 난 듣지 못했어. 넌 말하지 않았고. 이제 가거라."

외삼촌이 차갑게 말했다.

윌리엄은 내가 자리에서 일어나는 것을 도와주었고, 우리 셋은 방을 천천히 나갔다. 문지방에서 휙 돌아선 조지 오빠가 막 불평을 하려 했지만, 오빠가 말을 하기도 전에 면전에서 문이 소리 없이 닫혔다.

앤 언니는 아침 한창 때까지 깨어나지 않다가, 체온이 사납게 솟구쳤다. 나는 왕을 찾아갔다. 궁정은 그리니치 궁전으로 이동하려 짐을 꾸리고 있었고, 왕은 그런 시끌벅적함과 혼잡함을 피해 정원에서 볼링을 하고 있었다. 그가 총애하는 측근들에 둘러싸여 있었는데, 그 중 시모어 가 사람들이 확연히 눈에 띄었다. 조지 오빠가 왕 옆에서 자신만만해 보이는 모습으로 미소 짓고 있고, 외삼촌도 구경꾼들 사이에 있는 모습을 보고 반가웠다. 아버지는 왕에게 유리한 조건으로 내기를 권했고, 왕은 내기에 응했다. 나는 마지막 공이 굴려지고, 아버지가 웃으면서 금화 스무 개를 넘길 때까지 기다렸다가 앞으로 나아가 절을 했다.

왕은 나를 보고 못마땅한 얼굴을 했다. 대번에 나는 어느 불린 가 여자도 총애받지 못한다는 것을 알아챘다.

"메리 영부인."

그가 냉담하게 말했다.

"폐하, 저의 언니 왕비마마로부터 왔습니다."

왕은 고개를 끄덕였다.

"마마께서 완전히 건강을 회복하실 때까지 궁정이 그리니치로 이동하는 것을 일주일만 미뤄 달라고 부탁하십니다."

"너무 늦었네. 왕비는 몸이 나아지면 그때 우리와 함께 하면 돼."

"사람들은 아직 짐 꾸리는 걸 거의 시작도 안 했습니다."

"왕비에겐 너무 늦었어."

그가 내 말을 고쳤다. 즉시 볼링 녹지 여기저기에서 억눌린 조그만 중얼거림이 일었다.

"왕비가 내게 부탁을 하기엔 너무 늦었네. 내가 무엇인가를 알기 때문이지."

나는 머뭇거렸다. 가슴속으로부터 치밀어오르는 그 무엇이 왕의 재킷 멱살을 잡고 저 비만한 이기심을 흔들어 털어내라고 충동질했다. 악몽 같은 출산 후 앓고 있는 언니를 나는 그대로 내버려두고 나왔는데, 여기 있는 언니의 남편은, 편히 쉬면서, 햇빛 아래서 볼링을 하며, 언니는 총애받기는커녕 거의 그 반대라고 궁정에 경고하고 있었다.

"그렇다면 언니와, 저와, 우리 하워드 가 사람들 모두 한순간도 절대 폐하를 향한 사랑과 충성심이 흔들린 적 없다는 것을 아시겠군요."

내가 말했다. 인척 관계에 대한 주장에 외삼촌이 인상을 쓰는 모습을 보았다.

"당신네 모두 시험되지 않길 바라보지."

왕이 불쾌하게 말했다. 그러더니 그는 내게서 돌아서서 제인 시모어에게 손짓했다. 얌전하게 눈을 내리깔고, 왕비의 시녀들 사이에서 제인이 발소리를 죽이고 살며시 나아왔다.

"나와 함께 걷겠나?"

왕이 이제까지와는 상당히 다른 목소리로 물었다.

제인은 말조차 하지 못할 만큼 너무나 크나큰 영광인 듯 절한 다음, 조그만 손을 왕의 보석이 달린 옷깃에 놓고 그들은 함께 걸어가 버렸다. 궁정 사람들은 그들 뒤에 적당한 거리를 두고 줄지어 따랐다.

궁정은 조지 오빠와 내가 아무리 애쓰고 있어도 부정할 수 없는 소문들로 웅성거렸다. 한때는 앤 언니에 거역하는 한 마디라도 하면

교수형에 처할 범죄였었다. 이제는 언니의 시시덕거리기 좋아하는 궁정 무리에 대한 노래와 우스갯소리들과, 언니가 아기를 갖지 못하는 것에 대한 치욕적인 암시들이 있었다.

"헨리 폐하께선 왜 사람들을 입 다물게 하지 않으시는 거죠? 그렇게 하실 수 있는 법적 권한이 있다는 건 하늘이 아시는데요."

내가 윌리엄에게 물었지만 그는 고개를 저었다.

"폐하께선 사람들이 아무거나 말하게 내버려두고 계세요. 사람들은 마마께서 악마에게 영혼을 파는 것만 빼고 모든 걸 다 하셨다고들 해요."

"멍청이들!"

내가 난폭하게 고함쳤다.

윌리엄은 부드럽게 내 손을 잡아 단단히 쥔 손가락을 폈다.

"하지만 메리. 기괴한 결합이 아니고서 마마께서 달리 어떻게 기괴한 아이를 만들었겠어요? 불륜을 범하셨겠죠."

"누구랑요, 세상에? 당신도 언니가 악마와 계약을 맺었다고 생각하나요?"

"그렇게 하실 거라 생각하지 않아요? 아들을 얻는다면요."

그가 강하게 물었다.

그 말에 말문이 막혔다. 비참하게, 나는 그의 갈색 눈동자를 올려다보았다.

"쉿, 생각하고 싶지 않아요."

내가 말했다. 바로 그 말이 두려웠다.

"마마께서 정말 어떤 마법을 부리셨는데, 그게 괴물 같은 아이를 낳게 했다면요?"

"그러면요?"

"그럼 폐하께서 마마를 쫓아내시는 건 정당한 거겠죠."

잠시 나는 웃어보려 했다.

"이런 유감스런 때에 참 유감스런 농담이네요, 윌리엄."

"농담이 아니에요, 여보."

"난 모르겠어요!"

갑자기 세상이 뒤바뀐 데에 나는 돌연 참을 수가 없어 소리쳤다.

"우리에게 무슨 일이 벌어졌는지 난 이해할 수가 없어요!"

우리는 지금 정원에 있고 궁정 사람 아무나 언제라도 다가올 수 있다는 사실을 무시하고, 윌리엄이 내 허리에 팔을 스윽 감고는 그의 농장 마구간 뜰에 있듯이 친밀하게 나를 품에 안았다.

"사랑, 내 사랑. 뭔가 아주 나쁜 짓을 하셨으니까 괴물을 낳으셨겠죠. 그런데 당신은 그게 뭐였는지조차 몰라요. 남모르게 심부름을 한 적 없어요? 조산사를 데려오거나? 물약을 사오거나?"

그가 부드럽게 말했다.

"당신도……."

내가 입을 열자 그가 고개를 끄덕였다.

"난 죽은 아기를 묻었었죠. 이 문제가 조용히 해결되고 절대 너무 많은 걸 묻지 않길 빌어요."

이전에 궁정이 텅 빈 궁전에 왕비를 버리고 떠났었던 유일한 때는 왕과 앤 언니가 웃으면서 말을 타고 나가고, 캐서린 왕비를 홀로 내버려두었을 때였다. 지금 헨리 왕은 똑같은 일을 되풀이했다. 앤 언니는, 바깥에서는 보이지 않는 채, 아직 서 있기에는 너무 힘이 모자라 의자 위에서 무릎을 짚고 일어서서 침실 창문 너머로 지켜보고 있을 때, 왕은 옆에서 말을 모는 제인 시모어와 함께, 그가 가장 좋아하는 궁전인 그리니치로 궁정을 이동시켜 나아갔다.

소리 내어 웃고 있는 왕과 새롭게 총애받는 예쁜 여인 뒤로 명랑한 표정의 신하들 행렬에는 우리 가족들도 있었다. 아버지, 어머니, 외삼촌, 그리고 오빠가 왕의 총애를 얻으려고 책략을 쓰는 동안, 윌리엄과 나는 우리 아이들과 함께 말을 몰고 나아갔다. 캐서린은 매사에 감정을 드러내지 않고 조용했다. 아이는 궁전을 힐금 돌아보더니 나를 올려다보았다.

"왜 그러니?"

내가 물었다.

"왕비마마 없이 떠나는 건 옳지 않은 것 같아서요."

"나중에 함께 하실 거야. 다시 건강해지시면."

내가 위안시키며 말했다.

"그리니치에서 제인 시모어가 어디에 처소를 갖게 될지 아세요?"

나는 고개를 저었다.

"다른 시모어 가 여자와 나눠 쓰는 거 아니니?"

"아뇨. 폐하께서 아름다운 처소와 시녀들을 주실 거라고 제인이 그런대요. 악기 연습을 할 수 있게 말이에요."

나의 어린 딸은 무뚝뚝하게 대답했다.

캐서린을 믿고 싶지 않았지만, 캐서린이 전적으로 옳았다. 시모어 양이 다른 시녀들을 방해하지 않고 류트를 치며 꾀꼴꾀꼴 노래를 불러댈 수 있도록 크롬웰 대신이 직접 그리니치에 있는 자기 처소를 제공했다고 알려졌다. 사실상 크롬웰 대신의 처소에는 왕의 사저와 이어진 처소를[왕의 방에는 알현실-) 처소-) 사저(처소보다 더 사적인 공간)가 있다.] 연결하는 은밀한 통로가 있었다. 제인은 그리니치에서, 그녀 전에 앤 언니가 그랬던 것처럼, 왕비의 처소와 경쟁하는 처소에서 경쟁하는 궁정으로써 편히 지냈다.

궁정이 자리를 잡자마자 시모어 가 사람들의 조그만 무리가 제인의 새로운 웅장한 처소에서 만나 수다를 떨고 춤을 추고 놀기도 했다. 시중들, 왕비가 없는 왕비의 시녀들은 제인의 처소로 슬슬 건너갔다. 왕은 시종일관 그곳에 머물면서 이야기를 하고, 책을 읽고, 음악이나 시낭송을 들었다. 그는 제인과 함께 그의 처소나 제인의 처소에서 시모어 가 사람들이 식탁에 빙 둘러앉아 그의 농담에 웃거나 도박으로 기분 전환을 시켜주는 가운데 비공식적으로 식사를 하거나, 또는 대회당에 저녁식사를 하러 갈 때 제인을 데려가 가까이에 앉혔다. 왕비의 비어 있는 왕좌만이 누군가에게 잉글랜드 왕비가 텅 빈 궁전에 남겨져 있다는 것을 상기시켜주었다. 이따금 제인이 헨리 왕에게 무언가를 말하려고 언니의 비어 있는 자리로 몸을 앞으로 기울이는 모습을 보면서, 앤 언니는 전혀 존재하지 않았고, 그 무엇도 제인이 한 자리에서 다음 자리로 옮겨가는 것을 막을 수 없다고 느꼈다.

제인은 한 번도 흔들리지 않고 헨리 왕에게 상냥히 대했다. 월트서에서 사탕무를 규정식으로 먹게 하며 키웠을 것이 틀림없었다. 다리가 아파서 기분이 언짢든, 사슴을 잡아서 의기양양하게 자랑하는 소년처럼 크게 기뻐하든, 제인은 헨리 왕에게 철저하게 끊임없이 사근사근했다. 그녀는 언제나 무척 차분했고, 언제나 무척 독실했고—왕은 자주, 손에 묵주를 꼭 쥐고 머리를 들어올린 채 조그만 기도대 앞에서 무릎을 꿇고 있는 제인을 발견했다—끊임없이 겸손했다.

제인은 앤 언니가 처음 잉글랜드로 돌아왔을 때 선보인 세련된 반달 모양의 머리쓰개인 프랑스식 두건을 제쳐두었다. 대신, 그녀는 캐서린 왕비가 그랬던 것처럼, 불과 1년 전만 해도 착용한 사람을 못 말리게 촌스럽고 재미없는 사람으로 보이게 했던 박공 두건을 썼다. 헨리 왕 스스로도 스페인식 드레스를 몹시 싫어한다고 선언했었지만, 바로 그 엄숙함이 제인의 차분한 아름다움을 돋보이게 하며 잘 어울렸다. 제인은 그것을 수녀가 두건을 쓰듯 쓰고 다녔다—세속적인 겉치레를 멸시한다는 것을 드러내기 위해. 그러나 그녀는 가장 옅은 파란색, 가장 차분한 녹색, 버터 노란색으로 두건을 쓰고 다녔다—마치 팔레트 자체가 유순하다는 듯 모두 깨끗하고 옅은 색이었다.

제인이 언니의 자리에 반쯤 도달했다는 것을 내가 알았을 때는, 매지 셸턴이, 음탕하고 시시덕거리기 좋아하고 무절제한 생활을 하는 어린 매지 셸턴이 저녁식사 자리에 옅은 파란색 박공 두건을 쓰고 그것과 걸맞게 목이 높은 가운을 입고 프랑스식 소매를 잉글랜드식 마감으로 새로 재단하고 나타났을 때였다. 며칠 안 되어 궁정에 있는 모든 여자들이 박공 두건을 쓰고 눈을 내리깐 채 걸어 다녔다.

앤 언니는 2월에 우리와 함께 했다. 정말 대단한 외양을 하고서 궁정으로 들어왔다―머리 위로는 왕실 깃발이 물결치고, 불린 가 깃발이 뒤따르며, 제복을 입은 하인들과 기마병의 대단한 행렬이 이어졌다. 조지 오빠와 나는 우리 뒤에다 거대한 문을 활짝 열어둔 채 계단에서 언니를 기다리고 있었다. 헨리 왕이 나오지 않은 것이 두드러졌다.

"제인의 처소에 대해서 네가 얘기해줄 거야?"

조지 오빠가 내게 물었다.

"난 싫어. 오빠가 해."

"프랜시스는 사람들 앞에서 말하라던데. 궁정 사람들 앞에선 성질을 죽일 거라고."

"왕비에 대해 프랜시스 경과 논의해?"

"넌 윌리엄이랑 얘기하잖아."

"그이는 내 남편이야."

문으로 다가오는 앤 언니의 행렬에 있는 첫 번째 남자들 쪽을 바라보면서 조지 오빠는 고개를 끄덕였다.

"윌리엄을 믿어?"

"당연하지."

"나도 프랜시스에 대해 똑같은 기분이야."

"똑같지 않아."

"프랜시스의 사랑이 나한테 어떤지 네가 어떻게 알아?"

"남자가 여자를 사랑하는 것 같을 순 없다는 것쯤은 알아."

"그래, 난 남자가 남자를 사랑하듯 그를 사랑해."

"그건 성서에 어긋나는 행위야."

오빠는 내 손을 잡고 거부할 수 없는 매혹적인 불린 가 사람의 미소를 지었다.

"메리, 그만해. 요즘은 위험한 시기고, 내게 유일한 위안이 프랜시스의 사랑이야. 그거라도 갖고 있게 해줘. 왜냐하면 하느님도 아시다시피 내겐 다른 기쁨이 거의 없고, 게다가 우린 정말 엄청난 위험에 처해 있는 것 같으니까."

앤 언니의 호위 행렬이 말을 몰며 지나가고, 언니가 눈부신 미소를 지으며 우리 옆에 말을 세웠다. 언니는 가장 진한 붉은색 승마복을 입고 거대한 루비 브로치로 챙에 긴 깃털을 고정시킨 진한 붉은색 모자를 머리의 뒤쪽으로 쓰고 있었다.

"애나 만세(Vivat Anna)!"

언니의 두드러진 모양새에 호응하듯 오빠가 소리쳤다.

기다리고 있을 왕을 보기를 기대하며, 언니는 우리를 지나 어둑어둑한 대회당 속을 들여다보았다. 왕이 없는 것을 알고도 언니의 표정은 바뀌지 않았다.

"몸은 괜찮아?"

내가 앞으로 나아가며 물었다.

"물론이지. 왜 안 괜찮겠어?"

언니가 밝게 대답했다.

나는 고개를 저었다.

"그냥."

내가 조심스럽게 말했다. 분명하게, 우리는 다른 아기들에 대해서 아무 말도 입 밖에 내지 않았던 것처럼, 이번 죽은 아기에 대해서도 아무 말 하지 않기로 된 것이다.

"폐하는 어디 계셔?"

"사냥 나가셨어."

조지 오빠가 대답했다.

앤 언니는 궁전 안으로 성큼성큼 걸어 들어갔다. 문을 활짝 열어주려고 하인들이 앞장서 뛰어갔다.

"내가 온다는 거 알고 계셨어?"

언니가 어깨 너머로 말을 툭 던졌다.

"응."

조지 오빠가 대답했다.

언니는 고개를 끄덕이고, 언니의 처소로 들어가 문이 닫힐 때까지 기다렸다.

"내 시녀들은 어디 있구?"

"몇 명은 폐하랑 같이 사냥 나갔어. 몇 명은……."

나는 어떻게 말을 끝내야 할지 모르고 있었다.

"몇 명은 아니구."

내가 어쩔 수 없이 말했다.

언니는 나를 지나 조지 오빠를 보며 짙은 눈썹을 치켜 올렸다.

"우리 동생이 무슨 말을 하는 건지 가르쳐주겠어? 얘가 하는 프랑스어랑 라틴어는 알아들을 수 없다는 걸 알고 있었지만 이젠 영어까지 벅찬 것 같은데."

"네 시녀들은 제인 시모어에게 떼 지어 가 있어. 폐하께서 제인에게 토머스 크롬웰의 처소를 주셨고, 매일같이 제인과 함께 식사하셔. 저쪽에 조그만 궁정을 갖고 있어."

오빠가 단호하게 말했다.

언니는 순간 숨을 휙 들이마시더니 오빠를 보다가 나를 돌아보았다.

"사실이야?"

"응."

내가 대답했다.

"폐하께서 그 애한테 토머스 크롬웰의 처소를 주셨어? 아무도 모르게 제인의 처소로 곧장 건너가실 수 있는 거야?"

"응."

"둘이 연인 사이니?"

나는 조지 오빠를 쳐다보았다.

"알 방법이 없지. 난 아니라는 것에 걸겠어."

"아니라구?"

"유부남이 구애하는 건 거절하는 것 같더라. 미덕을 이용하고 있어."

이렇게 세상이 뒤바뀐 이유를 풀어내려는 듯, 앤 언니가 천천히 걸어 창가로 갔다.

"뭘 바라는 거지? 다가오라고 부르는 것과 동시에 가까이 오지 못하게 한다면?"

우리 둘 어느 쪽도 대답하지 않았다. 우리보다 누가 더 잘 알겠는가?

앤 언니가 고양이처럼 날카로운 눈으로 돌아보았다.

"나를 밀어내려는 거야? 걔, 정신 나간 거야?"

둘 다 대답하지 않았다.

"그리고, 시모어 가 사람들이 이렇게 쏟아져 들어오려고 크롬웰이 나가라 명령받았다구?"

나는 고개를 저었다.

"크롬웰이 자기 처소를 권했어."

언니는 천천히 고개를 끄덕였다.

"그럼 이제 크롬웰은 공공연히 날 적대시하는 거구나."

언니는 위로받기 위해 조지 오빠를 바라보았다. 묘한 표정이었다. 마치 오빠를 확신할 수 없다는 듯했다. 그러나 조지 오빠는 한 번도 언니를 실망시킨 적이 없었다. 머뭇거리며, 오빠는 언니에게 가까이 다가가 언니의 어깨에 손을 얹었다. 돌아서서 오빠에게 안기는 대신, 언니는 뒤로 물러나 오빠가 자기 뒤에 닿자 오빠의 가슴에 머리를 뒤로 기댔다. 오빠는 한숨지으며 두 팔로 언니를 감싸고, 서서 창 밖으로 겨울 특유의 햇살 속에서 반짝반짝 빛나는 템스 강을 내다보며 언니를 부드럽게 흔들어 달래주었다.

"날 만지길 두려워할 줄 알았어."

언니가 부드럽게 말했다.

오빠는 고개를 흔들었다.

"아, 앤. 나라와 교회의 법에 따르면, 난 아침식사 전에도 열 번이고 파문당해."

나는 그 말에 몸서리쳤지만, 언니는 소녀처럼 키득키득 웃었다.

"그리고 우리가 무슨 짓을 했건, 그건 사랑 때문에 한 거였어."

오빠가 부드럽게 말했다.

언니가 오빠의 품에서 돌아서더니 오빠를 올려다보며 얼굴을 찬찬히 살펴보았다. 내 평생 한 번도 언니가 저런 식으로 누군가를 바라보는 모습을 본 적이 없다는 것을 깨달았다. 오빠가 무슨 생각을 하는지 마음 쓰듯 언니는 오빠를 바라보았다. 오빠는 언니의 야심의 층계 중 단지 한 계단만은 아니었다. 오빠는 언니가 가장 사랑하는 사람이었다.

"결과가 끔찍했는데도?"

언니가 물었다.

오빠가 어깨를 으쓱했다.

"난 신학을 아는 체하진 않아. 하지만 내 암말이 두 다리가 붙은 망아지를 낳았을 때, 난 누가 마녀인지 보려고 여자들을 물에 빠뜨리진 않았어. 세상에서 이런 일들은 자연스러운 거야. 언제나 뭔가를 의미할 순 없다구. 넌 운이 나빴어. 단지 그뿐이야."

"날 겁먹게 내버려두진 않을 거야. 난 성자의 피는 돼지피로 만드는 걸 봤고, 성수는 개울에서 퍼올리는 걸 봤어. 이 교회가 가르치는 것의 반은 사람을 꾀어 나아가게 하려는 거고, 반은 겁을 줘서 자기 위치에서 벗어나지 못하게 만들려는 거야. 계속 나아가게 매수되지 않을 거고, 겁먹지도 않을 거야. 어느 것에 의해서도. 내 길을 스스로 개척해나가겠다고 결정했고, 그렇게 하고 말 거야."

언니가 완고하게 말했다.

조지 오빠가 귀 기울이고 있었다면 언니의 목소리에 날카롭고 초조한 날이 선 것을 들었을 것이다. 그러나 오빠는 언니의 눈부시고 결연한 얼굴만을 바라보고 있었다.

"나아가고 올라가라, 애나 여왕!"

오빠가 말했다.

언니는 오빠를 보며 환히 웃었다.

"나아가고 올라갈 거야. 다음은 아들일 거구."

언니는 오빠의 품에서 돌아서서 어깨에 두 손을 얹고 마치 믿음직한 연인인 듯 오빠를 올려다보았다.

"그럼 내가 뭘 해야 하지?"

"폐하를 되찾아야지. 노발대발 불평하지 말고, 네가 두려워한다는 걸 알게 하지도 마. 알고 있는 모든 수법으로 폐하를 다시 부르는 거야. 다시 매혹해."

오빠가 진지하게 말했다.

언니는 머뭇거리다가 빙긋 웃으면서 눈부신 얼굴 뒤에 감춰진 진실을 말했다.

"오빠, 난 처음 폐하께 구애했을 때보다 열 살을 더 먹었어. 거의 서른이 다 되어가고 있다구. 폐하께선 내게서 단지 살아 있는 아기는 하나밖에 얻지 못하셨고, 이젠 내가 괴물을 낳았다는 것도 알고 계셔. 폐하가 날 물리치실 거야."

조지 오빠가 언니의 허리를 더욱 꽉 잡았다.

"물리치시게 하면 안 돼. 아니면 우리 모두 몰락하는 거야. 다시 폐하를 네게로 이끌어야 해."

오빠가 간단히 말했다.

"하지만 폐하께 욕망을 따르라고 가르친 건 나인걸. 그보다 더한 건, 내가 폐하의 멍청한 머리를 새로운 지식으로 가득 채웠어. 이제 폐하께선 자신의 욕망이 하느님의 계시라고 생각해. 뭔가 원하기만

하면 하느님의 뜻이라고 생각하시는 거야. 신부에게, 주교에게, 교황에게도 확인하지 않아도 돼. 자기 변덕이 거룩한 거야. 어느 누가 그런 남자를 아내에게 돌아오게 만들 수 있겠어?"

조지 오빠가 언니의 머리 위로 나를 보며 도움을 청했다. 나는 조금 더 가까이 다가갔다.

"폐하께선 위안받는 걸 좋아하셔. 조금 달래주는 것. 응석 받아주고, 멋지다고 말해주고, 칭찬해주고, 친절하게 대해드려."

언니는 마치 내가 헤브라이어를 하고 있기라도 한 듯 나를 멍하게 쳐다보았다.

"난 그이의 연인이지 어머니가 아니야."

언니가 단호하게 말했다.

"지금 폐하는 어머니를 원하셔. 몸도 아프시고 늙고 너덜너덜해졌다고 느끼셔. 노년을 두려워하시고, 죽음을 두려워하셔. 다리의 상처는 악취를 풍기고. 폐하께선 잉글랜드를 위해 왕자를 만들기도 전에 돌아가실까 봐 겁에 질려 있는 거야. 폐하께서 원하시는 건 다시 괜찮아지실 때까지 다정하게 대해주는 여자야. 제인 시모어는 정말 상냥해. 넌 제인보다 더 상냥해져야 해."

조지 오빠가 말했다.

언니는 조용했다. 눈앞에 왕관을 두고 있는 제인 시모어보다 더 상냥해지는 건 불가능하다는 것을 우리 모두는 알고 있었다. 남자를 유혹하는 데 가장 완벽한 여자인 앤 언니조차도 제인 시모어보다 더 상냥해질 수는 없었다. 얼굴에서 눈부신 빛이 꺼지고, 순간 나는 언니의 마르고 해쓱한 얼굴에서 우리 어머니의 엄격한 얼굴을 보았다.

"반드시 죽여줬으면 좋겠어. 그 애가 내 왕관에 손을 대고 내 왕좌에 엉덩이를 대면 그걸로 그 애에게 죽음이 돼버리면 좋겠어. 일찍 죽었으면 좋겠어. 아들을 낳고 있는 바로 분만 중일 때 죽어버렸으면 좋겠어. 그리고 그 아들도 죽었으면 좋겠어."

돌연 언니가 앙심이 서려 단언했다.

조지 오빠는 경직되었다. 오빠는 창가에서 사냥 나갔던 일행이 궁정으로 돌아오는 것을 볼 수 있었다.

"뛰어 내려가 봐, 메리. 그리고 가서 폐하께 내가 왔다고 전해드려."

조지 오빠의 품에서 벗어나지 않으며, 언니가 말했다.

내가 아래층으로 뛰어 내려갔을 때 왕이 말에서 내리고 있었다. 땅에 내리면서 체중이 다친 다리에 모아지자 나는 왕이 얼굴을 찡그리는 것을 보았다. 제인은 옆에서 말을 타고 있었고, 시모어 가 사람들이 밀집하여 그들을 빙 둘러싸고 있었다. 나는 아버지와, 어머니와, 외삼촌을 찾아 주위를 둘러보았다. 그들은 뒤로 밀려나 가려져 있었다.

"폐하. 저의 언니 왕비마마께서 도착하셨고 폐하께 안부를 전해달라고 제게 명하셨습니다."

내가 품위 있게 절하며 말했다.

헨리 왕이 나를 바라보았다. 그는 뚱한 표정을 짓고, 이마는 고통으로 홈이 패여 있었으며, 입술을 오므리고 있었다.

"말 타느라 피곤하다고, 만찬 때 보겠다고 전해주게."

그가 무뚝뚝하게 말했다.

왕은 무겁게 땅을 내딛으며 나를 지나쳤다. 그는 다친 다리를 살살 다루며 뒤뚱뒤뚱 걸었다. 존 시모어 경은 딸을 말에서 내려주었다. 나는 그녀의 새 승마복과, 새 말과, 장갑 낀 손에 반짝이는 다이아몬드를 주목했다. 너무나도 간절히 제인에게 독설을 내뱉고 싶었으나, 그녀에게 감미롭게 미소 짓고 그녀의 아버지와 오빠가 거대한 문을 지나 그녀의 처소로—왕이 총애하는 사람들의 처소로—그녀를 바래다줄 때 뒤로 물러서면서 나는 혀끝을 깨물어야 했다.

아버지와 어머니는 시모어 가 사람들과 같은 행렬에서 뒤따라갔다. 그들이 앤 언니가 어떤지 물어보기를 기다렸으나, 그들은 단지 고개만 끄덕이고는 나를 지나쳤다.

"언니는 잘 지내요."

어머니가 지나갈 때 내가 자진해서 말했다.

"잘됐구나."

어머니가 냉담하게 말했다.

"와서 언니를 시중들지 않으실 건가요?"

어머니의 얼굴은 불임의 여자처럼 무표정했다. 마치 여태껏 우리 중 어느 누구도 어머니의 뱃속에서 태어나지 않은 듯했다.

"폐하께서 앤의 처소로 가실 때 찾아가보겠다."

어머니가 대답했다.

그때, 나는 앤 언니와 조지 오빠와 내가 홀로 남겨졌다는 것을 깨달았다.

가장 좋은 먹을거리가 어디에 있을지 확실히 알지 못하며 시녀들은 말똥가리떼처럼 앤 언니의 방으로 돌아왔다. 나는 씁쓸한 재미를 느끼며, 자신만만하게 돌아온 앤 언니가 야기한 머리쓰개의 위기에 주목했다. 몇몇은 앤 언니가 계속해서 쓰는 프랑스식 두건으로 돌아갔다. 몇몇은 제인이 좋아하는 무거운 박공 두건을 계속해서 썼다. 모두들 왕비의 아름다운 처소에 있어야 할지 건너편에서 시모어가 사람들과 있어야 할지 필사적으로 알고 싶어했다. 왕이 다음에는 어디로 갈까? 어디를 더 좋아할까? 매지 셸턴은 박공 두건을 쓰고 사람들을 잘 구슬려서 제인 시모어의 무리로 들어가려 했다. 한 예로 매지는 앤 언니가 내리막을 타고 있다고 생각했다.

내가 방으로 들어서서 다가가자 여자 셋이 조용해졌다.

"무슨 소식이죠?"

누구도 내게 말해주려 하지 않았다. 그때, 모든 험담꾼들 중에서 언제나 가장 믿을 만한 제인 파커가 내 곁으로 다가왔다.

"폐하께서 제인 시모어에게 금화가 든 아주 커다란 지갑을 선물로 보내셨는데, 제인이 그걸 거절했다지 뭐예요."

나는 기다렸다.

제인의 두 눈은 기쁨으로 빛났다.

"결혼한 여자가 되기 전까진 폐하께 그런 엄청난 선물을 받을 수 없다고 말했대요. 타협하게 만든다구요."

이런 비밀스런 발언을 해독하려 나는 잠시 침묵했다.

"타협하게 만든다구요?"

제인은 고개를 끄덕였다.

"실례할게요."

내가 말했다. 나는 여자들을 헤치고 나가 앤 언니의 처소로 갔다. 조지 오빠는 그곳에 언니와 함께 있었고, 프랜시스 웨스턴 경도 오빠와 함께 있었다.

"따로 얘기하겠어."

내가 단호하게 말했다.

"프랜시스 경 앞에서는 말해도 돼."

앤 언니가 말했다.

나는 숨을 들이마셨다.

"제인 시모어가 폐하의 선물을 거절한 것에 대해 들었어?"

다들 고개를 저었다.

"결혼한 여자가 되기 전까진 폐하께 그런 엄청난 선물을 받을 수 없다고, 왜냐하면 자신을 타협하게 만들지도 모른다고 말했다나 봐."

"오호."

프랜시스 경이 말했다.

"그냥 자기 미덕을 과시하는 것뿐인 것 같지만, 궁정은 지금 그걸로 떠들썩해."

"다른 사람과 결혼할 수도 있다는 걸 폐하께 상기시키는 거지. 폐하께선 그 어감을 몹시 싫어하실 거야."

조지 오빠가 말했다.

"미덕을 뽐내게 하는 거지."

앤 언니가 덧붙였다.

"그리고 바깥으로 새어나갈 거예요."

프랜시스 경이 말했다.

"이건 연극입니다. 그녀는 그 말은 거절하지 않았잖아요? 다이아
몬드 반지도 그렇구요? 폐하의 초상을 안에 넣은 로켓도 그렇구요?
그렇지만 지금 궁정은, 그리고 곧 세상은, 폐하께서 재산에 대한 욕
심이 없는 젊은 여자에게 관심을 가지고 계신다고 생각할 거예요.
한 대 맞았군(Touche)! 그것도 모든 걸 담은 활인화 하나로."

앤 언니는 이를 바득바득 갈았다.

"정말 견딜 수가 없는 애야."

"하지만 되갚아줄 방법이 없어. 그러니까 생각도 하지 마. 고개 들
고, 미소 짓고, 가능하다면 폐하를 매혹해봐."

조지 오빠가 말했다.

"만찬 때 스페인과 동맹을 맺는 것에 대한 언급이 있을지도 모릅
니다."

의자에서 일어나는 언니에게 프랜시스 경이 주의를 주었다.

"반대하는 말씀은 안 하시는 게 좋을 듯합니다."

앤 언니는 어깨 너머로 그를 바라보았다.

"내 스스로가 제인 시모어가 돼야 한다면, 차라리 그냥 밀려나는
게 나아요. 나를 만드는 모든 게―내 기지와 내 성질과 교회를 개혁
하고픈 내 열정이―부정되어야 한다면, 그럼 내 스스로 밀려나겠어
요. 폐하께서 원하는 게 순종적인 아내라면, 처음부터 아예 왕위를
노리지 말았어야 할 거예요. 나일 수 없다면, 차라리 아예 여기 있지
않는 게 낫겠어요."

조지 오빠가 언니에게 다가가서, 손을 들고 입을 맞추었다.

"아니야, 우리 모두는 널 무척 좋아해. 이건 그저 지나갈 폐하의
변덕일 뿐이야. 폐하께서 매지를 원했던 것처럼, 마거릿 영부인을

원했던 것처럼 지금 제인을 원하시는 거야. 제정신이 돌아올 거고, 네게 돌아오실 거야. 왕비가 얼마나 오랫동안 폐하를 붙들었는지 생각해봐. 열두 번도 넘게 오락가락하셨잖아. 너도 그 여자처럼 폐하의 아내이자 공주의 어머니야. 충분히 붙들 수 있어."

그 말에 언니는 빙긋 웃고 어깨를 곧게 펴더니 내게 문을 열라고 고갯짓했다. 언니가 나가면서 나는 웅성거리는 소리를 들었다. 언니는 호화로운 녹색 벨벳을 입고, 귀에는 에메랄드를 차고, 녹색 두건에는 다이아몬드가 반짝거리며, 목에는 금빛 "B" 진주 초커를 건 채 나갔다.

2월 말로 들어서자 날씨가 상당히 추워졌고, 궁전 밖 템스 강은 꽝꽝 얼어붙었다. 선착장 부교는 하얀 얼음 바닥 위로 오솔길처럼 뻗어 있었고, 선착장 문의 층계는 부드러운 한 장의 유리로 내려가게 하였다. 강은 어디로든 인도할지 모르는 묘한 길이 되었다. 내려다보았을 때 얇은 부분 속으로, 검푸른 물이 투명한 얼음판 아래로 흐르는 것을 볼 수 있었다.

그리니치를 둘러싼 정원과, 산책길과, 성벽과, 가로수길은, 눈이 내리다가 얼고, 또 다시 내리면서 모두 놀랄 만한 하얀 빛깔을 입었다. 유원지의 과수울타리 산책길은 서리로 하얗게 덮여 있었다. 화창한 아침에는 거미줄이 얇디얇은 나뭇가지에 걸쳐놓은 마법의 레이스처럼 하얀 결정으로 반짝반짝 빛났다. 마치 미술가가 정원 전체를 빙 둘러 다니며 사람들이 모든 나무의, 모든 가지의 세밀한 것까지 보게끔 만들겠다고 결심한 듯 작은 가지마다, 얇디얇은 잎사귀마다 하얗게 줄이 가 있었다. 동쪽에서 불어오는 살을 에는 듯한 찬 바람, 시베리아 바람으로 밤에는 얼어붙을 듯이 추웠다. 그러나 낮에는 햇빛이 무척 눈부셔서, 가로수길의 짙은 주목에서 울새가 깡충깡충 뛰어다니며 음식 부스러기를 기다리고, 추위를 좋아하는 거대한 거위 떼가 날개를 키익키익 울리며 기다란 머리를 죽 뻗은 채 얼지 않은 물가를 찾고 있을 동안, 정원을 뛰놀거나 얼어붙은 잔디밭 위에서 볼링을 하는 것은 정말 즐거웠다.

왕이 겨울 축제를 열어 스케이트를 타며 창 시합을 하고, 스케이트를 타며 춤을 추고, 썰매와 불 먹는 마술사와 모스크바 곡예사를 데리고 겨울 가면극을 하자고 밝혔다. 곰 골리기가 벌어졌는데, 그 불쌍한 동물이 미끄러지고 넘어지면서 미끄러지는 개들을 향해 돌진하여 보통 골리기보다 열 배는 더 우스웠다. 어떤 개 한 마리는 잽싸게 안쪽으로 달려갔다가 다시 달려 나올 생각이었는데, 바둥대는 다리가 얼음 위에서 단단히 서 있을 수가 없자, 곰이 무거운 앞발로 등짝을 때려 자기 쪽으로 끌어들여 죽음으로 데려갔다. 그 광경에 왕은 크게 웃었다.

꽝꽝 얼어붙은 강을 큰길로 이용해 스미스필드에서 수소들을 몰고 내려와 꼬챙이에 끼워 강둑 위의 커다란 화롯불에 구웠고, 소년들은 뜨거운 빵을 들고 부엌에서 강가로 달려 나오고, 부엌 개들은 왕왕 짖으면서 사고가 일어나길 바라며 소년들을 내내 따라 달렸다.

제인은 흰색과 파란색의 옷을 입고, 흰 털을 목에 두르고 망토에 달린 모자에 한겨울의 공주였다. 그녀는 퍽이나 불안정하게 스케이트를 타서 한쪽에선 오라버니가 다른 쪽에선 아버지가 붙잡아줘야 했다. 그들은 제인을 왕 쪽으로 데려가 순종적으로 아름다운 그녀를 왕좌를 향해 떠밀었다. 시모어 가의 여자로 사는 것은 불린 가의 여자로 사는 것과 틀림없이 무척 비슷할 것이라고 나는 생각했다. 아버지와 오라버니가 왕을 향해 떠밀어 넣는데, 자신은 도망칠 능력도 지혜도 없었다.

헨리 왕은 언제나 곁에 제인을 위한 의자를 두었다. 왕비의 왕좌는 원래대로 그의 오른쪽에 있었지만, 왼쪽에는 제인이 스케이트를 탄 후 쉬기를 원할 때를 대비해 제인을 위한 자리가 놓여 있었다. 왕은 스케이트를 타지 않았다. 여전히 다리가 낫지 않았고, 고통을 덜기 위해 프랑스 의사들을 부르거나 어쩌면 캔터베리로 순례의 길을 떠나자는 말까지도 있었다. 오직 제인만이 그의 우거지상을 지울 수 있었고, 아무것도 안 하면서도 그 일을 해냈다. 제인은 왕 옆에 서 있었고, 왕 앞에서 스케이트를 타며 이리저리 이끌려 돌려지도록 했고, 닭싸움을 보며 움찔했으며, 불 먹는 마술사들을 보며 숨을 힉 들이마셨고, 언제나처럼 완전히 어수룩하게 행동했다. 그리고 그것은 앤 언니는 할 수 없는 식으로 왕을 달래주었다.

앤 언니는 사흘 내내 하루도 빠짐없이 얼음 위에서 왕과 함께 식사를 하러 내려갔다. 언니가 고래수염으로 만든 날카로운 스케이트를 타며 러시아 무희 같은 품위로 이리저리 미끄러지는 모습을 보면서, 나는 이번 철에 우리 불린 가 사람들 모두가 살얼음 위를 걷고 있다고 생각했다. 언니에게서 나온 가장 순수한 말도 왕을 찡그리게 만들었다. 언니는 그를 즐겁게 해줄 수 없었다. 왕은 돼지 같은 눈을 가늘게 뜬 채 의심스런 눈초리로 언니를 시종일관 지켜보았다. 그는 언니를 지켜보면서 손가락을 문질렀다. 새끼손가락에 낀 반지를 잡아당기며.

앤 언니는 생기발랄함과 미모로 왕을 현혹하려 했다. 그는 심기가 좋지 않고 활기가 없었지만 언니는 성질을 죽였다. 언니는 춤추고, 도박하고, 깔깔 웃고, 스케이트를 탔다. 완전한 기쁨과 아름답게 빛나는 빛이었다. 언니는 제인 시모어를 뒤쪽으로 던져냈다. 앤 언니가 좋은 기분일 때는 어떤 남자도 다른 여자에게 절대 눈길을 줄 틈이 없었다. 언니가 춤을 추고 있는 궁정 사람들 사이를 지나가며 고개를 높이 들고, 누군가가 말을 걸자 특유의 움직임으로 목을 돌리고, 언니의 아름다움에 대해 시를 써 바치는 남자들에게 둘러싸인 채, 악단은 언니를 위해 연주를 하고 있고, 놀고 있는 궁정의 떠들썩함 그 중심에 있을 때엔 왕조차도 눈길을 돌리지 못했다. 왕은 언니에게서 눈을 떼지 못했지만, 그의 시선은 더 이상 넋을 잃지 않았다.

그는 언니에 대한 무언가를 알아내겠다는 듯, 언니의 매력을 풀어내 완전히 발가벗긴, 한때 자신에게 언니를 그리도 사랑스럽게 보이게 했던 모든 것이 빼앗긴 모습을 보겠다는 듯 언니를 응시했다. 왕은 많은 돈을 들여 융단을 샀는데, 어느 날 아침 갑자기 그것이 무가치하게 보여 매듭을 풀어내고 싶어하는 남자처럼 언니를 응시했다. 왕은 언니가 그리도 비싼 값을 치르게 했고, 그런데도 거의 보상받지 못했다는 것을 믿을 수 없다는 듯 언니를 응시했다. 앤 언니의 매력과 쾌활함에 사로잡혀 있는 순간조차도 그 흥정이 유리한 것이었다고 왕이 생각하는 것 같지는 않았다.

내가 앤 언니를 지켜보고 있는 동안, 조지 오빠와 프랜시스 경은 크롬웰 대신을 지켜보고 있었다. 왕이 처음부터 결혼이 무효했다는 것을 근거로 해서 앤 언니를 쫓아낼지도 모른다는 소문이 숙덕거리고 있었다. 조지 오빠와 나는 그 말에 코웃음을 쳤지만, 프랜시스 경은 아무런 정당한 이유도 표명되지 않은 채 4월에 의회가 해산될 예정이란 사실을 지적했다.

"그걸로 뭐가 달라지죠?"

조지 오빠가 그에게 물었다.

"그렇게 되면 폐하께서 마마께 불리하도록 결정을 내리실 때, 성실한 지방 기사들은 자기 주(州)로 돌아가 있는 거죠."

프랜시스 경이 대답했다.

"언니를 옹호하진 않을 거예요. 그 사람들은 언니를 증오하잖아요."

내가 말했다.

"왕비 지위에 대한 생각은 옹호할지도 몰라요. 그들은 캐서린 왕비에게 불리한 증언을 하게 강요당했고, 메리 공주를 부정하고 엘리자베스 공주를 인정한다고 맹세하도록 강요당했다구요. 폐하께서 만약 지금 앤 마마를 쫓아내신다면, 폐하가 자신들을 바보 취급했다고 느낄지도 모르고, 별로 좋아하지 않을 거예요. 폐하께서 만약 교황 성하의 견해로 돌아가신다면, 그냥 받아들이기에는 너무 빠른 전환이라고 생각할지 모른다는 거죠."

"하지만 왕비는 죽었어요."

나의 옛 주인 캐서린 왕비를 생각하며 내가 말했다.

"언니와의 결혼이 취소된다 하더라도, 왕비에게 돌아갈 수는 없잖아요."

내 둔한 머리에 조지 오빠는 혀를 쯧쯧 찼으나, 프랜시스 경은 보다 인내력이 있었다.

"교황 성하께선 여전히 앤 마마와의 결혼이 유효하지 않다고 보고 계세요. 그러니까 이제 헨리 폐하는 홀아비가 되시는 거죠. 다시 결혼하실 수 있구요."

본능적으로 조지 오빠와 프랜시스 경과 나는 모두 왕 쪽을 바라보았다. 그는 담청색 단의 왕좌에서 일어나고 있었다. 존 시모어 경과 에드워드 시모어 경이 양쪽에서 그를 부축해 일으켰다. 제인은 이 뚱뚱한 환자보다 더 잘생긴 남자는 한 번도 본 적 없다는 듯 미소로 입술을 살짝 벌린 채 왕 앞에 서 있었다.

다른 쪽 얼음 위에서 헨리 노리스 경과 토머스 와이엇 경과 함께 스케이트를 타고 있던 앤 언니가 미끄러지듯 건너와 아무렇지도 않게 불렀다.

"어쩌세요, 여보? 계속 계시지 않을 건가요?"

왕이 언니를 바라보았다. 찬바람으로 두 뺨에 혈색이 달아올라 있고, 긴 깃털이 달린 주홍색 승마모를 쓰고, 머리칼 한 타래가 뺨을 간질이고 있었다. 언니는 부정할 수 없이 눈부시도록 아름다워 보였다.

"난 아픕니다. 당신이 즐겁게 놀고 있을 동안 나는 고통받고 있었어요. 처소로 가서 쉴 겁니다."

왕이 천천히 말했다.

"같이 가겠어요. 알았다면 곁에 있었을 거예요. 하지만 당신이 가서 스케이트를 타라고 하셨잖아요. 불쌍한 당신, 원하신다면 보리차를 만들고 곁에 앉아서 책을 읽어드릴게요."

앞으로 미끄러져오며, 언니가 즉각 말했다.

왕은 고개를 저었다.

"차라리 자겠어요. 당신이 책 읽어주는 것보단 차라리 침묵이 낫겠어."

앤 언니가 얼굴을 붉혔다. 헨리 노리스 경과 토머스 와이엇 경은 다른 곳에 있었더라면 하는 표정으로 눈길을 돌렸다. 시모어 가 사람들은 요령 있게 차분한 표정을 유지했다.

"그럼 만찬 때 보지요. 푹 쉬시고 고통받지 않으시길 기도하겠어요."

앤 언니가 성질을 죽이며 말했다

헨리 왕은 고개를 끄덕이고 언니에게서 돌아섰다. 시모어 가 사람들이 왕의 팔을 잡고 그가 미끄러지지 않도록 얼음 위에 깔아놓은 호화로운 양탄자를 지나가는 것을 도와주었다. 제인은 총애받는 것을 사과하듯 얌전하게 조그만 미소를 지으며 그를 쫓아서 경쾌하게 뒤따랐다.

"대체 어딜 가는 건가, 시모어 양?"

언니의 목소리가 채찍질 같았다.

그 젊은 여자는 돌아서서 왕비에게 절했다.

"폐하께서 따라와서 책을 읽어달라고 하셨습니다."

눈을 내리깐 채, 제인이 간단하게 대답했다.

"라틴어는 잘 읽지 못합니다. 하지만 프랑스어는 조금 읽을 수 있답니다."

"조금 읽을 수 있다고!"

여섯 살 때부터 3개 국어를 할 줄 아는 언니가 소리쳤다.

"예."

제인이 자랑스럽게 말했다.

"다 이해하진 못하지만요."

"전혀 이해하지 못한다는 것에 내길 걸지. 가도 되네."

언니가 말했다.

1536년 봄

얼음은 녹았지만 날씨는 전혀 따뜻해지는 것 같지 않았다. 스노드롭이 볼링 녹지 사방에 덩어리져서 만발해 있었으나, 녹지는 물에 잠겨 놀 수 없었고, 오솔길 또한 걷기에는 너무 질척했다. 왕의 다리는 낫지 않고 있었다. 상처는 벌어져 있고, 상처 위에 놓은 각기 다른 물약과 습포도 염증을 더 일으키게 할 뿐인 것 같았다. 왕은 두 번 다시는 춤출 수 없을까 봐 두려워하기 시작했고, 프랑스의 프랑시스 왕이, 혈기왕성하고 건강하다는 소식이 그를 더욱 언짢게 만들었다.

사순절 기간이 돌아와 더 이상 무도회도 축제도 열리지 않았다. 앤 언니가 침대로 왕을 유혹해서 뱃속에 또 다른 아기를 갖게 될 기회 또한 없었다. 누구도, 심지어 왕과 왕비도, 사순절 때에는 잠자리를 가질 수 없어 헨리 왕은 푹신한 의자에 앉아 절름대는 발을 받침대에 올려두고, 제인이 옆에서 신앙 소책자를 읽어주는 모습을 견디면서, 앤 언니가 자기 침대로 오라고 아내로서 권리를 주장할 수조차 없다는 것을 알고 있었다.

언니는 뒤처지고 무시되었다. 날마다 처소에 있는 시녀들이 점점 더 줄어들었고, 왕비의 시녀가 될 것을 지명받고 돈을 받았으나 모두 제인 시모어의 처소에 있었다. 신의 있게 남아 있는 유일한 사람들은 어차피 환영받지 못한 사람들이었다. 우리 가족―매지 셸턴, 앤 고모, 내 딸 캐서린, 그리고 나였다. 어떤 날의 언니의 처소에 있는 신사들은 단지 조지 오빠와 그의 친구 무리뿐이었다―프랜시스 웨스턴 경, 헨리 노리스 경, 윌리엄 브레레톤 경. 나는 나의 남편이 조심하라고 주의를 준 바로 그 남자들과 섞여 있었으나, 앤 언니에게는 다른 친구들이 없었다. 우리는 카드놀이를 하거나, 악단을 부르거나, 토머스 와이엇 경이 방문하게 되면 시 쓰기 시합을 열어 남자들은 각자 세상에서 가장 아름다운 왕비에게 사랑의 소네트를 한 줄씩 쓰곤 했다. 그러나 본질에는 공허한 무언가가 남아 있었다. 기쁨이 있어야 할 자리에 빈 공간뿐이었다. 모든 것이 앤 언니에게서 떨어져 나가고 있었고, 언니는 그것들을 어떻게 되찾아야 할지 몰랐다.

3월 중순에 언니는 자존심을 억누르고 외삼촌을 불러오라고 나를 보냈다.

"지금 갈 수 없다. 참석해야 할 일이 있어. 오늘 오후에 가겠다고 왕비에게 전하려무나."

"누구도 왕비에게 기다리라고 말할 수 있다곤 생각지 못했는데요."

내가 말했다.

오후에 외삼촌이 왔을 때, 앤 언니는 아무런 불쾌한 기색 없이 외삼촌을 반기고 그를 창가 정간으로 이끌어 단둘이서 이야기했다. 둘 다 내내 공손히 소곤거리는 소리보다 언성을 높이진 않았지만, 나는 엿들을 수 있을 만큼 충분히 가까이에 있었다.

"시모어 가 사람들에 대항할 수 있게 외삼촌의 도움이 필요해요. 우린 제인을 제거해야 해요."

언니가 말했다.

외삼촌은 유감스럽다는 듯 어깨를 으쓱했다.

"조카야, 넌 내가 바랐던 것만큼 내게 항상 도움이 되지 않았어.

겨우 얼마 전에 넌 왕에게 직접 대고 나를 비난했던 순간이 있었지. 더 이상 왕비가 아니었다면 넌 다시 하워드 가 사람도 되지 못했을 것 같구나."

"전 불린 가의 여자이자 하워드 가 여자예요."

목 앞부분에 있는 금빛 "B" 펜던트에 손을 얹은 채, 언니가 말했다.

"하워드 가 여자는 많이 있어. 내 아내 공작부인은 램버스에 그런 여자 대여섯 명으로 채운 저택을 갖고 있지. 네 사촌들 말이야. 모두 너만큼, 메리만큼, 매지만큼 예쁘단다. 모두 너희들만큼 혈기왕성하고 뜨거운 피가 끓고 있지. 물렁한 여자에 질리시면 폐하의 침대를 데울 하워드 가 여자가 있을 거란다. 언제나 또 다른 하워드 가 여자가 있을 게야."

외삼촌이 쉽게 말했다.

"하지만 전 왕비예요! 그저 또 다른 시녀가 아니라구요."

외삼촌은 고개를 끄덕였다.

"제안을 하나 하지. 조지가 4월에 가터 훈장(영국 왕실에서 수여하는 최고 훈장)을 받는다면 네 편이 되겠다. 가족을 위해 그걸 손에 넣을 수 있도록 힘써보려무나. 그럼 가족이 널 위해 무얼 할 수 있을지 생각해보겠다."

언니는 망설였다.

"폐하께 부탁드려볼 수 있어요."

"그렇게 하려무나. 가족에게 이익을 가져다줄 수 있으면 우린 너와 새로운 계약을 맺을 수도, 너를 적들로부터 지켜줄 수도 있어. 그러나 이번엔 잘 기억하고 있어야 한다, 앤. 누가 네 주인인지 말이다."

외삼촌이 충고했다.

반박하고 싶은 것을 억누르며 언니는 입술 안쪽을 깨물었다. 언니는 외삼촌에게 절을 하고, 머리를 숙이고 있었다.

4월 23일, 왕은 가터 훈장을 시모어 가 사람들의 친구이자 그들이 지명 추천한 니콜라스 커루 경에게 수여했다. 우리 오빠는 무시되었다. 그날 밤 커루 경을 축하하기 위해 마련된 축제 때, 외삼촌과 존 시모어 경은 나란히 앉아서 나무쟁반에 담긴 훌륭한 고기를 나눠먹고 아주 사이좋게 어울렸다.

다음날 제인 시모어가 이번만큼은 왕비의 처소에서 우리와 함께 했다. 그리하여 왕비의 처소는 궁정의 완전한 나머지 한쪽을 되찾아 떠들썩했다. 악단을 불렀다. 무도회가 열릴 작정이었다. 왕이 오는 건 기대되지 않았다. 앤 언니가 카드놀이를 한판 하자고 도전했으나 그는 일거리로 바쁘다며 냉담하게 대답했다.

"무슨 일을 하고 계시는 거지?"

왕의 거절의사를 가지고 조지 오빠가 돌아왔을 때 언니가 오빠에게 물었다.

"모르겠어, 주교들을 만나고 계셔. 대부분의 귀족들도 한 명씩 만나고 계시구."

"나에 대한 거야?"

조심스럽게, 둘 다 왕비 자신의 처소에서 모든 관심을 받고 있는 제인 쪽을 쳐다보지 않았다.

"모르겠어. 아마 내가 맨 나중에 알게 되겠지. 그렇지만 폐하께서 어떤 남자들이 날마다 널 방문하느냐고 물어보긴 하셨어."

오빠가 처량하게 대답했다.

앤 언니는 상당히 멍해보였다.

"뭐, 다들 방문하지. 난 왕비니까."

"특정한 이름들이 언급됐었어. 헨리와 프랜시스도 그 중에 있구."

언니가 소리 내어 웃었다.

"헨리 노리스는 매지 때문에 궁정을 빈번하게 방문하는 거야."

언니는 몸을 돌려 헨리 노리스 경이 매지의 어깨 위로 몸을 기울여 노래를 부르는 매지를 위해 악보를 넘겨줄 채비를 하고 있는 모습을 보았다.

"헨리 경! 괜찮으시다면 이리 와보시죠!'

매지에게 한마디하고, 그는 방을 가로질러 왕비에게로 와서 공대하는 체하며 한쪽 무릎을 꿇었다.

"부르셨습니까!'

"결혼하실 때가 됐습니다, 헨리 경. 내 처소에서 어슬렁거리시면서 내 평판이 나빠지게 내버려둘 순 없어요. 매지에게 청혼을 하서야 해요. 난 내 시녀들이 완벽하게 처신하게만 할 겁니다."

앤 언니가 엄격한 체하며 말했다.

그가 터놓고 웃었다. 완벽하게 처신하는 매지 생각에 그럴 만도 했다.

"그녀는 제 방패입니다. 제 마음은 다른 곳을 갈망하고 있습니다."

앤 언니는 고개를 흔들었다.

"달콤한 말은 원하지 않아요. 매지에게 청혼하시고 식을 올리셔야 합니다."

"그녀는 달이지만 마마는 태양입니다."

헨리 경이 대답했다.

나는 조지 오빠를 보며 눈동자를 굴렸다.

"저 사람, 어떨 땐 정말 차주고 싶지 않니?"

오빠가 소곤거렸다.

"저 남자는 바보 멍청이야. 저래봤자 아무짝에도 소용없는 짓이라구."

내가 말했다.

"셸턴 양에게 온 마음을 바칠 수 없으니 차라리 아무것도 주지 않을 겁니다."

전혀 갈피를 잡지 못하던 헨리 경이 말했다.

"제 마음은 잉글랜드 마음의 전부이신 왕비마마의 것입니다."

"고마워요. 돌아가서 달님을 위해 악보를 넘기시죠."

언니가 무뚝뚝하게 말했다.

헨리 노리스 경은 하하 웃으며 일어나 언니의 손에 입맞추었다.

"하지만 내 처소에 소문이 돌게 할 순 없어요. 낙마 후에 폐하께서 엄격해지셨단 말이에요."

앤 언니가 경고했다.

그는 언니의 손에 다시 입맞추었다.

"저에게 불평하실 이유는 절대 없을 것입니다. 전 마마를 위해 목숨을 바칠 것입니다."

그가 약속했다.

헨리 경이 점잔을 빼며 천천히 매지에게 걸어가자, 고개를 든 매지가 나와 눈이 마주쳤다. 내가 매지를 보며 얼굴을 찡그리자 매지는 씩 웃었다. 어떤 것도 절대 저 여자애를 정숙한 숙녀처럼 행동하게 만들진 못할 것이다.

조지 오빠가 언니의 어깨 위로 몸을 기울였다.

"소문을 하나하나씩 뭉개버릴 순 없어. 모두 전혀 상관없다는 듯 살아야 해."

"하나도 남김없이 뭉개버릴 거야. 오빠는 폐하가 누구를 만나는지, 나에 대해 무슨 말을 하는지 알아봐."

조지 오빠는 무슨 일이 벌어지고 있는지 알아내지 못했다. 오빠가 나를 아버지에게 보냈으나, 아버지는 그저 눈길을 돌리면서 소식은 외삼촌에게 물어보라고 했다. 나는 외삼촌을 마구간 뜰에서 찾았다. 그는 구입할 생각이 있는 새 암말을 훑어보고 있었다. 천막 친 뜰에서, 4월의 햇살은 뜨거웠다. 나는 통로의 그늘 아래서 일이 끝날 때까지 기다리다가 외삼촌에게 다가갔다.

"외삼촌, 폐하께서 크롬웰 대신과, 재무관과, 외삼촌과 많은 시간을 보내시는 것 같은데요. 왕비마마께서 무슨 일이 그리 오랜 시간을 걸리게 하는지 궁금해 하십니다."

이번만큼은 외삼촌도 쓸쓸한 미소를 지으며 눈길을 돌리지 않았다. 그는 나를 정면으로 바라보았고, 짙은 눈동자는 내가 전에 그에게서 한 번도 보지 못한 무언가로 가득 차 있었다. 동정이었다.

"나였더라면 아들을 개인교사들에게서 데려왔을 거다."

외삼촌이 충고했다.

"시토 수도회에서 헨리 노리스의 아들과 함께 공부하고 있지?"

"네."

내가 대답했다. 이야기의 방향이 바뀌어 혼란스러웠다.

"내가 너라면 노리스나, 브레레톤이나, 웨스턴이나, 와이엇과 아무런 교제도 안 했을 거다. 그리고 만약 그들이 네게 편지나 사랑 시나 잡동사니나 징표 따위를 보냈다면, 난 태워버렸을 게야."

"전 유부녀이고, 남편을 사랑해요."

나는 당황하며 말했다.

"그게 네 보호책이지. 이제 가봐라. 내가 알고 있는 것으로 널 도와주지 못할 거고, 단지 나만 괴롭힐 뿐이야. 가거라, 메리. 내가 너라면 난 아이들 둘 다 내가 돌봤을 거야. 그리고 궁정을 떠났을 거다."

나는 불안한 마음으로 나를 기다리고 있을 조지 오빠와 앤 언니에게 가지 않고, 남편을 찾으러 곧장 왕의 처소로 갔다. 그는 알현실에서 대기하고 있었고, 왕은 이 봄날 내내 그 자신을 처소에 틀어박혀 바쁘게 했던 내부핵심 고문들과 함께 사저에 있었다. 내가 들어오는 것을 윌리엄이 보자마자 그는 방을 가로질러 나를 복도로 이끌었다.

"나쁜 소식이에요?"

"이건 아예 소식이 아니에요. 수수께끼 같은 거예요."

"누구의 수수께끼인데요?"

"외삼촌이오. 외삼촌께서 내게 헨리 노리스와, 윌리엄 브레레톤과, 프랜시스 웨스턴과, 토머스 와이엇과 아무런 교제도 하지 말라고 하세요. 안 한다고 말씀드리니까, 헨리를 개인교사들에게서 데려오고 아이들을 내 곁에 데리고 궁정을 떠나라고 하셨어요."

윌리엄은 잠시 생각했다.

"수수께끼는 어디 있어요?"

"외삼촌의 말뜻에요."

"당신 외삼촌은 내겐 언제나 수수께끼일 거예요. 그분이 뭘 뜻하시는지 생각하지 않겠어요. 그분의 조언을 따를 겁니다. 당장 가서 헨리를 데리고 오겠어요."

윌리엄은 고개를 흔들었다.

단 두 걸음에, 그는 다시 왕의 방에 들어갔다. 그는 어떤 한 남자의 팔을 툭 치고는 지금 떠나야 하며, 나흘 안에 돌아오겠으니 혹시 왕이 찾으시면 대신 해명해달라고 당부했다. 그는 내가 있는 복도로 다시 나와 계단 쪽으로 성큼성큼 걸어갔다. 너무 빨리 걸어가 따라잡기 위해서는 뛰어야 했다.

"왜요? 무슨 일이 일어날 것 같은데요?"

너무나도 겁에 질린 채, 내가 물었다.

"모르겠어요. 내가 알고 있는 건 당신 외삼촌께서 우리 아들이 헨리 노리스의 아들과 함께 있으면 안 된다고 한 것뿐이고, 그렇다면 난 헨리를 데려오겠어요. 여기로 데려오면, 우린 모두 로치퍼드로 떠나는 겁니다. 난 두 번 경고 받을 때까지 기다리지 않아요."

뜰과 연결된 커다란 문은 열려 있었고, 윌리엄이 밖으로 뛰어나갔다. 나는 가운자락을 잡아채 올리고 뒤따라 뛰었다. 윌리엄이 마구간 뜰에서 소리를 지르자, 하워드 가의 청년 한 명이 허둥지둥 나와서 윌리엄의 말에 마구를 올리려 뛰어갔다.

"앤 언니의 허락 없이 헨리를 개인교사들에게서 데려올 순 없어요."

내가 급히 말했다.

"그냥 데리고 올게요. 허락은 후에 받으면 돼요—필요하다면 말이죠. 일이 내게는 너무 빨리 돌아가고 있어요. 우리가 당신 아들을 안전하게 데리고 있었으면 해요."

그가 나를 와락 안고서 세게 키스했다.

"자기, 여기에, 이런 모든 일들 한복판에 당신을 두고 가긴 정말 싫어요."

"하지만 무슨 일이 일어날 수 있는 거죠?"

그는 더욱 세게 키스했다.

"누가 알겠어요. 그렇지만 당신 외삼촌께선 가볍게 경고를 하시진 않아요. 내가 우리 아들을 데려오고, 그런 다음 우리 모두는 이 일이 우릴 끌어 처박기 전에 달아나는 거예요."

"달려가서 당신 여행용 망토를 가져올게요."

"마부들 것 하나를 가져갈게요."

윌리엄이 재빨리 마구 방으로 들어가 평범한 퍼스티언 천의 망토를 가지고 나왔다.

"망토를 기다릴 수도 없을 정도로 그렇게 급한 거예요?"

"차라리 지금 가겠어요."

그가 간단하게 대답했다. 그런 완고한 확신이 내 아들의 안전에 대해 전에 없이 나를 두렵게 만들었다.

"돈은 있어요?"

"충분해요."

윌리엄이 씩 웃었다.

"금방 에드워드 시모어 경에게서 금화가 든 지갑을 땄어요. 좋은 목적을 위한 거죠?"

"얼마나 걸릴 것 같아요?"

그는 잠시 생각했다.

"사흘이오, 어쩌면 나흘. 그 이상은 안 걸려요. 쉬지 않고 달릴게요. 나흘 동안 기다려줄 수 있어요?"

"그럼요."

"상황이 더 나빠지면, 그땐 캐서린하고 아기를 데리고 가버려요. 로치퍼드로 헨리를 데려다줄게요, 반드시."

"그래요."

다시 한 번 진하게 키스한 다음 윌리엄은 등자에 발을 디디고 안장으로 뛰어올랐다. 말은 생기가 넘쳐 달리려 했으나, 윌리엄이 고삐를 잡아 걷게 하며 아치통로 아래를 지나고 도로로 나갔다. 나는 손으로 눈을 가리며 그가 떠나는 모습을 지켜보았다. 마구간 뜰의 눈부신 햇살 속에서, 나는 마치 나를 구해줄 수 있는 유일한 남자가 떠나가듯 몸서리쳤다.

제인 시모어는 다시 왕비의 처소에 나타나지 않았고, 햇빛이 찬란한 처소에 묘한 고요함이 내려앉았다. 하녀들은 여전히 방으로 들어와서 일을 하고, 불도 지펴져 있고, 의자들도 가지런히 정리되어 있으며, 탁자 위에는 과일과 물과 포도주가 놓여 있고, 손님을 맞이할 모든 준비가 완벽하게 되어 있었으나, 아무도 오지 않았다.

앤 언니와 나, 내 딸 캐서린과 앤 이모, 그리고 매지 셸턴은 소리가 울리는 커다란 처소에 불안하게 앉아 있었다. 어머니는 한 번도 오지 않았다. 어머니는 우리가 태어난 적도 없다는 듯이 완전히 물러나 있었다. 우리는 한 번도 아버지를 보지 못했다. 외삼촌은 우리를 베네치아제 창유리처럼 건너다보았다.

"나 자신이 유령같이 느껴져."

앤 언니가 말했다. 우리는 강가를 걷고 있었고, 언니는 조지 오빠의 팔에 기대고 있었다. 나는 뒤에서 프랜시스 웨스턴 경과 함께 걷고 있었고, 매지는 내 뒤에 윌리엄 브레레톤 경과 함께 있었다. 나는 불안해서 거의 말도 못 할 지경이었다. 나는 외삼촌이 왜 내게 이 남자들을 지명했는지 몰랐다. 그들이 무슨 비밀을 갖고 왔는지 몰랐다. 음모가 도사리고 있어, 언제라도 덫이 튀어 올라 아무것도 모르는 채 걸려들 것 같은 느낌이었다.

"어떤 심의를 열고 있어. 포도주를 따라주러 들어간 시동에게서 그 정도만 들었어. 크롬웰 대신, 우리 외삼촌, 서퍽 공작, 그 나머지 무리들이 말이야."

조지 오빠가 말했다.

조심스럽게, 오빠와 언니는 눈길을 주고받지 않았다.

"내게 불리하게 할 건 아무것도 없어."

앤 언니가 말했다.

"그렇지, 하지만 혐의를 날조할 수도 있어. 캐서린 왕비에게 불리하게 했던 말들을 생각해봐."

언니가 돌연 오빠에게 달려들었다.

"죽은 아기 때문이야."

언니가 불쑥 말했다.

"그렇지? 그 몹쓸 늙은 조산사가 정신 나간 거짓말로 한 증언 때문이구."

조지 오빠는 고개를 끄덕였다.

"분명 그렇겠지. 달리 다른 게 없잖아."

언니가 홱 돌아서서 궁전 쪽으로 뛰다시피 걸어갔다.

"보여주고 말겠어!"

언니가 소리쳤다.

조지 오빠와 나는 언니를 뒤따라 달려갔다.

"뭘 보여줘?"

"언니! 너무 성급하게 굴지 마!"

내가 소리쳤다.

"난 3개월 동안 내 그림자를 두려워하면서 조그만 생쥐처럼 이 궁전을 살금살금 돌아다녔어! 넌 내게 상냥하게 굴라고 조언했었지. 상냥했었어! 이젠 내 자신을 지킬 거야. 저 인간들은 비밀리에 날 재판하려고 비밀 심리를 열고 있어! 내놓고 말하게 만들 거야! 날 항상 싫어했던 늙은 남자들 무리로 인해 유죄 판결을 받진 않을 거야. 보여주고 말겠어!'

언니가 외쳤다.

언니가 잔디밭을 가로질러 문간으로 해서 궁전으로 뛰어 들어갔다. 조지 오빠와 나는 잠시 얼어붙어 있다가, 다른 일행을 돌아보았다.

"계속 산책하세요."

내가 무턱대고 말했다.

"우린 마마께 가보겠습니다."

조지 오빠가 말했다.

프랜시스 경은 본능적으로 재빨리 조지 오빠에게 손을 뻗어 같이 있자고 붙들었다.

"괜찮아요. 하지만 왕비한테 가보는 게 좋겠어요."

오빠가 그를 안심시켰다.

조지 오빠와 나는 잔디밭을 가로질러 앤 언니를 따라 궁전으로 들어갔다. 언니는 왕의 알현실 밖에 있지 않았고, 문을 지키고 있는 병사도 언니를 안으로 들이지 않았다고 말했다. 허탕을 치고, 언니가 어디로 갔을까 생각하며 기다리고 있는데, 계단을 뛰어오르는 언니의 발소리가 들렸다. 언니는 품에 엘리자베스 공주를 안고 있었다. 육아실에서 낚아채어 데려온 공주는 까르륵대고 웃으면서 앤 언니가 안고 뛰는 동안 깜박이는 불빛을 지켜보고 있었다.

언니는 뛰면서 아이의 조그만 가운의 단추를 풀고 있었다. 언니가 병사에게 고갯짓하자, 병사는 문을 활짝 열어주었다. 그들이 언니가 들이닥쳤다는 것을 알아차리기도 전에, 언니는 알현실에 들어가 있었다.

"뭐로 고발당한 거죠?"

문지방을 반쯤 건너면서 언니가 왕에게 물었다.

어색한 몸짓으로 왕은 상석에서 일어섰다. 앤 언니의 노여움으로 들끓는 암흑 같은 시선이 왕을 빙 둘러싸고 앉아 있는 귀족들을 훑어보았다.

"누가 감히 맞대놓고 나에 대해 불평하는 겁니까?"

"앤."

왕이 입을 열었다.

언니는 그에게 달려들었다.

"당신은 내게 불리하도록 거짓말과 독설로 나를 몰아세웠어요. 난 보다 나은 대접을 받을 권리가 있어요. 난 당신에게 성실한 아내였고, 지금껏 다른 어떤 여자보다 당신을 더 사랑했어요."

언니가 재빠르게 말했다.

왕은 조각된 육중한 의자의 등받이에 기댔다.

"앤……."

"아직 산달 기간을 다 채워서 아들을 낳진 못했지만 그건 내 잘못이 아니에요. 캐서린 그 여자도 그러지 못했잖아요. 당신은 그걸로 그 여자를 마녀라고 불렀었나요?"

해서는 안 되는 그런 단어를 아무렇지도 않게 발설하는 것을 보고 사람들은 쉿 소리를 내며 술렁거렸다. 나는 어느 한 손이 엄지를 검지와 중지 사이에 끼어 넣고 주먹을 쥐는 것을 보았다. 마법을 피하기 위해 십자가 모양을 만드는 것이었다.

"하지만 난 당신에게 공주를 낳아줬어요. 가장 아름다운 공주를요. 당신의 머리칼과 당신의 눈을 가진, 부정할 수 없는 당신의 아이를요. 이 아이가 태어났을 때 당신은 아직은 이르다고, 우린 아들들을 낳을 거라고 했었잖아요. 그때 당신은 자기 그림자를 두려워하지 않았어요, 헨리!"

앤 언니가 소리쳤다.

언니는 어린 여자아이를 반쯤 벌거벗겨놓았었고, 이제는 그에게 보라고 아이를 내밀었다. 아이는 "아빠!"라고 부르며 팔을 뻗었지만 헨리 왕은 뒤로 주춤했다.

"이 아이의 피부는 완벽해요. 몸에 흠 하나 없고, 어디에도 아무 자국도 없어요! 누구도 내게 이 아이가 하느님께 축복받지 못했다고 말하진 못합니다. 이 아이가 이 나라에서 여태껏 가장 위대한 공주가 되지 못한다곤 말하지 못한다구요! 난 당신에게 이런 축복을, 이런 아름다운 아이를 낳아줬어요! 그리고 앞으로 더 낳아줄 거예요! 이 아이를 보고도 이 아이가 자기처럼 튼튼하고 아름다운 남동생을 얻게 될 거란 걸 모르겠어요?"

엘리자베스 공주는 엄한 얼굴들을 두리번거렸다. 아이의 아랫입술이 떨렸다. 앤 언니는 아이를 품에 안았다. 재촉과 도전적 태도로 얼굴이 환히 달아올라 있었다. 헨리 왕은 그들 둘을 쳐다보다가, 아내로부터 고개를 돌리고 어린 딸을 무시했다.

자신을 마주볼 용기가 없다고 앤 언니가 벌컥 화를 낼 줄 알았으나, 왕이 고개를 돌렸을 때 마치 그가 결단을 내렸다는 것을, 그리고 그의 고집스럽고 제멋대로인 어리석음으로 인해 자신이 고통받게 되리란 것을 안다는 듯 돌연 격정이 언니에게서 빠져나갔다.

"맙소사, 헨리, 당신 대체 무슨 짓을 한 거예요?"

언니가 속삭였다.

그는 단지 한 마디만 했다. "노릭!"이라고 말했고, 우리 외삼촌은 탁자 앞자리에서 일어나, 무얼 해야 할지 몰라 문간에서 서성거리고 있는 조지 오빠와 나를 찾아 주위를 둘러보았다.

"누이를 데려가라. 절대 여기 오지 못하게 해야 했어."

외삼촌이 우리에게 말했다.

잠자코 우리는 방 안으로 들어갔다. 나는 어린 엘리자베스를 앤 언니의 품에서 받아 안았고, 아이는 기뻐 소리치며 내 등에 업혀 목에 팔을 감았다. 조지 오빠는 앤 언니의 허리에 한 팔을 두르고 방에서 이끌어냈다.

나가면서 나는 뒤를 돌아보았다. 헨리 왕은 움직이지 않았다. 그는 문이 닫히고 밖으로 내쫓길 때까지 우리 불린 가 사람들과 우리의 어린 공주로부터 얼굴을 돌리고 있었다. 그리고 우리는 여전히 그들이 뭐에 대해 논의하고 있는지도, 무얼 결정했는지도, 또한 다음에는 무슨 일이 일어날지도 몰랐다.

우리는 앤 언니의 처소로 돌아오고, 보모가 와서 엘리자베스를 데려갔다. 나는 우리 아기를 안고 싶은 욕망을 의식하면서, 서운해 하며 아이를 놓아주었다. 윌리엄을 생각하며, 내 아들을 데려오기 위해 그가 얼마만큼 길을 내려갔을까 생각했다. 불길한 예감이 폭풍우처럼 궁전에 감돌고 있었다.

처소 문을 열었을 때, 유연한 형체가 앞으로 튀어나왔다. 앤 언니는 비명을 지르며 뒤로 넘어졌다. 조지 오빠가 단검을 휘두를 자세였고, 거의 찌르려 하다 멈추었다.

"스미턴! 도대체 여기서 무얼 하고 있는 거야?"

오빠가 소리쳤다.

"왕비마마를 뵈러 왔습니다."

청년이 대답했다.

"정말이지, 거의 찌를 뻔했잖아. 초대 없이 여기 머물면 안 돼. 썩 나가라, 이놈. 나가!"

"물어봐야 하는 게…… 말씀드려야 하는 게……."

"나가."

조지 오빠가 말했다.

"제 증인이 되어주시겠어요, 마마?"

조지 오빠가 문 쪽으로 그를 밀어내자, 스미턴이 어깨 너머로 소리쳤다.

"윗분들께서 저를 불러들여서 아주 많은 것들을 물어보셨어요."

"잠깐만."

내가 다급히 말했다.

"뭐에 대한 질문들?"

앤 언니는 창가 벤치에 풀썩 주저앉아 눈길을 돌렸다.

"무슨 상관이야? 모든 사람한테 무엇이든지 물어보겠지."

"제가 마마와 관계한 사이였는지 물어보셨어요, 마마."

청년은 소녀처럼 주홍빛으로 얼굴을 붉히며 말했다.

"혹은 각하와 그런 관계였는지도요."

그가 조지 오빠에게 말했다.

"제가 각하의 가니메데스였었는지 물어보셨어요. 무슨 뜻인지 몰랐는데, 그분들이 가르쳐주셨어요."

"그리고 넌 뭐라 대답했지?"

조지 오빠가 힐문했다.

"아니라고 했어요. 말씀드리고 싶지 않아서……."

"잘했어. 계속 그렇게 입을 다물고 왕비나 나나 내 동생한테 다시는 가까이 오지 마."

"하지만 무서워요."

청년이 말했다. 진정으로 그는 바들바들 떨고 있었고, 눈에는 눈물이 그렁그렁 맺혀 있었다. 그들은 스미턴이 한 번도 들어보지도 못한 악행들에 대해 몇 시간이고 심문했다. 그들은 단련된 노련한 병사들이었고 교회의 거두들이었다. 스미턴이 평생 배워도 모자랄 만큼 그들은 죄악에 대해 더욱 많이 알고 있었다. 그리고 나서 그는 도움을 구하러 우리에게 뛰어왔으나 아무것도 얻지 못했다.

조지 오빠가 그의 팔꿈치를 잡아 문으로 걸려 내보냈다.

"그 둔하고 예쁘장한 머리에 이 말, 잘 박아 넣어."

오빠가 단호하게 말했다.

"넌 결백하고, 그렇게 말했고, 그냥 그대로 벗어날지도 몰라. 하지만 그 사람들이 널 여기서 발견하면, 그들은 네가 우리 사람이고, 우리가 널 매수해서 위증시켰다고 생각할 거야. 그러니까 어서 나가서 그대로 있어. 도움을 청하러 오기엔 이곳이 세상에서 가장 나쁜 곳이야."

오빠는 그를 문으로 내밀었으나, 병사가 오빠에게서 계단으로 끌고 내려가라는 명령을 수행하기 위해 밖에서 기다리고 있는데도 청년은 문틀에 매달렸다.

"그리고 프랜시스 경은 언급하지 마."

오빠가 낮은 목소리로 재빨리 말했다.

"네가 지금껏 보고 들은 아무거나 다 마찬가지야. 알아듣겠어? 아무 말도 하지 마."

청년은 여전히 매달렸다.

"아무 말도 안 했어요! 전 정직했어요. 하지만 다시 물어보시면요? 누가 절 지켜주는 거죠? 누가 제 편이 되어주는 거죠?"

그가 소리쳤다.

조지 오빠가 병사에게 고갯짓하자 그는 청년의 팔뚝을 재빨리 아래로 찍어내듯이 후려쳤다. 청년이 고통으로 날카롭게 외치면서 문을 놓자마자 오빠는 그의 면전에서 문을 쾅 닫았다.

"아무도, 아무도 우리를 지켜주지 않는 것과 마찬가지로."

오빠가 엄숙하게 말했다.

다음날은 5월제였다. 앤 언니는 동틀 녘에, 시녀들이 언니의 창문 아래서 노래를 부르고 처녀들은 껍질을 벗긴 낭창낭창한 버드나무 가지를 들고 줄지어 행진할 때 일어나 있어야 했다. 그러나 아무도 준비하지 않았고, 그래서 지금껏 처음으로, 축제는 일어나지 않았다. 언니는 평소와 같은 시간에 초췌하고 창백한 모습으로 일어나 시녀들의 앞장을 서서 미사를 드리러 가기 전 하루의 첫 한 시간을 기도대에서 무릎을 꿇고 보냈다.

제인은 흰색과 녹색을 입고서 뒤따랐다. 시모어 가 사람들은 꽃을 들여오고 노래를 부르며 5월을 맞이했다. 제인은 베개 밑에 꽃을 두고 잠을 자고, 의심할 여지도 없이, 남편이 될 사람을 꿈꾸었을 것이다. 나는 그녀의 온화하고 상냥한 얼굴을 바라보면서 자신이 하고 있는 게임의 내기가 얼마나 큰지 알고 있을까 생각해보았다. 제인은 나의 굳은 얼굴을 보며 미소로 답했고, 기쁨이 넘치는 5월 아침이 되길 빌어주었다.

우리는 줄 지어 왕의 교회당을 지나갔고, 앤 언니가 지나갈 때 왕은 눈길을 돌렸다. 언니는 무릎을 꿇고 기도하며, 제인만큼이나 독실하게, 단어 하나하나를 읊으며 조심스럽게 따라갔다. 예배가 끝나고 교회를 떠날 때 왕이 특별석에서 나오더니 언니에게 간단히 말했다.

"경기에 참석할 겁니까?"

"네, 물론이죠."

언니가 놀라며 대답했다.

"당신 오라버니가 헨리 노리스를 상대로 시합을 하려고 경기장에 나가 있어요."

왕이 언니를 유심히 지켜보며 말했다.

앤 언니는 어깨를 으쓱했다.

"그래서요?"

"그 마상 창 시합에선 우승자를 고르기 힘들겠군요."

그가 무슨 이야기를 하는지 앤 언니가 알아야 한다는 듯, 그의 말 한 마디 한 마디는 많은 의미를 지녔다.

앤 언니는 왕을 지나 나를 바라보았다. 내가 도와줄지도 모른다는 듯. 나는 눈썹을 치켜 올렸다. 나 역시 몰랐다.

"모든 좋은 누이가 그렇듯이 오라버니께 편들어야겠죠. 그렇지만 헨리 노리스 경도 아주 점잖은 기사죠."

언니가 조심스레 말했다.

"어쩌면 당신은 둘 중 하나를 고르지 못하겠군."

왕이 넌지시 말했다.

언니의 어리둥절한 미소에 측은한 무언가가 있었다.

"그렇죠, 폐하. 제가 누굴 택하길 원하시는데요?"

대번에 그의 얼굴은 어두워졌다.

"당신이 누굴 고를지 내가 지켜보고 확인할 거라는 걸 명심해요."

돌연 심술궂게 말하고, 왕은 돌아섰다. 그는 무척 두드러지게 발을 절었고, 염증을 일으킨 다리는 상처 위에 패드를 대 두터웠다. 앤 언니는 잠자코 그가 가는 모습을 지켜보았다.

오후는 무덥고 우중충했다. 낮은 구름이 궁전 위를 내리누르고 있고, 마상 창 시합장은 더위에 기진맥진해하고 있었다. 나는 순간순간마다 런던으로 난 도로 쪽을 바라보며 윌리엄이 돌아오고 있는지 보고 있는 자신을 발견했다. 이틀 안에는 그가 돌아오리라 기대할 수 없다는 것을 알고 있었지만.

앤 언니는 은색과 흰색을 입고, 봄날의 태평한 처녀같이 5월제를 축하하고 있었던 것처럼 하얗고 가느다란 5월제 가지를 들고 있었다. 기사들은 왕족 관람석 앞에서 원을 그리며 말을 몰고, 팔 밑에 투구를 끼고, 왕과 그 옆에 앉아 있는 왕비와, 왕비 뒤에 있는 시녀들에게 미소를 지으면서 마상 창 시합을 할 준비를 했다.

"내기하겠어요?"

왕이 앤 언니에게 물었다.

왕의 평소와 같은 어조에, 나는 언니가 기꺼이 빙긋 웃는 것을 보았다.

"그럼요!"

"첫 시합에선 누가 가장 좋겠어요?"

교회당에서 물어본 똑같은 질문이었다.

"오라버니를 지지해야겠죠. 우리 불린 가 사람은 함께 뭉쳐야 하니까요."

언니가 웃으며 대답했다.

"노리스에게 내 말을 빌려줬어요. 그가 더 우수하다는 걸 알게 될 겁니다."

왕이 경고했다.

언니는 소리 내어 웃었다.

"그렇다면 징표를 그분께 드리고 돈은 오라버니께 걸겠어요. 그럼 만족하시겠어요, 폐하?"

그는 잠자코 고개를 끄덕였다.

앤 언니는 가운에서 손수건을 꺼내 왕족 특별석 끝 쪽으로 몸을 기울이고 헨리 노리스 경에게 손짓했다. 그는 언니를 향해 말을 몰고 오더니 창을 밑으로 내려 인사했다. 언니가 손수건을 들고 손을 뻗자, 한손으로 옆걸음질 치는 말을 가만히 붙잡으면서 기품 있게, 노리스는 창을 언니의 손 쪽으로 겨누고는 부드럽게 한 번 움직여서 손수건을 들어올렸다. 완벽한 마무리였다. 관람석의 시녀들은 박수를 쳤고 노리스는 빙긋 웃으며 창을 손 사이로 내려 끝에서 손수건을 잡아채 가슴받이 속에 집어넣었다.

모두들 노리스를 지켜보고 있었으나, 나는 왕을 지켜보았다. 왕의 얼굴에서 나는 여태껏 한 번도 보지 못했던 표정을 보았다. 언니가 노리스에게 손수건을 건넬 때 언니를 향한 그의 표정은, 찻잔을 사용한 뒤 그것을 부숴버리려는 남자의 그것이었다. 개에게 진력이 나서 익사시키려 하는 남자. 왕은 언니와 끝낸 것이다. 그 표정에서 나는 그것을 보았다. 내가 모르는 것은 단지 그가 어떻게 언니를 제거할지였다.

괴롭힘 당하는 곰이 포효하듯 불길하게, 천둥소리가 우르르 울려퍼졌다. 왕이 소리쳐서 시합을 시작했다. 우리 오빠가 첫 시합을 이겼고, 노리스가 그 다음을, 그리고 나서 오빠가 세 번째 시합을 이겼다. 오빠는 말을 다시 라인으로 몰고 가 다음 도전자가 자리를 잡게 했고, 앤 언니는 일어서서 오빠에게 박수를 쳤다.

왕은 가만히 앉아서 앤 언니를 지켜보았다. 오후의 열기로 인해 그의 다리는 악취를 풍기기 시작했지만 자신은 알아채지 못했다. 그는 음료와 철 이른 딸기를 권유받았다. 그는 먹고 마셨다. 포도주도 조금 마시고 케이크도 먹었다. 시합은 계속되었다. 앤 언니는 고개를 돌리고 왕에게 빙긋 웃고, 말을 걸기도 했다. 왕은 자신이 마치 언니의 심판관인 듯, 마치 오늘이 심판의 날인 듯 옆에 앉아 있었다.

시합이 끝났을 때 앤 언니는 일어서서 상품을 수여했다. 나는 누가 이겼는지조차 보지 못했다. 언니가 상품을 주고 조그만 손을 내밀어 입맞게 할 때, 나는 왕을 지켜보고 있었다. 왕은 힘겹게 몸을 일으키고는 관람석 뒤쪽으로 갔다. 나는 그가 떠나는 헨리 노리스 경을 가리키며 손짓해 부르는 것을 보았다. 갑옷을 벗었지만 여전히 말 위에 올라탄 채 땀을 흘리고 있던 노리스가, 돌아서서 말을 빙 몰고 관람석 뒤쪽으로 왕을 만나러 갔다.

"폐하께서 어디 가시는 거지?"

앤 언니가 주위를 둘러보며 물었다.

윌리엄의 말을 보기를 갈망하며, 나는 런던 도로 쪽을 힐금 보았다. 그러나 그곳 도로 위에는 왕의 깃발이 있었고, 말 위에 올라탄 틀림없는 왕의 거구가 있었다. 노리스와 조그만 호위대가 그 옆에 있었다. 그들은 재빨리 서쪽으로 런던을 향해 가고 있었다.

"어딜 저리 서둘러 가시는 거지? 떠나신다고 말씀하셨나?"

앤 언니가 불안하게 물었다.

제인 파커가 앞으로 나왔다.

"모르셨습니까? 크롬웰 대신께서 그 마크 스미턴이란 청년을 어제 밤새도록 자택에 잡아두시고 이제 런던탑으로 데려갔답니다. 사람을 보내 폐하께 그리 말씀드렸답니다. 어쩌면 폐하께선 그 청년이 뭐라 자백했는지 알아보려 런던탑으로 가시는지도? 하지만 왜 헨리 노리스 경을 데려가셔야 하는 거죠?"

그녀가 밝게 물었다.

* * *

조지 오빠와 나는 앤 언니의 처소에서 숨어 있는 죄수들처럼 언니와 함께 있었다. 우리는 잠자코 앉아 있었다. 완전히 포위된 느낌이었다.

"동이 트자마자 떠날 거야."

내가 앤 언니에게 말했다.

"미안해, 언니. 캐서린을 데려가야 해."

"윌리엄은 어디 있어?"

조지 오빠가 물었다.

"개인교사들에게서 헨리를 데려오러 갔어."

그 말에 앤 언니의 고개가 들렸다.

"헨리는 내 피후견인이야. 내 허락 없이 그 애를 데려갈 순 없어."

언니가 내게 상기시켰다.

이번만큼은 언니에게 맞서지 않았다.

"정말이지 제발, 언니, 내가 그 애를 안전하게 지키게 해줘. 언니랑 내가 지금 누가 뭘 주장할 수 있는지 다툴 때가 아니야. 안전하게 지킬 거고, 엘리자베스도 지킬 수 있으면 그 애도 보호할게."

심지어 지금 이 상황에서도 나와 겨룰 듯이 언니는 잠시 꾸물거렸지만, 그러다가 고개를 끄덕였다.

"카드놀이 할까? 잠이 안 와. 밤새도록 놀까?"

언니가 가볍게 물었다.

"좋아, 잠깐 가서 캐서린이 자고 있는지 확인할 수 있게만 해줘."

나는 딸아이를 찾아갔다. 캐서린은 다른 시녀들과 함께 만찬에 참석했고, 대회당이 소문으로 웅성거린다고 내게 말해주었다. 왕의 왕좌는 비어 있었다. 크롬웰도 역시 없었다. 스미턴이 왜 체포되었는지 아무도 알지 못했다. 왕이 왜 노리스와 함께 떠나가 버렸는지 아무도 알지 못했다. 만일 특별한 영예를 뜻하는 것이었다면, 오늘밤에 그들은 어디 있는 것일까? 이런 특별한 5월제 밤에 그들은 어디서 식사를 하는 것일까?

"걱정하지 마라. 몇몇 물건이랑, 깨끗한 시프트랑, 깨끗한 스타킹

몇 짝을 가방에 꾸리고, 내일 떠날 준비를 해."

내가 강요하듯 말했다.

"위험에 처한 거예요?"

캐서린은 놀라지 않았다. 이제 캐서린은 궁정의 아이가 되어 있었다. 두 번 다시는 시골에서 갓 올라온 소녀가 될 수 없을 것이다.

"모르겠다. 그리고 하루종일 말 타고 갈 수 있도록 기운내야 하니까 지금 자야 한다. 약속할 수 있지?"

캐서린은 고개를 끄덕였다. 나는 아이를 내 침대에 눕히고 평소에는 윌리엄이 베는 베개에 머리를 두게 했다. 내일은 윌리엄과 헨리가 도착하고, 우리 모두는 함께 사과나무가 도로에 낮게 몸을 숙이고 있고, 조그만 농장이 햇빛 속에 안락하게 자리 잡고 있는 곳으로 갈 수 있기를 하느님께 기도했다. 나는 캐서린에게 잘 자라고 입맞춰주고 시동을 우리 하숙집으로 보내 유모에게 동틀 녘에 떠날 준비를 하도록 주의시켰다.

나는 다시 슬그머니 왕비의 처소로 돌아왔다. 앤 언니는 조지 오빠를 곁에 두고 난로 앞에 몸을 웅크리고 있었다. 창문은 열려 있고 바람도 불지 않는 무더운 밤은 커튼조차 살며시 흔들지 못했음에도 둘다 으슬으슬한 듯 난로 앞 깔개에 앉아 있었다.

"불린 가 사람들."

조용히 문을 지나오며 내가 말했다.

조지 오빠가 돌아보더니 팔을 뻗어 나를 아래로 끌어당겨 옆에 앉게 하고는 우리를 둘 다 끌어안았다.

"분명 우린 이 고비를 잘 넘길 거야. 분명 우린 일어나서 모두를 물리치게 될 거고, 내년 이맘때쯤이면 앤은 요람에 아들이 있고 난 가터 훈작 기사가 돼 있을 거야."

오빠가 다짐하듯 말했다.

우리는 교구 직원을 두려워하는 방랑자들처럼 함께 몸을 웅크리고 꼭 달라붙어서 밤을 보냈다. 창문이 점점 밝아지기 시작했을 때 나는 조용히 계단을 내려 마구간 뜰로 가서 마부들이 자는 곳 창문을 향해 돌멩이를 위로 던졌다. 첫 번째 머리를 내민 청년이 내 말을 마구간에서 끌어내고 마구를 준비했다. 그러나 캐서린의 사냥말을 뜰로 데리고 나왔을 때 청년이 멈춰서더니 고개를 저었다.

"편자를 빠뜨렸어요."

"뭐라구요?"

"대장장이한테 데려가야겠어요."

"지금 갈 수 있어요?"

"대장간이 아직 안 열렸을 겁니다."

"열라고 하세요!"

"부인, 노(爐)는 싸늘할 거예요. 대장장이가 일어나서 불을 지피고 노를 달군 다음에야 편자를 박을 수 있어요."

조바심이 나서 나는 욕을 하고는 그에게서 돌아섰다.

"다른 말을 가져가실 수 있어요."

청년이 하품을 하며 제안했다.

나는 고개를 흔들었다. 장거리 여행이었고 캐서린은 새 말을 다룰 만큼 솜씨 좋은 기수가 아니었다.

"아뇨, 편자를 박을 때까지 기다려야 되겠네요. 대장장이한테 말을 데려가서 깨우고 편자를 박게 해요. 그런 다음에 날 찾아와요, 내가 어디 있든 말이에요. 그리고 준비됐다고 몰래 전해줘요. 성에 있는 다른 사람들한테 말하지 말구요."

나를 내려다보고 있는 궁전의 어둑어둑한 창문들을 불안하게 힐금 쳐다보았다.

"세상 모든 바보들이 내가 나간다는 걸 아는 건 원치 않아요."

그는 앞머리를 잡아당기며 한손으로 허공을 오목하게 받쳤다. 나는 가운 주머니에서 동전을 꺼내 때 묻은 손바닥 위에 슬쩍 내려놓았다.

"하나 더 있어요. 제대로 한다면 말이죠."

나는 궁전으로 돌아갔다. 무슨 일을 하고 있기에 동틀 녘에 어슬렁 어슬렁 나갔다가 다시 들어오는지 궁금해 하며, 문 앞의 보초가 내게 졸음이 묻은 눈썹을 치켜 올렸다. 나는 그가 누군가에게 보고하리란 것을 알고 있었다. 크롬웰 대신이나, 어쩌면 외삼촌, 어쩌면 이제 굉장히 지위가 높아져서 분명 대신 감시해줄 남자들이 있을 존 시모어 경에게.

나는 계단에서 머뭇거렸다. 내 커다란 침대에서 달콤하게 자고 있을 캐서린을 가서 보고 싶었다. 그러나 왕비의 처소 문 밑에는 촛불이 희미했고, 밤새도록 잠을 못 이룬 두 사람과 함께 있어야 한다고 일깨워 주었다. 보초가 한쪽으로 물러나자, 나는 문을 열고 안으로 슬쩍 들어갔다.

그들은 여전히 잠을 못 이루고 있었다. 벽난로 불빛 속에서 뺨과 뺨을 맞대고, 우리에서 구구 우는 비둘기 한 쌍처럼 서로를 달래는 듯이 속삭이고 있었다. 내가 방에 들어서자 둘이 함께 고개를 돌렸다.

"안 갔어?"

앤 언니가 물었다.

"캐서린의 말에 편자가 빠져 있어. 갈 수가 없었어."

"언제 떠날 거야?"

조지 오빠가 물었다.

"편자를 박자마자. 마구간 청년에게 말을 대장장이한테 데려가고 달릴 수 있을 만하면 곧장 말해달라고 돈을 줬어."

나는 방을 가로질러 벽난로 앞 깔개에 함께 앉았다. 우리 셋은 얼굴을 난로로 향하고 불길을 바라보았다.

"이렇게 여기서 계속 함께 있었으면 좋겠다. 영원히."

앤 언니가 꿈꾸듯 말했다.

"그래? 난 오늘이 내 인생에서 최악의 밤이라고 생각하고 있었어. 아예 시작하지도 않았고, 곧 깨어나면 모든 게 다 꿈이었기를 바라고 있었어."

내가 놀라며 말했다.

조지 오빠의 미소는 어두웠다.

"그건 네가 내일을 두려워하지 않기 때문이야. 우리만큼 내일을 두려워했더라면, 너도 이 밤이 영원히 계속되기를 바랐을 거야."

* * *

아무리 바랐을지라도 날은 점점 밝아오고, 대회당에서 하인들이 움직이기 시작하고 하녀가 왕비의 침실에 불을 지피려고 불쏘시개를 채운 들통을 들고 절걱절걱 계단을 오르고, 뒤따라서 또 다른 하녀가 탁자를 쓸 솔과 천을 가지고 또 다른 새로운 날을 시작하기 위해 오는 소리를 들었다.

앤 언니는 깔개에서 일어났다. 얼굴은 창백하고 뺨은 마치 재의 수요일에 교회에서 애도라도 한 듯 재가 묻어 있었다.

"목욕해. 무척 이르잖아. 목간통을 가져오라고 해서 뜨거운 물에 목욕하고 머리도 씻어. 하고 나면 훨씬 기분이 나아질 거야."

조지 오빠가 기운을 북돋아주려는 듯이 언니에게 말했다.

그런 진부한 제안에 언니가 싱긋 웃더니 고개를 끄덕였다.

조지 오빠는 몸을 앞으로 기울여 언니에게 입맞추었다.

"아침 기도 때 보자."

오빠는 말하고, 방을 나섰다.

우리가 자유로운 오빠의 모습을 본 마지막이었다.

조지 오빠는 아침 기도에 참석하지 않았다. 목욕한 후 혈색이 좋고 보다 자신감이 생긴 앤 언니와 나는 오빠를 찾아보았지만, 오빠는 그곳에 없었다. 프랜시스 경도 오빠가 어디 있는지 몰랐고, 윌리엄 브레레톤 경도 마찬가지였다. 헨리 노리스 경은 여전히 런던에서 돌아오지 않았다. 마크 스미턴에게 어떤 죄명이 씌워졌는지에 대한 아무런 소식도 없었다. 두려움의 무게가 다시 우리에게로 내려앉았다. 궁전의 지붕 위에 머물러 있는 구름이 불룩하게 드리워진 것처럼.

나는 우리 아기의 유모에게 곧 도착할 테니 기다리라고, 한 시간 안에 떠날 거라고 전갈을 보냈다.

테니스 시합이 있었고, 앤 언니는 상으로 금화가 달린 금줄을 주겠다고 약속했었다. 언니는 코트로 가서 차일 밑에 앉았다. 완전히 무희처럼 훈련받은 듯이 언니의 머리는 왼쪽 오른쪽으로 움직이며 공을 따라갔으나, 두 눈은 아무것도 보지 못했다.

나는 언니 뒤에 서서 마구간 청년이 와서 말이 준비되었다고 말해 주기를 기다리고 있었고, 캐서린은 내 옆에서, 어서 달려가 승마용 가운으로 갈아입으라는 내 한마디만 기다리고 있었다. 그때, 내 뒤에서 왕실 구내 문이 열리더니 두 보초병이 장교 한 명과 함께 들어왔다. 그들을 본 순간 심각하고 끔찍한 무언가가 벌어지는 느낌을 받았다. 말을 하려고 입을 열었지만 아무 말도 나오지 않았다. 아무 말 못 하고, 나는 언니의 어깨를 만졌다. 언니는 고개를 돌려 나를 올려다보다가, 나를 너머 남자들의 굳은 얼굴을 보았다.

그들은 그리했어야 함에도 허리를 굽혀 절하지 않았다. 바로 그것이 우리의 두려움을 확신케 했다. 그것과, 돌연 궁정 위로 낮게 날면서 상처 입은 소녀처럼 날카롭게 소리 지르는 갈매기의 비명소리가.

"추밀원이 마마께서 참석하실 것을 명령합니다."

장교가 간단하게 말했다.

앤 언니는 "아." 하고 자리에서 일어났다. 언니는 캐서린을 보고, 나를 바라보았다. 언니는 모든 시녀들을 둘러보았고, 돌연 그들은 이곳저곳을 쳐다봤으나 언니만은 보지 않았다. 그들은 테니스에 상당히 홀려 있었다. 앤 언니의 수법을 배워, 머리는 왼쪽 오른쪽으로 움직였으나, 그동안 눈은 아무것도 보지 않고 귀를 쫑긋 세워 언니가 함께 가자고 명할까 봐 심장은 두근거리고 있었다.

"동행자가 필요해요."

앤 언니가 단호하게 말했다. 어린 암여우들 중 단 한 명도 돌아보지 않았다.

"시녀 한 명은 나와 함께 가야 해요."

언니의 눈길이 캐서린에게 떨어졌다.

"안 돼."

언니가 무얼 할지 보고, 내가 불쑥 말했다.

"안 돼, 언니. 안 돼. 제발 부탁이야."

"동행자를 데려가도 될까요?"

앤 언니가 장교에게 물었다.

"예, 마마."

"내 시녀, 캐서린을 데리고 가겠어요."

언니가 간단하게 말하고 나서 병사가 열어주는 문을 통해 조용히 나갔다. 캐서린은 어리벙벙한 표정으로 나를 한번 힐금 보더니 왕비 뒤에서 발을 맞춰 갔다.

"캐서린!"

내가 날카롭게 소리쳤다.

캐서린은 나를 돌아보았다. 저 불쌍한 어린 소녀는 무얼 해야 할지 몰랐다.

"따라오렴."

앤 언니가 죽은 듯이 고요한 목소리로 말하자, 캐서린은 내게 작게 웃어보였다.

"기운 내세요."

캐서린이 불쑥, 묘하게 말했다. 마치 연극에서 맡은 역할을 연기하듯. 그리고 나서 캐서린은 몸을 돌려 공주처럼 침착하게 왕비를 뒤따라갔다.

나는 너무나도 정신이 멍해서 아무것도 하지 못하고 그저 떠나는 그들을 지켜볼 뿐이었다. 그러나 그들이 시야에서 사라지마자 나는 치마를 들고 궁전을 향해 길을 달려올라 조지 오빠나, 아버지나, 누구든지 앤 언니를 도와주고, 캐서린을 언니에게서 데려와 내게 안전하게 돌려주어 로치퍼드로 길을 떠나게 해줄지도 모르는 사람을 찾으러 갔다.

나는 복도로 뛰어 들어갔다. 어떤 한 남자가 계단으로 향하는 나를 붙잡았다. 나는 그를 밀어내다가, 내가 온 세상에서 원하는 단 한 남자라는 것을 깨달았다.

"윌리엄!"

"사랑, 내 사랑. 아는 거예요, 그럼?"

"맙소사, 윌리엄. 그들이 캐서린을 붙잡아갔어요! 우리 딸을 붙잡아갔다구요!"

"캐서린을 체포했다구요? 무슨 혐의로요?"

"그게 아니구요! 언니랑 함께 있어요. 시녀로서요. 언니는 추밀원으로 출두 명령을 받았구요."

"런던으로요?"

"아뇨, 여기서요."

윌리엄은 즉시 나를 놓아주고, 짧게 욕을 내뱉더니, 대여섯 걸음으로 빙 원을 그리며 걷다가 다시 내게 돌아와서 내 손을 잡아 올렸다.

"그럼 그냥 여기서 기다리는 수밖에 없겠어요. 캐서린이 나올 때까지 말이에요."

그는 내 얼굴을 찬찬히 훑어보았다.

"그런 표정 짓지 말아요. 캐서린은 어린 소녀예요. 그 사람들은 왕비마마를 심문하는 거지, 캐서린한테 그러는 게 아니잖아요. 캐서린한테는 말조차 걸지 않을 거예요. 그리고 만약 건다 해도, 캐서린은 숨길 게 아무것도 없어요."

나는 떨리는 숨을 들이마시고 고개를 끄덕였다.

"그래요. 캐서린은 숨길 게 아무것도 없죠. 상식 밖의 일은 아무것도 본 적 없으니까. 그냥 단지 질문만 하겠죠. 캐서린은 귀족 계급이에요. 더 나쁜 짓거리는 하지 않을 거예요. 헨리는 어디 있어요?"

"안전해요. 유모랑 아기랑 같이 하숙집에 두고 왔어요. 난 당신이 오빠 때문에 서두르는 줄 알았어요."

"오빠는 왜요?"

내가 불쑥 물었다. 심장이 다시 쿵쾅쿵쾅 뛰었다.

"조지 오빠는 왜요?"

"체포되었어요."

"언니랑 같이 말예요? 추밀원에 진술하려요?"

윌리엄의 얼굴은 어두웠다.

"아뇨, 런던탑으로 붙잡아갔어요. 헨리 노리스 경은 이미 거기 있어요. 폐하께서 어제 직접 헨리 경과 함께 런던탑으로 가셨어요. 그리고 마크 스미턴도—그 가수 기억해요?—그 사람도 거기 있어요."

입술이 너무도 무감각해져서 어떤 말도 발음할 수가 없었다.

"하지만 혐의가 뭐죠? 그리고 왕비는 왜 여기서 심문하는 거죠?"

윌리엄은 고개를 저었다.

"아무도 모르죠."

우리는 정오까지 다음 소식을 기다렸다. 나는 추밀원이 왕비를 심문하고 있는 회의실 밖 복도에서 서성거리고 있었으나, 문 앞에서 엿들을까 봐 대기실에는 들어가지 못하게 했다.

"듣고 싶은 게 아니에요. 단지 우리 딸을 보고 싶은 것뿐이에요."

나는 보초병에게 설명했다. 그는 고개를 끄덕이고 아무 말도 안 하며 문간에서 물러나라고 몸짓했다.

정오가 조금 지난 뒤, 문이 열리더니 시동 한 명이 슬쩍 나와 보초병에게 속삭였다.

"가셔야 합니다."

보초병이 내게 말했다.

"길을 트라고 명령받았습니다."

"뭣 때문에요?"

내가 물었다.

"가셔야 합니다."

그가 고집스럽게 대답했다. 그가 계단 아래로 대회당을 향해 소리치자, 대답하는 소리가 울려 퍼지면서 올라왔다. 그들은 나를 부드럽게 한쪽으로 밀어내, 추밀원 문으로부터, 계단으로부터, 복도로부터, 정원 문으로부터, 그리고는 정원 자체로부터 쫓아냈다. 가는 길에 마주친 다른 신하들도 모두 한쪽으로 밀려났다. 우리는 모두 명령받은 대로 떠나갔다. 마치 이 순간 전에는 왕이 얼마나 힘이 있는지 우리는 인식하지 못했던 것 같았다.

나는 그들이 추밀원 회의실에서부터 강 계단까지 길을 텄음을 깨달았다. 나는 서민들이 궁전에 왔을 때 상륙하는 선착장 부교로 달려갔다. 서민들의 선착장 부교에는 보초병이 없었다. 맨 끝에 서서 눈을 부릅뜨고 그리니치 궁전의 계단 쪽을 주시하는 나를 막을 사람은 없었다.

똑똑히 보았다. 앤 언니는 테니스 시합을 구경하기 위해 입었던 파란색 가운을 입고 있고, 캐서린은 노란색 가운을 입고 한 걸음 뒤에 있었다. 망토를 갖고 있어 안심이었다. 강 위에서 추울지도 모르니까. 그러다가, 그들이 캐서린을 어디로 데려가는지도 모르는데 감기 걸릴까 봐 걱정하는 어리석음에 나는 고개를 저었다. 나는 지켜보는 것으로 캐서린을 지킬 수 있다는 듯 그들을 골똘히 지켜보았다. 그들은 왕비의 배가 아닌 왕의 바지선에 올라탔다. 뱃사공들을 위한 북소리는 사형 집행인이 도끼를 들어올릴 때 울리는 북소리처럼 불길하고 음울하게 들렸다.

"어디 가는 거야?"

더 이상 두려움을 억누르지 못하고, 나는 될 수 있는 대로 크게 소리쳤다.

앤 언니는 내 목소리를 듣지 못했지만, 캐서린의 하얀 얼굴이 내 목소리를 따라 돌아보고, 나를 찾아 궁전 정원 온 곳을 둘러보는 모습을 보았다.

"여기야! 여기!"

나는 더욱 크게 소리치며 손을 흔들었다. 캐서린이 내 쪽을 보고 아주 작은 몸짓으로 손을 들어올리더니 앤 언니를 뒤따라 왕의 바지선을 탔다.

그들을 배에 태우자마자 병사들은 한 번의 부드러운 동작으로 배를 기슭에서 밀어냈다. 배가 기울어 둘 다 자리에 앉게 만들었고, 바로 그 순간 나는 캐서린의 모습을 놓쳤다. 그러다가 나는 다시 아이를 보았다. 캐서린은 앤 언니 옆 조그만 의자에 앉아서, 강물을 건너 나를 내다보고 있었다. 노잡이들은 바지선을 강의 중앙으로 몰아가고, 밀물에 의해 쉽게 노를 저었다.

나는 다시 소리치려 하지 않았다. 노잡이의 북소리가 내 목소리를 삼키리란 것을 알고 있었고, 어머니가 소리치는 것을 듣고 캐서린이 겁먹게 하고 싶진 않았다. 나는 가만히 서서 캐서린에게 손을 들어올렸다. 그리하여 자신이 어디 있는지, 어디로 가는지 내가 알고 있고, 될 수 있는 대로 빨리 데리러 가겠다는 것을 아이가 볼 수 있도록.

윌리엄이 내 뒤에 다가와서 그 역시 우리의 딸에게 손을 들어올리는 것을 느꼈지만 돌아보지는 않았다.

"저들이 어디로 데려가는 것 같아요?"

나만큼이나 답을 잘 모르겠다는 듯이 그가 물었다.

"어딘지 알잖아요. 왜 나한테 물어요? 우리가 상상할 수 있는 가장 나쁜 곳이겠죠. 런던탑이오."

내가 대답했다.

윌리엄과 나는 지체하지 않았다. 우리는 곧장 우리 방으로 가서 가방에 옷 몇 벌을 던져 넣은 다음 마구간으로 서둘러 갔다. 헨리가 말들을 데리고 기다리고 있었다. 아이는 나에게 재빨리 안기며 웃었고, 그런 다음 윌리엄이 나를 안장 위로 던져 올려주고는 자기 말에 올랐다. 우리는 새로 편자를 박은 캐서린의 말도 끌고 갔다. 헨리가 자기 사냥말 옆에 그 말을 이끌고 가는 동안 윌리엄은 유모의 등이 넓은 콥종 말을 이끌었다. 유모는 우리를 기다리고 있었다. 우리는 그녀를 안장에 올리고 아기를 그녀의 가슴에 안전하게 끈으로 묶고 나서, 우리가 어딜 가는지 혹은 얼마나 오래 떠나 있을지 아무에게도 말해주지 않고 조용히 궁전을 나서 런던을 향해 길을 올라갔다.

윌리엄이 미노리스 너머 강가로부터 벗어난 곳에 방을 잡았다. 앤 언니와 우리 딸이 투옥되어 있는 보상 탑을 볼 수 있었다. 오빠와 다른 남자들도 가까운 어딘가에 있었다. 앤 언니가 대관식 전날 밤을 보냈었던 탑이었다. 그때 입었던 거대한 가운과 절대 사랑받는 왕비가 되지 못하리라 경고했던 런던 시내의 침묵을 지금도 기억하는지 궁금했다.

윌리엄은 집주인 여자에게 저녁식사를 만들어달라고 주문하고 소식을 얻으러 밖으로 나갔다. 그는 식사 때에 맞춰 돌아왔고, 여자가 음식을 나르고 방에서 나갔을 때 알고 있는 것들을 내게 얘기해주었다. 런던탑 주위의 여관들은 모두 왕비가 체포되었다는 소식으로 웅성거렸고, 소문에 의하면 왕비의 혐의는 간통과 마법이었고, 그 밖에 또 뭐가 있는지는 아무도 몰랐다.

나는 고개를 끄덕였다. 이것으로 앤 언니의 운명은 정해졌다. 헨리 왕은 소문의 힘과, 폭도의 목소리를 이용해 결혼을 무효로 하고 새 왕비를 얻을 길을 포장하고 있었다. 벌써 선술집들에서는 왕이 다시 사랑에 빠졌고, 이번에는 아름답고 순수한 여자, 월트셔에서 온 여자—그녀에게 하느님의 축복이 있길—이며, 앤 언니가 지나치게 프랑스 영향을 받았던 것만큼이나 그녀는 독실하고 상냥하다는 말이 오가고 있었다. 어딘가에서 누군가는 제인 시모어가 메리 공주의 친구라는 확신을 그러모아 놓고 있었다. 그녀는 캐서린 왕비를 잘 모셨다. 그녀는 옛날식으로 기도했다. 논쟁적인 책들도 읽지 않았고 더 잘 아는 남자들과 논쟁하지도 않았다. 그녀의 가족은 탐욕스런 고관대작들이 아닌 정직하고 고결한 사람들이었다. 그리고 생산력 있는 집안이었다. 캐서린 왕비와 앤 언니는 둘 다 실패했지만 제인 시모어는 아들들을 낳으리란 것에는 의심의 여지가 있을 수 없었다.

"오빠는요?"

윌리엄은 고개를 저었다.

"아무 소식도 없어요."

나는 눈을 감았다. 조지 오빠가 원하는 대로 자유로이 오갈 수 없는 세상은 상상도 할 수 없었다. 누가 조지 오빠를 고발할 수 있겠는가? 누가 그리도 마음씨 곱고 무기력한 오빠를 어떤 것으로 비난할 수 있겠는가?

"누가 언니를 시중들고 있죠?"

"당신 고모와 매지 셸턴의 어머니와 다른 시녀 두 명이오."

나는 얼굴을 찡그렸다.

"다 언니가 좋아하거나 믿는 사람은 아니잖아요. 하지만 적어도 이제는 캐서린을 놓아줄 수 있겠죠. 혼자가 아니니까."

"편지를 써보는 게 어떨까 했어요. 개봉된 편지는 받을 수 있대요. 런던탑 무관장인 윌리엄 킹스턴에게 가지고 가서 언니께 드리라고 부탁해볼게요."

나는 좁다란 계단을 내려가 하숙집 주인에게 종이 한 장과 펜을 달라고 부탁했다. 그녀는 자기 책상을 쓰게 해주고 마지막 빛(석양)을 받으려 창가로 다가앉자 내게 초를 밝혀주었다.

언니에게,

이제 다른 시녀들의 시중을 받고 있다는 걸 알고 있으니까 제발 캐서린을 놓아줘. 캐서린이 내 곁에 필요해.

이제 캐서린을 가도록 해달라고 제발 부탁할게.

메리.

나는 촛농을 좀 떨어뜨려 불린 가의 "B"를 보이려고 촛농 덩이에 봉인 반지를 눌렀다. 하지만 편지는 개봉된 상태로 둔 채 윌리엄에게 건넸다.

"잘했어요. 곧장 가져갈게요. 아무도 당신이 말한 것 외의 다른 무언가를 뜻한다고 생각하진 못할 거예요. 난 대답을 기다릴게요. 어쩌면 캐서린을 함께 데려와서 우린 내일 로치퍼드로 떠나는 거예요."

그가 재빨리 읽어보고는 말했다.

나는 고개를 끄덕였다.

"기다릴게요."

헨리와 나는 조그만 난로 앞에서 나무스툴 두 개 위에 얹은 흔들흔들하는 탁자에서 카드놀이를 했다. 우리는 파싱(영국의 옛 화폐-페니의 1/4)을 걸고 놀았고, 나는 헨리의 용돈을 다 따내고 있었다. 그러다가 나는 헨리가 다시 조금 따낼 수 있게 속임수를 쓰다 잘못 판단하고 정말로 다 잃고 말았다. 여전히 윌리엄은 돌아오지 않았다.

자정에 그가 돌아왔다.

"너무 오래 기다리게 해서 미안해요."

그가 내 창백한 얼굴에 대고 말했다.

"같이 오지 못했어요."

나는 끙하고 작게 신음했다. 윌리엄이 대번에 손을 뻗어 나를 가까이 끌어당겼다.

"캐서린을 봤어요. 그래서 이렇게 오래 걸렸던 거예요. 당신은 내가 캐서린을 보고 잘 있는지 확인하길 바랄 거라 생각했어요."

"괴로워하던가요?"

"매우 침착했어요. 내일 이맘때쯤 당신이 직접 가서 만나볼 수 있어요. 왕비가 석방될 때까지 매일매일요."

그가 미소 지으며 말했다.

"하지만 떠나오진 못해요?"

"왕비가 캐서린을 데리고 있고 싶어하고, 무관장은 왕비가 사리에 맞게 원하면 무엇이든지 주라는 지시를 받고 있어요."

"아무러면……."

"뭐든 다 해봤어요. 하지만 시중드는 사람들을 두는 건 왕비의 권리고, 캐서린은 왕비가 실제로 요구한 단 한 사람이에요. 다른 사람들은 다소 강요돼서 있는 거구요. 그 중 한 명이 무관장 본인의 아내인데, 왕비가 말하는 모든 걸 염탐하려고 그곳에 있는 거예요."

"캐서린은 어떻구요?"

"자랑스러워할 거예요. 당신에게 안부를 전했고, 계속 머무르면서 왕비를 시중들고 싶다고 말했어요. 마마가 편찮으시고 몸이 허약해서 울고 계신다고 도와줄 수 있을 동안 함께 있고 싶다고 했어요."

사랑과 자랑스러운 마음 반, 조바심 반으로, 나는 숨을 조금 들이마셨다.

"그 애는 어린 소녀예요. 아예 거기 있어서도 안 된다구요!"

"캐서린은 젊은 여자예요. 젊은 여자가 그래야 하듯 자기 임무를 하고 있는 거라구요. 그리고 캐서린은 아무 위험에도 처해 있지 않아요. 아무도 그 애에게 어떤 것도 물어보지 않을 거예요. 마마의 동행자로서 탑에 있다는 걸 모두들 분명하게 알고 있어요. 그것 때문에 캐서린에게 해가 가진 않을 거예요."

"언니는 기소되는 건가요?"

윌리엄은 헨리 쪽을 힐금 돌아보다가 아이도 알 만큼 컸다고 결정했다.

"언니께선 간통죄로 기소될 것 같아요. 간통이 뭔지 아니, 헨리?"

잠시 아이가 얼굴을 붉혔다.

"예, 각하. 성경에 나와 있잖아요."

"네 이모에게 불리한 거짓 혐의라고 생각한다. 하지만 추밀원이 네 이모에 불리하게 제기하기로 선택한 혐의야."

윌리엄이 차분하게 말했다.

마침내 나는 이해하기 시작했다.

"체포된 다른 사람들도요? 언니랑 같이 기소된 거예요?"

윌리엄은 입술을 꽉 맞붙인 채 고개를 끄덕였다.

"그래요. 헨리 노리스 경과 마크 스미턴이 언니 분과 함께 기소될 거예요. 연인들이었다구요."

"그건 터무니없는 소리예요."

윌리엄은 고개를 끄덕였다.

"오빠는 심문받으러 잡혀간 거구요?"

"그래요."

그의 어조에 어린 무언가가 나에게 경고하고 있었다.

"고문대에 놓는 건 아니죠? 아프게 하는 건 아니죠?"

내가 물었다.

"설마, 아니에요. 오빠께서 신사 계급이란 걸 잊지 않을 거예요. 언니 분과 다른 사람들을 심문할 동안 런던탑에 가둬둘 거예요."

"하지만 뭐로 오빠를 기소하는 거죠?"

윌리엄은 머뭇거리며 우리 아들을 힐끔 쳐다보았다.

"다른 남자들과 함께 기소된 거예요."

잠시 나는 그를 이해하지 못했다. 그러다가 나는 그 단어를 말했다.

"간통이오?"

그는 고개를 끄덕였다.

나는 침묵했다. 처음으로 든 생각은 소리치며 부정하는 것이었다. 그러나 또 한편으로는 언니가 아들을 절대적으로 필요로 했고, 왕은 건강한 아기를 주지 못한다고 확신했던 것을 기억했다. 조지 오빠에게 뒤로 기내며 무엇이 죄고 무엇이 아닌지 결정하는 데 교회를 신뢰할 수 없다고 오빠에게 말한 것을 기억했다. 그리고 오빠는 언니에게 아침식사 전에도 열 번은 파문당했을 수도 있다고 말했었고— 언니는 웃었었다. 앤 언니가 필사적인 몸부림으로 무엇을 했는지 나는 몰랐다. 조지 오빠가 무모함으로 감히 무엇을 했는지 나는 몰랐다. 전에도 그랬듯이 나는 둘에게서 생각을 돌렸다.

"우린 어떡하죠?"

윌리엄은 우리 아들에게 팔을 두르더니 빙긋 웃으며 그를 내려다보았다. 헨리의 키는 이제 의붓아버지의 어깨까지 올라왔다. 아이는 아버지를 믿는다는 듯 바라보았다.

"기다리죠. 이 혼란이 정리되자마자 우린 캐서린을 데려오고 로치퍼드로 가는 거예요. 그리고 나서 얼마간은 머리를 숙이고 숨어 있는 거예요. 당신 언니가 쫓겨나서 수녀원에서 살게 되든 추방을 당하든, 불린 가 사람들은 전성기를 다 누린 것 같으니까요. 다시 치즈를 만들러 갈 때가 됐어요, 내 사랑."

다음날에는 기다리는 것밖에 할 일이 없었다. 나는 오늘 하루 동안은 유모를 놓아주고, 집에 머물면서 아기와 놀아주는 동안 윌리엄과 헨리에게 시내를 이리저리 거닐다가 맥줏집에서 저녁을 먹으라고 부추겼다. 오후에 나는 아기를 데리고 강가까지 잠깐 산책하러 내려갔다. 바닷바람이 우리의 얼굴을 향해 불어오는 것을 느꼈다. 집에 돌아와서 나는 아기를 포대기에서 풀어내 시원한 물에 목욕시켰다. 향기롭고 발그레한 몸을 리넨 보에 싸서 가볍게 두드려 말린 다음, 잠시 포대기에 자유롭게 풀어놓고 발차기를 하게 해주었다. 다른 사람들이 저녁식사를 하러 들어올 때에 맞춰 아기를 새 포대기에 둘둘 말고 나서 유모에게 맡겨놓고, 윌리엄과 헨리와 함께 런던탑의 거대한 문을 향해 내려가 캐서린이 나와서 우리를 만나게 해달라고 부탁했다.

보상 탑에서부터 출입구까지 안쪽 벽을 따라 걸어오는 캐서린은 매우 작아 보였다. 그러나 캐서린은 불린 가 여자답게 걸었다. 마치 자기가 그곳을 소유하고 있다는 듯, 고개를 들고 주위를 둘러보며 지나가는 보초병들 중 한 명에게 사근사근하게 미소 짓다가 창살 사이로 내게 환히 웃어주었다. 그들은 나무문 사이에 있는 잠긴 문을 열고 나가게 해주었다.

나는 캐서린을 품에 감싸 안았다.

"내 사랑."

캐서린 역시 나를 안아주고 난 다음 헨리에게 달려들었다.

"헨!"

"캣 누나!"

그들은 기쁨을 나누면서 서로를 바라보았다.

"컸다."

캐서린이 말했다.

"옆으로."

헨리가 대답했다.

그들의 머리 위로 윌리엄이 나를 보며 빙긋 웃었다.

"이 아이들, 한 번이라도 단어 하나 빼놓지 않고 문장 전부를 쓰는 것 봤어요?"

"캐서린, 엄마가 이모한테 너를 놓아달라고 편지로 부탁했어."

내가 서둘러서 말했다.

"엄마는 네가 나왔으면 해."

대번에 캐서린은 엄숙해졌다.

"그럴 수는 없어요. 이모는 무진장 괴로워하고 계세요. 한 번도 이런 모습 보신 적 없을 거예요. 그냥 두고 나올 수는 없어요. 게다가 이모 주위의 다른 시녀들은 다 쓸모없어요. 그 중 두 명은 자기가 뭘 하고 있는지도 모르고, 다른 두 분은 내내 구석에 앉아서 손으로 입을 가리고 속닥속닥 하신다니까요. 그런 사람들에게 이모를 맡겨둘 수는 없어요."

"이모는 하루종일 뭐 하셔?"

헨리가 물었다.

캐서린이 얼굴을 붉혔다.

"우시고, 기도하셔. 그렇기 때문에 이모를 두고 떠나올 수 없는 거야. 그냥 도저히 갈 수가 없었어. 아기를 두고 떠나는 것 같을 거야. 이모는 자신을 돌보시지 못해."

"밥은 잘 먹니? 잠은 어디서 자?"

내가 절망적으로 물었다.

"이모랑 같이 자요. 하지만 이모는 거의 주무시지 않아요. 밥은 궁정에서만큼 잘 먹어요. 괜찮아요, 어머니. 오래 걸리지도 않을 거구요."

"어떻게 알아?"

경비대장이 앞으로 몸을 기울이더니 윌리엄에게 조용히 말했다.

"조심하십시오, 각하."

윌리엄은 나를 바라보았다.

"그 문제는 캐서린과 논의하지 않겠다는 약속을 했어요. 이건 그냥 캐서린을 만나보고 잘 있는지 확인하기 위한 거예요."

나는 숨을 들이마셨다.

"잘 알겠어요. 하지만 캐서린, 이 일이 일주일을 넘기고 계속되면 넌 떠나와야 한다."

"어머니가 시키시는 대로 할게요."

캐서린이 나긋나긋하게 말했다.

"아무거나 필요한 거 있니? 내일 뭣 좀 가져다줄까?"

"깨끗한 리넨 조금요. 그리고 왕비마마께서 가운이 한두 벌 더 필요하시대요. 그리니치에서 가져다주실 수 있어요?"

"그래."

나는 단념하며 대답했다. 평생 동안 앤 언니를 위해 심부름을 다녔던 것 같은데, 심지어 지금도, 우리 문제의 이런 중대한 위기에도, 나는 여전히 언니가 시키는 대로 움직였다.

윌리엄은 경비대장을 바라보았다.

"괜찮겠습니까, 대장? 우리 아내가 숙녀 분들을 위해 리넨이랑 가운을 좀 가져다주는 거요?"

"예, 각하."

남자가 대답했다. 그는 모자에 가볍게 손을 대고 내게 인사했다.

"물론이죠."

나는 미소 지었다. 증거도 혐의도 없이 왕비를 투옥한 적은 없었다. 어느 쪽이 안전한지 알기란 쉽지 않았다.

나는 다시 한 번 캐서린을 품에 안고 두건 앞쪽 내 턱 바로 밑에 있는 부드러운 머리칼을 느꼈다. 나는 캐서린의 이마에 입을 꼬옥 맞추고 어리고 따뜻한 피부 냄새를 맡았다. 도저히 가게 둘 수 없었지만, 캐서린은 문을 슬쩍 통과해 탑의 거대한 그림자 아래 돌로 포장된 길을 다시 내려가다가 멈춰 서서 손을 흔들더니 사라졌다.

떠나가는 캐서린을 향해 윌리엄은 손을 들어올리더니 나를 돌아보았다.

"불린 가 사람들에게 단 한 번도 부족하지 않았던 한 가지는 바로 어리석음에서 비롯된 절대적인 용기예요. 당신네 사람들이 말이었다면 난 다른 종은 기르지 않았을 거예요. 왜냐하면 아무거나 뛰어넘을 테니까. 하지만 여자로서 당신네 사람들은 함께 살기가 매우 힘드네요."

1536년 5월

윌리엄과 헨리와 아기를 런던탑 근처의 하숙집에 남겨두고, 나는 왕비의 가운과 캐서린에게 여분의 리넨을 가져다주기 위해 배를 타고 그리니치로 강을 내려갔다. 윌리엄은 그 없이 홀로 가는 걸 불안해했고 나 역시 두려웠다. 그리니치 궁전으로 돌아가는 것은, 위험으로 돌아가는 것같이 느껴졌다. 그러나 나는 혼자 가면서 우리 아들이―귀중하고 드문 상품인 왕의 아들이―궁정의 시야에서 벗어나 있다는 것을 자각하고 있었다. 두어 시간 이상은 걸리지 않을 거라고, 어떤 것에도 머물러 서지 않겠다고 약속했다.

내 처소로 가는 것은 쉬운 일이었지만 왕비의 처소는 추밀원의 명령으로 봉쇄되어 있었다. 나는 외삼촌을 찾아 앤 언니의 가운과 리넨을 달라고 부탁해볼까 생각해보다가 첫 번째 불린 가 여자가 이름이 밝혀지지 않은 죄로 인해 런던탑에 갇혀 있는데 또 다른 불린 가 여자에게 시선을 끌게 할 만한 가치는 없다고 결론 내렸다. 언니를 위해 내 가운 몇 벌을 꾸려서 방에서 슬쩍 빠져나오려는 바로 그때 매지 셸턴이 다가왔다.

"세상에, 체포되신 줄 알았어요."

매지가 말했다.

"왜?"

"왜 아무나 체포되는 거죠? 사라지셨잖아요. 당연히 전 언니가 런던탑에 붙잡혀 계신다고 생각했죠. 심문한 후에 가게 해준 거예요?"

"아예 체포된 적 없어. 캐서린과 함께 있으려고 런던으로 간 거야. 캐서린이 시녀로서 언니와 함께 갔거든. 아직도 런던탑에 언니랑 같이 있어. 난 그냥 리넨을 좀 가져가려고 돌아온 거구."

매지가 창가 벤치에 풀썩 주저앉더니 울음을 터뜨렸다.

나는 넓은 복도를 따라 재빨리 시선을 던지고는 꾸러미를 한 팔에서 다른 팔로 옮겼다.

"매지, 나 가봐야 해. 무슨 일이야?"

"맙소사, 난 언니가 체포되고 다음에는 날 잡으러 오는 줄 알았어요."

"왜?"

"곰 우리에서 갈기갈기 찢기는 듯한 기분이었어요. 아침 내내 심문받았어요. 뭘 보고 들었는지 말해줄 수도 없을 때까지요. 그 사람들은 내 말을 꼬고 또 꼬아서 마치 우리가 갈보집의 창녀 무리처럼 들리게 만들었어요. 난 아주 나쁜 짓을 한 적이 없어요. 언니도 마찬가지구요. 하지만 그 사람들은 모든 것에 대해 모든 걸 알아야 했어요. 시간과 장소까지 알아야 했고, 모든 게 너무나도 창피스러웠어요!"

나는 잠시 멈춰서 이야기의 뼈를 발라냈다.

"추밀원이 널 심문했다구?"

"모두 다 심문했어요. 마마의 시녀들, 하녀들, 심지어 하인들까지 모두 다요. 마마의 처소에서 한 번이라도 춤춘 사람은 전부요. 죽지만 않았더라면 그 개, 프르코이도 심문했을 거예요!"

"뭘 물어보았지?"

"누가 누구와 자고, 누가 뭘 약속하더냐? 누가 선물을 주더냐? 누가 아침 기도 때 자리에 없었느냐? 모든 것을요. 누가 왕비마마와 사랑에 빠졌더냐, 누가 시를 써줬느냐? 누구의 노래를 마마가 불렀느냐? 마마가 누굴 총애했느냐? 전부요."

"모두들 뭐라고 답하더냐?"

"뭐, 처음엔 우리 모두 다 아무 말도 안 했죠."

매지가 힘차게 말했다.

"당연하죠. 모두들 비밀을 지키고 다른 사람들의 비밀도 지켜주려고 노력했죠. 하지만 그 사람들은 이 사람에게서 하나를 알아내고, 저 사람에게서 또 하나를 알아내서, 결국은 빙빙 돌려서 덜미를 잡고 알지도 못하는 것들을 물어보고 뭘 했는지 물어보고, 그동안 내내 외삼촌은 완전한 창녀인 것처럼 쳐다보고, 서펙 공작은 너무 친절해서 설명을 드리다보면 비밀로 간직하려던 모든 걸 말해버렸다는 걸 깨닫게 돼요."

매지는 크게 엉엉 울며 말을 끝냈다. 그리고는 레이스 조각으로 두 눈을 닦았다. 돌연 그녀가 올려다보았다.

"언니는 빨리 가요! 그 사람들이 보면 잡아가서 심문할 거예요. 그 사람들이 계속해서 묻는 한 가지가 조지 오빠와 언니와 왕비마마가 이 밤엔 어디 있었는지, 저 밤엔 뭘 하고 있었는지에 대한 거예요."

나는 고개를 끄덕이고 곧장 매지를 떠나 걸어갔다. 곧 매지가 나를 뒤따라 타닥타닥 걷는 소리를 들었다.

"헨리 노리스 경을 보시면 정말 최선을 다해 아무것도 얘기하지 않으려고 했다고 말씀드려주실래요?"

고자질하지 않으려는 남학생처럼 매지가 애처롭게 말했다.

"그 사람들이 함정에 빠뜨려서 마마와 제가 한 번은 그분의 입맞춤을 걸고 도박을 했다고 말하게 만들었지만, 그 이상은 절대 말하지 않았어요. 그 사람들이 제인한테서 얻어낸 것보다 더하진 않았다구요."

조지 오빠 아내의 독살스러운 이름도 나를 멈칫하게 만들진 못했다. 궁전에서 나가려고 나는 몹시 서두르고 있었다. 대신 나는 매지 셸턴의 손을 잡아끌고 함께 계단을 뛰어내려 문을 통해 밖으로 나갔다.

"제인 파커?"

"그 여자가 가장 오래 안에 있었어요. 진술서도 작성하고 서명도 했어요. 그 여자가 그 사람들과 얘기하고 난 후에야 우린 모두 다시 안으로 들어갔고 그 사람들은 조지 오빠에 대해서 물어봤어요. 다른 것 다 빼고 조지 오빠와 왕비마마 두 분이 얼마나 자주 함께 술을 마셨는지, 언니와 조지 오빠가 마마와 얼마나 자주 따로 있었는지, 언니가 두 분을 단둘이서 남겨두었는지 아닌지만 물어봤어요."

"제인이 오빠를 비방했겠지."

"그걸로 자랑까지 하던데요. 그리고 그 시모어 가 계집애는 서리에서 커루 가 사람들이랑 함께 지내러 어제 궁정을 떠났어요. 나머지 우리들은 삶이 까발리고 모든 게 허물어지는데, 덥다고 불평하면서 말이에요."

매지가 잠시 흐느끼며 말을 마쳤다. 나는 걸음을 멈추고 양쪽 뺨에 입맞춰주었다.

"따라가도 될까요?"

매지가 쓸쓸하게 물었다.

"안 돼. 램버스의 공작부인에게로 가. 그분이 돌봐주실 거야. 그리고 날 봤다는 말은 하지 마."

"노력해볼게요. 하지만 그 사람들이 빙빙 돌리면서 모든 걸 물어보고, 그걸 또 계속 되풀이하는 게 어떤 건지 언니는 몰라요."

그녀가 정직하게 대답했다.

나는 고개를 끄덕이고, 매지를 석조 계단 꼭대기에 두고 떠났다. 유럽에서 가장 아름답고 기품 있는 궁정에 와서 직접 왕을 유혹했었으나, 이제는 세상이 뒤바뀌고 궁정이 어두워지고 왕이 의심 많아진 것을 보고, 어떤 여자도, 아무리 들떠 있거나 예쁘거나 활발할지라도, 안전하다고 여길 수 없다는 것을 배운 아리따운 처녀를.

* * *

그날 밤 나는 캐서린에게 리넨을 가져다주면서 왕비를 위한 가운을 가져오지 못했다고 전했다. 왜 못 가져왔는지는 말하지 않았다. 나 자신이나, 미노리스 너머에 숨어 있는 우리의 작은 피난처인 하숙집으로 어떤 관심도 끌어가고 싶지 않았다. 런던으로 노를 저어 나를 데려다 주면서 뱃사공에게 들은 다른 소식 또한 말하지 않았다―우리 모두 사랑놀이밖에 하지 않았던 그 오래전 세월에 앤 언니의 관심을 받으려고 왕과 겨루었던 언니의 옛 애인 토머스 와이엇 경이 체포되었고, 우리 그룹의 또 다른 일원인 리처드 페이지 경 또한 체포되었다는 사실을.

"곧 나를 잡으러 올 거예요."

우리의 조그만 하숙집에서 난로 곁에 앉은 채 윌리엄에게 말했다.

"언니랑 가까운 모든 사람들을 잡고 있잖아요."

"캐서린을 매일 만나는 건 그만두는 게 좋겠어요. 내가 가거나, 하녀를 보내요. 당신은 뒤따라가서 강가에서 캐서린을 볼 수 있는 곳에 자리를 잡아요. 그렇게 하면 캐서린이 잘 지내는지 당신이 알 수 있잖아요."

다음날 우리는 하숙집을 바꾸고, 이번에는 가짜 이름을 댔다. 캐서린의 리넨이나 캐서린을 위해 책들을 배달하는 마구간 소년처럼 옷을 차려입고서, 우리 대신 헨리가 런던탑으로 갔다. 헨리는 잽싸게 몸을 숨겨 사람들 무리를 헤치고 나가 문에 도달하고, 그 후엔 아무도 따라오지 않는다고 확신하고는 잽싸게 몸을 숨겨 집으로 돌아왔다. 만약 외삼촌이 여자가 딸아이를 사랑할 수 있다는 것을 이해하기라도 했더라면, 캐서린을 눈여겨봤을 테고, 그가 캐서린을 내게로 데려왔을 것이다. 그러나 물론, 외삼촌은 그런 것을 전혀 알지 못했다. 여자아이들을 단지 결혼 게임을 하기 위한 존재 이상으로 이해하려 드는 하워드 가 사람은 드물었다.

게다가 외삼촌에게는 다른 할 일들이 있었다. 이 달 중순 죄명이 공표되었을 때 우리는 그가 실로 바빴다는 것을 깨달았다. 저녁거리를 사고 있던 빵집에서 윌리엄이 소식을 집으로 가져와, 내가 식사를 마칠 때까지 기다렸다가 입을 열었다.

"내 사랑. 이 소식에 대해 당신을 어떻게 각오시켜야 할지 모르겠어요."

그가 부드럽게 말했다.

나는 그의 엄숙한 얼굴을 한번 보고, 접시를 밀어냈다.

"그냥 빨리 말해줘요."

"재판하고 유죄 판결을 내렸대요. 헨리 노리스, 프랜시스 웨스턴, 윌리엄 브레레톤, 그리고 그 마크 스미턴이란 청년이 당신 언니 왕비마마와 간통을 범했다구요."

잠시 나는 그의 말을 들을 수 없었다. 단어들은 들렸지만 먼 곳에서 들려오는 것 같았고 막힌 듯했다. 윌리엄이 식탁에서 내 의자를 끌어내더니 내 머리를 내리눌렀다. 꿈꾸는 듯한 기분이 지나고, 내 장화 밑으로 마루바닥이 보였다. 나는 그를 물리치려 몸부림쳤다.

"일어나게 해줘요, 기절하지 않아요."

윌리엄은 즉시 나를 놓아주었지만 내 발치에 무릎을 꿇고 얼굴을 들여다보았다.

"당신 오빠의 영혼을 위해 기도해줘야 할 것 같아요. 분명 불리한 판정을 내릴 거예요."

"오빠는 다른 사람들과 같이 재판받지 않았어요?"

"그래요, 그 사람들은 일반 법정에서 재판받았어요. 오빠와 언니는 귀족들을 마주 대해야 할 거예요."

"그렇다면 어떤 사면이 있겠죠. 무슨 준비를 해놨겠죠."

윌리엄은 자신이 없는 듯이 보였다.

나는 자리에서 벌떡 일어났다.

"궁정에 가야겠어요. 여기서 이렇게 살금살금 몰래 다니면서 바보처럼 숨어 있지 말아야 했어요. 가서 이건 부당하다고 말해주겠어요. 더 심각해지기 전에요. 이 사람들이 유죄 판결을 받았다면 난 늦기 전에 궁정에 가서 오빠가 결백하다고 증언해야 돼요. 언니도 마찬가지구요."

윌리엄은 나보다 더 빨리 움직여서 내가 두 걸음도 채 가기 전에 문을 가로막았다.

"그렇게 말할 줄 알았어요. 못 가요."

"윌리엄, 우리 오빠랑 언니가 절체절명의 위기에 처한 거라구요. 내가 구해줘야 해요."

"안 돼요. 왜냐하면 당신이 1센티라도 머리를 들어올리면, 그들과 마찬가지로 당신 머리도 잘라버릴 테니까. 누가 이 남자들에게 불리한 증거를 심리한다고 생각해요? 당신 오빠에 반하는 법원장이 누가 될까요? 당신 외삼촌이에요! 그분이 자기 영향력을 행사해서 오빠를 구하려 하나요? 당신 아버지가 그러나요? 아뇨. 왜냐하면 그분들은 당신 언니가 폐께 폭군이 되도록 가르쳤고, 이제 폐하는 정신이 나가서 폭정을 막을 수 없다는 걸 아니까."

"오빠를 변호해야 해요. 오빠예요, 내 사랑하는 오빠라구요. 재판할 때 주위를 둘러봤는데 아무도 오빠를 위해 손가락을 들어올리는 모습도 보지 못했다는 걸 아는 채로 내가 무덤에 들 거라 생각하나요? 그게 나에게 죽음이라 하더라도, 난 오빠한테 갈 거예요."

윌리엄의 가슴을 밀며 내가 말했다.

돌연 윌리엄은 옆으로 비켜섰다.

"그럼 가요. 가기 전에 우리 아기에게 잘 있으라고 입맞춰줘요. 헨리에게도요. 당신이 축복을 남기고 떠났다고 캐서린에게 전해줄게요. 그리고 내게도 작별의 입맞춤을 해줘요. 왜냐하면 만약 당신이 그 법정 안에 들어가면 절대 살아나올 수 없을 테니까. 최소한 마법을 쓴 죄로 체포되는 건 확실하다고 생각하니까요."

"대체 뭘 했다구요, 세상에? 내가 무슨 짓을 했다고 생각해요? 우리 중 누구라도 무슨 짓을 했다고 생각하는 거예요?"

내가 소리쳤다.

"당신 언니는 마법으로 폐하를 유혹했다는 혐의로 기소된 거예요. 당신 오빠는 언니를 도왔다고 해요. 그것 때문에 따로 재판하는 거예요. 한꺼번에 말해주지 않은 건 용서해줘요. 저녁거리와 함께 아내에게 가져다주고 싶은 그런 류의 소식이 아니었어요. 그들은 연인 사이에다 악마를 불러낸 혐의로 고발됐어요. 사면될 것이기 때문에 따로 재판하는 게 아니라, 죄가 너무 커서 한 번의 개정으로 심리할 수가 없는 거예요."

나는 숨을 삼키고 윌리엄에 기대 비틀거렸다. 윌리엄은 나를 붙잡고 마저 이야기를 끝냈다.

"두 분은 주문을 외우거나 어쩌면 독을 써서 폐하를 성 불구자로 만들어 파멸하려 했다는 혐의로 함께 기소됐어요. 두 분은 연인 사이로, 괴물로 태어난 아기를 만들었다는 혐의로 함께 고발됐어요. 당신이 뭐라 하든 어느 정도는 들어 먹힐 거예요. 당신은 언니의 처소에서 늦은 밤들을 많이 함께 했어요. 당신 스스로가 몇 년 동안 폐하의 연인이었던 후에, 당신은 언니에게 폐하를 어떻게 유혹할지 가르쳐주었어요. 당신은 언니를 위해 조산사를 구해다주었고, 당신이 궁전으로 직접 마녀를 데려왔어요. 안 그랬나요? 당신이 죽은 아기들을 없앴어요. 내가 하나를 묻었구요. 게다가 그보다 더 있죠—심지어 내가 알고 있는 것보다 더 많은 것들이. 안 그런가요? 내게도 말해주지 않은 불린 가의 비밀들 말이에요?"

내가 돌아서자 그는 고개를 끄덕였다.

"그럴 줄 알았어요. 언니가 아이를 가지려고 주문을 걸거나 마법약을 먹었나요?"

그가 나를 바라보았다. 나는 고개를 끄덕였다.

"언니는 피셔 주교를, 그 불쌍하고 성스러운 분을 독살했고, 그러느라 죽은 무고한 세 남자가 양심에 남아 있겠죠. 언니는 울지 추기

경과 캐서린 왕비를 독살했고……"

"그건 확실하게 모르잖아요!"

내가 소리쳤다.

윌리엄이 나를 똑똑히 바라보았다.

"당신은 친동생이면서 그것보다 나은 변호는 못 해요? 몇 명을 죽였는지 확실히는 모른다구요?"

나는 머뭇거렸다.

"몰라요."

"언니는 얼마간 마법에 손대고, 음란한 행동으로 폐하를 유혹한 것으로 확실히 유죄가 되고, 캐서린 왕비와, 주교와, 추기경을 위협한 것으로도 분명 유죄가 돼요. 당신은 언니를 변호하지 못해요, 메리. 적어도 모든 혐의의 반은 범했잖아요."

"하지만 오빠는……."

"오빠는 언니가 한 모든 일을 함께 했어요. 게다가 스스로도 죄를 범했잖아요. 프랜시스 경이나 다른 남자들이 스미턴을 데리고 무슨 짓을 했는지 자백하기라도 한다면, 그들은 다른 건 말할 것도 없이 비역 죄로 교수형에 처할 거예요."

"우리 오빠예요. 저버릴 순 없어요."

"자멸의 길을 가든지, 아니면 이 일을 이겨내고, 아이들을 키우면서, 이번 주말쯤이면 치욕스럽게 어머니를 잃고 서자가 될 언니의 어린 딸을 지키든지요. 이번 난세를 꾹 참아내고 앞으로 어떻게 되는지 보는 거예요. 엘리자베스 공주에게 앞으로 무슨 일이 기다리고 있을지 보고, 헨리를 폐하의 계승자로 만들려 하거나 더 심하게는—왕위를 노리는 자로 내보이고 싶어하는 사람들로부터 우리 아들 헨리를 지켜내는 거예요. 당신은 아이들을 보호해줄 의무가 있잖아요. 언니와 오빠는 스스로 갈 길을 선택했어요. 그렇지만 엘리자베스 공주와 캐서린과 헨리는 자신들의 미래를 선택해야 하잖아요. 당신이 곁에 있으면서 도와줘야 해요."

주먹 쥔 채 그의 가슴에 대고 있던 내 손이 옆으로 내려졌다.

"알았어요. 언니 오빠가 나 없이 재판받으러 가게 할게요. 법정에 들어가서 오빠를 변호하지 않을게요. 그렇지만 외삼촌을 찾아가서 구해낼 수 있는 방법이 없는지 물어보겠어요."

내가 기운 없이 대답했다.

이것도 거절하리라 예상했으나, 그는 망설였다.

"당신도 함께 체포하지 않으리라 확신해요? 소년시절부터 알았던 세 남자를 방금 재판해서 교수형에 처하고 거세한 다음 사지가 찢기게 했어요. 당신 외삼촌은 지금 자비로운 기분이 아니라구요."

나는 골똘히 생각해보며 고개를 끄덕였다.

"잘 알겠어요. 우선 아버지께 가볼게요."

다행스럽게도 윌리엄이 고개를 끄덕였다.

"데려다줄게요."

나는 가운 위에 외투를 걸치고서 유모를 불러 누구 좀 만나러 갈 거고, 얼마 걸리지 않을 테니 그동안 아기를 돌보고 헨리를 곁에 두고 있으라고 전했다. 그러고 나서 윌리엄과 나는 조그만 하숙집을 나섰다.

"아버지는 어디 계시죠?"

"당신 외삼촌의 자택에요. 궁정 사람들 반은 여전히 그리니치에 있지만 폐하께선 자기 처소에만 틀어박혀 계세요. 깊이 슬퍼하신다고들 하지만, 어떤 사람들은 폐하께서 매일 밤 제인 시모어를 보러 슬쩍 빠져나가신다고 하네요."

"다른 사람들과 함께 체포됐던 토머스 경하고 리처드 경은 어떻게 됐어요?"

윌리엄은 어깨를 으쓱했다.

"누가 알겠어요? 그들에게 불리한 증거가 없거나, 특별 변론이나, 어떤 은사가 있었겠죠. 폭군이 정신 나가면 어떻게 할지 대체 누가 알겠어요? 그 사람들은 사면받았어요. 하지만 류트를 치는 것, 평생 단지 그것 하나밖에 몰랐던 마크 같은 어린 청년은 고문받다가 결국 엄마를 부르짖으며 그들이 물어보는 아무거나 대답해주는 거죠."

윌리엄은 내 차가운 손을 잡고 팔 사이에 끼워 넣었다.

"다 왔어요. 마구간 문으로 들어가죠. 청년들 몇 명을 알거든요. 들어가기 전에 우선 형세를 살피는 게 나을 것 같아요."

조용히 마구간 뜰로 들어갔다. 그러나 윌리엄이 창문을 향해 위로 "어이!" 하고 소리치기도 전에 자갈돌이 달카닥달카닥 울리더니 아버지가 직접 뜰로 말을 몰고 들어왔다. 나는 그림자에서 나와 아버지에게로 뛰어들었다. 그의 말이 뒷걸음질치더니 아버지가 내게 욕을 했다.

"죄송해요, 아버지. 아버지와 얘기해야 해요."

"너구나? 지난 일주일 동안 어디에 숨어 있었던 게야?"

아버지가 불쑥 물었다.

"저와 함께 있었습니다."

윌리엄이 내 뒤에서 즉각 대답했다.

"있어야 할 곳에 말이죠. 우리 아이들과도 함께요. 캐서린은 마마와 함께 있습니다."

"아아, 그래, 그건 아네. 미덕에 얼룩이 지지 않은 유일한 불린 가 여자지. 그것도 단지 우리가 알고 있는 정도에서는."

"메리가 물어볼 게 있답니다. 그런 다음 저희는 떠나야 합니다."

나는 머뭇거렸다. 막상 일이 닥치니, 아버지에게 무엇을 물어봐야 할지도 모를 지경이었다.

"오빠와 언니는 용서되는 건가요? 외삼촌께서 힘써주시고 계신 건가요?"

아버지는 어둡고 쓸쓸한 눈빛으로 나를 보았다.

"그 애들이 무슨 짓을 했는지 다른 누구만큼 너도 알겠지. 너희 셋은 무척 끈끈한 사이였지. 너도 다른 시녀들과 함께 심문받았어야 했어."

"아무 일도 일어나지 않았어요. 아버지 스스로가 아시는 것밖에 없습니다. 외삼촌께서 명령하신 것밖에 없었다구요. 외삼촌께서 제게 언니를 가르치라고, 어떻게 폐하를 매혹하는지 얘기해주라고 하셨어요. 외삼촌께서 언니에게 어떤 대가를 치르더라도 아이를 갖도록 하셨어요. 외삼촌께서 오빠에게 언니 옆에 있다가 도와주고 위로해주라고 하셨어요. 저희는 명령받은 일을 했을 뿐이에요. 저희는 지금껏 단지 지시받은 대로 했을 뿐이라구요. 순종적인 딸로 산 걸로 언니가 죽어야 하는 건가요?"

내가 격렬하게 말했다.

"날 끌어들이지 마라. 난 앤에게 명령한 것과는 아무 상관없어. 앤은 자기 스스로 알아서 행동한 거고, 조지와 넌 함께 따라간 거야."

아버지가 재빨리 말했다.

그의 배신에 나는 숨을 휙 삼켰다. 아버지는 말에서 내려 마부에게 고삐를 넘겨주고 떠나가려 했다. 나는 뒤따라 달려가서 그의 옷소매를 잡았다.

"하지만 외삼촌께선 언니를 구할 방법을 찾으실 건가요?"

아버지가 내 귓가에 입을 댔다.

"앤은 물러나야 한다. 폐하께선 앤이 아이를 갖지 못한다는 걸 알고 계시고 그래서 다른 아내를 원하셔. 시모어 가 사람들이 이번 판은 이겼어. 부정할 수 없을 거야. 결혼은 무효화될 것이다."

"무효요? 무슨 근거로요?"

"인척 관계."

아버지가 간단히 대답했다.

"네 연인이었으니, 앤의 남편이 될 수 없다는 거다."

나는 눈을 깜박였다.

"안 돼요, 또 저러니."

"그렇단다."

"언니는 어떻게 되는 거구요?"

"수녀원 행이지, 조용히 간다면. 그렇지 않다면, 추방이다."

"오빠는요?"

"추방."

"아버지는요?"

"여기서 살아남을 수 있다면, 어떤 상황에서든 살아남을 수 있겠지. 자, 그럼, 소환돼서 그 애들에게 불리한 증언을 하고 싶지 않다면, 얼른 떠나가서 눈에 띄지 않도록 해라."

그가 침울하게 대답했다.

"하지만 법정에 출두하여 증거를 제시해서 그들을 변호할 수 있나요?"

아버지가 무뚝뚝하게 웃었다.

"증거 따윈 없어. 반역 재판에는 변호 따윈 없는 거야. 바랄 수 있는 건 오직 법정이 자비를 베풀고 폐하께서 용서해주시는 것뿐이란다."

그가 내게 상기시켰다.

"용서해달라고 제가 폐하께 부탁드려볼까요?"

아버지가 나를 바라보았다.

"네 성이 시모어가 아니라면 폐하의 눈에서 환영받지 못해. 네 성이 불린이라면 도끼에 찍히게 될 거다. 물러나 있어라, 얘야. 네 언니와 오라비에게 도움이 되고 싶다면, 이 일이 가능한 한 조용히 그리고 빨리 처리되게 내버려둬."

도로에서 기병대가 오는 소리가 들리자, 윌리엄이 나를 마구간 그늘진 곳으로 다시 이끌었다.

"당신 외삼촌이에요. 이쪽으로 빠져나가요."

윌리엄이 말했다.

우리는 석조 아치통로를 지나 건초 마차를 끌고 들어오는 이중문으로 갔다. 작은 문이 큰 목재로 끼워져 있어서 윌리엄이 그 문을 열고 내가 통과하게 도와주었다. 그가 문을 닫을 때 횃불이 가물거리며 뜰로 들어오고, 병사들이 마부들에게 각하가 내리시는 것을 도우라고 소리쳤다.

윌리엄과 나는 어둑어둑한 길을 따라 집으로 돌아갔다. 런던 시내의 숨은 거리라 우리의 모습은 드러나지 않았다. 유모가 안으로 들여 주고는 요람에서 자고 있는 아기와 조그만 짚 요를 깐 침대에 누워 있는 헨리를 보여주었다. 생강 빛깔의 튜더 가문의 곱슬머리가 곱슬곱슬 머리를 뒤덮고 있었다.

그런 다음 윌리엄은 나를 사주식 침대로 이끌어서 주위에 커튼을 친 다음 옷을 벗겨주고 베개에 눕히고서 자신의 몸으로 나를 감싸 아무 말 없이 끌어안고 있었다. 그동안 나는 그에게 꼭 붙어 있었지만 밤새도록 몸이 따뜻해지지 않았다.

앤 언니는 런던탑 내 킹스 홀에서 귀족들에 의해 재판받게 되어 있었다. 그들은 언니를 런던 시내를 통과해 웨스트민스터까지 데려가길 두려워했다. 언니의 대관식 날 부루퉁했던 런던 시내의 분위기는 이제 언니를 변호하려 하고 있었다. 크롬웰 대신의 계획은 도가 지나쳤다. 법정이 그리했다고 주장한 대로 자기 남편의 아기를 갖고 있을 동안 다른 남자들을 유혹할 만큼 여자가 추잡할 수 있다는 것을 믿을 수 있는 사람은 드물었다. 남편이 잉글랜드 국왕인데 남편의 눈앞에서 두 명, 세 명, 네 명의 연인을 얻으려 한다는 것에 사람들은 신뢰하지 못했다. 캐서린 왕비의 재판 기간 동안 앤 언니에게 "창녀!"라고 소리쳤었던 부두의 여자들조차도 이제는 왕이 또다시 정신이 나가 그가 총애하는 또 다른 미지의 여인 때문에 합법적인 아내를 그럴싸한 핑계로 쫓아내는 거라고 생각했다.

제인 시모어는 런던 시내의 스트랜드 가에 있는 프랜시스 브라이언 경의 으리으리한 저택으로 이사했었다. 왕비는 런던탑에 갇혀 있고 선량한 다섯 남자들, 그 중 네 명은 이미 사형 선고를 받고 마찬가지로 갇혀 있는데 매일 밤 자정을 훨씬 넘겨서까지 왕의 바지선이 강 계단에 정박되어 있고, 음악이 연주되고 연회와 무도회와 가면극이 열린다는 것은 널리 알려진 사실이었다.

앤 언니의 옛 사랑 헨리 퍼시는 다른 귀족들 사이에서, 모두들 그녀와 한자리에서 연회를 벌이고, 모두들 그녀의 손에 입맞추고, 그들 중 단 한 명도 빠짐없이 춤을 추었던 왕비를 재판했다. 언니가 킹스 홀에 들어와, 목에는 금으로 된 "B" 펜던트를, 프랑스식 두건은 뒤로 써서 윤기 흐르는 짙은 머리칼을 보이고, 크림색 피부를 돋보이게 하는 짙은 색 가운을 입고 그들 앞에 앉았을 때, 그것은 분명 모두에게 묘한 경험이었을 것이다. 런던탑 안의 조그만 기도대 앞에서 끊임없이 울고 기도했던 것이 재판 당일 언니를 차분하게 해놓았다. 언니는 대담하며 아름다웠다. 오랜 세월 전 프랑스에서 건너와 우리 가족으로 인해 나의 왕족 연인을 빼앗게 되었을 때처럼.

서민들과 함께 가서 런던 시장과 길드 조합원들과 시의원들 뒤에 자리를 잡으려 했으나, 윌리엄은 내가 눈에 띌까 봐 몹시 두려워했고, 나 역시도 그들이 언니에 대해 말할 온갖 거짓말을 차마 들을 수 있을 것 같지 않았다. 진실조차도 차마 들을 수 없다는 것 또한 알고 있었다. 하숙집 여자는 런던에서 평생 일어날까말까 한 가장 대단한 구경거리를 보러 가서는, 왕비가 혀로 키스해 궁정 남자들의 욕망을 부채질해서 그들을 유혹한 장소와 시간들에 대한 목록과, 왕비가 그들에게 대단한 선물들을 주었으며 남자들은 밤마다 서로를 능가하려고 애썼다는 왜곡된 이야기를 가지고 집에 돌아왔다. 때로는 진실을 건드리고, 때로는 궁정을 아는 사람이라면 누구든지 사실일 수 없다는 걸 깨달았을 가장 터무니없는 망상으로 샌 이야기였다. 그러나 항상 추문의 매혹적인 요소가 들어 있었다. 언제나 에로틱하고, 외설스럽고, 음흉했다. 그것은 사람들이 왕비가 하길 바라는, 왕과 결혼한 창녀가 분명 그리하리라 바라는 것들이었다. 앤 언니나 조지 오빠나 나에 대해서보다는, 그 저속한 남자 크롬웰 대신이 꿈꾸는 것에 대해 많이, 더 많이 알려주었다.

언니가 남자들을 만지고 아양 떠는 모습을 한 번이라도 본 증인은 부르지 않았다. 언니가 헨리 왕이 병들기를 바랐다는 것을 증명할 증인 역시 마찬가지로 부르지 않았다. 그들은 왕의 다리에 생긴 궤양과 그의 성교 불능 또한 언니 탓이라고 주장했다. 앤 언니는 무죄를 주장하다가, 이미 그런 것을 알고 있는 귀족들에게, 왕비가 조그만 선물을 주는 건 통상적인 일이라는 것을 설명하려고 애썼다. 한 남자와 춤추다가 다른 남자와 춤추는 건 아무것도 아니라는 것을. 시인들이 언니에게 시를 바치는 건 당연하다는 것을. 본래 그런 시들은 사랑 시라는 것을. 왕은 유럽의 모든 궁정을 지배하고 있는 궁정식 연애의 전통에 대해 단 한 번도, 단 한 순간도 불평하지 않았다는 것을.

재판의 마지막 날, 아주 오래전 언니의 연인이었던 노섬벌랜드 백작 헨리 퍼시는 나타나지 않았다. 그는 너무 아파서 참석할 수가 없다는 변명을 보냈다. 그때 나는 언니에게 불리한 평결이 나리란 것을 알게 되었다. 앤 언니의 궁정에서 함께 했었던, 언니의 총애를 얻기 위해서는 자기 어머니도 갤리선(galley: 옛날에 노예나 죄수들에게 젓게 한 2단으로 노가 달린 돛배.)에 팔아버렸을 고관대작들이, 가장 계급이 낮은 귀족부터 우리 외삼촌까지 차례대로 평결을 내렸다. 한 명씩, 모두들 "유죄."라고 말했다. 외삼촌의 차례가 다가왔을 때, 외삼촌은 눈물로 목이 메어 "유죄."라는 말을 거의 하지도, 왕의 의향에 따라 화형을 받거나 런던탑의 녹지에서 참수되리란 선고를 내리지도 못했다.

하숙집 여자는 주머니에서 천 조각을 꺼내 눈물을 찍어냈다. 젊은 남자 두어 명과 춤을 추었다는 이유로 왕비를 화형에 처한다는 것이 그다지 정당한 것 같지는 않다고 여자가 말했다.

"정말 맞는 말씀입니다."

윌리엄이 공정하게 말하고는 여자를 방에서 나가게 했다. 그녀가 사라지고 나서, 그는 내게로 돌아와 나를 무릎에 앉혔다. 나는 아이처럼 몸을 웅크리고, 그가 나를 감싸 안고 흔들어 달래주도록 내버려두었다.

"수녀원에 갇히는 건 몹시 싫어할 거예요."

"폐하께서 결정하시는 거고 무엇이든 감수해야겠죠. 추방이든 수녀원이든, 기꺼워하실 거예요."

거짓말을 할 뱃심을 잃기 전에, 다음날 오빠를 재판했다. 다른 남자들과 마찬가지로, 오빠는 언니의 연인이고 왕에 반대하는 음모를 꾸몄다고 고발되었다. 그들과 마찬가지로, 오빠는 완전히 부인했다. 엘리자베스 공주의 아버지가 누구인지 의심하고 왕의 성교 불능을 비웃었다고도 고발되었다. 신성한 선서를 하고 있던 조지 오빠가, 조용해졌다. 부인할 수 없었던 것이다. 오빠에게 불리한 가장 강력한 증언은 오빠가 늘 경멸했던 아내 제인 파커가 쓴 진술서였다.

"불만을 품고 있는 아내의 말을 듣는다는 거예요? 교수형에 처할 문제를요?"

내가 윌리엄에게 물었다.

"오빠 분은 죄를 지으셨어요. 난 그분과 친한 사이도 아닌데, 심지어 그런 나도 오빠께서 헨리 폐하를 비웃으시면서 그 남자는 한창 교미 때인 암말도 올라타지 못하는데 앤 마마 같은 여자는 말할 것도 없지 않느냐고 하는 걸 들었어요."

나는 고개를 저었다.

"음란하고 경솔하긴 하지만……."

윌리엄이 내 손을 잡았다.

"반역이에요, 내 사랑."

그가 부드럽게 말했다.

"그런 말이 궁정으로 올 거라 생각하진 않겠지만, 일단 온다면, 그건 반역이에요. 토머스 모어 경이 교회에서 폐하의 주권에 의혹을 품어서 반역을 범했던 것과 마찬가지로요. 지금의 폐하는 뭐가 교수형에 처할 범죄이고 뭐가 아닌지 결정할 수 있는 거예요. 우리가 교황 성하께서 교회를 통치할 권리를 부정함으로써 폐하께 그런 힘을 드린 거죠. 우리가 헨리 폐하께 모든 걸 통치할 권리를 드린 거예요. 그리고 이제 폐하께선 당신 언니가 마녀고, 당신 오빠는 언니의 연인이며, 두 분은 왕국의 적이라고 결정하신 거구요."

"그렇지만 놓아주실 거예요."

내가 주장했다.

매일같이 우리 아들 헨리가 런던탑으로 가서 누이를 만나 잘 지내는지 보고 왔다. 매일같이 윌리엄은 다른 누군가가 지켜보지 않는지 감시하며, 그곳으로 헨리를 뒤쫓아 갔다가 돌아왔다. 그러나 아무도 헨리의 뒤를 밟지 않았다. 왕비에게 귀 기울여서 함정에 빠뜨리고, 조지 오빠와 오빠의 터무니없는 경솔한 언동에 귀 기울여서 함정에 빠뜨리는 데 가장 악한 짓을 한껏 한 듯했다.

5월 중순의 어느 날, 나는 헨리와 함께 가서 런던탑에서 걸어 나온 우리 어린 딸을 만났다. 문 바깥 우리가 서 있는 곳에서, 우리 오빠와 네 명의 남자를 함께 처형할 단두대에 못을 때려 박는 소리를 들을 수 있었다. 캐서린은 침착했지만 조금 창백했다.

"나랑 집으로 가자. 그러고 나서 로치퍼드로 가는 거야, 우리 모두. 네가 여기서 더 이상 할 수 있는 일은 없어."

내가 거듭 설득했다.

캐서린은 두건을 쓴 조그만 머리를 흔들었다.

"계속 있게 해주세요. 앤 이모가 석방되셔서 수녀원으로 가시고 일이 끝날 때까지 있고 싶어요."

"이모는 잘 지내?"

"잘 지내세요. 늘 기도하시고 수녀원 벽 뒤에 갇혀 살 준비를 하고 계세요. 왕비 직은 포기해야 한다는 걸 알고 계시구요. 엘리자베스 공주마마를 포기해야 한다는 것도 알고 계세요. 이제 왕비일 수 없다는 것도요. 하지만 재판이 끝나서 나아졌어요. 사람들은 전과 같이 이모에게 귀 기울이고 이모를 지켜보지 않아요. 좀더 안정되셨구요."

"조지 외삼촌은 본 적 있니?"

내가 물었다. 목소리를 가볍게 유지하려 했으나 깊은 슬픔에 목이 메었다.

캐서린이 나를 올려다보았다. 짙은 불린 가 특유의 눈동자가 동정으로 가득 찼다.

"여긴 감옥이에요. 방문하러 가진 못해요."

캐서린이 부드럽게 대답했다.

어리석음에 나는 고개를 저었다.

"엄마가 전에 여기에 있었을 때 이곳은 폐하의 수많은 성들 중 하나였어. 가고 싶은 대로 걸어 다닐 수 있었지. 이젠 모든 게 달라졌다는 걸 이 엄마가 깨달아야 했었구나."

"폐하께서 제인 시모어와 결혼하실까요? 이모께서 알고 싶어하세요."

캐서린이 물었다.

"그건 확실하다고 전해주렴. 폐하는 매일 밤 제인의 저택에서 머무셔. 옛날에 그게 이모였을 때와 똑같으시다구."

캐서린은 고개를 끄덕였다.

"가봐야겠어요."

뒤에 있는 보초병을 힐금 보며 말했다.

"이모에게 전해주렴……."

나는 돌연 입을 다물었다. 한 메시지에 보내야 할 것들이 너무나도 많았다. 오랜 경쟁의 세월이었고, 그러다가 억지로 화합하고, 언제나 항상 서로를 향한 사랑이, 또 상대방을 이겨야 한다는 인식이 밑바탕을 다지고 있었다. 그런 모든 것을 인정하면서도, 그러나 여전히 언니를 사랑하고, 비록 언니가 자신을 이 지경으로 몰아넣고 조지 오빠도 함께 끌고 갔지만, 그래도 언니의 동생이어서 기뻤다는 한 마디를 어떻게 보낼 수 있을까? 우리 모두에게 한 일은 절대 용서하지 못하지만, 그러면서도 동시에, 언니를 전적으로 완전히 이해한다는 것을?

"뭘 전해드려요?"

내가 놓아주길 기다리면서, 캐서린은 서성거렸다.

"생각하고 있다고 전해주렴. 항상. 매일. 언제나처럼."

다음날, 헨리 노리스, 윌리엄 브레레톤, 그리고 마크 스미턴과 함께, 우리 오빠는 자신의 연인 프랜시스 웨스턴 옆에서 참수되었다. 앤 언니의 창문 앞, 런던탑 녹지에서 형이 처러졌고, 언니는 친구들이 죽고, 그런 다음 오빠가 죽는 모습을 지켜보았다. 나는 아기를 옆구리에 끼고 강가의 질척질척한 갯벌 위를 걸으면서 일이 벌어지고 있다는 것을 인식하지 않으려 애썼다. 바람이 강을 올라 부드럽게 불어왔고, 갈매기 한 마리가 내 머리 위에서 애처롭게 울었다. 조수선은 흥미를 끌기 좋게 표류하는 잡동사니로 엉망이었다. 밧줄 조각, 나뭇조각, 잡초에 덮인 조개들. 나는 내 장화를 가만히 바라보며 공기에 어린 소금냄새를 맡았고, 내 걸음걸이가 아기를 흔들흔들 달래주게 하면서, 어느 날은 나라를 통치했지만 다음날에는 범죄자로 판정된 우리 불린 가 사람들에게 무슨 일이 벌어졌던 건지 이해하려고 애썼다.

집으로 가려고 돌아서는데, 얼굴이 눈물로 젖어 있었다. 조지 오빠를 잃으리라고는 생각지 못했었다. 앤 언니와 내가 조지 오빠 없이 삶을 살게 될 줄은 한 번도 생각지 못했었다.

앤 언니를 처형하기 위해 프랑스에서 한 칼잡이가 건너올 것을 명령받았다.

왕은 막판의 집행 유예를 계획하고 있었고, 그는 그 일로 극적인 효과를 한 방울도 남김없이 짜낼 작정이었다. 보상 탑 밖 녹지에 참수형에 처할 언니를 위한 단두대를 만들었다.

"폐하께서 사면해주실까요?"

내가 윌리엄에게 물었다.

"아버님께서 그렇다고 말씀하셨잖아요."

"대단한 가면극처럼 하실 거예요. 바로 마지막 순간에 사면해주실 거고, 그럼 국민들은 너무나 안도하게 돼 다른 사람들을 처형시킨 걸 용서해줄 거예요."

헨리 왕을 아는 내가 말했다.

칼잡이는 오는 길에 지체되었다. 그가 단두대에 올라 왕의 용서를 기다릴 때까지는 하루가 더 걸리게 되었다. 그날 밤 문에서 만난 캐서린은 작은 유령 같았다.

"크랜머 대주교께서 오늘 서류를 들고 결혼을 무효로 하러 오셨어요. 이모는 서류에 서명하셨구요. 서명하시면 놓아준다고 약속했거든요. 이모는 수녀원으로 가실 수 있어요."

"다행이다."

내가 말했다. 그제야 내가 얼마나 깊이 두려워하고 있었는지 깨달았다.

"언제 석방되는 거니?"

"어쩌면 내일이오. 그런 다음 프랑스에서 사셔야 할 거예요."

"좋아할 거야. 닷새 만에 수도원장이 돼 있을걸, 두고 보라구."

캐서린이 내게 엷은 미소를 지었다. 눈 밑의 피부가 피로로 거의 보랏빛으로 물들어 있었다.

"이제 집으로 가자! 다 끝난 거나 마찬가지잖아."

돌연 걱정이 돼서 내가 말했다.

"끝나면 갈게요. 이모가 프랑스에 가시면요."

* * *

그날 밤, 잠 못 이루며 누운 채 사주식 침대 위의 닫집을 멀거니 올려다보면서, 나는 윌리엄에게 말을 걸었다.

"폐하께서 약속을 지키고 언니를 놓아주시겠죠?"

"왜 안 그러시겠어요?"

윌리엄이 내게 물었다.

"원하는 모든 걸 얻으셨잖아요. 아무도 자신이 괴물을 낳았다고 하지 못하게 간통죄를 씌웠어요. 결혼은 전혀 치러진 적도 없었던 것처럼 무효가 되었구요. 자신의 남자다움에 이의를 제기했던 모든 사람들은 죽었어요. 왜 언니를 죽이겠어요? 말이 안 되죠. 게다가 약속까지 하셨잖아요. 언니는 무효문서에 서명했구요. 체면 때문에라도 언니를 수녀원으로 보내주실 거예요."

다음날 9시 조금 전, 언니는 단두대로 끌려 나갔고, 우리 어린 캐서린도 시녀들과 함께 언니를 뒤따라 걸어갔다.

나는 런던탑 녹지 뒤쪽 군중들 사이에 있었다. 멀리서 언니가 나오는 것을 보았다. 검은 가운을 입고 검은 망토를 걸친 조그만 모습. 언니는 프랑스식 두건을 들어올려 벗었다. 머리칼은 망에 넣어 뒤로 묶여져 있었다. 언니가 마지막 말을 했다. 들리지 않았지만 개의치 않았다. 터무니없는 짓일 뿐이었다. 가면극의 한 부분이었다. 왕이 로빈 후드로 변장하고 우리는 녹색 옷을 입은 마을 사람들이었을 때만큼 무의미한 짓이었다. 나는 수문을 감아올리고, 북소리가 울려 퍼지는 가운데 짙은 강물에서 노가 소용돌이치면서 왕의 바지선이 힘차게 들어와, 왕이 우리들 사이를 헤치고 앞으로 성큼성큼 나아가 앤 언니는 용서받았다고 선언하기를 기다렸다.

너무 늦게까지 내버려두고 있어서 분명 사형 집행인에게 꾸물거리면서 강에서 왕실 나팔 소리가 우렁차게 울려 퍼질 때를 기다리고 있으라고 명령했으리라 생각했다. 가장 극적인 효과를 위해 헨리 왕이 이 순간을 이용하는 것은 그다웠다. 이제 우리는 그가 극적으로 위엄 있게 등장해 용서의 연설을 하길 기다려야 했고, 그런 다음 앤 언니는 프랑스로 가고 나는 우리 딸을 데리고 집으로 갈 수 있는 것이다.

나는 언니가 신부에게로 돌아서 마지막 기도를 한 다음, 프랑스식 망을 풀어 머리칼을 내려뜨리고 목걸이를 벗는 것을 지켜보았다. 나는 앤 언니의 허영심과 헨리 왕의 지체에 짜증이 밀려와 손가락을 퉁기고 있었다. 왜 저 둘은 이 장면을 빨리 끝내고 우리 모두를 가게 해줄 수 없는 걸까?

시녀들 중 한 명이―우리 딸 캐서린이 아닌―앞으로 나아와 언니의 눈에 눈가리개를 묶어준 다음, 짚더미 위에 무릎을 꿇는 언니의 팔을 침착하게 잡아주었다. 시녀는 뒤로 물러났다. 앤 언니는 혼자였다. 바람에 고개를 숙이는 밀밭처럼, 단두대 앞의 군중 또한 무릎을 꿇었다. 나만 가만히 서서 사람들의 머리 너머 검은 가운과 화사한 진홍색 치마를 입고서, 두 눈은 가려지고 얼굴은 창백한 모습으로 무릎을 꿇고 있는 언니 쪽을 응시했다.

언니의 뒤에서 사형 집행인의 칼이 아침햇살 속에서 위로 위로 위로 올라갔다. 심지어 그때까지도, 나는 수문 쪽을 보며 헨리 왕이 오기를 기다렸다. 잠시 후, 칼이 번쩍이는 번갯불처럼 내려오고, 언니의 머리가 몸에서 떨어지고, 나와 또 다른 불린 가 여자의 기나긴 경쟁은 끝났다.

윌리엄은 나를 벽의 움푹 들어간 곳으로 사납게 밀어 넣고는, 앤 언니의 몸을 리넨에 둘둘 말아 상자에 넣는 것을 보려고 주위로 빙 모여드는 사람들을 밀어제치고 나아갔다. 그는 캐서린을 마치 아기인 듯 번쩍 들어올려, 충격으로 웅성거리는 군중을 헤치고 내게로 데려왔다.

"끝났어요. 이제 걸어요."

그가 우리 둘에게 짧고 무뚝뚝하게 말했다.

격분하는 남자처럼, 윌리엄은 우리를 자기 앞으로 밀어 문을 지나 런던 시내로 나왔다. 우리는 런던탑 주위에 들끓으면서 창녀가 참수되었다고, 불쌍한 여인이 순교되었다고, 아내가 희생되었다고, 앤 언니가 걸어온 잘못 산 한 인생에 모두 다른 해석을 하며 서로에게 소리치는 군중들을 헤치고 아무 생각도 없이 하숙집으로 돌아갔다.

캐서린은 다리가 풀려 넘어질 뻔했다. 윌리엄은 캐서린을 들어올려 포대기에 싼 아기처럼 안고 갔다. 머리가 그의 어깨에 축 늘어져 있는 것을 보고, 나는 캐서린이 반쯤 곯아떨어진 상태라는 것을 깨달았다. 침범할 수 없는, 분명히 약속된 사면을 기다리면서 언니와 함께 몇 날 며칠을 깨어 있었던 것이다. 심지어 지금 도로의 자갈에 채여 비틀거리며 런던 시내로 들어가면서도, 사면은 결코 오지 않았고, 기독교국에서 가장 훌륭한 왕자로서 내가 사랑했던 남자가 약속을 어기고 아내가 자기 없이 살면서 그를 경멸하는 생각에 견딜 수 없어, 그녀를 처형한 괴물로 변해버렸다는 사실을 받아들이기가 쉽지 않았다. 그는 조지 오빠를, 내가 몹시 사랑하는 조지 오빠를, 내게서 뺏어갔다. 그리고 내 다른 한쪽을 빼앗아갔다. 앤 언니를.

캐서린은 그날 낮과 밤 내내 잠을 잤고, 깨어났을 때는 윌리엄이 말들을 준비해놓아 항의하기도 전에 말 위에 올라타게 되었다. 우리는 강으로 말을 몰고 가 배를 타고 강을 내려 리(Leigh)로 갔다. 캐서린은 배 안에 있을 동안 식사를 했다. 헨리는 그 옆에 있었다. 나는 아기를 옆에 끼고, 두 큰아이들을 바라보면서, 시내에서 벗어난 것을, 그리고 만약 우리가 운이 좋고 똑바로 정신 차리고 행동한다면 사람들의 눈길에서 벗어날 수 있다는 것을 하느님께 감사했다.

제인 시모어는 언니가 사형당한 날 결혼 예복을 골랐다. 그 일로 나는 제인을 비난조차 하지 않았다. 앤 언니라도, 혹은 나라도, 똑같은 일을 했을 것이다. 헨리 왕이 마음을 바꿀 때 그는 언제나 재빨리 바꾸었고, 그래서 그와 함께 가며 반대하지 않은 건 현명한 것이었다. 왕은 이제 흠 없었던 한 아내와 이혼하고 다른 아내는 참수했으니 더욱 그럴 만했다. 이제 왕은 자신의 힘을 알게 되었다.

제인은 새로운 왕비가 되고 아이를 낳으면 그들은 다음 왕자나 공주가 될 것이다. 혹은 다른 왕비들이 그랬던 것처럼, 아이를 가졌는지 알고 싶어 못 견뎌하면서 일이 일어나지 않은 매달마다 헨리 왕의 사랑이 닳아서 조금씩 엷어지고, 그의 인내심도 조금씩 약해지는 것을 느끼며 매달매달 기다릴지도 모른다. 혹은 아이를 낳다가 죽고, 또 그녀가 낳은 아들도 죽을 거라는 앤 언니의 저주가 실현될지도 모른다. 나는 제인 시모어를 질투하지 않았다. 헨리 왕과 결혼한 두 왕비들을 보아왔지만, 둘 다 그다지 기쁨을 누리지 못했었다.

그리고 우리 불린 가 사람들로서는, 아버지의 말씀대로, 이제 우리가 할 수 있는 일은 살아남는 것이다. 앤 언니의 죽음으로 외삼촌은 훌륭한 패를 잃었다. 외삼촌은 나와 매지를 그랬던 것처럼 언니를 도박판 위에 던졌던 것이다. 유혹을 하거나 격노하는 왕의 비위를 맞추거나, 혹은 심지어 나라에서 가장 높은 자리를 노리기에 어떤 처녀가 적합하든, 그에게는 언제나 또 다른 하워드 가 여자가 준비되어 있을 것이다. 그는 다시 게임을 할 것이다. 그러나 우리 불린 가 사람들은 파멸되었다. 우리는 우리 집안의 가장 유명한 여자, 앤 왕비를 잃었고, 우리 집안의 상속자, 조지 오빠를 잃었다. 그리고 앤 언니의 딸 엘리자베스는 멸시받는 메리 공주보다도 더 가치가 작아진 보잘것없는 아이가 되었다. 그 아이는 두 번 다시 공주라고 불리지 못할 것이다. 절대 왕위에 오르지 못할 것이다.

"기뻐요."

나는 윌리엄에게 간단히 말했다. 썰물 위에서 흔들거리는 보트의 움직임에 따라 아이들은 잠을 자고 있었다.

"당신과 함께 시골에서 살고 싶어요. 아이들이 서로를 사랑하고 하느님을 두려워할 줄 알게 기르고 싶어요. 이제는 평화를 좀 찾고 싶

어요. 궁정에서 대단한 게임은 할 만큼 했어요. 치러야 하는 대가를
봤는데, 너무 크네요. 난 그저 당신을 원해요. 그저 로치퍼드에서 살
면서 당신을 사랑하고 싶어요."

그는 내게 팔을 두르고 바다에서 한결같이 불어오는 차가운 바람
을 막으며 나를 가까이 끌어안았다.

"좋아요. 이 일에서 당신의 몫은 끝났어요, 아무쪼록."

그는 강 아래로 바다를 내려다보며 규칙적으로 젓는 노에 맞춰 흔
들리면서 뱃머리에 있는 우리 두 아이 쪽을 바라보았다.

"하지만 저 둘은요? 저 애들은 살다가 언젠가는 다시 강을 거슬러
올라 궁정과 권력으로 돌아갈 거예요."

내가 항의조로 고개를 흔들었다.

"반은 불린 가 사람이고 반은 튜더 가 사람이잖아요."

그가 말했다.

"세상에, 정말 대단한 결합이네요. 저 애들의 사촌 엘리자베스도
마찬가지구요. 그들이 무얼 할진 아무도 장담할 수 없어요."

<< The End >>

작가의 말

메리와 윌리엄 스태퍼드는 로치퍼드에서 실로 오래 행복한 삶을 살았다. 부모가 죽고 나자(1538년과 1539년), 메리는 에식스에 있는 불린 가문의 전 재산을 물려받았고, 그녀와 윌리엄은 부유한 지주가 되었다.

메리는 1543년에 죽었고, 그녀의 아들 헨리 캐리는 자라서 잉글랜드 역사상 가장 위대한 여왕인 사촌 엘리자베스 1세의 궁정에서 주요 고문관이자 신하가 되었다. 엘리자베스 여왕은 헨리 캐리를 헌스던 자작에 책봉했다. 메리의 딸 캐서린은 프랜시스 놀리스 경과 결혼하여 위대한 엘리자베스 1세 왕조를 세웠다.

리사 M. 바르니케(Retha M. Warnicke)에게 은혜를 입었다. 그녀의 저서 〈The Rise and Fall of Anne Boleyn〉이 이 이야기에 많은 도움을 주었다. 바르니케의 독창적이고 도발적인 논제를 따라 오빠인 조지를 포함해서 앤을 둘러싸고 있던 동성애 무리와 그녀의 마지막 유산은, 마법과 괴상한 성행위로 왕이 그녀를 고발할 수 있는 분위기를 만들었다는 이야기를 썼다.

아래의 저자들에게 대단히 감사한다. 아마도 밝혀지지 않았을 메리 불린의 이야기나 그 시대의 배경은 아래의 저자들이 쓴 저서들이 많은 도움이 되었다.

Bindoff, S.T. Pelican History of England: Tudor England. Penguin,

1993.

Bruce, Marie Louise. Anne Boleyn. Collins, 1972.

Cressy, David. Birth, Marriage and Death, Ritual Religions and the Life-cycle in Tudor and Stuard England. OUP, 1977.

Darby, H.C. A New History Geography of England before 1600. CUP, 1976.

Elton, G.R. England under the Tudors. Methuen, 1955.

Fletcher, Anthony. Tudor Rebellions. Longman, 1968.

Guy, John. Tudor England. OUP, 1988.

Haynes, Alan. Sex in Elizabethan England. Sutton, 1997.

Loades, David. The Tudor Court. Batsford, 1986.

——. Henry VIII and his Queens. Sutton, 2000.

Mackie, J.D. Oxford History of England, The Earlier Tudors. OUP, 1952.

Plowden, Alison. Tudor Women, Queens and Commoners. Sutton, 1998.

Randell, Keith. Henry VIII and the Reformation in England. Hodder, 1993.

Scarisbrick, J.J. Yale English Monarchs: Henry VIII. YUP, 1997.

Smith, Baldwin Lacey. A Tudor Tragedy, the Life and Times of Catherine Howard. Cape, 1961.

Starkey, David. The Reign of Henry VIII, Personalities and Politics. G.Philip, 1985.

——. Henry VIII: A European Court in England. Collins and Brown, 1991.

Tillyard, Robert. Elizabethan Magic. Element, 1989.

Warnicke, Retha M. The Rise and Fall of Anne Boleyn. CUP, 1991.

Weir, Alison. The Six Wives of Henry VIII. Pimlico, 1997.

옮긴이의 말

아침, 졸린 눈을 비비며 꿈지럭꿈지럭 일어나서 곧장 컴퓨터 앞에 앉는다. 원서를 읽고 또 읽으면서 한 문장 한 문장을 이어나가다 보면 어깨가 결려 오고 눈앞이 핑핑 돌면서 절로 한숨이 나왔다. 그럴 때면 잠시 소파에 앉아 하소연 할 데 없는 눈물을 짜며 스스로를 위안하기를 이백삼십일.

이제 500여 년을 거슬렀던 숨 가쁜 여정을 뒤로 하고 하나의 발자취를 남기게 되었다.

올바르게 산다는 건 무엇일까.

작가는 이 책에서 이를 화두인 듯 제시해놓고, 그리고 이미 답을 제시해주고 있다.

화려하지만 위태로운 앤의 삶과, 초라하지만 안정적인 메리의 삶.

메리는 부와 명예를 버리고 사랑을 택해 가난하지만 따뜻한 인생을 살게 되지만, 앤은 결국 권력과 명예에 목숨을 걸고 만다.

하지만 그렇다고 해서 앤이 잘못 살았다는 것일까.

메리는 소박한 삶에서 행복을 얻었지만, 앤은 명예와 권력을 쟁취하는 데서 행복을 얻었다면, 누구도 앤을 탓할 수만은 없으리라.

어쩌면 '올바르게' 산다는 것 자체가 환상일지도 모르겠다. 타인에게 피해를 주지 않는 한, '잘못' 산 인생은 없는 것일까. 만일 이러한 측면에서만 생각해본다면 앤이 확실히 잘못 산 것일지도 모르겠다.

그리 길지 않은 내 생애에서 7개월을 이 작품에게 주었다.

탄탄한 줄거리와 다채로운 캐릭터와 함께 나의, 고군분투의 7개월도 이곳에 숨 쉬고 있다.

그리하여 아직도 숨이 가쁜 것일까.

아직은 백지 상태인 나의 삶에 작은 점 하나가 찍힌 듯한 기분이다.

이 점을 시작으로 당당하게 다른 점을 이어나가고 싶다. 그리고 점을 찍을 때마다, 이렇게 한 번씩 숨을 고르며 손을 흔들어보고 싶다.

그때마다 당신도 나도 함께 웃을 수 있기를.

2007년 봄이 오는 길목에서
허윤

천일의 앤 불린 2
The Other Boleyn Girl

초판 1쇄 인쇄일 | 2007년 02월 21일
초판 1쇄 발행일 | 2007년 02월 26일

지은이 | 필리파 그레고리
옮긴이 | 허윤
발행처 | 현대문화센타
발행인 | 양장목
출판등록 | 1992년 11월 19일
등록번호 | 제3-448호
주소 | 서울특별시 은평구 대조동 191-1(122-842)
대표전화 | 384-0690~1 팩시밀리 | 384-0692
이메일 | hdpub@hanmail.net

ISBN 978-89-7428-306-3 (04840)
      978-89-7428-304-9(전2권)

값 15,000원

헨리 8세의 첫째 왕비 캐서린 기장

캐서린 사인

헨리 8세의 둘째 왕비 앤 불린 기장

앤 불린 사인

헨리 8세의 셋째 왕비 제인 시모어 기장

제인 시모어 사인

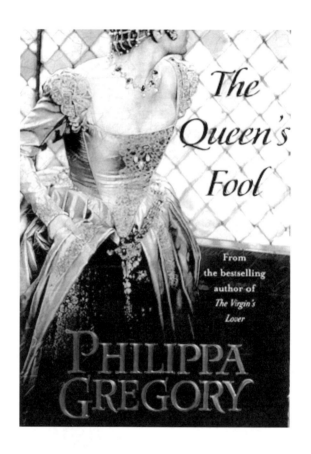

The Queen's Fool(출간 예정)

　　궁중에 들어가 어릿광대가 되어 가장 가깝게 왕과 여왕을 모시면서 그들과 함께 해 온 한나의 눈에 비친 궁중의 일들을 역사적인 사실에 입각하여 재구성해낸 소설이다. 종교 문제로 많은 사람들을 단두대의 이슬로 사라지게 한 그녀, 흔히 'Bloody Mary'로 불리는 메리 여왕을 인간적인 면에 초점을 맞추어 재조명하고 있다. 또한 반역죄로 런던탑에 갇히고도 전혀 흔들림 없는 모습으로, 여왕이 되겠다는 신념 하나로 꿋꿋하게 모든 난관을 헤쳐 나가면서 결국 왕위에 등극하는 엘리자베스 여왕의 다른 이면들이 소개된다. <천일의 앤 불린(The Other Boleyn Girl)>에 이어, 영국 왕실을 한눈에 들여다 볼 수 있는 또 하나의 훌륭한 역사소설.